대 산 세 계 문 학 총 서 **0 3 0**

서유기 제10권

西遊記

吳承恩

서유기 제10권

오승은 지음
임홍빈 옮김

문학과지성사
2003

지은이 오승은(吳承恩, 1500?~1582?)
중국 명나라 효종-세종 때 문학가로서, 자는 여충(汝忠), 호는 사양산인(射陽山人), 지금의 장쑤성(江蘇省) 화이안(淮安) 지역에 해당하는 산양현(山陽縣) 출신이다.
1550년 성시(省試)에 급제, 공생(貢生)이 되고, 1566년 절강(浙江)의 장흥현승(長興縣丞)으로 재임하였으며, 만년에는 형왕부(荊王府) 기선(紀善) 직을 맡았으나, 평생을 청빈한 선비로 지냈다. 전통적인 유학 교육을 받았고, 고전 양식의 시와 산문에 뛰어났다. 평생 동안 구전된 기록과 민간설화 등의 괴담에 각별한 흥미를 가졌는데, 이것들은 『서유기』의 바탕이 되었다. 『서유기』는 그가 죽은 지 10년 뒤인 1592년에 처음 발표되었다. 저술에는 『서유기』 이외에, 장편 서사시 『이랑수산도가(二郎搜山圖歌)』와 지괴 소설(志怪小說) 『우정지서(禹鼎志序)』가 있다.

옮긴이 임홍빈(任弘彬)
1940년 인천 출신으로, 한국외국어대학교 중국어과를 졸업하고 민족문화추진회 국역연구부 전문위원을 거쳐 국방부 전사편찬위원회 민족군사실 책임편찬위원과 국방 군사연구소 지역연구부 선임연구원을 역임하고, 1992년부터 현재까지 개인 연구실 '함영서재(含英書齋)'에서 중국 군사사 연구와 중국 고전 및 현대문학을 번역하고 있다. 역저서로는 『중국역대명화가선』(I·II) 『수호별전』(전6권) 『백록원(白鹿原)』(전5권, 공역) 등 여러 종과 『현대중국어교본』(상·하), 그리고 한국 군사문헌으로 『문종진법·병장설』 『무경칠서』 『역대병요』 『백전기법(百戰奇法)』 『조선시대군사관계법』(경국대전·대명률직해) 등, 10여 종의 국역본이 있다.

대산세계문학총서 030
서유기 제10권

지은이 오승은
옮긴이 임홍빈
펴낸이 이광호
펴낸곳 ㈜문학과지성사
등록번호 제1993-000098호
주소 04034 서울 마포구 잔다리로7길 18(서교동 377-20)
전화 02) 338-7224
팩스 02) 323-4180(편집) 02) 338-7221(영업)
전자우편 moonji@moonji.com
홈페이지 www.moonji.com

제1판 1쇄 2003년 7월 30일
제1판 9쇄 2025년 8월 18일

ISBN 89-320-1435-3
ISBN 89-320-1246-6(세트)

한국어판 ⓒ 임홍빈, 2003

이 책의 판권은 옮긴이와 ㈜문학과지성사에 있습니다.
양측의 서면 동의 없는 무단 전재 및 복제를 금합니다.

이 책은 대산문화재단의 외국문학 번역지원사업을 통해 발간되었습니다.
대산문화재단은 大山 愼鏞虎 선생의 뜻에 따라 교보생명의 출연으로 창립되어 우리 문학의 창달과 세계화를 위해 다양한 공익문화사업을 펼치고 있습니다.

서유기 제10권
| 차례

제91회 금평부(金平府)에서 정월 대보름 연등 행사를 구경하고, 당나라 스님은 현영동(玄英洞)에서 신분을 털어놓다 · 17

제92회 세 형제 스님이 청룡산에서 한바탕 크게 싸우고, 네 별자리는 코뿔소 요괴들을 포위하여 사로잡다 · 48

제93회 급고원(給孤園) 옛터에서 인과(因果)를 담론하고, 천축국 임금을 뵙는 자리에서 배필감을 만나다 · 79

제94회 네 스님은 어화원(御花園)에서 잔치를 즐기는데, 한 마리 요괴는 헛된 정욕을 품고 홀로 기뻐하다 · 108

제95회 거짓 몸으로 참된 형체와 합치려다 옥토끼는 사로잡히고, 진음(眞陰)은 바른길로 돌아가 영원(靈元)과 다시 만나다 · 139

제96회 구원외(寇員外)는 고승을 받아들여 환대하나, 당나라 스님은 부귀영화를 탐내지 아니하다 · 169

제97회 손행자는 은혜 갚으려 악독한 도적들과 마주치고, 신령으로 꿈에 나타나 저승의 원혼을 구원해주다 · 197

제98회 속된 심성이 길들여지니 비로소 껍질에서 벗어나고, 공을 이루고 수행을 채우니 진여(眞如)를 뵙게 되다 · 235

제99회 구구(九九)의 수효를 다 채우니 마겁(魔劫)이 멸하고, 삼삼(三三)의 수행을 마치니 도는 근본으로 돌아가다 · 269

제100회 삼장 법사는 곧바로 동녘 땅에 돌아오고, 다섯 성자는 마침내 진여(眞如)를 이루다 · 294

작품 해설 · 329
부록 · 483
서유기 — 총 목차 · 519
기획의 말 · 527

제92회 세 형제 스님이 청룡산에서 한바탕 크게 싸우고,
네 별자리는 코뿔소 요괴들을 포위하여 사로잡다

제94회 네 스님은 어화원(御花園)에서 잔치를 즐기는데,
한 마리 요괴는 헛된 정욕을 품고 홀로 기뻐하다

제95회 거짓 몸으로 참된 형체와 합치려다 옥토끼는 사로잡히고,
진음(眞陰)은 바른길로 돌아가 영원(靈元)과 다시 만나다

제98회 속된 심성이 길들여지니 비로소 껍질에서 벗어나고,
공을 이루고 수행을 채우니 진여(眞如)를 뵙게 되다

제100회 삼장 법사는 곧바로 동녘 땅에 돌아오고,
다섯 성자는 마침내 진여(眞如)를 이루다

일러두기

1. 이 책의 번역 대본은 중국 베이징 인민출판사(北京人民出版社)가 펴낸『서유기』이다. 이 판본은 명나라 만력(萬曆) 20년(1592)에 간행된 금릉 세덕당(金陵世德堂)『신각출상 관판대자 서유기(新刻出像官板大字西遊記)』의 촬영 필름과 청나라 때에 간행된 여섯 종류의 판각본을 참고하여 수정 정리한 것으로 1955년 초판을 발행한 이래 교정을 거듭하였으며, 특히 1977년 제4판부터는 1970년대에 발견된 명나라 숭정(崇禎) 때(1628~1644)의『이탁오(李卓吾) 평본 서유기』를 대조 검토하여 이전 판을 크게 보완하였다.

2. 대조 보완 작업을 위해 그밖에 수집, 참고한 대본은 다음과 같다.
(1) 명나라 판본:『서유기』단권, 악록서사(岳麓書肆), 1997. 1, 제23판.
　　　　　　　　『이탁오 평본 서유기』, 상하이 고적출판사(上海古籍出版社), 1997. 4, 제2판.
(2) 청나라 판본: 장서신(張書紳) 편『신설 서유기 도상(新說西遊記圖像)』, 건륭(乾隆) 14년(1749), 영인본.
　　　　　　　　황주성(黃周星) 주해본『서유증도서(西遊證道書)』, 강희(康熙) 3년(1664).
　　　　　　　　『진장본 서유기(珍藏本西遊記)』, 지린문사출판사(吉林文史出版社), 1995.
　　　　　　　　『서유기(西遊記)』, 상무인서관(商務印書館)(H.K.), 1997, 전6권.

3.『금릉 세덕당 본』이 비록 여러 면에서 장점을 많이 지녔다고는 해도 그 역시 결함이 없지 않아, 나머지 다른 판본의 우수한 점을 채택하여 고쳐 썼는데, 특히 현장 법사의 출신 내력을 다룬 대목은 주정신(朱鼎臣) 판본의 내용을 추가하는 과정에서 궁

색하게 '부록(附錄)'이란 형식을 썼으므로, 이를 청나라 때 장서신의 영인본 『신설 서유기 도상』의 편차(編次)에 따라 다음과 같이 재구성하고 번역하였다.

『세덕당 본』의 편차

부 록   진광예는 부임 도중에 횡액을 당하고,　　　　　附 錄   陳光蕊赴任逢災
　　　　강류승은 아비의 원수를 갚고 근본을 되찾다　　　　　　 江流僧復仇報本

제9회   원수성의 신묘한 점술에 사사로이 굽힘이 없고,　第九回   袁守誠妙算無私曲
　　　　어리석은 용왕은 치졸한 계략으로 천조를 어기다　　　　老龍王拙計犯天條

제10회 두 장군은 궁궐 문에서 귀신을 진압하고,　　　第十回   二將軍宮門鎭鬼
　　　　당 태종의 혼백은 저승에서 돌아오다　　　　　　　　　唐太宗地府還魂

제11회 목숨을 돌려받은 당나라 임금이 선과를 지키고, 第十一回 還受生唐王遵善果
　　　　외로운 넋 건져주려 소우가 부처의 교리를 바로 세우다 度孤魂蕭瑀正空門

제12회 현장 법사가 정성으로 수륙 대회를 베푸니,　　第十二回 玄奘秉誠建大會
　　　　관음보살이 현성하여 금선장로를 깨우치다　　　　　　 觀音顯聖化金蟬

재구성한 편차

제9회   진광예는 부임 도중에 횡액을 당하고,　　　　　第九回   陳光蕊赴任逢災
　　　　강류승은 아비의 원수를 갚고 근본을 되찾다　　　　　　江流僧復仇報本

제10회 어리석은 용왕 치졸한 계략으로 천조를 어기고,   第十回 老龍王拙計犯天條
   승상 위징은 서찰을 보내어 저승의 관리에게 청탁하다   魏丞相遺書託冥吏

제11회 저승을 두루 유람하던 태종의 혼백이 돌아오고,   第十一回 遊地府太宗還魂
   호박을 바치러 죽어간 유전은 새로운 배필을 얻다   進瓜果劉全續配

제12회 당 태종이 정성으로 수륙 대회를 베푸니,   第十二回 唐王秉誠建大會
   관음보살이 현성하여 금선 장로를 깨우치다   觀音顯聖化金蟬

4. 번역에 있어서, 광범위한 독자를 대상으로 원문의 뜻을 충분히 살려 의역(意譯)하고, 될 수 있는 대로 한자(漢字) 용어를 배제하고 우리말로 쉽게 풀어 썼으며, 당시의 제도상 관용어는 그대로 사용하였다.

5. 역주는 중국의 역사적 인물, 사회 제도상 우리나라와 다른 관습, 종교적 용어, 내용과 관계가 깊은 배경 사실, 그리고 관용어와 인용문에 대한 설명을 주로 하였으며, 특히 본문 가운데 우리에게 생소한 중국 속담이나 사투리, 뜻 깊은 경구(警句)는 번역문 다음에 이어 원문(原文)을 부록하였다.

 【예】"다섯 가지 형벌을 받아야 할 죄목이 3천 가지가 있으되, 그중에서 불효보다 더 큰 죄는 없다(五刑之屬三千, 而罪莫大於不孝)."
   "집안의 살림살이를 맡아봐야 땔나무 값 쌀값 비싼 줄 알게 되고, 자식을 길러봐야 부모님의 은혜를 알아본다(當家才知柴米價, 養子方曉父娘恩)."
   "아무리 술맛이 좋다마다 해도 고향 우물 맛이 최고요, 친하니 어쩌니 해도 고향 사람이 최고(美不美, 鄕中水, 親不親, 故鄕人)."

서유기 西遊記

제91회 금평부에서 정월 대보름 연등 행사를 구경하고, 당나라 스님은 현영동에서 신분을 털어놓다

선도(禪道)를 닦는 데 어느 점에 노력하랴? 심성이 사납게 날 뛰면 싹을 속히 잘라내야 하는 법.

단단히 붙잡고 단단히 매어두면 오색 광채가 생겨나고, 잠시 하다 그만두고 잠시 하다 멈추면 삼도(三途) 지옥[1]에 떨어진다.

만약 자유자재로 뛰놀게 만든다면 신단(神丹)이 누설되리니, 그때야말로 조용히 놓아두면 옥 같은 성정이 말라버릴 것이다.

모름지기 기쁨과 노염, 걱정 근심과 그리움을 말끔히 쓸어버릴 것이니, 현묘한 도리를 얻으면 무(無)와 같은 경지에 들리라.[2]

당나라 스님과 제자 일행 네 사람은 옥화성을 떠난 이래 서행길이 극락세계를 가고 있는 것처럼 줄곧 평온했다. 대엿새쯤 가고 보니 또 한 군데 성이 나타났다. 당나라 스님이 손행자를 돌아보고 물었다.

"제자야, 저긴 또 어떤 곳 같으냐?"

"성지(城池) 아닙니까. 깃대는 있지만 기를 달지 않아 어떤 곳인지 모르겠군요. 좀더 가까이 가서 물어보기로 하죠."

---

[1] 삼도 지옥: 불교 용어로, 삼도(三途)에서의 지옥(地獄)은 맹렬한 불길이 타오르는 고통의 세계. 제12회 본문과 주 **2** '삼도·육도' 및 제36회 주 **13** '삼도업' 참조.

[2] 선도를 닦는 데…… 경지에 들리라: 이 서두시는 도교 전진도(全眞道) 제2대 제자인 마단양(馬丹陽, 속명 마옥(馬鈺))의 작품으로, 『도장(道藏)』 제786권에 수록된 「점오집(漸吾集)」에서 인용한 것이다.

성 동쪽 관문에 이르러보니, 양편으로 찻집과 술집이 늘어서서 시끌벅적 어수선하고, 쌀가게, 기름 짜는 집도 즐비해서 여간 흥청거리지 않는다. 큰길 거리에는 장터에 하릴없이 빈둥거리던 건달 녀석들이 저 팔계의 기다란 주둥이와 사화상의 까무잡잡한 얼굴하며 손행자의 불덩어리같이 시뻘건 눈동자를 보고 한꺼번에 몰려들어 앞을 다퉈가며 구경하기 시작했다. 그러나 섣불리 대들어 시비를 걸어볼 엄두는 내지 못하고 있었다. 당나라 스님은 건달과 제자들 사이에 혹 무슨 일이라도 벌어질까 겁이 나서 한바탕 진땀을 뽑았다. 다시 이 골목 저 골목을 계속 들어갔으나 성문에는 좀처럼 당도할 수가 없었다. 얼마쯤 걸어가니 한군데 절간 산문이 불쑥 나타나는데, 산문 위 간판에 '자운사(慈雲寺)'란 세 글자가 씌어 있다.

"우리 여기 잠시 들어가서 말도 좀 쉬게 해주고 한 끼니 얻어먹자꾸나. 어떠냐?"

"그거 좋습니다! 좋지요!"

손행자가 응답하니, 일행 네 사람은 한꺼번에 산문 안으로 들어섰다. 보아하니 자운사는 실로 굉장한 사찰이었다.

　　　진루(珍樓)는 장엄하고 화려하며, 보좌(寶座)가 우뚝 높이 솟아 있다.

　　　부처님의 전각은 구름 밖에 높이 치솟고, 승방은 달빛 가운데 고요하다.

　　　붉은 노을이 있는 듯 없는 듯 황홀하게 휘감긴 가운데 부도(浮屠)의 탑 윤곽을 또렷이 드러내는데,

　　　벽옥빛 푸른 나무 그늘도 서늘하여 윤장(輪藏)[3]의 절터를 맑게 해준다.

진실로 정토 극락이요, 꾸며놓은 용궁이 따로 없다.

대웅전 상공에는 보랏빛 구름이 감돌고, 양편 복도 낭하에는 한가롭게 노니는 사람들이 끊일 새 없으며, 불탑 문은 언제나 열려 손님들이 올라간다.

향로 속의 향불은 시시때때로 모락모락 타오르고, 제대 위의 등잔불은 밤마다 밝혀진다.

홀연듯 방장(方丈)의 금종 소리 여운을 남기는데, 불상 앞 스님들은 낭랑하게 경을 읊는다.

일행 넷이서 한참 바라보고 있으려니, 낭하 쪽에서 화상 한 명이 걸어나오다가 당나라 스님을 발견하고 얼른 절하며 묻는다.

"노스님께선 어디서 오신 분입니까?"

"제자는 중화 대국 당나라 조정에서 온 사람입니다."

그 화상은 이 말을 듣더니 몸을 굽혀 다시 한번 큰절을 올린다. 당나라 스님은 깜짝 놀라 부축해 일으켰다.

"원주께선 어이하여 이렇듯 소승에게 큰 예를 행하시는지요?"

화상은 두 손 모아 공손히 합장하고 대답했다.

"우리 고장 사람들이 부처님을 받들고 경을 읽으며 염불하는 까닭은 모두가 도를 닦아서 중화 땅에 다시 태어나고 싶기 때문입니다. 이제 노스님의 풍채와 의관을 뵈었더니, 과연 전생에 도를 닦아야만 그런 복을 누릴 수 있다는 것을 알게 되었습니다. 이러니 마땅히 큰절을 올려야

---

3 윤장: 불교 용어로 '전륜장(轉輪藏)'의 준말. 전륜장이란, 불교의 경전을 넣어두는 책장으로 회전하도록 만든 책궤. 양(梁)나라 때 쌍림 대사(雙林大師) 부흡(傅翕)이 처음 만든 것인데, 이 회전 책장을 돌리면 경전을 마음대로 찾을 수 있고, 속세 사람들이 돌리기만 하면 굳이 경문을 읽지 않는다 하더라도 공덕이 절로 쌓인다고 한다.

하지 않겠습니까?"

이 말을 듣고 당나라 스님은 웃으며 말했다.

"송구스러우신 말씀을! 정말 송구스럽습니다. 이 제자는 그저 떠돌아다니는 행각승에 지나지 않는 몸인데, 복을 누린다고 할 만한 것이 뭐 있겠습니까. 원주님처럼 이런 곳에서 유유자적 수양하시는 분이야말로 청복을 누린다고 할 수 있지요."

승려가 당나라 스님을 데리고 정전으로 들어가 불상에 예배를 드리게 해주었다. 당나라 스님은 그제야 제자들을 불러들였다. 그때까지만 해도 손행자 세 사람은 스승이 화상과 얘기를 나누는 것을 보자, 등을 돌리고 외면한 채 말고삐를 붙잡고 짐보따리를 지키며 한쪽에 서 있던 터라, 그 승려는 아예 그들을 마음에도 두지 않고 있었다. 그러다가 당나라 스님이 '제자들아!' 하고 부르는 소리에, 정면으로 돌아서더니 낯짝과 꼬락서니를 보고 기절초풍을 하도록 놀라 소리질러 물었다.

"어이쿠, 장로님! 제자 분들의 생김새가 어쩌면 저토록 추합니까?"

당나라 스님은 해명을 해주었다.

"추하게 생기기는 했습니다만, 그래도 모두들 법력 하나만은 대단합니다. 제가 여기까지 오는 동안, 줄곧 이 사람들의 보호를 받아왔으니까요."

얘기를 나누고 있는데, 안으로부터 또 화상 몇몇이 걸어나와 절을 한다. 먼저 나왔던 화상이 뒤에 나온 동료들에게 소개를 시켜주었다.

"여보게들, 여기 이 노스님은 중화 대국 당나라에서 오신 분이고, 저 세 분은 제자 되시는 분들이라네."

여러 화상들은 당나라 스님의 모습을 보고 기뻐하면서도 한편 제자들의 생김새에 겁을 집어먹고 조심스레 여쭈었다.

"노스님께서는 중화 대국에서 무슨 일로 여길 오셨습니까?"

"저는 당나라 임금의 성지를 받들어 영산으로 부처님을 찾아뵙고 경을 얻으러 가는 길입니다. 마침 귀국 경내를 지나가게 되었기에, 이 고장이 어떤 곳인지 알아보기도 할 겸 또 한 끼니 식사나 얻어먹을 수 있을까 해서, 이렇듯 보찰(寶刹)에 찾아들게 된 것입니다."

승려들은 하나같이 반색하며 그들 일행을 방장 안으로 모셔들였다. 방장에는 또 다른 스님 몇 사람이 신도들을 위해 재(齋)를 올려주고 있었다. 한발 앞서 들어간 사람이 그들에게 소리쳐 알렸다.

"이리 나와서 중화 대국 인물 좀 보게. 이제 봤더니 중화 땅에는 잘생긴 사람도 있고 못생긴 사람도 있다네. 준수하게 잘생긴 분은 정말 그림으로 그리기 어려울 정도로 멀끔하지만, 추하게 생긴 사람은 아주 기괴망측하기 짝이 없는걸!"

여러 스님들과 재를 올리던 손님들이 모두 다가오더니 당나라 스님 일행에게 인사를 건넸다. 이윽고 인사치레가 끝나자 주인과 손님들은 각각 자리잡고 앉았다. 차 대접을 받고 나서 당나라 스님이 비로소 궁금한 걸 물었다.

"이곳은 지명을 뭐라고 부릅니까?"

여러 화상들이 한마디씩 똑같은 대꾸를 한다.

"여기 이곳은 천축국 외곽 고을에 속하는 금평부(金平府)입니다."

"여기서 영취산까지는 거리가 얼마나 되는가요?"

"여기서 천축국 도성까지는 이천 리 길이나 됩니다. 그 길은 우리도 가본 적이 있지만, 도성에서 서쪽으로 영취산까지의 길은 한 번도 가본 적이 없어 몇 리나 되는지 섣불리 말씀드릴 수가 없습니다."

당나라 스님이 감사하다는 인사를 하고 났더니, 얼마 안 되어서 밥상을 차려 내왔다. 식사를 마치고 떠나려 하는데, 여러 스님과 재를 올리던 신도들이 간곡히 만류했다.

"노스님, 하루 이틀쯤 편히 쉬셨다가 정월 대보름 원소절(元宵節)이나 지내고 놀다 떠나셔도 되지 않겠습니까."

당나라 스님은 깜짝 놀라며 물었다.

"저는 도중에 산이 있으면 넘고 물을 만나면 건너고, 요괴 마귀들을 마주칠까 두려워 떨다 보니, 세월이 어떻게 가는지조차 모르고 지냈습니다. 그런데 정월 대보름 원소절이라니, 그 명절이 도대체 어느 때입니까?"

여러 화상들은 허허대고 웃음보를 터뜨렸다.

"노스님께선 부처님을 찾아뵙고 선심(禪心)을 터득하시는 일에만 전념하시느라 명절 따위는 염두에 두지 않으셨군요. 오늘이 정월 열사흗날, 밤이 되면 등불을 켜기 시작할 때입니다. 그러니까 내일 모레가 정월 대보름이지요. 그날부터 연등(燃燈) 행사가 열려서 십팔구일까지 계속된 뒤에야 비로소 등불을 끄고 행사를 마칩니다. 우리 고장 사람들은 이런 행사를 좋아할 뿐만 아니라, 이 금평부 태수(太守) 대감께서도 백성들을 무척 아끼고 사랑하셔서 각 지방마다 모두 등불을 높이 매달고 밤새도록 풍악을 울려 즐기게 해주십니다. 더구나 금등교(金燈橋) 행사라는 것이 있는데, 이것은 옛날 옛적부터 전해 내려와 오늘날까지 풍성하게 베풀어지고 있습니다. 노스님 일행께서는 며칠 편히 묵어 계십시오. 비록 보잘것없는 산중이나마 대접해드릴 여유는 있습니다."

당나라 스님도 어쩔 도리가 없는 터라, 며칠 묵어가기로 했다.

그날 밤이 되자, 불당에서 종과 북을 두드리는 소리가 하늘마저 들썩거리도록 요란하게 울렸다. 온 마을 신도들이 등불을 가지고 와서 부처님께 올리는 행사가 시작된 것이다. 당나라 스님 일행도 모두 방장에서 나와 등불놀이를 구경하고 나서 각자 침소로 돌아가 쉬었다.

이튿날, 자운사 스님들이 또 아침식사를 차려 내왔다. 아침상을 물린 일행은 후원으로 나가서 한가롭게 산책을 즐겼다. 참으로 아름다운 고장이었다.

때는 바야흐로 춘정월, 한 해의 새봄이 돌아온 계절.
그윽하게 들어앉은 동산 숲에, 풍경은 아름답고도 풍성하다.
사시장철 꽃나무는 기이함을 다투고, 줄기줄기 뻗어나간 산봉우리 겹겹으로 포개졌다.
방초(芳草)는 섬돌 앞에 싹터나오고, 해묵은 나뭇가지에 매화꽃은 향기를 멀리멀리 풍겨보낸다.
붉게 물들어가는 복사꽃잎이 하늘하늘 여리고, 푸르러가는 버들빛이 날로 새롭다.
금곡원(金谷園)의 웅대함과 아름다움을 자랑 말고, 망천도(輞川圖)⁴의 풍류 역시 두었다 말하려무나.
시냇물은 한 갈래로 흐르니 들오리떼는 출몰이 무상하며, 천 그루 대나무 심었으니 시인 묵객(詩人墨客)들은 읊어 내린 원고를 가다듬느라 망설인다.
작약꽃에 모란꽃, 석 달 열흘 피는 백일홍[紫薇花], 방긋 웃음 머금은 함소화(含笑花)가 하늘의 오묘한 신비에 맞춰 이제야 움터 나오고, 산다화(山茶花), 홍매화(紅梅花), 봄을 맞는 개나리[迎春

---

4 금곡원·망천도: 금곡원(金谷園)은 진(晉)나라 때의 천하 갑부로 명성을 떨친 석숭(石崇)이 낙양(洛陽) 서북쪽 교외에 온갖 사치를 다하여 지은 호화로운 정원. 이 정원에서 잔치를 열고 손님들이 술을 마시며 시를 짓게 하였는데, 시를 짓지 못한 사람에게는 그 벌로 술 서 말[斗]을 억지로 마시게 했다 하여, '금곡주수(金谷酒數)'란 고사가 생겨나기도 했다. 망천도(輞川圖)는 당나라의 대시인이며 화가였던 왕유(王維)가 지금의 섬서성(陝西省) 남전현(藍田縣)에 은거하면서 별장 부근의 화자강(華子岡)·죽리관(竹裏館)과 같은 아름다운 명승 절경을 화폭에 담았는데, 이것이 곧 유명한 「망천 이십경(輞川二十景)」이다. 왕유에 대해서는 제65회 주 **4** 참조.

花), 향내 짙은 서향화(瑞香花)는 탐스러운 기질이 먼저 피어났다.

그늘진 산등성이 쌓인 눈에는 아직도 얼음이 섞여 있으나, 머나먼 나무숲의 아지랑이는 벌써 이른 봄빛을 실어온다.

또 바라보자니, 사슴떼는 연못가에 그림자를 비추고, 두루미는 소나무 아래 다가와 거문고 소리를 듣는다.

동편에 높은 누각 몇 채, 서편에는 정자가 몇 군데 자리잡았으니 찾아드는 손님들이 유숙하고, 남쪽의 불당 몇 채, 북쪽의 불탑 몇 자리에는 스님들이 조용히 참선에 열중한다.

가지가지 화초에 파묻혀서, 한두 군데 양성루(養性樓)가 자리 잡았으니, 겹겹으로 치솟은 처마 끝이 높다랗게 둘러 있으며,

산수(山水) 흐르는 한복판에 서너 군데 연마실(煉魔室)이 있으니 밝은 들창 가에 깔끔한 탁자들이 고요히 벌여 앉았다.

진실로 천연의 은일(隱逸)이라 일컬을 만한 곳이니, 신선 사는 봉래도, 영주를 다른 데서 또 찾아 헤맬 필요가 어디 있으랴?

스승과 제자들은 하루 온종일 구경하고, 또다시 불전에서 올리는 연등놀이를 보러 갔다.

마노의 꽃성(花城), 유리로 만든 신선들의 동굴, 그리고 수정과 운모로 이루어진 여러 궁전들, 겹겹이 비단폭으로 수를 놓은 듯, 첩첩이 포개져 오색 영롱한 광채를 발한다.

다리 밑 시냇물에 흐르는 별빛 그림자가 번쩍거릴 때마다 건곤(乾坤, 하늘과 땅)이 따라서 움직이고, 몇 그루 화수(火樹, 불꽃놀이)에 붉은빛이 흔들린다.

육가(六街)에 통소 부는 소리 북소리 어우러지고, 천문(千門)에

벽옥 같은 둥근 달이 비치는가 하면, 만호(萬戶)에는 향기로운 바람이 감돌아 나간다.

　　몇 군데 큰 거북 산봉우리(鼇峰) 우뚝 솟아오르니, 어룡(魚龍)은 바다 위에서 나오고 난봉(鸞鳳)은 하늘 높이 솟구쳐 오르는 듯하다.

　　등불빛을 부러워하는 달빛 아래, 화목한 분위기가 저절로 녹아든다.

　　꽃다운 아가씨들 행렬 속에, 사람들은 저마다 생황(笙簧) 가락에 맞춰 부르는 노랫소리를 듣는다.

　　수레 끄는 말이 달릴 때마다 우레 같은 소리 요란하고, 옥 같은 얼굴 꽃다운 여인네 모습들하며 풍류 협객들의 호쾌한 자태는 아무리 보아도 끝이 없으니,

　　아름다운 그 경치 무궁무진하다.

삼장 법사 일행과 여러 스님들은 본찰(本刹) 안에 있는 등불을 다 구경하고 나서, 내친 기분에 동관(東關)까지 뻗은 길거리로 유람을 나갔다. 그리고 이경(二更, 21~23시) 무렵이 되어서야 겨우 돌아와 잠자리에 편히 들었다.

　　다음날이 되자, 당나라 스님은 자운사 승려들에게 한 가지 부탁을 했다.

　　"저는 애당초 탑을 보면 깨끗이 쓸기로 발원(發願)했습니다. 때마침 오늘 정월 대보름 명절을 맞이하게 되었으니, 주지 스님께서는 부디 탑문을 열어주시어 저에게 그 소원을 이룰 수 있도록 해주시기 바랍니다."

　　자운사 승려들은 선선히 탑문을 열어주었다. 사화상은 곧 금란 가사를 꺼내들고 당나라 스님을 뒤따랐다. 제1층에 들어서자, 그는 가사

를 몸에 걸친 다음 부처님께 절하고, 축도(祝禱)를 마친 뒤에 빗자루로 한 층을 정성 들여 쓸었다. 그리고는 가사를 벗어 사화상에게 넘겨주고 2층으로 올라가 쓸고…… 이렇듯 한 층씩 한 층씩 맨 꼭대기 층까지 쓸며 올라갔다.

탑에는 층마다 부처님의 상을 모셔놓고 도처에 들창문을 열어놓았으므로, 당나라 스님은 한 층을 소제할 때마다 훤히 열린 창문으로 한 층씩 구경하며 찬탄을 금치 못했다.

이윽고 청소를 마치고 내려왔을 때에는 그날도 벌써 저물어 등잔에 불을 밝히고 있었다. 이날 밤이 바로 정월 대보름, 원소절이었다. 승려들이 삼장 법사에게 말했다.

"노스님, 엊그제는 저희 절간과 동쪽 관문에서 등불 구경을 하셨지만, 오늘은 대보름날이니 성내에 들어가셔서 황금 등을 구경하는 것이 어떻겠습니까?"

당나라 스님은 사뭇 홀가분한 마음으로 그 제안을 받아들여 손행자 형제 세 사람과 함께 자운사 스님들을 따라 성안으로 들어가 연등 행사를 구경하기 시작했다.

삼오(三五)는 십오야(十五夜) 좋은 보름날 밤에, 상원(上元)의 봄빛이 따사롭다.

꽃으로 꾸민 등(花燈)이 떠들썩한 장터 길거리에 내다 걸리고, 사람마다 소리 맞춰 태평가를 부른다.

또 바라보니 육가 삼시(六街三市)에 등불이 밝은데, 반공중에는 또 하나 커다란 거울이 둥실 떠오르기 시작한다.

저편의 달덩이는 흡사 풍이(馮夷)⁵가 은빛 찬란한 쟁반을 밀어 올리는 듯한데, 이편의 등불은 마치 선녀들이 짠 비단폭을 땅바닥에 깔아놓은 듯하다.

　등불이 보름달빛을 비추니 맑고 밝은 광휘(光輝)가 곱절이나 더하고, 달빛이 등불 비추니 그 찬란함이란 이루 더할 수 없다.

　쇠사슬로 줄줄이 꿰어 맞춘 별의 징검다리〔星橋〕는 보고 또 보아도 끝간 데를 모르며, 가장귀에 매달린 등불의 꽃은 나무를 불덩어리로 만들어 아무리 보고 또 보아도 눈길에 가득 차 모두 다 볼 수 없을 지경이다.

　눈꽃처럼 만든 설화등(雪花燈), 매화등(梅花燈)은 이른 봄 얼음이 쪼개지고 바스러지는 듯한데, 수놓은 병풍 같은 수병등(繡屛燈), 그림을 그린 화병등(畵屛燈)은 다섯 가지 광채가 어우러진 듯하다.

　호두처럼 생긴 핵도등(核桃燈), 연꽃등〔荷花燈〕은 등루(燈樓)에 높다랗게 걸리고, 푸른 털빛 사자등〔靑獅燈〕, 흰 코끼리 백상등(白象燈)은 등불 시렁 위에 높이 얹혀 흔들거린다.

　새우 모양의 하아등(蝦兒燈), 자라처럼 납작한 별아등(鱉兒燈)은 삿자리 앞에 높직이 매달려 한들거리고, 양처럼 순하게 생긴 양아등(羊兒燈), 토끼등〔兎兒燈〕은 처마 끝에 또랑또랑 빛난다.

　새매를 닮은 응아등(鷹兒燈), 봉황처럼 화려한 봉아등(鳳兒燈)은 나란히 잇대어 의지하고, 호랑이등〔虎兒燈〕과 말처럼 생긴 마아등(馬兒燈)은 같은 길을 사이좋게 걷고 있다.

　선학등(仙鶴燈) 흰 사슴 백록등(白鹿燈)에는 남극수성(南極壽星)이 타고 앉았으며, 금빛 잉어등〔金魚燈〕, 큰 고래등〔長鯨燈〕에는

---

5 풍이: 중국 신화에 풍이(馮夷)는 본디 강물의 신령 하백(河伯)을 가리키는데, 후에 와서 비를 주관하는 신령 우사(雨師)로 발전했다. 『수경(水經)』「하수·주(河水注)」와 『회남자(淮南子)』「원도훈(原道訓)」에 따르면, 그는 외출할 때마다 구름의 수레를 타고 용 두 마리를 시켜 끌게 하였는데, 나중에는 천궁의 양후(陽侯)가 되어 해와 달까지 몰아서 타고 다닐 수 있었다고 한다. = '빙이(冰夷)'.

이태백이 높직이 올라탔다.

큰 거북 모양의 오산등(鰲山燈)에는 신선들이 한데 모여 있고, 주마등(走馬燈)에는 무장(武將)들이 칼끝을 마주 겨누고 싸운다.

만 가호 천 가호 집집마다 등불 누대를 쌓아올리고, 십여 리 공간이 온통 자욱한 운연 세계(雲煙世界)를 이루었다.

저편에서는 옥으로 지은 다래가 짤랑짤랑 날아들고, 이편에서는 덜컹덜컹 향기로운 수레가 지나간다.

붉은 빛깔로 단장한 홍루(紅樓)에는 난간에 기대선 채, 늘어뜨린 주렴 사이로 어깨도 나란히 한들한들 손짓하는 어여쁜 기녀들이 짝지어 환락에 취해 있는데, 녹수교(綠水橋) 다리 가에는 와글와글 비단옷 걸친 난봉꾼들이 얼큰하게 취해서 껄껄대며 유곽(遊廓)의 여인네들을 희롱하느라 시끄럽다.

성안에는 온통 피리 불고 북 치는 소리 요란하게 울리고, 밤새도록 생황에 가락 맞춰 부르는 노랫소리 그칠 줄 모른다.

이렇듯 성대한 장관을 증명하는 시가 다음과 같이 있다.

금수강산 찬란한 터전에 채련곡(採蓮曲)을 노래하니, 태평스런 경내(境內)에 사람들이 몰려들어 웅성거리네.

등불은 밝고 달빛 맑은 정월 대보름 한밤에, 비바람 순조로우니 한 해 내내 대풍년이 들리라.

이때만큼은 금오군(金吾軍, 치안 순찰대)의 야간 통행 단속도 없어, 무수한 인파가 몰려다니며 아우성치고 저마다 흥청망청 제멋대로 놀았다. 덩실덩실 춤추며 돌아가는 사람이 있는가 하면, 여자로 변장한 사내, 귀신으로 분장한 사람, 코끼리를 타고 다니는 사람, 이리 밀치고 저리 몰리며, 끝간 데를 모르게 북적거리고 있었다.

가까스로 금등교 다리 위에 올라선 당나라 스님 일행이 자운사 승려들과 함께 가까이 다가가서 보니 그것은 세 개의 금등(金燈)이었다. 황금 등잔은 모두 셋, 하나같이 크기가 물항아리만이나 했는데, 그 위에는 2층짜리 투명한 누각이 영롱한 빛으로 비치고 있었다. 그것은 모두 가느다란 금실로 엮어 짜서 만든 것으로 속에 얇은 유리 조각을 끼워넣어 그 광채가 달빛을 받아 더욱 찬란하게 어른거리고, 등잔불을 켠 기름은 유별나게 향기를 뿜어내고 있었다.

당나라 스님이 자운사 승려들을 돌아보고 물었다.

"저 등잔에는 도대체 무슨 기름을 쓰기에, 이토록 향내가 코를 찌릅니까?"

승려들이 설명을 해주었다.

"노스님께선 모르실 겝니다. 우리 금평부 뒤쪽에는 민천현(旻天縣)이란 고을이 하나 있는데, 그 고을 면적이 이백사십 리나 됩니다. 해마다 부역(賦役)으로 기름을 만들어서 공출하는데, 그중에서도 이백사십 가호나 되는 부자 기름집들이 있습니다. 우리 이 금평부와 민천현에서도 여러 가지 명목으로 부역을 하지만 그래도 수월한 편이고, 저들 부자 기름집들의 부역은 여간 무거운 것이 아닙니다. 일 년에 한 집마다 내는 기름값이 은전으로 셈쳐서 이백 냥 이상이나 되고 있으니까요. 이 등잔 기름은 보통 기름이 아니고 소합향유(酥合香油)라는 것입니다. 이 기름값은 한 냥쭝에 은전 두 냥, 그러니까 한 근에 은전 서른두 냥이나 되는 셈이지요. 그런데 저 황금 등잔 한 항아리마다 소합향유 오백 근씩 들어가니까 세 항아리에 도합 일천오백 근, 은전으로 환산해서 무려 사만 팔천 냥이 됩니다. 여기에 또 이런저런 잡비까지 계산하면 모두 오만 냥

이상이나 되는데, 이 분량의 기름으로 겨우 사흘 밤만 등잔불을 켤 수 있을 뿐이랍니다."

손행자가 이 말을 듣고 깜짝 놀라 다시 물었다.

"그 많은 기름을 어떻게 사흘 밤에 다 켜서 없애버린단 말이오?"

"저 황금 등잔은 한 항아리마다 커다란 불심지가 마흔아홉 개씩 들어 있습니다. 그 심지는 비단과 솜으로 엮은 것으로서 달걀만큼씩 굵다란데, 그것도 오늘 밤만 겨우 켤 수 있을 뿐이지요. 부처님께서 몸소 나타나시면 내일 밤에는 기름도 없어지고 등잔불도 꺼지게 되니까요."

곁에서 저팔계가 낄낄대고 우스갯소리를 늘어놓는다.

"아마 부처님께서 기름까지 거둬가시는 모양이구려!"

그랬더니 승려들은 정색을 하고 말했다.

"예, 바로 그렇습니다! 온 성내 사람들이 예로부터 오늘에 이르기까지 모두 이런 얘기를 전해 내려왔으니까요. 황금 등잔에 기름이 말라 없어지면 부처님께서 거둬가시고 일 년 내내 오곡이 풍성하게 자란다고 말합니다. 그 대신에 어느 해에라도 기름이 마르지 않으면 그해에는 흉년이 들고 비바람이 순조롭지 못하게 됩니다. 그래서 모든 백성들이 기름을 바치지 않을 수가 없지요."

이런 얘기를 나누고 있을 때였다. 갑자기 반공중에서 '쏴아아, 쏴아아!' 하는 바람 소리가 들려오더니, 연등 행사를 구경하던 사람들이 놀라서 사면팔방으로 뿔뿔이 흩어져 도망치기 시작했다. 자운사 승려들도 땅에 발을 제대로 붙이고 서 있지 못한 채 일행을 재촉했다.

"노스님, 어서 돌아가십시다! 바람이 불기 시작했습니다. 이제 곧 부처님께서 이곳에 강림하시어 등불을 구경하실 겁니다."

당나라 스님은 영문을 모르고 어리둥절한 기색으로 되물었다.

"부처님께서 등불을 구경하신다는 것을 어떻게 알 수 있소?"

"해마다 똑같습니다. 삼경이 채 못 되어서 바람이 불기 시작하면, 사람들은 모두 부처님께서 강림하시는 줄 알아차리고 피하게 되어 있습니다."

그러자 당나라 스님은 딱 부러지게 고집을 부렸다.

"저는 애당초 부처님이 그리워 염불도 하고 부처님께 예배를 올리는 사람입니다. 이제 이렇듯 성대한 행사에 부처님들께서 강림하시어 이대로 여기서 우러러뵙고 예배를 드릴 수 있게 되었으니, 이게 얼마나 잘된 일입니까?"

승려들이 몇 번이나 돌아가자고 재촉했으나, 그는 끝내 말을 듣지 않았다.

얼마쯤 있으려니, 과연 밤바람 속에서 부처님 세 분의 모습이 나타나 황금 등잔불 가까이 다가왔다. 이것을 본 당나라 스님은 당황한 나머지 금등교 다리 위로 훌쩍 뛰어올라가 땅바닥에 엎드려 큰절을 했다.

정신없이 넙죽넙죽 큰절만 하는 스승을, 손행자가 급히 붙잡아 일으키면서 소리쳐 일깨웠다.

"사부님! 저것들은 좋은 사람이 아닙니다! 분명 요괴들이 틀림없습니다!"

그 말이 미처 끝나기도 전에 등불이 탁 꺼지더니, 어둠 속에서 '쉬익!' 하는 바람 소리와 함께 무엇인가 당나라 스님을 껴안고 바람결에 휩쓸려 어디론가 사라져버렸다.

허어! 참으로 기가 막힐 노릇이다. 또 무슨 산 어떤 동굴에 진짜 요괴가 있었기에 해마다 부처님을 가장하고 황금 등잔을 구경하러 나타나곤 했단 말인가?

기절초풍을 하도록 놀란 저팔계가 허겁지겁 다리 양편을 오락가락하며 스승을 찾아 헤매고, 사화상 역시 이리저리 휘둘러보며 소리쳐 불러보았으나, 스승은 온데간데없이 사라지고 응답하는 소리마저 들려오지 않았다.

손행자가 버럭 소리쳐 말렸다.

"이 사람들아! 여기서 아무리 소리질러도 다 소용없네. 속담에 '즐거움이 극에 달하면 슬픈 일이 찾아든다(樂極悲生)'했듯이, 사부님도 좋은 일 끝에 벌써 요괴란 놈한테 잡혀가신 거라네."

자운사 승려들 가운데 몇몇이 두려움에 떨며 물어왔다.

"어르신, 노스님이 요괴한테 잡혀가셨다는 걸 어떻게 아십니까?"

손행자는 씨익 웃으면서 이렇게 대답했다.

"당신들은 애당초 범속한 인간들이라, 오랜 세월을 두고 알아보지 못한 채 그놈의 요괴들에게 홀려왔던 거요. 그러니까 해마다 생불(生佛)이 강림해서 등잔 기름을 받아 가신다고 생각할밖에 더 있었겠소? 방금 바람이 일었을 때 부처님의 몸으로 나타난 자는 바로 세 마리의 요괴들이었소. 우리 사부님께서도 알아보지 못하고 다리 위에 올라가 절을 하셨는데, 그놈의 요괴들이 등잔불을 꺼버리고 그릇에 기름을 담아가면서 우리 사부님까지 채뜨려 가지고 달아나버린 거요. 나 역시 아차 하는 순간에 한발 늦어, 그놈들이 바람으로 화하여 뺑소니치게 만들고 말았소."

사화상이 안타까워 발을 동동 구른다.

"큰형님, 이 일을 어찌하면 좋소?"

"여기서 허둥대지 말고, 자네 두 사람은 이 스님들과 함께 서둘러 절간으로 돌아가서 마필과 짐보따리나 잘 지키고 있게. 이 손선생이 저놈의 바람을 뒤쫓아가볼 테니까."

용감한 손행자는 두 아우에게 당부를 마친 다음, 그 즉시 근두운을 날려 반공중으로 솟구쳐 오르더니, 바람결에 실려오는 비린내를 맡으면서 동북쪽으로 곧장 쫓아가기 시작했다. 날이 밝을 무렵까지 추격하다 보니 바람이 갑작스레 뚝 그치고, 커다란 산이 눈앞에 나타났다. 얼른 보아도 엄청나게 크고 험준하기 짝이 없는 산이었다.

산등성이와 골짜기는 겹겹으로 포개 싸이고, 샘터를 떠난 물 흐름은 굽이굽이 감돌아 나간다.
등나무 덩굴이 깎아지른 절벽에 드리우고, 소나무 잣나무는 허방에 뜬 바위 더미 위에 꼿꼿이 뻗어나왔다.
두루미가 아침 안개 속에 울고, 기러기떼는 새벽 구름 사이로 눈물짓는다.
까마득히 높고 우뚝우뚝 솟구친 봉우리들은 창극(槍戟)을 벌려 세운 듯, 울퉁불퉁한 바위들은 냇물 속에 반석을 쌓아올린 듯 번들거린다.
산마루 꼭대기는 높이가 만인(萬仞)[6]이요, 험준한 고갯마루는 천 겹으로 감돌아 오른다.
흐드러지게 핀 들꽃과 푸르디푸른 나무숲 있어 봄이 찾아왔음을 알려주고, 소쩍새와 노랑꾀꼬리가 경치에 어울려 재치 있게 날아다닌다.
가파르게 깎아지른 바위 더미가 진실로 괴상하고도 기구하며 험난하기 이를 데 없다.
가던 걸음 멈추고 오랫동안 구경해도 알아주는 사람 없으며,

---

6 만인: 고대의 길이를 재는 단위로 '인(仞)'은 시대에 따라 다르나 6척(尺)에서 8척에 해당한다. 통상 높이를 가리켜서 '만인'은 아주 높은 산봉우리나 아득히 깊은 골짜기를 묘사하는 데 주로 쓰였다.

그저 들리느니 호랑이 표범들의 으르렁대는 포효성뿐이다.

향노루 흰 사슴은 제멋대로 오락가락하며, 옥토끼와 털 푸른 이리떼는 정처 없이 갈팡질팡한다.

아찔하게 깊은 골짜기 아래 냇물은 천만 리를 흐르는데, 굽이쳐 감돌며 바윗돌에 부딪힐 때마다 잔잔한 물소리를 낸다.

손대성이 비탈진 산등성이 위에서 길을 찾고 있으려니, 때마침 웬 사람 넷이서 양 세 마리를 몰고 서쪽 언덕 아래 나타나는데 한결같이 무슨 소리인가를 외쳐가며 내려오고 있다.

"개태(開泰)! 개태!"

손대성이 불덩어리 같은 눈, 황금빛 눈동자를 번뜩여 가지고 자세히 바라보았더니, 그들은 다름이 아니라 연(年)·월(月)·일(日)·시(時)를 맡고 있는 사치 공조(四值功曹) 사자(使者)들이 본모습을 감추고 양치기로 변장하여 나타난 것이었다. 이것을 본 손대성은 괘씸한 생각이 들어 당장 철봉을 뽑아들기가 무섭게 바람결에 번쩍번쩍 휘둘러서 굵기는 밥공기만하게, 길이는 1장 2척쯤 되게 늘여 가지고 득달같이 언덕 비탈 아래로 뛰어내려가며 호통쳐 불러 세웠다.

"너 이놈들! 정체를 감추고 어딜 슬슬 피해가는 길이냐?"

사치 공조들은 본색이 들통나자 그만 찔끔해서 몰고 가던 양 세 마리를 고함쳐 흩어보내고 정체를 드러내더니, 모두들 부리나케 길 한 곁으로 비켜서서 문안 인사를 올렸다.

"대성님, 용서해주십쇼! 부디 용서해주십쇼!"

"요 며칠 새 불러 쓸 일이 없어서 그냥 내버려두었더니, 네 녀석들이 이 손선생을 만만하게 보고 게으름을 피우는구나. 내가 여기 있는 것을 보고도 못 본 척 슬그머니 피해갈 생각을 하다니! 네놈들은 아무도 모르게 우리 사부님을 보호하는 임무를 맡고 있을 터인데, 어째서 직분을 지키지 않고 모두들 어디로 몰려가는 길이냐?"

손대성이 엄한 소리로 꾸짖었더니, 사치 공조들은 조심스럽게 변명을 했다.

"대성 어른의 사부님은 선심(禪心)이 풀어지셨습니다. 그래서 금평부 자운사에서 정월 대보름 연등놀이에 빠져 환락을 탐내신 까닭으로 재앙에 부닥치셨습니다. 이런 경우를 가리켜 '대통한 운수가 극에 달하면 막히는 일이 생기고(泰極生否), 즐거움이 다하면 슬픈 일이 닥쳐온다(樂盛成悲)' 했으니, 이제 대성의 사부님은 방심한 죄 값으로 요괴한테 잡혀가게 되신 것입니다. 하지만 그분의 신변에는 호법 가람(護法伽藍)들이 붙어 있으니 크게 걱정하시지 않아도 됩니다. 저희들은 대성께서 밤을 지새워 찾아다니시는 것을 알고 혹시 산중의 길을 모르지나 않을까 싶어 알려드리러 이렇게 왔습니다."

"알려주러 왔다면 그만이지, 어째서 본래의 모습과 신분을 감추었으며, 무엇 하러 양을 세 마리씩이나 몰고 나타났는가?"

"저희가 양을 세 마리 몰고 나타난 뜻은 액땜을 하기 위해서였습니다. 꽉 막힌 운수를 풀어드리자면 '삼양 개태(三陽開泰)'[7]의 징조가 이루어져야 하는데, 그래서 저희가 '양 세 마리(三羊)'를 몰고 '운수야, 대통해라!(開泰)' 외쳐대면서 나타났던 것입니다. 이게 모두 당신 사부님의 꽉 막힌 운수, 즉 '비색(否塞)'을 깨뜨려 풀자는 뜻에서이지요."

---

7 삼양 개태: 『역경(易經)』의 「괘(卦)」에서 양효(陽爻)를 '구(九)'라고 일컫는데, 첫번째 자리를 '초구(初九)', 두번째 자리를 '구이(九二)', 세번째 자리를 '구삼(九三)'이라 하고, 이 셋을 합쳐 **삼양**(三陽)이라 하며, 「수(需)」에서 "세 사람이 오면, 이를 공경하여 끝이 길하게 된다"고 풀이하였다. **개태**(開泰)란 운수가 탁 트인다는 말. 여기서 사치 공조들이 양 세 마리를 몰고 나타난 의도는, 삼양의 '양(陽)'과 똑같은 발음 요소인 세 마리의 '양(羊)'으로 결국 길조를 상징한 것이다.

초조감에 잔뜩 약이 올라 있던 손행자는 사치 공조를 두들겨 패서 화풀이라도 하려 했으나, 애당초 이들에게 그런 의도가 있다는 것을 알고 나자 기특한 생각이 들어 슬그머니 철봉을 거두고 흐뭇한 기색으로 다시 물었다.

"이 산에 요괴의 소굴이 있는가?"

"그렇고말고요. 이 산은 청룡산(靑龍山)이라 부르는데, 산중에 현영동(玄英洞)이란 동굴이 하나 있고, 그 동굴 속에 요괴 세 마리가 살고 있습니다. 큰놈의 이름은 벽한대왕(辟寒大王), 둘째 놈은 벽서대왕(辟暑大王), 그리고 셋째 놈의 이름은 벽진대왕(辟塵大王)이라 부르는데, 모두들 이 산중에 살아온 지 일천 년이나 되었습니다. 그놈들은 어릴 적부터 소합향유를 무척 즐겨 먹어왔습지요. 그래서 요정이 되던 그해부터 이 고장에 와서 거짓 부처님의 형상으로 나타나 금평부 관원들과 백성들을 홀려놓고, 황금 등잔을 차려서 연등 행사를 벌이게 하되 기름은 반드시 소합향유를 쓰도록 했습니다. 그리고 해마다 정월 대보름날만 되면 부처님으로 둔갑해서 기름을 거둬가곤 했던 것인데, 올해에는 대성 어른의 사부님을 보게 되자, 그분이 성승의 신분임을 알아차리고 기름뿐만 아니라 그분마저 한꺼번에 휩쓸어다가 이곳 동굴 속으로 납치해온 것입니다. 이제 얼마 안 있으면 그놈들은 당신 사부님의 고기를 저며내어 소합향유에 볶아 먹을 모양입니다. 그러니 대성께서도 한시 바삐 손을 쓰셔서 그분을 구해내러 가셔야 합니다."

손행자는 이 말을 듣자 대뜸 호통쳐서 사치 공조를 물러가게 한 다음, 산비탈을 돌아 요괴의 동굴을 찾아 나섰다. 산중을 몇 리쯤 헤매고 들어가다 보니, 골짜기 한편에 바위투성이의 절벽이 한군데 나타나고, 그 절벽 밑에 돌집 한 채가 들어앉아 있었다. 출입구에는 돌문짝 두 개가 열린 듯 닫힌 듯 절반 남짓 벌어져 있고, 문짝 곁에는 역시 바위를 깎아 만든 비석이 하나 세워져 있었다. 비석에 씌어진 글씨는 사치 공조가 일러준 대로 '청룡산 현영동'이란 여섯 자였다.

요괴의 소굴을 찾아내고도 손행자는 섣불리 뛰어들 엄두가 나지 않아, 일단 걸음을 멈추고 서서 동굴 안쪽을 향해 냅다 고함부터 질렀다.

"요괴들아! 어서 빨리 우리 사부님을 내보내드려라!"

반응은 이내 나타났다. 말끝이 떨어지기가 무섭게 '덜커덩, 덜커덩!' 하는 소리가 들리더니, 돌문 두 짝이 활짝 열리면서 쇠머리 귀신 요정들이 한 떼나 몰려나왔다. 요정들은 왕방울 같은 눈알을 뒤룩뒤룩 부라리면서 손행자를 보고 사납게 물었다.

"너는 누구냐? 여기가 감히 어디라고 와서 큰 소리를 치는 거냐!"

손행자는 놀란 기색 하나 없이 천연덕스레 신분을 밝혔다.

"나는 본래 동녘 땅 대 당나라에서 경을 가지러 가던 성승 삼장 법사님의 수제자이시다. 도중에 금평부를 지나게 되어 때마침 열리는 연등 행사를 구경하였는데, 우리 사부님께서 네놈들의 마귀 두목에게 붙잡혀 이리로 끌려오셨다. 어서 속히 돌려보내주면 네놈들의 목숨만은 살려줄 테지만, 내 말을 듣지 않는 날이면 너희 이 소굴을 뒤집어엎고 네놈들 요괴의 무리들을 때려죽여 핏덩어리 고름으로 만들어버리고 말 것이다!"

부하 요괴들은 이 말을 듣더니 부리나케 동굴 안으로 들어가서 급보를 전했다.

"대왕님, 큰일났습니다! 큰일났습니다!"

요괴 두목 세 마리는 바야흐로 당나라 스님을 동굴 깊숙한 곳에 잡아다 놓고 이것저것 사연을 물어볼 것도 없이 졸개들을 시켜 옷을 벗긴 다음, 맑은 물을 길어다가 깨끗이 씻기고 살점을 잘게 저며서 소합향유에 볶아 먹을 궁리를 하고 있던 참이었다. 그런데 부하 녀석들이 뛰어들어 '큰일났다!'고 외쳐대는 바람에 깜짝 놀라 하던 일을 멈추고 물었다.

"무슨 큰일이 났다고 호들갑을 떠는 게냐?"

부하 요괴는 눈으로 보고 귀로 들은 대로 아뢰었다.

"대문 앞에 웬 털북숭이 얼굴에 뇌공 같은 주둥이를 가진 화상 한 놈이 나타나 고함을 지르고 있습니다. 대왕님들께서 잡아오신 그놈의 사부를 속히 내놓아야만 저희 목숨을 살려주겠다면서, 그렇지 않을 경우에는 당장 이 동굴을 뒤집어엎고 저희들을 모조리 피고름 덩어리로 만들어버리겠다고 합니다!"

늙은 요괴들은 이 말을 듣자마자 너나 할 것 없이 가슴이 덜컥 내려앉았다.

"흐흠, 이 중 녀석을 방금 잡아다 놓고 아직 그놈의 신분 내력도 알아보지 못했구나. 애들아, 우선 그놈에게 옷을 도로 입혀서 이리 끌어내라. 도대체 어떤 놈이 어디서 굴러들어왔는지 물어봐야겠다."

명령이 떨어지니, 부하 요괴들은 한꺼번에 우르르 달려들어 당나라 스님의 결박을 풀어주고 다시 옷을 입힌 다음, 늙은 요괴 두목 앞으로 떠밀고 나갔다.

당나라 스님은 공포에 질린 나머지 와들와들 떨면서 아래 바닥에 꿇어 엎드린 채, 그저 애걸복걸 소리쳐 비는 것이 고작이었다.

"대왕님! 목숨만 살려주십쇼! 제발 목숨 하나만 살려주십쇼!"

세 요괴 두목이 이구동성으로 묻는다.

"너는 어느 고장에서 온 중놈이냐? 어찌하여 불상(佛像)을 보고도 피신하지 않고, 되레 우리 구름길을 건드려서 성가시게 만들었느냐?"

당나라 스님은 이마를 조아려 아뢰었다.

"소승은 동녘 땅 대 당나라 황제 폐하께서 파견하시어 천축국 대뇌음사로 부처님을 찾아뵙고 경을 받으러 가는 승려입니다. 도중에 이 금평부 자운사에 동냥하러 들렀더니, 그 절간 스님들이 정월 대보름날 연등 행사를 구경하고 떠나라며 만류하기에 며칠 묵게 되었습니다. 오늘 금등교 다리 위에서 구경하던 중, 대왕님들께서 부처님의 모습으로 나타나시는 것을 뵈었으나, 소승은 범태 육안을 지닌 몸이라 분별하지 못하고 그저 부처님을 뵙자 참배의 예를 올린다는 것이 그만 대왕님들의 구름길을 건드리게 되었습니다."

"네가 동녘 땅에서 왔다면 여행길이 무척 멀었을 터인데, 일행은 모두 몇 명이나 되며 성과 이름은 무엇인지, 어서 빨리 사실대로 낱낱이 고해라. 그럼 우리도 네놈의 목숨을 살려주마."

목숨을 살려준다는 말에, 당나라 스님은 한 가닥 희망을 걸고 자신의 내력과 여행을 떠나게 된 사연을 미주알고주알 털어놓기 시작했다.

"소승의 속명은 진현장이라 하오며, 어려서부터 금산사에 들어가 중이 되었습니다. 그후 당나라 황제 폐하의 칙명을 받아 장안성 홍복사에서 승관(僧官)이 되었습니다. 또 승상 위징이 꿈에 경하(涇河)의 늙은 용왕을 목 베어 죽인 탓으로, 당나라 황제 폐하께서는 저승 세계를 떠돌아다니시다가 도로 이승에 살아 돌아오셨는데, 지옥에서 보고 만난 억울한 영혼들을 구해주실 마음으로 수륙 대회를 열고 소승을 법회의 단주(壇主)로 삼으시고 대천도강(大闡都綱)에 임명하셨습니다.

이때 다행스럽게도 관세음보살께서 나타나시어, '서천 대뇌음사에 가면 삼장 진경이 있으니, 그것을 가져오면 망자들을 초도(超度)하여 승천하게 할 수 있다'고 가르쳐주시면서, 소승을 그리로 보내 가져오도록 지명하셨습니다. 이에 황제 폐하께서는 소승에게 '삼장'이란 법호를 내려주시고 '당'이란 국호를 성씨로 삼아주셨으므로, 그때부터 모든 사람들이 소승을 '당삼장'이라 부르게 되었습니다. 그리고 소승에게는 제자 셋이 있습니다. 수제자는 성이 손가요, 이름은 오공 행자라 부르는

데, 이 사람은 저 옛날 제천대성이 부처님께 귀의한 자입니다."

요괴 두목들은 이 말을 듣자, 하나같이 가슴이 뜨끔했다.

"제천대성 손오공이라면, 바로 오백 년 전에 천궁을 소란하게 만들었던 그자란 말이냐?"

"그렇습니다. 바로 그 사람입니다. 그리고 둘째 제자는 성이 저씨요 이름은 오능 팔계이며, 하늘의 천봉원수가 죄를 짓고 이 세상에 떨어져 내린 자입니다. 셋째 제자는 성이 사씨, 이름은 오정 화상이며, 그 역시 천궁의 권렴대장이 속세에 귀양 온 자입니다."

요괴 두목 셋은 한마디 한마디 귀담아들을 때마다 속으로 가슴살이 떨려왔다.

"얼른 잡아먹지 않기를 잘했구나. 애들아, 우선 이 당나라 화상을 쇠사슬로 묶어 가지고 뒤꼍에 가두어두어라. 그놈의 제자들마저 잡아서 한꺼번에 먹어야겠다."

이윽고 세 마왕은 들소 정령과 물소 정령, 황소 정령들을 한패거리 가려 뽑아, 저마다 병기를 손에 들려 동굴 문 바깥으로 휘몰아 내보냈다. 이들은 나팔 불고 깃발을 휘두르며 요란하게 북을 쳐서 먼저 기세를 올리기 시작했다.

세 요괴 두목들도 뒤따라 갑옷 투구로 단단히 무장을 갖추고 문밖으로 나서더니 냅다 호통쳐 물었다.

"어떤 놈이 간덩이도 크게 여기 와서 떠들고 있는 게냐!"

손행자는 선뜻 바위 언덕 위로 비켜서서 요괴 두목의 생김새를 낱낱이 뜯어보기 시작했다.

얼룩덜룩한 낯짝에 부리부리한 눈동자, 머리에는 양 뿔이 불쑥 돋아나왔다.

뾰족뾰족한 귀가 모두 네 개, 영기 어린 구멍마다 밝은 광채가 번뜩인다.

온 몸뚱이에 꽃무늬가 채색 그림 같고, 전신이 비단에 싸여 베짱이처럼 날쌔 보인다.

첫째 놈은 머리통에 여우 가죽 꽃무늬 모자를 따뜻하게 썼으며, 얼굴에는 온통 털이 돋아 열기가 무럭무럭 피어난다.

둘째 놈은 몸뚱이에 가벼운 사라(紗羅) 옷을 걸쳤는데, 바람결에 나부낄 때마다 타오르는 불꽃을 흩날리고, 네 발굽은 꽃송이처럼 반들거리고 옥돌처럼 영롱하게 빛난다.

셋째 놈은 사나운 위풍을 한껏 떨치니 울부짖는 목소리가 우레처럼 진동하며, 입술 사이로 뻗어나온 송곳니는 뾰족하고 날카롭기 은바늘과 겨룰 만하다.

하나같이 용감하고 사납기 이를 데 없으며, 손에는 저마다 다른 세 가지 병기를 잡았으니, 한 놈은 도끼를 쓰고, 또 한 놈은 큰 칼을 잘 쓰는데,

셋째 놈만이 어깨 위에 울퉁불퉁한 등나무 몽둥이를 한 자루 가로 걸머졌다.

부하 요괴들은 꺽다리 난쟁이, 뚱뚱보 말라깽이, 늙은 놈 젊은 놈 할 것 없이 모두가 쇠머리 귀신과 괴물들인데 제각기 창과 몽둥이를 잡고, 커다란 깃발 세 폭에는 '벽한대왕' '벽서대왕' '벽진대왕'이란 글자가 또렷하게 씌어 있었다.

잠시 바라보던 손행자가 급한 성미에 더는 참지 못하고 앞으로 달려나가며 큰 소리로 호통을 질렀다.

"이 못된 놈의 도둑 괴물들아! 이 손선생을 알아보겠느냐?"

요괴 두목 역시 고함쳐 대거리를 한다.

"네놈이 바로 천궁에서 대소동을 일으켰다는 손오공이냐? 이름만 듣고 만나보지 못했는데, 기껏해야 이따위 변변치 못한 원숭이 녀석을 놓고 호들갑을 떨었으니, 하늘의 신령들도 부끄러워 죽을 지경으로 보잘것없는 놈이었구나!"

손행자는 '원숭이'란 소리에 노발대발, 목청을 가다듬어 냅다 꾸짖었다.

"닥쳐라! 등잔 기름이나 훔쳐먹는 도둑놈들이 혓바닥에 기름을 발랐다고 못 하는 소리가 없구나! 허튼소리 작작 지껄이고 어서 빨리 우리 사부님을 돌려보내지 못할까!"

무서운 기세로 대들면서 철봉을 휘둘러 치는 손행자, 요괴 두목 세 마리도 밀리지 않고 저마다 병기를 휘두르며 급히 막아내더니 마주쳐온다. 이리하여 산비탈 후미진 골짜기에서 한판 싸움이 벌어지기 시작했다.

도끼와 강철 대도에 등나무 몽둥이를, 원숭이 임금은 철봉 한 자루만으로 용감하게 맞선다.

벽한, 벽서, 벽진 세 요괴는 이제야 제천대성의 이름을 알아보게 되었다.

철봉이 번쩍 들리니 귀신들을 두렵게 만들고, 도끼가 덤벼들고 큰 칼이 찍어대며 어지러이 날뛴다.

이편이야말로 혼원(混元)의 법력 지닌 참된 공상(空像) 아닌가! 부처님의 형상으로 가장한 세 요괴를 거침없이 몰아세운다.

저편의 기름 도둑 세 놈은 콧등마저 빤질빤질해져서 올해에도 침범하다가, 당나라 임금이 칙명으로 파견하신 스님을 납치해갔다.

이편의 제천대성은 스승 때문에 머나먼 산길을 마다 않고 뒤쫓아왔으며, 저편의 요괴 셋은 제 한입 먹기 위해서 해마다 연등 행사를 벌이게 했다.

쨍그랑쨍그랑! 울리느니 큰 칼과 도끼 부딪는 쇳소리요, 우지끈 뚝딱! 들리느니 철봉이 등나무 몽둥이와 맞부딪는 소리뿐이다.

치고받고 셋이서 한 사람을 들이치며, 맞닥뜨리고 가로막고 저마다 솜씨와 능력을 드러내느라 정신없다.

아침부터 날 저물도록 싸우고 또 싸우니, 어느 편이 골탕 먹고 나가떨어지며 누가 이길 것인지 알 도리가 없다.

손행자가 철봉 한 자루만으로 세 요괴와 싸우기를 무려 1백50합, 날이 저물어오는데도 좀처럼 승부는 나지 않았다. 이윽고 벽진대왕이란 놈이 등나무 몽둥이를 번쩍 휘두르며 진영 앞으로 뛰쳐나와 깃발을 흔들자, 그것을 신호로 쇠머리를 한 부하 요괴 한패거리가 우르르 달려나오더니, 손행자를 한복판에 몰아넣고 철통같이 에워싼 다음 저마다 병기를 휘두르면서 마구잡이로 들이치기 시작했다.

포위망에 갇힌 손행자는 형세가 불리하게 돌아가는 것을 깨닫자, 훌쩍 곤두박질쳐 근두운을 일으켜 타고 재빨리 포위망을 빠져나왔다.

상대방이 패전하여 뺑소니치는 것을 본 요괴 두목 셋은 더 이상 쫓아오지 않고 부하들을 불러모아 동굴 속으로 돌아가더니 저녁 한 상 잘 차려놓고 여럿이서 먹었다. 그리고 졸개를 시켜 당나라 스님에게도 밥 한 사발을 주었다. 어차피 손행자 일행을 모조리 붙잡아 한꺼번에 처치하기로 작정했으니, 그때까지 목숨이나마 붙여두자는 생각에서였다. 그러나 삼장 법사는 애당초 장재(長齋)를 지켜온 몸이라 비린 고기 음식을 먹을 수도 없으려니와 또 근심 걱정에 괴로움이 태산 같은 터라, 그저 흐느껴 울기만 할 뿐 그 음식에 입술도 적시지 않았음은 말할 것도 없었다.

한편 구름을 타고 자운사로 돌아온 손행자는 마당에 내려서기가 무섭게 동료들을 소리쳐 불러냈다.

"여보게, 아우들!"

저팔계와 사화상은 이 궁리 저 궁리 의논해가며 기다리고 있던 판에 손행자가 부르는 소리를 듣고 부리나케 달려나와 영접했다.

"형님, 어딜 갔다가 하루 만에 겨우 돌아오시는 거요? 도대체 사부님이 계신 곳을 알아내기는 하셨소?"

패전지장이 되어 쫓겨온 몸이면서도 손행자는 낙천적인 성격 그대로 껄껄 웃어가며 여유 있게 대답한다.

"간밤에 비린내 풍기는 바람 냄새를 맡으면서 뒤쫓아갔더니, 날 밝을 무렵에야 어느 산 밑에 다다랐지 뭔가. 그런데 요괴 녀석들이 어디로 숨어들었는지 통 찾아낼 수가 없더군. 다행히도 때마침 사치 공조가 나타나서 일러주는 말이, '이 산은 청룡산이고 산중에 현영동이란 동굴이 있는데, 그 동굴 속에 벽한대왕, 벽서대왕, 벽진대왕이라 부르는 요괴 두목 세 마리가 살고 있다'는 걸세. 알고 보니 이 요괴들이 해마다 이곳에서 등잔 기름을 도둑질해왔고, 가짜 부처님으로 둔갑해서 금평부 관원과 백성들을 속여왔는데, 올해에는 그만 우리 일행과 맞닥뜨리게 되자 엉겁결에 우리 사부님까지 채뜨려서 잡아간 것이라네.

이 손선생은 이런 실정을 자세히 알아내고 나서 사치 공조들에게 분부하여 아무도 모르게 사부님을 계속 보호하도록 조치해놓고, 동굴 문 앞으로 찾아가 냅다 악을 써서 한바탕 욕설을 퍼부었네. 그랬더니 세 놈의 요괴 두목이 한꺼번에 뛰쳐나오는데 하나같이 쇠머리 귀신 형국을 하고 있더군. 첫째 놈은 도끼를, 둘째 놈은 큰 칼을, 그리고 셋째 놈은 등나무로 깎아 만든 몽둥이를 쓰면서, 동굴 속에 있던 쇠머리 부하 요괴들을 몽땅 거느리고 기세 좋게 깃발을 흔들고 북을 쳐가며 이 손선생한테 덤벼드는 게 아니겠나. 그래서 하루 온종일 싸웠으나 피장파장으로 승부가 나지 않더란 말일세. 나중에는 요괴 두목 한 놈이 깃발을 한 번 흔드니까, 졸개 녀석들이 한꺼번에 우르르 덤벼드는데 도무지 정신을 차릴 수가 있어야 말이지. 그래서 날도 저물고 승산도 별로 없어 보이기에 그대로 근두운을 타고 뺑소니쳐서 이렇게 돌아오는 길일세."

저팔계가 얘기를 다 듣고 나더니 고개를 갸우뚱하면서 중얼거린다.

"풍도성(酆都城)[8]에 있는 염라대왕이 이렇듯 시끄럽게 농간을 부릴 줄이야 정말 생각도 못 했군 그래!"

사화상은 이게 또 무슨 뚱딴지 같은 소린가 싶어 묻는다.

"아니, 둘째 형님은 그 요괴들이 풍도 지옥 염라대왕의 부하들인 줄을 어떻게 아시오?"

"생각해보면 모르겠나! 형님 얘기가, 그놈들이 모두 쇠머리 귀신들이라니까 그런 줄 아는 거지."

저팔계의 대꾸에, 손행자는 고개를 절레절레 내둘렀다.

"아닐세, 아냐! 이 손선생이 가만 보아하니, 그 세 놈은 하나같이 코뿔소의 요정들이었네."

"코뿔소라니! 그게 사실이라면 당장 붙잡아서 뿔을 썰어 팝시다. 그것만으로도 은전 몇 냥은 톡톡히 받아낼 수 있을 거요."

---

[8] 풍도성: '풍도(酆都)'는 지금의 사천성(四川省) 충현(忠縣) 서남쪽 장강(長江) 서북안(西北岸)에 있는 지명. 그곳에는 옛날부터 풍도대제궁전(酆都大帝宮殿)이 있다고 전하는데, 이 궁전은 지장왕보살(地藏王菩薩), 즉 유명교주(幽冥教主)의 궁전이므로, 삼라전(森羅殿)·음계(陰界)·명부(冥府)라고 일컬어왔다.

이런저런 얘기를 주고받고 있는데, 자운사 스님들이 와서 묻는다.

"손씨 나으리, 저녁 진지를 드셔야지요?"

"좋도록 하시구려. 먹어도 좋고 안 먹어도 그만이니까."

"나으리께선 오늘 하루 온종일 싸우시고도 시장하지 않으십니까?"

승려들의 물음에, 손행자는 껄껄껄 웃었다.

"이까짓 하루쯤 굶었다고 시장하다니! 이 손선생으로 말하자면 일찍이 오백 년 동안이나 음식을 통 먹지 않은 적도 있었소!"

자운사 승려들이야 그것이 사실인 줄 알 턱이 없는지라, 그저 우스갯소리로 들어넘겼다. 좀 있다가 밥상을 차려 내오니 손행자도 사양치 않고 먹은 다음, 아우들에게 말했다.

"우선 잠이나 좀 자두기로 하세. 내일은 우리 모두 같이 쳐들어가 맞서 싸워 그 요괴 임금을 잡아야 하네. 그래 가지고 사부님을 구해드려야지."

그러자 사화상이 옆에서 딴죽을 걸었다.

"큰형님, 그게 무슨 말씀이시오? 속담에도 '도둑을 오래 놓아두면 꾀가 늘어난다(停留長智)' 했는데, 그 요괴란 놈들이 오늘 밤에 자지 않고 사부님을 해친다면 어찌하겠소? 내일 아침보다는 차라리 지금 당장 가는 것이 더 낫겠소. 한바탕 시끄럽게 야단법석을 부려 그놈들이 미처 손을 쓰지 못하게 만들어놓아야만 사부님을 구해낼 수 있을 거요. 조금이라도 늦었다간 아마 사부님을 구해낼 기회를 놓쳐버릴지도 모르오."

저팔계가 이 말을 듣더니 신바람이 나서 우쭐거리며 대뜸 찬성하고 나섰다.

"사씨 아우님 말씀이 옳으이! 우리 모두 이 환한 보름달빛이 비추는 틈을 타서 그 요괴들을 항복시키러 가세!"

두 아우가 팔뚝을 걷어붙이고 나서니, 손행자도 그 말에 따르기로

하고 절간 승려들에게 당부를 했다.

"짐보따리와 말을 지켜주시오. 우리가 그놈의 요괴들을 잡아 가지고 와서 이 금평부 자사(刺史) 앞에 가짜 부처님이라는 사실을 증명해 보이고, 앞으로 등잔 기름 헌납을 면제시켜 이 고을 백성들의 괴로움을 덜어주게 되면, 이보다 더 좋은 일이 어디 있겠소?"

자운사 승려들은 손행자의 명령에 따르기로 응낙했다.

마침내 세 형제는 상운을 일으켜 타고 성 밖으로 나갔다.

이야말로 "나태하게 풀어진 정신을 단속하지 못하였으니 선성(禪性)이 흐트러지고, 응당 받아야 할 재난의 액운이 있었으니 도심(道心) 또한 흐려졌다"는 격이다.

과연 이번 출정하는 앞길에 승패가 어찌 될 것인지, 다음 회에서 풀어보기로 하자.

제92회 세 형제 스님이 청룡산에서 한바탕 크게 싸우고, 네 별자리는 코뿔소 요괴들을 포위하여 사로잡다

제천대성 손오공은 두 아우와 함께 구름을 타고 바람같이 동북쪽 간지(艮地) 방향으로 치달아, 눈 깜짝할 사이에 청룡산 현영동 어귀에 들이닥치더니 구름을 낮추고 내려섰다. 저팔계가 대뜸 쇠스랑을 들어 문짝부터 후려 찍으려는 것을, 그는 얼른 제지시켰다.

"잠깐 멈추게. 우선 내가 들어가 사부님의 생사가 어찌 되셨는지 알아보고 나서 다시 놈들과 싸우기로 하세."

"동굴 문이 단단히 닫혀 있는데, 어떻게 들어갈 수 있단 말이오?"

사화상이 묻자, 그는 한마디로 대꾸했다.

"내겐 그럴 만한 법력이 있으니, 염려 말게."

이윽고 용감한 제천대성이 철봉을 거둬들이고 인결을 맺더니, 중얼 중얼 주문을 외운 다음 외마디 호통을 쳤다.

"변해라!"

말끝이 떨어지기 무섭게, 손행자의 모습은 어디론가 사라지고 두 아우의 눈앞에는 개똥벌레 한 마리가 불빛을 반짝이며 날아다니고 있었다. 놀라울 정도로 재빠른 변신 술법, 그것을 뭐라고 형언할 길이 없었다.

날개를 펼치면 별똥별 흐르듯 광채가 찬란하니, 예로부터 '풀이 썩어서 반딧불이 된다'고 했다.

그 신통한 변화 술법을 얕잡아볼 것이 아니니, 스스로 이리저리 떠돌아다니는 기질을 지니고 있다.

돌문짝 가까이 날아들어 매달린 채 살펴보더니, 문 곁으로 틈서리 찾아서 바람같이 뚫고 들어간다.

몸뚱이 한번 솟구쳐 단숨에 으슥한 앞뜰로 숨어들어가, 요사스런 마귀들의 동정을 염탐하기 시작한다.

동굴 속에 날아들어가 보니, 몇 마리 황소가 옆으로 나자빠지고 벌러덩 쓰러진 채 하나같이 천둥 치듯 요란하게 코를 골며 단잠에 곯아떨어져 있다. 중간 대청 안에 들어가보았으나 아무런 소식이 없다. 사방의 문이란 문은 모두 잠기고 요괴 두목 세 마리가 어디서 자고 있는지 통 알 수가 없다. 대청 안방을 돌아 뒤꼍으로 들어가 살펴보았더니, 어디선가 흐느껴 우는 소리가 들려오는데, 바로 당나라 스님이 뒷방 처마 끝 기둥에 쇠사슬로 묶인 채 울고 있는 소리였다. 손행자는 스승이 어찌하나 싶어, 울음에 섞여 나오는 넋두리를 남몰래 엿들어보았다.

장안 도성을 떠나온 지 벌써 십여 년 세월, 산 넘고 물 건너 온갖 고생에 들볶였네.

다행히도 서역 땅에 와서 좋은 명절 만나, 기쁜 마음으로 금평부에서 정월 대보름을 구경하게 되었구나.

등불 속에 가짜 부처님의 형상을 알아보지 못했으니, 모두가 재난의 액운을 타고난 까닭이다.

어진 내 제자들아, 어서 뒤따라와 무위(武威)를 베풀고, 영웅의 크나큰 권력을 떨치기만 바랄 따름이다.

손행자는 이런 넋두리를 듣고서 흐뭇한 마음을 금할 길 없어, 그 즉시 날개를 떨쳐 스승 앞으로 가까이 날아갔다. 난데없이 나타난 개똥벌레를 본 당나라 스님은 의아스러워 울음마저 그치고 중얼거렸다.

"이런! 서방 세계의 절기는 우리나라와 딴판이로구나. 지금은 정월이라 땅속에 파묻혀 있는 벌레들이 겨우 꿈지럭거리기 시작할 무렵인데, 어떻게 개똥벌레가 날아다닐 수 있단 말인가?"

손행자는 참지 못하고 한마디 불러보았다.

"사부님, 제가 왔습니다!"

당나라 스님이 그 목소리를 알아듣고 반색했다.

"오공아, 내가 정월에 웬 반딧불이를 볼 수 있었나 했더니, 바로 너였구나!"

손행자는 당장 본색을 드러내며 원망 섞어 말씀드렸다.

"사부님, 사부님이 진짜와 가짜를 알아보지 못하셨기 때문에, 갈 길을 얼마나 그르치고 또 얼마나 마음 쓰며 고생을 했는지 모르겠습니다. 제가 줄곧 여쭙지 않았습니까. 그것들은 좋은 사람이 아니라고 말입니다. 그런데도 사부님은 꿇어 엎드려 절을 하는 바람에, 요괴들이 등잔불을 꺼서 어둡게 만들고 소합향유를 훔쳐가는 길에 사부님마저 잡아가지고 여기까지 끌어오게 된 것입니다. 저는 즉시 저팔계와 사화상을 절간으로 돌려보내 짐보따리와 말을 잘 지키도록 당부해놓고 바람결에 실린 비린내를 맡아가며 여기까지 쫓아왔었습니다. 지명을 몰라 당황해하고 있을 때 마침 다행스럽게도 사치 공조들을 만나, 이 산이 청룡산이고 현영동이란 동굴 속에 그놈의 요괴들이 살고 있다는 걸 알게 되었지 뭡니까. 그래서 아침나절부터 괴물들과 날이 저물도록 싸우다가 겨우 돌아가서 아우들에게 자세한 사정을 일러주었더니, 모두들 그대로 잠만 자고 있을 게 아니라 한밤중에라도 당장 쳐들어가자고 나서기에, 두 아우를 데리고 다시 이리로 왔습니다. 하지만 밤이 너무 깊어 싸우기가 불편하기도 하려니와 또 사부님의 행방도 알 수가 없는 터라, 우선 이렇게 둔갑술을 써서 염탐하러 들어온 겁니다."

두 제자마저 다 왔다니, 당나라 스님은 기뻐 어쩔 줄 모른다.

"팔계하고 사화상이 지금 밖에 와 있단 말이냐?"

"예, 바깥에서 기다리고 있습니다. 방금 들어올 때 보니까, 요괴들은 모두 잠에 곯아떨어졌습니다. 우선 이 쇠사슬을 풀어드리고 문을 열어, 사부님을 바깥으로 모셔내드리겠습니다."

당나라 스님은 고개를 끄덕끄덕하며 고마워했다.

손행자가 해쇄법(解鎖法)을 써서 손으로 슬쩍 어루만지니, 쇠사슬은 저절로 풀어졌다. 스승을 데리고 막 나가려 할 때였다. 갑자기 대청 안방 쪽에서 무슨 낌새를 챘는지 요괴 두목이 호통치는 소리가 들려왔다.

"얘들아! 문을 단단히 잠그고 불조심해라. 아니, 어째서 오늘 밤에는 야경도 돌지 않고 딱따기 치는 소리, 방울 소리도 들리지 않는 게냐?"

부하 요괴들이 화들짝 놀라 깨었다. 하루 온종일 손행자를 상대로 싸우던 끝이라 모두들 지치고 힘들어 잠에 곯아떨어져 있다가, 두목이 호통쳐 부르는 소리에 놀라 깬 것이다. 이윽고 딱따기 치는 소리, 방울 흔드는 소리가 들리더니, 졸개 몇 마리가 병기를 손에 잡은 채 징을 울리며 뒤꼍으로부터 걸어나오다가 이들 스승과 제자, 두 사람과 딱 마주치고 말았다. 졸개 요괴들은 깜짝 놀라 이구동성으로 고함을 질렀다.

"이크! 이런 대담한 중 녀석들 봐라! 쇠사슬을 비틀어 끊고 어디로 도망치려는 거냐!"

일이 이렇게 되자, 손행자는 불문곡직하고 철봉을 뽑아들기가 무섭게 바람결에 휘둘러 밥공기만큼이나 굵다랗게 만들어 가지고 졸개들을 냅다 후려 때리기 시작했다. 철봉을 번쩍 들자마자 단번에 두 놈을 때려죽였다. 나머지 놈들은 기겁을 해서 병기마저 내던져버리고 허둥지둥 대청으로 달려가 문짝을 두드려가며 고함을 질렀다.

"대왕님! 큰일났습니다, 큰일났어요! 털북숭이 중 녀석이 집 안에 들어와 사람을 때려죽이고 있습니다."

요괴 두목 세 마리가 이 소리를 듣더니 후닥닥 기어 일어나면서 고래고래 악을 썼다.

"붙잡아라! 놓치지 말고 붙잡아라!"

요괴 두목이 고함치는 소리에, 당나라 스님은 놀라다 못해 양손 두 다리에 맥이 탁 풀려 그 자리에 스르르 주저앉고 말았다. 손행자 역시 당황한 나머지 스승을 돌볼 겨를도 없이 그대로 철봉을 휘두르며 앞으로 휘몰아쳐 나갔다. 그 앞을 가로막으려던 부하 요괴들은 섣불리 다가서지 못하고 철봉에 얻어맞아, 이리 몇 놈 저리 몇 놈씩 거꾸러지고 자빠지고 퉁겨나갔다. 손행자는 그 기세를 휘몰아 몇 겹이나 되는 문짝을 닥치는 대로 후려쳐서 열어젖히고 마침내 동굴 바깥으로 뛰쳐나가는 데 성공했다.

"여보게, 아우들! 어디 있나!"

동굴 문 바깥에서 쇠스랑과 항요보장을 번쩍 치켜든 채 잔뜩 벼르고 있던 저팔계와 사화상이 그를 발견하고 달려와 묻는다.

"형님, 어찌 된 거요?"

손행자는 절레절레 도리질을 해 보였다. 그리고 둔갑술을 써서 동굴 안에 숨어들어가 스승을 구해 가지고 바깥으로 빠져나오려다 요괴 두목에게 들켜 스승을 돌봐드릴 겨를도 없이 혼자 두들겨 부숴가며 겨우 빠져나온 경위를 자세히 일러주었다.

한편 요괴 두목들은 당나라 스님을 다시 붙잡아 먼젓번처럼 쇠사슬로 단단히 결박지은 다음, 큰 칼을 들고 서슬 퍼런 도끼 날을 휘두르면서 등불을 대낮같이 환하게 밝혀놓은 가운데 문초하기 시작했다.

"너 이놈! 쇠사슬을 어떻게 풀었느냐? 또 그 원숭이 녀석은 무슨 재간으로 어떻게 여길 숨어들어왔느냐? 어서 빨리 자백하지 못할까! 바른대로 불어야만 네놈의 목숨을 용서해주지, 그렇지 않으면 단칼에 두 토막을 내버리고 말 테다!"

당나라 스님은 무시무시한 분위기에 얼이 다 빠진 나머지, 와들와들 떨어가며 무릎 꿇고 엎드려 사실대로 자백하기 시작했다.

"대왕마마, 저의 제자 손오공은 일흔두 가지의 둔갑 술법을 부릴 줄 압니다. 조금 전에도 개똥벌레로 둔갑해서 날아들어와 저를 구해주려고 했는데, 뜻밖에 대왕마마께서 알아차리는 바람에 그만 대왕의 부하들과 맞닥뜨리게 되었습니다. 저의 제자 녀석은 아무것도 모르는 철부지라, 겁도 없이 대왕마마의 부하 두 분을 때려죽이고, 뒤미처 여러분들이 고함을 지르고 병기를 휘두르며 등불을 환히 밝히자, 저를 끝내 돌보지 못하고 바깥으로 도망쳐 달아나고 말았습니다."

요괴 두목 셋은 큰 소리로 껄껄대고 웃으며 흡족해했다.

"하하하! 우리가 일찍감치 놀라 깨는 바람에 미처 달아나지 못했군 그래. 하마터면 놓칠 뻔했지 않나!"

이어서 졸개들을 시켜 동굴 앞뒷문을 단단히 닫아걸게 하더니, 더 이상 시끄럽게 떠들지 않고 그대로 조용해졌다.

동굴 속에서 아무런 기척도 들려나오지 않는 것을 보자, 사화상은 애가 타서 두 사형을 재촉했다.

"문을 잠가놓고 조용해진 걸 보니, 아무래도 우리 사부님을 은근슬쩍 해치려는지도 모를 일이오. 형님들, 우리도 어떻게 손을 써야 하지 않겠소?"

손행자가 툭툭 털고 일어나며 고개를 주억거린다.

"그러게 말일세. 어서 빨리 문짝부터 때려부숴버리게."

미련퉁이 저팔계가 신통력을 뽐내며 쇠스랑을 번쩍 들더니, 있는 힘을 다해서 돌문짝을 냅다 후려 찍어 단숨에 박살내고 말았다. 그리고는 무서운 목소리로 고함을 질렀다.

"기름이나 훔쳐먹는 도둑 요괴 녀석들아! 냉큼 우리 사부님을 내보내지 못하겠느냐!"

동굴 문 안쪽에서 그 모습을 지켜보고 있던 졸개 요괴가 기절초풍하도록 놀라 곤두박질치듯 안으로 뛰어들어가며 소리쳐 알렸다.

"대왕님, 큰일났습니다! 큰일났습니다! 중 녀석이 앞문을 때려부숴 박살났습니다!"

이 말을 듣고 요괴 두목 세 마리는 약이 바짝 올라 으르렁댔다.

"요런 버르장머리 없는 놈들 봤나! 그냥 내버려두었다가는 안 되겠다. 얘들아 투구와 갑옷을 꺼내오너라!"

갑옷 투구로 단단히 무장을 갖춘 요괴 두목들은 제각기 손에 병기를 거머쥐고 부하들을 휘몰아 동굴 바깥으로 적을 맞아 싸우러 나섰다.

때는 벌써 삼경 무렵, 반공중에 둥실 떠오른 보름달이 대낮처럼 밝은데, 요괴 두목 세 마리는 이것저것 따져 물을 것도 없이 다짜고짜 병기를 휘두르며 세 형제 스님에게 달려들었다. 이편에서도 기다렸다는 듯이 손행자가 철봉으로 벽한대왕의 도끼질을 막아내고, 저팔계는 쇠스랑으로 벽서대왕의 큰 칼과 마주치는가 하면, 사화상의 항요보장은 벽진대왕의 등나무 몽둥이를 선뜻 막아내더니 곧바로 반격해 들어가기 시작했다.

이리하여 정월 보름달이 환히 밝은 가운데 한바탕 볼 만한 싸움판이 벌어졌다.

세 형제 스님은 철봉과 항요보장, 쇠스랑으로 무장하고, 요사스런 마귀 셋은 담력이 대단하다.

큰 도끼와 강철 대도, 울퉁불퉁 마디진 등나무 몽둥이에서는, 그저 들리느니 바람 소리요 보이느니 모래먼지뿐이다.

처음 몇 합 겨룰 때는 수심에 찬 안개만 음산하게 뿜어내더니, 그 다음에 가서는 다채로운 노을이 흩뿌려지고 솟구쳐 날기 시작한다.

아홉 이빨 쇠스랑이 솜씨를 부리니 주인의 몸뚱이 가는 대로 휘몰아치고, 여의금고 철봉을 날쌔게 휘두르니 그 호기로운 기상 더욱 자랑할 만하다.

항요보장은 인간 세상에 보기 드문 것이나, 요괴의 비열하고 모진 심보는 그것에 지려 들지 않는다.

도끼의 넓적한 볼은 거울처럼 환하고 뾰족한 끄트머리는 날카롭기 그지없으며, 마디진 등나무 몽둥이는 퍼뜩퍼뜩 일신을 흐리멍덩하게 만든다.

큰 칼날은 사립문짝 여닫히듯 눈앞에서 번쩍번쩍 빛나는데, 스님의 신통력은 그것과 좋이 겨룰 만하다.

이편의 스님들은 스승의 목숨 살리려 악에 받쳐 싸우고, 저편의 요괴들은 당나라 스님을 놓아주지 않으려고 정면으로 들이친다.

도끼는 후려 찍고 철봉은 받아넘기며 승부를 다투고, 쇠스랑은 물레바퀴처럼 돌아가고 큰 칼은 내리찍으며 쌍방이 마주 버틴다.

등나무 몽둥이와 항요보장은 엎치락뒤치락, 막상막하의 호화판을 연출한다.

세 형제 스님과 요괴 셋은 한참 오래 싸웠으나 좀처럼 승부를 가릴 수가 없었다. 이윽고 벽한대왕이 외마디 소리를 질러 부하들을 총출동시켰다.

"애들아, 한꺼번에 덤벼들어라!"

큰 두목의 명령이 떨어지자, 부하 요괴들은 저마다 병기를 휘두르며 벌떼같이 우르르 덤벼들기 시작했다. 요괴들이 무서운 기세로 한꺼번에 달려드니, 저팔계는 어느새 땅바닥에 나둥그려져 버둥거리다가, 몇 마리의 물소 요정에게 덜미를 잡힌 채 질질 끌려 동굴 속으로 들어가고 말았다.

사화상은 저팔계가 없어지고 무수한 소떼만 으르렁으르렁 성난 소리를 지르며 미친 듯이 날뛰는 것을 보자, 그 즉시 항요보장을 번쩍 들어 벽진대왕을 후려치는 척하다가 그대로 돌아서서 도망치려 했으나, 요괴의 무리들이 우르르 몰려들어 발목을 걸어 잡아당기는 바람에 앞으로 털썩 거꾸러졌다. 몸을 일으키려 버둥거릴 틈도 없이 그 역시 붙잡혀 결박당한 채 동굴 속으로 끌려들어가는 신세가 되고 말았다.

졸지에 외톨박이가 된 손행자는 일이 어렵게 된 것을 깨닫자 재빨리 몸을 솟구쳐 근두운을 일으켜 타고 그대로 뺑소니를 치고 말았다.

사로잡힌 저팔계와 사화상은 동굴 속 당나라 스님이 묶여 있는 처마 기둥 앞으로 끌려들어갔다. 당나라 스님은 처참한 몰골로 끌려온 제자들을 보고 두 눈에 눈물을 뚝뚝 떨어뜨리면서 물었다.

"가련하게도 너희들마저 독수에 걸려들었구나! 그런데 오공은 어딜 갔느냐?"

사화상이 송구스러운 기색으로 여쭙는다.

"큰형님은 우리가 붙잡히는 것을 보고 달아났습니다."

"도망쳤다면 반드시 어디론가 구원병을 청하러 갔을 게다. 하지만 우리 셋은 어느 날에야 이 요괴의 그물에서 빠져나가게 될는지 알 수가 없구나."

스승과 제자들이 참담한 심정으로 손행자를 막연히 기다린 것은 더 말할 나위도 없다.

한편 손행자는 근두운을 타고 일단 자운사로 돌아왔다. 스님들이 그를 맞아들이면서 묻는다.

"당나라 장로님은 구해내셨습니까?"

손행자는 절레절레 도리질을 해 보였다.

"정말 어렵소, 어려워! 그놈의 요괴들이 얼마나 신통력을 지녔는지, 우리 형제 셋이서 그 세 놈과 싸웠지만 한 놈이 졸개들을 불러다가 먼저 저팔계를 사로잡고 이어서 사화상마저 붙잡아 동굴로 끌고 들어갔지 뭐요. 그래서 이 손선생 혼자만 요행히 가까스로 빠져나와 돌아오는 길이오."

이 말을 듣고 자운사 스님들은 가슴이 철렁 내려앉았다.

"어르신네처럼 안개구름을 타고 날아다니시는 분마저도 그 요괴들을 붙잡지 못했다면, 아무래도 노사부님께서는 해를 입으시기 십상이겠군요."

그래도 손행자는 무사태평이다.

"상관없소, 상관없어! 우리 사부님은 호교 가람, 오방 게체, 육정 육갑 같은 신령들이 보호하고 또 일찍이 오장관에서 초환단(草還丹)을 얻어잡수셨으니까, 그렇게 호락호락 목숨을 잃지는 않으실 거요. 다만 그놈의 요괴들이 제법 솜씨가 있어 쉽사리 굴복시키기가 어렵달 뿐이오. 당신네들은 우리 짐보따리와 말이나 잘 지켜주시구려. 이 손선생은 이 길로 하늘에 올라가서 구원병을 청해 데려오리다."

스님들은 더럭 겁이 나서 다시 물었다.

"어르신께서는 하늘에도 올라가실 수 있단 말씀입니까?"

손행자는 빙그레 웃으면서 내력을 털어놓았다.

"천궁은 애당초 내가 살던 옛집이오. 오백 년 전에 제천대성 노릇을 할 때 서왕모의 반도연회 잔칫상을 난장판으로 만들어놓은 죄 값으로 부처님께 제압당하고, 지금은 어쩔 수 없이 당나라 스님을 모시고 경을 가지러 가게 된 거요. 공덕을 세워 속죄하는 셈이지. 좌우지간에, 여기까지 오는 길 내내 올바른 일을 돕고 사악한 요괴들을 물리치기는 했지만, 이번에 우리 사부님이 어째서 이런 재난에 부닥치지 않으면 안 되었는지, 당신들은 그 까닭을 모르실 거외다."

스님들은 이 말을 듣고서 또 이마를 조아려 손행자에게 큰절을 드렸다.

이윽고 산문을 나선 손행자는 '휙!' 하는 소리 한번에 벌써 어디론가 사라져 보이지 않았다.

스님들이 고개를 쳐들었을 때, 용감한 제천대성은 어느새 서천문 밖에 들이닥치고 있었다. 바라보니 태백금성 이장경이 당직 수문장 증장천왕(增長天王), 그리고 은(殷)·주(朱)·도(陶)·허(許), 사대 영관(四大靈官)들과 얘기를 나누고 있다. 이들은 느닷없이 말썽꾸러기 손행자가 나타나는 것을 보고 황망히 인사를 건네며 물었다.

"대성께선 어딜 가시오?"

손행자도 천궁의 문을 통과하려니 용건을 밝히지 않을 수 없다.

"여러분도 아시다시피, 나는 당나라 스님을 모시고 천축국 동쪽 경계 금평부 민천현(旻天縣)에 이르렀는데, 우리 사부님께서 자운사 승려들이 정월 대보름 연등 행사나 구경하고 가자며 하도 이야기하는 바람에 묵게 되셨소. 대보름날 금등교에 나가보았더니 황금 등잔 세 개가 있는데 소합향유라는 값비싼 기름으로 등불을 켜놓고 있었소. 기름값이 얼마나 비싼지 백금(白金, 은) 오만여 냥어치나 되는데, 해마다 여러 부처님들이 강림하여 받아다 잡수신다고 했소.

우리 일행이 한참 구경을 하고 있을 때 과연 삼존 불상이 강림하였소. 영문을 모르는 우리 사부님은 그것이 진짜 부처님인 줄로만 아시고 다리 위에 올라가 절을 하셨는데, 나는 그것이 좋지 못한 놈들인 줄 알아보고 만류하였으나, 그 요괴들은 어느새 등잔불을 꺼서 어둡게 만들고 기름을 담아가는 길에 우리 사부님마저 바람결에 휩쓸어 납치해가고 말았지 뭐요.

나는 즉시 바람결을 따라 뒤쫓아 나선 끝에, 날이 훤히 밝을 무렵 어느 산중에 다다라 요괴들의 소굴을 찾아 헤매기 시작했는데, 다행히도 거기서 만난 사치 공조가 알려주는 말이, '그 산은 청룡산이요, 산중에 현영동이란 동굴이 있는데, 그 동굴 속에 벽한대왕, 벽서대왕, 벽진대왕이란 요괴 셋이 들어앉아 있다'는 얘기였소. 이 손선생은 부리나케 그놈들의 소굴을 찾아가서 우리 사부님을 내놓으라고 야단치며 그놈들과 한바탕 싸워보았으나 이겨내지 못하였소. 다시 둔갑 술법을 써서 동굴 안에 숨어들어가 보니 사부님은 다치지 않으신 채 쇠사슬에 묶여 계시기에, 쇠사슬을 풀어드리고 모셔 내오다가 그만 요괴 두목에게 들통이 나서 겨우 내 한 몸만 빠져나오고 말았소.

그후 또다시 저팔계와 사화상까지 데리고 가서 악전고투를 벌였지만, 이번에는 그들 두 아우마저 요괴들에게 사로잡혀 꽁꽁 묶인 채 동굴 속으로 끌려들어가고 말았소. 이 손선생은 어떻게 더 손을 써볼 길이 없어, 이 일을 옥황상제께 아뢰어, 그놈들의 출신 내력을 조사하고, 그 요괴들을 항복시킬 만한 장수를 출동시키도록 명령을 내려줍시사 간청을 드리러 이렇게 찾아온 거요."

태백금성 이장경은 이 말을 듣더니 껄껄대고 비웃는다.

"아니, 대성은 그 요괴들과 싸워보았다면서 아직껏 그놈들의 출신 내력도 알아내지 못했단 말이오?"

"물론 알아보기는 했지! 했어! 그놈들은 소의 정령들이었소. 신통력이 대단해서 좀처럼 굴복시키기가 어려울 뿐이오."

그러자 태백금성은 이렇게 요괴의 내력을 일러주었다.

"그 세 놈은 코뿔소의 정령들인데, 천문(天文)의 기상을 타고났기 때문에 여러 해를 두고 수행한 끝에 도를 깨쳐 진선(眞仙)의 몸을 이루었으므로, 구름을 날리고 안개를 딛고 걸어다닐 수 있게 되었소. 그 요괴들은 깨끗한 것을 아주 좋아해서 제 그림자도 싫어하며, 틈만 있으면 물속에 들어가 목욕을 한다오. 그놈들의 명색도 가지가지여서, 시서(兕犀)란 것도 있고, 웅서(雄犀)란 것도 있고, 고서(牯犀), 반서(班犀)란 것도 있으며, 또 호모서(胡冒犀)·타라서(墮羅犀)·통천화문서(通天花文犀)란 놈도 있는데, 모두들 콧구멍 한 개, 털 빛깔 세 가지에 뿔이 두 개 돋아나, 강과 바다에 마음대로 물길을 트고 헤엄쳐 다닐 수 있소. 방금 대성이 말씀하신 것처럼, 벽한·벽서·벽진이란 놈들은 모두 그 뿔에 귀기(貴氣)가 서려 있기 때문에, 그런 고귀한 이름에 '대왕'이란 호칭까지 붙이게 된 거요. 만약 대성께서 그놈들을 항복시키려거든, 오직 '사목금성(四木禽星)'이 나서야만 즉효를 볼 수 있을 것이외다."

이 말을 듣고 귀가 번쩍 트인 손행자는 얼른 허리 굽혀 절하며 다시 물었다.

"사목금성이라니! 여보, 이장경. 귀찮으시겠지만 영감님께서 그게 어느 별자리인지 하나하나 분명히 일러주시구려."

태백금성은 빙글빙글 웃어가며 에둘러 대답한다.

"그 별자리들은 두우궁(斗牛宮) 밖 건곤(乾坤)에 쫙 깔려 있으니까,

옥황상제께 가서 여쭤보시면 금방 알 수 있으실 게요."

손행자는 두 손을 맞잡아 흔들면서 고맙다 인사하고, 곧바로 서천문 안으로 들어섰다. 얼마 안 되어 그는 통명전 아래 이르러 우선 갈선옹을 비롯한 구홍제, 장도릉, 허정양, 이렇게 사대 천사(四大天師)들부터 만나보았다.

천사들이 물었다.

"어딜 가시는 길이오?"

손행자는 짤막하게 용건을 밝혔다.

"요 며칠 전, 금평부란 고장에 이르렀는데, 우리 사부님께서 선성(禪性)이 풀어지셔서 정월 대보름날 연등 행사 구경을 나갔다가 요사스런 마귀와 부닥쳐서 잡혀가셨소. 이 손선생의 재간으로는 그놈들을 굴복시킬 수가 없기에, 옥황상제께 아뢰어 구출해줍시사 간청을 드리려고 이렇게 찾아온 거요."

네 천사는 즉시 손행자를 데리고 영소보전에 들어가 아뢰었다. 대천존을 뵙는 예의 절차가 끝난 다음, 손행자는 사건의 시말과 용건을 두루 갖추어 아뢰었다.

옥황상제께서 전지를 내려 구원병으로 어느 방면의 천병을 출동시키는 것이 좋으냐고 묻자, 그는 허리 한 번 꾸벅하고 이렇게 여쭈었다.

"이 손선생이 방금 서천문에 이르렀을 때, 우연히 태백금성 이장경을 만났더니 하는 말이, '그 괴물들은 코뿔소의 정령으로서, 사목금성만이 굴복시킬 수 있다' 하였나이다."

이 말을 듣자 옥황상제는 당장 허천사를 불러 손행자와 함께 두우궁으로 가서 사목금성을 지명하고, 하계로 내려보내 요괴들을 항복시키도록 명하였다.

두 사람이 두우궁 밖에 다다르니, 벌써부터 이십팔수 별자리들이 영접하러 나와 기다리고 있었다. 허천사가 용건을 끄집어냈다.

"나는 성지를 받들어 사목금성을 점검하러 왔소. 손대성과 함께 아래 세상으로 내려가 요사스런 마귀를 제압해주시오."

말끝이 떨어지자, 곁에서 각목교(角木蛟), 두목해(斗木獬), 규목랑(奎木狼), 정목한(井木犴), 이렇게 네 별자리들이 한마디로 응답하면서 뛰쳐나왔다.

"손대성, 어느 곳의 요괴를 항복시키려고 우리를 지명하셨소?"

손행자는 이들 별자리를 한눈에 알아보고 어처구니가 없다는 듯 껄껄대며 웃었다.

"이제 봤더니 그대들이었군! 저 태백장경 늙은이가 뻔한 것을 감추고 알려주지 않았으니, 나로서야 무슨 뜻인지 알 도리가 있어야 말이지. 진작 이십팔수 가운데 '목(木)'자 항렬을 지닌 이무기, 사냥개, 이리, 들개의 별자리라고 말해주었던들, 번거롭게 옥황상제님의 성지를 받으러 갈 필요도 없었을 게 아닌가?"

그랬더니 목자 항렬을 지닌 네 별자리가 이구동성으로 핀잔을 준다.

"대성, 무슨 말씀을 그리 하시오! 성지를 받들지 않고서야 우리 가운데 어느 누가 감히 자리를 뜬단 말이오? 도대체 어느 방향의 무슨 괴물인지, 어서 빨리 다녀옵시다."

손행자는 설명을 해주었다.

"금평부 동북쪽 간지(艮地) 방위에 있는 청룡산 현영동일세. 코뿔소 세 마리가 요정이 되어서 그곳에 소굴을 차려놓았다네."

이 말을 듣자, 두목해와 규목랑, 각목교가 별것 아니라는 듯이 코웃음을 쳤다.

"만약 코뿔소가 정령으로 둔갑한 것들이라면, 우리 넷이 다 갈 것

없이, 정목한 별자리 혼자 가도 될 거요. 이 들개 친구는 산에 올라가 호랑이를 잡아먹기도 하고, 바다 속에 들어가 코뿔소도 잡아먹을 수 있으니 말이오."

"그놈들은 멍하니 보름달이나 쳐다보고 있는 그런 보통 소와 견줄 수 없는 녀석들이라네. 하나같이 수행을 쌓아 득도한 놈들로서, 모두 천 년 세월을 살아온 괴물이거든. 그러니까 반드시 그대들 넷이 모두 함께 가야만 될 것이지, 한 사람에게 밀어붙일 것이 아닐세. 만약 한 사람만 갔다가 그놈들을 잡아 끓이지 못한다면, 공연히 뒷일만 시끄럽게 될 것이 아닌가?"

손행자의 말이 끝나기도 전에, 허천사가 꾸짖듯이 재촉했다.

"그대들은 무슨 소리를 하고 있는가! 옥황상제의 칙명이 그대들 네 사람한테 떨어졌는데 어째서 안 가겠단 말인가? 어서 빨리 날아가게! 그래야 나도 돌아가서 복명하겠네."

허천사는 더 이상 말을 않고 손행자와 작별한 다음, 휑하니 돌아가 버렸다.

이윽고 두우궁을 떠난 네 별자리가 청룡산 현영동 어귀에 들이닥치더니 성미 급하게 손행자를 재촉했다.

"대성, 꾸물대실 것 없이 먼저 나서서 싸움을 걸도록 하십쇼. 그놈들을 바깥으로 끌어내기만 하면, 우리가 뒤따라 알아서 손을 쓰기로 하리다."

손행자는 동굴 문 앞에 바짝 다가서더니 냅다 욕설을 퍼부었다.

"기름이나 훔쳐먹는 이 도둑 요괴들아! 냉큼 우리 사부님을 돌려보내지 못할까!"

애당초 그 문짝은 저팔계가 쇠스랑으로 때려부숴놓은 터라, 졸개 요괴 몇 녀석이 널빤지 서너 쪽을 가져다가 겨우 막아놓은 허술한 것이었다. 문지기 요괴들은 안쪽에서 욕설을 듣더니 허둥지둥 급히 안으로 달려가서 두목에게 보고했다.

"대왕님, 손가 성을 가진 중 녀석이 바깥에서 욕지거리를 퍼붓고 있습니다!"

벽진대왕이 귀찮다는 듯이 투덜거린다.

"그놈이 싸움에 지고 뺑소니를 치더니 어째 하루도 못 되어 돌아왔을꼬? 아무래도 어디서 구원병을 데리고 온 모양이로군."

벽한과 벽서 대왕이 손을 홰홰 내젓는다.

"아따, 구원병을 청해온들 겁날 게 뭐 있단 말인가! 어서 갑옷 투구를 꺼내 입고 나가보세. 그리고 애들아, 정신 바짝 차려서 그놈을 에워싸도록 해라. 이번만큼은 절대로 놓쳐선 안 된다!"

요괴의 무리들은 죽을지 살지도 까맣게 모른 채 하나같이 저마다 병기를 손에 잡고 기세등등하게 깃발을 흔들고 북을 울리며 동굴 바깥으로 달려나갔다.

"요 원숭이 놈아! 맞아죽을 것도 겁나지 않느냐! 어쩌자고 여기 또 나타나서 악을 쓰는 게냐?"

손행자에게 제일 약 오르는 소리가 '원숭이'란 세 글자다. 아니나 다를까, 그는 이를 악물고 악에 받쳐 손아귀에 들린 철봉을 번쩍 쳐들더니 그대로 후려갈기면서 대들었다. 세 요괴 두목도 졸개들을 이리저리 풀어놓아 포위망을 치게 하고 그 한복판에 손행자를 몰아넣기 시작했다.

이와 때를 같이해서 미리 대기하고 있던 사목금성이 병기를 휘두르며 일제히 달려나오더니, 천둥 벼락 치듯 호통쳐 요괴들을 꾸짖었다.

"이 못된 짐승들아! 꼼짝 말고 게 섰거라!"

요괴 임금 셋은 고개를 쳐들고 소리나는 쪽을 바라보다가, 그들이 자기네 천적(天敵)인 사목금성이라는 사실을 깨닫고 그대로 자지러지고 말았다.

"아뿔싸, 큰일났다! 저놈의 원숭이가 어디서 우리를 굴복시킬 사람을 데려왔구나! 얘들아, 다 틀렸다! 각자 목숨이나 건져 도망쳐라!"

임금의 명령 한마디에, 부하 요괴들은 혼비백산을 하도록 놀라 이리저리 뿔뿔이 흩어져 달아나기 시작했다. 온 산 들판에 그저 들리는 소리라곤 헐레벌떡 숨가쁘게 도망치는 발굽 소리, 거칠게 투레질하며 아우성치는 소리, 울부짖는 소리, 본래의 모습을 드러낸 채 사면팔방으로 내뛰는 졸개 요괴들의 정체를 보니, 야생의 들소 아니면 물소, 황소 떼였다.

마침내 요괴 임금 세 마리도 코뿔소의 본상을 드러내고 병기를 휘두르던 손질을 멈추더니, 그들 역시 네 발굽을 모아 무쇠 포탄처럼 날쌘 기세로 동북쪽을 향해 곧바로 도망치기 시작했다. 이편의 제천대성은 정목한, 각목교 두 별자리를 거느리고 혹여 놓칠세라 그 뒤를 바싹 쫓아갔다.

두목해와 규목랑은 동쪽 깊숙한 산골짜기, 산등성이에서 달아나는 들소, 물소, 황소의 요정들을 닥치는 대로 때려죽이고 산 채로 잡아 깡그리 소탕해버린 다음, 곧바로 요괴의 소굴인 현영동으로 쳐들어가 당나라 스님과 저팔계, 사화상을 차례차례 풀어주었다.

사화상은 두 성관(星官)을 알아보고 일행들과 함께 감사의 절을 올리며 물었다.

"두 분 성관께서는 어떻게 여기까지 오시어 우리를 구해주셨습니까?"

"우리는 손대성께서 옥황상제께 아뢰었기 때문에, 구원병으로 이곳에 파견되어 요괴들을 제압하고 여러분을 구해드리게 된 것이오."

당나라 스님은 또다시 눈물을 뚝뚝 떨어뜨리며 혼잣말하듯 물었다.

"내 제자 오공은 어째서 이리로 들어오는 기척이 없을꼬?"

두 성관이 대신해서 상황을 알려주었다.

"그 세 늙은 요괴의 정체는 코뿔소 세 마리였습니다. 그놈들은 우리를 보기 무섭게 저마다 한목숨 건지려고 동북방으로 도망쳤습니다. 손대성께서는 우리 동료 정목한, 각목교를 거느리고 그놈들을 뒤쫓아가셨습니다. 우리 두 성관은 부하 노릇을 하던 소떼의 정령들을 모조리 소탕하고 나서 이렇듯 성승 어른 일행을 풀어드리느라 달려온 길입니다."

당나라 스님은 거듭 머리 조아려 사례하고 또 하늘을 향해 큰절을 올렸다. 저팔계가 보다 못해 스승을 부축해 일으키면서 핀잔을 주었다.

"사부님, 예절이 너무 많으면 반드시 속임수가 낀다고 했습니다. 자꾸 절만 하실 필요가 없습니다. 네 분 성관께서는 옥황상제의 칙명에 따른 일이기도 하려니와, 우리 형님께 인정을 베푸느라 이처럼 수고하신 노릇이 아니겠습니까. 이제 요사스런 무리를 소탕하기는 했으나, 아직 늙은 요괴들이 항복했는지 어땠는지 알 수 없는 형편입니다. 우선 이 안에 값나갈 만한 물건들을 거두어서 꺼내놓고 이놈의 소굴을 뒤집어엎어 뿌리를 뽑아버린 다음, 절간으로 돌아가서 형님이 오실 때까지 기다리기로 합시다."

규목랑이 먼저 찬성하고 나섰다.

"천봉원수의 말씀에 일리가 있소. 그대는 권렴대장과 함께 사부님을 모시고 절간으로 돌아가 편히 쉬시오. 우리 두 사람은 동북방으로 달려가서 놈들과 한바탕 맞아 싸우기로 하겠소."

"옳소, 옳아요! 그럼 두 분은 우리 형님과 협력해서 반드시 요괴들을 일망타진해주시오. 그래야만 돌아가셔서 옥황상제께 복명하시기도 좋을 것이오."

두 성관은 즉시 추격에 나섰다.

저팔계와 사화상은 요괴의 동굴 안에 가볍고도 값나가는 보배들만 골라서 한 섬이나 되는 분량을 찾아냈다. 그중에는 산호·마노·진주·호박·차거(硨磲)[1]·보패(寶貝)·미옥(美玉)·양금(良金)과 같은 진귀한 보물이 숱하게 많았는데, 이것들을 모두 동굴 바깥으로 옮겨다 놓고, 스승을 안전하게 산등성이 위에 모셔 앉힌 다음, 또다시 동굴에 들어가 불을 놓아 멀쩡한 동굴 한 채를 순식간에 잿더미로 만들어버리고 말았다. 그리고 나서는 당나라 스님을 모시고 길을 찾아 금평부 자운사로 돌아갔다.

이야말로 당나라 스님에게는 한바탕 꿈같은 일이 아닐 수 없었다.

『역경(易經)』에 이르기를, '탁 트인 운수가 극에 달하면, 또다시 불운이 생겨난다(泰極還否生)' 하였으니, 운수 좋다가도 흉악한 봉변을 당하는 일이 사실로 있는 것이다.

꽃 같은 등불 감상을 즐기던 끝에 선성(禪性)을 어지럽히고, 아름다운 경치에 즐거이 놀다가 도심(道心)이 얕아졌다.

대단(大丹)은 자고로 길이 지켜야 하는 법이니, 한번 잃어버리면 결국 되찾기가 어렵게 마련이다.

마음의 문을 단단히 닫아걸고 비끄러매어 허술하게 내버려두지 말 것이니, 잠시라도 마음이 풀어지고 게으름을 부리면 일을 그르치게 되는 법이다.

이들 세 사람이 절간으로 돌아간 얘기는 접어두기로 하고, 뒤늦게 추격에 가담한 두목해와 규목랑 두 별자리는 구름을 타고 요괴의 행방

---

[1] 차거: 바다 속 큰 조개 껍데기를 갈고 다듬어서 만든 보배. 곧 자개 장식물 따위.

을 뒤쫓아 곧바로 동북쪽 간지(艮地) 방위를 향해 날아갔다.

두 사람은 반공중에서 이리저리 찾아보았으나, 요괴의 행방은 물론이요, 손행자와 동료 성관 두 사람마저 보이지 않았다. 계속 날아가 서양대해(西洋大海) 바닷가에 다닫르고 보니, 손행자가 바다 위에서 고래고래 소리치고 있는 모습이 멀리 내다보였다.

그들 두 사람은 구름을 낮추고 내려서서 물었다.

"대성, 요괴들은 어디로 달아났습니까?"

뒤늦게 달려온 응원군을 보자, 손대성은 약이 올라 버럭 호통쳐 꾸짖었다.

"이런 맹랑한 친구들 봤나! 자네 두 사람은 어째서 뒤쫓아오지 않은 거야? 그리고 이제 와서 나한테 뭘 물어본단 말인가!"

두목해는 차근차근 사정을 설명했다.

"대성께서 정목한, 각목교 두 성관을 데리고 패해 달아나는 요괴들을 뒤쫓아가시기에, 꼭 붙잡으실 줄로만 알고 우리 두 사람은 그대로 남아서 요정들의 무리를 깡그리 소탕했소이다. 그리고 현영동으로 들어가 대성의 사부님과 아우 분들을 구출한 다음, 산속의 잔당들을 수색하고 동굴을 불태워 없애버렸소. 이제 대성의 사부님을 두 아우 분께 맡겨 금평부 성내 자운사로 모셔다가 쉬도록 해드렸소이다. 한참을 기다려도 돌아오시는 기미가 보이지 않기에, 우리도 뒤쫓아 여기까지 찾아오는 길이오."

손행자는 그 말을 듣고서야 기뻐 어쩔 줄 모르며 고마움을 표했다.

"그렇다면 대단한 공로를 세우셨군! 수고들 하셨네그려. 한데 그 세 놈의 요괴들은 내가 여기까지 뒤쫓아왔더니 바다 속으로 뛰어들어가 버렸다네. 정목한과 각목교 두 성관은 그놈들의 뒤를 바싹 쫓아 바다 속으로 들어가고, 나는 이 해변에서 가로막고 있다가 그놈들이 쫓겨 나오기를 기다리는 중일세. 마침 두 성관께서 오셨으니, 내 대신 이 퇴로를 맡아서 지켜주시게. 이 손선생도 뒤따라 바다 속에 들어가봄세."

용감한 제천대성은 철봉을 휘두르며 피수결(避水訣)로 물살을 가르더니 곧바로 파도 속에 뛰어들었다. 물속 깊숙이 내려가 이리저리 살펴보니, 세 마리의 요괴가 해저 밑바닥에서 정목한, 각목교 두 성관을 상대로 목숨 걸고 악전고투를 벌이고 있었다. 이것을 본 그는 싸움판을 향해 돌진하면서 냅다 호통부터 질렀다.

"꼼짝 말고 게 있거라! 여기 손선생이 오셨다!"

요괴 세 마리는 고함 소리를 듣고 흠칫 놀라 간이 콩알만하게 오그라들고 말았다. 두 성관의 공격을 막아내기에도 가뜩이나 힘겨워 쩔쩔매던 판국인데, 여기에 또 저 무시무시한 손행자마저 가세했으니, 이걸 도대체 무슨 수로 막아낸단 말인가. 세 마리의 요괴는 잔명(殘命)이나마 부지할 생각으로 급히 머리를 돌려 바다 속 깊숙한 해구(海溝)로 뺑소니치기 시작했다. 이 괴물들은 머리통에 돋친 뿔로 물살을 헤쳐나갈 수 있기 때문에, '쏴아! 쏴아!' 하는 물보라 소리만 들릴 뿐, 어디로 달아났는지 좀처럼 그 행방을 찾아낼 수가 없었다. 손행자와 두 성관은 그래도 단념하지 않고 힘을 합쳐 추격을 계속했다.

한편 서양대해에는 바다 속을 살피는 탐해 야차(探海夜叉)와 순찰 임무를 띤 순해 개사(巡海介士)가 있었는데, 때마침 물살을 헤쳐가며 달아나는 코뿔소들의 모습과 그 뒤를 끈덕지게 추격하는 손행자와 두 천성(天星)을 알아보고, 허겁지겁 수정궁으로 돌아가 용왕에게 급보를 전했다.

"대왕님! 코뿔소 세 마리가 제천대성과 하늘의 별자리 두 분께 쫓겨 이리로 도망쳐오고 있습니다."

서해 용왕 오순(敖順)은 그 말을 듣더니, 즉시 태자 마앙(摩昂)을 불러다 놓고 명령을 내렸다.

"어서 빨리 수군 병력을 소집해 출동 준비를 갖추어라. 아마도 코뿔소 요정인 벽한, 벽서, 벽진 세 녀석이 손행자를 건드린 모양이다. 속히 수병들을 이끌고 나가서 도와주도록 해라."

마앙 태자는 부왕의 명령을 받은 즉시 수병을 긴급 소집했다. 소집령이 떨어지자, 순식간에 바다거북[龜], 자라[鼈]하며, 큰 자라[黿], 악어[鼉], 모살치[鯿], 우럭[鮊], 쏘가리[鱖], 잉어[鯉] 장군들과 새우 병사, 바닷게 졸병들이 저마다 창칼을 잡고 일제히 함성을 지르면서 수정궁 바깥으로 뛰쳐나가더니, 코뿔소 요괴들의 앞길을 가로막았다. 코뿔소 요괴 세 마리는 앞으로 나갈 수 없게 되자 급히 발길을 되돌려 후퇴하려 했으나, 그쪽에는 이미 정목한, 각목교 두 성관이 제천대성과 함께 퇴로를 차단하고 있었다. 요괴들은 당황한 나머지 뿔뿔이 흩어져 제각기 목숨을 건지려고 사방으로 달아나기 시작했다. 그러나 얼마 못 가서 벽진대왕은 진작부터 포진하고 있던 서해 용왕 오순이 거느린 병사들의 포위망에 걸려들고 말았다.

멀리서 그 광경을 바라보던 손대성은 옳다 한 놈 걸려들었구나 싶어 기뻐하며 큰 소리를 질러 분부했다.

"잠깐만 그 손 멈추시오! 산 채로 잡아야지 죽이면 안 되오!"

마앙 태자는 손행자의 명령을 듣자, 포위망을 좁히고 우르르 달려들어 벽진대왕을 땅바닥에 자빠뜨리고 쇠갈고리로 코를 꿰뚫은 다음, 네 발굽을 한데 모아 꽁꽁 묶었다.

늙은 용왕 오순은 다시 아들에게 병력을 나누어서 두 마리 남은 요괴를 한군데로 몰아 두 성관이 생포할 수 있도록 도와주라는 명령을 내렸다. 젊은 용왕이 병사들을 거느리고 앞으로 달려나갔을 때, 정목한은 이미 들개의 본색을 드러내고 벽한대왕을 앞발로 찍어 누른 채 그 커다란 아가리로 마구 뜯어 먹고 있었다. 이 모습을 본 마앙 태자가 고함쳐 말렸다.

"잠깐만, 정수(井宿)! 정수! 물어 죽이지 마시오! 손대성이 산 채로 잡으라고 했으니 죽이면 아니 되오!"

연거푸 서너 차례 고함을 질렀으나, 벽한은 이미 사나운 들개의 아가리에 멱줄기를 물어뜯겨 벌써 숨이 끊어진 상태였다.

마앙 태자는 새우 병사와 바닷게 졸병에게 분부하여 죽은 코뿔소의 시체를 수정궁으로 떠메다 옮겨놓은 다음, 또다시 정목한과 더불어 추격을 계속했다. 때마침 각목교는 마지막 한 마리 남은 벽서란 놈을 뒤쫓아 이쪽으로 몰아오다가 동료 정목한 일행과 맞닥뜨렸다. 마앙 태자는 즉시 바다거북, 큰 자라, 악어 장군들을 휘몰아 마치 키를 벌려놓듯 파기진(簸箕陣)의 형태로 포위망을 치고 벽서를 그 한복판에 몰아넣었다.

외톨박이로 포위망에 갇힌 벽서란 놈은 투지를 잃어버린 채 그저 애걸복걸 목숨을 비는 것이 고작이었다.

"목숨만, 목숨 하나만 살려주십쇼! 목숨만……."

정목한이 앞으로 썩 나서더니 단숨에 코뿔소의 귀를 움켜잡고 큰 칼부터 빼앗아 던졌다.

"네놈을 죽이지는 않으마. 여기서 죽이지는 않을 테니 걱정 마라! 끌어다가 손대성께 넘겨서 처분하시도록 하면 그만이다."

일행은 병기를 거둬들이고 다시 수정궁으로 돌아왔다.

"모조리 잡아왔습니다."

손행자가 보니, 한 놈은 목줄기가 끊긴 채 피투성이로 땅바닥에 질펀하게 쓰러져 있고, 또 한 놈은 정목한에게 귀를 비틀려 잡힌 채 땅바닥에 떠밀려 꿇어앉았다. 좀더 다가가서 자세히 살펴보던 그는 고개를 갸우뚱하며 중얼거렸다.

"흐흠, 이 모가지는 칼로 벤 것이 아니로군."

마앙 태자가 껄껄 웃으며 사연을 얘기한다.

"제가 고함쳐 말리지 않았던들, 아마도 몸뚱이까지 정목한 성수께서 먹어치워 남아나지 않았을 겝니다."

"이렇게 된 바에야 할 수 없지. 톱이나 가져오게. 저놈의 양 뿔을 잘라내고 가죽을 벗겨 가지고 가세. 고기는 남겨두어서 용왕 부자 두 분이나 잡수시도록 하지!"

앞서 쇠갈고리로 코뚜레를 꿴 벽진대왕은 각목교더러 끌게 하고, 나중에 잡힌 벽서대왕도 코를 꿰어 정목한이 끌고 가도록 분부했다.

"이놈들을 끌고 가서 금평부 자사에게 보여주어야겠소. 그동안에 벌어진 일의 사유를 밝혀내고, 해를 거듭하여 가짜 부처가 백성들에게 해를 끼친 사실을 낱낱이 따진 후 처결하도록 합시다."

여러 사람들은 그 말에 따라서 용왕 부자와 작별한 다음, 일제히 코뿔소 요괴를 끌고 서양대해를 떠나갔다. 그리고 바닷가에서 지키고 있던 규목랑, 두목해와 만나서 함께 안개구름을 타고 곧바로 금평부로 돌아왔다.

금평부 상공에 다다르자, 손행자는 상광(祥光)을 딛고 반공중에 우뚝 선 채 우렁찬 목소리로 외쳐대기 시작했다.

"금평부 자사와 여러 벼슬아치들! 그리고 부성(府城) 안팎의 군민들은 모두 잘 들어라! 나는 동녘 땅 대 당나라에서 파견되어 서천으로 경을 가지러 가는 성승이다. 그대들의 금평부 민천현 고을이 해마다 황금 등잔을 바치게 하고 부처님들로 가장하여 나타나서 소합향유를 거두어간 놈들은 진짜 부처님이 아니라, 바로 이 요사스런 코뿔소 괴물들이었다. 우리 일행이 때마침 이 고장을 지나가다 정월 대보름 연등 행사를 구경했더니, 이 요괴들이 등잔 기름을 훔쳐가는 길에 우리 사부님마저 납치해가고 말았다. 그래서 내가 하늘의 신령들을 모셔다가 요괴들을 항복시키고, 그놈의 소굴을 말끔히 소탕해버렸을 뿐만 아니라 요사스런 마귀떼들도 일망타진하였으니, 이제 해악을 끼칠 일은 두 번 다시 없을 것이다. 오늘 이후로 그대들의 고을에서는 또다시 황금 등잔을 헌납시켜 백성들을 괴롭히거나 재물에 손실을 가져오게 해서는 안 될 것이다!".

한편 자운사에서는 저팔계와 사화상이 이제 막 당나라 스님을 모시고 산문으로 들어서려다가, 때마침 반공중에서 손행자의 목소리가 들려오는 것을 듣고, 너무나 반가운 나머지 스승마저 한곁에 밀어두고 등짐 멜빵까지 던져버린 채 바람처럼 쏜살같이 구름을 휘몰아 타고 허공으로 솟구쳐 올라가더니 큰 소리로 외쳐 물었다.

"형님! 요괴들은 항복시키셨소?"

손행자가 포로들과 전리품을 가리키면서 자랑 삼아 대답한다.

"이걸 보면 알 게 아닌가! 한 놈은 정목한이 물어 죽였기에 톱으로 뿔을 썰어내고 가죽을 벗겨서 이렇게 가져왔네."

이때 저팔계가 제법 사리를 따져 한마디 했다.

"살아 있는 두 놈은 아예 저 성 아래로 밀어 떨어뜨립시다. 그래야 관원과 백성들이 두 눈으로 직접 보고, 우리가 성승 일행이요 천신들인지 알아볼 것이 아니겠소. 이래저래 신세를 진 김이니, 네 분 성관들께서도 구름을 거두고 지상에 내려갑시다. 우리와 함께 관아 대청으로 가서 이 괴물들을 처결해주셔야겠소. 이미 죄상이 명백하게 밝혀진 마당에, 이것저것 더 따질 게 뭐 있겠소?"

이 말을 듣고 네 별자리가 대견스럽다는 듯 고개를 끄덕끄덕한다.

"허허! 천봉원수도 요즈음에는 제법 사리를 분명하게 따질 줄 아시는구려. 그것 참말 좋은 일이오!"

저팔계도 으쓱해서 점잔을 뺀다.

"요 몇 해 동안 중 노릇을 했더니, 조금 주워듣고 배운 게 있소!"

신령들은 과연 저팔계의 말대로 코뿔소를 떠밀어 지상으로 떨어뜨렸다. 이어서 채색 구름 한 무더기가 금평부 자사 대청 위에 내려앉았다. 깜짝 놀란 고을의 대소 관원들과 부성 안팎 사람들은 모두들 집집마다 향탁을 가져다 늘어놓고 향불을 사르는가 하면, 남녀노소 할 것 없이 천신들에게 예배를 올렸다.

얼마 안 있어, 자운사 승려들이 당나라 장로님을 교자에 모셔 태우고 아문으로 들어와 손행자를 만나보게 해주었다. 당나라 스님은 입을 열 때마다 '고맙다'는 말씀이 떠날 줄 모르더니, 마지막에 가서는 칭찬 섞어 손행자에게 물었다.

"얘야, 여기 계신 성수(星宿)들께서 노고를 아끼지 않으시고 나를 구출해주셨단다. 그런데 네가 보이지 않아 무척 걱정했더니, 이제야 승리를 거두고 돌아왔구나! 그래, 저 괴물들은 어디까지 쫓아가서야 잡아왔느냐?"

"엊그제 사부님과 헤어진 이후, 이 손선생은 하늘에 올라가서 두루 찾아보다가 태백금성을 만났습니다. 그 영감을 통해 저 요사스런 마귀들의 정체가 코뿔소라는 사실을 알게 되었고 또 사목금성에게 도움을 청하라고 일러주기에, 곧바로 옥황상제께 아뢰었습니다. 옥황상제께서는 칙명으로 사목금성을 파견해주셔서, 그 즉시 요괴들의 소굴에 처들어가 교전을 벌였습니다. 요괴들은 자기네 천적이 나타난 것을 알고 도망쳤습니다만, 두목해와 규목랑 두 별자리는 남아서 사부님을 구해내고, 이 손선생은 정목한, 각목교 두 별자리와 함께 요괴들을 뒤쫓아 서양대해까지 추격해갔습니다. 거기서 또 서해 용왕 오순이 태자 마앙을 시켜 수군 병력을 이끌고 도와준 덕분에, 요괴들을 모두 붙잡아 가지고 이렇게 돌아와 전후 죄상을 밝히려던 참이었습니다."

당나라 장로님은 네 분 성수와 제자의 공덕을 찬양하고 감사해 마지않았다. 금평부와 민천현을 다스리는 자사, 현령들과 보좌관, 수령(首領)들도 모두 그 자리에 촛불을 높이 밝혀놓고 향로가 꽉 차도록 향불을 사르면서 천신들과 성승 일행을 우러러 끊임없이 큰절을 올렸다.

잠시 후, 성미가 치밀 대로 치밀어 오른 저팔계가 계도(戒刀)를 뽑아들더니, 벽진대왕의 목을 단칼에 썽둥 베어버리고, 이어서 벽서대왕마저 한칼에 목을 쳐버렸다. 그리고 톱을 가져다가 두 마리의 뿔 네 개를 썰어냈다. 형 집행이 끝나자, 손행자는 미리 생각해두었던 대로 뒤처리를 분부했다.

"네 분 성관께서는 이 코뿔소의 뿔 네 개를 가지고 상계로 올라가셔서 옥황상제께 진상하시오. 그래야만 성지에 복명하는 증거물이 되리라 믿소. 그리고 내가 가져온 벽한의 뿔 두 개 중 하나는 금평부 관아 창고에 남겨두어, 앞으로 등잔 기름을 헌납시키지 않겠다는 증거물로 삼게 할 것이며, 나머지 한 개는 우리가 영산에 가져가서 불조(佛祖)께 바치도록 하겠소."

진귀한 보배를 네 개씩이나 얻게 된 사목금성은 속으로 기뻐 어쩔 줄 모르면서 즉시 제천대성에게 작별을 고한 다음, 홀가분한 심정으로 옥황상제에게 결과를 아뢰러 채색 구름을 타고 천궁으로 돌아갔다.

금평부와 민천현의 관원들은 이들 스승과 제자, 네 사람을 관아에 머무르게 하더니, 소찬으로 사은의 잔치를 성대하게 베풀어놓고 향리의 원로들을 두루 청하여 모시게 했다. 그리고 한편으로 고시문을 내걸어, 군민들에게 다음해부터는 황금 등잔을 켜지 못한다는 사실과 민천현의 대부호들이 소합향유를 사서 헌납하던 부역을 영원히 면제한다는 뜻을 모두 알아듣게 일러주었다. 또 한편, 가축을 도살하는 백정을 불러다 코뿔소의 가죽을 벗겨내어, 끓는 물에 삶고 연기에 쏘이고 햇볕에 말리고 무두질해서 튼튼한 갑옷 투구를 만들게 하였으며, 고기는 벼슬아치와 백성들에게 골고루 나눠주어 맛보게 했다.

금평부 자사는 또다시 범법자들에게서 거둬들인 벌금과 보속(補贖)으로 바친 곡물 가운데 처분해도 좋을 만한 전량(錢糧)을 써서 민간의 빈터를 사들인 후, 그 터에 성관 네 사람이 요괴들을 항복시킨 사실을 기념하는 사당을 세우고, 당나라 스님 일행 넷을 위하여 생사당(生祠堂)을 짓게 했다. 그리고 두 사당에 각각 기념비를 세우고 글자를 새겨서 천고에 길이 전해 내림으로써, 이들의 공덕과 은혜에 보답하도록 했다.

스승과 제자들도 어쩔 수 없어, 내친김에 아예 마음 느긋이 먹고 그 뜻을 받아들였다. 게다가 해를 거듭해서 등잔 기름을 바치며 고역을 치르던 2백40여 가호나 되는 대부호 댁들이, 오늘은 이 집에서 모셔다 보답하랴, 내일은 저 집에서 모셔다 사례하랴, 도무지 쉴 겨를이 없었다. 두고두고 먹을 타령만 늘어놓던 저팔계도 날이면 날마다 배가 터지도록 흡족하게 음식을 얻어먹게 되자, 요괴의 소굴에서 찾아낸 보물들을 가지가지로 소맷자락에 넣어 가지고 다니면서, 잔칫집에서 대접받을 때마다 인심 좋게 나누어주기까지 했다.

그들은 달포가 지나도록 금평부에 머무른 채 떠날 수가 없었다. 이윽고 당나라 장로님이 맏제자에게 분부를 내렸다.

"오공아, 나머지 보물은 모두 자운사 승려들에게 보내주어 그동안 우리에게 베풀어준 은덕에 사례하려무나. 그리고 저들 부호 댁의 눈을 피하여 날이 밝기 전에 이곳을 떠나도록 하자꾸나. 편안한 생활을 즐기다가 경을 가지러 가는 길을 그르치기라도 하는 날이면, 부처님께서 아시고 책망을 내리실 것이다. 그래서 게으른 죄 값으로 또 다른 재난이 생긴다면, 아주 곤란한 일이 아니겠느냐."

손행자는 스승의 말씀에 따라 그날 중으로 모든 일을 하나하나씩 처리했다. 그리고 이튿날 새벽 오경(五更, 3~5시)이 되자, 일찌감치 일어나 저팔계를 불러 깨워 말을 준비시켰다. 미련퉁이 저팔계 녀석은 술과 밥을 실컷 먹고 잠에 곯아떨어진 뒤끝이라, 흐리멍덩한 목소리로 투정을 부렸다.

"원, 형님도! 잠꼬대 같은 소리 마시구려. 이런 꼭두새벽에 말은 준비해서 뭘 하겠다는 거요?"

손행자는 호통쳐서 다시 깨웠다.

"사부님께서 길을 떠나자고 하셨으니, 어서 일어나게!"

미련한 저팔계는 두 손바닥으로 얼굴을 써억썩 문지르며 투덜투덜 불평을 늘어놓았다.

"이런 제기랄! 저 주책없는 영감님이 정말 고집불통이로군! 이백사십 가호나 되는 부잣집에서 초대를 받고 이제 겨우 서른 몇 끼니밖에 배불리 얻어먹지 못했는데, 어쩌자고 또다시 이 저선생더러 배고픔을 참고 견디면서 길을 떠나자는 거야?"

당나라 장로님이 그 소리를 듣고 호되게 꾸짖었다.

"그저 처먹을 줄만 아는 이 미련한 식충이 놈아! 돼먹지 않은 소리 그만 지껄이지 못하겠느냐! 또 한번 투정을 부렸다가는 오공더러 금고봉으로 네놈의 주둥아리를 쳐서 이빨을 몽땅 부러뜨리게 만들 테다!"

미련퉁이는 매를 때리겠다는 소리를 듣고 기겁을 해서 손발을 어디다 둘지 모른 채 허둥거리며 또 한번 투덜댔다.

"이크! 사부님도 이젠 변하셨군! 언제나 나만 아껴주시고 사랑해주시고 역성들어주시고, 미련한 놈일망정 감싸주시며, 형님이 나를 때리려 할 때마다 말려주시곤 하더니, 이런 분이 오늘은 어쩌자고 내게 역정을 다 내시고 형님을 시켜서 매까지 때리게 한단 말인가?"

손행자가 곁에서 으름장을 놓는다.

"사부님은 자네가 먹을 타령만 늘어놓아서 갈 길을 그르치는 것이 마땅치 않아 꾸지람하시는 걸세. 어서 빨리 짐보따리 챙기고 말안장 얹어서 떠날 채비를 차리게! 그래야 매를 맞지 않을 테니까!"

미련퉁이는 진짜 얻어맞을까 겁이 났는지, 용수철 퉁기듯 후닥닥 일어나 옷을 걸쳐 입고 사화상에게 악을 썼다.

"빨리 일어나게! 자칫하면 얻어맞네!"

가만히 눈치를 살피고 있던 사화상도 벌떡 뛰어 일어나더니, 저팔계와 함께 제각기 맡은 대로 출발 준비를 서둘러 마쳤다.

조마조마하게 지켜보던 장로님이 손을 내저으며 주의를 주었다.

"쉿! 가만가만 해라. 절간 스님들이 다 놀라 깨겠다!"

백마를 대령하자, 장로님은 부리나케 안장에 오르더니 산문이 열리기가 무섭게 바깥으로 달려나갔다.

그리하여 스승과 제자 일행, 네 사람은 도둑질하듯 살그머니 절간을 벗어나 큰길을 찾아 떠나갔다.

이번 길이야말로, "옥으로 만든 새장을 남모르게 열어놓으니 채봉(彩鳳)이 날아가고, 황금 사슬을 살며시 풀어주니 교룡(蛟龍)이 도망친다"는 격이었다.

과연 날이 밝았을 때 삼장 일행에게 잔치를 베풀려고 자기네 차례를 기다리던 여러 부호 댁들은 어떻게 될 것인지, 다음 회에서 풀어보기로 하자.

제93회 급고원 옛터에서 인과를 담론하고, 천축국 임금을 뵙는 자리에서 배필감을 만나다

상념을 일으키면 단연코 사랑하는 마음이 싹트며, 정을 남겨두면 반드시 재앙이 생겨난다.

영혼이 맑다면 무슨 일인들 삼대(三臺)¹를 따지랴? 수행(修行)이 원만하게 끝나면 저절로 원해(元海)에 돌아갈 것을.

신선이 되거나 부처가 되는 길을 따질 것 없으니, 모름지기 속으로부터 안배가 이루어져야 한다.

맑고 깨끗하게 속세의 티끌 먼지를 끊어버리면, 정과를 이루어 상계(上界)에 비승(飛昇)²하게 될 것이다.

자운사 스님들은 날이 밝아서야 삼장 일행이 보이지 않는 것을 발견하고 안타까운 마음에 소리를 질렀다.

"머물러 있게 붙잡지도 못하고, 작별 인사도 드리지 못하고, 간청을 드려보지도 못하고 살아 계신 보살들을 놓쳐보냈구나!"

이렇듯 통탄하고 있을 때, 이번 접대 차례가 된 남쪽 관문의 몇몇

---

1 삼대: 옛날 천자의 궁궐에 설치한 기상 천문대의 일종. 천문을 관측하는 영대(靈臺), 사계절의 변화를 측량하는 시대(時臺), 그리고 여러 가지 날짐승과 길짐승, 물고기와 거북, 자라와 같은 애완용 동물을 기르는 유대(囿臺)가 그곳이다.
2 비승: 도교 용어. '비승(飛昇)'이란 선술(仙術)을 닦아 신선이 되어 승천한다는 뜻. 후세에는 더 발전하여 '상승 구소(上昇九霄)' '비행 상청(飛行上淸)'이란 용어까지 생겼으나, 모두 본뜻에서 파생된 것이며 실제 행동을 나타낸 말은 아니다. 제19회 주 **7** 참조.

대부호 댁에서 삼장 법사 일행을 잔치에 모셔가려고 찾아왔다. 절간 스님들은 손뼉을 치면서 이렇게 일러주었다.

"엊저녁에 우리가 방비를 잘하지 못한 탓으로, 그분들은 간밤에 모두 구름을 타고 떠나가셨소."

이 말은 곧 입에서 입으로 퍼져 온 성내의 관원들이 모두 알게 되었다. 그들은 삼장 일행을 미처 접대하지 못한 대부호들을 시켜 다섯 가지 짐승과 꽃, 과일 같은 제물을 두루 갖추어 생사당으로 가지고 가서 제사를 지내게 하였다. 이로써 그들이 베풀어준 은혜와 공덕에 감사를 드린 것은 더 말할 나위도 없다.

한편, 당나라 스님 일행 네 사람은 풍찬노숙을 거듭하면서도 아무 일 없이 평안하게 서행 길을 계속할 수 있었다. 금평부를 떠난 지 반달 남짓 지났을 때, 어느 날 그들 앞에는 또 한군데 높은 산이 나타났다. 자라 보고 놀란 가슴 솥뚜껑 보고 놀란다더니, 당나라 스님은 또 겁이 나서 제자들을 불러 세웠다.

"얘들아, 저 앞에 산이 몹시 험준하구나. 모두들 조심해야겠다!"

손행자가 웃으며 스승을 안심시킨다.

"부처님 계신 땅에 가까워지고 있는데, 무슨 요괴 따위가 있겠습니까. 그런 것은 단연코 없을 테니, 아무 걱정도 마십쇼."

"얘야, 비록 부처님의 땅이 멀지 않다 하더라도, 일전에 그 절간 스님들이 하는 말을 못 들었느냐? 천축국 도성까지는 이천 리나 되고, 거기서부터 또 영산은 얼마나 더 가야 하는지 모른다고 하지 않더냐?"

"사부님은 오소 선사의 '심경(心經)'을 또 잊어버리고 계신 모양이군요?"

"아니다. '반야심경'은 내 몸에 지니고 다니는 의발(衣鉢)이나 다름

없다. 오소 선사께서 가르쳐주신 이래, 어느 날 하루라도 읊지 않고 언제 한시라도 잊어버린 적이 있는 줄 아느냐? 거꾸로 외우라고 해도 외울 수 있을 지경인데, 어찌 잊어버렸겠느냐?"

"사부님은 그저 외우시기만 하셨지, 그 선사의 뜻풀이를 받지는 못하셨지요?"

"이 원숭이 놈아! 어째서 내가 뜻풀이를 받지 못했단 거냐? 그럼 네 녀석은 뜻풀이를 할 수 있단 말이냐?"

"저야 물론 해석할 수 있고말고요."

이때부터 삼장 법사와 손행자 두 사람은 입을 꼭 다물고 아무 말도 하지 않았다. 곁에서 둘을 지켜보던 저팔계는 허리를 잡고 웃음보를 터뜨리고, 사화상 역시 배꼽이 빠지도록 웃었다. 저팔계는 사형에게 삿대질을 해가며 놀려댔다.

"형님, 주둥이가 정말 앙큼스럽소! 형님이나 나나 따지고 보면 똑같은 요정 출신이요, 또 어느 절간에서 참선을 배우거나 강경(講經)을 들어본 적도 없는 몸인데, 언제 어디서 부처님이나 중을 따라다니면서 설법하는 걸 본 적이라도 있었소? 그러고도 어쩌고저쩌고 허풍이나 떨며 거드름이나 부리니, 형님이 무슨 놈의 뜻풀이를 할 줄 안다고 그러시오? 왜 입 다물고 찍소리도 않는 거요? 어디 나도 한번 들어봅시다! 강경을 하든지 뜻풀이를 하든지 들어보잔 말이오!"

사화상이 옆구리를 꾹 찌른다.

"둘째 형님, 큰형님의 말을 믿어주시구려. 방금 큰형님이 그런 말을 늘어놓으신 것은 허튼소리라도 길게 늘어놓아, 사부님을 슬슬 구슬려서 길 가시는 데 지루하지 않게 해드리자는 수작이오. 큰형님이야 철봉 가지고 장난질이나 칠 줄 아시지, 무슨 놈의 강경을 하실 것이며 뜻풀이를 하실 줄 알겠소!"

이때 삼장 법사가 조용히 야단을 쳤다.

"오능아, 오정아, 함부로 떠들지 말아라. 오공이 해석할 줄 안다는 것은 '무언어 무문자(無言語無文字)', 곧 말로 표현할 수도 없고 글자로 쓸 수도 없는 것이요, 그게 바로 참된 뜻풀이가 되는 것이다."

스승과 제자 일행이 얘기에 정신을 팔고 있는 동안, 벌써 꽤 많은 길을 걸어나갔다. 몇 군데 비탈진 언덕을 넘어서니, 길 한곁에 제법 규모가 커다란 절이 하나 바라보였다. 삼장은 맏제자를 또 불러 세웠다.

"오공아, 저 앞에 절간이 있구나. 네가 한번 살펴보거라."

크지도 작지도 않은 것이 파란 유리 기와를 얹었으며, 절반쯤은 새 집이고 절반쯤은 낡았으되, 여덟 팔(八)자로 붉은 담이 빙 둘러쳤다.

어렴풋이 보이는 창송(蒼松)이 덮개처럼 가장귀를 드리웠으되, 몇백 년 몇천 년이나 세월을 보낸 옛것이 오늘날에 이르렀는지 모르겠다.

좔좔좔 흐르는 냇물 소리 거문고 줄을 울리듯 잔잔히 들려오는데, 그 또한 어느 왕조 어느 시대에 산문을 열고 전해 내린 사원인지 말이 없다.

산문 위에 큼지막한 글씨로 '포금선사(布金禪寺)' 네 글자가 씌어 있고, 편액에는 '상고 유적(上古遺跡)'이라 덧붙여 쓴 제자(題字)가 남아 있다.

손행자는 '포금선사'의 뜻을 알아보았고, 저팔계 역시 한마디로 중얼거렸다.

"여기가 포금선사로구나……!"

그러나 마상의 삼장 법사는 깊은 생각에 잠긴 채 한동안 말이 없다.

"포금이라…… 포금이라……."

다음 순간에 그는 무릎을 탁 쳤다.

"그렇다면 혹시 여기가 바로 사위국(舍衛國) 경내가 아닌가?"

저팔계는 스승을 손가락질하며 껄껄 웃었다.

"거참 이상한 노릇이로군! 제가 사부님을 따라다닌 지 몇 해가 되었어도 길을 전혀 알아보지 못하셨는데 오늘은 초행길에 지명까지 알아맞히시다니, 사부님, 정말 대단하시군요!"

삼장 법사가 설명해준다.

"아니다. 내가 항상 경전을 읽고 외우다 보니, '부처님께서는 사위성(舍衛城) 기수급고원(祇樹給孤園)에 계시다'라는 말씀이 자주 나왔다. 그 동산은 애당초 사위국 태자 기타(祇陀)의 소유였는데, 급고독장자(給孤獨長者)³가 부처님을 모셔다 강경(講經)을 듣고자 하여 사들이려 했다고 한다. 그런데 사위국 태자가 동산을 팔지 않겠다고 거절하면서, '만약 그가 내 소유인 동산 터전을 온통 황금으로 깔아놓기라도 한다면 모르거니와, 나는 이 동산을 팔지 않겠다' 하고 조건을 붙였다. 급고독장자는 이 말을 전해 듣고 즉시 황금으로 벽돌을 만들어 동산 바닥에 가득 깔아놓고서야 비로소 태자의 기원(祇園)을 사들이고, 석가세존을 모셔다가 설법을 들을 수 있었다고 한다. 내가 생각하기에, 이 포금사란 절간 이름이 아마도 이런 옛날이야기에서 나온 것이 아닌가 싶다."

저팔계가 그 말을 듣더니 히죽히죽 웃으면서 딴청을 늘어놓는다.

---

3 급고독장자: 중인도 교살라(憍薩羅)Kośala국 바사닉(波斯匿)Prasenajit 임금이 다스리던 사위성(舍衛城)Śrāvast의 대부호. 자비심이 많아 가난한 과부나 고아들에게 보시하기를 좋아하였으므로 '급고독장자(給孤獨長者)', 즉 아나타빈다타(阿那陀擯茶陀)anāthapiṇḍada란 존칭이 붙었다.

"그것참 옛날얘기치곤 희한하군요! 만약 그 얘기대로라면, 우리도 가서 그 황금 벽돌 몇 장 뜯어다가 남한테 선사해도 좋은 일 아닙니까!"

이래서 모두들 또 한바탕 웃을 수 있었다. 삼장 법사는 그제야 말에서 내려 산문 안으로 걸어들어갔다.

산문 아래를 바라보니, 빈터에 어깨짐을 진 사람, 등짐을 짊어진 사람, 수레를 미는 사람, 수레를 자리잡아 세워놓고 그 밑에 앉아 있는 사람, 그리고 잠잘 사람은 잠자고, 떠드는 사람은 떠들고, 이렇듯 많은 길손들이 웅기중기 모여 있었다.

삼장 일행 네 사람이 산문 안에 불쑥 들어서자, 그들은 무심코 바라보다가 미끈하게 잘생긴 스님에 사납고도 흉측하게 생긴 사람들이 섞여 있는 터라, 흠칫 겁을 집어먹고 슬그머니 길을 틔워주었다.

삼장은 왁살스런 제자들이 사고라도 일으킬까 겁이 나서 입소리로 쉴새없이 주의를 주었다.

"점잖게 굴어라! 모두들 점잖게 굴어라!"

스승이 진땀을 빼면서 단속하는 바람에, 제자들도 하나같이 추접스러운 얼굴을 거둬들이고 말썽 없이 그 자리를 지나갈 수 있었다.

금강전(金剛殿) 뒤편으로 돌아드니, 선승(禪僧) 한 분이 맞은편에서 걸어나오는데, 그 위엄 있는 풍채와 겉모습이 자못 속되지 않았다.

얼굴빛은 둥근 보름달 같고, 몸은 보리수(菩提樹)를 닮았다.
석장(錫杖)을 낀 겨드랑이 소맷자락을 바람결에 나부끼며, 짚신을 신은 두 발로 자갈밭 길을 휘적휘적 걸어온다.

삼장 법사가 먼저 문안 인사를 건넸더니, 그 선승도 황망히 답례하면서 물었다.

"어디서 오시는 스님이십니까?"

"제자 진현장은 동녘 땅 대 당나라 황제 폐하의 성지를 받들고 서천으로 파견되어 부처님을 찾아뵙고 불경을 구하러 가는 길입니다. 도중에 귀한 곳을 지나치게 되었기에, 이렇듯 찾아들어 하룻밤이나마 잠자리를 빌려 투숙하고 날이 밝는 대로 떠날까 합니다."

이 말을 듣고 선승은 일행을 반겨 맞았다.

"보잘것없는 절간이오나, 시방세계 어느 고장에서 오시는 분이라도 늘 기꺼운 마음으로 머무르게 해드립니다. 하물며 장로께서는 머나먼 동녘 땅의 신승이시니, 저희가 공양해드릴 수 있게 된 것만도 매우 다행으로 생각합니다."

"고맙습니다."

삼장은 인사를 하고 이어서 제자 세 사람을 불러 함께 선승의 뒤를 따라 들어갔다. 일행은 향내 그윽하게 싸인 회랑을 지나 곧바로 방장에 들어서자, 정식으로 상견례를 마친 뒤 주인과 손님이 자리를 나누어 앉았다. 손행자를 비롯한 세 형제도 손을 무릎 위에 늘어뜨리고 점잖게 앉았다.

이 무렵 절간에서는 경을 가지러 가는 스님이 도착했다는 소식이 두루 퍼졌다. 그것도 머나먼 동녘 땅의 강대국 당나라에서 왔다는 소문을 듣자, 절간의 승려들은 어른 아이 할 것 없이, 오래 머물러 사는 승려나 한때 붙어 사는 중이나, 장로님, 동자승을 막론하고 모조리 건너와서 인사를 나누었다.

차 대접을 마치자, 음식상이 나왔다. 삼장 법사는 그래도 식사 전에 올리는 염불을 외우기 시작하는데, 저팔계란 녀석은 벌써부터 마음이 급한 터라 염불이고 뭐고 따질 것 없이 만두며 소찬이며 당면 국물이며 손에 닥치는 대로 움켜다가 먹어치우기 시작했다. 이때쯤 되어서 방장

안에도 사람이 들끓어, 제법 학식을 갖춘 이는 삼장 법사의 위엄 있는 풍채와 준수한 모습을 칭찬하고, 철없는 장난꾸러기들은 저팔계가 먹는 꼬락서니를 재미있게 구경하며 쑥덕거렸다.

한편에서 눈치 빠른 사화상이 쑥덕공론을 재빨리 알아듣고 슬그머니 손을 내밀어 저팔계를 꼬집으며 한마디 핀잔을 주었다.

"점잖게 좀 구시오!"

느닷없이 꼬집힌 저팔계가 얼떨결에 버럭 소리를 질러댔다.

"이런 제기랄! 밤낮 '점잖게 굴어라, 점잖게 굴어라!' 하는데, 뱃속이 텅텅 비었으니 어떻게 하란 말이야?"

사화상은 빙그레 웃으면서 핀잔을 주었다.

"둘째 형님, 형님은 모르시오. 천하에 유식하고 점잖다는 선비들이 수두룩하지만, 그 뱃속을 들여다보면 형님이나 나처럼 모두들 텅텅 비어 있을 게요."

저팔계는 그제야 음식 들던 손을 멈추고 입을 다물었다.

이윽고 삼장 법사가 식사 후의 염불을 마지막으로 외우자, 좌우에서 시중들던 사람들이 그릇을 치웠다. 삼장은 음식 접대에 또 한번 사례했다.

절간 승려들은 삼장 일행이 동녘 땅에서 오게 된 연유를 묻기 시작했다. 당나라 스님은 사연을 얘기하던 끝에 화제가 고적(古跡)에 이르자, 비로소 절간 이름을 어째서 '포금사'라고 붙이게 되었는지 선승에게 그 유래를 물었다.

선승은 차근차근 포금사의 유래를 설명해주었다.

"이 사찰의 본래 이름은 사위국 급고독원사(給孤獨園寺)로서, 일명 기원(祇園)이라고도 부릅니다. 저 옛날 급고독장자란 분이 부처님을 모셔다가 강경할 때 황금 벽돌을 땅바닥에 깔았기 때문에, 지금과 같은 이름으로 고쳐 부르게 된 것입니다. 이 절간에서 마주 바라보이는 곳이 바로 사위국입니다. 그 당시 급고독장자는 사위국에 살고 있었습니다. 이 절간 터전은 처음부터 장자 어른의 기원이었습니다. 이런 까닭으로 마침내 '급고포금사'라는 이름이 생겼습니다. 절간 뒤편에는 아직도 기원의 옛터가 남아 있습니다. 근년에도 비가 억수같이 퍼붓는 날이면, 이따금씩 땅속에 파묻혀 있던 금은 보석들이 빗물에 씻겨나와서, 재수 좋은 사람들이 번번이 주워가기도 한답니다."

"허어, 그 얘기가 헛된 소문이 아니라 참말이었구나!"

삼장이 탄성을 지르면서 다시 묻는다.

"방금 이 보찰(寶刹)에 들어서다 보니, 산문 아래 많은 장사꾼들이 노새와 마차, 짐보따리를 부려놓고 있던데, 그 사람들은 무슨 일로 여기서 쉬고 있습니까?"

이번에는 여러 스님들이 한마디씩 보태 대답했다.

"이 산은 일명 백각산(百脚山)이라고도 부른답니다. 몇 해 전까지만 해도 무사태평했는데, 근년에 들어서 천기 순환(天氣循環)이 어떻게 잘못 돌아갔는지 알 수 없으나, 지네 요정 몇 마리가 생겨나 걸핏하면 길 가는 사람을 해치기 시작했습니다. 비록 목숨까지 다칠 지경은 아니라곤 하지만, 사실 이런 소문을 전해 들은 사람들이야 함부로 걸어다닐 엄두가 날 리 없지요. 산 밑에 계명관(鷄鳴關)이란 관문이 하나 있는데, 거기서 새벽닭이 울어야 겨우 지나다닐 수 있습니다. 그러니까 저 장사꾼들도 늦게 도착했기 때문에 혹시 지나가기 어려울까 겁을 내고 우리 절간 바깥에서 하룻밤 잠자리를 빌려 쉬었다가, 닭이 홰를 칠 때까지 기다려서 떠날 작정이지요."

삼장은 이 말을 듣고 고개를 끄덕끄덕했다.

"그렇다면 우리도 내일 새벽닭이 울거든 떠나기로 하자꾸나."

스승과 제자들이 이런 얘기를 하고 있으려니, 또 저녁 밥상을 차려 내왔다. 식사가 끝났을 때는 벌써 하늘에 상현달이 밝은 빛을 흩뿌리고 있었다. 삼장 법사가 손행자와 더불어 한가로이 달 구경을 하며 산책하고 있는데, 승려 한 사람이 와서 여쭈었다.

"우리 노스님께서 중화 대국 어른을 만나보시겠다고 합니다."

삼장이 급히 돌아서서 바라보니, 늙은 스님 한 분이 손에 대나무 지팡이를 짚고 다가와서 인사를 한다.

"이분이 바로 중화 땅에서 오신 스님이시오?"

삼장은 답례를 건네며 응답했다.

"그렇습니다."

늙은 스님이 삼장을 이모저모 뜯어보며 찬탄하더니 다시 묻는다.

"장로님의 연세는 얼마나 되시는지요?"

"마흔다섯 살을 헛되이 보냈습니다. 원주(院主)님의 춘추를 감히 여쭙고자 합니다만……."

삼장의 물음에, 늙은 스님은 빙그레 웃으며 대답한다.

"노사부님보다 꼭 한 화갑(花甲)을 더 먹었소이다."

곁에 있던 손행자가 고개를 끄덕이며 불쑥 물었다.

"그렇다면 올해 일백하고도 다섯이 되셨소이다그려. 노스님 보시기에 저는 몇 살이나 되어 보입니까?"

당돌하고도 짓궂은 물음에, 늙은 스님은 미소를 띤 채 얼버무린다.

"스님의 용모는 기괴해 보이나 정신은 맑아 보이오. 하지만 달밤이고 보니 눈이 어른거려서, 나이가 얼마나 되는지 얼른 알아내지 못하겠구려."

이렇듯 한담을 나누며 쉬다가, 또다시 뒤꼍 낭하를 돌아보았다. 여기서 삼장이 늙은 스님에게 여쭈었다.

"조금 전 여러 스님께서 말씀하신 급고원(給孤園)의 옛터는 어디 있습니까?"

"뒷문 밖이 바로 그곳이외다."

그리고 뒤따라온 승려들더러 문을 열라고 재촉했다. 뒷문 밖에 나섰더니, 빈터가 눈앞에 확 들어오는데, 아직도 깨어진 돌멩이로 쌓아올린 담장의 흔적이 남아 있다.

삼장 법사는 감회 어린 기색으로 두 손 모아 합장하고 탄식을 내뱉었다.

저 옛날 수달다(須達多)[4]시주를 생각하니, 일찍이 황금 보배로 가난한 이와 병든 사람을 구제했다.
기원정사 그 이름 천고에 길이 남아 있는데, 장자(長者, 수달다)는 어느 곳에서 나한들과 벗하여 있는고?

그들은 달 구경 하며 천천히 걸어갔다. 뒷문 밖 가까이 이르러 누대에 올라 또 잠시 앉아 있을 때였다. 어디서 누군가 흐느껴 우는 소리가 들려왔다. 삼장이 정신을 가다듬고 조용히 귀를 기울이니, 울음소리는 어버이를 그리워하는 정이 담겨 있으면서도 그 괴로운 사연이 무엇인지 알아들을 수는 없었다. 그러나 처량한 울음소리에 삼장은 가슴이 뭉클해지고 슬픈 생각이 들어 자기도 모르게 눈물을 뚝뚝 흘리면서 여러 스님들에게 물었다.

"누가, 어디서, 이다지 슬피 울고 있습니까?"

---

[4] 수달다: 급고독장자의 본명 '수달(須達)Sudatta'의 음역. 일반적인 불교 용어로 '남에게 베풀고 주기를 좋아한다'는 선시(善施)·선수(善授)·선온(善溫)을 뜻하기도 한다.

이 물음에 늙은 스님은 뒤따라온 승려들더러 먼저 돌아가서 차를 달이라 분부하고, 아무도 없는 것을 확인하자 비로소 당나라 스님과 손행자를 향하여 공손히 엎드려 절했다.
　삼장 법사는 깜짝 놀라 부축해 일으키며 다시 물었다.
"원주님, 어찌하여 이렇듯 예를 베푸십니까?"
　늙은 스님이 정색을 하고 이렇게 말했다.
"제자의 나이 일백 살이 되고 보니, 다소 인간 세상사에 통하게 되었습니다. 고요히 참선하며 수행을 해오는 동안, 사물에 대한 현상도 몇 번 겪어보았습니다. 그래서 노스님과 제자 분을 뵙는 순간, 여러분이 남다르다는 사실을 어느 정도 알게 되었습니다. 저 슬픈 울음소리가 들리게 된 사연을 말씀드리자면, 두 분과 같은 고명하신 불제자가 아니고서는 그 진상을 분명히 밝혀내지 못하리라 생각합니다."
　손행자가 궁금증을 참지 못하고 재촉해 물었다.
"무슨 사연인지 말씀해주시지요."
"바로 작년 오늘 이맘때였습니다. 제가 승방에서 월성(月性)을 똑똑히 살펴보고 있으려니, 별안간 모진 바람이 한바탕 불어닥치고 나서 슬픔과 원망에 찬 목소리가 들려왔습니다. 와탑(臥榻)을 내려와 이곳 기원 옛터로 나와보니, 그 울음소리의 주인공은 아름다운 용모에 태도가 단정한 여인이었습니다. 제가 그녀에게 물었지요.
'뉘 댁 규수이기에 이런 밤중에 여길 오셨소?'
　그 여자는 이렇게 대답했습니다.
'저는 천축국 임금의 공주입니다. 달빛 아래 꽃 구경을 하다가 바람에 휩쓸려서 여기까지 날아왔습니다.'
　저는 그녀를 빈방에 가두어놓고, 그 둘레를 마치 감방처럼 벽돌담을 쌓아올린 다음, 문 위에 자그만 구멍을 하나 뚫어, 밥그릇 하나만 간신히 드나들 수 있게 만들었습니다. 그리고 여러 중들에게 이런 사실을 전하면서 '요괴가 나타나서, 내가 잡아 가두어놓았다'고 했습니다. 그러나 우리는 승려의 몸으로 자비심을 지닌 사람이라, 아무리 요괴라도 목숨을 해치지 않고 날마다 두 끼니 밥과 찻물을 되는 대로 주어서, 그것을 받아먹고 목숨을 부지하게 해주었습니다.

그 여자도 매우 총명한 사람이어서 내 말뜻을 알아듣고, 젊은 승려들이 혹시 집적대거나 몸을 더럽히는 일이라도 있지 않을까 하여, 일부러 미친 척하고 진짜 요괴처럼 발광을 떨면서 오줌 똥을 싸고 그 위에 드러누워 잠을 자기 시작했습니다. 대낮에는 횡설수설 알아듣지 못할 소리를 지껄이며 두 눈을 멀뚱멀뚱 뜨고 멍청하니 있다가도, 밤이 되어 조용해지기만 하면 부모가 그리워 날이면 날마다 저렇듯 슬피 울어대곤 해왔습니다.

그동안에 저는 몇 번이나 성안으로 들어가 공주에 관한 일을 수소문해보았습니다만, 전혀 그런 일이 없고 궁궐 안에도 공주가 멀쩡하게 그대로 계시다는 사실을 알았습니다. 그래서 이렇게 단단히 가두어둔 채 놓아주지 않았던 것입니다.

이제 다행스럽게도 고명하신 스님께서 이 나라에 오셨으니, 아무쪼록 널리 법력을 베푸시어 이 사건의 진상을 밝혀주시기 바랍니다. 무엇보다 먼저 선량한 사람의 목숨을 구해주기도 하려니와 우리 불제자의 신통력을 나타내시는 계기도 되리라 생각합니다."

삼장 법사와 손행자는 그 사연을 다 듣고 가슴 깊이 새겨두었다.

이윽고 젊은 승려 둘이 와서 차 준비가 다 되었다고 알려주어 모두들 방장으로 돌아갔다. 방 안에 들어서다 보니, 저팔계와 사화상이 투덜투덜 불평을 늘어놓고 있었다.

"젠장! 내일 새벽닭이 우는 대로 길 떠난다면서, 사부님은 형님하고 어딜 가셨기에 여태까지 돌아와서 주무시지 않는 거야?"

손행자가 들어서며 물었다.

"이런 바보 녀석, 뭘 또 구시렁대는 게냐?"

"잠이나 잡시다! 밤이 이렇게 깊었는데, 무슨 구경거리가 있다고 바깥에서 서성대고 계신 거요?"

얘기가 이렇게 나오니, 늙은 스님과 다른 승려들은 조용히 흩어져 돌아가고, 당나라 스님 역시 잠자리에 들었다.

이윽고 절간은 물을 뿌린 듯 잠잠해졌다.

인적은 고요한데 달은 기우니 꽃다운 봄 꿈속에 속삭임도 잦아들고, 훈훈한 미풍만이 벽 창사(窓紗)에 스며든다.

물시계 구리 항아리에 물방울 뚝뚝 떨어져 삼경을 알리니, 은하수 별빛은 밝디밝게 구화(九華)⁵를 비춘다.

그날 밤 일행이 잠자리에 든 지 얼마 안 되어, 이내 새벽닭 홰치는 소리가 들려왔다. 산문 앞에서 야영하던 장사꾼들이 웅성웅성 모두 일어나 등불을 밝혀놓고 아침밥을 짓기 시작했다. 부지런한 당나라 장로님도 저팔계와 사화상을 불러 깨워 짐보따리를 꾸리고 말안장을 놓게 했다.

손행자는 등불을 켜서 가져오게 했다. 절간의 스님들도 벌써 먼저 일어나 차를 끓이고 간단한 음식을 마련하여 뒤꼍에서 공손히 기다리고 있었다. 저팔계는 기쁜 마음에 만두를 한 쟁반이나 먹어치우고 나서, 짐

---

5 구화: 본뜻은 옛날 궁중에서 쓰던 화려하고도 다채로운 기물(器物)을 통틀어 일컫는 말. '구(九)'는 곧 '많다'는 뜻. '화(華)'는 '다채롭고도 화려하다'는 뜻이나, 여기서는 온갖 천지 만물을 가리킨다.

보따리와 말고삐를 끌고 나섰다.

삼장 법사와 손행자가 절간 스님들에게 고맙다는 인사를 건넸더니, 늙은 스님이 또 아무도 알아듣지 못하게 손행자를 보고 당부했다.

"간밤에 슬피 울던 그 여자 일을 마음속에 깊이 새겨두시고, 부디 저버리지 마십시오!"

손행자는 웃으면서 응답했다.

"잘 알아들었으니 염려 마십쇼! 성내에 들어가는 대로 제가 알아서 탐문해보고 진상을 알아보겠습니다. 무슨 일이든지 겉모습을 봐야만 빛깔을 가려내는 게 아니겠습니까!"

이윽고 장돌뱅이들이 와자지껄 시끄럽게 떠들면서 출발했다. 삼장 일행도 그들과 함께 큰길에 올랐다. 그들은 인시(寅時, 4시) 무렵에 계명관을 지났다. 그리고 사시(巳時, 10시)가 되었을 때에야 비로소 멀리 천축국 도성이 바라보였다.

얼른 보아도 그곳은 참으로 철옹 금성(鐵甕金城)이요 신주 천부(神洲天府)라고밖에 표현할 길이 없었다.

　　범이 도사려 앉은 듯, 용이 똬리 틀고 앉은 듯 형세가 높고, 봉루 인각(鳳樓麟閣)이 즐비한 가운데 채광(彩光)이 나부낀다.
　　성곽을 감돌아 흐르는 해자(垓字)의 물이 띠를 두른 듯하고, 복스러운 땅이 산을 의지하여 금표(錦標)를 꽂았다.
　　이른 아침 깃발들은 임금의 행차길을 밝히고, 봄바람에 퉁소 부는 소리 북소리가 냇물을 가로지른 다리 위에 뒤덮였다.
　　국왕에게 덕망 있으니 호사스런 의관(衣冠)이 더욱 빛나며, 오곡이 풍성하니 준걸(俊傑)이 나타난다.

그날 중으로 성 밖 동편 저잣거리에 들어서자, 장사꾼들은 저마다 객줏집을 찾아 투숙하고, 이들 스승과 제자, 네 사람은 곧바로 성내에 들어갔다. 한참을 걷다 보니, 한군데 회동관역(會同館驛)이 나타났다. 삼장 일행이 역관에 들어서자, 아문에서 일을 보는 사람이 즉시 역승(驛丞)에게 알렸다.

"밖에 괴상하게 생긴 승려 네 사람이 백마 한 필을 끌고 들어왔습니다."

역승은 말을 끌고 왔다는 보고를 받자, 혹시 관청에서 공무로 파견되어 온 벼슬아치인 줄만 알고 대청에서 나와 그들을 맞아들였다.

삼장은 문안 인사를 건네고 신분과 용건을 밝혔다.

"소승은 동녘 땅 대 당나라 조정에서 칙명으로 파견되어 영취산 대뇌음사로 부처님을 찾아뵙고 경을 구하러 가는 사람입니다. 몸에 통관 문첩을 지니고 있으므로 조정에 들어가 검사를 받고자 합니다. 그동안 나리의 관아에서 잠시 쉬었다가, 일을 마치는 대로 떠날까 합니다."

역승도 답례를 건네며 환영했다.

"이 아문은 애당초 외국 사신이나 손님을 접대하기 위해 마련된 곳이니, 당연히 접대해드려야지요. 자, 어서 들어오십시오!"

삼장 법사는 무척 기뻐하며 제자들을 불러들여 인사를 시켰다. 역승은 그들의 생김새가 추접스런 것을 보고 속으로 찔끔 놀란 나머지, 사람인지 귀신인지 알 수가 없어 벌벌 떨리는 목소리로 아랫것들에게 차 대접과 식사를 준비시켰다.

삼장은 그가 놀라 겁을 집어먹은 것을 보고 이렇게 변명했다.

"나으리, 놀라지 마십시오. 우리 제자들이 겉모습은 비록 추악하게 생겼으나, 마음씨 하나만은 선량합니다. 속담에 '얼굴은 못생겼어도 마음씨는 착하다' 하였는데, 무엇을 그리 겁내십니까?"

이 말을 듣고서야 역승은 겨우 놀란 가슴을 진정시킨 다음 다시 물었다.

"국사님의 고국 당나라는 어느 고장에 있습니까?"

"남섬부주 중화 땅에 있습니다."

"언제 고향을 떠나셨는지요?"

"저희 연호로 정관 십삼년이니까, 올해로 벌써 십사 년을 보냈습니다. 천산 만수를 지나며 온갖 고생을 다 겪은 끝에 간신히 이 나라에 도착했습니다."

그 말에, 역승은 혀를 내두르며 탄성을 질렀다.

"참으로 훌륭하신 신승이십니다!"

이번에는 삼장 법사가 물었다.

"귀국은 개국하신 지 몇 해나 되었는지요?"

"우리 고장이 바로 대천축국입니다. 태조, 태종 때부터 오늘에 이르기까지 이미 오백여 년이 되었습니다. 현재 왕위에 계신 어른께서는 산수(山水), 화훼(花卉)를 무척 사랑하셔서 아호를 이종황제(怡宗皇帝)라 지으시고, 연호를 정연(靖宴)으로 개원(開元)하신 지도 벌써 이십팔 년이 됩니다."

"오늘 소승이 황제 폐하를 알현하고 통관 문첩에 검사를 받고자 하는데, 조정에 들어가 뵈올 수 있겠습니까?"

"물론 좋지요! 마침 잘됐습니다! 우리 국왕 폐하께 공주가 한 분 계신데 올해 스무 살 나신 청춘으로, 바로 오늘 이 시각에 네거리 길목에서 채루(彩樓)를 높이 쌓아올리시고 공 던지기 행사를 벌이고 계십니다. 당천혼(撞天婚)[6]의 관습에 따라 그 공을 맞은 사람을 부마(駙馬)로

---

6 당천혼: 옛날 중국에서 운명을 하늘에 맡기고 배우자를 숙명적으로 선택하던 풍습. '당천혼(撞天婚)'의 관습에 대하여는 제9회 본문과 주 **3** 및 제23회 본문과 주 **6** 참조.

맞아들이려 하시는 것이지요. 오늘 마침 그런 흥겨운 행사가 있어서, 아마 우리 국왕 폐하께서도 아직 조회를 물리지 않으셨을 터이니, 통관 문첩에 확인을 받으려거든 지금 가시는 것이 딱 알맞을 것입니다."

삼장 법사는 그 즉시 일어나려 하였으나 때마침 식사를 차려 내왔으므로, 역승을 비롯해서 제자들과 함께 둘러앉아 먹었다.

때는 벌써 정오를 넘기고 있었다.

"이젠 다녀와야겠다."

삼장 법사가 일어서자, 덩달아 손행자도 따라 일어섰다.

"제가 사부님을 모시고 가지요."

"나도 가겠소."

저팔계가 따라나서는 것을, 사화상이 도로 붙잡아 앉혔다.

"둘째 형님은 그만두시오. 그렇게 볼품없는 상판을 해가지고 궁궐 문 밖에서 괜한 말썽 일으키지 마시고, 그저 큰형님이나 따라가시게 내버려둡시다."

삼장 법사도 그 의견을 받아들였다.

"오정이 말 한번 잘했다. 미련퉁이는 생김새도 우락부락하고 성격이 거칠지만, 오공은 그 나름대로 조심성이 있으니 날 따라가자꾸나."

스승까지 손행자를 편들고 나서니, 미련한 저팔계는 주둥이를 비죽 내밀며 투덜거렸다.

"사부님을 빼놓으면, 우리 세 형제 생김새는 그놈이 그놈인데, 뭘 이것저것 따지시는지 모르겠군!"

생김새야 어찌 되었거나, 삼장 법사는 가사를 걸쳐 입고, 손행자는 통관 문첩이 담긴 전대(纏帶)를 어깨에 메고 따라나섰다.

길거리에 나가보니, 사농공상(士農工商), 시인 묵객(詩人墨客), 우부속자(愚夫俗子) 할 것 없이 모두들 나와서 와글와글 시끄럽게 떠들며 북적대고 있었다.

"공 던지기 구경하러 가자!"

인파가 홍수처럼 밀려가는 동안, 삼장 법사는 길 한곁으로 비켜서서 손행자에게 말했다.

"이 고장 사람들도 옷차림새하며 궁궐의 규모하며 말하는 품이, 모두 우리 대 당나라와 다를 바가 없구나. 내가 기억하기로는, 돌아가신 우리 어머님께서도 공 던지기로 아버님과 만나 부부의 인연을 맺으셨다고 하는데, 이 고장에도 아직 그런 풍습이 남아 있는 모양이다……"

"우리도 가서 구경을 하는 것이 어떨까요?"

손행자가 여쭙는 말에, 삼장 법사는 펄쩍 뛰었다.

"안 된다! 안 돼! 너하고 나는 옷차림새가 유별나서 의심이라도 받으면 어쩌겠느냐?"

"사부님, 어제 급고포금사에서 늙은 스님이 하신 말씀을 잊으셨군요. 채루 당천혼 행사를 구경하는 것도 그렇겠지만, 공주의 정체가 진짜인지 가짜인지 분별해내는 일도 중요하지 않습니까. 온 성내가 이렇듯 떠들썩한 것을 보면, 황제 폐하도 공주의 기쁜 소식을 듣느라 조정의 일을 처리할 겨를도 없을 터이니, 잠깐 다녀오기로 하시죠!"

삼장이 듣고 보니 그럴듯한 말이라, 드디어 손행자를 따라나섰다. 십자로 길거리는 온통 당천혼 공 던지기를 구경하려는 각양각색의 인파들로 정신없이 붐볐다.

오호라! 이번 구경길이 과연 어부가 던져 보낸 낚싯바늘과 낚싯줄이요, 또 그것이 시비(是非)를 낚아올려 평지풍파를 일으키게 될 줄이야 어찌 알았으랴.

이야기는 바뀌어서, 이 나라 천축국 임금은 산수와 화초를 무척 아끼고 사랑하는 터라, 재작년 이맘때 왕후 비빈들과 공주를 거느리고 어화원에서 달밤을 즐기며 놀고 있었는데, 이를 진작부터 노리고 있던 요괴 한 마리가 진짜 공주를 납치해 다른 곳에 옮겨다 놓고, 자신이 가짜 공주로 둔갑하여 궁궐에 남았었다.

공주로 변신한 요괴는 금년 이달 오늘 이맘때 당나라 스님이 천축국 도성에 다다를 것이라는 사실을 미리 알아차리고, 일국의 부유한 힘을 빌려 십자로 길거리 한복판에 채루를 쌓아올린 다음 당천혼의 관습을 빙자하여 당나라 스님을 배필로 맞아들이고, 첫날밤 그의 원양진기(元陽眞氣)를 빼앗아 태을상선(太乙上仙)이 되기로 음모를 꾸며놓고 있었던 것이다.

때는 바야흐로 오시(午時) 삼각(三刻), 삼장 법사가 손행자와 함께 인파에 뒤섞여 채루 아래 나타나자, 그녀는 향을 피우고 천지에 축원을 올리며 그가 좀더 가까이 다가설 때까지 기다렸다. 좌우 양편에는 아리땁게 몸단장한 궁녀 6, 70여 명이 비단실로 만든 공을 떠받들고 서 있고, 채색 비단으로 장식한 누각은 사면팔방으로 창문이 활짝 열려 있었다.

이윽고 당나라 스님이 가까이 다가왔을 때, 눈 한번 깜짝 않고 지켜보던 그녀는 손수 공을 집어들더니 당나라 스님의 머리통을 겨냥하고 냅다 집어던졌다. 비단 공에 얻어맞은 당나라 스님은 깜짝 놀라 피하려 했으나, 그 바람에 쓰고 있던 비로모(毘盧帽)가 한쪽으로 비뚤어지는 터라, 두 손으로 공을 떠받쳐 올린다는 것이 오히려 공이 소맷자락 속으로 떼구루루 굴러들어가는 형국이 되고 말았다.

그와 때를 같이하여 채루 위에서는 궁녀들의 환호성이 쏟아져 내렸다.

"스님을 맞혔다! 스님을 맞혔다!"

십자로 네거리에서 행여나 하고 기다리던 수많은 장터 사람들이 그 소리를 듣자 와글와글 떠들면서 당나라 스님을 향해 한꺼번에 달려들더니 공을 빼앗으려고 악다구니로 다투기 시작했다. 이것을 본 손행자가 외마디 고함을 지르고 어금니를 뿌드득 갈아붙이면서 허리를 한번 굽혔다가 불쑥 펴자, 키가 단번에 3장 높이나 되는 거인으로 바뀌었다. 이 무시무시한 괴물을 본 사람들은 기절초풍하도록 놀라, 고꾸라지고 나자빠지면서 멀찌감치 피해 달아난 뒤 두 번 다시는 감히 덤벼들 엄두조차 내지 못하였다.

인파는 삽시간에 흩어졌다. 그제야 손행자도 본래의 모습으로 돌아와 여전히 스승 곁에 모시고 섰다. 어느새 채루 위에 있던 궁녀와 대소 태감들이 모두 내려와 당나라 스님 앞에 공손히 절을 올렸다.

"귀하신 분이여! 귀하신 분이여! 어서 조당(朝堂)에 오르시어 축하를 받으소서!"

삼장 법사는 부랴부랴 답례를 건네고 사람들을 부축해 일으키면서 새삼스레 손행자를 돌아보고 원망했다.

"이 못된 원숭이 녀석! 또 나를 끌어들여 골탕 먹이는구나!"

손행자가 싱글벙글 웃으면서 시침을 뚝 뗀다.

"공이 사부님의 머리에 맞고 사부님의 소매춤에 굴러들어갔는데, 그게 어디 제 탓입니까? 왜 저를 원망하십니까?"

"그건 그렇다 치고, 이제부터는 어떻게 되는 거냐?"

"사부님, 걱정 마시고 마음 푹 놓으십쇼. 이제 곧 조정에 들어가셔서 황제 폐하를 만나보시게 될 겁니다. 저는 역관으로 돌아가 저팔계와 사화상에게 알리고 거기서 기다리겠습니다. 만약 공주가 사부님을 남편으로 맞아들이지 않는다면 그뿐, 통관 문첩에 검사나 받아 가지고 떠날 것이요, 기어코 사부님을 남편으로 맞아들이겠다고 하거든, 사부님은 국왕에게, '한마디 당부할 말이 있으니, 제자들을 불러들여주십시오' 이렇게 요청하십쇼. 그래서 국왕이 저희들 셋을 조정에 불러들이면, 저는 그사이에 공주가 진짜인지 가짜인지 분간해낼 수 있을 겁니다. 이것이 바로 '의혼항괴(倚婚降怪)', 곧 '혼사를 빙자해서 요괴를 항복시킨다'는 계략입니다."

얘기가 이쯤 되니, 당나라 스님도 어쩔 수 없이 그 말에 따르기로 했다. 손행자는 스승을 혼자 남겨둔 채 발길을 돌려 역관으로 돌아갔다.

당나라 장로님이 궁녀들에게 에워싸여 채루 앞에 이르자, 공주는 다락에서 내려와 섬섬옥수로 그 손을 마주 잡고 함께 보련(寶輦)에 오르더니 의장대와 시종을 늘여 세우고 궁궐로 돌아갔다.

그보다 한발 앞서 황문관이 입궐하여 천축국 왕에게 아뢰었다.

"만세 폐하! 공주마마께서 승려 한 사람을 모시고 돌아오셨나이다. 생각하옵건대, 그 승려가 공주마마께서 던지신 공에 맞은 듯하오며, 이제 오문(午門) 밖에 이르러 성지를 기다리고 계시옵니다."

국왕은 승려가 공에 맞았다는 소식을 듣고 기분이 몹시 나빠 자리를 뜨려 했다. 그러나 공주의 뜻이 어떤지 알 수가 없는 터라, 마지못해 입궐을 허락했다.

이윽고 공주가 당나라 스님과 더불어 금란전 아래 이르렀다. 그야말로 한 쌍의 부부가 만세산호(萬歲山呼)를 외치니, 두 가문의 정(正)과 사(邪)가 천추(千秋)에 절하는 격이 된 것이다.

두 사람이 예를 마치자, 국왕은 당나라 스님을 금란전 위에 오르게 하고 단도직입으로 물었다.

"화상은 어디서 왔기에 짐의 딸이 던진 공에 맞았는고?"

당나라 스님은 그 자리에 무릎 꿇고 엎드려 아뢰었다.

"소승은 바로 남섬부주 대 당나라 황제 폐하께서 파견하시어, 서천 대뇌음사로 부처님을 찾아뵙고 경을 구하러 가는 자이옵니다. 머나먼 여행길에 여러 나라를 거쳐가게 되었으므로 통관 문첩을 지참하였기에, 이렇듯 배알하고 확인을 받고자 하여 십자로 길목 채루 아래를 지나가던 도중 뜻하지 않게 공주마마께서 던지신 공이 소승의 머리에 맞았나이다. 소승은 출가하여 이교(異敎)에 몸을 둔 자이오니, 어찌 감히 금지옥엽의 배필이 될 수 있사오리까! 부디 바라옵건대 소승의 죽을죄를 사하시고 통관 문첩에 날인하여주시어, 한시 바삐 영산에 달려가 부처님을 찾아뵙고 불경을 구하여 고국으로 돌아가게 하여주신다면, 폐하의 천은을 길이 잊지 않고 전하오리다!"

"이제 보니, 그대는 동녘 땅의 성승이었군! 그렇다면 이야말로 '천리 밖의 연분이 한 가닥 실마리로 맺어졌다' 하겠노라. 과인의 공주는 올해 이십 세에 아직 미혼이라, 금년, 금월, 금일, 금시 모두 길한 때를 맞이하였기에, 채루를 쌓아올리고 비단 공을 던져서 좋은 배필을 구하게 되었도. 공교롭게도 그대가 지나치던 길에 우연히 그 공에 맞았으니, 비록 짐은 썩 마음에 내키지는 않으나 공주의 뜻이 어떠한지 알 수 없어 우선 이렇듯 불러들였노라."

공주가 머리 조아려 아뢰었다.

"아바마마, 속담에 이르기를, '닭에게 시집가면 닭을 좇아야 하고, 개에게 시집가면 개를 따라야 한다(嫁鷄逐鷄, 嫁犬逐犬)' 하였사옵니다. 소녀는 당초 비단실로 공을 엮으면서 '이 공이 연분을 맺어줄 것이라' 맹세하였으며, 천지신명께 축원을 드리고 당천혼의 관습에 따라 공을 던졌나이다. 오늘 이제 그 공이 성승을 맞혔사온즉, 이는 바로 전생의 연분으로 이승의 배필을 만나게 된 격인데, 어찌 감히 소녀의 뜻을 바꾸오리까? 부디 이분을 맞이하여 부마로 삼아주시기를 바라나이다."

국왕은 그제야 기뻐하며 즉석에서 흠천감(欽天監)의 정대관(正大官)을 시켜 택일하도록 하고 혼수를 장만하는 한편, 이 경사를 천하에 널리 알리도록 명령을 내렸다.

그러나 삼장은 이 말을 듣고도 사은의 예를 올리지 않은 채, 그저 애걸복걸 입이 닳도록 빌기만 했다.

"폐하! 명령을 거두시고 소승을 놓아보내소서! 부디 소승을 이대로 놓아보내주소서!"

이 말에, 국왕이 버럭 역정을 냈다.

"이런 고집불통 화상을 봤나! 짐이 일국의 부귀로써 그대를 부마로 맞아들이려 하거늘, 어째서 고맙게 받아들이지 않고 경을 가지러 간다는 소리만 되풀이하는고! 만약 더 이상 사퇴하겠다는 말을 입 밖에 내거든, 당장 금의교위를 시켜 끌어내다 목을 베어 죽이리로다!"

당나라 스님은 목을 베어 죽인다는 말에 그만 혼백이 몸에 붙어 있지 못하고 그저 와들와들 떨면서 땅바닥에 이마를 조아린 채 아뢰었다.

"폐하께서 베푸시는 천은을 입게 되어 감격하기 그지없나이다. 하오나 소승의 일행은 모두 네 사람으로서 제자 셋이 궁궐 밖에 있사옵니다. 소승이 이런 형편에 처하게 되었다는 사실을 마땅히 그들에게 알려야 할 줄 아옵니다. 그리고 또 한 가지 당부할 일이 있사오니, 바라옵건대 그들을 이리로 불러들여주소서. 그들에게 한마디 당부한 다음, 폐하께서 통관 문첩을 검사하여주신다면, 곧바로 서천으로 떠나보내 경을 구하러 가는 일을 그르치지 않게 하오리다."

국왕은 마침내 계주(啓奏)하는 말을 받아들이고 물었다.

"그대의 제자들은 어디 있는고?"

"모두들 회동관역에 있나이다."

삼장의 대답이 떨어지자, 국왕은 즉시 명령을 내렸다.

"회동관역으로 관원을 파견하여 성승의 제자들을 불러들여라. 그들에게 통관 문첩을 확인하여 서천으로 떠나보내고, 성승은 이곳에 머물게 하여 부마로 삼을 것이로다!"

당나라 장로님은 그저 몸을 일으키고 엉거주춤 서서 맏제자가 올 때만 기다릴 수밖에 없었다.

이를 증명하는 시가 다음과 같이 있다.

  대단(大丹)을 누설하지 않으려면 세 가지가 온전해야 할 것이며, 고행은 이루기 어려우니 악연(惡緣)이 한스러울 따름이다.
  도(道)는 성현께서 전해주나 그것을 닦음은 자신에게 달려 있으며, 착한 행실은 사람이 쌓기에 달렸으되 복(福)은 하늘에서 비롯된다.
  육근(六根)7에는 탐욕이 많으니 부디 삼가고 삼갈 것이며, 한 가지 성정을 문득 깨치면 본원(本源)으로 돌아올 것이다.
  사랑도 없고 그리움도 없으면 스스로 깨끗해지는 법이니, 반드시 해탈하여 초연할 수 있으리라.

선소관(宣召官)이 국왕의 명령을 받들고 회동관역으로 달려가, 당나라 스님의 제자들에게 입궐하라는 칙명을 전달한 것은 더 말할 나위도 없다.

한편, 채루 아래서 당나라 스님과 헤어진 손행자는 한 걸음에 한 번 웃음, 두 걸음에 두 번 웃음을 지으면서 싱글벙글 역관으로 돌아갔다.

저팔계와 사화상이 이런 그를 맞아들이면서 물었다.

"아니, 형님! 뭐가 그리 좋아서 싱글벙글하시는 거요? 그리고 사부

---

7 육근: 불교 용어로 여섯 가지 감각 기관 또는 여섯 가지 인식 능력. 이에 대하여는 제17회 주 **6** 및 제14회 본문과 주 **6** '안간희⋯⋯ 신본우' 참조.

님은 어째 보이지 않소?"

손행자는 여전히 벙싯벙싯 웃으면서 대답했다.

"사부님께 경사가 났다네!"

"경사라니, 아직 목적지에 도달하지도 못했거니와 부처님을 뵙고 경을 받아서 돌아가지도 못했는데, 어디서 기쁜 일이 생겨났단 말이오?"

영문을 모르는 저팔계가 어리둥절 다시 물었더니, 손행자는 낄낄대면서 이렇게 말해주었다.

"내가 사부님을 모시고 채루 아래 당도했더니, 때마침 공교롭게도 이 나라 공주가 던진 공이 사부님을 맞혔지 뭔가! 사부님은 지금 여러 궁아, 채녀, 태감들에게 둘러싸여 누각 앞으로 가서 공주와 함께 보련을 타고 궁중으로 들어가셨는데, 이제 곧 부마 노릇을 하시게 되었으니 이게 경사스런 일이 아니고 무엇이겠는가?"

저팔계 녀석은 이 말을 듣더니 두 발을 동동 구르고 주먹으로 제 가슴을 두드려가며 통분해했다.

"이런 제기랄! 진작 그런 줄 알았더라면 내가 갔으면 좋았을걸! 이 모두가 사화상, 자네 탓이야! 자네가 나를 가로막지만 않았더라면 내가 채루 아래 달려가서 그 공을 맞았을 게 아닌가! 공이 이 저선생을 맞혀서 그 공주가 나를 배필로 맞아들이게 되었다면 이 얼마나 멋들어진 일이었겠나? 내 얼굴은 사내답고 품위가 있으니까, 이런 나하고 연분을 맺는다면 정말 평생을 두고 재미있게 살아볼 텐데……."

사화상이 앞으로 다가서더니, 손바닥으로 저팔계의 낯짝을 쓰윽 훑어 내린다.

"뻔뻔스럽소! 이 잘난 상판을 해가지고 그런 소리를 늘어놓다니 부끄럽지도 않으시오? 하기는 은전 서 푼으로 늙다리 노새를 사서 거들먹

거리며 타고 다니는 것도 제 멋이라 했으니 더 말할 나위도 없겠소. 그러나 만약 그 공이 둘째 형님을 맞혔다가는 궁궐에서 밤새도록 귀신 쫓는 푸닥거리를 하느라 야단법석을 떨어도 안 되었을 거요! 누가 형님같이 재수 옴 붙게 생겨먹은 사람을 사위랍시고 집 안에 들여놓는답디까?"

막내의 핀잔을 듣고서도 저팔계는 낯 두껍게 자기 변명을 늘어놓는다.

"자네 같은 깜둥이야 무슨 멋을 모르지! 내가 비록 못생겨먹기는 했어도 별다른 맛이 있다네. 자고로 '살갗은 거칠고 우락부락하지만, 뼈다귀가 튼튼하고 억세니 다 제 나름대로 써먹을 데가 있다'는 말을 못 들어봤나!"

곁에서 손행자가 듣다 못해 야단을 쳤다.

"이런 바보 멍텅구리 같으니! 허튼소리 그만 지껄이고 우선 짐이나 챙겨두지 못하겠어? 이제 곧 사부님이 다급해서 우리를 부르실 텐데, 지체 없이 궁중에 들어가 보호해드려야 할 게 아닌가!"

"형님, 또 돼먹지 않은 소릴 하시는구려. 사부님은 이제 부마가 되셔서 궁중에 들어가 황제의 따님하고 그렇고 그런 재미를 보실 게 아니오? 허우적허우적 산을 기어서 올라가거나 요괴 마귀를 만나실 것도 아닌데, 형님이 보호해드릴 일이 뭐가 있겠소? 사부님도 연세가 그만하시니까, 이불 속에서 보는 재미를 모르실 리 없을 텐데, 형님이 가서 뭘 거들어드리겠다는 거요?"

그 말끝이 다 떨어지기도 전에 손행자는 저팔계의 귀를 덥석 움켜잡아 비틀면서 눈앞에 주먹을 휘둘러 보였다.

"이런 음충맞은 놈! 아직껏 음탕한 색심을 버리지 못하고 있었구나! 어디다 대고 그따위 지저분한 소리를 늘어놓는 게냐!"

이렇듯 떠들썩하게 입씨름을 벌이고 있을 때, 역승이 들어와 기별을 전했다.

"성상 폐하께서 칙명을 내리셨소. 세 분 신승을 모셔가려고 문밖에 칙사님이 와 계시오!"

저팔계는 볼멘 기색으로 퉁명스레 물었다.

"도대체 무엇 때문에 우리를 데려가겠다는 거요?"

"신승께서 천만다행히도 우리 공주마마가 던지신 공에 얻어맞아, 부마 노릇을 하게 되셨습니다. 그래서 관원을 보내어 제자 분들을 초빙하시는 것입니다."

역승이 설명하니, 손행자가 다시 물었다.

"그 칙사는 어디 있소? 이리 들어오라고 하시오."

이윽고 국왕의 사자가 들어와 손행자에게 인사를 했다. 하지만 인사치레가 끝나고서도 감히 눈을 똑바로 뜨고 바라보지 못한 채 입속으로만 구시렁거린다.

"이게 귀신들인가, 요괴들인가…… 이건 숫제 사람이 아니라, 뇌공 야차들이 아닌가……?"

손행자도 그 낌새를 채고 따져 묻는다.

"여보시오, 나으리! 할 말이 있거든 똑바로 할 것이지, 뭘 구시렁대는 거요?"

속을 찔린 국왕의 사자가 당황한 기색으로 전전긍긍, 두 손으로 성지를 떠받들어 올리면서 안 떨어지는 입으로 뒤죽박죽 주워섬긴다.

"우리 공주께서 친척 되시는 분을 만나뵙겠다고…… 아니, 아니지. 우리 군주 폐하께서 성승의 친척 되시는 분을 만나뵈시겠다고 모셔오라 하셔서……"

저팔계가 답답하다 못해 한마디 거들었다.

"여기엔 고문할 형틀 도구 같은 것도 없는데, 뭘 그리 떨고 있는 거요? 당신을 때리지는 않을 테니까, 겁내지 말고 차근차근 얘기하시오."

손행자가 또 한번 저팔계한테 핀잔을 주었다.

"누가 때릴까 봐 겁을 내는 줄 아나? 바로 자네 쌍통을 보고 무서워하는 거야! 어서 짐보따리와 말을 챙겨 가지고 궁궐로 들어가세. 사부님을 만나뵙고 상의할 일이 있네!"

이야말로 "외나무다리에서 맞닥뜨리니 피하기 어렵고, 피치 못할 사랑이 도리어 원수가 된다"는 격이다.

과연 국왕을 만나보는 자리에서 무슨 말이 있을 것인지, 다음 회에서 풀어보기로 하자.

제94회 네 스님은 어화원에서 잔치를 즐기는데, 한 마리 요괴는 헛된 정욕을 품고 홀로 기뻐하다

이윽고 손행자 일행 세 사람은 국왕의 사자를 뒤따라 오문(午門) 밖에 다다랐다. 문밖에서 기다리던 황문관이 즉시 이 뜻을 아뢰었더니, 곧 들여보내라는 명령이 내렸다.

이들 세 형제는 임금 앞에 가지런히 우뚝 선 채 엎드려 절하지도 않았다.

국왕이 물었다.

"저 세 분이 성승 부마의 제자 되는 사람들인가? 성씨는 뭐며 이름은 무엇인가? 어느 고장에 살고 있었으며 무슨 일로 출가하였는가? 또 무슨 경전을 얻으러 가는 길인가?"

질문이 연거푸 쏟아져 내리자, 손행자는 앞으로 선뜻 나서더니 곧바로 금란전 위에 올라가려 했다.

국왕 곁에서 호위하던 시종관이 버럭 호통쳤다.

"게 섰거라! 할 말이 있거든 그 아래 서서 아뢰어라!"

손행자는 어처구니가 없다는 듯 껄껄 웃었다.

"우리 출가인들은 한 걸음이라도 가고 싶으면 가는 사람들이외다."

뒤따라서 저팔계와 사화상도 모두들 앞으로 썩 나섰다. 당나라 장로님은 제자들이 무지막지하게 촌뜨기 티를 내어 국왕을 놀라게 만들까 겁이 나서, 얼른 몸을 일으키고 소리쳐 일깨웠다.

"제자들아, 폐하께서 너희들의 내력을 묻지 않으셨느냐! 어서 아뢰어라."

손행자는 스승이 국왕 한곁에 모시고 서 있는 것을 보다 못해, 큰 목소리로 국왕에게 버럭 고함을 질렀다.

"폐하! 남을 경멸하심은 곧 자신을 경멸하는 짓이라 하였소이다. 우리 사부님을 부마로 맞아들이신 바에야, 어찌하여 서 계시게 하십니까? 세상에 일컫기를, '딸의 남편은 귀한 백년 손님'이라 하였거늘, 그 귀한 백년 손님을 어찌 자리에 앉히지 못할 까닭이 있단 말입니까?"

무시무시한 목소리로 악을 쓰니, 국왕은 듣기만 해도 아연실색, 당장 자리를 박차고 일어나 금란전 뒤로 도망치려 했으나, 신하들이 지켜보는 자리에서 체통을 잃을까 겁내어 차마 그리 하지는 못하고, 억지로 배짱 두둑이 먹고 측근을 시켜 수놓은 방석을 가져오게 해서 당나라 스님을 앉혔다.

손행자는 그제야 자신의 내력을 아뢰기 시작했다.

　　이 손선생은 조상 적부터 동승신주 오래국, 화과산 수렴동에서 태어나 살아왔다네.
　　하늘이 아버지요 땅이 어머니이며, 돌이 갈라져서 이 몸 태어났으니, 일찍이 지극한 도인을 만나 절하여 스승으로 모시고, 대도(大道)를 배워서 이룩했도다.
　　신선의 고향으로 다시 돌아가 동천 복지에 일족을 불러 모아놓고 내 마음대로 살았구나.
　　바다에 들어가 용왕을 굴복시켰으며, 산에 올라가 맹수들을 사로잡았다네.
　　저승 세계에 쳐들어가 생사부에 적힌 이름을 지워 없애고 선적(仙籍)에 올랐으며, 옥황상제께 제천대성이란 벼슬을 받았다네.

경루(瓊樓)를 완상하고, 보각(寶閣)에 올라 즐겁게 놀았으며, 하늘의 신선들과 사귀어, 날이면 날마다 노래부르고 기쁜 세월 보냈다네.

성스러운 경지에 거처하여, 아침 저녁으로 쾌락을 즐기며 살아 왔네.

어쩌다 서왕모의 반도연회 잔치를 어지럽히고, 천궁에 큰 반란을 일으킨 탓으로, 부처님의 손에 사로잡혀 굴복했구나.

오행산 자락 바윗돌 밑에 찍어 눌린 채, 배고프면 무쇠 탄환을 먹고 목마르면 구리쇠 녹인 물을 마셨으며, 오백 년 동안 찻물 한 모금 밥알 하나 맛본 적이 없었다네.

천만다행히도 우리 사부님이 동녘 땅을 나오시어 서방 세계로 부처님을 뵈러 가시니, 관세음보살께서 그분에게 명하여 나를 하늘의 재앙에서 벗어나게 해주시고, 대난(大難)을 떠나게 해주시니, 그로부터 유가(瑜伽)의 문하에 귀정하였도다.

옛 이름은 손오공(孫悟空)이요, 지금은 행자(行者)라 일컫게 되었노라.

천축국 왕은 손행자의 어마어마한 명성을 듣더니, 황급히 용상에서 내려와 손수 당나라 장로님을 부여잡으며 찬탄을 아끼지 않았다.

"부마, 그대가 이렇듯 훌륭한 신선을 제자로 얻었다니, 이 또한 하늘이 짐에게 내리신 연분이로다!"

삼장 법사는 송구스러워 입이 닳도록 사은의 말씀을 올리며 국왕에게 다시 옥좌에 오르도록 청을 드렸다.

"어느 분이 둘째 제자이신가?"

국왕이 다시 묻자, 이번에는 저팔계가 주둥이를 비죽 내밀고 으쓱

으쓱 뽐내며 나섰다.

    이 저선생으로 말하자면 전생에는 사람이었으나, 환락을 탐내고 게으름만 부렸다네.
    한평생을 흐리멍덩하게 살아와, 성정을 어지럽히고 미망에 빠져들어 눈을 뜰 줄 몰랐구나.
    하늘 높고 땅이 두터운 줄 미처 알지 못하고, 바다가 얼마나 너른지 산이 얼마나 멀리 있는지 똑똑히 헤아리지 못하였네.
    하릴없는 건달 생활 즐기던 무렵, 우연히 진인(眞人) 한 분을 만났으니,
    반 마디 대화에 죄악의 그물을 풀어헤치고, 두세 마디 말씀에 재앙의 문을 쪼개 부쉈구나.
    삽시간에 대오 각성하였으며, 그 자리에 선 채로 사문(師門)에 투신하였다.
    삼가 이팔(二八)의 공부를 수행하였으며, 공경하는 마음으로 삼삼(三三)[1]의 전후(前後)를 단련하였다네.

---

1 이팔·삼삼: 모두 불교 용어의 약칭. '이팔(二八)'은 2×8=16, 곧 관무량수경(觀無量壽經)에 설파한, 아미타불의 정토(淨土)에 태어나기 위한 열여섯 단계의 관법(觀法)으로, ①일몰을 보아 서방 극락을 생각하는 일상관(日想觀), ②물과 얼음의 아름다움을 보아 극락 대지를 생각하는 수상관(水想觀), ③수상관을 완성하여 극락의 대지를 생각하는 지상관(地想觀), ④극락정토의 초목을 생각하는 수상관(樹想觀=寶樹觀), ⑤극락의 연못을 생각하는 팔공덕수상관(八功德樹想觀=寶池觀), ⑥극락의 보배로운 누각을 생각하는 누상관(樓想觀)의 완성에 따라 (1)~(5)의 단계가 저절로 이루어지는 총상관(總想觀), ⑦아미타불의 연화 대좌를 생각하는 화좌상관(華座想觀), ⑧불상을 보고 아미타불의 모습을 생각하는 상상관(像想觀), ⑨아미타불의 참모습을 생각함에 따라 모든 부처의 모습을 볼 수 있는 편관일체색신상관(遍觀一切色身想觀), ⑩아미타불의 좌우에서 모시는 관음을 생각하는 관음관(觀音觀), ⑪마찬가지 이치로 대세지보살을 생각하는 세지관(勢至觀), ⑫모든 정토의 부처와 보살 등을 생각하는 보관상관(普觀想觀), ⑬이상 (10)~(12) 단계에서 보고 생각하지 못한 대

수행을 원만히 이루어 비승하니, 천부(天府)에 오를 수 있게 되었다.

옥황상제의 두터우신 은혜 입어, 천봉원수의 벼슬을 하사받고, 천하(天河)의 수병(水兵)을 통제하며, 은하수 너른 바다를 소요하며 지냈구나.

어쩌다가 반도연회 잔치에서 술에 취하여, 월궁 항아를 희롱한 죄로 벼슬을 박탈당하고 좌천되어 속세에 떨어졌으나, 암퇘지의 태중에 잘못 들어가 돼지의 탈을 쓰고 태어나게 되었다네.

복릉산에 살면서 온갖 몹쓸 짓을 저지르다, 우연히 관음보살께서 착한 길을 명백히 가르쳐주시니, 불교에 귀의하여 당나라 스님을 보호하게 되었도다.

이제는 서천으로 가서 부처님께 절하고 오묘한 경전을 구하게 되었으니, 법호는 저오능(豬悟能)이요, 따로 붙인 이름은 팔계(八戒)라 부르노라.

국왕은 이 소리를 듣자 가슴살이 떨리고 놀란 나머지, 저팔계를 똑바로 쳐다볼 엄두도 내지 못하였다. 그러나 이 미련퉁이 바보 녀석은 점점 더 신바람이 나서 머리통을 절레절레 내두르고 주둥이를 쭝긋거리면서 부챗살같이 커다란 귀를 너울거려가며 껄껄대고 웃음보를 터뜨리기까지 했다.

삼장 법사는 또 국왕이 놀랄까 겁나서 큰 소리로 호통쳐 꾸짖었다.

신(大身)·소신(小身)의 아미타불 등을 보는 잡상관(雜想觀), ⑭각자의 능력과 소질에 따른 수행에 의해 극락에 태어나는 모습을 생각하는 상배관(上輩觀), ⑮중배관(中輩觀), ⑯하배관(下輩觀)을 일컫는다. '삼삼(三三)'은 곧 삼삼매(三三昧)의 준말. 이에 대하여는 제43회 주 **4** 참조.

"팔계야, 점잖게 굴어라!"

미련퉁이 녀석은 스승에게 꾸지람을 듣고 나서야 겨우 팔짱을 끼고 점잖은 체 떡 버텨 섰다.

국왕이 또 조심스레 물었다.

"그럼 세번째 제자 분은 무슨 까닭으로 귀의하시었소?"

사화상은 두 손 모아 합장하고 아뢰었다.

이 사람은 애당초 범부(凡夫)였사온데, 윤회에 떨어질까 두려워하여 도(道)를 찾아 나섰습니다.

온 세상 바다 끝 모퉁이까지 구름처럼 정처 없이 떠돌아다니고, 하늘 가에 닿도록 방탕하게 돌아다녔습니다.

언제나 의발(衣鉢)을 몸에 지니고, 심신(心神)을 단련하여 마땅히 있어야 할 곳에 두었습니다.

이렇듯 경건하고 정성스러운 뜻을 지닌 까닭에, 신선의 반려자를 만날 수 있었습니다.

아해(兒孩, 납)를 기르고 차녀(姹女, 수은)를 배합하여, 삼천 일 만에 공덕 이루어 사상(四相)[2]과 화합하였습니다.

천계에 올라 현궁(玄穹, 옥황상제)께 절하여 뵈오니, 권렴대장의 벼슬을 내려주시어 봉련 용거를 모시는 몸이 되었고, 장군의 호칭으로 책봉하여주셨습니다.

이 사람 역시 반도연회 잔치 자리에서 실수하여 유리잔을 깨뜨

---

[2] 사상: 불교 용어. 일반적으로 '사상(四相)'은 인과 업보에 따라 태어나고 늙고 병들고 죽는, '생(生)·노(老)·병(病)·사(死)'를 가리키는데, 여기서 사오정은 생멸 변천(生滅變遷)을 나타내는 네 가지 상, 곧 현재 살아 있는 생(生)의 상, 그리고 생의 자리에 한동안 머물러 있는 주(住)의 상, 주를 전후하여 달라짐이 생기는 이(異)의 상, 한동안 있었다가 없어지는 멸(滅)의 상을 말한 것이다.

린 죄 값으로, 유사하에 쫓겨와서 귀양살이를 하게 되었으니, 얼굴 모습과 생김새를 바꾸고 온갖 나쁜 짓을 저지르며 살생하고 있었습니다.

다행히도 관음보살께서 머나먼 동녘 땅을 유람하시던 도중, 내게 귀의할 것을 권유하시고,

당나라 조정의 불제자를 기다려 서천으로 함께 가서 경을 구하고 정과를 이루게 하셨습니다.

유사하 강물 이름을 따서 사씨(沙氏)로 성을 삼고, 법호를 오정(悟淨)이라 받았으며, 또 다른 이름으로 화상(和尙)이라 부르기도 하옵니다.

국왕은 이 말을 듣더니, 놀람과 기쁨을 금치 못하였다. 기뻐한 것은 딸이 생불(生佛)을 배필로 맞아들이게 되었다는 점이요, 놀란 것은 부마의 제자 세 사람이 모두 요신(妖神)이라는 사실 때문이었다. 이렇듯 놀람과 기쁨에 착잡한 마음을 이기지 못하고 있는데, 때마침 흠천감 소속 정대 음양관이 들어와 아뢰었다.

"혼인 날짜는 금년 이달 열이튿날로 이미 결정되었나이다. 이날은 임자일(壬子日) 양진(良辰)이라, '주당통리(周堂通利)'³의 길한 날이므로 혼인을 선포하시기에 적합하옵니다."

"오늘은 일진이 어떠한가?"

국왕의 물음에, 음양관은 서슴없이 아뢰었다.

"오늘은 초파일, 바로 무신일(戊申日)이오며, '원숭이가 과일을 드리는 날(猿猴獻果)'이오니, 납채(納采)의 예(禮)에 아주 적당한 날인가 하

---

3 주당통리: 중국 민간 풍습에서 혼인하기에 좋은 길일(吉日)을 주당(周堂)이라 하여, 운수대통(運數大通)하는 날짜로 꼽는다.

옵니다."

국왕은 크게 기뻐하며 즉시 당가관에게 명령을 내렸다.

"어화원의 누각과 정자를 깨끗이 소제하고, 부마와 제자 세 분을 모셔다 편히 쉬시게 하라. 그리고 합근 가연(合卺佳宴)을 마련하는 한편, 공주에게 혼인 잔칫날 배필을 맞아들일 때까지 모든 준비를 마치고 기다리고 있도록 하라."

여러 관원들이 어명을 받드니, 국왕은 그제야 조회를 마치고 문무백관들도 모두 흩어져 돌아간 것은 더 말할 나위도 없다.

한편 삼장 법사와 제자들이 어화원에 도착하니, 날은 벌써 저물어가고 소찬으로 차린 저녁상이 나왔다. 누구보다 기뻐한 것은 역시 먹성 좋은 저팔계였다.

"오늘도 이제야 겨우 밥을 먹게 되었군!"

음식상을 차려놓은 가운데 시중꾼들이 쌀밥과 국수를 아예 통째로 떠메고 나왔다. 저팔계란 녀석은 먹고 또 퍼담고, 퍼담은 것을 또 먹고, 이렇듯 배가 터질 지경으로 포식을 한 뒤에야 쉴새없이 움직이던 손을 가까스로 멈추었다.

얼마 안 있어 또 등잔불을 밝히고 이부자리를 깔아 저마다 잠자리에 들었다.

당나라 장로님은 주변에 아무도 없는 것을 보고 나서, 손행자를 원망하며 성난 목소리로 꾸짖기 시작했다.

"오공아, 이 몹쓸 원숭이 녀석아! 어쩌자고 번번이 나를 못 살게 구는 게냐! 내가 통관 문첩에 검사나 받으러 곧장 가고, 채루 앞쪽으로는 가지 말자고 했더니, 네놈은 어째서 무작정 나를 끌고 그리로 구경하러 갔단 말이냐? 이제 와서 이게 무슨 꼴이냐! 이런 사고를 저질러놓았으니 장차 어쩌면 좋단 말이냐?"

손행자는 웃음을 지으면서 한말씀 올렸다.

"사부님 말씀이, '돌아가신 내 어머님도 비단 공을 던져 옛 인연을 만나 부부가 되셨다' 하시면서, 옛날 일이 그리우신 듯한 눈치를 보이시기에, 이 손선생이 그리로 모시고 갔던 것입니다. 또 한편으로는, 저 급고포금사 장로님이 신신당부한 말을 생각하고, 사건의 진위를 가려내기 위해서 그런 겁니다. 방금 황제의 얼굴빛을 살펴보니, 다소나마 어둠침침한 기색이 감돌고 있는 것을 확인했습니다만, 공주를 아직 만나보지 못했으니 진상을 잘 알 수가 없군요."

"공주를 보면 어쩌겠다는 거냐?"

당나라 장로님이 묻자, 그는 제 가슴을 툭툭 쳐 보였다.

"이 손선생의 불 같은 눈, 금빛 눈동자로 한번 꿰뚫어보기만 하면, 진짜와 가짜, 선과 악, 빈부귀천을 단번에 가려낼 수 있습니다. 그러니 당사자가 요괴인지 아닌지 그 자리에서 판가름날 것이 아니겠습니까?"

사화상과 저팔계가 웃음보를 터뜨리며 빈정거린다.

"형님이 요즈음에는 관상술까지 다 배우셨구려!"

"관상쟁이 따위는 내 손자뻘쯤 될 걸세."

제자들이 농지거리를 하자, 속이 상할 대로 상한 삼장 법사는 호통을 쳐서 꾸짖었다.

"주둥이 좀 그만 놀리지 못하겠느냐! 이제 국왕은 나를 부마로 맞아들이기로 결정했는데, 장차 이 일을 어찌해야 좋단 말이냐?"

손행자가 겸연쩍은 기색으로 여쭙는다.

"열이튿날 혼례식을 거행할 때가 되면, 그 공주가 나와서 자기 부모께 절을 올릴 것이니, 이 손선생이 곁에서 가만히 살펴보겠습니다. 만약 그 여자가 진짜 인간이라면, 사부님께서는 그대로 부마 노릇을 하시면서 일국의 부귀영화를 누리시는 것도 좋은 일이겠지요."

삼장이 그 말을 듣고 더욱 화가 나서 펄펄 뛰며 야단을 쳤다.

"이 못된 원숭이 놈아! 기어코 나를 못 살게 굴 작정이로구나! 언젠가 오능이 말하기를, 우리가 가야 할 길이 십 할 중에서 구 할 칠팔 푼까지 도달했다고 했는데, 네놈은 그따위 주둥아리를 놀려 끝까지 나를 죽일 셈이냐? 고놈의 방정맞은 주둥아리를 닥쳐라! 두 번 다시 냄새나는 아가리를 벌려서 버르장머리 없이 굴 때는, 내 당장 '긴고아주'를 외워서 네놈을 죽지도 살지도 못하게 만들어놓고 말 테다!"

손행자는 스승이 저 무시무시한 주어를 외우겠다는 소리를 듣고, 황급히 그 앞에 꿇어 엎드리면서 두 손바닥이 닳도록 싹싹 빌었다.

"외우지 마십쇼! 사부님, 그것만은 제발 외우지 마십쇼! 만약 공주가 진짜로 판명되면, 혼례식이 시작될 때 저희들이 한꺼번에 소동을 부려 황궁을 뒤엎어버리고, 그 틈에 사부님을 빼내 가지고 휑하니 떠나겠습니다."

스승과 제자들이 이런저런 얘기를 주고받고 있으려니, 어느덧 밤도 이슥해져서 바야흐로 초경에 접어들었다.

    깊고깊은 궁궐 누각(漏閣)에 시간을 알리는 물방울 떨어지고, 어두운 그늘 밑에 꽃향기 짙게 드리웠다.
    꽃무늬 수놓은 창호에 주름을 길게 늘어뜨리고, 한적한 뜰 안에는 불빛조차 끊겼다.
    그네 줄이 차가운 하늘 아래 쓸쓸하게 그림자 남기고, 서강족(西羌族) 피리 소리 사방에 여운을 끌어 남은 정적마저 깨뜨린다.
    꽃 울타리 집채를 감돌아 나가는데 달빛이 찬란하고, 허공을 가로막는 나무숲이 없으니 별빛만 또렷이 드러난다.

소쩍새 울음소리 벌써 그쳤는데, 장자(莊子)의 호접몽(蝴蝶夢)[4] 이런가 나비 꿈만 길다.

은하수 천우(天宇)에 가로지르니, 흰 구름은 하염없이 고향 땅으로 돌아가는데,

바야흐로 사람은 떠나가고 정이 끊어진 곳이니, 밤바람만 버드나무 여린 가지 흔들어 더욱 처량하구나.

저팔계가 졸음을 못 이겨 재촉을 한다.
"사부님, 밤이 깊었습니다. 무슨 일이고 간에 내일 다시 상의하고, 우리 잠이나 잡시다! 잠 좀 자요!"
스승과 제자들은 그 말대로 하룻밤을 편안히 쉬었다.
어느덧 금계(金鷄)가 홰를 쳐서 새벽을 알리니, 부지런한 국왕은 금란전에 올라 조회를 열었다.

궁전 문 활짝 열어놓으니 자줏빛 기운이 더욱 높고, 새벽 바람이 어전에 아뢰는 풍악을 날려보내니 푸른 하늘에까지 시원스레 치솟는다.

구름이 표범의 꼬리를 깃발에 옮겨 나부끼는데, 아침 햇빛은 교룡의 머리를 비추니 옥패가 잘랑잘랑 소리내며 흔들린다.

향기로운 안개는 궁궐 버드나무 가지에 가늘게 휘감겨 푸르고, 이슬방울은 동산의 꽃떨기 촉촉하게 적셔 교태를 자아낸다.

산호만세 무도의 예를 행하니 천관(千官)들이 줄지어 늘어서고, 해안하청(海晏河淸) 태평세월에 천하가 통일되었다.

---

4 호접몽: 사람이 꿈에 나비가 되었다는 고사. 『장자(莊子)』에 나온다. 제10회 주 **6** 및 제68회 주 **2** '나비의 꿈' 참조.

문무백관이 조회를 마치자, 국왕은 또다시 어명을 내렸다.

"광록시 관원들은 열이튿날 경사스런 혼인 잔치 자리를 마련하되, 오늘은 봄날에 어울릴 만한 좋은 술자리를 준비하라. 과인이 부마를 청하여 어화원에서 즐겁게 놀 것이다."

이어서 다시 의제사(儀制司, 의전 담당) 관원들에게 따로 분부를 내렸다.

"부마의 친척 되시는 제자 세 분을 회동관역으로 안내하여 잠시 머무르게 하고, 광록시 관원들을 시켜서 소찬으로 연회를 베풀어 그분들을 모시고 시중을 들도록 하라. 그리고 교방사(教坊司) 악공들을 동원하여 두 군데 연회석에 풍악을 잡히고, 다 같이 봄날 좋은 경치를 감상하며 즐겁게 하루를 보낼 수 있도록 하라."

저팔계가 이 말을 듣고 선뜻 앞으로 나서며 으름장을 놓았다.

"폐하! 저희 사제지간은 서로 만나 어울린 이래 잠시도 떨어져본 일이 없었습니다. 오늘 어화원에서 잔치를 베푸실 바에야 저희들도 데리고 가서서 하루 이틀쯤 놀게 해주십쇼. 그래야만 우리 사부님께서 부마 노릇을 제대로 하실 수 있을 것이오. 그렇지 않으면, 이 거래는 만만히 이루어지지 못할 줄 아셔야 합니다."

국왕이 저팔계의 누추한 꼬락서니하며 우락부락 거칠고 상스러운 말씨, 게다가 머리통과 모가지를 비비 틀어가며 주둥이를 길게 뽑고 툴툴대질 않나, 그 커다란 두 귀를 너울너울 부채질하는 품을 보아하니 이거야말로 영락없는 미치광이가 분명한 터라, 혹시나 이 촌뜨기 녀석이 시끄럽게 말썽을 부려 다 된 혼사를 깨뜨리면 큰일이다 싶어, 할 수 없이 그 요구를 들어주기로 하고 즉석에서 명령을 바꾸어 내렸다.

"영진 화이각(永鎭華夷閣) 안에 두 자리를 마련하고 짐과 부마가 자리를 같이하겠다. 스승과 제자가 나란히 앉으면 피차 거북스러울 듯하니, 유춘정(留春亭)에 따로 세 자리를 마련하여 세 분을 모셔 앉히도록 하라."

미련퉁이는 그제야 흡족해서 전상을 우러러 꾸벅 절 한 번 하더니, 고맙다는 말 한마디 남겨놓고 제자리로 물러섰다.

국왕은 또 내궁 관원에게 전지를 내려 후궁에도 연회석을 차리도록 하고, 삼궁 육원의 왕후 비빈들과 공주를 모시도록 하고, 그 자리에서 혼례식을 앞둔 신부감에게 화장품과 음식을 풍습대로 갖추어 선사하고, 몸단장을 시켜 열이튿날 경사스런 혼례식에서 배필을 맞아들이게 하였다.

벌써 사시(巳時, 10시) 무렵이 되었다. 국왕은 탈것을 준비시키고 당나라 스님을 청하여 어화원으로 함께 구경을 나갔다. 어화원은 과연 아름답게 꾸며진 훌륭한 정원이었다.

오솔길에 채색 조약돌이 깔리고, 울타리 난간은 꽃무늬로 아로새겼다.

오색 조약돌이 깔린 길가 돌 틈서리에는 기이한 꽃들이 무럭무럭 자라고, 꽃무늬 아로새긴 울타리 난간 안팎으로 이름 모를 화초가 피어났다.

천도복숭아는 비취옥인가 속을 만한데, 한들한들 바람결에 나부끼는 버드나무 여린 가지 사이로 노랑꾀꼬리가 보일 듯 말 듯 넘나든다.

발길을 떼어놓으면 그윽한 향기 소맷자락 속에 담뿍 스며들고, 걸어가고 있노라면 맑고도 깔끔한 풍미가 옷섶에 촉촉이 적셔든다.

봉황의 날개처럼 솟구친 누대와 용소(龍沼)의 늪, 대나무로 얽은 죽각(竹閣)과 소나무 향기 짙은 송헌(松軒)이 나타난다.

봉대(鳳臺) 위에서는 퉁소 불어 봉황을 잔례시키고, 용소의 늪에서는 기르던 물고기가 용이 되어 떠나간다.

대나무 엮은 죽각에는 시(詩)가 있으니, 온갖 추고를 다하여 백설같이 깨끗하게 다듬은 현판에 새겨 걸어놓았다.

솔향기 짙은 송헌에는 문집(文集)이 있으니, 주옥같은 문장을 가다듬고 주석을 붙여 편집한 것들이다.

공들여 쌓은 가산(假山)의 울퉁불퉁한 바윗돌은 비취 빛깔로 짙푸르며, 굽이쳐 흐르는 물결은 벽록색으로 깊다.

모란정(牧丹亭), 덩굴장미 올린 시렁〔薔薇架〕은 비단을 겹겹으로 쌓고 융단을 깔아놓은 듯한데, 말리화(茉莉花) 울타리와 해당화(海棠花) 밭도랑에는 옥을 쌓아올린 듯 아지랑이가 끼었다.

작약꽃은 이채로운 향기를 풍겨내고, 접시꽃〔蜀葵〕은 유별나게 선명한 자태를 뽐낸다.

하얀 배꽃, 붉은 살구꽃이 향기로움을 서로 다투며, 보랏빛 혜초(蕙草), 황금빛 원추리는 흐드러지게 피어 그 화려함을 겨룬다.

개양귀비꽃〔麗春花〕, 목란꽃〔木筆花〕, 진달래〔杜鵑花〕 탐스럽게 피어 눈이 부시고, 미모사〔含羞花〕, 봉숭아〔鳳仙花〕, 옥잠화(玉簪花)는 가녀린 자태에도 당차게 버텨 섰다.

곳곳마다 온통 붉은 빛깔 연지처럼 윤택하고, 무더기무더기 화초밭의 짙은 향기 수놓은 비단폭을 휘감은 듯하다.

동녘 샛바람〔東風〕이 포근한 봄 날씨 돌려보내주니 더욱 기쁘고, 어화원 동산에 어여쁘고 아리따운 풍경이 가득하니 그 찬란한 빛을 더욱 뽐낸다.

국왕과 삼장 일행 몇 사람은 한참 동안이나 구경했다. 의제사 관원들은 손행자 일행 세 사람을 따로 유춘정에 모셔들였다. 이윽고 국왕이 당나라 스님의 손을 잡고 화이각(華夷閣)에 오르더니, 저마다 자리잡고 앉아서 잔치 음식을 먹었다. 교방사에서 나온 악공과 무희들이 노래하고 춤추며, 피리 소리 거문고 뜯는 소리가 질탕하게 울려 퍼지기 시작했다. 연회석에 차려진 설비와 음식상의 호화로움은 그야말로 필설로 표현하기 어려울 정도였다.

우뚝 솟은 궁궐 합문(閤門)에 서광이 피어나고, 봉각 용루(鳳閣龍樓)에는 상서로운 아지랑이가 비스듬히 가로지른다.
봄빛이 곱게 깔리니 화초는 수를 놓은 듯하고, 하늘빛이 먼 곳까지 비추니 비단 용포(龍袍)가 선명하다.
생황에 맞춰 부르는 노랫가락이 좌석을 감돌아 울려 퍼지니 신선들의 잔치 자리가 따로 없으며,
술잔에 가득 채워 이리저리 돌리니 옥액 경장이 맑디맑게 찰랑댄다.
임금도 기쁘고 신하들도 즐거이 함께 완상하니, 화이(華夷)[5]가 길이 진정되어 세상이 태평성대를 노래한다.

이 무렵 당나라 장로님은 국왕이 이렇듯 정중한 태도로 공경하는

---

5 화이: 고대 중국인들이 생각하는 폐쇄적인 세계관으로, 중국을 전 세계의 중심에 놓고 '중화(中華)'라 일컬으며, 그 밖의 외부 민족들을 방위에 따라 '동이(東夷)' '서융(西戎)' '남만(南蠻)' '북적(北狄)'이라 하여, 미개한 오랑캐로 인식하였는데, 여기서는 천축국 왕의 입장에서 본국을 '화(華)', 외국을 '이(夷)'로 나눈 것에 지나지 않으며, 화이각(華夷閣)이란 정자 이름은 개방적으로 세계 모든 나라 민족의 대동 화합(大同和合)을 상징한다.

것을 보고, 자기도 억지 춘심으로 기쁜 체하였으나, 실상 겉으로만 기쁜 낯을 보였을 뿐 속으로는 이만저만 근심 걱정이 아니었다. 흥겨운 노랫가락도 귀에 들어오지 않고 맛있는 진수성찬도 구미를 당기지 못하니, 그저 멍청히 앉아 사면 벽에 둘러친 황금 병풍이나 바라볼밖에 할 일이 없다. 병풍에는 춘하추동 사계절의 경치가 그려져 있는데, 모두 화제(畵題)를 붙이고 경치를 읊은 시구가 적혀 있을 뿐 아니라, 그것도 한림원(翰林院)의 이름난 선비들이 지은 시였다.

봄 경치를 읊은 시는 다음과 같았다.

온 하늘에 두루 퍼진 봄기운이 너르디너른 천지를 바꾸니,
周天一氣轉洪鈞,
대지는 밝고도 온화하여 삼라만상(森羅萬象)이 새롭다.
大地熙熙萬象新.
복사꽃 살구꽃 아름다움을 다투어 흐드러지게 피었는데,
桃李爭姸花爛熳,
제비가 화려한 들보 위에 날아드니 향기로운 티끌 첩첩 쌓인다.
燕來畵棟疊香塵.

다음은 여름 경치를 읊은 시다.

훈풍이 솔솔 불어오니 가슴속 그리움은 미적미적 굼뜬데,
薰風拂拂思遲遲,
궁궐 안뜰 석류와 해바라기는 햇볕에 비쳐 반짝거린다.
宮院榴葵映日輝.
옥피리 음률 가다듬는 소리에 한낮 꿈이 놀라 깨고,

옥피리 소리에 놀라 한낮의 꿈 깨어나니,
玉笛音調驚午夢,
새발마름 연꽃 향기 흐트러져 뜰에 드리운 장막에 스민다.
菱荷香散到庭幃.

그 다음은 가을 경치를 읊은 시다.

우물은 오동 한 잎에 황금빛으로 물들고,
金井梧桐一葉黃,
주렴을 걷어올리지 않았더니 밤사이에 찬 서리 들었다.
珠簾不捲夜來霜.
제비는 제철 알아 보금자리 버리고 떠나가니,
燕知社日辭巢去,
기러기도 갈대꽃 꺾고 다른 고향으로 넘어간다.
雁折蘆花過別鄕.

마지막으로 겨울 경치를 읊은 시다.

비 내리고 구름 날리니 흐린 하늘은 쓸쓸하게 차갑고,
天雨飛雲暗淡寒,
높새바람 눈보라 휘몰아치니 온 산에 가득 쌓인다.
朔風吹雪積千山.
구중궁궐 깊은 속에 화롯불 이글거려 따뜻한데,
深宮自有紅爐暖,
한매(寒梅)가 피었다 알리니 옥 같은 꽃이 난간에 가득 찼다.
報道梅開玉滿欄.

국왕은 당나라 스님이 병풍의 시 구절마다 유심히 바라보는 것을 눈치채고 대뜸 물었다.

"부마는 시의 묘한 맛을 즐길 줄 아는 모양이니, 읊기도 잘할 걸세. 주옥같은 문장을 아끼지 말고, 저 운(韻)에 맞추어서 각각 한 수씩 화답해주면 어떻겠나?"

당나라 장로님은 사계절 경치를 읊은 시에 정신이 팔린 가운데, 명심 견성(明心見性)의 오묘한 경지를 깨치고 있다가, 국왕이 앞운에 맞춰 화답시를 지으라고 정중히 부탁하는 것을 보자, 저도 모르게 입에서 한 구가 흘러나왔다.

날씨 따뜻하니 얼음 녹은 대지가 넓게 탁 트인다.

日暖冰消大地鈞.

국왕은 이 한 구절만 듣고도 크게 기뻐하더니 그 자리에서 시종관을 불러 명령을 내렸다.

"문방사보(文房四寶)를 가져다 부마께서 화답시를 읊는 대로 기록해두어라. 짐이 틈나는 대로 천천히 음미해보겠다."

당나라 장로님도 사양치 않고 흔연히 붓을 집어들더니, 병풍의 시에 화답하는 대구(對句)를 운에 맞춰 일필휘지(一筆揮之)로 써내려갔다.

먼저 봄 경치를 읊은 시에 화답한다.

날씨 따뜻하니 얼음 녹은 대지가 넓게 탁 트이고,

日暖冰消大地鈞,

임금 계신 동산에 화초가 또 더욱 새롭구나.
御園花卉又更新.

온화한 바람, 기름진 비에 백성은 임금의 은택에 젖으니,
和風膏雨民沾澤,

바다는 잔잔하고 강물은 맑아 속세의 티끌이 말끔히 가시네.
海晏河清絶俗塵.

그 다음에는 여름 경치를 읊은 시에 화답했다.

북두칠성이 남쪽을 가리키니 한낮은 더디 가고,
斗指南方白晝遲,

구름 같은 느티나무 불 같은 석류 열매 광채를 다툰다.
槐雲榴火鬪光輝.

노랑꾀꼬리 보랏빛 제비는 궁궐 버드나무에서 지저귀니,
黃鸝紫燕啼宮柳,

쌍쌍이 교묘하게 굴려 우짖는 소리 진홍빛 휘장 안에 스며든다.
巧轉雙聲入絳幃.

세번째는 가을 경치를 읊은 시에 대한 화답이다.

향기는 귤 초록빛과 등자 열매 누른빛 따라 나부끼고,
香飄橘綠與橙黃,

송백은 홀로 짙푸르니 찬 서리 내리는 계절을 반긴다.
松柏靑靑喜降霜.

울 밑에 국화는 절반쯤 벌어 비단폭에 수놓은 듯한데,

籬菊半開攢錦繡,

생황에 맞춰 부르는 노랫가락 그 여운이 수운향에 울려 퍼진다.

笙歌韻徹水雲鄉.

마지막으로 이번에는 겨울 경치를 읊은 시에 화답한다.

상서로운 첫눈 그치고 날씨는 맑게 개니 찬 기운 감돌고,

瑞雪初晴氣味寒,

기이한 봉우리 교묘한 바윗돌이 옥처럼 산악을 둘렀다.

奇峯巧石玉團山.

화로에 골탄(骨炭) 피워 양젖술을 천천히 데우는 동안,

爐燒獸炭煨酥酪,

팔짱 끼고 목청 높여 노래부르며 비취 난간에 기대서 있다.

袖手高歌倚翠欄.

국왕이 화답시를 보고 나서 크게 기뻐하며 찬탄을 아끼지 않는다.

"참으로 좋구나! '한매가 피었다 알리니 옥 같은 꽃이 난간에 가득 찼다(報道梅開玉滿欄)'는 절구에, '팔짱 끼고 목청 높여 노래부르며 비취 난간에 기대서 있다(袖手高歌倚翠欄)'라니, 이 얼마나 절묘한 화답인가?"

마침내 그는 교방사에 명을 내려, 이 새로운 화답시에 가락을 붙여서 연주하게 하고 진종일 흥겹게 즐기고 나서야 잔치를 파하였다.

손행자 일행 세 사람도 유춘정에서 마음껏 잔치를 즐겼다. 저마다 술도 몇 잔씩 마신 끝이라 모두들 거나하게 취했다. 스승을 찾으러 나서다 보니, 당나라 장로님은 국왕과 누각에 함께 앉아 있다.

저팔계는 미련한 성미가 또 발작을 일으켜 주책없이 그 사나운 목소리로 악을 썼다.

"에라, 기분 좋구나! 어허라, 참말 기분 좋다! 오늘도 한바탕 실컷 먹고 마셨으니, 배부른 김에 잠이나 자러 가세!"

사화상이 껄껄대고 웃으면서 핀잔을 준다.

"둘째 형님은 도무지 수양이 모자라서 탈이란 말씀이야! 그렇게 배가 터지게 자시고 나서 무슨 잠이 온단 말이오?"

"자네가 뭘 알겠나? 속담에 '밥을 처먹고 나자빠져 자지 않으면, 뱃가죽에 기름이 오르지 않는다'는 말도 못 들어봤나!"

멀찌감치 이 소리를 들은 당나라 스님이 국왕과 헤어져 유춘정으로 건너와서 저팔계를 야단쳤다.

"이 미련한 놈아! 어쩌자고 갈수록 촌뜨기 티를 내는 게냐? 여기가 어디라고 함부로 시끄럽게 떠든단 말이냐! 만약에 저 임금님이 역정이라도 내는 날이면 우리 목숨이 왔다 갔다 하는 판국인데, 어찌 망나니짓을 하는 거냐!"

그랬더니 저팔계가 능청스럽게 말대꾸를 한다.

"아무 염려 마십쇼! 그런 일은 없을 테니까요! 우리는 저 임금하고 친척 관계를 맺게 되었으니까, 저희들을 나무라지는 못할 게 아닙니까? 속담에도 '두들겨 패도 끊어지지 않는 것이 친척 관계요, 욕설을 퍼부어도 끊지 못하는 것이 이웃지간(打不斷的親, 罵不斷的鄰)'이라고 했습니다. 모두들 다 같이 흥겹게 놀아보겠다는데, 그 정도쯤 겁내서 뭘 하겠습니까?"

이 소리를 듣고 당나라 스님은 불같이 성을 냈다.

"저 미련퉁이 녀석을 이리 끌어오너라! 내 저놈한테 선장(禪杖)으로 매 스무 대만 때려주어야겠다!"

손행자가 과연 저팔계를 단숨에 움켜다가 스승 앞에 넘겨주니, 장로님은 지팡이를 번쩍 들고 후려치기 시작했다.

저팔계는 고래고래 악을 썼다.

"부마 나으리! 부마 나으리! 제발 용서해주십쇼! 용서해줘요!"

곁에서 잔치 시중을 들던 관원들이 좋은 말로 당나라 스님을 말려서 매질을 멈추게 했다. 미련퉁이는 엉금엉금 기어서 일어나며 여전히 투덜거린다.

"참말 지독하신 '백년 손님'이로군! 정말 대단하신 부마 나으리야! 혼사를 치르기도 전에 왕법을 집행하시고 세도가 당당하시네그려!"

손행자가 얼른 그놈의 주둥아리를 틀어막으면서 꾸짖었다.

"허튼소리 그만 지껄이고, 어서 잠이나 자라니까!"

그들 세 형제는 또 그대로 유춘정에서 하룻밤을 묵었다.

이튿날 아침이 되자, 어제와 마찬가지로 또 한바탕 잔치와 풍악이 벌어졌다.

이렇듯 사나흘을 즐겁게 지내고 보니, 어느덧 열이튿날 경사스러운 혼례식 날짜가 닥쳐왔다.

광록시와 의제사, 흠천감의 정대관, 이렇게 어명을 받들고 혼사 준비를 끝낸 삼부의 관원들이 국왕에게 저마다 결과를 아뢰었다.

"소신들이 지난 초파일에 성지를 받들고 나서부터, 이미 부마의 저택을 완전히 수축하였사오며, 이제는 공주마마의 혼수감이 설치되기만을 기다리고 있나이다. 초례청(醮禮廳)에서 거행될 합근연(合졸宴)도 이미 준비를 마쳐, 육식과 소찬으로 도합 오백여 석을 마련하였나이다."

모든 혼례식 준비가 완전히 갖추어졌다는 보고에, 국왕은 속으로 흐뭇하게 여기며 곧바로 부마를 청하여 연회 석상으로 나가려 했다. 그런데 이때 내궁의 관원이 어전에 달려나와 이렇게 아뢰었다.

"만세 폐하! 정궁 마마께서 뵙기를 원하시나이다."

국왕은 무슨 일인가 싶어 금란전에서 물러나 내궁으로 들어갔다. 내궁에 들어가보니 삼궁 왕후들과 육원의 비빈들이 공주를 데리고 모두들 소양궁(昭陽宮)에서 담소를 나누고 있었다. 꽃처럼 아름다운 여인들이 화려한 비단폭에 둘러싸인 광경이 글자 그대로 화단 금족(花團錦簇)이라. 부귀영화를 한 몸에 갖추었으니 그 호사스럽고도 아리따움은 실로 천당 월전(天堂月殿)을 능가할 지경이요, 선부 요궁(仙府瑤宮)에도 뒤지지 않을 정도였다.

경사스런 혼례식, 기쁨[喜]으로 합치는[會], 아름다운[佳] 인연[姻]을 증명하는 시 네 수가 다음과 같이 있다.

첫번째는 회사(喜詞)다.

기쁘고 또 기쁘다! 흔쾌하고 즐겁구나!
혼인을 맺으니 그 은혜와 사랑이 아름답다.
어여쁘고 간드러지게 꾸민 모습에 궁중의 법식으로 단장하니 월궁의 항아인들 어찌 비하랴.
용비녀[龍釵]와 봉황 비녀[鳳釵], 줄기줄기 황금빛 날리니 눈부시도록 아름답다.
앵두 같은 입술에 백설같이 하얀 이, 발그스레한 두 뺨, 하느작거리는 걸음걸이에 꽃처럼 날렵한 몸매.
겹겹이 두른 비단폭, 오색 광채 무더기 속에 파묻힌 듯하고, 천금의 대열 한복판에 향기가 무럭무럭 피어오른다.

두번째는 회사(會詞)다.

합쳤구나! 합쳤구나! 드디어 합쳤구나!

요염하도록 매혹적인 자태, 애교와 아양이 뚝뚝 듣는 탯거리.

월(越)나라 미녀 모장(毛嬙)과 겨룰 만하고, 초(楚)나라 여매(麗妹)[6]를 업신여길 만하다.

경국 경성(傾國傾城)의 아리따운 모습을 꽃에 비기랴, 옥에 비기랴.

머리장식 꾸미니 새록새록 더욱 고우며, 비녀 꽂고 귀고리 팔찌 끼니 한없이 아름답고 또 화려하다.

혜질 난심(蕙質蘭心)이 따로 없으니 성정과 기품은 맑고도 고상하며, 분 바른 얼굴에 얼음 같은 살결이 부귀영화를 지녔다.

한줄기 검은 눈썹 먼 산처럼 가느다란데, 얌전하고도 단정한 자태, 곱고도 가냘픈 몸매 뭇 여인네 중에서도 한결 돋보인다.

세번째는 가사(佳詞)다.

아름답고, 아름답다! 또 아름답구나!

옥같이 흠 없는 처녀, 선녀같이 아리따운 아가씨.

그 깊이 사랑스럽고 실로 자랑할 만하다.

---

6 모장·초매: 모장(毛嬙)은 중국 고대 미녀의 전형으로, 월(越)나라 서시(西施)와 쌍벽을 이루는 여인. 초매(楚妹)에 관하여는 자료가 부족한 탓에 구체적으로 확인되지 않았다. 일부 사람들이 '여희(麗姬=驪姬)'라고 지목하였는데, 여희는 진(晉)나라 헌공(獻公)이 북방 여융족(驪戎族)을 토벌하고 잡아와 애첩으로 삼은 여인으로서 훗날 정변을 일으켜 태자 신생(申生)을 죽이고 이제(夷齊)를 군주의 자리에 앉힌 요부였으나, 『장자(莊子)』「제물론(齊物論)」과 『한비자(韓非子)』「비내(備內)」편의 기록에는, 모장과 여희를 하나로 묶어 당대 미녀의 쌍벽이라고 평가했다. 그러나 '여희'의 진나라 영역은 황하 북방인 데 비해, '초매'의 출신 지역 초나라는 그와 정반대인 강남에 있으므로 수긍하기 어렵다.

이채로운 향기 흐뭇하게 풍겨나는데, 연지분이 서로 어우러진다.

천태산 동천 복지 아득히 멀고머니, 국왕의 가문에 비겨 어찌 같으랴.

방실방실 웃음짓고 말하는 모습에 교태가 절로 번져 흐르고, 생황에 맞춰 부르는 노랫가락 사면팔방 에워싸고 어수선하게 울려 퍼진다.

꽃무더기에 비단폭 쌓아올린 듯 천만 가지로 아름다우니, 인간 세상 두루두루 돌아본들 어찌 그녀만 같으랴.

마지막으로 인사(姻詞)가 있다.

인연이다, 인연이다! 진실로 경사스런 인연이로구나!
난초의 향기, 사향(麝香)이 짙디짙게 풍겨난다.
신선들이 진을 치고, 미녀들도 떼를 지어 몰려 섰다.
비빈들이 오색 광채를 바꿔주니, 부마궁의 공주는 몸단장이 새롭다.
구름같이 땋아올린 머리타래에 까마귀처럼 검은 머리 쪽을 틀어 올렸는데,
무지개 빛깔 치맛자락(霓裳)은 봉황 치마(鳳裙)를 뒤덮었다.
한 가닥 신선의 풍악 소리 맑고 쟁쟁하게 울리는데,
주홍빛 보랏빛 두 줄기 찬란한 광채가 눈부시도록 어지럽다.
전생에 가마를 함께 타기로 약속했더니,
오늘날 다행스럽게도 기쁜 만남으로 아름다운 인연을 맺게 되었구나.

이윽고 국왕의 행차가 이르렀다. 기다리고 있던 왕후 비빈들은 공주와 함께 채녀 궁녀들을 거느리고 모두 나와서 영접했다. 국왕은 기쁨에 겨워 싱글벙글 웃으면서 소양궁으로 들어가 자리잡고 앉았다. 왕후 비빈들의 문안 인사가 끝나자, 그는 입을 열어 당부했다.

"내 딸 공주야, 지난 초파일에 좋은 인연을 맺고자 비단 공을 던졌다가 다행스럽게도 훌륭한 성승을 만나게 되었으니 이제 그 소원을 만족하게 이루었을 줄로 안다. 여러 아문의 관원들이 짐의 뜻을 헤아려 모든 일을 빠짐없이 갖추어놓았다. 오늘이야말로 가연을 맺기에 좋은 날이니, 길한 시각을 넘기지 말고 어서 속히 합근(合졸)의 잔치 자리에 나가도록 하자꾸나."

공주가 부왕 앞으로 가까이 걸어나오더니 몸을 굽혀 절하고 이렇게 여쭈었다.

"아바마마, 소녀의 참람한 죄를 용서하여주소서. 한말씀 여쭐 일이 있사옵니다. 요 며칠 동안 내궁의 환관들이 전하는 말을 듣자오니, 당나라 성승에게 제자 세 사람이 있는데 그 생김새가 추악하기 이를 데 없다 하온즉, 소녀는 감히 그들을 대면할 수 없나이다. 그들과 만나게 된다면, 두려워서 견디지 못할 것 같사오니, 아바마마께서 부디 그들을 먼저 성 밖으로 떠나보내주십시오. 그렇지 않으면 이 연약한 몸이 놀라서 병들까 걱정스럽습니다."

국왕도 이 말을 듣고서야 퍼뜩 생각이 났다.

"얘야, 네가 말해주었기에 망정이지, 짐도 하마터면 잊어버릴 뻔했구나. 네 말대로 과연 그자들은 어지간히도 흉측하게 생겼다. 벌써 며칠째 유춘정에서 날마다 접대를 하고 있었는데, 오늘은 궁전에 불러들여 통관 문첩을 발부해주고 혼례식이 시작되기 전에 성 밖으로 떠나보내

마. 그래야 혼인 잔치를 잘 치를 수 있을 것이다."

"감사하옵니다."

공주는 머리 조아리고 그 은혜에 사례했다.

국왕은 내궁을 나오는 즉시 금란전에 오르더니, 부마와 그 제자 세 사람을 불러들이라는 전지를 내렸다.

한편, 당나라 스님은 손가락으로 날짜를 꼽아가며 열이튿날이 되도록 애를 태우고 있었다. 드디어 그날이 다가오자, 삼장은 날이 밝기도 전에 제자들을 불러놓고 대책을 상의했다.

"오늘이 열이튿날인데, 이 일을 어찌하면 좋겠느냐?"

손행자가 여쭈었다.

"제가 보건대 국왕에게는 다소 어두운 기운이 끼어 있습니다만, 몸에까지 스며들지 않았으니 큰 해를 입지는 않았을 겁니다. 다만 공주를 직접 대면하지 못한 것이 흠입니다. 오늘 그녀가 나와서 얼굴을 볼 수 있게 되기만 한다면, 이 손선생이 단번에 진짜인지 가짜인지 알아낼 수 있으니까, 그때에는 제가 알아서 손을 쓰겠습니다. 사부님은 그저 마음 푹 놓고 계십쇼. 국왕은 이제 곧 저희들을 궁전에 불러들여 통관 수속을 마쳐주고 성 밖으로 떠나보낼 것이 분명합니다. 그렇게 되더라도 사부님은 두려워 마시고 천연덕스럽게 그 자리에 계시도록 하세요. 제가 아무도 모르게 은근슬쩍 되돌아와서 사부님을 단단히 보호해드릴 테니까, 걱정하실 것은 하나도 없습니다."

스승과 제자들이 이런저런 궁리를 하고 있으려니, 과연 조정에서 당가관이 의제사 관원들과 함께 일행을 모시러 나타났다.

손행자는 미리 짐작하고 있던 터라, 능청맞게 싱글싱글 웃으면서 그들의 청을 받아들였다.

"갑시다! 가요! 보나마나 우리 세 사람을 먼저 떠나보내고 난 후 사부님만 남아 계시도록 해서 혼례식을 치르자, 이런 말씀일 테지! 안 그렇소?"

저팔계도 한마디 거들고 나선다.

"우리를 떠나보낼 작정이면, 황금 백은을 천백 냥쯤 주어 보내야 할 게요. 그래야만 우리도 돈푼깨나 풀어서 고향에 선물 좀 사가지고 돌아갈 수 있지. 처가댁에 돌아가서 여편네를 다시 만나보고 떵떵거리며 살아야겠어!"

"둘째 형님, 그놈의 주둥아리 좀 다물고 계시오! 돼먹지 않은 소리 그만 지껄이고 큰형님 주장대로만 합시다."

사화상이 곁에서 듣다 못해 핀잔을 주어 입막음을 했다.

이리하여 세 사람은 짐보따리와 말을 끌고 관원들의 뒤를 따라 입궐하여, 마침내 금란전 붉은 계단 아래 이르렀다.

국왕이 그들을 보더니, 손행자 일행 세 사람만 앞으로 가까이 불러들였다.

"그대들의 통관 문첩을 이리 내놓으시오. 짐이 즉시 어보(御寶)를 찍고 서명해서 넘겨줄 것이며 그 밖에 노잣돈을 두둑이 마련해줄 터이니, 그대들 세 분은 일찌감치 영산으로 가서 부처님을 만나뵙도록 하시오. 경을 받아 가지고 돌아오는 길에 다시 들르면, 그때에는 또 후히 사례할 것이오. 부마는 이곳에 남아 있을 터이니, 조금도 염려할 필요는 없소."

손행자는 고맙다고 인사했다. 그리고 사화상을 시켜서 통관 문첩을 꺼내 바쳤다.

국왕은 그것을 펼쳐 읽어본 다음, 옥새를 찍고 손수 화압(花押)을 눌러놓더니, 여기에 또 황금 열 덩어리와 백은 스무 덩어리를 가져다가 곁들여서 함께 내려주었다. 부마의 친척들에게 성의껏 예를 표한 것이다. 저팔계는 본래 여색과 재물에 탐욕스러운 위인이라, 누구보다 먼저 나서서 그것을 냉큼 받아챙겼다.

손행자는 전상을 우러르고 절 한 번 꾸벅했다.

"됐습니다! 됐어요! 시끄럽게 굴어서 죄송합니다!"

손행자가 이내 돌아서서 떠나려 하자, 당나라 스님은 이거 큰일났구나 싶어 허둥지둥 달려오더니, 손행자를 덥석 움켜잡고 뿌드득 소리가 나도록 어금니를 갈아붙이면서 원망했다.

"너 이놈들! 모두 날 모른 척 내버려두고 네놈들만 그냥 떠날 작정이냐?"

손행자는 스승의 손바닥을 지그시 꼬집고 눈을 찡긋해 보이면서, 다른 사람들이 다 알아듣도록 일부러 큰 소리로 작별 인사를 건넸다.

"사부님은 여기서 느긋이 마음 잡수시고 편히 지내기나 하십쇼. 저희들이 경을 받아 가지고 돌아오는 길에 다시 찾아뵙겠습니다."

그러나 당나라 장로님은 믿는 둥 마는 둥, 도무지 갈피를 잡을 수 없어 손을 놓으려 하지 않았다. 이 광경을 지켜보는 여러 관원들이야 정말 사제지간에 작별 인사를 나누는 줄로만 알 수밖에 없다.

국왕은 부마를 다시 전상으로 불러 올리고, 여러 관원들에게 명령을 내렸다.

"부마의 세 분 친척을 성 밖까지 전송해드리도록 하라!"

국왕의 명령이 떨어졌으니, 당나라 장로님도 어쩔 도리가 없는 터라 손행자를 놓아주고 금란전 위로 다시 올라갔다.

이윽고 손행자 일행 세 사람은 여러 관원들의 배웅을 받으면서 궁궐 문을 나섰다. 전송객들과 작별 인사를 나누고 돌아섰을 때, 저팔계가 그를 붙잡고 물었다.

"형님, 우리 정말 이렇게 떠나는 거요?"

손행자는 아무 대꾸도 없이 그저 걸음만 부지런히 옮겨 회동관역으로 돌아왔다. 역관에 도착하자, 기다리고 있던 역승이 맞아들이더니 차와 음식상을 차려냈다.

그제야 손행자는 저팔계와 사화상을 보고 이렇게 말했다.

"자네 둘이서는 잠자코 여기서 기다리게. 절대로 바깥에 얼굴을 내밀면 안 되네. 역승이 무슨 일이냐고 묻거든 어물어물 적당히 대답해두고, 또 나한테는 아무 말도 건네지 말게. 이제 나 혼자서 사부님을 보호해드리러 가겠네."

앙큼스런 제천대성은 그 자리에서 솜털 한 가닥을 뽑더니 숨결 한 모금 불어넣고 외마디 소리로 외쳤다.

"변해라!"

솜털은 눈 깜짝할 사이에 손행자의 모습으로 바뀌어 저팔계, 사화상과 함께 역관에 남아 있게 되고, 자신은 허공으로 뛰어오르더니 어느새 꿀벌 한 마리로 둔갑했다. 그야말로 앙증맞은 생김새, 누가 보아도 영락없는 진짜 꿀벌 한 마리였다.

노란 날개에 입은 달지만 꼬리의 독침은 날카로워, 바람결 따라 오락가락 날아다니며 미친 듯이 춤춘다.

꽃술 따고 향기 훔치는 재주 가장 뛰어나고, 버드나무 가지 사이로 넘나들며 꽃가지 뚫고 다니며 흔들어붙이고 휘저어놓는다.

몇 차례나 애를 써서 꽃가루 뭉쳐 두 다리에 붙이고, 날아오고 날아가며 홀로 공연히 바쁜 체한다.

걸쭉하게 빚은 꿀이 아무리 맛좋기로서니 어찌 저 혼자 맛볼 수 있으랴, 그저 제 이름자만 남겨놓으면 그만이라네.

꿀벌로 변신한 그는 가볍게 날아서 궁중으로 들어갔다. 금란전 위를 바라보니, 당나라 스님은 국왕의 왼편 자리에 앉아 있는데, 푹신푹신하게 수놓은 방석을 깔고 앉았으면서도 잔뜩 찌푸린 이맛살을 펴지 못하고 계신 것으로 보아, 몹시 조바심을 내고 있는 것이 분명했다.

꿀벌은 곧장 날아가서 스승의 비로모 위에 내려앉은 후, 살금살금 귓전으로 기어가 속삭였다.

"사부님, 제가 왔으니까 조금도 걱정하지 마십쇼."

이 한마디는 오로지 당나라 스님에게만 들렸을 뿐, 범속한 인간들은 꿈에도 눈치챌 생각을 말아야 했다. 당나라 스님은 제자의 목소리를 알아듣고 그제야 조바심이 풀렸다.

얼마 안 있어, 내궁의 환관이 들어와 국왕에게 아뢰었다.

"만세 폐하, 경사스러운 합근의 잔치 자리가 이미 지작궁(鳷鵲宮) 안에 마련되어 있나이다. 정궁 마마와 공주님도 모두 궁중에서 기다리고 계시오니, 만세 폐하께서는 귀하신 부마 어른과 함께 납시어 공주님과 첫 대면 의식을 거행하소서."

만반의 준비가 갖추어졌다 하니, 국왕은 기쁨을 이기지 못하고 싱글벙글 웃으면서 당장 부마와 함께 지작궁으로 건너갔다.

이야말로 "어리석은 군주가 꽃을 사랑하니 꽃은 화근을 불러일으키고, 선심(禪心)에 상념이 꿈틀거리니 상념은 근심 걱정을 자아낸다"는 격이다.

과연 당나라 스님은 지작궁 혼례식 자리에서 어떻게 빠져나올 것인지, 다음 회에서 풀어보기로 하자.

제95회 거짓 몸으로 참된 형체와 합치려다 옥토끼는 사로잡히고, 진음(眞陰)은 바른길로 돌아가 영원(靈元)과 다시 만나다

당나라 스님은 근심 걱정에 싸인 채 국왕을 따라서 후궁으로 들어갔다. 벌써부터 북소리와 풍악 울리는 소리가 하늘을 진동하고, 이상야릇한 향내가 코를 찌르는 바람에, 그는 고개를 푹 수그리고만 있을 뿐, 감히 눈을 들어 우러러볼 엄두조차 내지 못하였다.

손행자는 스승의 이런 몸가짐에 속으로 흐뭇한 느낌을 받으면서 여전히 비로모에 찰싹 달라붙어 있었다. 신광(神光)을 써서 불덩어리 같은 눈, 황금빛 눈동자를 딱 부릅떠 바라보니, 좌우 양편에 채녀들이 두 줄로 늘어섰는데 하나같이 눈부시게 찬란한 옷차림을 하고 짙은 화장으로 꾸민 꽃 같은 미녀들의 대오가, 예궁 선부(蕊宮仙府)의 비단 장막이 봄바람에 나부끼는 것보다 더 아름답고 황홀했다.

하늘하늘 간드러진 몸매에 어여쁜 모습, 옥같이 고운 바탕, 얼음 같은 살결.
쌍쌍이 교태를 부리니 초나라 미녀를 업신여길 만하고,
아리따운 자태로 짝지어 늘어서니 월나라 서시와 겨룰 만하다.
구름 같은 머리타래를 높이 땋아올리니 채봉이 날아오르는 듯하고,
고운 눈썹을 가느다랗게 드러내니 먼 산도 나지막해 보인다.

생황 부는 소리 청아하게 울리고,
퉁소 불고 북 치는 소리 빈번하게 들린다.
궁(宮), 상(商), 각(角), 치(徵), 우(羽) 다섯 음조,
억양이 고르고 높낮이도 가지런하다.
청아한 노랫가락에 절묘한 춤사위가 한결같이 사랑스럽고,
겹겹으로 둘러친 비단 장막에 꽃으로 꾸민 연회석,
가지가지 빛깔도 눈요기로 즐길 만하다.

손행자는 스승이 이런 광경을 보고도 전혀 마음이 내키지 않는 것을 보자, 속으로 혀를 내두르며 찬탄해 마지않았다.

"훌륭한 스님이다! 참으로 훌륭한 스님이야! '몸은 비단폭에 싸여 있으면서도 여색을 사랑하는 마음이 없고(身居錦繡心無愛), 두 발은 옥구슬 위를 걷고 있으면서도 의지는 미혹되지 않는다(足步瓊瑤意不迷)' 하더니, 과연 그 말씀대로구나……."

얼마 안 있어 왕후 비빈들이 공주를 둘러싸고 지작궁으로 나오더니, 어가를 맞아들이면서 일제히 소리 맞춰 문안 인사를 드렸다.

"우리 국왕 폐하 만세! 만만세!"

뭇 여인들을 보고 당황한 것은 역시 당나라 장로님, 그는 내외할 곳을 찾지 못하고 전전긍긍, 손발과 눈길을 어디다 두어야 좋을지 모른 채 허둥거렸다.

이때, 손행자는 공주의 머리 위에 한 가닥 요사스런 기운이 감돌고 있음을 알아차렸다. 비록 흉악하기 짝이 없는 것은 아니었으되, 요기(妖氣)는 분명 요기였다. 그는 부리나케 스승의 귓전으로 기어올라가 속삭였다.

"사부님, 공주는 가짜입니다."

장로님도 귓속말로 묻는다.

"가짜라면, 어떻게 해서 그 정체를 드러내게 할 것이냐?"

"제가 당장 법신(法身)을 드러내 가지고 저것을 잡아 끓이면 그만이죠!"

"안 된다, 안 돼! 그렇게 하면 국왕을 놀라게 만들 것이니, 조금 있다가 임금과 왕후들이 자리를 뜨거든, 그때 가서 법력을 쓰도록 해라."

그러나 평생토록 성질이 조급한 손행자가 그런 소리를 받아들일 턱이 어디 있으랴. 그는 스승의 말끝이 미처 다 떨어지기도 전에 벌써 대갈일성으로 호통을 치면서 본래의 모습을 드러내더니, 득달같이 앞으로 달려들어 공주를 움켜잡았다.

"요 못된 짐승아! 가짜 년이 여기서 농간을 부려 진짜 공주 행세를 하다니! 그만큼 호사스럽게 살면서 공주 대접을 받았으면 흡족한 줄 알 것이지, 그래도 무엇이 또 부족해서 우리 사부님을 속이고 그분의 원양진기마저 깨뜨려 네년의 음탕한 욕심을 채우려 드는 게냐!"

느닷없는 호통 소리에, 국왕은 기절초풍을 하다 못해 두 눈만 휘둥그렇게 뜬 채 어안이 벙벙해지고, 왕후 비빈들은 엎어지고 자빠지고 땅바닥을 엉금엉금 기어다니는가 하면, 궁녀와 채녀들은 너나 할 것 없이 동쪽으로 피하고 서쪽으로 숨으며 제 한목숨 보전하느라 야단법석이 났다. 경사스런 공주마마의 혼례식장이 순식간에 아수라장으로 변하고 말았으니, 그야말로 가관이었다.

심술궂은 봄바람 호호탕탕 불어닥치고, 서리 찬 가을 기운 세차게 몰아친다.

봄바람 호호탕탕 동산 숲에 불어닥치니, 천 가지 꽃나무 어지러이 요동치고,

서리 찬 가을 기운 제왕의 정원 오솔길에 세차게 몰아치니, 만 가지 잎사귀가 나부껴 떨어진다.

바람에 휩쓸린 모란꽃 꺾여 울 밑에 기울고, 작약꽃은 난간 곁에 나자빠져 고개 누였다.

연못가 부용꽃은 제멋대로 흔들리고, 집터에 국화 꽃술은 땅바닥에 깔리다 못해 무더기를 이루었다.

해당화는 맥없이 티끌 먼지 속에 쓰러지고, 장미꽃은 향기를 품은 채 들판에 잠든다.

봄바람 불어닥치니 새발마름, 연꽃, 아가위꽃 무참히 꺾이고, 한겨울철 눈보라는 매화나무 여린 꽃술 짓눌러 찌부러뜨린다.

석류꽃 잎사귀는 내원 동서쪽으로 어지러이 흩날려 떨어지고, 언덕의 버드나무 가지는 황궁 남북으로 비스듬히 늘어졌다.

심술궂은 꽃바람, 꽃비가 하루 저녁을 미친 듯이 불어닥친 뒤, 무수한 나머지 붉은 꽃잎들만 비단처럼 땅바닥에 깔렸다.

삼장 법사는 얼이 빠져 손발을 허둥거리면서 부들부들 떨고 있는 국왕을 부둥켜안은 채 그저 같은 소리만 계속 외쳐댔다.

"폐하! 두려워 마십시오! 폐하! 저것은 소승의 제자 녀석이 법력을 써서 진짜 공주인지 가짜 공주인지 알아내려고 하는 짓이니, 부디 겁내지 마십쇼!"

한편 공주로 변신해 있던 요괴는 사태가 재미없게 돌아가는 것을 보자, 움켜잡힌 손을 홱 뿌리치더니 성장한 옷가지를 몽땅 훌훌 벗어던지고, 머리장식이며 비녀, 팔찌, 목걸이, 귀고리 따위 노리개와 장식품을 모조리 뽑아 내동댕이치면서, 어화원 한 귀퉁이 토지신을 모셔놓은 사당 안으로 뛰어들었다. 그리고 잠깐 사이에 방아 대가리같이 생긴 자루 짧은 몽치를 꺼내들고 다시 뛰쳐나오더니, 돌아서서 손행자를 닥치는 대로 후려갈겼다. 뒤쫓아온 손행자도 철봉을 휘둘러 정면으로 맞받아쳤다. 둘이서는 씨근벌떡 고래고래 악을 써가며 어화원 한복판에서 맞붙어 싸우더니, 나중에는 제각기 신통력을 크게 발휘하여 저마다 안개구름을 일으켜 타고 허공으로 치솟아 올라 무섭게 싸우기 시작했다.

인간 세계 사람들에게는 그야말로 평생을 두고 처음 보는 공중전이었다.

금고 철봉은 그 나름대로 명성 떨치지만, 방아 대가리같이 자루 짧은 몽치는 알아보는 이가 없다.

한쪽은 부처님의 진경을 받으러 이 고장에 왔으며, 다른 한쪽은 기이한 화초를 좋아한 탓으로 이 나라 궁중에 얼씬거렸다.

저 괴물은 당나라 성승을 오래전부터 알아보고, 원정액(元精液)을 빼앗아 제 몸에 배합하려 마음먹었다.

지난해 진짜 공주는 잡아다가 던져버리고, 사람의 몸으로 변신하여 사랑과 귀여움을 아낌없이 받았다.

오늘에야 제천대성과 마주쳤으니 요사스런 기운을 알아차리고, 스승을 구원하여 그 목숨 살리고 허위와 진실을 가려내기에 이르렀다.

자루 짧은 곤봉이 흉악스럽게도 손대성의 정수리를 박살내려 드니, 여의금고 철봉은 위력을 베풀어 정면으로 맞아친다.

쌍방이 왁자지껄 떠들썩하게 아우성치며 맞서 겨루니, 안개구름이 온 하늘에 가득 차서 한낮의 햇볕마저 가로막는다.

중천에서 그들 둘이 대판 싸움을 벌이고 있으니, 그 바람에 온 도성 안의 백성들이 놀랍고 불안하여 웅성거리고, 조정의 문무백관들마저 모조리 겁을 집어먹고 간담이 써늘해 움츠러들었다.

당나라 장로님은 여전히 국왕을 부여잡은 채 똑같은 소리만 되풀이했다.

"폐하, 놀라지 마십시오! 왕후마마와 여러분에게 겁내지 말라고 권해주십쇼! 폐하의 공주는 진짜인 체하지만 틀림없는 가짜입니다. 소승의 제자가 저것을 잡아 끓리고 나면 비로소 시비도 분명히 가려질 것입니다."

이때 비빈들 중에서 배짱이 제법 두둑한 여자 하나가 땅바닥에 흩어진 옷가지하며 비녀, 팔찌, 귀고리, 목걸이 따위 장식물을 집어들고 왕후에게 보이면서 이렇게 아뢰었다.

"마마, 이것들은 공주께서 입고 계시던 옷과 머리장식, 노리개입니다. 그런데 이제 이걸 다 벗어던지고 벌거벗은 알몸뚱이로 저 스님과 하늘 위에서 싸우는 걸 보니, 분명 인간이 아니라 요괴가 틀림없는 모양입니다."

이때가 되어서야 국왕과 왕후 비빈들도 겨우 정신을 가다듬고 하늘을 바라보며 싸움의 결과를 조마조마하게 지켜본 것은 더 말할 나위도 없다.

한편 그 요정은 손행자를 상대로 반나절이 되도록 맞서 싸웠으나 좀처럼 승부가 나지 않았다. 약이 오를 대로 오른 손행자는 조급한 성미를 견디지 못하고 손에 들고 있던 철봉을 내던지며 버럭 호통을 쳤다.

"에잇, 변해라!"

주문을 외우자, 여의금고 철봉은 삽시간에 한 자루가 열 자루로 늘어나고 열 자루가 다시 1백 자루, 1백 자루가 또 1천 자루로 늘어나더니, 반공중에서 마치 뱀이나 이무기처럼 마구 날뛰면서 요괴의 전신을 위아래 앞뒤 좌우 가릴 것 없이 닥치는 대로 후려갈겼다.

사태가 급작스레 바뀌자, 요괴는 당황한 나머지 손발을 어떻게 써서 막아야 할지 모른 채 허둥거리다가 한줄기 맑은 바람으로 변하여 까마득히 높은 창공으로 도망치고 말았다.

손행자는 주문을 한마디 외워 우선 철봉을 다시 한 자루로 만들어 거둬들인 다음, 상광을 날려 곧바로 요괴의 뒤를 쫓기 시작했다.

이윽고 서천문이 가까워졌다. 눈부시게 펄럭이는 천궁의 깃발이 내다보이자, 그는 버럭 고함쳐 알렸다.

"여보게! 문지기 천신들! 그리로 요괴 한 마리가 도망치니 앞길을 가로막아주게! 절대로 놓쳐선 안 되네!"

과연 서천문 위에는 호국천왕(護國天王)이 방(龐) · 류(劉) · 구(苟) · 필(畢), 사대 원수 별자리들을 거느린 채 당직을 서고 있었는데, 이들은 제천대성 손오공의 목소리를 알아듣고 재빨리 병기를 꺼내 휘두르며 늘어서서 앞길을 가로막았다.

앞으로 나갈 길이 막히자, 요괴는 급히 돌아서서 또다시 자루 짧은 곤봉으로 손행자와 맞서기 시작했다.

제천대성이 철봉을 휘둘러 마주쳐 나가면서 자세히 살펴보니, 곤봉의 형태가 한쪽 끄트머리는 뭉툭하고 다른 한쪽 끝은 가느다란 것이 아무리 보아도 절굿공이처럼 생겼다. 그는 대갈일성으로 질타하며 물었다.

"이 못된 짐승아! 네년이 들고 있는 것이 무슨 연장이기에 간덩어리도 크게 이 손선생과 맞서는 게냐? 이 철봉으로 네년의 머리통을 박살내기 전에 어서 빨리 항복해라!"

그러자 요괴는 이를 악물고 바락바락 악을 썼다.

"내 이 연장이 무엇인지도 모르고 대들다니! 그럼 얘기해줄 테니까 들어봐라!"

선근(仙根)은 한 토막 양지옥(羊脂玉)이니, 몇 해를 갈고 닦고 가다듬어서 형체를 이루었는지 그 세월 헤아릴 길이 없다.

천지가 개벽하여 혼돈이 처음 열렸을 때 이미 내 손에 들어왔고, 홍몽(鴻濛)이 분간되는 곳에 내가 앞장섰다.

원류를 캐자면 범속한 세상의 물건이 아니니, 그 본성은 태어날 때부터 하늘 위에 있었다.

몸통의 금빛 광채는 사상(四相)과 배합되었으며, 오행의 상서로운 기운은 삼원(三元)[1]에 부합되었다.

나를 따라 오랜 세월 두꺼비 사는 궁궐〔蟾宮, 월궁〕에 머물고, 내 반려자가 되어 계수나무 궁전 변두리에 거처하였다.

꽃을 사랑한 탓으로 이 세상에 내려왔으며, 그래서 천축국 임금의 어여쁜 공주를 가장했었다.

임금과 같이 즐겁게 지냈음은 다른 데 뜻이 있는 게 아니요, 당나라 스님의 배필이 되어 숙연(宿緣)을 이루고자 했기 때문이다.

그런데 어찌하여 네놈은 양심을 어겨 남의 좋은 혼사 깨뜨려놓

---

1 사상·삼원: '사상(四相)'에 대하여는 제94회 주 **2** 참조. '삼원(三元)'은 도교의 개념으로, 하늘〔天〕·땅〔地〕·물〔水〕의 세 원기(元氣)를 가리킨다. 『운급칠첨(雲笈七籤)』 제56권에 따르면, "혼돈이 나뉜 후에 하늘과 대지와 물의 삼원지기(三元之氣)가 있어, 인륜(人倫)을 생성하고 만물을 자라게 하였다" 하였으며, 또 일(日)·월(月)·성(星) 세 빛의 원천을 가리키거나, 『주역참동계(周易參同契)』 하권의 '정신을 함양시키는 통덕 삼원(通德三元)'으로서 상전(上田)·중전(中田)·하전(下田)을 지칭하기도 하고, 『오진편(悟眞篇)』 상권에서는 다시 인체의 원정(元精)·원기(元氣)·원신(元神)을 가리키기도 하였다. 중국인 특유의 '3교 합일(三敎合一)'의 생활 관념에 따라, 불교와 도교의 용어가 혼합되어 쓰이고 있다.

고, 한사코 뒤쫓아와서 흉악하게 싸움을 건단 말이냐!

　이 병기는 그 명성이 엄청나게 크니, 네놈의 금고봉보다 훨씬 앞선다.

　광한궁(廣寒宮) 안에서 약을 찧는 절굿공이로, 사람을 후려쳤다 하는 날이면 그 목숨 황천으로 돌아가고 말 것이다!"

손행자가 이 말을 듣더니 껄껄대고 비웃는다.

"하하하! 요런 맹랑한 짐승 봤나! 네년이 월궁에 살았다면서 이 손선생의 솜씨도 못 들어봤단 말이냐? 그러고도 감히 내 앞에서 이러쿵저러쿵 주절거리다니! 가당치 않은 소리 작작 늘어놓고 어서 빨리 정체를 드러내어 항복이나 하거라! 그렇게 한다면 네년의 목숨 하나만은 용서해주마!"

요괴도 지지 않고 이죽이죽 악을 올린다.

"흥! 내가 네놈을 모른다고? 네놈은 오백 년 전에 천궁을 크게 뒤엎어놓은 필마온인 줄 다 알고 있다. 사리를 따지자면 네놈에게 양보해야 되겠다만, 남의 다 된 혼사를 깨뜨려놓았으니 부모를 죽인 원수나 다름없는데 내 어찌 그냥 넘어갈 수 있겠느냐? 하늘을 업신여기고 옥황상제께 대들며 날뛰는 네놈 필마온을 내가 기어코 때려뉘고야 말 테다!"

제천대성 손오공의 약을 올리려면 '필마온'이란 석 자보다 더 지독한 욕설이 없을 터, 과연 그는 이 소리를 듣기가 무섭게 속에서 울화통이 머리끝까지 치밀어 올라, 어금니를 뿌드득 갈아붙이면서 철봉을 번쩍 치켜들더니 혼신의 기력을 다 끌어올려 가지고 요괴의 면상을 후려갈겼다. 그러나 요괴도 밀리는 기색 하나 없이 절굿공이를 사납게 휘두르며 마주쳐 나왔다.

이리하여 서천문 앞에서 독이 오를 대로 오른 쌍방이 또 한바탕 격전을 벌이기 시작했다.

여의금고 철봉과 월궁에서 약을 찧던 절굿공이, 두 가지 모두 신령스런 병기이니 진정으로 한번 겨루어볼 만하다.
저편은 혼인을 맺기 위해 인간 세상에 내려오고, 이편은 당나라 스님을 보호하고자 이곳까지 왔다.
애당초 이 나라 국왕은 주책이 없어 꽃을 너무 사랑한 나머지 요괴를 끌어들여 기쁘게 해주었다.
결국은 오늘날 이처럼 원한 품고 악전고투를 벌이게 만들었으니, 쌍방이 모두 함께 독한 마음 일으켰다.
하나는 들이치고 하나는 들이받고 승부를 겨루는 가운데, 남의 속을 콕콕 찌르는 얄미운 말투로 욕지거리를 퍼부어가며 입심으로 다툰다.
약을 찧는 절굿공이 쓰는 영웅이 세상에 드물다지만, 철봉의 신통한 위력은 갈수록 사나워진다.
금빛이 번쩍번쩍 천궁의 대문을 어지러이 비추고, 휘황찬란한 채색 안개는 땅속까지 뻗쳐 들어간다.
일진일퇴 치고받고 싸우기를 십여 차례, 연약한 요괴는 힘이 다하여 감당하기 어렵게 되었다.

요괴는 손행자를 상대로 다시 10여 합을 더 싸웠으나, 손행자의 철봉 기세가 시간이 갈수록 점점 더 매서워지는 것을 보자 이겨내기 어렵다는 사실을 깨닫고 허세로 절굿공이를 한차례 번뜩 휘두르더니, 상대방이 멈칫하는 틈에 훌쩍 몸을 뒤채어 천만 가닥이나 되는 금빛 광채 속에 파묻힌 채 곧바로 정남쪽을 향해 달아나기 시작했다.

그 뒤를 쫓아서 손대성의 추격이 시작되었다. 그러나 어느 이름 모를 커다란 산 앞에 다다르자, 요괴는 금빛 광채를 거둬들이더니 산중턱 동굴 속으로 들어가 순식간에 그림자조차 보이지 않았다.

손행자는 요괴가 슬그머니 길을 돌아서 천축국으로 되돌아가 남몰래 당나라 스님을 해치지나 않을까 걱정스러운 나머지, 일단 그 산세와 지형을 눈여겨 보아두고 나서 구름의 방향을 바꾸어 천축국 도성으로 돌아왔다.

때는 어느덧 신시(申時, 16시) 무렵, 이 나라 국왕은 바야흐로 삼장 법사를 부여잡고 와들와들 떨면서 안타까운 목소리로 애걸하고 있었다.

"성승! 날 좀 구해주시오!"

여러 비빈들과 왕후 역시 어쩔 바를 모르고 있을 뿐이었는데, 이때 손대성이 구름 끄트머리에서 툭 떨어져 내려오며 큰 소리로 스승을 외쳐 불렀다.

"사부님, 제가 돌아왔습니다!"

삼장 법사는 얼른 제자에게 당부했다.

"오공아, 거기 서 있거라! 폐하를 놀라게 해드리면 안 된다. 그래, 가짜 공주를 쫓아간 일은 어떻게 되었느냐?"

손행자는 스승의 분부대로 지작궁 밖에 우뚝 선 채 앞가슴에 양팔을 엇갈리게 겹치고 그동안의 경위를 자초지종 말씀드렸다.

"가짜 공주는 역시 요괴였습니다. 처음에는 그 요괴와 반나절 동안 싸웠으나, 그것이 저를 이기지 못하니까 맑은 바람으로 둔갑하여 곧장 서천문 위로 달아났습니다. 제가 천신들에게 호통쳐 그 앞길을 가로막았더니, 마침내 본색을 드러내고 다시 저와 십여 합을 더 싸운 끝에 또 한번 금빛 광채로 화해서 정남쪽에 있는 어느 산중턱으로 도망치지 않겠습니까. 저도 급히 뒤쫓아 그 산중턱에 이르렀으나, 어디로 쑤시고 들어가 처박혔는지 찾을 데가 없었습니다. 저는 그 요괴가 또다시 이리로 와서 사부님을 해치지나 않을까 싶어, 일단 돌아와본 것입니다."

국왕이 그 말을 듣더니, 당나라 스님의 옷자락을 부여잡으며 매달렸다.

"가짜 공주가 요괴라면, 내 진짜 공주는 어디 있소?"

손행자가 스승을 대신하여 간단히 아뢰었다.

"조금만 더 기다리십쇼. 제가 그 가짜 년을 잡는 날이면, 폐하의 진짜 공주님은 저절로 나타나시게 될 테니까요."

왕후와 비빈들은 이 말을 듣고서야 겨우 공포심이 풀려, 하나같이 그 앞에 나서서 큰절 하며 부탁했다.

"성승께 바라오니, 부디 우리 공주를 구해오셔서 흑백을 가려주십시오. 그때에는 반드시 두텁게 사례하오리다!"

"이곳은 우리가 얘기할 곳이 아닙니다. 폐하께서는 저희 사부님과 함께 이 궁을 나가셔서 금란전에 오르시고, 여러 마마들도 각자 내궁으로 돌아가십시오. 그리고 저희 사제 저팔계와 사화상을 불러들여 사부님을 보호하도록 해주십시오. 저는 이 길로 다시 요괴를 잡으러 떠나야겠습니다. 이렇게 하면 남녀지간의 내외도 가리고, 제 걱정거리도 덜게 될 것입니다. 제가 이 일로 해서 얼마나 애를 쓰고 있는지 보여드리기 위해서라도, 기어코 이 사건의 진상을 밝혀내고야 말겠습니다."

국왕은 고마워하면서 그 말에 따르기로 했다. 그는 당나라 스님과 손을 맞잡고 지작궁을 떠나 금란전에 올랐다. 여러 왕후 비빈들도 제각기 내궁으로 돌아갔다. 국왕은 신하들에게 분부하여 소찬으로 음식상을 마련하게 하는 한편, 회동관역으로 사람을 달려보내 저팔계와 사화상을 불러들였다.

두 사람은 경각을 지체하지 않고 부리나케 달려왔다. 손행자는 앞서 일어났던 일을 아우들에게 낱낱이 말해준 다음, 그들더러 정신 바짝 차리고 사부님을 보호하도록 신신당부해두었다. 그러고 나서야 근두운을 일으켜 공중으로 날아 올라갔다. 금란전 앞에 늘어섰던 여러 관원들이 너나 할 것 없이 공경하는 마음으로 하늘을 우러러 예배를 올린 것은 더 말할 나위가 없다.

정남 방향으로 곧장 날아간 손대성은 앞서 눈여겨 보아두었던 산속을 샅샅이 뒤지며 요괴의 행방을 찾기 시작했다. 그러나 요괴는 싸움에 패하고 이 산으로 도망쳐온 직후 제 소굴에 틀어박힌 채, 겁을 집어먹은 나머지 문짝마저 바윗돌로 단단히 막아놓고, 바깥에는 얼씬도 하지 않았다.

아무리 찾아 헤매도 요괴의 동정이 보이지 않는 터라, 손행자의 마음은 초조하고 약이 올라 견딜 수가 없었다. 생각다 못한 그는 이 산중의 토지신과 산신령을 불러내어 문초하기로 작정하고, 즉시 인결을 맺고 진언을 외워 두 신령을 끌어냈다.

얼마 안 되어 두 신령이 허겁지겁 나타나더니 머리를 조아리고 사죄했다.

"대성 어르신, 용서해주십쇼! 이렇게 왕림하신 줄 전혀 모르고 있었습니다! 정말 몰랐습니다! 소신들이 알았다면 당연히 멀리까지 나가서 영접해드렸을 겁니다. 미처 모르고 이렇듯 뒤늦게 문안드리는 소신들의 죄를 제발 용서해주십시오!"

"자네들을 때리지는 않겠어. 한 가지 물어볼 것이 있는데, 이 산의 이름은 뭔가? 또 여기에 요괴나 정령들이 얼마나 살고 있는가? 사실대로 얘기하면 자네들의 죄를 용서해줌세."

으름장 섞어 묻는 말에, 토지신과 산신령은 와들와들 떨면서 이실

직고를 했다.

"대성 어르신, 이 산은 모영산(毛穎山)이라고 부릅니다. 산중에는 토끼 굴이 세 군데 있을 뿐, 오랜 옛날부터 지금까지 요정이라고 부를 만한 것은 하나도 없었습니다. 여기는 오환복지(五環福地)로 이름난 곳이지요. 대성 어르신께서 요괴 정령을 찾으신다면, 아무래도 서천 가는 노상에서나 찾으실 수 있을 겁니다."

"이 손선생께서 서천 땅 천축국에 당도했더니, 때마침 이 나라 임금의 공주가 요괴한테 납치되었지 뭔가. 그 요괴는 공주를 황량한 들판에 내동댕이쳐놓고, 제가 공주의 모습으로 둔갑해서 국왕을 감쪽같이 속이고 채색 누각을 지어놓게 한 다음, 그 위에서 비단 공을 던져 부마를 맞아들이려고 했네.

내가 당나라 스님을 모시고 그 채색 누각 아래 이르렀더니, 이 앙큼스런 요괴 년이 그분에게 눈독을 들이고 비단 공으로 때려 맞혀서 배우자로 삼고 살살 유혹해서 그분의 원양진기를 빼앗으려 했네. 그걸 내가 꿰뚫어보고 궁중에서 본색을 드러내게 만들어 붙잡으려 했더니, 요 괘씸한 것이 옷을 훌훌 벗어던지고 머리장식이며 패물, 노리개 따위마저 모조리 팽개친 뒤에 '도약저(搗藥杵)'라고 부르는 짤막한 곤봉 한 자루를 꺼내 가지고 뛰쳐나와서 이 손선생과 반나절 동안 싸우다가, 끝내 나를 당해내지 못하니까 맑은 바람으로 변하여 도망치고 말았네.

그 요괴 년은 이 손선생에게 쫓겨 서천문까지 달아난 끝에 또다시 십여 합을 싸웠지만, 역시 나를 이겨낼 수 없다는 것을 깨닫고 금빛 광채로 화하여 이곳으로 도망쳐왔는데, 어째서 보이지 않는지 모르겠군. 자네들은 혹시 알고 있나?"

두 신령은 이 말을 다 듣고 나더니, 손행자를 데리고 토끼 굴 세 군데를 하나씩 뒤져가며 요괴의 행방을 찾기 시작했다. 처음에는 산기슭

아래 있는 굴 변두리를 뒤져보았더니, 역시 산토끼 두세 마리가 웅크리고 있다가 놀라서 달아날 뿐이었다. 그러나 산꼭대기 정상에 있는 토끼 굴을 뒤져보았을 때, 커다란 바윗돌 두 덩어리가 출입구를 단단히 막아 놓고 있는 것을 발견했다.

토지신이 굴을 가리키며 말했다.

"여기가 요괴의 소굴임이 분명합니다. 어서 뚫고 들어가십쇼."

손행자는 즉시 철봉을 휘둘러 바윗돌을 단번에 밀어붙였다. 아니나 다를까, 굴속에 웅크려 있던 요괴는 휙! 하는 소리와 함께 후닥닥 뛰쳐나오더니, 약 찧는 절굿공이를 번쩍 치켜들고 사납게 덤벼들었다. 손행자도 철봉을 수레바퀴 돌리듯 휘둘러가며 절굿공이의 공세를 막아냈다. 그 바람에 기절초풍하도록 놀란 나머지, 산신령은 허겁지겁 뒷걸음질쳐 물러나고, 토지신은 재수 없이 얻어맞을까 봐 머리통을 감싸안은 채 무작정 뛰어 달아났다.

요괴가 입속으로 투덜대며 산신령과 토지신에게 욕설을 퍼붓는다.

"이런 고약한 것들! 누가 너희들더러 저놈을 여기까지 데려와 날 찾아내라고 했느냐!"

안간힘을 다 써서 철봉의 공세 앞에 억지로 버티던 요괴는 한편으로 싸워가며 슬금슬금 뒤로 물러나더니, 마침내 공중으로 도망쳐 올라갔다.

바야흐로 위급한 상황이 절정에 다다랐을 때, 날이 또 저물었다. 독이 오를 대로 오른 손행자는 이 약아빠진 요괴를 단매에 때려잡지 못하는 자신이 원망스러운 터라, 어떻게 해서든 뒤따라 잡으려고 이를 갈아붙이면서 악착같이 추격했다.

이때였다. 까마득히 높은 구소(九霄) 하늘 위에서 누군가 외쳐 손행자를 부르는 소리가 들려왔다.

"대성! 잠깐 멈추시오! 그 몽둥이에 조금만 사정을 봐주시오!"

손행자가 후딱 고개 돌려 쳐다보니, 자기를 부른 이는 다른 이가 아니라 월부(月府)의 주인 소요태음성군(素曜太陰星君), 등 뒤에 항아 선녀들을 이끌고 오색찬란한 채운을 낮추어 면전에 내려앉는 것이 아닌가.

당황한 손행자는 부랴부랴 철봉을 거둬들이면서 허리 굽혀 공손히 문안 인사를 올렸다.

"태음성군 영감, 어딜 가시는 길이오? 이 손선생이 미처 길을 비켜드리지 못해 죄송하게 되었소."

태음성군이 간곡한 말씨로 부탁을 했다.

"대성과 맞서 싸우던 요괴는 사실 내 광한궁에서 현상선약(玄霜仙藥)을 절구에 찧던 옥토끼였소. 그놈이 제멋대로 옥관(玉關)의 황금 자물쇠를 남모르게 열고 월궁 바깥으로 빠져나온 지 벌써 일 년이나 되었소. 내가 손꼽아 따져보니, 저놈의 운수가 오늘 이 자리에서 목숨을 잃어버릴 재앙이 닥쳐온 터라, 내 저놈의 목숨을 구해주고자 일부러 여기까지 달려왔으니, 대성께서는 이 늙은이의 낯을 보아서라도 부디 저놈의 목숨 하나만은 살려주시기 바라오."

손행자는 시큰둥하게 두서너 번 고개를 끄덕끄덕하더니, 나중에 가서는 절레절레 도리질을 했다.

"원 천만에! 별말씀을 다하시는구려! 어쩐지 저것이 약 찧는 절굿공이를 곧잘 쓴다 했더니, 원래 월궁의 옥토끼였군! 그러나 태음성군 영감은 저것이 천축국 임금의 공주를 붙잡아다 감춰놓고 자신이 가짜 공주로 둔갑해서 우리 사부님의 원양진기를 깨뜨리려고 한 짓은 모르실 게요. 그 죄상이 명백하게 사실로 드러난 이 마당에, 내 어찌 눈감아줄 것이며 가벼이 용서해줄 수 있단 말이오?"

"그것 역시 대성께서 모르고 하는 말씀이외다. 이 나라 국왕의 공주도 사실은 범속한 인간이 아니라, 원래 섬궁(蟾宮)에서 일하던 궁녀 소아(素娥)였소. 십팔 년 전에 소아가 옥토끼를 손바닥으로 한 번 때린 일이 있었는데, 그 업보 탓에 당장 속세를 그리워하여 하계로 내려가고 말았소. 소아는 신령스러운 빛줄기로 화하여 천축국 임금의 정궁인 왕후마마의 뱃속으로 들어가 잉태되어 그해에 탄생하게 되었던 거요.

옥토끼란 놈은 소아에게 따귀를 한 대 얻어맞은 것이 분하고 원통해서, 그 앙갚음으로 작년에 섬궁을 몰래 빠져나와 소아를 납치하여 황량한 들판에 내동댕이쳤소. 하지만 제 분수에 넘치게 당나라 스님까지 유혹해서 배필로 삼으려 했으니, 그 죄 하나만큼은 실로 면할 수 없소. 천만다행히도 대성께서 주의를 기울여 진짜와 가짜를 간파했기 때문에 그대의 사부님이 원양(元陽)을 다치지 않게 되었으니, 경위야 어쨌거나 내 체면을 보아서 저놈의 죄는 용서해주시구려. 그렇게 해주신다면 내 저놈을 곧 수습해서 데려가리다."

손행자는 너그럽게 웃으면서 이 청을 선선히 받아들였다.

"그런 인과 관계가 있다니, 이 손선생도 더는 억지 떼를 쓰지 못하겠구려. 그러나 태음성군 영감께서 옥토끼를 이대로 데려간다면, 이 나라 국왕이 모든 사실을 믿으려 하지 않을까 걱정스럽소. 그러니 번거로우시더라도 태음성군 영감께서 월궁의 항아 선녀 자매님들과 함께 옥토끼를 데리고 조정에 가셔서 국왕 앞에 증명해주시면 고맙겠소. 그럼 이 손선생의 솜씨도 드러내 보일 수 있으려니와, 또 소아가 이 세상에 태어나게 된 연유도 알릴 수 있을 것이고, 또 그렇게 해서 국왕이 소아 공주를 되찾아, 모든 인과응보의 뜻이 어떤 것인지 알 수 있도록 해줍시다그려."

"좋소! 대성의 말씀이 그렇다면, 내 믿고 따르리다."

태음성군도 한마디로 시원스럽게 응낙했다. 그리고 손가락으로 요괴를 가리키며 엄하게 호통을 쳤다.

"이 못된 짐승아! 사세가 이 지경이 되었는데도 귀정하여 내게 돌아올 줄 모르고, 무얼 망설이는 게냐!"

주인에게 한마디 호통을 듣자, 요괴는 그 자리에서 팔딱 재주를 넘더니 떼굴떼굴 한 바퀴 구르고 나서 본래의 모습을 드러냈다. 요괴의 정체는 그야말로 귀엽고 앙증맞기 짝이 없는 옥토끼였다.

입술은 언청이라 한복판에 쑥 파여 들어가고 앞니는 뾰족한데, 기다란 두 귀에 수염은 드문드문.

몽실몽실한 몸뚱이에 보드라운 털이 백옥처럼 하얀데, 앞뒤 네 다리를 펼치니 천산(千山)을 치닫는 발굽이 나는 듯하다.

곧게 뻗은 콧날에 기름기가 배어 반지르르하게 늘어졌으니, 과연 서릿발과 뽀얀 지분이 엉겨붙어 빛깔을 다투는 듯하다.

한 쌍의 새빨간 눈동자 투명하게 반짝이니, 새하얀 눈밭에 꼭 찍어놓은 연지 두 점을 업신여길 만하다.

땅바닥에 엎드리면 희고 토실토실한 몸뚱이가 잘 다듬은 흰 비단폭을 무더기로 쌓아놓은 듯하고,

기지개를 쭉 켜면 희고 몽실몽실한 품이 시렁에 널어놓은 은빛 실타래처럼 너울거린다.

얼마나 오랜 세월 맑고 찬 이슬 빨아 마셔 옥같이 아름다운 새벽 하늘 밝혔으며, 불로장생하는 약을 옥 절굿공이로 찧어 기묘한 재간을 드러냈을꼬.

손대성이 앙증맞고 귀여운 옥토끼를 보니, 그동안에 골탕 먹어 쌓이고 쌓였던 분노와 미움이 한순간에 눈 녹듯 스러져버리고, 그저 기쁘

고 즐거운 마음만은 이길 수가 없었다. 그는 홀가분한 심사로 운광을 딛고 허공에 오른 다음 앞장서서 길을 인도했다. 태음성군은 그가 길 안내를 하는 대로 따라서 월궁 항아 선녀들과 함께 옥토끼를 데리고 나아가 곧바로 천축국 경내에 들어섰다.

때는 벌써 황혼에 접어들 무렵, 땅거미 진 동편 하늘에는 달 그림자가 덩그러니 떠오르고 있었다. 도성 근처에 이르렀을 때 망루 위에서 시각을 알리는 북소리가 들려왔다.

국왕은 아직도 당나라 스님과 더불어 금란전에 남아 있었다. 저팔계와 사화상은 여러 문무백관들과 같이 계단 앞에 서 있었다. 그들이 조정에서 회의를 마치고 물러가려 할 때, 정남방 하늘 가에 한 조각 채색 노을이 떠돌기 시작하더니 어둑어둑하던 하늘이 갑작스레 대낮처럼 환히 밝아왔다. 뭇사람들이 깜짝 놀라 고개를 쳐들고 바라보니, 제천대성 손오공의 고함 소리가 천둥 벼락 치듯 들려왔다.

"천축국 국왕 폐하! 왕후 비빈들을 모셔내다 함께 보도록 하십시오, 여기 이 보당(寶幢) 아래 계신 분이 바로 월궁의 주인 태음성군이시고, 양편에 늘어서 있는 선녀들은 달 속에 사는 항아들입니다. 그리고 이 옥토끼가 폐하의 궁전에서 가짜 공주 노릇을 하던 요괴로서, 이제 그 진짜 모습을 드러냈으니 자세히 살펴보십시오!"

국왕은 급히 내궁으로 사람을 달려보내 왕후 비빈과 궁녀 채녀들을 불러낸 다음, 모두들 하늘을 우러러 참배의 예를 올리게 하였다. 그리고 자신도 당나라 스님과 함께 조정의 문무백관들을 이끌고 내려서서 허공을 바라보며 감사의 절을 드렸다. 급보가 전해지자, 온 도성 안의 가가호호 백성들 역시 탁자 위에 향로를 마련하고 다 같이 머리 조아려 염불하지 않는 이가 하나도 없었다.

모든 사람이 넋을 잃고 하늘을 바라보고 있을 때, 저팔계 녀석은 또

다시 저 옛날 천봉원수 시절에 월궁 항아를 희롱하던 때가 그리웠는지, 음탕한 욕심이 벌컥 치밀어 오르는 것을 억누르지 못하고 허공으로 훌쩍 뛰어오르더니, 예상선자(霓裳仙子)를 덥석 끌어안으며 주책없는 소리를 한마디 건넸다.

"이것 봐요, 아가씨. 우리 옛날부터 잘 아는 사이가 아니오? 그러니 나하고 같이 한번 놀아봅시다."

이것을 본 손행자가 앞으로 나서더니, 저팔계를 움켜잡고 손바닥으로 따귀를 두어 차례 연거푸 후려갈기면서 꾸짖었다.

"이런 시골뜨기 바보 천치 녀석! 여기가 어디라고 감히 엉큼스런 마음을 먹는 게냐!"

미련퉁이 녀석은 손행자에게 멱살을 붙잡힌 채 투덜투덜 변명을 늘어놓았다.

"하도 따분하니까 심심풀이로 좀 놀아보자고 했을 뿐이오! 그게 뭐 잘못됐소?"

태음성군은 깃발을 돌려 세우라 분부하더니, 항아 선녀들과 함께 옥토끼를 데리고 월궁으로 돌아갔다.

그제야 손행자는 저팔계 녀석을 메다꽂아 먼지 구덩이에 처박아버렸다.

국왕은 다시 금란전에 오르더니, 손행자에게 고맙다는 인사를 하고 나서, 그동안의 일이 어떻게 된 것인지 물었다.

"신승께서 법력을 크게 베푸셔서 가짜 공주를 잡아주신 은혜 참으로 감사하오. 그렇다면 짐의 진짜 공주는 대체 어느 곳에 가 있단 말씀입니까?"

손행자는 그동안의 인과 관계를 차근차근 들려주었다.

"폐하의 진짜 공주님 역시 범속한 인간의 몸이 아니시고, 전생이 원래 월궁에 계시던 소아선녀였습니다. 십팔 년 전에 옥토끼를 손바닥으로 한차례 때린 탓으로 갑자기 속세를 그리워하게 되어, 하계로 내려와 폐하의 정궁 마마 태중에 들어가신 후 이 세상에 태어나셨던 것입니다. 옥토끼는 지난날 따귀를 얻어맞은 데 원한을 품고 있다가, 작년 이맘때 옥관의 황금 자물쇠를 몰래 열고 도망쳐 나와 하계로 내려와서, 공주님으로 태어난 소아선녀를 납치하여 황량한 벌판에 내던져버리고 자신이 공주의 모습으로 변장해서 폐하의 눈을 속였던 것입니다. 이러한 인과 관계는 태음성군이 입으로 직접 저한테 말씀해주신 것입니다. 오늘 그 가짜는 이미 떠나고 없으니, 내일은 폐하께서 친히 거둥하시어 진짜 공주를 찾도록 하십시오."

국왕은 이런 사연을 듣고 나서 부끄럽고도 송구스러운 마음에 어쩔 바를 모른 채 그저 두 뺨에 눈물만 철철 흘렸다.

"아아, 내 딸애야! 나는 어려서 왕위에 오른 뒤부터 도성 밖에 나가본 적도 없는 몸인데, 날더러 어딜 가서 너를 찾으란 말이냐!"

손행자는 빙그레 미소를 띠며 국왕을 위로했다.

"걱정하실 것 없습니다. 폐하의 공주께서는 지금 급고포금사에서 미치광이 행세를 하며 살고 있습니다. 그러니 오늘은 일단 헤어졌다가, 아침에 날이 밝거든 제가 진짜 공주님을 찾아서 폐하께 돌려드리면 되지 않겠습니까."

문무백관들도 국왕 앞에 엎드려 절하며 아뢰었다.

"주상 폐하, 마음을 너그럽게 풀고 기다리소서! 여기 계신 몇 분 신승들께선 모두 안개구름을 타고 다니시는 부처님들이시니, 반드시 과거 미래의 인과 관계를 알고 계십니다. 내일 아침 신승 여러분께 수고를 끼쳐 폐하와 함께 가서서 찾아보시면, 과연 그런 일이 있었는지 모든 진상을 확실히 알 수 있을 것이옵니다."

국왕은 그 의견에 따르기로 하고, 즉시 삼장 법사 일행을 유춘정으로 모셔들인 다음, 식사를 대접하고 편히 쉬도록 했다.

때는 벌써 이경(二更, 22시)에 가까울 무렵, 밤도 고요히 깊어가는 시각이었다.

물시계 구리 항아리 속에 물방울 똑똑 떨어지고 달빛은 화사하게 밝은데, 금방울 소리 딸랑딸랑 밤바람결에 실려온다.
두견새 우짖는 소리 바야흐로 봄날도 절반은 지났음을 알리는데, 떨어진 꽃잎 갈 길 없이 밤은 삼경에 가깝다.
임금의 동산은 적막하여 그네 줄 그림자만 쓸쓸히 드리우고, 벽록색 푸른 창공에 은하수 가로지른 채 멀리 흐른다.
삼시 육가(三市六街) 큰길 거리에 오가는 길손 없으니, 온 하늘에 별들이 반짝여 밤빛만 차갑고도 맑디맑다.

이날 밤, 국왕은 몸에 서려 있던 요사스런 기운이 밤새 말끔히 가셔진 탓으로 정신마저 새뜻해졌다. 오경 삼점(五更三點, 5시)이 되자, 그는 다시 금란전으로 나와 조회를 열었다. 조회를 마치기가 무섭게, 마음 다급한 국왕은 유춘정으로 관원을 달려보내 당나라 스님 일행 네 사람을 모셔오게 했다. 공주를 찾으러 갈 일부터 상의할 생각에서였다.

이윽고 당나라 장로님이 국왕을 우러러 예를 올리자, 손대성 일행 세 사람도 덩달아 문안 인사를 했다. 국왕 역시 정중히 허리 굽혀 답례하며 간청했다.

"어제 말씀하신 대로, 수고스럽지만 신승 여러분께서 내 딸아이 공주를 찾아내어 구해주시기 바라오."

이때서야 당나라 장로님은 천축국에 도착하던 그날 급고포금사에서 자신이 보고 들었던 일들을 자초지종 말씀드렸다.

"며칠 전 소승이 동녘에서 이 나라에 당도한 첫날의 일이었습니다. 때마침 해가 저물어 잠잘 곳을 찾던 중, 우연히 급고포금사를 발견하고 찾아들어가 하룻밤 투숙할 것을 청하였더니, 다행히도 그 절간의 스님들이 반갑게 맞아주었습니다. 그날 밤 저녁식사를 마치고 달빛을 따라서 한가롭게 산책하다 보니, 저 옛날 급고독장자가 황금 벽돌을 깔아놓았던 옛 동산에 이르러 절터를 구경하게 되었습니다. 바로 그때 어디선가 슬피 우는 울음소리가 귀에 들려왔습니다. 소승은 이상하게 여기고 절간에 계신 늙은 스님께 그 까닭을 물어보았습니다. 그 노승은 나이가 일백 살을 넘긴 분이었는데, 소승이 여쭙는 말을 듣자, 곧 좌우를 물리치고 아무도 없는 자리에서 이렇게 말해주었습니다.

'저 슬픈 울음소리에는 이런 사연이 있소. 지난해 봄도 깊어가는 시절, 나는 마음을 가다듬고 밝은 달을 바라보며 '정명성월(正明性月)'의 경지에 몰입하고 있으려니, 갑자기 세찬 바람 소리가 들리면서 슬픔과 원망에 가득 찬 울음소리가 들려왔소. 나는 침상에서 내려와 그 울음소리를 따라나섰소. 그래서 기원정사 옛터가 있는 곳으로 가보았더니, 웬 여자가 한 사람 서서 울고 있었소······.'

늙은 스님이 누구냐고 물었더니, 그 여자는 이렇게 대답했다고 합니다.

'나는 천축국 국왕 폐하의 공주요. 달밤에 꽃 구경을 나왔다가 바람결에 휩쓸려 여기까지 날아왔소.'

늙은 스님은 사람의 예의범절을 잘 아시는 분이어서, 그 즉시 공주님을 조용하고 외딴 방에 가두어놓았습니다. 그리고 혹시 절간에 고약한 승려가 집적대거나 몸을 더럽히는 일이라도 생길까 두려운 나머지, 모든 승려들에게 이런 말을 해두었습니다.

'요괴가 나타나서 내가 붙잡아 가두어놓았다.'

공주님 역시 그 말뜻을 알아채고, 한낮에는 된 소리 안 된 소리 마구 지껄이며 미치광이 요괴 행세를 하고 밥과 차를 얻어잡숫다가, 밤이 깊어 아무도 없을 때면 부모님이 그리워 슬피 울고 계셨습니다.

늙은 스님 역시 그동안 이 나라에 들어와 몇 차례나 소식을 알아보았지만, 궁궐 안에 공주가 아무 탈 없이 있다는 것을 알고 그냥 돌아가곤 했다 합니다. 그래서 이날 이때껏 이런 사실을 입 밖에 내지 못한 채 폐하께 아뢰지도 못하였던 것입니다.

그분은 소승의 제자가 다소 신통력을 지니고 있다는 것을 알아보고, 소승더러 이 나라에 당도하거든 사건의 진상을 꼭 밝혀달라고 신신당부했습니다.

이 나라에 들어와 폐하를 뵙게 되니, 뜻밖에도 그녀는 애당초 섬궁의 옥토끼가 둔갑한 요괴였으며, 가짜가 참된 형체와 합쳐 공주님의 모습으로 변장한 것이었습니다. 그 요괴는 또다시 소승에게 눈독을 들여 제 원양진기마저 깨뜨리려고 마음먹었습니다. 천만다행히도 소승의 제자가 위력을 베풀고 법력을 크게 나타내어 진위를 알아내었으며, 이제 태음성군에게 붙잡혀 끌려가고 말았습니다. 폐하의 어지신 공주님은 현재 포금사에서 미치광이로 가장하고 갇혀 계십니다."

이렇듯 상세한 내막을 알게 된 국왕은 너무도 기가 막혀 목놓아 대성통곡하기 시작했다. 국왕의 통곡 소리는 순식간에 삼궁 육원을 뒤흔들어놓고 이에 깜짝 놀란 왕후 비빈들이 허겁지겁 달려나와 그 연유를 물었다. 그리고 그 기막힌 사연을 알고 나서 통곡하지 않는 이가 하나도 없었다.

한참 만에, 국왕이 다시 물었다.

"포금사는 이 도성에서 얼마나 떨어져 있소?"

"겨우 육십 리 길밖에 아니 되옵니다."

삼장 법사가 아뢰자, 그는 곧바로 전지를 내렸다.

"동서 양궁의 왕후들은 정전을 지키고, 조정의 원로 태사는 나라를 보위하라. 짐은 이제 정궁 왕후와 더불어 문무백관을 거느리고 네 분 신승과 함께 포금사 절간으로 공주를 찾으러 떠날 것이다."

국왕의 명령이 떨어지자, 관원들은 당장 어가를 대령했다. 일행이 대궐 문을 나서자, 앙큼스런 손행자는 곧바로 허공에 뛰어오르더니 몸뚱이 한 번 꿈틀하는 사이에 벌써 60리 떨어진 급고포금사에 먼저 들이닥쳤다.

절간 승려들은 황망히 꿇어 엎드리며 손행자를 맞아들였다.

"나으리께서 떠나실 때에는 일행 여러분과 걸어나가시더니, 오늘은 어떻게 하늘에서 내려오십니까?"

손행자는 웃으면서 분부를 내렸다.

"당신네 늙은 스님은 어디 계신가? 어서 빨리 그분을 나오시게 해서 향안을 배설(排設)하고 어가를 영접할 준비나 갖추시오. 이제 곧 천축국 국왕 폐하께서 왕후마마와 문무백관을 거느리고 우리 사부님 일행과 함께 도착하실 거요."

여러 화상들은 이게 무슨 뜻으로 하는 말인지 모르고 어리둥절한 채, 그저 시키는 대로 늙은 스님을 모셔 내왔다. 늙은 스님은 손행자를 보자 깜짝 놀라 엎어질 듯이 큰절을 올리면서 물었다.

"나으리, 공주님에 관한 일은 어찌 되었습니까?"

손행자는 가짜 공주가 공을 던져서 당나라 스님의 배필이 되려고 음모를 꾸몄던 일이며, 그 요괴를 뒤쫓아가서 싸움을 벌였던 일, 태음성군이 나타나 옥토끼를 거두어간 일에 이르기까지 모든 경위를 한바탕 낱낱이 얘기해주었다.

늙은 스님은 거듭 머리를 조아려 사례했다. 손행자는 그를 부축해 일으키며 또 한번 재촉했다.

"나한테 절하지 마시오! 절 같은 걸 하실 틈이 없소. 어서 빨리 황제 폐하의 어가를 맞아들일 채비나 서두르시오."

포금사 승려들은 이때가 되어서야 비로소 뒷방에 가두어놓은 것이 요괴가 아니라 여자라는 사실, 그것도 천축국 황제 폐하의 따님이신 공주라는 것을 알고 너나 할 것 없이 놀람과 기쁨을 이기지 못하였다. 승려들은 신바람이 나서 향안을 옮겨다가 산문 밖에 늘어놓으랴, 장삼 가사를 꺼내 입으랴, 범종을 울리고 북을 치랴, 이렇듯 한바탕 야단법석을 떤 끝에 모두들 산문 밖에 공손히 줄지어 늘어서서 어가를 기다렸다.

얼마 안 되어 성가(聖駕)가 도착했다. 천축국 금상 폐하의 거둥이니, 그 위엄과 상서로움이야말로 지극하기 이를 데 없었다.

상서로운 아지랑이 분분히 날려 온 하늘이 향기롭고, 거칠고 쓸쓸하던 산중에 갑자기 서광이 비쳐든다.
무지개는 천년 세월에 흐르고 또 흐르니 하해(河海)가 맑아지고, 음양의 찬란한 빛은 장춘(長春)을 두고 길이 비추니,
우(禹)임금, 탕(湯)임금의 태평성대와 견줄 만하다.
산천초목은 성군의 은덕에 젖어 빼어난 빛깔을 보태고, 들꽃마저 윤택함을 얻어 향기로움이 넘쳐난다.
예로부터 급고독장자가 남긴 유적이요, 오늘날에 와서는 명군이 보당(寶堂)에 강림하시니 더욱 경사스럽다.

국왕 일행이 산문 밖에 다다르자, 포금사 승려들은 일제히 땅바닥에 무릎 꿇고 단정하게 엎드려 영접했다. 국왕은 승려들 가운데 손행자

가 우뚝 서 있는 것을 보고 두 눈이 휘둥그레졌다.

"아니, 신승께서는 어떻게 이곳에 먼저 도착하셨소?"

손행자는 싱글싱글 웃으면서 능청스레 대꾸했다.

"이 손선생은 허리 한번 꿈틀했다 하면 단번에 여기까지 올 수 있지요. 한데 여러분은 어째서 이렇듯 반나절 동안이나 걸어오셨습니까?"

뒤따라 당나라 스님 일행 역시 모두 도착했다. 장로님은 손수 국왕을 인도하여 절간 뒤꼍에 따로 떨어져 있는 방문 곁에 이르렀다.

자물쇠로 굳게 잠긴 방 안에서는 공주가 인기척을 느끼고 여전히 미치광이 행세를 하며 허튼소리를 지껄이고 있었다. 늙은 스님이 무릎 꿇고 앉아서 방문 쪽을 가리켰다.

"이 방 안에 계신 저분이 작년 이맘때 광풍에 휩쓸려 오신 공주마마이십니다."

국왕이 문을 열라는 명령을 내렸다. 이어서 자물쇠가 부서지고 방문이 활짝 열렸다. 공주를 발견한 국왕과 왕후는 이내 그 모습을 알아보았다. 두 부부는 더러운 것도 아랑곳하지 않고 안으로 와락 뛰어들더니 딸을 얼싸안으면서 목놓아 울음보를 터뜨렸다.

"아이고, 불쌍한 우리 아이야! 어쩌다가 이런 봉변을 당하고 여기 갇혀 이처럼 고생을 하고 있었단 말이냐……!"

진정 부모와 자식 간의 상봉이었으니 남다를 수밖에 더 있으랴. 세 사람은 머리를 서로 부여안고 가슴 아프게 대성통곡을 했다. 한참 동안 울고 난 뒤에 서로 떨어져 그리워하던 회포를 남김없이 다 풀고 나서야, 국왕은 즉시 향수를 넣은 목욕물을 가져오게 해서, 공주를 깨끗이 목욕시킨 다음, 미리 준비해온 옷으로 갈아입혔다. 그리고 보련에 함께 올라 도성으로 돌아갔다.

출발하기 직전에, 손행자는 또 국왕 앞에 두 손 맞잡아 절하고 아뢰었다.

"이 손선생이 또 한 가지 아뢸 일이 있습니다."

국왕도 정중히 답례하며 물었다.

"어서 말씀하시오. 무엇이든지 신승께서 분부하시는 일이라면, 짐은 그대로 따르리다."

"이 산에는 워낙 지네가 많이 들끓고 있어서, 이름을 백각산이라 합니다. 요즈음에 와서 소문을 듣자니, 해묵은 지네가 요정으로 화해서 캄캄한 밤중이면 사람을 해친다 합니다. 그래서 이곳을 오가는 나그네들이 몹시 곤욕을 당하고 있습니다. 제가 생각하건대, 지네를 잡아 없앨 만한 천적은 오로지 닭밖에 없다 하오니, 몸집이 엄청나게 큰 수탉 일천 마리쯤 골라서 이 산중에 풀어놓으면 그 독충을 제거할 수 있을 것입니다. 그리고 이 산의 이름도 다른 것으로 고치시고, 칙령을 내리시어 이 절간의 승려들이 그동안 공주님을 공양해드린 은덕에 사의를 표하심이 좋을까 하나이다."

국왕은 자못 기뻐하며 그 요청을 흔쾌히 받아들였다. 마침내 어명을 받든 파견관이 수탉을 가지러 도성으로 떠나고, 국왕은 친히 백각산의 이름을 보화산(寶華山)으로 바꾸는 한편, 공부(工部) 소속 관원들을 시켜 해묵은 사찰을 다시 고치게 하고, '칙건 보화산 급고포금사(勅建 寶華山 給孤布金寺)'라는 새로운 봉호를 내렸으며, 공주를 돌보아준 늙은 스님에게는 '보국승관(報國僧官)'이란 벼슬에 임명하여 대대로 세습시키고, 따로 봉미(俸米) 36섬을 내리기로 하였다.

포금사 승려들은 국왕의 은혜에 깊이 감사드리면서 조정으로 가는 어가를 멀리까지 전송하였다.

공주가 내궁에 들어서자, 여러 사람들은 저마다 감격스런 해후를 나누었다. 축하 잔치가 벌어지고 공주와 더불어 그동안에 울적했던 심사를 풀면서, 왕후 비빈들과 모녀가 다시 단란하게 모인 이날을 경축했다. 국왕을 비롯한 군신들도 다 같이 기쁨에 넘쳐 그 밤이 새도록 술자리를 마련해놓고 즐긴 것은 더 말할 나위도 없다.

이튿날 아침, 국왕은 단청에 솜씨가 뛰어난 화공을 불러들여 성승 일행 네 사람의 웃는 모습을 그리게 한 다음, 이 그림을 화이루(華夷樓) 벽에 받들어 모시게 하는 한편, 공주더러 새롭게 몸단장을 하고 정전에 나와, 자기를 고난에서 구해준 성승 일행 네 분의 은혜에 감사드리게 하였다.

사은례가 끝나자, 당나라 스님은 국왕에게 하직 인사를 드리고 서쪽으로 떠나려 했다. 그러나 국왕이 이들을 그냥 놓아보낼 턱이 어디 있겠는가. 그날부터 베풀어진 풍성한 잔치 자리는 연거푸 대엿새나 계속 열려, 식성 좋은 미련퉁이 저팔계가 모처럼 허리띠를 끌러놓고 배가 터지도록 신바람 나게 먹을 수 있었다.

국왕은 부처님을 만나뵙고자 하는 그들의 마음이 간절한 것을 보자, 더 이상 머무르게 할 수 없음을 깨닫고 마침내 금은 2백 덩어리와 보배를 한 쟁반씩 담아내어 선사했다. 그러나 스승과 제자들이 털끝만큼도 그것을 받아들이지 않는 터라, 할 수 없이 어가를 준비시키고 삼장법사를 보련에 모셔 앉힌 다음, 관원들을 파견하여 멀리까지 전송하게 하였다. 도성을 벗어날 때, 궁궐에서 나온 왕후 비빈들과 신하, 그리고 백성들은 모두 무릎 꿇고 머리 조아려 이들이 베풀어준 공덕에 사례하여 마지않았다.

도성을 떠나 큰길에 오르자, 이번에는 포금사 승려들이 늘어앉아 이마를 조아리고 전송하며 차마 헤어지기 서운한 마음을 견디지 못하였다. 손행자는 그들이 좀처럼 돌아갈 기미를 보이지 않자, 어쩔 수 없이 인결을 맺고 손지(巽地) 방향으로 숨결 한 모금을 뿜어냈다. 선기 어린 숨결은 순식간에 시커먼 돌개바람으로 변하여 전송 나온 사람들의 눈을 어지럽게 만들어놓았다. 그리고 나서야 일행은 가까스로 몸을 빼어 떠나갈 수 있었다.

이야말로 "은혜의 파도에 몸을 깨끗이 씻어 본성으로 돌아가며, 황금의 바다에서 뛰쳐나와 참된 공(眞空)을 깨친다"는 격이었다.

과연 이들의 앞길에 또 어떤 기막힌 일이 벌어질 것인지, 다음 회에서 풀어보기로 하자.

제96회 구원외는 고승을 받아들여 환대하나, 당나라 스님은 부귀영화를 탐내지 아니하다

색(色)은 색이로되 본디 색이란 없으며, 공(空)은 공이로되 그 역시 공은 아니라네.
조용함과 떠드는 것, 말하는 것과 침묵을 지키는 것은 본래 같은 것이니, 꿈속을 헤매는 사람이 어찌 또 꿈 얘기를 하려고 애쓸 것이랴.
쓸모가 있는〔有用〕가운데 쓸모없는〔無用〕용(用)이 있으며, 공덕이 없는〔無功〕가운데 베풀 만한 공덕〔施功〕의 공(功)이 있는 법.
이 또한 과일이 익으면 저절로 붉어지는 것과 같은 이치이니, 종자를 어떻게 가꿀 것인지는 묻지 말 것이다.

얘기는 계속되어, 당나라 스님 일행이 법력을 써서 포금사의 승려들을 따돌리고 떠난 것은 말할 나위도 없으려니와, 이들 승려들 또한 시커먼 돌개바람이 지나간 뒤에 삼장 법사 일행이 보이지 않는 터라, 모두들 살아 계신 부처님이 속세에 강림한 줄로만 알고 끊임없이 머리 조아려 절한 얘기는 접어두기로 한다.
한편 스승과 제자들이 서쪽으로 계속 나아가다 보니, 때는 바야흐로 그해 봄철도 다 지나고 어느덧 초여름에 접어들고 있었다.

날씨 맑고 화창하니 마음도 상쾌한데, 못과 늪에는 마름과 연

꽃이 생기 있게 자라난다.

매실은 비 온 뒤끝 좇아 익어가고, 보리는 바람 따라 무럭무럭 커간다.

풀잎은 풋향기 풍기고 꽃 떨어진 곳에, 꾀꼬리는 늙어가고 여린 버들가지 가볍게 나부낀다.

강변의 제비는 새끼를 데리고 날아다니는 연습 하며, 들닭은 병아리 먹이며 우짖는다.

북두칠성 남녘에 해가 있으니 하룻날도 길어지고, 만물은 화사한 광명을 드러낸다.

아침 되면 밥 한 끼니 얻어먹고 날 저물면 잠자리 찾아들고, 산골짜기 냇물 돌아 비탈진 언덕길 찾아 오르고, 서쪽으로 나가는 고생이야말로 이루 말할 수 없었지만, 그나마 별 탈 없이 평안하게 보름 남짓 여행을 계속했다.

어느 날 이들의 앞길에 또 한군데 성벽이 나타났다.

삼장 법사가 제자들을 돌아보고 물었다.

"애들아, 저기는 또 어떤 곳이냐?"

"저도 모르겠습니다. 통 모르겠어요."

손행자가 딱 부러지게 도리질을 해 보였더니, 곁에서 저팔계가 피식 웃는다.

"아니, 이 길은 형님이 오고 간 길인데, 어째 모른다고 잡아떼시오? 아무래도 또 무슨 꿍꿍이속이 있는 모양이구려. 그래서 일부러 모른 척하고 우리를 골탕 먹이려는 수작 아니오?"

"이 미련퉁이 바보 녀석, 정말 벽창호로군! 내가 이 길을 몇 번 지나다녀보기는 했다만, 그때에는 늘 까마득한 하늘 위로 구름을 타고 왔다 갔다 했을 뿐이지, 언제 한번 땅바닥에 내려서서 걸어다닌 적이 있는 줄 알아? 관심도 없는 일을 내가 알 필요가 뭐 있다고 힘들게 걸어다녔겠나? 그래서 모른다고 했을 뿐인데, 무슨 놈의 꿍꿍이속이 있을 것이며, 또 뭐가 좋다고 자네들을 골탕 먹인단 말인가?"

이런저런 승강이를 벌이다 보니, 어느새 성곽 변두리 앞에 다다랐다. 삼장 법사는 말을 내려서 구름다리 건너 부지런히 성문 안으로 들어섰다.

큰길 거리 줄지어 늘어선 집 처마 밑에는 나이 지긋한 노인 둘이 마주 앉아서, 무엇인가 한담을 나누고 있다.

삼장은 제자들에게 주의를 주었다.

"얘들아, 너희들은 여기 길거리 한복판에 서 있거라. 고개를 푹 수그리고 제멋대로 까불지 말아야 한다. 내 저기 저 처마 밑에 가서, 여기가 어떤 고장인지 물어보고 오마."

손행자 일행은 스승의 당부 말씀대로 그 자리에 멈춰 섰다.

이윽고 삼장이 노인들 앞으로 다가가 합장하고 인사를 건넸다.

"노시주 분들께 문안드립니다."

두 노인은 한참 그곳에서 한담을 나누고 있었는데, 가만히 들어보니, 얘기란 것이 모두 나라의 흥망성쇠가 어떠하다느니, 이해득실은 어떠하다느니, 성현은 누구누구며 한 시대를 질타하던 영웅들의 업적이 지금은 어디로 갔느냐는 둥, 고금의 역사를 놓고 한숨을 푹푹 내리 쉬어가며 탄식하고 있던 판이었다. 그러다가 느닷없이 문안 인사를 건네는 소리가 들리자, 황급히 돌아보고 답례하며 물었다.

"스님은 뉘시오? 뭐 물어보실 것이라도 있소?"

"소승은 머나먼 곳에서 불조님을 찾아뵈러 온 사람인데, 마침 이 고장에 이르렀으나 지명이 무엇인지 모르겠군요. 혹시 이 근처 어디에 동냥 한 끼 얻어먹을 만한 인심 좋은 댁이 없겠습니까?"

두 노인은 서로 마주 바라보다가 이렇게 일러주었다.

"이 고장은 동대부(銅臺府)요. 부성 뒤에 고을이 하나 있는데 지령현(地靈縣)이라 부르오. 스님이 밥을 얻어자시려거든, 여기저기 동냥하러 다닐 것 없이 저 패루(牌樓) 밖에 있는 남북 거리를 지나면, 서편에 자리잡고 동쪽을 향해 돌로 깎아 만든 호랑이가 도사려 앉은 문루가 하나 있는데, 그게 바로 구원외(寇員外)란 분이 사시는 부호 댁이외다. 그 댁 문전에는 '이 세상 어떤 스님이든 막지 않고 받아들인다(萬僧不阻)'란 팻말이 걸려 있을 게요. 당신처럼 머나먼 곳에서 오신 스님이라면 얼마든지 환영받고 얻어자실 수 있을 테니까, 냉큼 그리로 가보시구려! 공연히 우리 얘기를 끊어놓지 말고 얼른 가보시오!"

"고맙습니다, 가르쳐주셔서……."

삼장 법사가 사례를 하더니, 손행자를 향해 돌아섰다.

"여기는 동대부 지령현이라는구나. 저 두 노인의 말씀이, 패루 밖에 있는 남북 거리를 지나면 돌로 깎아 만든 호랑이 한 마리가 동쪽을 향해 자리잡고 도사려 앉은 문루가 하나 있는데, 그곳이 구원외라는 부잣집이요 문밖에 '이 세상 어떤 스님이든 막지 않고 받아들인다'는 팻말이 걸려 있다 하면서, 날더러 그 댁에 가서 밥을 얻어먹으라고 하더라."

이 말을 듣고, 사화상이 고개를 끄덕끄덕했다.

"과연 서방 세계는 부처님이 계신 땅이라, 승려들에게 밥을 먹여주는 댁이 정말 있군요. 여기가 부현(府縣) 고을이라니, 우리가 굳이 통관문첩에 검사를 받을 것도 없이 곧장 그 댁으로 가서 밥 한 끼 얻어먹고 횅하니 떠나면 그만이겠습니다."

"오냐, 그리하자꾸나."

이리하여 장로님은 제자들 세 사람과 함께 큰길 거리를 천천히 걸어가기 시작했는데, 이곳 역시 장사꾼과 건달 패거리들이 북적대는 시장 거리라, 이내 뭇사람들의 눈길을 끌고 말았다. 낯선 길손 넷이 나타나자, 사람들은 그 험상궂은 생김새에 놀라 겁을 집어먹고 의혹에 찬 눈초리로 쑤군대며 일행을 빙 둘러싼 채, 저마다 한발이라도 앞서 구경하느라 아귀다툼을 벌이기 시작했다. 당나라 장로님은 무슨 시비가 벌어질까 걱정스러워 연신 제자들을 단속했다.

"얘들아, 제발 입 닥치고 함부로 굴지 말아라! 난폭하게 굴면 절대 안 된다!"

제자 세 사람은 스승의 분부대로 고개를 푹 수그리고 감히 구경꾼들을 마주 쳐다보지도 못한 채 그저 발끝만 바라보며 걷기만 했다.

길모퉁이를 돌아서니 과연 남북으로 훤히 뚫린 큰길이 나왔다. 한길을 따라 또 한참 걸어갔더니 노인들의 얘기대로 돌 호랑이가 도사려 앉은 문루가 나타나고, 그 안쪽 바람가리개 벽면에 큼지막한 팻말이 하나 걸렸는데 과연 '만승부조(萬僧不阻)'란 넉 자가 씌어 있었다.

삼장 법사는 팻말 앞에 서서 탄복을 금치 못했다.

"서방 세계 부처님의 땅에는 어질고 똑똑한 사람이든 무식하고 어리석은 사람이든, 하나같이 남을 속이거나 거짓말하는 사람이 없구나! 두 노인의 얘기를 들었을 때만 하더라도 별로 미덥지 않더니, 여기 와서야 과연 그 말과 같다는 걸 알았다."

촌뜨기 저팔계 녀석은 무작정 대문 안으로 들어가려고 하다가, 한발 앞서 손행자에게 덜미를 잡히고 말았다.

"잠깐! 이 미련한 친구야, 어딜 함부로 들어가려고? 사람이 나오거든 형편이 어떤지 여쭤보고 나서 들어가든지 말든지 해야 할 게 아닌가?"

사화상이 맞장구를 친다.

"큰형님 말씀에 일리가 있소. 안팎도 분간하지 못하고 덜렁대다가는, 공연히 이 댁 시주의 노염을 사서 한 끼 밥도 못 얻어먹게 될 거요."

이리하여 문턱에 말을 쉬게 한 다음, 짐보따리를 부려놓고 기다리게 되었다.

얼마 안 있어 머리에 푸른 수건을 두른 하인 한 사람이 두 손에 저울과 광주리를 하나씩 들고 나오다가, 흘끗 고개를 돌려 문밖에 서성대는 나그네들을 쳐다보더니 기절초풍을 해가지고 물건들을 내동댕이치면서 곤두박질쳐 도로 집 안에 뛰어들었다.

"주인 나으리! 대문 밖에 괴상망측하게 생겨먹은 화상 네 명이 와 있습니다!"

때마침 원외 영감은 지팡이를 짚고 안마당에서 한가롭게 거닐며 입으로 염불을 외우고 있었는데, 하인이 외쳐 알리는 소리를 듣자 그 자리에서 지팡이를 내던져버리고 허겁지겁 문밖으로 달려나오더니, 손님들의 인상이 추악하게 생긴 것도 겁내는 기색 없이 반겨 맞았다.

"어이구, 어서들 오십쇼! 자, 어서 이리 들어오시지요!"

뜻밖의 환대를 받은 삼장 법사, 두 번 세 번 거듭 겸손한 태도를 보이며 일행들과 함께 대문 안으로 들어섰다. 원외 영감은 앞길을 인도하여 골목 하나 돌아서더니, 한군데 커다란 건물 앞에 이르자 손님들을 돌아보고 이렇게 말했다.

"이 위채가 스님들을 대접해 모시는 불당(佛堂), 경당(經堂), 재당(齋堂)입니다. 그리고 이 아래채는 저희 노소 식구들이 거처하는 곳이지요."

"호오! 참으로 훌륭하십니다!"

삼장 법사는 찬탄해 마지않았다. 부처님께 참배를 드릴 생각으로 가사를 꺼내 갈아입고 불당에 걸어 올라가던 그는 두 눈이 휘둥그레지고 말았다.

향기로운 구름이 뭉게뭉게 피어오르고, 촛불의 화염이 휘황하게 빛난다.

불당 안에는 온통 비단폭과 생화가 무더기로 꽂히고, 사방에는 황금을 깔아 눈부시게 찬란하다.

주홍빛 시렁에는 자금종(紫金鐘)이 높다랗게 매달려 있고, 오색 칠한 등잔걸이와 화강고(花腔鼓) 두 틀이 마주 걸려 있다.

폭 좁은 깃발 몇 쌍에 팔보가 수놓이고, 천존 불상(千尊佛像)은 모조리 황금으로 입혔다.

오래된 구리 향로, 해묵은 구리 꽃병, 아로새겨 옻칠 먹인 탁자, 또 아로새겨 옻칠 먹인 향합이 놓였다.

오래된 구리 향로 속엔 짙은 단목(檀木)의 향연(香煙)이 언제나 끊이지 않고, 해묵은 구리 꽃병마다 연꽃이 다채로운 모습을 드러냈다.

아로새겨 옻칠 먹인 탁상에는 오색 구름이 선명하고, 아로새긴 칠합 속에는 향 조각이 잎사귀처럼 가득 쌓였다.

유리잔에는 깨끗한 물이 맑게 가라앉았고, 유리등에는 향기로운 기름이 밝게 빛난다.

금경(金磬)을 한 번 두드리는 소리, 그 맑은 여운이 느릿느릿 멀리 퍼져나간다.

참으로 속세의 홍진이 이르지 못하니 진루(珍樓)에 견줄 만하고, 집 안에 부처님의 전당을 받들어 모셔놓으니 상찰(上刹)도 업신여길만하다.

장로님은 손을 깨끗이 씻고 향불을 살라 꽂은 다음 부처님께 이마

조아려 참배의 예를 마치자, 이번에는 돌아서서 원외 영감에게 인사를 드리려 했다.

구원외가 급히 말렸다.

"잠깐만 기다리십시오! 경당으로 자리를 옮긴 다음 상견례를 나누십시다."

삼장은 주인의 안내를 받아 경당으로 건너갔다. 안에 들어서서 둘러보니 그곳 역시 선비의 거처다운 면모가 여실히 드러나 있었다.

네모 반듯한 책꽂이와 곧추세운 궤짝, 옥으로 만든 상자와 황금의 편지함.
네모난 책꽂이와 곧추세운 궤짝에는 경전이 무수하게 쌓이고,
옥으로 만든 상자와 황금의 편지함에는 간찰(簡札)이 허다하게 간직되어 있다.
오색 칠한 탁자 위에 종이와 먹과 붓과 벼루 놓였으니, 모두가 세밀하고도 정교한 상등품의 문방사보들이다.
후춧가루 뿌린 병풍 앞에는 서화(書畵), 금기(琴棋) 놓였으니, 글씨나 그림이나 거문고, 바둑 모두 하나같이 참되고도 오묘한 취향이다.
경옥으로 만든 금빛 띤 선경(仙磬) 한 틀 놓이고, 바람에 나부껴 달빛 흩어놓는 용수(龍鬚)¹가 한 자루 걸려 있다.

---

1 용수: 용의 수염처럼 만든 장식물. 전설에 따르면, 황제 헌원씨(黃帝軒轅氏)가 수산(首山)의 구리를 채굴하여 형산(荊山) 아래에서 세 발 솥을 만들었을 때, 용이 나타나 수염을 드리워 황제를 태우고 하늘로 올라가려는데, 시중들던 사람들이 수염을 붙잡고 매달리자 황제가 들고 있던 활을 수염으로 쳐서 떨어뜨렸다는 고사가 있다. 이때부터 땅에 떨어진 활을 가져다 용의 수염으로 본떠 만든 장식물이 생겨났다고 한다.

맑은 기운에 사람의 신기(神氣)가 상쾌해지니, 재계하는 뜻을 저절로 깨달아 도심(道心)마저 한가롭다.

당나라 장로님이 경당에 이르러 다시 예를 올리려 하자, 원외가 또 부여잡으며 이렇게 말했다.

"스님, 법의를 먼저 벗으시지요."

삼장이 금란 가사를 벗었더니, 그제야 원외는 삼장 법사와 상견례를 나누고 이어서 제자 세 사람과도 인사를 나누었다. 그는 다시 하인들을 시켜 말에게 여물을 주도록 하고, 짐보따리를 받아서 복도에 놓아두게 한 다음, 비로소 손님들의 내력을 물었다.

삼장 법사는 주인이 묻는 대로 신분과 찾아온 용건을 밝혔다.

"소승은 동녘 땅 대 당나라 황제 폐하의 칙명을 받들어 귀국에 이르러 영산으로 부처님께 참배 올리고 진경을 구하러 온 사람입니다. 시주 댁에서 승려들을 공경하신다는 소문을 들었기에, 이렇듯 찾아뵙고 한 끼니 잿밥을 얻어먹는 대로 곧 떠날까 합니다."

이 말을 들은 주인이 얼굴 가득 기쁜 빛을 띠고 빙그레 웃으며 말했다.

"저는 속가 제자로서 이름은 구홍(寇洪)이요, 자는 대관(大寬)이라 하며, 나이는 올해로 예순네 살이 되었습니다. 마흔 살을 넘기던 해부터 일만 명의 스님들에게 공양해드리기로 맹세하고 이 소원을 반드시 이루어보려고 해왔습니다. 지금까지 이십사 년 동안 스님들에게 재를 베풀어드리면서 공양받으신 스님들의 명단을 작성해두었는데, 날이면 날마다 별로 하릴없는 몸이라 그동안 재를 베풀어드린 스님의 이름을 헤아려보았더니, 벌써 구천구백구십육 명이 되었습니다. 그러니까 일만 명 가운데 네 분이 모자라서 소원을 원만히 이루지 못한 셈이지요. 그런데 오늘에야 하늘이 네 분의 장로님들을 저희 집에 내려보내셔서 제 소원대로 일만 명의 수효를 꼭 채워주셨으니, 부디 명단에 존함을 남겨두시기 바랍니다. 어떻게 찾아오셨든 간에, 앞으로 달포 남짓 저희 집에 머물러 푹 쉬고 계시다가, 제 소원이 원만히 채워진 법회를 끝마치거든 교자나 말로 스님 일행을 산 너머로 모셔다 드리겠습니다. 이곳에서 영취산까지는 팔백 리 길밖에 안 남았으니, 그리 멀지 않습니다."

삼장 법사는 앞길이 겨우 8백 리만 남았다는 말을 듣고서 기뻐 어쩔 바를 몰랐다. 그러니 아무리 갈 길 바쁜 여정일지라도 일단 그 호의를 받아들인 것은 더 말할 나위가 없다.

한편, 이 댁 하인들은 안채로 들어가 땔나무를 옮겨 들이랴 물을 길어오랴, 쌀과 밀가루, 채소를 내다가 때 아닌 음식을 장만하랴, 한바탕 부산을 떨기 시작했다. 그 바람에 놀란 구원외의 마누라가 나와서 아이 종을 하나 붙잡고 물었다.

"어디서 온 스님이기에 이토록 야단법석들이냐?"

아이 종은 보고 들은 대로 여쭈었다.

"방금 고승 네 분이 오셨는데, 나리께서 그분들더러 어디서 오셨느냐고 물었더니, 동녘 땅 대 당나라 황제가 파견하여 영산으로 부처님을 찾아뵈러 오신 분들이라고 합니다. 우리가 사는 이곳까지 오는 길이 얼마나 먼지 모른다고 하더군요. 나으리 말씀이, 그분들은 하늘에서 내려오신 분이라 하시면서, 소인들더러 냉큼 식사를 마련해서 대접해드리라고 분부하셨습니다."

이 말을 들은 노파도 기뻐하면서 몸종을 불렀다.

"어서 옷을 꺼내오너라. 나도 갈아입고 나가서 뵈어야겠다."

"마님, 나가서 보시는 건 좋은데, 한 분은 그나마 잘생기셨지만, 다른 세 사람은 몹시 누추하고 사납게 생겨서 보기가 어려우실 겁니다."

"너희들은 모른다. 생김새가 누추하고 괴상망측하다면, 그분들은 반드시 하늘에서 내려보낸 사람들일 게다. 너는 어서 먼저 가서 주인 나리한테 내가 곧 나간다고 기별해놓아라."

아이 종은 부리나케 달음박질쳐서 경당으로 나가더니, 주인 어른에게 말씀을 전했다.

"마님께서 나오십니다. 동녘 땅에서 오신 스님 어른들께 인사를 여쭙겠다고 하십니다."

삼장은 이 말을 듣고 당장 일어나서 아랫자리로 옮겨 앉았다.

기별이 미처 끝나기도 전에, 노파는 벌써 경당 앞에 이르렀다. 눈을 들어 바라보니, 당나라 스님의 얼굴 모습은 의젓하고 헌걸차며, 그 태도 또한 준수하고 영걸스럽기 이를 데 없었다. 이번에는 고개를 돌려 손행자 일행 세 사람을 바라보니 생김새는 범상치 아니한데, 비록 하늘에서 내려왔다 하더라도 어지간히 겁나고 무섭게 생겨먹어, 노파는 저도 모르게 속이 켕겼다.

주인댁 마님이 우러러보며 공손히 무릎 꿇고 절을 올리자, 삼장 법사도 황급히 답례하고 겸사를 했다.

"보살님께서 공경이 지나치십니다. 이러시면 도리어 저희가 송구스럽습니다."

노파가 원외 영감을 돌아보고 묻는다.

"네 분 스님들을 어째서 한자리에 같이 앉으시도록 해드리지 않았어요?"

그러자, 원외 대신에 주책없는 저팔계가 주둥이를 불쑥 내밀고 대꾸했다.

"우리 세 사람은 이분의 제자들이외다."

이크! 멧돼지처럼 생긴 화상의 목소리가 마치 깊은 산 속에서 으르렁대는 호랑이보다 더 사납고 무시무시하다. 노파는 그만 겁을 집어먹은 나머지 얼굴빛이 하얗게 질리고 말았다.

이러구러 어색한 대화를 나누고 있는 마당에, 또 아이 종이 들어와 여쭙는다.

"두 분 서방님께서도 나오십니다."

삼장 법사가 급히 고개를 돌려 바라보니, 젊은 선비 두 사람이 경당으로 올라와 장로님 앞에 허리 굽혀 큰절을 드린다. 삼장 법사도 황망히 답례를 드리려는데, 구원외가 선뜻 붙잡아 말렸다.

"어린것들한테 무슨 절을 하십니까. 이 두 아이는 제 아들입니다. 맏이는 구량(寇梁)이라 하고, 둘째 아이는 구동(寇棟)인데, 모두들 서당에서 공부를 하고 방금 돌아오느라 아직 점심을 못 했습니다. 스님께서 왕림하셨다는 소식을 듣고 문안 인사를 드리러 온 모양입니다."

삼장은 매우 기뻐하며 덕담을 늘어놓았다.

"대견스럽군요! 아주 훌륭한 자제 분을 두셨습니다! 이야말로 문중에 훌륭한 자제를 두려면 모름지기 착하게 길러야 하고, 훌륭한 자손이 되려면 학문을 익혀야 한다는 말씀 그대로입니다."

두 선비가 아버님께 여쭙는다.

"이 어르신께서는 어디서 오셨습니까?"

구원외는 흐뭇한 미소를 띠며 일러주었다.

"아주 멀리서 오셨지! 남섬부주 동녘 땅 대 당나라 황제께서 칙명으로 파견하시어 영산으로 부처님을 찾아뵙고 경을 받으러 가시는 분이시다."

두 아들도 탄성을 지르며 이렇게 말했다.

"제가 『사림광기(事林廣記)』[2]란 책을 보니, 천하에는 사대 부주가 있을 뿐이라고 했습니다. 우리가 사는 이 땅은 서우하주라 부르고, 따로 동승신주가 있다고 합니다. 그런데 남섬부주에서 여기까지 오시는 데 몇 해나 걸리셨는지 모르겠군요."

삼장 법사가 빙그레 웃으면서 대답한다.

"소승이 오는 길에 지체한 날짜가 많고, 걷는 날짜가 도리어 적었소이다. 걸핏하면 악독한 마귀, 사나운 괴물들과 맞닥뜨리게 되어 천신만고를 겪느라 지체하였던 거요. 소승의 제자 셋이 보호해준 덕분에 여간 많은 신세를 진 게 아니었소. 고국을 떠난 이래 도합 열네 차례 여름과 겨울을 보내고 나서야 간신히 이 나라에 당도하였소이다."

14년 동안 걸어왔다는 얘기를 듣자, 두 젊은 선비는 혀를 내두르며 찬탄해 마지않았다.

"참으로 신승(神僧)이십니다! 참으로 신승이 아니시고는 못 해내실 일입니다!"

말을 끝내기도 전에, 또 다른 가동(家僮)이 들어와 여쭈었다.

"식사 준비가 다 됐습니다. 어르신들, 저쪽으로 건너가셔서 드시지요."

구원외는 마누라와 두 아들을 안채로 돌려보낸 다음, 네 사람을 재당(齋堂, 식당)으로 모셔들여다가 식사를 대접했다.

재당에는 여러 가지 음식이 골고루 깔끔하게 차려져 있었다.

금칠 먹인 식탁, 검정 칠한 의자.
앞줄에는 다섯 빛깔의 과자를 높다랗게 쌓아올렸으니, 솜씨 좋은 숙수가 유행에 따라 절묘한 모양으로 구워내고 쪄낸 것이다.

---

2 『사림광기』: 송나라 때의 도학 선비 진원정(陳元靚)이 편찬한 『세시광기(歲時廣記)』의 다른 이름으로, 당시 백과사전의 일종.

둘째 줄에는 간단한 밥반찬이 다섯 쟁반, 셋째 줄에는 과일 다섯 접시, 넷째 줄에는 큼지막한 쟁반 다섯에 떡을 괴었다.

가지가지 음식맛이 기막히게 달콤하며, 종류마다 향기로운 냄새가 진동한다.

채소 국에 쌀밥, 밀가루 반죽을 돌돌 말아서 쪄낸 만두, 얼큰하게 맵고 뜨끈뜨끈하여 김이 무럭무럭, 하나같이 먹음직스럽고 입에 맞아 참으로 배를 채우기에 흡족하다.

일고여덟 명의 어린 하인들이 분주하게 들락날락 시중을 들고, 네댓 명의 요리사가 손 쉴 틈이 없으니, 국을 뜨는 사람은 국을 떠다 바치고, 밥을 퍼담는 사람은 밥을 퍼담고, 너나 할 것 없이 오락가락 갈팡질팡, 그야말로 '유성간월(流星趕月)'이라더니, 별똥별이 흐르는 달 그림자를 쫓아가듯 바쁘다.

먹성 좋은 저팔계, 한입에 꿀꺽하면 한 대접씩, 마치 사나운 돌개바람이 겨우 남은 구름장을 휘말아 올리듯(風捲殘雲) 눈앞에 닥치는 대로 게걸스럽게 먹어치우기에 정신이 하나도 없을 지경이다. 이렇듯 스승과 제자들은 모처럼 한 끼니를 배불리 먹었다.

식사를 마치자, 당나라 장로님은 몸을 일으켜 성찬을 대접해준 구원외에게 고맙다는 인사를 건네고 나서 곧바로 길 떠나려 했다. 그러나 구원외가 그 앞을 가로막았다.

"스님, 마음 푹 놓으시고 며칠 더 머물러 계십시오. 속담에 '시작은 쉬워도 끝을 맺기는 어렵다(起頭容易結梢難)' 하지 않았습니까. 저희 집에서 소원을 원만히 성취한 법회가 끝나거든 그때 떠나시도록 해드리겠습니다."

삼장 법사는 그 성의가 간절한 것을 보고 어쩔 수 없이 며칠 더 머물러 있기로 했다.

어느덧 일고여덟 차례나 아침 저녁을 보내고 났더니, 구원외는 그제야 본토박이 응불승(應佛僧)³ 스물네 분을 초빙하여 자신의 소원을 원만하게 이룬 도량(道場)을 차려놓고 불공 드릴 준비를 마쳤다. 여러 스님들은 사나흘 동안이나 제문을 써가지고 길일양진 좋은 날을 택하여 불공을 드리기 시작했다.

그 고장의 풍습이나 법사 절차도 당나라 세정(世情)과 다를 바 없이 풍성한 것이었다.

폭 좁은 깃발을 펄럭펄럭 휘날리며, 금부처의 모습을 베풀어놓은 가운데,
가지런히 촛불을 받들고 향불을 살라 올리며 불공을 드린다.
큰북 울리고 바라를 치며, 생황 불고 관악을 연주한다.
징과 피리 소리 청아하게 울려 퍼지니, 한결같이 척공(尺工)이 자로 잰 듯 장단 가락이 잘도 맞아떨어진다.
한바탕 두드리고 한차례 불어서 울려 퍼지는 가운데, 낭랑한 목소리로 경장(經藏)을 읽어 내린다.
먼저 토지신에게 문안을 드리고, 그 다음에는 신장(神將)을 청하여 모셔들인다.
문서를 펼쳐놓고 불상 앞에 절하며, 「공작경」 한 벌을 외우니, 한마디 한마디에 재앙과 업장(業障)이 소멸되고,
약사등(藥師燈) 한틀 한틀씩 불 밝혀놓으니, 타오르는 불꽃마

---

³ 응불승: 중국 불교 용어로 재가승(在家僧). 평소에는 생업을 가지고 속가에 있으면서 불법(佛法)을 닦는 사람. 시주하는 집에 불사(佛事)가 있을 때에만 임시 승려로 고용된다.

다 가문의 광채가 휘황찬란하게 빛난다.

「수참경」을 외우며 절하니 원통함과 억울함이 풀어지고, 「화엄경」을 읽어서 비방(誹謗)을 잠재운다.

삼승(三乘)의 묘법이 자못 정성스럽고 부지런하니, 여기저기 어느 곳에나 사문(沙門)의 법도는 모두 매일반이다.

이렇듯 사흘 낮과 밤 동안 불공을 드린 끝에 도량이 파했다.

당나라 스님의 가슴 속에는 그저 뇌음사로 떠날 생각만 꽉 들어차 있어, 또다시 주인에게 작별 인사를 건네고 출발하려 했다. 하지만 구원외는 또 간곡히 만류했다.

"스님, 떠나실 때 떠나시더라도 이렇듯 서두르실 일이 뭐 있습니까. 혹시 연일 불공을 드리느라 바빠서 대접이 소홀했다고 서운하셔서 나무라시는 뜻으로 이러시는 게 아닌가 모르겠습니다."

이 말에 삼장 법사가 펄쩍 뛰었다.

"천만의 말씀을 다하십니다! 저희가 댁에 너무 폐를 끼쳐서 무엇으로 보답해드려야 좋을지 모를 판인데, 어찌 감히 서운하게 여기겠습니까. 사실을 말씀드리자면 제가 고국을 떠나던 해, 성상 폐하께서 관문 밖까지 배웅을 나오셔서 '언제쯤에나 돌아올 수 있겠느냐'고 물으시기에, 저는 '한 삼 년이면 돌아올 수 있을 것이라'고 섣불리 대답해 올렸습니다. 그런데 뜻하지 않게 오는 도중에 시일을 많이 지체하여 벌써 십사 년이나 허송하고 말았습니다. 경을 가지러 가기는 합니다만, 그것이 과연 있는지 없는지도 모르거니와 또 돌아갈 길도 역시 십이삼 년의 세월을 보내야 할 터이니, 이 어찌 성지에 어긋나는 일이 아니겠으며, 그 죄를 또 어찌 감당할 수 있겠습니까? 원외 어르신께 바라건대, 부디 소승을 이대로 떠나도록 해주십시오. 경을 구해 가지고 돌아오는 길에 다시 이 댁에 찾아들어서, 그때에는 오랫동안 머물러도 안 될 것이 없지 않겠습니까?"

스승이 막무가내로 고집을 부리자, 저팔계가 듣다 못해 고함을 버럭 질렀다.

"원, 사부님도! 남의 소원을 그렇게 몰라주시다니, 참말 인정머리도 없으십니다! 원외 어르신은 이 고장에서도 손꼽히는 명문 거부요, 승려 일만 명에게 재를 베푸시기로 맹세하고 이제 그 소원을 다 채우지 않으셨습니까. 하물며 우리더러 머물러 있어달라고 지극 정성으로 간청하니 한 일 년쯤 이 댁에 머무르면서 푹 쉬어도 괜찮을 텐데, 사부님은 어째서 자꾸만 떠나겠다고 쇠고집을 부리시는 겁니까? 맛있게 차려놓은 음식상을 마다하고 또 다른 집을 떠돌아다니면서 구차하게 동냥질을 해먹어야 한다니, 그래, 저 앞길에 사부님의 외할아버지 외할머니라도 살고 계신답디까?"

"예끼, 이 고얀 놈!"

장로님의 입에서 불호령이 떨어졌다.

"이 밥통 같은 놈아, 네놈은 그저 먹을 것만 알고 할 일이 무엇인지는 어째서 생각하지 못하느냐! 너야말로 '여물통에 주둥이 처박고 실컷 먹다 배가 터져서 죽을 놈'의 짐승이로구나! 오냐, 좋다! 너희들이 여기 눌러앉아 먹을 타령만 늘어놓겠다면, 내일은 나 혼자서라도 떠나고 말테다!"

손행자는 스승의 얼굴빛이 시퍼렇게 바뀌는 것을 보자, 대뜸 저팔계를 거머잡고 주먹으로 머리통을 호되게 쥐어박았다.

"이런 바보 멍텅구리 녀석! 철딱서니 없이 그따위 주둥아리를 놀려서 사부님을 노엽게 만들고 우리까지 도매금으로 꾸지람을 듣게 할 참이냐!"

곁에서 사화상이 고소하다는 듯이 낄낄 웃는다.

"큰형님, 잘 때려주셨소! 잘 때리셨어! 잠자코 있으면 누가 뭐랄까 봐 입을 또 놀리고 우리까지 야단맞게 할 게 뭐요."

미련퉁이는 모두들 자기 한 사람만 나무라는 것을 보자, 심통이 나서 씩씩대며 한쪽 구석으로 물러났다. 그러나 두 번 다시는 입을 열지 못했다.

구원외는 그들 사제지간에 감정이 썩 좋지 못한 것을 보고 겸연쩍게 웃으며 화해를 붙였다.

"장로님, 너무 초조하게 생각지 마십시오. 오늘은 너그럽게 용서해주시고 편히 쉬도록 하시지요. 내일 제가 깃발과 북을 마련해서 동네 일가친척 몇 분 청해 가지고 여러분을 배웅해드리겠습니다."

이렇듯 어색한 분위기 속에 얘기가 오가고 있을 때, 구원외의 노파가 또 나타나서 묻는다.

"스님, 저희 집에 오신 바에야 굳이 사양하실 것 없습니다. 저희 집에 오신 지 며칠이나 되셨지요?"

"벌써 반달이나 지냈습니다."

삼장이 대꾸했더니, 노파는 또 이런 의견을 내놓았다.

"그 반달은 우리 원외 영감이 공덕을 쌓은 셈으로 치고, 이 늙은 것도 바느질 품팔이를 해서 다소 돈을 모아놓은 것이 있으니, 이 돈으로 스님들을 다시 보름 동안 공양해드릴까 합니다."

말끝이 채 떨어지기도 전에, 또 구동과 구량 두 형제가 나왔다.

"네 분 어르신, 저희 가친께서 스님들에게 공양해드린 지 이십여 년이 되셨지만 여태껏 훌륭한 고승을 만나뵙지 못하셨습니다. 오늘 다행히도 소원을 원만히 이루게 되신 것은 네 분께서 저희 집에 왕림해주신 덕분이니, 실로 영광이라 하지 않을 수 없는 경사입니다. 저희 형제는 비록 나이 어린 탓으로 인과 업보가 무엇인지 잘 모릅니다만, 속담에 이르기를 '시아비가 선행을 쌓으면 시아비가 그 공덕을 얻고, 시어미가 선행을 쌓으면 시어미가 얻고, 선행을 쌓지 못한 사람은 아무도 그 공덕을 얻지 못한다(公修公得, 婆修婆得, 不修不得)' 했습니다. 이제 저희 아버님과 어머님이 각각 정성을 드리려는 뜻은 이분들 나름대로 인과를 얻기 위함인데, 굳이 사양하실 필요가 어디 있겠습니까? 저희 형제들 역시 변변치 못하나마 용돈을 아껴두었으니, 그 돈으로 어르신네를 보름쯤 모시고 나서 배웅해드릴까 합니다."

삼장이 듣고 보니 갈수록 태산이라, 이들의 간청을 딱 부러지게 거절했다.

"엄친과 자당의 간곡하신 성의도 받아들이지 못하는데, 어찌 또 형제 분의 두터우신 호의까지 받아들일 수 있겠소? 절대로 못 할 일이오. 내 오늘은 꼭 떠나야만 되겠으니, 과히 허물하지 말기 바라오. 그렇지 못할 때에는 우리 황제 폐하께서 말씀하신 기한을 어겨, 그 죄를 죽어도 다 씻지 못하게 될 것이오."

삼장이 끝내 고집을 부리며 듣지 않는 것을 보자, 노파와 두 아들은 벌컥 성을 내고 말았다.

"남이 모처럼 호의를 베푸는데 기어코 떠나겠다고 고집만 부리다니……! 정 갈 테면 가라지 뭐! 구차스레 이러쿵저러쿵 변명을 늘어놓을 건 또 뭐람?"

이렇게 쏘아붙인 노파는 두 아들을 데리고 횡하니 안채로 들어가버렸다.

저팔계가 근질거리는 주둥이를 가만두지 못하고 또 당나라 스님에게 한마디 던졌다.

"사부님, 너무 허세를 부리고 빼기지 마십쇼. 속담에도 '말릴 때 있어야지, 그냥 가면 욕을 먹는다(留得在, 落得怪)' 하지 않았습니까. 우리가 한 달쯤 더 머물러 있으면 저 모자 분들의 소원도 풀어드릴 수 있을 텐데, 어쩌자고 자꾸만 급히 서두르시는 겁니까?"

"주둥아리 닥쳐라, 이놈!"

당나라 스님의 입에서 또 불벼락이 떨어졌다.

찔끔 놀란 미련퉁이가 제 손바닥으로 주둥이를 두어 번 때리면서 투덜댄다.

"에이그, 요놈의 주둥아리! 잔소리하지 말라고 했는데, 또 지껄였구나!"

손행자와 사화상이 한쪽 구석에서 킬킬대고 웃자, 당나라 스님은 손행자를 노려보면서 냅다 꾸짖었다.

"네놈은 뭐가 우스우냐?"

스승이 당장 인결을 맺고 저 무시무시한 '긴고아주'를 외우려 하자, 그는 이것 큰일났구나 싶어 허둥지둥 무릎 꿇고 엎드려 싹싹 빌었다.

"사부님, 전 웃지 않았습니다! 진짜 웃은 적이 없다니까요! 제발 그것만은 외우지 마십쇼! 외우지 마세요!"

구원외는 이들 스승과 제자 사이에 감정이 점점 더 거칠어지는 것을 보자, 감히 더 이상 억지로 머무르게 할 수 없음을 깨닫고 서둘러 말매듭을 지었다.

"스님, 그토록 역정 내실 것 없습니다. 내일은 꼭 떠나시게 해드리겠습니다."

이윽고 그는 경당에서 나와 서생을 불러들이더니, 초청장 1백 몇십 장을 쓰게 하여 동네 일가친척과 이웃들에게 돌리고, '내일 아침 일찍이 당나라 스님 일행을 서쪽으로 떠나보내드릴 터이니 모두들 와달라'고 청하였다. 그리고 요리사들을 시켜 송별 잔치를 준비하도록 분부하는 한편, 집안 살림을 맡은 하인들을 시켜 오색 깃발 스무 쌍을 마련하게 하고, 따로 북 치고 피리 부는 악사 한패거리를 불러들이게 하는 한편, 남래사(南來寺) 승려와 동악관(東嶽觀) 도사들도 한패거리씩 초청하되, 모두들 내일 아침 사시(巳時, 9시)까지 모든 준비를 완전히 끝내도록 엄명을 내려두었다.

집사들은 주인의 명령대로 제각기 맡은 일을 하기 위해 뿔뿔이 흩어졌다.

얼마 안 되어서 날이 또 저물었다. 저녁을 마친 주인과 나그네들은 각자 침소로 돌아갔다. 어둠이 깔리고 사방은 고요 속에 잠겨들었다.

제 둥지 찾아 돌아가는 까마귀 몇 마리 산촌을 떠나고, 다락머리 종과 북 소리 먼 데까지 마주 들린다.

육가 삼시(六街三市)에 오가는 인적 고요하고, 만호 천문(萬戶千門)마다 등불 어둡다.

달은 밝고 바람 맑으니 꽃떨기 그림자를 희롱하고, 은하수 참담하게 흐르며 성신(星辰)을 비춘다.

뻐꾸기 울어대는 곳에 밤은 더욱 깊어가고, 온 세상이 잠잠하여 소리 없으니 대지는 평온 속에 잦아든다.

밤이 삼사경에 이르렀을 무렵, 제각기 일을 맡은 가동들은 모두 일찌감치 일어나 물건을 사러 나가랴, 준비를 하랴 바쁘게 돌아가기 시작했다. 송별의 잔치 자리를 마련하는 요리사들이 부엌에서 부산을 떨고, 채색 깃발을 맡은 사람은 안마당에서 시끄럽게 떠들고, 승려와 도사를 청하러 갈 사람은 남래사, 동악관으로 달려가느라 두 다리에 비파 소리가 날 지경이요, 북 치고 피리 부는 악사들을 불러모을 사람은 동네방네

소리지르며 이리저리 뛰고, 초청장을 전할 사람들은 동분서주, 교자와 마필을 준비할 사람들은 위에서 부르고 아래에서 응답하고, 이렇듯 한밤중부터 날이 훤히 밝아올 때까지 떠들썩하던 끝에 사시 전후가 되었을 때는 모든 준비가 완벽하게 끝났으니, 이 또한 돈이 없으면 해내지 못할 일이었다.

한편 당나라 스님 일행도 스승이나 제자들이나 모두 일찌감치 일어났다. 나그네들이 일어나자, 기다리고 있던 머슴 한패거리가 달려와서 곰살궂게 시중을 들었다. 장로님은 제자들에게 분부를 내렸다.

"서둘러 행장을 꾸리고 말에 안장을 놓아라."

미련퉁이 저팔계는 곧 떠난다는 말을 듣더니, 주둥이가 또 퉁퉁 부어 가지고 스승이 듣지 못하게 투덜투덜 불평을 늘어놓았다. 그러나 어쩔 수 없이 의발(衣鉢)을 거두어 넣고 멜빵을 찾아서 어깨 위에 높직하니 보따리를 짊어졌다.

사화상은 백마에게 솔질을 해준 다음, 안장을 얹고 재갈을 물려서 언제든 떠날 수 있도록 대령해놓았다. 손행자는 구환석장을 스승의 손에 넘겨드리고 자신은 통관 문첩이 들어 있는 바랑을 앞가슴에 비스듬히 걸쳐 맸다. 이제 출발 준비가 끝난 것이다.

일행이 떠나려 하자, 구원외는 이들을 또다시 뒤꼍에 자리잡은 대청으로 모셔들였다. 대청 안에 차려진 송별 연회 자리는 재당에서 대접받던 규모와 판이하게 달랐다.

주렴 휘장이 높다랗게 걸리고, 사면으로 병풍을 둘러쳤다.

한복판에는 수산복해(壽山福海), 장수를 기원하는 그림 한 폭이 걸려 있고, 양편 벽에는 춘하추동(春夏秋冬) 사계절의 경치 네

폭을 늘어놓았다.

용무늬 세 발 솥에는 향불 연기가 아지랑이처럼 피어오르고, 까치와 거북 모양의 화로에는 상서로운 기운이 솟아오른다.

쟁반에는 다채로운 보배와 꽃장식이 무더기를 이루어, 가지가지 빛깔이 또렷하고도 밝게 빛난다.

식탁을 늘어놓은 품이 황금을 쌓아올린 듯한데, 사선당(獅仙糖) 엿 덩어리를 가지런하게 벌여놓았다.

댓돌 앞에 북을 두드리고 피리 부는 궁상(宮商) 가락에 맞추어 가무단이 노래하며 춤을 추는데, 대청 위의 과일과 안주는 금수(錦繡)를 깔아놓은 듯 화려하다.

채소 국에 쌀밥이 기이할 정도로 깔끔하며, 맛좋은 술과 향기로운 차가 더할 나위 없이 아름답다.

비록 한낱 백성의 집이기는 하더라도, 왕후장상(王侯將相)의 저택에 견주어 손색이 없구나.

한바탕 들려오는 환호성에, 진실로 하늘도 놀라고 땅도 흔들릴 지경이다.

장로님이 구원외와 막 인사를 나누려는데, 가동이 들어와서 통보를 한다.

"손님들이 모두 오셨습니다."

손님들이란 옆집 사람, 앞뒷집 이웃, 처제, 형부, 매부들, 그리고 뜻이 서로 맞는 친구들, 부처님을 숭상하는 선량한 신도들로서, 한결같이 당나라 스님에게 큰절을 올렸다.

인사치레가 끝나자, 모두들 자리잡고 앉았다. 대청 아래에서는 비파 뜯고 생황 불고, 대청 위에서는 현금(弦琴)의 장단 가락에 맞추어 노래부르고 술잔치가 질탕하게 벌어졌다.

성대하게 베풀어진 잔치 자리에 마음이 쏠린 저팔계 녀석은 사화상을 돌아보고 연신 히죽히죽 웃느라 정신이 없다.

"여보게, 허리띠 풀어놓고 우리 어디 한번 양껏 먹어보세그려! 이 구씨 댁을 떠나면 두 번 다시는 이렇게 푸짐한 음식을 먹어볼 기회가 없을 걸세!"

사화상은 피식 웃어넘겼다.

"둘째 형님, 그게 무슨 말씀이시오? 속담에 '백 가지 맛좋은 진수성찬이라도 한번 배부르면 그만이요(珍饈百味, 一飽便休), 남몰래 살금살금 다닐 길은 있어도 음식을 숨겨둘 뱃가죽은 어디에도 없다(只有私房路, 那有私房肚)'고 하지 않았소?"

"헤헤! 이 친구, 어지간히도 벽창호로군! 벽창호야! 나는 한 끼만 배부르게 먹어두면 사흘 동안은 무슨 일이 있어도 절대로 배가 고프지 않다네."

손행자가 그 말을 듣더니 핀잔을 주었다.

"이런 밥통 같으니! 배가 터지지나 말게! 이제부터 또 터덜터덜 길을 걸어가야 하니 말일세!"

이러쿵저러쿵 얘기가 미처 다 끝나지도 않았는데, 해는 벌써 중천에 떠올랐다. 장로님이 젓가락을 들고 식후에 드리는 「알재경(謁齋經)」을 외우기 시작했다. 이것을 본 저팔계는 이크 바쁘게 됐구나 싶어, 밥이 담긴 그릇을 휩쓸어다가 한입에 한 그릇씩, 눈 깜짝할 사이에 대여섯 사발을 거뜬하게 먹어치우더니, 만두하며 꽈배기며, 구운 떡, 과자 할 것 없이 이것저것 닥치는 대로 훑어다가 양 소맷자락에 잔뜩 쑤셔넣었다. 그러고 나서야 마지못해 스승을 따라 일어섰다.

장로님은 구원외에게 고맙다는 인사를 드리고 다른 사람들과도 하직 인사를 나누었다. 일행이 대문을 나서고 보니, 문밖에는 오색 깃발과 보개(寶蓋)가 줄지어 늘어서고, 고수와 악사들이 북 치고 피리 불며 풍악을 잡히느라 떠들썩한 가운데, 때마침 뒤늦게 도착한 남래사 스님들과 동악관의 도사들이 떼를 지어 나타났다.

구원외는 겸연쩍게 웃으면서 사정을 이야기해주었다.

"여러분이 좀 늦게 오셨군요. 장로님은 갈 길이 급하셔서 공양도 제대로 올려드리지 못했습니다. 여러분께는 돌아와서 대접해드리도록 하겠습니다."

배웅 나온 사람들은 말을 타거나 교자를 타거나, 두 다리로 걷거나 하여 모두들 당나라 스님 일행 네 사람에게 앞길을 틔워주고 뒤따라 나섰다.

들리는 것이라곤 북소리, 풍악을 잡히는 소리가 하늘을 찌르도록 요란하고, 채색 깃발이 나부껴 해를 가렸으며, 인파가 빽빽하게 들어찬 가운데 수레와 마필이 길거리를 가득 메워놓았으니, 모두들 구원외가 전송하는 당나라 스님을 보려고 몰려나온 구경꾼들이었다. 이 호화찬란한 전송 행렬이야말로 주옥과 비취에 둘러싸였다 해도 이만은 못 할 것이요, 실로 비단 장막에 감추어진 봄날에 견주어도 손색이 없을 지경이었다.

맞은편 길가에서 남래사 스님들이 줄지어 늘어선 채 한바탕 불곡(佛曲)을 아뢰면, 이쪽 길가에서 동악관의 도사들이 현음(玄音)을 한바탕 불어 장단 가락을 맞추었다. 이렇듯 사람들은 동대부 성문 밖으로 벗어나갔다. 10리 길 정자에 다다르니, 또 언제 준비시켜두었는지 조촐하게 차린 음식상이 기다리고 있었다. 주인과 나그네는 술잔을 잡고 서로 권하며 작별을 아쉬워했다. 구원외는 그래도 헤어지기 섭섭하여 눈물을 머금고 신신당부했다.

"장로님, 경을 받아 가지고 돌아오시는 길에 꼭 저희 집에 들러주십시오. 며칠이나마 더 머무르시면서 이 구홍의 마음을 흡족하게 해주십시오."

삼장 법사는 구원외의 진심에 감동을 금할 길이 없었다.

"고맙습니다! 제가 영산에 도착하여 부처님을 뵙게 되거든, 제일 먼저 원외 어르신의 크나크신 공덕을 말씀드리겠습니다. 돌아올 때에는 제가 반드시 찾아뵙고 사례를 올리겠습니다."

이런저런 얘기를 나누는 동안, 어느새 또 2, 3리 길을 왔다. 장로님이 절하며 간곡하게 권하고 작별하니, 구원외는 목을 놓아 통곡하며 발길을 돌렸다.

참으로 안타까운 이별의 장면이었다. 스님들에게 공양하기로 발원하니 묘각(妙覺)에 돌아가고, 인연은 없어도 여래부처님을 볼 수 있게 된 것이다.

구원외가 10리마다 있는 정자까지 더 배웅하고 여러 사람들과 함께 돌아간 이야기는 이쯤에서 접어두기로 한다.

한편 그들 스승과 제자 일행이 4, 50리쯤 갔을 때 해가 또다시 저물었다.

장로님은 제자들에게 물었다.

"날이 저물었는데, 오늘은 어디서 잠자리를 빌릴 수 있겠느냐?"

저팔계가 짐보따리를 짊어진 채 주둥이를 비죽이 내밀고 심통을 부린다.

"다 된 밥은 자시지 않고, 서늘한 기와집도 마다하시고 누가 뒤쫓아오기라도 하는 듯 허겁지겁 길 떠나자고 재촉하시더니, 이게 다 무슨 꼴입니까! 오늘 밤에 비라도 쏟아지면 어디서 피하실 작정입니까?"

삼장 법사가 무섭게 꾸짖었다.

"이 못된 짐승 놈이 또 원망이로구나! 속담에 '장안 도성이 비록 좋다고는 하나 오래 미련을 지닐 곳은 못 된다'고 했다. 우리에게 진정 인연이 있어서 불조 어른을 찾아뵙고, 진경을 얻어 대 당나라로 돌아가 군주 폐하께 아뢸 수 있기만 하면, 궁궐 부엌 안의 밥은 네 녀석이 몇 해를 두고 배 터지게 퍼먹어도 남아 있을 것이다. 그때에는 네놈을 배가 터져 죽은 귀신 노릇 하게 해주마!"

스승의 입에서 먹을 타령이 나오니, 이 미련한 저팔계 녀석은 듣기만 해도 기분이 좋은지, 스승이 못 알아듣게 낄낄대며 웃음보를 터뜨린다. 그러나 감히 대거리를 하지는 못한다.

손행자가 눈을 들어 멀리 바라보니 큰길 한곁에 집 몇 채가 보였다. 그는 즉시 스승을 불러 세웠다.

"저길 좀 보십쇼! 우리 저기서 하룻밤 쉬지요!"

장로님은 말을 몰아 그 앞으로 달려갔다. 이리저리 살펴보니 다 쓰러져가는 패방(牌坊)이 하나 있고, 그 위에는 낡아빠진 편액이 걸려 있다. 칠이 다 벗겨지고 흙먼지만 켜켜이 쌓인 액자에는 '화광행원(華光行院)'이란 네 글자가 큼지막하게 씌어 있었다.

당나라 장로님이 말에서 내려서더니 고개를 주억거린다.

"화광보살이라면 화염오광불(火燄五光佛)⁴의 제자 분이시다. 독화귀왕(毒火鬼王)을 잘못 토벌하여 죽인 죄 값으로 벼슬 자리를 깎여서 오

---

4 화염오광불: '화염오광불(火燄五光佛)'의 정확한 신원은 파악할 수 없으나, 화염은 '화광삼매(火光三昧)' 또는 '화생삼매(火生三昧)'의 준말로 몸에서 맹렬한 불길을 쏟아내는 삼매인 듯하다. 불교 설화에 부처님이 일찍이 독룡(毒龍)을 굴복시키려고 삼매에 들어가 자신이 맹렬한 불을 토해내었다는 고사가 있다. **오현령관**(五顯靈官)에 대해서는 제5회 주 **10** '영관', 제7회 주 **6** '왕령관' 및 제53회 주 **3** '온원수', 제66회 주 **3** '오백영관' 각각 참조.

현령관(五顯靈官)이 되셨다 하니, 이 근처 어딘가에 반드시 사당이 있을 것이다."

이윽고 일행이 안으로 들어섰으나, 복도와 낭하는 모두 허물어지고 사람이라곤 그림자도 보이지 않는다. 발길을 돌려 다시 나오는데, 뜻하지 않게 별안간 하늘에 먹구름이 시커멓게 뒤덮이더니 장대 같은 빗줄기가 죽죽 내리쏟기 시작했다. 일행은 할 수 없이 기울어진 처마 밑에서 비바람 피할 데를 찾아 웅기중기 몰려 섰다. 혹시 요괴라도 있어서 알아차릴까 두려운 나머지, 큰 소리도 내지 못한 채 하룻밤 보낼 생각을 하자니, 그야말로 처량하고 썰렁하기 이를 데 없는 신세가 되었다. 겨우 자리잡고 앉은 사람은 웅크려 앉고, 엉거주춤 서 있는 사람은 그대로 선 채, 눈 한번 붙여보지 못하고 그 밤을 꼬박 지새웠다.

이야말로 "편안하고 사치스러움이 극도에 달하니 또다시 악운이 닥치고, 즐거운 마당에 또 슬픔과 마주친다"는 격이었다.

과연 날이 밝아서 앞으로 나가는 길에 어떤 일이 벌어지게 될 것인지, 다음 회에서 풀어보기로 하자.

제97회 손행자는 은혜 갚으려 악독한 도적들과 마주치고, 신령으로 꿈에 나타나 저승의 원혼을 구원해주다

당나라 스님 일행이 다 허물어져가는 화광행원 건물 안에서 밤비를 피해 고생하며 지새운 얘기는 잠시 접어두기로 한다.

한편, 동대부 지령현 성내에는 몇몇 흉악한 불량배들이 있었는데, 이들은 기생집에서 오입질이나 하고 술이나 마시면서 노름에 빠진 끝에 가산을 탕진하고 살아갈 길이 막막해지자, 드디어 10여 명이 작당해서 도적떼가 되고 말았다. 이들은 성내에서 어느 집이 제일 큰 부자요 또 어느 집이 둘째가는 부자인지 낱낱이 염탐해 가지고 금은보화를 약탈할 궁리를 하고 있었다.

패거리 중 한 놈이 이런 의견을 내었다.

"여보게들, 염탐할 필요도 없고 차례를 따져볼 것도 없네. 오늘 당나라 화상 일행을 배웅해준 구원외 댁이 재산 두둑한 갑부이니, 우리 오늘 밤 비 오는 틈을 타서 그 집을 털어먹기로 하세. 비바람이 몰아치니까 길거리에 나다니는 사람들도 방비하지 않을 테고, 또 딱따기 치는 야경꾼들도 순찰을 돌지 않을 테니까, 이 길로 곧장 착수하세. 그놈의 집에 있는 재물을 빼앗아 나눠 가지고 또 한번 질탕하게 오입질에 노름이나 하면서 놀아보는 것도 재미있지 않겠나?"

이 소리를 듣고 도둑놈들은 기뻐 어쩔 줄 모르면서 마음이 맞아 가지고 너나 할 것 없이 단도와 가시 몽둥이, 곤봉, 작대기, 밧줄과 횃불을 챙겨들고 억수같이 퍼붓는 장대비를 무릅쓰며 구원외 댁으로 쳐들어갔다. 도적들은 대문을 활짝 열어젖히고 공공연하게 함성까지 질러가며 한꺼번에 밀고 들어갔다.

"와아아! 죽여라! 닥치는 대로 죽여라!"

이야말로 아닌 밤중에 홍두깨 내미는 격이라더니, 느닷없이 들이닥치는 떼강도를 보자, 구원외 댁 사람들은 남녀노소 가릴 것 없이 혼비백산을 해가지고 한 사람도 빠짐없이 모조리 허둥지둥 피신하느라 정신을 차리지 못했다. 마나님은 침대 밑으로 기어들어가 숨고, 원외 영감은 문짝 뒤로 몸을 감췄다. 구량·구동 형제와 수양아들, 수양딸 몇 사람도 와들와들 떨면서 제 한목숨 건지려고 사면팔방으로 뿔뿔이 흩어져 달아나버렸다.

떼강도 패거리는 칼을 잡고 횃불을 밝혀든 채 기세등등하게 집 안의 세간살림을 뒤지기 시작했다. 궤짝과 장롱을 때려부숴 열어젖히고 금은보화, 머리장식 금비녀, 옥비녀, 팔찌와 귀고리, 목걸이, 노리개하며, 비단 옷가지, 값나갈 만한 그릇, 세간살림을 모조리 훑어내어 겁탈하는 것이었다.

구원외 영감은 전 재산을 모조리 빼앗기는 것이 안타까워, 목숨을 내던질 각오로 침실 문짝 뒤에서 걸어나왔다. 그리고 강도들에게 애원했다.

"여러 대왕님들, 쓰실 만큼만 가져가시면 되지 않습니까. 옷가지 몇 벌이라도 남겨두셔서, 이 늙은 것이 임종 때 걸치고 눈이나 감게 해주시오."

하지만 재물에 눈이 벌게진 강도들이 그런 말을 귀담아들을 턱이 어디 있으랴. 강도들은 그 앞으로 와락 달려들더니 구원외의 사타구니를 발길로 내질러 땅바닥에 쓰러뜨렸다. 급소를 걷어차였으니 무슨 수로 그 목숨이 붙어 있겠는가! 원외 영감은 가련하게도 삼혼(三魂)이 훨

훨 날아서 저승으로 돌아가고 칠백(七魄)은 유유히 이승을 떠나 세상 사람들과 작별하고 말았다.

뜻을 이루고 구원외의 집 대문 밖으로 나선 강도들은 성벽 밑에 달려가 밧줄 사다리를 걸쳐놓고 하나하나씩 성벽을 넘더니, 억수같이 퍼붓는 비바람을 무릅쓰고 서쪽을 향해 달아났다.

사나운 도적떼가 물러가자, 구씨 댁 하인들은 그제야 머리통을 내밀고 하나둘씩 기어나오기 시작했다. 난장판이 된 집 안을 이리저리 살펴보았을 때, 그들은 비로소 원외 나리가 땅바닥에 쓰러진 채 숨이 끊어져 있는 것을 발견하고 목을 놓아 대성통곡했다.

"아이고, 하느님 맙소사! 주인 어르신이 도적놈들에게 얻어맞고 돌아가셨구나!"

집안 식구들은 시체 곁에 엎드려 슬피 통곡할 따름이었다.

그 밤이 사경에 가까웠을 무렵, 구씨 댁 노파는 당나라 스님 일행이 자신의 공양을 받아들이지 않고 훌쩍 떠나버린 데 대해 원한이 복받쳐 올랐다. 여기에 앙심을 품은 그녀는 남편이 너무 호사스럽게 전송 행렬을 갖추어 떠나보낸 것이 결국 이런 끔찍한 재앙을 불러일으켰다고 생각했다. 그래서 당나라 스님 일행을 모함하는 한이 있더라도 해쳐서 분풀이를 하고 싶었다. 노파는 제 곁에서 울고 있던 맏아들 구량을 부축해 일으켜주며 이렇게 충동질했다.

"애야, 울 것 없다. 네 아버지는 어제도 공양, 오늘도 공양, 내일도 화상들에게 공양을 드리고 공양하는 일밖에 모르고 살아오시지 않았더냐. 오늘 밤 그 소원을 원만히 끝내셨는데, 마지막으로 공양을 해준 중놈들이 살인 강도였을 줄이야 누가 알았겠느냐!"

두 형제는 이게 무슨 소린가 싶어 어리둥절한 얼굴로 여쭈었다.

"어머니, 그 스님들이 살인 강도라니, 그게 무슨 말씀이십니까?"

"도적놈들이 흉악한 기세로 우리 방 안에 와르르 몰려들어왔을 때, 나는 침대 밑에 몸을 숨긴 채 와들와들 떨면서도 살그머니 등잔불빛이 밝혀진 곳을 똑바로 쳐다볼 수 있었다. 애야, 그놈들이 누군지 아느냐? 횃불을 켜들고 있던 놈은 당나라 화상이고, 칼잡이 놈은 저팔계, 금은보화를 꺼내 옮겨가던 놈은 사화상, 그리고 네 아버님을 때려죽인 놈은 바로 손행자였단다."

두 아들은 그 말을 듣더니 정말인 줄 알고 다시 여쭈었다.

"어머님이 똑똑히 보셨다면 틀림없겠지요. 저 네 놈은 우리집에서 보름이나 묵고 있었으니, 우리 집 안의 방문이며 담이며 들창 밖 골목까지 샅샅이 살펴서 알고 있었을 겁니다. 아버님이 부자라는 사실도 익히 알고 있었을 테니, 재물에 욕심이 생겨 오늘 밤에 비 오는 틈을 노리고 되돌아와서 재물을 약탈해간 것이 분명합니다. 게다가 아버님까지 무참하게 때려죽였으니, 이 얼마나 악독한 놈들입니까? 날이 밝는 대로 동대부 관아에 가서 도난계를 내고 범인들을 지목해서 고소장을 올리겠습니다."

"형님, 고소장을 어떻게 쓰실 작정이오?"

아우 구동의 물음에, 구량은 간단명료하게 대꾸했다.

"어머니 말씀대로 이렇게 쓰면 되지!"

　　당나라 화상은 횃불을 밝혀들고, 저팔계는 사람을 죽이라고 고함질렀나이다.

　　사화상은 금은보화를 겁탈하여 옮겨가고, 손행자는 내 부친을 때려죽였나이다.

온 집안이 떠들썩하게 소란을 피우는 가운데, 어느덧 날이 밝았다.

노파는 일가친척들을 급히 모셔다가 관재(棺材)를 마련하는 한편, 구량 형제는 동대부 관아로 달려가 도난계와 고소장을 올렸다.

원래 이 동대부를 다스리는 자사(刺史) 대감은 당상관으로서 내력이 대단한 사람이었다.

> 평생토록 정직하고, 바탕과 성품이 어질고 착하다.
> 소년 시절에는 설안(雪案)¹을 마주 대하고 학문을 익혔으며, 젊은 나이에 한림원(翰林院) 학사(學士) 시험에 급제했다.
> 언제나 충성스럽고 의로운 마음을 가슴에 품었으며, 일이 있을 때마다 어질고 자비로운 생각을 앞세웠다.
> 청사(靑史)에 이름을 드날려 천년 세월 두고 널리 알려지니, 공·황(龔黃)²이 다시 나타난 듯하고,
> 황당(黃堂)에 명성 떨쳐 만고에 길이 전하니, 탁·노(卓魯)³가

---

1 설안: 창문 앞에 책상을 붙여놓고 앉아서 겨울철 밝은 눈빛[雪光]에 책을 비춰가며 어렵게 공부한다는 뜻으로, 고학(苦學)하여 크게 성취한 경우를 비유하는 말이다. 그 유래는 진(晉)나라 때의 유명한 학자이자 정치가였던 손강(孫康)의 고사에서 비롯되었다. 이에 대해서는 제48회 주 4 '손강의 영설독서' 참조.

2 공·황: '공'은 공수(龔遂), '황'은 황패(黃覇)의 약칭. 두 사람 모두 서한(西漢) 선제(宣帝) 때(기원전 73~서기 49)의 인물로, 중국 역사상 성품이 강직하고 유능한 관리의 표본으로 손꼽힌다. 공수는 당시 제후였던 창읍왕(昌邑王) 유하(劉賀)의 부중에서 낭중령(郎中令)으로 있으면서 목숨을 걸고 직간(直諫)하여 명성을 떨쳤을 뿐 아니라, 발해군(渤海郡) 일대에 흉년이 들어 농민들이 폭동을 일으키자, 발해 태수로 부임하여 나라의 창고를 개방한 뒤 굶주린 백성들에게 곡식을 빌려주는 한편, 농사와 양잠업을 크게 장려하고 소송 사건을 줄인 끝에, 백성들이 다시 돌아와 생업에 종사하게 하였다. 황패는 양주 자사(揚州刺史)·영천 태수(潁川太守)를 지내면서 백성들에게는 너그러움으로 대하고, 대소 관리들은 원칙과 청렴성으로 엄하게 다스려 백성들의 칭송을 받았으며, 훗날 어사대부(御史大夫)를 거쳐 승상(丞相)의 지위에까지 오른 인물이다.

3 탁·노: '탁'은 탁무(卓茂), '노'는 노공(魯恭)의 약칭. 두 사람 모두 동한(東漢) 때 사람으로, 직무에 충실하고 백성들의 교화에 크게 힘쓴 인물로 유명하다. 탁무는 서한 말엽 평제(平帝) 때(기원전 1~서기 5) 때 밀령(密令)의 직분을 맡아, 덕으로써 백성

이 세상에 거듭 태어난 듯하다.

자사 대감은 당상에 높이 올라앉은 채 사무를 처리하고 있다가, 방고패(放告牌)⁴를 떠메다 내놓게 했다. 때마침 관아에 도착한 구량 형제는 그 팻말을 안고 들어가더니, 섬돌 앞에 꿇어 엎드려 큰 소리로 외쳐 아뢰었다.

"나으리, 소인들은 강도에게 재물을 빼앗기고 인명을 살상당한 중대 사건을 고발하러 왔나이다."

자사가 고소장을 받아들고 훑어보니 여차여차한 사건이라, 곧바로 두 형제에게 물었다.

"어제 누군가 전하는 말이, 너희 집에서 승려들에게 공양하는 소원을 원만히 끝내고, 네 분 고승들은 바로 당나라 조정에서 파견되어 온 나한들이라, 으리으리한 전송 행렬을 꾸며 가지고 북 치고 풍악을 잡혀서 온 길거리가 떠들썩하게 떠나보냈다고 하던데, 어째서 밤새 이런 불상사가 일어났느냐?"

들을 교화시켜 길바닥에 재물이 떨어져도 줍는 사람이 없게 만들었으며, 왕망(王莽)이 서한 황실을 무너뜨리고 신(新)나라를 세운 다음 그를 등용하려 하였으나, 절개를 지켜 벼슬에 나아가지 않고 피신하였다. 광무제(光武帝) 유수(劉秀)가 왕망을 타도하고 한나라의 정통을 회복시키자, 뜻을 같이하던 동지들을 천거하여 조정의 중책을 맡게 하였다. **노공**은 광무제 때 직언(直言)을 거쳐 중모(中牟) 지방의 수령(守令)이 되었는데, 백성들을 덕으로 다스리고 형벌을 함부로 쓰지 않아 칭송이 자자하였으며, 건무(建武) 7년(31)에 전국 방방곡곡에 메뚜기떼가 습격하여 농작물을 해쳤으나, 그 덕정(德政)에 감화되었는지 중모 지방 일대에는 메뚜기가 한 마리도 범접하지 않았다는 일화를 남겼다.

4 **방고패**: 지방장관이 부임 초기 또는 초닷새, 초열흘씩 날짜를 한정하여 백성들의 소송 사건 접수와 민원을 받아들여 직접 처리하는 제도. 아전 등 하급 관리들이 중간에서 뇌물을 받는 폐습을 막기 위해 주·현(州縣)의 수령이 방고패를 관아 정문 앞에 세워두게 하고, 이 팻말을 떠메고 들어오는 백성들의 민원 사항을 직접 받아 처리하였다. 방고패를 내거는 기한은 지방마다 다르나, 최고 369일 동안 포고한 기록도 남아 있다.

맏아들 구량이 머리를 조아리고 아뢰었다.

"나으리, 소인의 부친 구홍은 지난 이십사 년 동안 승려들에게 재를 베풀었사옵니다. 저들 네 화상은 머나먼 동녘 땅에서 왔을 뿐 아니라, 그들이 승려 일만 명의 수효를 채워 부친의 소원을 이루게 하여주었으므로, 보름이나 머물러 있게 하면서 융숭히 대접했습니다. 그런데 이 중놈들은 저희 집 통로와 창문이며 대문이며를 샅샅이 눈여겨 보아두었다가, 떠나보낸 그날 밤중으로 되돌아와서 어두운 밤에 비바람이 몰아치는 틈을 타 횃불을 밝혀들고 흉기를 휘두르며 집 안으로 쳐들어왔사옵니다. 그놈들은 금은보화 재물과 옷가지, 머리장식, 노리개까지 모조리 훑어 약탈해갔사오며, 또 저희 부친을 때려죽여 땅바닥에 내동댕이쳤습니다. 대감 어르신께 바라오니, 부디 이 불쌍한 백성을 위하여 사건을 해결해주소서!"

자사는 이 말을 듣더니, 두 번 생각해볼 것도 없이 당장 기마병과 보병, 솜씨 빠른 포졸들에 민간인 장정들까지 보태어 도합 1백50명이나 되는 병력을 출동시키고, 저마다 날카로운 병기를 휴대하고 서문 밖으로 달려나가, 곧바로 당나라 스님 일행 네 사람을 뒤쫓게 하였다.

한편 스승과 제자들은 동대부 성내에서 이런 일이 벌어진 줄 까맣게 모른 채, 화광행원 다 쓰러져가는 집에서 날이 밝기를 기다렸다가, 간신히 문밖으로 나와서 또다시 서행 길을 치닫기 시작했다.

그런데 공교로운 일이 생겼다. 그날 밤 구원외 댁을 털어 가지고 성밖으로 빠져나온 강도들 역시 서쪽으로 뚫린 큰길을 따라 도망쳐온 끝에, 날이 밝을 무렵에는 화광행원을 지나쳐 다시 서쪽으로 20리쯤 떨어진 곳, 어느 후미진 산골짜기로 내려가 몸을 숨긴 채 약탈해온 금은보화와 재물을 나누고 있었다. 그러나 미처 분배가 다 끝나기도 전에, 난데

없이 당나라 스님 일행 네 사람이 길을 따라서 다가오는 것을 발견했다. 엉큼스런 도적들은 여전히 욕심을 버리지 못하고 있던 터라, 당나라 스님을 가리키면서 동료들에게 소리쳤다.

"어이, 여보게들! 저기 오는 중 녀석이 어제 전송을 받고 떠난 것들 아닌가!"

동료 패거리가 껄껄대고 웃으면서 손바닥을 비벼댄다.

"마침 잘 만났다! 잘 걸려들었어! 우리야 어차피 천리에 어긋나는 장사판을 벌이지 않았는가? 저 중놈들이 길을 따라 우리한테 오고 있기도 하려니와, 또 구 영감 집에서 오래 묵었으니까 몸에 값나가는 물건을 얼마나 받아 지녔는지 알 수 없네. 우리 아예 저놈들의 앞길을 가로막고 노잣돈이나 털기로 하세. 게다가 저 백마도 있으니 팔아서 나눠 가지면 이보다 더 땡잡는 일이 어디 있겠나?"

이리하여 강도들은 병기를 집어들고 함성을 지르면서 큰길 한복판으로 우르르 뛰쳐나가더니, 한일자로 길게 늘어서서 앞길을 가로막고 호통쳤다.

"이 중놈들아! 꼼짝 말고 게 섰거라! 여기는 길값〔買路錢〕을 받는 곳이니까 냉큼 돈을 내놓아라. 그러면 네놈들의 목숨 하나만은 살려주마! 만약 이빨 틈새로 '싫다'는 말의 반 마디라도 나왔다가는, 한 놈에 한 칼씩 먹여서 저승으로 보내고 절대로 살려두지 않겠다!"

기겁을 한 당나라 스님은 마상에서 와들와들 떨고, 사화상과 저팔계 역시 가슴살이 떨려 겁먹은 기색으로 손행자를 돌아보았다.

"이게 도대체 어찌 된 노릇이냐! 밤새껏 장대비가 내려 죽을 고생을 했더니, 이제 또 여기서 산적들에게 길을 가로막히다니, 이야말로 '엎친 데 덮치는' 격이요, 화근이 꼬리에 꼬리를 물고 일어나는 격이로구나!"

손행자가 씨익 웃으며 스승을 안심시켰다.

"사부님, 너무 겁내지 마십쇼. 자네들도 걱정할 것 없네. 이 손선생이 가서 한번 물어보고 오겠네."

용감한 제천대성은 호랑이 가죽 치마를 질끈 여미고 소매 짧은 비단 직철 자락을 툭툭 털더니, 어슬렁어슬렁 앞으로 걸어나갔다. 그리고는 앙가슴에 팔짱을 끼고 물었다.

"여러분은 무엇 하는 분들이오?"

강도들이 기가 막혀 악을 쓰며 꾸짖는다.

"이놈이 죽을지 살지도 모르고 철딱서니 없이 날뛰는구나! 이마빼기 아래 눈알이 안 달렸느냐? 이 산적대왕 어르신을 몰라보다니! 어서 빨리 길값이나 내놓거라. 그래야만 네놈들을 놓아보내줄 테다!"

손행자가 이 말을 듣고서 얼굴 가득 웃음기를 띤 채 이죽거렸다.

"이제 봤더니 길 가는 나그네를 털어먹는 강도들이었군 그래!"

도적들은 약이 올라 고래고래 악을 썼다.

"이놈을 당장 죽여버려라!"

손행자가 일부러 깜짝 놀라는 척하면서 겁먹은 기색으로 싹싹 빌었다.

"대왕님! 산적대왕님! 저는 시골뜨기 화상이라 말주변이 없습니다. 그래서 대왕님을 노엽게 해드렸으니 과히 언짢게 생각지 마십쇼. 길값으로 돈이 필요하다고요? 그럼 저기 저 세 사람에게는 말씀하실 것 없이 저한테만 말씀하십쇼. 저희 일행 가운데 바로 제가 셈 치르는 일을 맡고 있답니다. 경을 읽어주고 받은 사례금하며 초상집에서 염습해주고 받은 돈, 동냥하러 갔다가 보시받은 돈 할 것 없이 모두 이 보따리 속에 들어 있지요. 이 돈을 출납하는 일은 전적으로 저한테 달렸습니다. 저기 말 탄 사람은 내 사부님이기는 해도, 그저 불경이나 외울 줄 알 뿐, 자질구레한 일에는 아예 참견도 않습니다. 재물과 여색을 모두 잊어버린 터라, 몸에 한 푼도 지닌 것이 없습니다. 또 저기 저 시커먼 낯짝을 한 친구는 제가 오는 도중에 받아들인 후배 녀석인데, 그저 말이나 다룰 줄 압니다. 그리고 저 주둥아리가 비죽 나온 친구는 제가 고용한 머슴인데, 짐보따리나 짊어지워서 데리고 다니지요. 저들 세 사람만 놓아보내주신다면, 제가 노잣돈이고 의발이고 할 것 없이 깡그리 대왕님께 다 내드리겠습니다."

도적들은 이 소리를 듣고 말했다.

"요 중 녀석이 그래도 제법 착실하구먼. 정 그렇다면 목숨은 살려주마. 놓아보내줄 테니, 저 세 놈더러 우선 짐보따리부터 내려놓으라고 해라."

손행자가 고개를 돌리고 눈짓으로 신호를 보내자, 사화상은 그 자리에 짐보따리를 내려놓더니, 스승이 탄 말고삐를 끌고 저팔계와 함께 서쪽으로 휑하니 빠져나갔다.

손행자는 머리를 숙이고 보따리를 끄르는 체하면서 땅바닥의 흙 한 줌을 움켜서 정수리 위로 홱 흩뿌렸다. 뒤미처 중얼중얼 주어를 외우는 소리, 바로 정신술법(定身術法)을 쓴 것이다.

"꼼짝 마라!"

외마디로 호통치는 소리와 더불어, 30명 가까운 도적들은 하나같이 양손을 뻣뻣하게 늘어뜨린 채 그 자리에 꼿꼿이 서고 말았다. 악문 이빨, 딱 부릅뜬 두 눈, 말 한마디는커녕 손가락 하나 까딱할 수가 없다.

손행자는 길가로 훌쩍 뛰쳐나오더니 냅다 큰 소리를 쳐서 스승을 불러 세웠다.

"사부님, 돌아오십쇼! 돌아오세요!"

저팔계가 그 소리를 듣고 당황했다.

"이크, 이거 큰일났구나! 큰일났어! 형님이 우리까지 끌고 들어갈 모양이야. 형님은 몸에 돈 한 푼 지닌 것도 없고, 바랑 속에 금붙이 은붙이가 들어 있는 것도 아니니까, 사부님더러 타고 계신 말을 내놓게 하고, 우리 옷까지 벗겨내다 넘겨줄 작정인가 봐!"

사화상이 어이가 없는지 피식 웃음보를 터뜨렸다.

"둘째 형님, 허튼소리 좀 작작 늘어놓으시오. 큰형님이 어떤 분이오? 여기까지 오는 동안 지독스런 마귀와 사나운 괴물을 수두룩하게 굴복시켰는데, 그런 재간을 지닌 분이 저따위 좀도둑 몇 놈을 보고 겁낼 리가 있겠소? 우리를 부르는 걸 보면, 필시 무언가 할 말이 있을 게요. 잔소리 말고 어서 빨리 가보기나 합시다!"

장로님도 듣고 보니 그럴싸한 말씀이라, 흔쾌히 말머리를 돌려 길가로 되돌아왔다.

"오공아, 무슨 일로 되돌아오라고 불렀느냐?"

손행자는 뻣뻣하게 서 있는 강도들을 가리켰다.

"이 도둑놈들의 꼬락서니 좀 보십쇼. 어떻게들 하고 있나……."

저팔계가 앞으로 썩 나서더니, 강도 한 녀석을 떠밀면서 꾸짖는다.

"이 날강도 놈아! 왜 꼼짝달싹도 않는 거냐?"

그러나 도적들은 갑자기 귀머거리에 벙어리가 되었는지 전혀 못 들은 척 말대꾸가 없다.

"허허, 이것 봐라? 아주 꽉 막힌 벙어리일세!"

손행자가 이 말을 듣고 껄껄 웃는다.

"이 손선생께서 정신법을 써가지고 꼼짝도 못 하게 만든 거라네."

"몸뚱이야 움쭉달싹도 못 한다지만, 입까지 꿰매버린 것은 아닐 텐데, 어째서 찍소리도 내지 못한단 말이오?"

미련퉁이가 계속 따지고 들었으나, 손행자는 그 말을 무시해버리고 스승에게 돌아섰다.

"사부님, 말에서 내려앉아 계십시오. 속담에, '잘못 잡아들일 수는 있어도, 잘못 놓아줄 수는 없다(只有錯捉, 沒有錯放)' 하지 않았습니까. 여보게! 자네들은 이 도적놈들을 자빠뜨려놓고 밧줄로 꽁꽁 묶게. 자백을 하게 만들어서, 이놈들이 햇병아리 강도인지 전문적인 떼강도인지 어디 알아봐야겠네."

사화상이 양손을 쩍 벌려 보인다.

"밧줄이 없는걸."

손행자는 그 자리에서 솜털 몇 가닥 뽑아 가지고 숨결 한 모금 불어넣어 서른 몇 가닥이나 되는 굵다란 밧줄로 만들어주었다. 이리하여 셋이서 일제히 손을 쓰기 시작하더니, 정신법에 걸린 도적들을 땅바닥에 자빠뜨려놓고 양팔 두 발목을 한 덩어리로 묶어버렸다. 그리고 나서 다시 술법을 푸는 주문을 외웠더니, 그제야 강도들도 차츰 정신을 차리고 다시 깨어났다.

손행자는 스승을 모셔다가 윗자리에 앉힌 다음, 형제 셋이서 저마다 병기를 손에 잡고 호통쳐 심문하기 시작했다.

"이 좀도둑놈들아! 일당은 모두 몇 놈이나 되느냐? 몇 해 동안 이 장사를 해먹었으며, 남의 재물은 또 얼마나 털었느냐? 사람을 죽인 일은 있었느냐? 풋내기 초범이냐, 아니면 재범, 삼범, 상습범이냐?"

도적들이 저마다 입을 열어 아우성친다.

"나으리, 목숨만 살려주십쇼! 제발 목숨 하나만 살려주십쇼!"

"닥쳐라! 딴소리 지껄이지 말고, 사실대로 자백하지 못할까!"

"나으리, 저희들이 노상 도둑질만 해먹고 사는 놈은 아니올시다. 모두들 좋은 집안의 자제들입니다만, 이렇다 할 재간이 없어 술이나 퍼마시고 노름이나 하고 오입질이나 하면서 빈둥빈둥 놀다가, 조상들이 물려주신 가산을 탕진하고 빈털터리가 되고 말았습니다. 그뒤로 해먹고 살아갈 만한 일거리도 없어, 용돈 한 푼 쓸 수 없게 되었지 뭡니까. 이 곳저곳 알아보니, 동대부 성내에 구원외 댁이 재산 많은 부호라는 소문을 들었기에 어제 여럿이 작당하고 그날로 어두운 밤중에 비 오는 틈을 타서 겁탈하러 쳐들어갔습니다.

약탈한 금은보화며 비단옷, 노리개 장식을 띠메고 여기까지 도망쳐 나와, 이 길 북쪽에 있는 으슥한 산골짜기로 내려가서 재물을 나누어 가지려고 할 때, 느닷없이 나리들께서 오시는 것을 발견했습니다. 저희 동료 가운데 나리들께서 구원외 영감이 전송해드린 분이라는 것을 용케 알아보는 녀석이 있었습니다. 저희는 나리들 몸에 반드시 값나갈 만한 물건이 있는 줄 알았고 또 짐보따리가 엄청나게 무거워 보이는데다, 백마가 기운차게 빨리 치닫는 것을 보자, 구원외 댁을 턴 것만으로도 욕심이 차지 않아 또다시 여러분께 덤벼들고 말았습니다. 그런데 뜻밖에도 나리께서 신통한 법력을 지니고 계셔서 저희들을 잡아 묶어놓을 줄이야 어찌 알았겠습니까. 아무쪼록 자비심을 베푸시어 약탈한 재물을 거두어 가시고, 저희들의 목숨 하나만은 용서해주십쇼!"

삼장 법사는 이 강도들이 구원외 댁에서 재물을 약탈했다는 말을 듣고 화들짝 놀라 저도 모르게 벌떡 일어섰다.

"오공아, 구원외란 분은 아주 착하고 좋은 일을 많이 한 사람인데, 어쩌다가 이런 횡액을 당했단 말이냐?"

손행자는 무엇인가 생각하더니, 빙글빙글 웃으면서 이렇게 말씀드렸다.

"우리 일행을 떠나보낼 때 전송 행렬을 그토록 호사스럽게 차리고, 북을 치랴 풍악을 잡히랴 온 성내가 떠들썩했으니, 남의 이목을 놀라게 만들고도 남았을 겁니다. 그래서 이 건달 녀석들이 작당을 하고 그 댁으로 쳐들어가 재물을 겁탈했던 것입니다. 이제 우리와 맞닥뜨리게 되어 그토록 숱한 금은보화, 비단 옷가지, 노리개 장식을 도로 빼앗았으니 다행스러운 일이 아니겠습니까."

"그렇다. 우리가 그 댁에서 보름씩이나 폐를 끼치고도, 그 두터운 은덕에 보답할 길이 없었는데, 차라리 이 재물을 그 댁까지 잘 호송해서 돌려드리는 것도 한 가지 좋은 일을 베푸는 셈이 아니겠느냐?"

"옳으신 말씀입니다. 그대로 하지요."

손행자는 즉시 저팔계와 사화상을 산골짜기 으슥한 곳으로 달려보내 장물을 찾아내게 하고 남김없이 거두어서 말안장에 실어놓았다. 그리고 다시 저팔계에게 금은보화를 한 짐 잔뜩 지우고, 사화상은 본래 떠메고 가던 짐보따리를 맡겼다.

애당초 손행자의 생각 같아서는 이 몹쓸 떼강도 녀석들을 단매에 깡그리 때려죽이고 싶었지만, 혹시 당나라 스님에게 인명을 살상한다고 책망을 듣지나 않을까 겁이 나서, 하는 수 없이 몸을 흔들어 결박지었던 밧줄을 거두어들이고 강도들을 놓아보내고 말았다. 강도 패거리는 손발이 풀려 자유스럽게 움직일 수 있게 되자, 엉금엉금 기어 일어나더니 한 놈도 남지 않고 모조리 뺑소니쳐서 깊은 산 숲 속으로 들어가 진짜 산적패가 되고 말았다.

당나라 스님은 재물을 구원외 댁에 돌려보낼 작정으로 발길을 되돌렸다.

그러나 이번에 돌린 발길로 말미암아 마치 불나방이 불 속에 뛰어들 듯, 도리어 재앙을 받게 될 줄이야 누가 알았으랴.

이를 증명하는 시가 다음과 같이 있다.

은혜를 은혜로 갚는 일이 인간 세상에 드물고, 은혜와 자비를 베푼 일이 도리어 원수로 바뀌는 경우가 흔하다네.

물에 빠진 사람을 구하려다 결국은 보따리 내놓으라는 일이 허다하니, 무슨 일을 하든 세 번 거듭 생각해야 근심 걱정 없으리.

스승 삼장 법사와 제자들은 금은보화, 비단옷, 노리개 장식 보따리를 짊어지고 동대부 지령현으로 다시 돌아가고 있었는데, 한참 가다 보니 맞은편에서 창검을 번뜩이며 관군 병사들이 떼를 지어 오는 것을 발견했다.

삼장 법사가 깜짝 놀라 제자들에게 물었다.

"애들아, 저길 보아라. 병기로 무장한 사람들이 떼를 지어 오고 있구나. 도대체 웬 사람들인지 모르겠다."

그러자 미련퉁이 저팔계가 호들갑을 떨었다.

"큰일났습니다! 큰일났어요! 아까 놓아보낸 강도들이 병기를 마련해 가지고 패거리를 더 모아서 길을 되돌아 우리를 죽이려고 달려오는 게 분명합니다."

사화상이 퉁명스레 핀잔을 준다.

"둘째 형님, 저기 오는 것은 도적 패거리가 아닌 듯싶소. 큰형님이 자세히 좀 보시구려."

손행자는 사화상의 귀에만 들리게 넌지시 속삭여주었다.

"사부님께 재앙의 별이 또 닥쳐오는 걸세. 저 사람들은 보나마나 강도들을 잡으러 오는 관군 병사들이 틀림없네."

아니나 다를까, 귓속말이 미처 다 끝나기도 전에 가까이 들이닥친 관군 병사들이 앞뒤 좌우로 둥그렇게 진(陣)을 치더니, 그들 스승과 제자, 네 사람을 한복판에 몰아넣고 빙 둘러싸면서 호통을 쳤다.

"간덩어리가 어지간히 큰 중놈들이로구나! 남의 재물을 겁탈하고도 아직껏 이런 데서 어정대고 있다니!"

병사들이 한꺼번에 우르르 달려들어 우선 당나라 스님부터 마상에서 끌어내린 다음, 오랏줄로 친친 잡아 묶었다. 그리고 손행자 일행 세 사람도 누가 먼저랄 것도 없이 똑같이 양손 두 발목을 한 묶음으로 결박 짓더니, 오랏줄 매듭 사이에 굵다란 장대를 꿰어 가지고 두 사람이 한 명씩 어깨에 떠멨다. 그들은 또다시 말고삐를 잡아끌고 장물과 짐보따리마저 압수하여 챙기더니 그 즉시 동대부 성으로 출발했다.

당나라 스님 일행 네 사람은 마치 사냥꾼에게 붙잡힌 들짐승처럼 장대에 뒤룽뒤룽 매달린 채 끌려갈 수밖에 없었다. 그야말로 볼썽사나운 꼬락서니였다.

당삼장은 전전긍긍, 눈물만 방울방울 떨어뜨리며 아무 말도 못한다.
저팔계는 투덜투덜, 가슴속 가득한 원망을 어떻게 터뜨릴 곳이 없다.
사화상은 어리둥절, 어쩔 바를 모른 채 우물쭈물 갈피를 잡지 못한다.
손행자는 낄낄깔깔, 무슨 계교 부려 제 솜씨 한번 뽐내볼까 벼르고 있다.

관군 병사들은 민간인 장정들이 떠메고 가는 삼장 일행을 양쪽에서 에워싼 채, 잠깐 사이에 성내로 들어섰다. 그들은 곧바로 아문 대청 앞에 끌려갔다.

"자사 나으리, 민간인 장정과 포졸들이 강도 일당을 붙잡아왔사옵니다!"

동대부 자사는 단정한 자세로 당상에 올라앉더니, 민간인 장정과 포졸들의 노고를 칭찬해 돌려보낸 다음, 장물을 낱낱이 검사하고 구씨네 집안 사람들이 찾아가도록 수배해놓았다. 그러고 나서 삼장 법사 일행을 가까이 끌어다 놓고 엄한 목소리로 꾸짖어가며 물었다.

"너희들, 이 땡추중 놈들은 듣거라! 입으로는 동녘 땅 머나먼 곳에서 부처님을 찾아뵈러 서천으로 간다면서, 이제 봤더니 흉계를 꾸며 남의 집 대문과 통로나 슬금슬금 봐두었다가 재물을 겁탈하는 도적놈들이었구나!"

삼장 법사는 기가 막혀 항변을 했다.

"대감께 아룁니다. 소승은 진실로 도적이 아니올시다. 절대로 거짓을 여쭙는 것이 아닙니다. 저희 몸에 통관 문첩을 지니고 있사오니, 조사해보시면 아실 것입니다. 구원외 댁에서 저희들에게 보름 동안이나 공양을 해주셨으므로, 그 두터운 정리를 매우 고맙게 생각하던 터였는데, 공교롭게도 도중에 강도들과 맞닥뜨리게 되었기에 그자들이 겁탈한 재물을 도로 빼앗아 구씨 댁에 돌려보내어 다소나마 은혜를 갚으려 했을 뿐입니다. 그런데 뜻하지 않게 민간인 장정과 포졸들이 저희들을 도적으로 오인하고 붙잡은 것이지, 사실은 도적이 아닙니다. 바라옵건대 자사 대감께서 자세히 살펴보아주십시오."

자사는 냅다 호통을 쳤다.

"너 이놈! 은혜를 갚으려 했다고? 거짓말하지 말아라! 관군에게 붙잡히니까 교묘한 말로 본관을 속여넘길 작정이냐? 도중에 강도를 만났다면 어째서 그놈들까지 붙잡아와서 관가에 신고하고 구씨 댁 은혜를 갚지 않았단 말이냐? 강도들은 어딜 가고 하필이면 너희 네 놈뿐이냐? 이것을 봐라! 구량이 도난계를 내고 이름까지 적어서 네놈들을 고소했는데, 이래도 감히 뻗댈 작정이냐!"

삼장은 고소장을 읽어보고 그만 혼비백산하고 말았다. 청천하늘에 날벼락도 유분수지, 세상에 이런 변괴가 또 어디 있으랴? 삼장 법사야말로 망망대해 큰 바다에서 불타는 배에 올라타고 있는 격이라, 안절부절 속을 끓이다 못해 손행자를 돌아보고 버럭 소리쳤다.

"오공아! 너는 어째서 변명을 하지 않는 거냐?"

손행자는 시침 뚝 떼고 이렇게 말했다.

"장물이 있는 건 사실인데, 변명해서 무엇 하겠습니까?"

자사 대감이 고개를 주억거렸다.

"말 한번 잘했다! 장물이 여기 이렇게 증거물로 버젓이 있는데, 끝까지 잡아떼고 딴청을 부릴 테냐?"

이어서 아랫것들에게 불호령이 떨어졌다.

"여봐라! 뇌고(腦箍)를 가져다가 저 중놈의 대머리에 씌워 주리를 틀고 나서, 다시 호되게 매를 쳐라!"

'뇌고'란 굵은 밧줄을 여러 군데 매듭지어 죄수의 머리통에 씌우고 바짝 죄어서 고통을 주는 형구의 한 종류다.

사세가 이렇듯 험악해지자, 제아무리 낙천적인 손행자라 할지라도 당황할 수밖에 없다. 그는 속으로 궁리를 해보았다.

'사부님이 비록 이 재난을 받으셔야 할 운명이기는 하지만, 너무 지나치게 고생하시게 해드려서는 안 되겠구나. 아무래도 내가 무슨 수를 써야겠다.'

형벌을 맡은 관노(官奴)들이 밧줄을 가져다 뇌고를 엮기 시작하자, 그는 대뜸 입을 열어 큰 목소리로 외쳤다.

"자사 대감! 그 화상에게는 뇌고를 씌우지 마십쇼. 어젯밤 구씨 댁을 겁탈했을 때, 횃불을 켜들고 있던 사람도 나요, 칼을 잡고 있던 사람도 나였으며, 재물을 턴 사람도 나요, 사람을 죽인 범인도 나였습니다.

내가 강도들의 두목이니까, 매를 때리려거든 나를 때리십쇼. 저 세 사람은 아무 상관도 없습니다! 저만 놓아보내지 않으시면 됩니다."

자사 대감이 그 말을 듣더니 즉석에서 명령을 바꾸었다.

"오냐, 좋다! 우선 저놈부터 뇌고를 씌우고 주리를 틀어라."

명령 한마디에 관노들이 우르르 달려들더니 손행자의 머리에 뇌고를 씌우고 바짝 조이기 시작했다. 그러나 머리통이 오그라들기는커녕 오히려 밧줄 매듭만 툭 끊어지는 것이 아닌가? 다시 매듭을 엮고 씌워서 조였으나 이번에도 맥없이 툭 끊어졌다. 이렇듯 서너 차례나 연거푸 테를 씌우고 조였으나, 죄수의 머리 가죽에는 조여든 자국 하나 나지 않았다. 관노들이 또다시 밧줄을 바꾸어 매듭짓고 있는데, 누군가 들어와서 자사 대감께 아뢰었다.

"나으리, 도성에서 진소보(陳少保) 대감께서 내려오셨습니다. 어서 성 밖으로 나아가 영접하시지요."

자사 대감은 이 말을 듣더니, 즉시 형방(刑房)을 다스리는 아전에게 명령을 내렸다.

"도적놈들을 감옥에 가두고 단단히 지켜라. 상관이 오셨으니 모셔 들이고 나서, 다시 문초를 계속하겠다."

형방 아전은 마침내 당나라 스님 일행 네 사람을 끌어다가 감옥 문간 안에 처넣었다. 저팔계와 사화상은 자기들이 짊어지고 가던 짐보따리를 떠멘 채로 감방에 들어갔다.

"얘들아, 이게 어찌 되는 셈이냐?"

삼장이 물었더니, 손행자는 씨익 웃으면서 이렇게 말했다.

"사부님, 들어가십쇼! 들어가세요! 이 안에 개 짖는 소리도 없을 테니까, 한바탕 놀아보기는 오히려 좋습니다."

가련하게도 네 사람은 사나운 옥졸들의 손아귀에 붙잡힌 채 감방으로 끌려들어가 한 사람 한 사람씩 할상(轄床)⁵에 누인 다음, 뱃가죽과 머리통, 앞가슴하며 양팔과 두 발목을 차례차례 가죽띠로 바싹 조여서 꼼짝달싹도 못하게 묶이고 말았다.

옥졸들이 또 달려들어 뭇매질을 퍼붓기 시작했다. 삼장 법사는 괴로움을 견디지 못하고 손행자만 고함쳐 불러댔다.

"오공아! 어쩌면 좋으냐! 아이고, 죽겠다! 어쩌면 좋으냐!"

손행자가 능청맞게 대꾸한다.

"돈을 내놓으라고 때리는 겁니다. 속담에도 '좋을 때는 편히 쉬고, 궁지에 몰렸을 때는 돈을 써라(好處安身, 苦處用錢)' 하지 않았습니까. 저 놈들에게 돈만 주면 괜찮아질 겁니다."

"내게 돈 같은 것이 어디 있단 말이냐?"

"돈이 없으면 옷이라도 좋습지요. 보따리 속에 있는 가사를 주어버리십쇼."

이 말을 듣자 당나라 스님은 칼로 심장을 도려내듯이 아팠다. 그러나 한참 동안 정신없이 모진 매를 맞고 보니, 더 이상 배겨낼 도리가 없어 마침내 입을 열고 말았다.

"오공아, 네 말대로 하자!"

스승의 허락을 받아낸 손행자는 그 즉시 옥졸들을 소리쳐 불렀다.

"나으리들! 그만 좀 때리십쇼. 우리가 떠메고 들어온 보따리 두 개속에 금란 가사 한 벌이 들어 있는데, 그 값어치가 적어도 천금은 될 겁니다. 보따리를 끌러서 가져가십쇼!"

---

5 할상: 고대 중국 관청에서 죄인들의 자백을 받아내기 위해 쓰던 잔혹한 고문 도구. 침대나 수레바퀴 모양의 형틀에 죄인의 팔다리와 가슴, 머리통을 단단히 묶어놓고 밧줄과 지렛대를 써서 비틀거나 조이는 형벌이다. 일명 '갑상(匣床)'이라고도 부른다.

옥졸들이 이 말을 듣자, 한꺼번에 우르르 달려들어 보따리 두 개를 풀어헤쳤다. 그리고 이것저것 뒤져보니, 무명옷 몇 벌하고 바랑이 하나 있었지만 모두 값이 나갈 만한 것은 아니었다. 단지 기름종이로 몇 겹씩이나 싸놓은 물건이 한 가지 있는데, 상서로운 빛이 뻗쳐나오는 것이 예사로운 물건이 아님을 대번에 알아볼 수 있었다. 그들은 가사를 꺼내 펼쳐보다가, 그만 깜짝 놀라고 말았다.

야명주 구슬을 줄줄이 누벼 박았으니 그 솜씨 교묘하고, 부처님의 보배가 무더기로 달렸으니 희한하고 신기하다.
용틀임하는 무늬를 바탕에 수놓아 꿰맸는가 하면, 봉황새 날아가는 모습을 비단폭에 깃으로 둘렀다.

옥졸들이 서로 먼저 구경하느라 다투는 바람에, 본청의 옥사장(獄司長)을 놀라게 만들었다. 옥사장은 무슨 일이 났는가 싶어 부리나케 달려와서 호통쳐 꾸짖었다.
"너희 이놈들! 여기서 왜 이리 떠들고 있는 게냐?"
상관이 나타나자, 옥졸들은 그 자리에 꿇어 엎드려 아뢰었다.
"자사 대감께서 방금 문초하시다가 내려보내신 중놈들 말입니다. 소인들이 보니, 네 놈 모두 아주 굉장한 강도들이었습니다. 소인들한테 몇 대 얻어맞더니 매를 때리지 말아달라면서 이 보따리 두 개를 통째로 내주지 않겠습니까. 그래서 풀어봤더니 이런 희한한 물건이 들어 있는데, 저희들로서는 어떻게 처분할 도리가 없었습니다. 여럿이서 이 옷을 찢어 나누기에는 사실 아까운 노릇이고, 그렇다고 한 사람이 독차지해 버리면, 다른 친구들은 국물도 없을 테고, ……이래서 떠들고 있었습니다. 이제 다행히도 나리께서 오셨으니 공평하게 처분해주십쇼."

옥사장이 살펴보니 과연 세상에 보기 드문 금란 가사였다. 그는 내친김에 보따리를 다 뒤져 옷가지와 바랑까지 모조리 검사해보았다. 바랑에는 통관 문첩이 소중하게 들어 있었다. 그것을 펼쳐보았더니, 웬걸! 여러 나라 국왕의 어보(御寶)가 찍혔을 뿐 아니라 제왕이 손수 서명한 화압(花押)마저 눌려 있는 것이 아닌가?

옥사장은 깜짝 놀랐다.

"내가 일찌감치 와보았기에 망정이지, 하마터면 네놈들이 큰일을 저지를 뻔했구나! 이 승려들은 강도가 아니다. 내일 자사 대감께서 다시 문초하시게 되면 흑백이 판가름날 것이니, 절대로 옷가지에 손을 대거나 괴롭히지 말아라! 알겠느냐?"

옥졸들은 상관의 말을 듣고 보따리를 처음과 같이 싸서 도로 넘겨주었다.

날은 차차 저물어가고 문루에서 시각을 알리는 북소리가 들려오면서부터 파수꾼들이 야경을 돌기 시작했다.

사경 삼점(四更三點, 3시)이 되었을 때, 손행자는 스승과 동료들이 신음 소리 하나 내지 않고 모두들 곤히 잠들어 있는 것을 보고, 혼자서 이런 생각을 했다.

'사부님이 오늘 하룻밤을 감옥에 갇혀 고생하시게 된 것은 당연히 받으셔야 할 재난이다. 이 손선생이 입을 열어 변명하지도 않고 법력을 쓰지 않은 것도 모두 이 때문이 아닌가? 그러나 사경이 거의 다 지났으니, 재난도 끝날 때가 되었을 것이다. 이제부터는 내가 나서서 이것저것 알아보고, 날이 밝는 대로 이 감방에서 쉽게 나갈 수 있도록 미리 손을 좀 써놓아야겠다.'

앙큼스런 손행자, 솜씨 한번 부리는 꼴 좀 봐라! 우선 몸뚱이를 자그맣게 줄여 가지고 꽁꽁 묶인 형틀에서 슬쩍 빠져나오더니, 몸 한번 꿈틀하는가 싶자 어느 틈엔가 날개 달린 메뚜기로 둔갑하여 감방 처마 끝 기왓장 사이로 빠져나갔다.

밤하늘에는 별이 빛나고 밝은 달빛이 교교하게 비치고 있었다. 바야흐로 사방 천지가 온통 맑고 깨끗한데, 인적 없는 한밤중에 방향을 어림잡아 구씨 댁으로 날아가다 보니, 길거리 서쪽으로 등불이 환하게 비쳐나오는 집 한 채가 눈길에 들어왔다.

그는 워낙 호기심 많은 원숭이라, 어떤 사람이 이토록 부지런을 떠는가 싶어 일단 그 집 가까이 날아가 살펴보기 시작했다. 그 집은 두부 장수 가게였다. 늙은 영감이 아궁이에 불을 때고, 노파는 콩국을 짜내느라 분주하게 손을 놀리고 있었다.

늙은 영감은 무슨 생각이 났는지 노파를 돌아보며 얘기를 걸었다.

"여보, 마누라. 구원외는 아들 복도 있고 재물 복도 많이 타고났지만, 명을 짧게 타고나서 안되었어. 나는 그 친구하고 어렸을 적부터 함께 글을 배웠지. 내가 그 친구보다 다섯 살이 위였어. 그 친구네 어르신은 구명(寇銘)이란 분인데, 그분이 살아 계실 때에는 논밭이 겨우 일천 마지기도 못 되는 것을 남한테 소작으로 내주고 해마다 도조(賭租)를 받아먹었지만 그게 신통한 벌이가 못 되었거든. 구원외가 스무 살이 되던 해 구명 어르신은 세상을 떠나고, 아들인 그가 집안 살림살이를 도맡아 다스리게 되었는데, 이때부터 운수대통을 했단 말씀이야. 시집온 아내가 바로 장왕(張旺)의 딸인데, 바느질 솜씨가 하도 좋아서 처녀 적 이름을 천침아(穿針兒)라고 불렀지. 그 여자가 복덩어리였는지 구씨 가문에 들어온 이후부터 남편을 도와서 일을 했는데, 농사를 지으면 소출도 많아지고 돈놀이를 해도 곧잘 되고, 물건을 사들이면 이득이 많이 남을 뿐 아니라, 하는 일마다 돈을 벌게 됐거든. 그래서 지금은 십만 냥이나 되는 막대한 재산을 모으게 된 것이지. 그 친구는 열심히 재산을 모으는

데 힘쓰다가 마흔 살을 넘기자, 그때부터 착한 일을 해보겠다고 마음먹고 일만 명의 스님들에게 공양을 베풀었지. 그런데 뜻밖에도 어젯밤에 강도 놈들의 발길질에 걷어차여 죽었으니, 이 얼마나 불쌍한 노릇인가! 올해 예순넷에 한창 좋은 일을 하며 즐겁게 살 만한 나이에 어째서 좋은 보답을 받지 못하고 비명횡사를 당했는지, 정말 통탄할 노릇 아닌가! 통탄할 노릇이야!"

손행자가 낱낱이 귀담아 엿듣고 났을 때는 어느새 오경 초점(五更初點, 3~4시)이 되었다. 그는 곧장 구씨 댁으로 날아 들어갔다. 대청 한복판에는 관이 안치되어 있었다. 관 뚜껑 앞머리 쪽에는 등잔불을 켜놓고 향로와 촛불, 꽃병, 과일을 차려놓은 가운데 구씨네 노파가 슬피 울고 있었다. 두 아들 역시 영구 앞에 무릎 꿇고 절하며 통곡하고, 두 며느리는 밥 두 그릇을 가져와 망자의 혼령에게 올리는 중이었다.

메뚜기로 변신한 손행자는 관 머리에 찰싹 달라붙은 채 두어 번 크게 헛기침을 했다.

"어흠! 어허흠……!"

가뜩이나 으스스한 분위기에 난데없는 인기척이 들리자, 두 며느리는 기절초풍한 나머지 양팔 두 다리를 허우적거리며 바깥으로 달아나고, 구량과 구동 두 형제는 꼼짝 못하고 땅바닥에 넙죽 엎드렸다.

"으악, 아버님이다……! 아버……님…….."

그나마 노파는 성품이 꺽달진 여자라 대담하게도 관 뚜껑 앞머리를 치면서 소리쳐 불렀다.

"원외 영감! 당신, 살아나셨소?"

손행자는 구원외의 목소리를 흉내내어 대꾸했다.

"나는 살아나지 않았네!"

관 속에서 산 사람의 목소리가 들려오니, 두 아들은 와들와들 떨다가 다시 꿇어앉아 쉴새없이 머리를 조아리며 눈물을 뚝뚝 흘렸다.

"아, 아버님, 이게 어찌 되신 일이기에…… 이, 이렇게……."

노파가 마음 독하게 다져먹고 다시 묻는다.

"원외 영감, 살아나지도 못한 영감이 어떻게 말씀을 다하시오?"

"나는 염라대왕이 저승사자를 시켜 너희들과 얘기를 하라고 이리로 데려왔다. 염라대왕 말씀이, '저 천침아 장씨는 엉뚱하게 주둥이를 함부로 놀려, 죄 없는 사람을 모함했다!' 하셨으므로, 내가 이렇게 따지러 온 것이다."

노파는 자기 처녀 때 이름을 부르는 소리를 듣고 깜짝 놀라, 그 자리에 털썩 무릎 꿇고 앉으며 머리를 조아렸다.

"여보, 영감! 어쩌면 그토록 나이 드신 분이 내 처녀 적 이름을 다 부르시오? 또 내가 무슨 엉뚱한 말로 주둥이를 놀려서 애꿎은 사람을 모함했단 말씀이오?"

"닥쳐라! 고소장에 뭐라고 썼느냐? '당나라 화상이 횃불을 켜들고, 저팔계는 사람을 죽이라고 고함질렀습니다. 사화상은 겁탈한 금은보화를 옮겨가고, 손행자가 아버님을 때려죽였습니다'라고 하지 않았더냐! 네년이 이렇듯 터무니없는 거짓말을 했기 때문에, 착한 사람들이 고생하고 있단 말이다.

저 당나라 스님 일행 네 분은 이 집을 떠나 길을 가는 도중에 강도들을 만나서 우리집 재물을 도로 빼앗고, 신세를 갚을 생각으로 그것을 나한테 돌려주려고 다시 돌아왔으니 이 얼마나 갸륵한 마음씨냐! 그런데도 네년은 도리어 거짓말로 고소장을 꾸며 가지고 자식들을 시켜 관가에 바치게 했지 않느냐! 관가에서도 고소장을 자세히 살펴보지도 않은 채 그분들을 잡아다 감옥에 가두었으니, 옥신(獄神)과 토지신, 서낭신들이 모두 송구스러워 안절부절못하다가 마침내 염라대왕에게 하소연을 하게 된 것이다. 염라대왕이 저승사자를 시켜 나를 집으로 다시 데리고 온 것은, 한시 바삐 너희 모자들이 관가에 달려가서 무고한 그분들을 석방시켜드리라고 분부를 내리셨기 때문이다.

만약 염라대왕의 말씀대로 하지 않을 때에는, 날더러 한 달 내내 이 집에서 동티가 나게 만들어 온 집안의 남녀노소 식구들은 물론이요 닭 한 마리 강아지 한 마리도 살아남지 못하게 해놓으라고 하셨다!"

구량 형제는 그저 쉴새없이 이마를 조아리며 애걸복걸 빌었다.

"아버님! 제발 집안 식구들에게 해코지는 하지 마시고, 어서 돌아가십쇼. 날이 밝는 대로 즉시 동대부 관아에 달려가서 고소 취하장을 내고 스님들을 석방시켜, 집안에 살아 있는 식구들이나 돌아가신 분의 혼령이나 모두 평안하도록 애쓸 터이니, 마음 놓으시고 돌아가십쇼."

손행자는 이 말을 듣더니 버럭 고함쳐 분부했다.

"지전(紙錢)을 살라 올려라! 나는 이만 돌아가겠다!"

분부가 떨어지니, 온 집안 식구들이 모두 나와서 종이돈을 불태웠다. 그사이에 손행자는 훌쩍 날개를 펼치고 단숨에 동대부 자사의 저택으로 날아갔다.

고개를 숙이고 방 안을 기웃거려보니, 등잔불을 환하게 밝힌 가운데 자사 대감은 벌써 일어나 있었다. 대청으로 날아가 보았더니, 대청 한복판 뒷벽에 그림 한 폭이 걸려 있는데, 그림의 내용인즉, 관원 한 사람이 얼룩말을 타고 종자 몇이서 푸른 우산을 떠받치고 접는 걸상 한 개를 들고 어디론가 떠나는 모양이었다. 무슨 사연이 담긴 것인지 알 수가 없으나, 손행자는 우선 그림 한가운데 찰싹 달라붙었다.

잠시 후, 자사 대감이 침실에서 나오더니 허리를 구부리고 세수를 했다. 손행자는 조금 아까 구씨 댁에서 한 것처럼 큰 목소리로 헛기침을 했다.

"어흠!"

자사 대감은 깜짝 놀라 허둥지둥 침실로 들어가더니, 세수와 머리 빗질을 마저 끝낸 후 예복을 갖추어 입고 다시 나와서 그림 앞에 향불을 살라 올린 다음, 축원을 드리기 시작했다.

"강공(姜公), 건(乾)자, 일(一)자 백부님의 신위께 아룁니다. 불초한 조카 강곤삼(姜坤三)은 역대 조상님의 음덕으로 과거에 급제하였사오며, 동대부 자사의 벼슬 자리를 맡은 이래 아침 저녁으로 향화(香火)를 끊은 적이 없사온데, 오늘은 어찌하여 음성을 내시나이까? 아무쪼록 요사스런 동티를 내지 말아주십시오. 집안 식구들이 놀랄까 두렵사옵니다."

손행자는 속으로 웃으면서 고개를 주억거렸다.

"무슨 그림인가 했더니, 큰아버지의 위패 대신으로 모셔놓았구나!"

이어서 그럴듯하게 목청을 꾸며내어 이렇게 소리쳤다.

"내 어진 조카 곤삼아! 네가 조상의 음덕으로 벼슬하고 이날 이때껏 청렴결백하게 살아왔다면서, 어찌하여 어제는 철딱서니 없이 네 분의 성승을 도적으로 몰았으며, 또 그 사유를 제대로 알아보지도 않고 감방에 처박아두었느냐? 감옥을 지키는 신령과 토지신, 서낭신들이 송구스러워 안절부절못하다 결국 염라대왕께 아뢰었더니, 염라대왕께서 저승사자를 시켜 나를 이리로 끌어다 놓고 네게 말씀을 전하게 해주셨다. 그러니 너는 사건의 내막을 올바르게 판단하고 한시 바삐 그분들을 놓아보내도록 해라. 만약 그렇지 못할 때에는 너를 저승으로 데려가서 대질 심문을 하시겠다고 분부하셨다."

자사 대감은 이 말을 듣고 송구스러움을 이기지 못하며 아뢰었다.

"백부님, 제발 돌아가십시오. 불초한 이 조카가 동헌에 나가는 대로 즉시 석방하오리다."

"그렇다면 됐다. 지전을 살라 올려라. 내 염라대왕께 돌아가서 보고하겠다."

자사는 향을 더 보태 사르고 종이돈을 태우며 감사의 절을 드렸다.

손행자가 다시 날아서 바깥으로 나왔을 때는 벌써 동녘 하늘이 훤히 밝아오고 있었다.

방향을 바꾸어서 이번에는 부성 뒤쪽 지령현(地靈縣)으로 날아가 보니, 아문 대청에는 현감을 비롯하여 모든 관원들이 모여 있었다. 그는 곰곰이 생각했다.

'메뚜기가 사람의 말을 한다면 남의 눈에 뜨여 들통나기 십상 아닌가. 안 되겠다. 이번에는 방법을 바꿔 써야지.'

그는 반공중에서 메뚜기의 모습을 일단 엄청나게 커다란 법신(法身)으로 바꾼 다음, 허공으로부터 한쪽 다리를 불쑥 내밀어 현청 건물을 꽉 내디디면서 천둥 벼락 치듯 고함을 질렀다.

"여러 관원들은 듣거라! 나는 옥황상제께서 내려보내신 낭탕유신(浪蕩遊神), 삼계를 떠돌아다니며 악한 자들을 징벌하는 귀신이다. 소문에 듣자니, 너희들이 서천으로 경을 가지러 가는 부처님의 제자들을 아무 죄도 없이 억울하게 감옥에 가두고 매를 때렸기 때문에 삼계의 신령들을 놀라 불안하게 만들었고 그 때문에 옥황상제께서 나를 시켜 분부를 전하게 하셨으니, 한시 바삐 그들을 석방시키도록 하라! 만약 이 명령을 어기는 날이면, 내 이 두 발로 동대부와 지령현 어디든 가릴 것 없이 소속 관원들을 걸어차서 몰살한 다음, 사방 경내에 있는 백성들까지 모조리 내질러 죽여버리고, 성채를 깡그리 짓밟아 잿더미로 만들어버리고야 말 것이다!"

지령현의 관리들은 기절초풍을 하도록 놀란 나머지 허둥지둥 그 자리에 일제히 꿇어 엎드리더니 너나 할 것 없이 머리를 조아리고 큰절 하며 애걸복걸 빌었다.

"하늘의 신령님은 돌아가소서! 저희들이 즉시 동대부 아문으로 달려가서 자사 대감께 아뢰고 당장 석방하겠나이다. 그러니 제발 그 무시무시한 발바닥만은 움직이지 마소서! 소관들이 놀라 자빠져 죽을 지경이옵니다!"

손행자는 그제야 대법신을 거두어들이고 처음과 같이 메뚜기로 둔갑하여, 감방 기왓장 틈서리로 날아 들어가더니, 먼젓번처럼 형틀에 쑤시고 들어가 천연덕스레 잠이 들었다.

한편 동대부 자사 대감은 당상에 오르는 즉시 투문패(投文牌)[6]를 떼메어 내오게 했다. 그랬더니 진작부터 아문에 와서 기다리고 있던 구량과 구동 두 형제가 팻말을 부여안고 정문 앞에 꿇어앉은 채 큰 소리로 외쳤다. 자사 대감이 들여보내라고 분부하자, 두 형제는 자사 앞에 고소 취하장을 받들어 올렸다.

자사는 그것을 보고 노발대발, 목청 높여 꾸짖었다.

"이 고얀 놈들! 어제 네놈들이 고소장을 올렸기에 도적을 잡아주었으며 또 잃어버린 장물까지 되찾아 돌려보내주었는데, 오늘은 또 무슨 까닭으로 고소를 취하하러 왔단 말인가!"

두 형제가 눈물을 뚝뚝 흘려가며 아뢴다.

"대감 나으리, 어젯밤 소인의 부친께서 혼령으로 나타나시어 이렇게 말씀하셨사옵니다.

'당나라에서 오신 성승 일행은 살인 강도가 아니라, 본래 도적들을

---

[6] **투문패**: 지방 관아에서 백성들의 민원과 고발 사건을 수시로 받아들여 처리하는 제도. 앞서 방고패를 접수시켜 고발하였던 기결(旣決) 사건을 우선적으로 처리하며, 규정상으로도 방고 기한이 끝난 다음부터 수시로 투문패를 받아들이게 되어 있다.

붙잡고 우리집 재물을 도로 빼앗은 다음, 자비를 베풀어 그들을 모두 놓아보내신 것이다. 우리집에 신세진 은혜를 갚으실 호의로 재물을 되돌려보내러 오시던 분들을 어찌하여 되레 도적으로 몰아서 감옥에 가두고, 그 모진 고초를 겪으시게 만들었단 말이냐! 옥중의 토지신과 서낭신이 안절부절못하다가 결국 염라대왕께 아뢰고, 염라대왕이 저승사자를 시켜 나를 끌어다가 집에 데려와서, 너희들더러 관가에 달려가 고소를 취하하고 당나라 스님 일행을 석방시켜드리라 명하셨다. 그래야만 재앙을 면할 것이요, 그렇지 않을 때에는 온 집안의 남녀노소를 막론하고 개 한 마리 닭 한 마리 남김없이 몰살당할 것이다!'

그래서 이렇듯 고소 취하장을 올리고자 이른 새벽부터 달려왔사오니, 대감 어르신께서 부디 선처해주시기 바라나이다! 제발 선처해주옵소서!"

자사는 이들의 말을 듣고 속으로 곰곰이 생각했다.

"이 녀석들의 아비는 죽은 지 얼마 안 되어 시신이 아직껏 따뜻할 터이니, 갓 죽은 귀신의 혼령으로 나타날 수도 있겠지만, 우리 백부님은 돌아가신 지 오륙 년이 되셨는데 어떻게 간밤에 혼백으로 나타나셔서 날더러 잘 알아보고 석방하라 말씀하실 수 있단 말인가……? 그러고 보면 필시 그 사람들은 정말 억울한 누명을 썼는지도 모르겠구나……"

깊은 생각에 잠겨 망설이고 있을 때, 이번에는 지령현의 지현(知縣)이 부하 관원들을 이끌고 헐레벌떡 급히 뛰어들더니, 숨가쁜 목소리로 마구 떠들어대기 시작했다.

"아이고, 대감마님! 큰일났습니다! 방금 하늘의 옥황상제께서 떠돌이 귀신을 속세에 내려보내셔서, 대감더러 한시 바삐 옥중에 가두어놓은 선량한 분들을 석방시키라는 명령을 전해왔습니다. 어제 체포한 스님들은 떼강도가 아니라, 모두들 경을 가지러 가는 부처님의 제자들이

랍니다. 만약 조금이라도 석방을 지체하는 날이면, 저희 관속들을 모조리 걷어차 죽여버릴 것이요, 부현(府縣)의 성채하며 백성들하며 깡그리 짓밟아 잿더미로 만들어버리겠다고 하시니, 장차 이 노릇을 어찌하면 좋겠습니까!"

자사 대감은 또 한번 대경실색하고 말았다. 그는 즉석에서 형방 아전을 불러들여 시각을 다투어 석방 문서를 써서 제출하라는 명령을 내렸다. 아울러 즉시 감방 문을 활짝 열고 갇혀 있던 네 사람을 급히 끌어내게 하였다.

옥졸들이 감방 문을 활짝 열어젖히고 나오라는 손짓을 보내자, 저 팔계 녀석은 걱정이 태산 같아 우거지상을 짓고 손행자를 돌아보았다.

"이거, 큰일났군! 오늘은 또 무슨 매질을 하려는지 모르겠소그려."

손행자가 빙글빙글 웃으며 이렇게 대답했다.

"내가 장담하네만, 오늘은 매 한 대도 얻어맞지 않을 테니까 염려 말게. 이 손선생께서 이미 적당히 손을 다 써놓았거든! 동헌 대청 앞에 나가더라도 절대로 무릎 꿇어서는 안 되네. 아마 자사 대감이 손수 내려와서 우리를 모셔다가 당상에 올려 앉힐 걸세. 우선 우리 짐보따리하고 말을 찾아야겠어. 조금이라도 모자랐다가는, 내 그 자사 대감인가 뭔가 하는 녀석을 흠씬 두들겨 팰 터이니, 자네 두고 보게!"

말끝이 채 떨어지기도 전에 벌써 대청 앞에 다다랐다. 자사 대감과 지현을 비롯하여, 대소 관원들이 모두 내려와 일행을 맞아들였다.

"성승들께서 어제 오셨을 때에는 마침 상사를 영접하느라 바쁘기도 하려니와, 또 노획한 장물을 눈앞에 두고 보니 지레짐작이 앞서, 미처 사건 내막을 자세히 살피지 못한 탓에 이런 실수를 저질렀습니다."

자사 대감이 사죄를 하니, 당나라 스님은 두 손 모아 합장하고 허리 굽혀 인사를 건넨 다음, 여태까지 일어났던 경위를 처음부터 끝까지 낱낱이 설명했다. 여러 관원들은 그제야 모든 사실을 받아들이고 입에 침이 마르도록 사과했다.

"저희가 일을 잘못 처리했습니다! 소관들의 실수를 인정하니, 너무 꾸짖지는 마십시오!"

그리고는 옥중에서 잃어버리거나 빼앗긴 물건은 없느냐고 물었다. 손행자는 대뜸 앞으로 다가서더니 두 눈을 부릅뜨고 노기등등한 목소리로 고함쳤다.

"우리 백마는 당상에 있던 작자가 채뜨려가고, 짐보따리는 옥중에 있는 녀석이 가져갔으니, 어서 빨리 돌려보내지 못할까! 어제는 우리가 곤욕을 치렀다만, 오늘은 내가 너희들을 톡톡히 문초해야겠다. 아무런 죄도 없는 평민을 억울하게 도적으로 몰았으니, 네놈들이 저지른 죄는 어떤 형벌에 해당하는 것이냐?"

동대부와 지령현의 벼슬아치들은 손행자가 무섭게 발악하는 것을 보자, 하나같이 겁을 집어먹고 벌벌 떨지 않는 자가 없었다. 자사 대감은 아랫것들에게 호통쳐 당장 백마를 끌어오게 하는 한편, 짐보따리를 맡아둔 옥사장에게도 물건을 가져오게 해서 손행자가 보는 앞에 하나하나씩 세어가며 빠짐없이 돌려주었다.

기고만장한 세 사람은 어제 밤새껏 곤욕을 치른 앙갚음을 할 작정으로 저마다 흉악스럽게 날뛰고 야단법석을 쳤다. 관원들은 그저 구씨 댁에서 고소장을 올린 탓으로 밀어붙이고 입막음을 하느라 진땀을 흘려야 했다. 그래도 셋에서 분풀이를 그치지 않으니, 결국은 삼장 법사가 보다 못해 제자들을 달랬다.

"애들아, 저분들도 똑똑히 모르고 저지른 실수였으니, 우리 우선 구씨 댁으로 가자꾸나. 돌아가신 구원외 어른의 영전에 조문도 할 겸 서로 맞대놓고 따져서, 누가 우리를 강도로 몰았는지 알아보기로 하자."

손행자가 그 말에 선뜻 동의하고 나섰다.

"옳으신 말씀입니다. 이 손선생도 죽은 영감을 불러 일으켜놓고, 대체 누가 자기를 때려죽였는지 물어봐야 직성이 풀리겠습니다."

사화상은 관가 대청 앞에서 당나라 스님을 말안장에 모셔 태웠다. 그리고 세 형제가 고래고래 악을 써가며 기세등등하게 정문을 나섰다. 동대부와 지령현의 대소 관원들도 일이 어떻게 돌아가는지 알아보려고 하나같이 구씨 댁으로 몰려갔다.

당나라 스님 일행과 위엄 높으신 관원들까지 한꺼번에 들이닥치자, 깜짝 놀란 구량 형제는 대문 앞까지 달려나와 그칠 새 없이 머리를 조아려가며 이 불청객들을 대청으로 모셔들였다. 영구를 안치한 대청에는 온 집안 식구들이 휘장 안에 무릎 꿇고 앉아서 곡을 하고 있었다.

손행자가 버럭 악을 써서 물었다.

"이 못된 할망구! 터무니없는 거짓말을 늘어놓아 무고한 사람에게 해를 끼쳐놓고도 눈물이 나오는가! 울음 뚝 그치고 저리 비키시오! 이 손선생이 당신 영감을 불러내놓고 어떤 놈이 자기를 때려죽였는지 따져서 망신을 주어야겠어!"

물정 모르는 관원들이야 손행자가 허풍을 떠는 줄로만 알았으나, 그는 이들에게 분부를 내렸다.

"자사 대감과 관원 여러분은 우리 사부님을 모시고 앉아 계시오. 그리고 저팔계와 사화상! 자네들은 내가 잠깐 다녀올 테니까, 그동안 사부님을 잘 보호해드려야 하네!"

한번 한다면 당장 해치워야 직성이 풀리는 제천대성 손오공, 문밖으로 뛰쳐나가기 무섭게 허공을 바라고 훌쩍 솟구쳐 올라갔다. 다음 순간, 사람들의 눈앞에는 희한한 광경이 벌어졌다.

땅에는 채색 노을이 무럭무럭 일어 구씨 댁 집 안을 뒤덮고,
온 하늘에 상서로운 기운이 당나라 스님의 원신(元神)을 감싸 보호한다.

여러 사람들은 그제야 손행자가 안개구름을 타고 날아다니는 신선이요, 죽은 이도 살려낼 수 있는 성인(聖人)이었음을 비로소 알아차리고, 너나 할 것 없이 모두들 향불을 살라 올리며 무릎 꿇고 엎드려 절하였으니, 그 얘기는 잠시 접어두기로 한다.

손대성은 한눈 한번 팔지 않고 근두운을 휘몰아 유명계(幽冥界) 지옥으로 달려가더니 곧바로 삼라전(森羅殿)에 들이닥쳤다. 저승 세계를 다스리던 귀신들은 느닷없이 쳐들어온 골치 덩어리 손대성을 보자 그만 아연실색하고 말았다.

십대 염군(十大閻君)은 두 손 모아 공손히 영접하고, 오방 귀사(五方鬼使)와 판관(判官)들은 머리 조아려 맞아들인다.
천 그루 칼숲[劍樹]이 모조리 한쪽으로 쓰러지고, 만 겹으로 포개진 칼산[刀山]이 깡그리 무너져 평지를 이룬다.
왕사성(枉死城) 안의 도깨비와 유령들은 모습이 바뀌고, 내하교(奈何橋) 다리 밑의 귀신들은 고통에서 벗어나 환생을 한다.
이야말로 신광(神光)이 한번 비추니 하늘의 대사면을 받는 것과 다름없으며, 암흑 속에 잠겨 있던 저승 세계도 가는 곳마다 광명이 비친다.

손대성을 맞아들인 십대 염라대왕은 인사치레가 끝나자, 무슨 일로

왔느냐고 조심스럽게 물었다.

손행자는 단도직입으로 용건을 밝혔다.

"동대부 지령현에서 승려들에게 공양해주던 구홍의 혼백을 누가 거둬들였소? 일이 다급하니 빨리 조사해주시오!"

십대 염라대왕이 공손히 대답했다.

"구홍 선사(善士)는 우리가 저승사자를 보내 잡아온 것이 아니라, 제 발로 이리 찾아오던 도중에 지장왕보살(地藏王菩薩)[7] 문하의 금의동자(金衣童子)와 우연히 만나게 되었소이다. 그래서 금의동자가 지장왕보살을 뵙도록 인도하여 데리고 갔소."

이 말을 듣기 무섭게 손대성은 염라대왕들과 작별하고 취운궁(翠雲宮)으로 달려가 지장보살을 만나뵈었다. 그리고 문안 인사를 나눈 다음, 여태까지 벌어졌던 사실을 자초지종 말씀드렸다.

지장보살은 기뻐하며 이렇게 말했다.

"구홍은 인간 세상에서 수명이 육십사괘(六十四卦)의 수효로 끝나게 되어 있소. 생명이 다하면 자리를 더럽히지 않고 세상을 떠나게 되었던 거요. 나는 그가 승려들에게 재를 베풀어준 착한 선비였음을 알고 있었기에, 그를 내 수하에 거둬들여 선연장부(善緣帳簿)를 관리하는 안장

---

7 지장왕보살: 곧 지장보살(地藏菩薩)Kṣitigarbha. 석가세존이 입멸(入滅)한 뒤, 미륵보살이 성도(成道)하여 이 세상에 나타날 때까지의 무불 시대(無佛時代)에 육도(六道)에 현신(現身)하여 천상으로부터 지옥에 이르기까지 일체 중생을 교화, 제도(濟度)하는 임무를 맡은 대자대비한 보살. 당나라 때부터 무수한 분신으로 변화하여 중생을 제도하였기 때문에 '천체지장(千體地藏)'이라 불렸으며, 당나라 때 신라 성덕왕(聖德王, 702~737)의 아들 김교각(金敎覺) 스님이 757년 당나라에 건너가 지장 신앙을 전파한 후, 지금의 안휘성(安徽省) 구화산(九華山)에서 99세를 일기로 입적하자, 그때부터 지장보살의 화신으로 추앙을 받아왔으며, 현재 중국에서는 그의 등신불(等身佛)을 본떠 155미터 높이의 지장보살상을 세우고 있는데, 2004년까지 완공할 이 세계 최대 규모의 불상의 높이는 좌대를 제외하고 김교각 왕자의 입적한 나이를 따라 99미터에 맞춰졌다고 한다. 이 책에서 지장보살은 제3회(본문과 주 **5** 참조)와 제58회 본문에 이어 세번째로 등장하고 있다.

(案長) 직분을 맡겼소. 그러나 모처럼 손대성이 찾으러 오셨으니, 내 그 사람에게 일기(一紀, 12년)의 수명을 더 늘려주어 손대성을 따라가도록 해드리리다."

이윽고 금의동자가 구홍을 데리고 나왔다. 그는 손행자를 보더니 다급하게 소리쳐 구원을 청했다.

"스님! 스님! 저를 좀 살려주십쇼!"

손행자가 대꾸한다.

"그대는 강도의 발길에 걷어차여서 죽은 몸이다. 여기는 음사(陰司), 지장왕보살께서 거처하시는 곳이다. 이 손선생이 특별히 여기까지 오게 된 것은 그대를 인간 세상으로 데리고 가서 이번 사건의 진실을 따져 밝히기 위해서다. 지장왕보살께서 돌아가도록 허락해주셨고 또 그대의 수명을 일기나 연장시켜주셨으니, 십이 년 후에 다시 이곳으로 돌아오게 될 것이다."

구원외는 이 말을 듣고 땅바닥에 넙죽 엎드려 오체투지의 정례로써 감사를 표하였다.

지장보살에게 고맙다는 인사를 올리고 작별한 손행자는 구원외의 혼백에 숨결을 불어넣어 기체로 만든 다음, 소매춤에 집어넣고 유명부를 떠나 인간 세상으로 다시 돌아왔다. 구름을 타고 구씨 댁에 다다르자, 그는 곧 저팔계를 불러서 관 뚜껑을 열게 하더니, 그의 영혼을 시신에 도로 밀어넣어주었다. 잠시 후 숨을 내쉬는 소리가 들리더니, 다시 살아난 구원외가 엉금엉금 관 밖으로 기어나왔다. 그는 당나라 스님 일행 네 사람을 보고 머리 조아리며 이렇게 말씀드렸다.

"스님! 스님! 이 구홍이 비명에 죽은 몸이 되었으나, 스님께서 음사에까지 찾아오셔서 저를 되살려 구해주셨으니, 이야말로 재생의 은덕이라 하오리다!"

혀가 닳도록 사례하던 끝에 흘끗 고개 돌려 바라보니, 여러 관원들이 줄지어 늘어서 있다. 그는 다시 급히 머리 조아려 인사하며 물었다.

"여러 나리들께선 어찌하여 소인의 집에 와 계십니까?"

자사 대감이 설명을 해주었다.

"그대의 아들이 처음에 도난계를 제출하고 성승 일행의 이름까지 지명하여 고소하였기에, 나는 즉시 사람을 보내 체포하였다. 그런데 뜻하지 않게 성승 일행은 도중에 그대의 집을 약탈한 강도떼와 마주쳐서 재물을 도로 빼앗아 그대의 집으로 돌려보내고자 되돌아오는 길이었다. 내 부하들이 잘못 알고 성승 일행을 도적으로 몰아 붙잡아온 것을, 나 역시 미처 상세한 내막을 심문하지 않고 그대로 감옥에 보내 가두어두었다. 간밤에 이 집에는 그대의 영혼이 나타나고, 또 내 집에는 돌아가신 백부님의 혼백이 나타나시어 진상을 일러주셨으며, 지령현 아문에도 떠돌이 귀신이 하계에 내려오는 등 여러 곳에서 감응을 나타냈기에 성승 일행을 석방하였으며, 성승 또한 저승으로 달려가셔서 그대를 되살려 구해오시게 된 것이다."

구원외는 그 자리에 무릎 꿇고 앉아서 아뢰었다.

"나으리, 여기 계신 성승 네 분은 정말 억울하십니다! 그날 밤에 삼십여 명이나 되는 떼강도가 횃불을 밝혀들고 흉기를 휘두르며 저희 집에 쳐들어와서 재물을 겁탈해 달아나기에, 저는 강도들에게 사리를 따져 웬만큼 가져가라고 몇 마디 했다가 뜻하지 않게 그놈들의 발길질에 급소를 걷어차여 죽음을 당하고 말았던 것입니다. 그런데 이 네 분들과 무슨 상관이 있단 말씀이옵니까?"

그리고는 버럭 소리쳐서 아내와 자식들을 불러내더니 무섭게 꾸짖었다.

"누가 나를 발길로 걷어차 죽였다고, 너희들이 함부로 터무니없는 고소를 했단 말이냐! 대감 나으리, 이 몹쓸 소인의 처자식들에게 죄를 내려주십시오!"

일이 이렇게 되자, 온 집안 식구 남녀노소 할 것 없이 그저 이마를 조아려 빌고 또 빌 따름이었다.

자사 대감은 너그러이 은혜를 베풀어 이들의 모든 허물을 사면해주었다.

구홍은 집안 사람들을 시켜 잔치 자리를 마련해 관원들의 두터운 은혜에 보답하려 했으나, 그들은 하나같이 자리에 앉지도 않고 모두들 관아로 돌아갔다.

이튿날, 구원외는 또다시 스님들에게 공양한다는 팻말을 내걸고, 삼장 일행에게 더 머물러 있기를 청하였으나, 삼장은 막무가내로 더 묵으려 하지 않았다.

구원외는 어쩔 수 없이 또 일가친척들과 벗들을 청하여 지난번과 마찬가지로 깃발을 갖추고 풍악을 잡혀가며 일행을 성대히 배웅해주고 돌아갔다.

오호라! 대지는 너르고넓어 온갖 흉악한 일들이 다 벌어지나, 하늘은 높고높아 착한 마음을 지닌 사람을 저버리지 않는다.

한갓진 마음으로 소요하며 여래의 길을 차근차근 걸어나가니, 오로지 영취산 극락문에 다다를 따름이다.

과연 이들이 부처님을 만나뵙는 일이 어찌 될 것인지, 다음 회에서 풀어보기로 하자.

제98회 속된 심성이 길들여지니 비로소 껍질에서 벗어나고, 공을 이루고 수행을 채우니 진여를 뵙게 되다

죽음에서 되살아난 구원외가 깃발과 북과 풍악을 다시 가다듬고 스님과 도사들, 그리고 절친한 벗들과 함께 삼장 일행을 먼젓번처럼 전송한 얘기는 접어두기로 하겠다.

한편 구원외에게 성대한 전송을 받으며 출발한 당나라 스님 일행 네 사람은 한갓진 마음으로 큰길에 올랐다. 서방 세계는 부처님의 땅이라 과연 다른 고장과는 판연히 달랐다. 눈에 뜨이는 것은 기화요초들이요, 해묵은 잣나무, 울창하게 짙푸른 소나무 숲이었다. 지나가는 곳 집집마다 착한 일에 마음 쓰고 찾아드는 곳마다 모두들 승려에게 기꺼이 재를 베풀어주었다. 산기슭을 지날 때마다 도를 닦는 수행자를 볼 수 있었으며, 숲속에도 불경을 외우는 나그네들을 만날 수가 있었다.

스승과 제자들은 밤이면 잠자리를 찾아들고 이른 아침부터 걷기를 재촉하여 또다시 6, 7일을 가다 보니, 홀연듯 앞길에 높은 다락과 몇 층짜리 웅장한 전각이 즐비하게 늘어선 것을 발견했다.

　　　하늘을 무찌르기가 일백 척이요, 우뚝 높이 솟아 허공을 능가한다.
　　　고개 숙여 서산에 떨어지는 해를 바라보고, 손을 내밀어 날아가는 별을 딴다.
　　　들창과 추녀 끝이 확 트여 우주를 삼키고, 건물의 마룻대 까마득히 치솟아 구름 병풍에 맞닿았다.

황학(黃鶴)이 계절의 소식 알려오니 가을 나무 늙고, 채란(彩鸞)의 글월이 날아드니 저녁 바람이 해맑다.

여기가 바로 영궁 보궐(靈宮寶闕)이요, 임관 주정(琳館珠庭)이로구나.

진당(眞堂)에서 도를 담론하여, 우주(宇宙)에 경을 전파한다.

꽃송이 지향하는 곳에 봄빛 찾아드니 아름답기 그지없고, 소나무 숲에 비 긋고 나니 짙푸른 솔빛이 싱그럽다.

보랏빛 지초(芝草)와 선과(仙果)는 해마다 빼어나게 탐스럽고, 단봉(丹鳳)이 의젓하게 날아드니 온갖 감회가 신령스럽다.

삼장이 채찍을 높이 들어 먼 곳을 가리켜 보이며 하염없이 찬탄해 마지않는다.

"오공아, 참으로 훌륭한 곳이로구나!"

손행자는 씨익 웃으며 대꾸했다.

"사부님, 지난번 거짓 부처님의 땅, 가짜 불상이 있는 곳에서는 기어이 말에서 내려 공손히 절을 하시더니, 오늘 진짜 부처님의 경내, 참된 불상이 계신 곳에 오셔서는 도리어 말에서 내리지 않으시니, 이게 어찌 된 노릇입니까?"

짓궂게 묻는 제자의 말에, 삼장 법사는 깜짝 놀라 허둥지둥 몸을 뒤채어 말에서 뛰어내리더니, 순식간에 누각 문턱까지 달려갔다.

어느덧 산문 앞에는 도사 차림을 한 동자가 비스듬히 서서 기다리고 있었다.

"거기 오시는 분, 혹시 동녘 땅에서 경을 가지러 오신 분이 아니십니까?"

장로님이 부랴부랴 옷매무새를 가다듬고 머리를 들어 바라보았다.

몸에는 비단옷 걸치고, 손으로는 옥으로 만든 먼지떨이를 흔들고 있다.
몸에 비단옷을 걸쳤으니 보각 요지(寶閣瑤池)의 잔치 자리에 항상 나가게 되고,
한 손은 옥으로 만든 먼지떨이를 흔들고 있으니, 단대 자부(丹臺紫府)에 오를 때마다 이것을 휘두른다.
팔꿈치 밑에 선록(仙籙)을 늘어뜨리고, 두 발에는 미투리를 신고 있다.
표연한 자태가 참된 우사(羽士)요, 수려한 품은 진실로 기이하구나.
장생 술법 단련하여 승경에 거처하며, 영원한 수명 닦아 속진을 벗어났다.
성승은 부지중에 영산의 손님 되었으니, 당년의 금정대선(金頂大仙)이 마중을 나오셨구나.

손대성이 그를 알아보고 스승에게 외쳐 알렸다.
"사부님, 저분은 영취산 기슭에 거처하시는 옥진관(玉眞觀)의 금정대선이십니다. 우리를 영접하러 나오신 겁니다."
삼장은 그제야 깨닫고 앞으로 나아가 예를 차렸다.
금정대선이 웃으면서 이렇게 말했다.
"성승께서 금년에야 도착하셨군요. 저는 관음보살에게 깜빡 속았습니다. 그분이 십여 년 전에 부처님의 금지(金旨)를 받들어 동녘 땅으로 경을 가지러 올 사람을 찾으려고 떠나실 때 하신 말씀이, '이삼 년이

면 제가 있는 이곳에 당도할 것'이라 하시기에, 저는 해마다 기다려왔는데 소식이 묘연하더니, 뜻하지 않게 올해에야 겨우 상봉하게 되었습니다그려."

삼장은 두 손 모아 합장하고 공손히 사례했다.

"대선의 두터우신 성의에 그저 감격하고 감격할 따름이옵니다!"

이리하여 네 사람은 말고삐를 끌고 짐보따리를 짊어진 채 함께 도관으로 들어갔다. 그리고 금정대선과 일일이 상견례를 나누었다. 금정대선은 곧 차와 음식상을 마련하라 이른 다음, 또다시 어린 동자를 불러서 향탕(香湯)을 따뜻하게 데워 성승을 목욕시켰다. 그야말로 목욕재계하여 깨끗한 몸과 마음으로 부처님의 땅에 오를 수 있도록 배려해준 것이다.

공덕이 차고 수행을 다했으니 마땅히 목욕재계할 만하고, 본성을 단련하여 길들였으니 천진(天眞)에 합쳐진다.

천신만고(千辛萬苦)의 어려움이 이제야 끝났으니, 구계 삼귀(九戒三歸)¹가 비로소 절로 새롭다.

---

1 구계·삼귀: 구계(九戒)는 도교의 용어 '구진묘계(九眞妙戒)'와 '구계선언(九界宣言)'의 준말. **구진묘계**란 도교 신자들이 지켜야 할 계율로서, ①부모를 효도로 공경하는 초진계(初眞戒), ②임금에게 충성하는 염진계(念眞戒), ③살생을 금하는 지진계(持眞戒), ④음탕하지 않고 마음을 올바르게 갖는 수진계(守眞戒), ⑤도적질하지 않는 보진계(保眞戒), ⑥흉악하게 노여움을 품지 않는 수진계(修眞戒), ⑦위선이나 거짓된 행동을 하지 않는 성진계(成眞戒), ⑧교만하지 않는 득진계(得眞戒), ⑨일심전념하여 계율을 받드는 등진계(登眞戒)를 말한다. 또 **구계선언**이란, 도교의 수행자들이 스승으로부터 경전과 부록(符籙)을 전수받을 때 맹세하는 아홉 가지 서원(誓願)인데, ①함부로 오신(五辛, 금기 식품)을 먹지 않으며 오로지 천군(天君)·지신(地神)을 공경하고 스승을 섬길 것, ②잡스러운 취미를 탐내거나 미련을 두지 않고 식사의 분량을 조절하여 언제나 정심(正心)을 유지할 것, ③신령스런 경문(經文)을 모독하지 말 것이며 공덕을 쌓는 일에 전념할 것, ④자신의 이익을 꾀하여 남을 해치지 말 것이며 모름지기 공정함을 지켜 법에 따라 시행할 것, ⑤존장(尊長)을 업신

마(魔)가 다하여 과연 부처님의 땅에 오르니, 재앙이 스러진 까닭으로 사문(沙門)을 볼 수 있게 되었다.
　　속세의 티끌과 때를 씻어버리니 전혀 물듦이 없고, 본원(本原)으로 돌아가 불괴(不壞)의 몸을 이룬다.

　스승과 제자들이 목욕을 마쳤을 때는 어느덧 해가 어둑어둑 저물고 있었다. 그들은 옥진관에서 하룻밤을 편히 쉬었다.
　이튿날 아침 일찍이 새 옷으로 갈아입은 당나라 스님은 그 위에 금란 가사를 걸치고 비로모를 쓴 다음, 손에는 구환석장을 짚고 당상에 올라 금정대선에게 작별 인사를 드렸다.
　대선은 흐뭇한 미소를 띠며 새삼스레 삼장의 자태를 뜯어보았다.
　"어제까지 남루하던 모습이 오늘은 말끔해지셨군요. 그 모습을 뵈니 참으로 부처님의 제자다우십니다."
　삼장이 큰절을 드리고 작별하려 하자, 금정대선은 이렇게 말했다.
　"잠깐만 기다려주시오. 제가 배웅을 해드리겠소이다."
　곁에서 손행자가 사양을 한다.
　"전송까지 해주실 것은 없습니다. 이 손선생이 길을 잘 알고 있으니까요."
　그러나 금정대선은 절레절레 도리질을 했다.

여기거나 평민을 능욕하지 말.것. ⑥장병(將兵)을 함부로 부리지 말 것이며 각자 분수에 맞춰 평범하게 대하고 모든 일을 정직하고 공평하게 처리할 것, ⑦망령되이 길흉화복을 말하지 말 것이며 정도(正道)를 비방하지 말 것, ⑧귀신을 논평하지 말고 모름지기 음양을 분명히 가려 인간과 신령을 다 함께 흠숭(欽崇)할 것, ⑨그릇된 일을 망령되이 하지 말고 정도에 귀의하기를 힘쓸 것 등이다. 삼귀(三歸)는 불교 용어로, 부처님〔佛陀〕Buddha과 불법(佛法)dharma, 승려〔僧家〕samgha의 삼보(三寶)에 귀의하는 것. 귀의(歸依)란 신심의 정성을 바친다는 말이다. 본문의 이 대목에서도 3교 합일의 특유한 관념에 따라 도교와 불교의 용어가 뒤섞여 쓰이고 있다.

"그대가 아는 길이란, 구름 타고 오가는 길뿐이오. 성승은 아직 구름길에 오르지 못하실 터이니, 본래 걸어오신 대로 땅을 딛고 가셔야 할 것이오."

"말씀 한번 옳소이다. 이 손선생이 영취산을 몇 차례 오간 적이 있기는 하지만, 모두 구름을 타고 왔다 갔다 했을 뿐, 땅을 딛고 걸어본 적은 없었습니다. 아무래도 대선께 폐를 끼쳐 길 안내를 받아야겠습니다. 우리 사부님께서 부처님을 배알하고 싶은 마음이 간절하시니, 지체 말고 안내해주시면 다행이겠습니다."

금정대선이 빙그레 웃으면서 당나라 스님의 손목을 잡아끌고 전단(旃檀)² 위로 인도하더니 곧장 법문(法門)으로 올라갔다. 이제 봤더니 그 길은 산문 바깥으로 나가는 것이 아니라 뒷문을 빠져나가면 곧바로 통하는 길이었다.

금정대선은 영취산을 가리켜 보였다.

"성승, 저길 보시오. 반공중에 상서로운 광채가 오색찬란하게 빛나고 서기가 천 겹으로 아지랑이처럼 에워싼 곳이 바로 영취산 높은 봉우리요. 불조께서 거처하시는 거룩한 경지이외다."

설명을 듣자, 당나라 스님은 그 자리에서 영취산 거룩한 경지를 향해 큰절을 드렸다.

손행자가 웃으면서 스승에게 또 핀잔을 준다.

"사부님, 절해야 할 곳에는 아직 도착하지 않았습니다. 속담에 이르기를 '산을 바라보며 달리다가는 말이 거꾸러진다(望山走倒馬)' 하지 않았습니까. 여기서도 아직 상당히 먼데, 어째서 자꾸 절만 하시는 겁니

---

2 전단: candana의 음역. '전단(旃檀)'이라고도 쓴다. 향나무의 일종으로, 백향목·적향목·자향목 등 여러 종류가 있으며 고열이나 풍종(風腫)과 같은 질병에 약효가 있다고 한다. 부처님의 유해를 다비(茶毘, 화장)할 때 이 나무를 썼다고 전해온다.

까! 산꼭대기에 올라설 때까지 절만 하시다가는 앞으로 몇 번이나 머리를 조아려야 될지 모르겠군요."

금정대선이 여기서 한마디 건넸다.

"성승, 그대와 제천대성, 천봉원수, 권렴대장은 이미 복지에 들어서서 영산을 바라볼 수 있게 되셨으니, 저는 이만 돌아가겠습니다."

삼장은 고맙다는 인사를 하고 대선과 헤어졌다.

이윽고 손대성은 당나라 스님 일행을 이끌고 느린 걸음걸이로 천천히 산에 오르기 시작했다. 그러나 미처 5, 6리도 못 갔을 때, 그들의 눈앞에는 한줄기 세찬 강물이 굽이치며 무서운 속도로 흘러내리고 있었다. 강폭은 어림잡아 8, 9리나 되어 보이는데 사방을 둘러봐도 인적이 통 없었다.

삼장 법사는 속으로 찔끔 놀라며 제자에게 물었다.

"오공아, 길을 잘못 든 것 같구나. 금정대선이 잘못 가르쳐준 것은 아니냐? 강물이 이토록 너르고 이렇듯 사납게 소용돌이쳐 흐르는데, 배 같은 것이라곤 한 척도 찾아볼 수가 없으니 이 물을 어떻게 건너간단 말이냐?"

손행자가 웃으며 말씀드린다.

"길을 잘못 든 게 아닙니다. 저길 좀 보십쇼! 저편에 큰 다리가 하나 있지 않습니까? 저 다리 위로 건너가셔야만 정과를 이루실 수 있는 겁니다."

장로님과 일행이 더 가까이 가서 보았더니, 다리 근처에 편액이 걸려 있고 그 위에는 '능운도(凌雲渡)'란 세 글자가 씌어 있다. 그것은 놀랍게도 통나무 한 가닥을 걸쳐놓은 외나무다리였다.

멀리서 바라보면 공중을 가로지른 옥으로 된 들보 같으나, 가까이 굽어보니 강물의 흐름을 끊어놓은 썩어빠진 뗏목 같다.

강물이나 바다를 건너기는 오히려 쉽다만, 통으로 된 외나무다리를 사람이 어찌 딛고 건너랴?

만 장(萬丈)의 무지개가 수평으로 그림자를 누이고, 천 길(千尋)의 흰 비단폭이 하늘 가에 잇닿았다.

가늘고도 미끄럽기 비할 데 없어 도무지 건너가기 어려우니, 신선인들 채색 노을 딛지 않고서는 건널 생각도 말아야 할 것이다.

삼장 법사는 보기만 해도 가슴살이 떨리고 오금이 저려 제자를 돌아보며 하소연했다.

"오공아, 이건 사람이 건너다닐 다리가 아니다. 우리 다른 길을 찾아서 건너가자꾸나."

손행자가 빙그레하니 웃으면서 도리질을 한다.

"이게 바로 그 길입니다! 그 길이에요!"

저팔계가 겁먹은 목소리로 다시 묻는다.

"이게 길이라면 어느 누가 감히 건너간단 말이오? 수면도 어지간히 너른데다 파도는 흉흉하게 용솟음치는데, 한줄기 외나무다리가 저토록 가늘고 미끄러우니, 어디 한쪽 발이라도 붙일 수가 있겠소?"

"모두들 여기 서서 기다리고 있게. 이 손선생이 한번 걸어가 보일 테니까."

용감한 손대성은 슬금슬금 발길을 떼어놓더니 외나무다리 위에 훌쩍 뛰어 올라섰다. 통나무 다리가 휘청휘청 흔들렸다. 그러나 손행자는 눈 깜짝할 사이에 맞은편으로 뛰어가더니 그쪽 언덕 기슭에서 동료들을 소리쳐 불렀다.

"이것 봐! 건너와요, 건너오라니까!"

그러나 당나라 스님은 손사래를 홰홰 치고, 저팔계와 사화상은 손가락을 입에 문 채 절레절레 도리질이다.

"안 되겠소, 안 되겠어! 정말 어려운 일이야!"

손행자가 또다시 그쪽으로부터 뛰어오더니 저팔계를 잡아끌며 야단쳤다.

"이런 바보 멍텅구리 녀석! 날 따라와! 날 따라오라니까!"

그러자 저팔계는 아예 땅바닥에 벌렁 나자빠지며 버텼다.

"미끄러워서 못 가겠소! 미끄러진단 말이오! 형님, 날 좀 살려주시오. 제발 안개나 바람을 타고 건너가게 해주시구려!"

손행자가 펄쩍 뛰며 독촉한다.

"여기가 어딘 줄 알고 함부로 안개나 바람을 타고 간단 말이야? 반드시 이 다리를 두 발로 걸어서 건너가야만 성불(成佛)할 수 있단 말일세!"

"형님, 부처님이 못 될망정 나는 정말 건너가지 못하겠소!"

두 사람이 다리 가에서 잡아당기랴 끌어당기랴 옥신각신 다투고 있으려니, 사화상이 보다 못해 쫓아와서 뜯어말렸다. 그제야 손행자는 저팔계를 놓아주었다.

삼장 법사가 흘끗 고개를 돌리고 보니, 상류 쪽에서 웬 사람 하나가 나룻배를 저어 오며 큰 소리로 외쳐대고 있다.

"건네드리지요! 건네드려요!"

삼장은 기뻐 어쩔 줄 모르면서 제자들을 불렀다.

"애들아! 장난질은 그만큼 해둬라. 저기 나룻배가 온다!"

세 형제가 펄쩍 뛰어서 일어나더니, 나란히 서서 그쪽을 바라보았다. 과연 배 한 척이 다가오고 있기는 한데, 뜻밖에도 밑바닥이 없는 배가 아닌가!

서유기 제10권 243

손행자의 불 같은 눈자위, 황금빛 눈동자는 벌써 그것이 접인불조(接引佛祖)로서, 일명 나무보당광왕불(南無寶幢光王佛)이라고 일컫는 부처님인 줄 알아보았으나, 일행들에게 그 신분을 밝히지 않고 그저 외쳐 부르기만 했다.

"이리 저어 오시오! 배를 이리 저어 오시오!"

나룻배는 삽시간에 강기슭으로 다가들더니, 뱃사공이 또 한차례 손님들을 불렀다.

"건네드리지요! 건네드리고말고요!"

삼장은 눈앞에 가까이 다가온 나룻배를 보고 또 한번 가슴이 철렁 내려앉았다.

"그 밑바닥이 없는 배로 어떻게 사람을 건네줄 수 있단 말이오?"

그러자 부처님은 이렇게 호언장담했다.

"내 이 나룻배로 말하자면 이렇소이다……"

홍몽(鴻濛)이 처음 판별되었을 때부터 그 명성 얻었으니, 다행히 내가 부려온 이래로 명성은 바뀐 적이 없었네.

제아무리 풍파가 휘몰아쳐도 스스로 평온하고, 무시무종(無始無終)이라 끝도 없고 시작도 없으니 승평(昇平)을 즐긴다네.

육진(六塵)³에 물들지 않고 능히 하나로 돌아가며, 만겁(萬劫)을 두고 태평 무사하게 자유자재로 행한다오.

---

3 육진: 불교 용어로 육근(六根)의 여섯 가지 대상. 곧 눈으로 보는 형체와 빛깔〔色〕, 귀로 듣는 소리〔聲〕, 코로 맡는 냄새와 향기〔香〕, 혀로 느끼는 맛〔味〕, 신체의 접촉으로 느끼는 촉감〔觸〕, 의식에 의한 사고의 대상이 되는 법(法)을 뜻한다. 이들 여섯 가지는 사람의 몸에 들어와 본래의 맑은 마음을 더럽히기 때문에 '티끌 먼지〔塵〕'라고 하는 것이다. '육경(六境)'이라고도 쓴다. 이들의 관계에 대하여는 제14회 본문과 주 **6** '육적(六賊)' 및 제17회 본문과 주 **6** '육근' 및 제58회 본문과 주 **4** '육식(六識)' 각각 참조.

밑바닥이 없는 배인지라 바다를 건너기는 어려우나, 예로부터 오늘에 이르기까지 뭇 창생(蒼生)을 건네주어왔다오."

손행자가 합장하고 감사의 예를 드린다.

"우리 사부님을 인도해주시려고 오신 그 호의에 참으로 감사드립니다…… 사부님, 어서 배에 오르십시오. 이 나룻배는 비록 밑바닥이 없으나 도리어 안전합니다. 아무리 풍파가 심해도 뒤집히지 않는 배랍니다."

장로님이 놀랍고 의심스러워 계속 머뭇거리는 것을, 손행자가 팔뚝을 덥석 부여잡아 배 위로 올려 태웠다. 스승님은 발 붙이고 서 있지 못한 채 꾸르륵 하고 물속에 가라앉았다. 그러자 노를 젓고 있던 사공이 한 손으로 덜미를 움켜서 끌어올리더니 배 위에 우뚝 일으켜 세웠다. 하마터면 물귀신이 될 뻔한 스승님은 흠뻑 젖은 옷자락을 툭툭 털고 두 발을 동동 굴러 물기를 떨어내면서 속으로 투덜투덜 손행자를 원망했다.

스승님이야 원망하거나 말거나, 손행자는 말고삐를 잡은 사화상과 짐보따리를 짊어진 저팔계마저 차례차례 이끌어 배에 올려 태웠다. 일행이 모두 나룻배 한복판에 자리잡고 서자, 접인불조는 가볍게 힘을 써서 노를 젓기 시작했다. 이때 상류 쪽에서 죽은 사람의 시체[4] 한 구가

---

[4] 시체: 당나라 스님이 능운도에서 육신의 껍질을 벗고 성불하는 과정은 불교의 '해탈(解脫)'이 아니라, 도가의 이른바 '시해(尸解)' 과정이었다. 해탈은 곧 속박과 고통의 번뇌에서 벗어나 완전한 정신적 자유 상태에서 도를 깨쳐 평온한 열반의 세계에 들어가는 것인데, 도교의 시해는 뱀이나 매미처럼 껍질을 벗고 날아오르듯 속세에 더럽혀진 육신을 버리고 우화등선(羽化登仙)하는 방식이다. 시해의 방법에도 여러 가지가 있는데, 숯불 속에 몸을 던져 불태우고 죽어서 등선하는 것을 '화해(火解)', 물에 빠져 죽는 방식으로 육신을 벗어버리는 것을 '수해(水解)'라 하며, 이 밖에도 '검해(劍解)' '장해(杖解)'와 같은 방법이 있으나, 어느 방식이든 환한 대낮에 시해하는 것을 상승(上乘)으로 치고 한밤중에 시해하는 것을 하승(下乘)으로 쳤다. 또한 신선의 종류에도 육신을 통째로 들어올려 '비승(飛昇)' 과정을 거친 사람을 천선(天仙),

둥실둥실 떠내려왔다. 당나라 장로님은 그것이 자신의 몸뚱이라는 것을 알아보고 대경실색을 했으나, 손행자는 껄껄껄 소리내며 통쾌하게 웃었다.

"하하! 사부님, 두려워 마십쇼! 저 시체는 알고 보면 사부님 자신이랍니다!"

저팔계도 신기한 듯이 소리쳤다.

"그렇구나, 사부님이다! 사부님, 바로 당신이십니다!"

사화상 역시 손뼉을 쳐가며 기뻐한다.

"사부님이다! 사부님이야!"

노를 젓던 사공도 장단 가락을 맞춰가며 이렇게 말했다.

"저것은 그대의 육신이외다! 축하드리오! 경축하오!"

"사부님의 경사를, 축하드립니다!"

제자 세 사람도 덩달아 소리 맞춰 화답했다.

나룻배는 노를 저은 지 얼마 안 되어 아주 평온 무사하게 능운선도(凌雲仙渡)를 건너 마침내 대안에 이르렀다. 삼장은 그제야 몸을 돌이키더니 맞은편 언덕으로 거뜬히 뛰어올랐다.

이를 증명하는 시가 다음과 같이 있다.

어미의 태포(胎胞)를 벗어버린 골육(骨肉)의 몸, 서로 친하고 서로 사랑하니 이것이 바로 원신(元神)이라네.

오늘에야 수행의 길을 다 채우고 비로소 부처가 되니, 지난날

천하의 명산을 유람하면서 도를 닦은 끝에 신선이 된 경우를 지선(地仙), 그리고 먼저 죽어서 육신의 탈을 벗는 시해 과정을 거친 사람을 '시해선(尸解仙)'이라 부르는데, 도교의 개념으로 본다면 당나라 스님은, '수해' 과정을 거쳐 '시해선'의 경지에 올랐다고 말할 수 있는 것이다. 이러한 용어의 혼잡은 모두 중국인들의 '유(儒)·불(佛)·선도(仙道)' 3교 합일(三敎合一) 관념에서 비롯된 것이라 하겠다.

의 육육진(六六塵)⁵을 말끔히 씻어버렸구나.

　이야말로 너르디너르고 크나큰 지혜의 힘이요, 피안(彼岸)에 오르는 무극(無極)의 법이라 일컬을 만한 것이었다.
　네 사람이 언덕에 올라 고개를 돌리고 보니, 뱃사공은 물론이요 밑바닥 없는 나룻배조차 온데간데없이 사라지고 보이지 않았다. 손행자는 이때에야 비로소 그 사공이 접인불조 부처님이었다는 사실을 밝혔다. 삼장 법사는 그제야 깨닫는 바가 있어 급히 몸을 돌이키고 제자들 세 사람에게 고맙다는 인사를 건넸다.
　손행자가 스승을 보고 이렇게 말씀드렸다.
　"사제지간에 고맙다는 인사 따위는 그만두시죠. 서로 돕고 의지해 온 처지가 아닙니까. 저희들은 사부님 덕분에 해탈하고 불문에 들어와 공덕을 쌓았기 때문에 정과를 이루었습니다. 사부님 역시 저희들이 보호해드린 데 힘입어 부처님의 가르침을 받들고 중생의 몸으로 부처님의 가호를 받아 다행스럽게도 범태를 벗어나셨습니다. 사부님, 눈앞에 화초와 소나무, 대나무, 그리고 난새와 봉황, 두루미와 사슴이 노니는 저 뛰어난 경관(景觀)을 보십시오. 요괴들이 득시글거리는 곳에 견주어 어느 쪽이 아름답고 어느 쪽이 밉다고 보십니까? 또 어느 편이 착하고 어느 편이 흉악하다고 보십니까?"
　손행자의 일깨움에, 삼장은 혀가 닳도록 감사하여 마지않았다.
　"고마운 말이다! 참으로 고마운 말이다!"

---

5 육육진: 불교 용어로 '육육진(六六塵)'은 6×6=36, 곧 인간의 신체 속에 있는 서른여섯 가지 부정물(不淨物)을 뜻한다. 행동과 언어 등 바깥으로 드러나는 열두 가지 모습, 곧 '외상 십이(外相十二)'와 온갖 사물을 받아들이는 몸의 열두 가지 장기, 곧 '신기 십이(身器十二)', 그리고 마음속의 열두 가지 더러움을 뜻하는 '내함 십이(內含十二)'가 그것들이다.

어느새 일행은 하나같이 몸이 거뜬해져서 날쌘 걸음걸이로 영취산을 오르기 시작했다.

이윽고 뇌음 고찰(雷音古刹)이 내다보이는 곳에 이르렀다.

정상은 구소(九霄) 까마득하게 높은 하늘을 어루더듬고, 산자락은 수미산맥(須彌山脈)에 잇닿았다.

봉우리들은 교묘하게 늘어서고, 기암괴석 바윗돌은 울퉁불퉁 고르지 못하다.

깎아지른 절벽 아래 기화요초가 숲을 이루고, 꼬불꼬불한 오솔길에는 보랏빛 지초와 향기로운 난초가 무더기를 이루었다.

선경에 사는 원숭이가 과일을 따가지고 복사나무 숲 속으로 들어가니, 마치 이글거리는 불길에 황금을 태우듯.

흰 두루미 소나무에 깃들여 가장귀 끄트머리에 우두커니 섰으니, 짙푸른 아지랑이 속에 떠받들린 백옥이 완연하다.

쌍을 이룬 채봉이 하늘의 해를 바라보며 우짖으면 온 천하가 상서롭고, 짝을 이룬 청란이 맞바람에 눈부시게 춤을 추니 세상에 보기 드문 광경이다.

또 황금빛 찬란한 기왓장이 겹겹으로 포개 싸여 원앙인 듯 보이고, 눈부시게 번쩍거리는 무늬 벽돌의 길바닥이 마노를 깔아놓은 듯하다.

동편으로 한 줄, 서편으로 한 줄, 하나같이 꽃술처럼 아름다운 주옥의 궁궐이요, 남쪽 일대, 북쪽 일대, 아무리 보아도 끝이 없는 보각 진루(寶閣珍樓)를 이루 다 볼 수 없다.

천왕전(天王殿) 상공에는 노을빛이 뻗어나가고, 호법당(護法堂) 앞에는 보랏빛 화염이 뿜어나온다.

부도(浮屠)의 탑신(塔身)들이 우뚝우뚝 드러나고, 우발(優鉢)⁶의 꽃향기 짙디짙게 풍겨난다.

이야말로 아름다운 명승 절경이라 별천지가 따로 없을 지경이니, 유유히 떠가는 구름에 한낮이 길어졌음을 새삼 깨닫게 만든다.

속세의 홍진이 이르지 못하니 모든 인연 다하는 곳이라, 만겁을 두고 이지러짐 없는 대법당이다.

스승과 제자들은 절경에 담뿍 취하여 산책이라도 나온 듯 이리저리 둘러보면서 영취산 꼭대기로 걸어 올라갔다.

짙푸른 소나무 숲 그늘 밑에는 우바(優婆)들이 늘어서고, 비취 빛깔의 잣나무 숲 속에는 선사(善士)⁷들이 줄지어 섰다. 당나라 장로님이 그들을 보고 즉석에서 큰절을 올리려 하자 우바새, 우바이, 비구승, 비구니들은 당황한 기색으로 합장하며 말렸다.

"성승, 잠깐만! 여기서 예를 행하지 마십시오. 석가모니를 만나뵙고 나시거든 그때 다시 서로 인사를 나눕시다."

손행자도 웃으면서 스승을 만류했다.

"사부님, 아직 이릅니다! 일러요! 먼저 웃어른부터 찾아뵙고 절을 하셔야 할 게 아닙니까!"

당나라 장로님은 기쁨에 겨워 덩실덩실 춤추면서 손행자의 뒤를 따라 곧바로 뇌음사 산문 밖에까지 이르렀다.

그곳을 지키고 있던 사대 금강이 마주 나오며 앞길을 가로막았다.

"성승, 어서 오십시오!"

---

6 우발: 불교 용어 utpala의 음역. 연꽃의 일종으로, 청련화(靑蓮花)·수련(睡蓮) 등을 일컫는다.
7 선사: 불교 용어 satpuruṣa. 본성이 훌륭한 사람. 신도(信徒)·선남(善男)을 뜻한다.

삼장은 몸을 굽히고 답례했다.

"예, 제자 현장이 도착했습니다."

답례를 마치고 곧바로 산문에 들어서려 하는데, 금강이 이렇게 말했다.

"성승께서는 잠시 기다리십시오. 저희가 우선 여쭙고 허락이 떨어지거든 들어가도록 하시지요."

금강은 삼장 일행을 그 자리에 세워둔 채 산문을 돌아서 들어가 둘째 문의 사대 금강에게 통보했다.

"당나라 스님께서 도착하셨소."

그러자 둘째 문을 지키던 사대 금강이 다시 셋째 문에 전달한다.

"당나라 스님께서 당도하셨소."

세번째 산문에는 여래부처님께 공양을 드리는 신승(神僧)이 있었는데, 당나라 스님이 도착했다는 전갈을 듣자 부리나케 대웅전으로 달려가 여래지존 석가모니문불(如來至尊釋迦牟尼文佛)에게 아뢰었다.

"당나라 조정에서 보낸 성승이 경을 가지러 방금 보산에 당도하였나이다."

부처님은 크게 기뻐하면서 그 즉시 팔보살, 사금강, 오백 나한, 삼천 게체, 십일 대요(十一大曜), 십팔 가람(十八伽藍)들을 모두 불러모으더니, 두 줄로 늘어 세우고 금지(金旨)를 내려 당나라 스님 일행을 불러들이게 했다. 이윽고 안쪽으로부터 부처님의 법지가 차례차례 전달되어 나왔다.

"성승은 들어오시오!"

이렇듯 당나라 스님은 규범과 절차를 깍듯이 밟아가며 손오공, 저오능, 사오정과 함께 백마를 이끌고 짐보따리를 짊어진 채 곧바로 첫째, 둘째, 셋째 산문 안으로 들어갔다.

실로 감회 깊은 순간이었다.

분발하여 뜻을 세운 뒤 흠차사신(欽差使臣) 칙명 받들어, 통관 문첩을 수령하고 임금께 하직 인사 고하여 궁궐의 옥계(玉階)를 걸어나온 것이 어느 해였던가.

맑은 새벽 산에 올라 안개 이슬 맞고, 저물녘에는 바윗돌 베개 삼아 흙비 속에 누웠다.

선(禪)을 떠메고 머나먼 길 삼천수(三千水)를 건넜으며, 석장(錫杖) 짚어 만리애(萬里崖)를 하염없이 걸었다.

정과를 구하려는 일념만을 가슴속에 품었더니, 오늘에야 비로소 여래부처를 만나볼 수 있게 되었구나!

대웅보전 앞에 다다른 네 사람은 여래부처를 대하자 몸을 굽혀 공손히 큰절을 올렸다. 웃어른께 절을 마친 그들은 다시 좌우 양편을 향해 두 번 절하고 두루두루 돌아가며 삼잡례(三匝禮)를 행한 다음, 또다시 불조(佛祖)를 향하여 무릎 꿇고 통관 문첩을 받들어 올렸다.

여래는 문첩 내용을 낱낱이 살펴보고 나서 삼장에게 돌려주었다.

삼장이 무릎 꿇고 엎드려 이마를 땅바닥에 닿도록 조아린 채 아뢰었다.

"제자 현장은 동녘 땅 대 당나라 황제 폐하의 성지를 받자옵고 진경(眞經)을 얻어다 중생을 구하고자 머나먼 보산(寶山)에 왔나이다. 바라옵건대, 불조께서는 은혜를 베푸시어 진경을 내려주시고 한시 바삐 귀국토록 허락하여주소서."

여래부처는 자비심을 크게 베풀어 가엾이 여기는 말투로 이렇게 말하였다.

"네가 태어난 동녘 땅 남섬부주는 기후가 좋고 땅이 기름져서, 물산이 풍부하고 인구가 조밀하나, 탐욕과 살생, 음란함과 속임수가 많으며, 남을 업신여기고 거짓말하는 자가 허다하여, 부처의 가르침을 지키지 않고 착한 인연을 구하지 않으며, 삼광(三光)을 공경하지 않고 오곡을 소중히 여기지 않으며, 충성되지 못하고 효도하지 않으며, 의롭지 못하고 어질지 못한 까닭에, 양심을 속이고 자신을 어리석게 만들며, 크게는 됫박과 작게는 저울눈을 속이며, 거리낌 없이 남을 해치고 살생을 저질러왔다. 이렇듯 한없는 악업을 쌓았으니, 그 죄악이 가득 차고 넘쳐서 지옥의 재앙을 초래하기에 이르렀다.

그런 까닭으로 영원히 유명계에 떨어져서, 몸뚱이를 절구에 짓찧어 으스러뜨리는 온갖 고통을 받으며, 털가죽을 뒤집어쓰고 머리 뿔이 돋친 여러 가지 짐승의 형상으로 변하여 그 몸으로써 전생의 빚을 갚고, 육신이 찢겨 뭇사람들에게 나누어주는 형벌을 받게 된 것이다. 저들이 아비지옥(阿鼻地獄)에 떨어져 영원히 벗어나지 못하는 것은 모두가 이 때문이다. 비록 공씨(孔氏, 공자)가 있어 그 땅에 인의예지(仁義禮智)의 가르침을 세우고, 역대 제왕들이 서로 계승하며 도형(徒刑), 유배형(流配刑), 교수형(絞首刑), 참형(斬刑)의 무거운 형벌로써 다스려왔다 하나, 어리석고 밝지 못하며 거리낌 없이 방종한 무리들을 어찌할 수 있으랴!

이제 내게 경(經) 삼장(三藏)이 있으니, 그것으로 모든 괴로움과 번뇌에서 초탈하고 재앙과 지난날의 허물을 풀어버릴 수 있을 것이다.

삼장은 이러하다. '법 일장(法一藏)'은 하늘의 도리를 논하고, '논 일장(論一藏)'은 땅의 도리를 설파하며, '경 일장(經一藏)'은 귀신의 원혼을 건져준다. 모두 합쳐 삼십오 부(部)로서 일만 오천일백사십사 권이 될 것인데, 진실로 참된 도리를 닦는 경전이요 착한 것을 올바르게 세우는 법문이라 할 것이다. 삼장에는 무릇 천하의 사대 부주에 관한 천문, 지리, 인물, 날짐승과 길짐승, 꽃과 나무, 모든 연모와 그 쓰임새〔器用〕, 인간관계〔人事〕, 어느 것 하나 실려 있지 않은 것이 없다.

너희들은 머나먼 길을 왔으므로 이 삼장경을 모두 가져가게 하고 싶으나, 그 땅에 사는 인간들이 우둔하고 어리석으며 거칠고 고집이 세어 참된 말씀을 헐뜯고 비방할 뿐, 우리 사문(沙門)의 오묘한 뜻을 깨우치지 못할 것이다."

말씀을 마치자, 여래는 제자를 불렀다.

"아난, 가섭아. 너희 둘이서 이 네 사람을 진루(珍樓) 아래 데리고 가서 먼저 음식을 대접하여라. 식사가 끝나거든 보각(寶閣)을 열고 나의 삼장경 삼십오 부 가운데 각각 몇 권씩 골라주어서, 동녘 땅에 널리 유전시켜 길이 홍은(鴻恩)을 펼칠 수 있도록 하여라."

아난과 가섭 두 존자는 부처님의 법지를 받들어, 즉시 그들 네 사람을 데리고 진루 아래로 내려갔다. 그곳에는 불가의 진기한 보물, 이채로운 보배가 무궁무진하게 늘어놓여 있었다. 공양을 맡은 신령들이 손님에게 음식상을 차려 내오는데, 하나같이 선품(仙品), 선효(仙餚), 선다(仙茶), 선과(仙果)로서, 속세의 음식과는 전혀 다른 진수성찬이었다. 스승과 제자들은 우선 부처님의 은혜에 정례를 올리고 나서, 마음껏 불가의 백미 진수를 맛보았다.

　　보배로운 화염, 금빛 찬란한 광채가 눈을 밝게 비추고, 이채로운 향과 기이한 물품이 더욱 정교하고 미묘하다.
　　천 층 금각(金閣)은 아름다움이 무궁무진한데, 생기 가득한 신선의 음악이 들려와 귀를 맑게 한다.
　　소박한 맛과 선화(仙花)는 인간 세상에 보기 드문 것이요, 향기로운 차와 기이한 음식은 장생을 얻게 해준다.

이제껏 천만 가지 괴로움을 겪을 대로 겪어왔더니, 오늘날의 이 영화를 보게 되어 그 기쁨 한량없다.

이번에야말로 저팔계는 운수대통을 했고, 사화상 역시 적지 않게 덕을 보았다. 그도 그럴 수밖에 없는 것이, 부처님이 계신 극락에서 정수장생(正壽長生), 환골탈태(換骨奪胎)하는 음식을 배가 부르게 실컷 먹었으니 말이다.

두 존자는 네 사람의 식사가 끝날 때까지 시중을 들어주다가, 모두들 상을 물리자 곧바로 불문의 진경을 소장해둔 보각으로 데려갔다. 문이 활짝 열리자, 그 안에는 노을빛과 상서로운 기운이 천 겹으로 뒤덮여 있고, 다채로운 안개와 상운이 만 갈래로 자욱하게 퍼져나왔다.

경전을 담은 궤짝과 보배로운 상자 위에는 모두 붉은 종이 쪽지가 붙어 있고, 그 쪽지에는 저마다 경전의 이름과 권수가 해서체로 보기 좋게 씌어 있었는데, 그 내용은 다음과 같았다.

『열반경(涅槃經)』 748권

『보살경(菩薩經)』 1021권

『허공장경(虛空藏經)』 400권

『수릉엄경(首楞嚴經)』 110권

『은의경대집(恩義經大集)』 50권

『결정경(決定經)』 140권

『보장경(寶藏經)』 45권

『화엄경(華嚴經)』 500권

『예진여경(禮眞如經)』 90권

『대반야경(大般若經)』 916권

『대광명경(大光明經)』 300권

『미증유경(未曾有經)』 1110권

『유마경(維摩經)』 170권

『삼론별경(三論別經)』 270권

『금강경(金剛經)』 100권

『정법론경(正法論經)』 120권

『불본행경(佛本行經)』 800권

『오룡경(五龍經)』 32권

『보살계경(菩薩戒經)』 116권

『대집경(大集經)』 130권

『마갈경(摩坶經)』 350권

『법화경(法華經)』 100권

『유가경(瑜伽經)』 100권

『보상경(寶常經)』 220권

『서천론경(西天論經)』 130권

『승기경(僧祇經)』 157권

『불국잡경(佛國雜經)』 1950권

『기신론경(起信論經)』 1000권

『대지도경(大智度經)』 1080권

『보위경(寶威經)』 1280권

『본각경(本閣經)』 850권

『정률문경(正律文經)』 200권

『대공작경(大孔雀經)』 220권

『유식론경(維識論經)』 100권

『구사론경(具舍論經)』 200권

아난과 가섭은 당나라 스님을 데리고 경전의 서목을 한바탕 둘러보게 하더니, 마지막에 가서 이런 요구를 해왔다.

"성승께서는 동녘 땅에서 여기까지 오셨으니, 무엇인가 저희한테 인사조로 선물해주실 것을 가져오셨겠지요? 경전을 잘 골라드릴 테니까, 어서 그 선물을 내놓으십쇼."

삼장은 그 말을 듣고 난처한 기색을 지었다.

"제자 현장은 여기까지 오는 길이 너무나 멀어서, 예물을 아무것도 준비해오지 못했습니다."

그러자 두 존자는 껄껄대고 웃으면서 빈정거렸다.

"이거 정말 큰일났네그려! 큰일났어! 빈손으로 오신 분께 공짜로 경을 내드려서 이 세상에 전하게 한다면, 후세 사람들은 모두 굶어 죽어야겠군!"

손행자는 그들이 요리조리 핑계를 대며 좀처럼 경을 내어주지 않으려는 것을 보자, 참다못해 발끈 성을 내고 말았다.

"사부님, 안 되겠습니다. 우리 여래님께 말씀드리러 갑시다! 그분이 손수 오셔서 이 손선생한테 경을 넘겨주시도록 해야겠습니다."

그 소리를 듣고 아난 존자가 냅다 호통쳐 꾸짖었다.

"닥쳐라! 여기가 어딘 줄 알고서 네놈이 함부로 설쳐대느냐. 떠들지 말고 이리 와서 경이나 받아가거라!"

저팔계와 사화상 역시 분통을 꾹 눌러 참고, 손행자를 구슬려서 함께 두 존자에게 다가갔다. 한권 한권씩 꺼내주는 것을 보따리 속에 거두어 넣고 말안장에 올려 실은 다음, 또 두 짐으로 묶어 저팔계와 사화상이 한 짐씩 떠메고, 이렇듯 경을 다 받아 챙긴 일행은 곧바로 보좌 앞에 돌아가 여래부처께 이마를 조아려 사례하고 나자, 그 즉시 발길을 돌려 문밖으로 나섰다.

　부처 한 분을 만나면 두 번 절하고, 존자 한 사람을 보면 또 재배를 드리고, 또 대문 바깥에 이르러서는 비구승, 비구니, 우바이, 우바새와 마주칠 때마다 일일이 작별 인사를 건네고, 영산을 내려와 동쪽으로 향한 길을 치닫기 시작한 것은 더 말할 나위도 없다.

　삼장 일행은 전혀 모르고 있었으나, 그 보각 안에는 연등고불(燃燈古佛)[8]이란 존자 한 분이 계셨다. 그는 누각 한 귀퉁이에 숨어 있으면서, 아난과 가섭이 삼장 일행에게 경을 전해주는 과정을 남몰래 엿듣고, 두 존자가 무슨 꿍꿍이속을 차렸는지 훤히 꿰뚫어 알고 말았다. 애당초 아난과 가섭이 내어준 것은 이른바 '무자진경(無字眞經)', 글씨라곤 한 자도 씌어 있지 않은 백지(白紙)의 경전이었던 것이다. 이런 사실을 알고 나서 연등고불은 혼자 웃으며 중얼중얼 탄식을 금치 못했다.

　"동녘 땅에서 온 중들이 어리석기도 하구나. 글자 없는 경전인 줄 알아보지 못하고 그저 주는 대로 넙죽넙죽 받아가다니, 성승은 억울하게도 그 머나먼 길을 헛걸음질치고 말지 않았는가?"

　연등고불은 당장 소리쳐 측근을 불렀다.

　"여봐라! 거기 아무도 없느냐?"

　곁에 모시고 있는 백웅 존자(白雄尊者)가 선뜻 나섰다. 고불은 그에게 분부를 내렸다.

　"너는 신위(神威)를 떨쳐 이 길로 당나라 화상을 쏜살같이 쫓아가서 글자 없는 '무자진경'을 빼앗고, 다시 되돌아와 글자가 있는 '유자진경(有字眞經)'을 받아가도록 일깨워주어라."

---

8 연등고불: 과거세(過去世)에 나타나 석가세존에게 미래에 성불(成佛)할 것임을 예언한 부처 연등불(燃燈佛). 석가세존 이전에 나타났다고 전해지는 24명의 부처 가운데 하나로, 정광여래(錠光如來)라고도 일컫는다.

백웅 존자는 그 즉시 광풍을 휘몰아 타고 뇌음사 산문 바깥으로 곤두박질쳐 나가더니, 한바탕 신위를 크게 떨쳐 당나라 스님 일행을 뒤쫓기 시작했다.

글자 그대로 광풍대작(狂風大作), 느닷없이 불어닥친 미치광이 돌개바람은 과연 무시무시할 정도로 사나웠다.

　부처님 앞의 용사이니, 바람의 여신 풍파파(風婆婆)와 손이랑(巽二郎)조차 견줄 바가 아니다.
　신선의 구공 칠규(九孔七竅)가 한꺼번에 폭풍 노호를 터뜨리니, 한낱 호들갑스런 처녀의 입김 따위야 상대가 되지 않는다.
　한바탕 불어닥치는 회오리바람에 어룡(魚龍)은 모두 소굴을 잃고, 강물과 바닷물도 거슬러서 물결친다.
　검정 원숭이는 과일 따서 받들고도 바치러 오기 어렵고, 황학(黃鶴)은 구름 위로 되돌아가 옛 둥지를 찾아 헤맨다.
　단봉(丹鳳)이 청아한 목소리로 우짖어도 아름답지 못하고, 금계(金鷄)의 '꼬끼오!' 우는 소리도 어수선하게만 들린다.
　청송(靑松)은 가장귀가 꺾여나가고, 우발(優鉢)의 꽃잎도 바람결에 나부긴다.
　비취 빛깔 대나무 줄기줄기 쓰러지고, 금빛 연꽃 송이송이 제멋대로 흔들린다.
　종소리는 멀리멀리 삼천 리나 울려 퍼지고, 경을 읊는 여운이 나풀나풀 날아서 만학 천봉(萬壑千峰)에 까마득히 퍼져오른다.
　낭떠러지 밑의 기이한 꽃나무 아름다운 빛깔 죽어버리고, 길 곁의 요초(瑤草)는 싱그러운 싹이 누워버린다.
　채란(彩鸞)은 날개를 펼쳐 춤추기 어렵고, 흰 사슴은 비탈진 산등성이 너머로 몸을 숨긴다.

　기이한 향기는 가없이 너르게 번져 우주를 온통 뒤덮고, 맑디 맑은 바람결이 구름 뚫고 하늘 끝에 치솟는다.

　한편, 당나라 장로님은 한참 정신없이 길을 가고 있는데, 어디선가 향기로운 바람이 꾸역꾸역 휘몰아치는 소리가 들려왔다. 그러나 이 순진한 장로님은 그것이 부처님의 상서로운 징조인 줄로만 알고 아무런 방비도 하지 않았다.

　이윽고 하늘 위에서 '꽈다당!' 하는 소리가 귀청을 때리더니, 느닷없이 거대한 손바닥 하나가 불쑥 뻗어 내려와 말안장에 싣고 있던 경 보따리를 슬쩍 채뜨려가고 말았다. 기겁을 한 삼장 법사는 주먹으로 가슴을 쳐가며 아우성치고, 저팔계는 땅바닥에 떼굴떼굴 구르다시피 정신없이 쫓아오는데, 사화상은 등에 짊어진 경 보따리를 지키느라 그 자리에 우뚝 서고, 손행자는 재빨리 몸을 날려 쏜살같이 뒤쫓아갔다.

　백웅 존자는 손행자가 바싹 뒤쫓아오는 것을 보자, 혹시 그놈의 무시무시한 철봉이 사람도 못 알아보고 다짜고짜 들이쳐서 제 몸을 다칠까 봐 겁이 더럭 났다. 그래서 이것저것 생각해볼 겨를도 없이 우선 들고 있던 경 보따리를 터뜨려 흙먼지 바닥에 냅다 팽개치고 말았다. 꾸러미가 터진 보따리는 땅바닥에 떨어지다가 또다시 향기로운 바람결에 사면팔방으로 산산이 흩날리기 시작했다. 이것을 본 손행자는 경전을 수습하느라 즉시 근두운을 멈추고 더 이상 뒤쫓아가지 않았다. 그 틈에 백웅 존자가 안개구름을 거두고 돌아가 연등고불에게 보고한 것은 말할 나위도 없다.

　저팔계가 헐레벌떡 뒤쫓아왔다. 그는 땅바닥에 흩어진 경전을 손행자와 함께 낱낱이 수습해서 등에 한 아름 잔뜩 짊어지고 당나라 스님에게 돌아갔다.

당나라 스님은 두 눈이 통통 붓도록 눈물을 철철 흘리면서 한탄을 했다.

"애들아! 이런 극락세계에도 흉악한 마귀가 있어 사람을 골탕 먹이는구나!"

사화상은 두 사형이 짊어지고 온 경전을 받아서 흐트러진 책장을 가다듬느라 한 권 펼쳐보다가 저도 모르게 깜짝 놀라고 말았다. 백설처럼 하얀 종잇장뿐, 거기에는 글자가 쓰인 자국이라곤 하나도 없었다. 그는 당황한 손길로 스승에게 책을 넘겨주었다.

"사부님, 이 책에는 글자가 없습니다."

손행자도 한 권을 펼쳐보았으나, 역시 글자가 씌어 있지 않았다. 저팔계가 펼쳐본 것도 글자 없는 백지 책이었다.

삼장 법사는 기가 막혀 버럭 고함을 질렀다.

"모조리 펼쳐보아라!"

한권 한권 모두가 흰 종잇장이다. 장로님은 긴 한숨 짧은 탄식을 거듭했다.

"아아……! 우리 동녘 땅 사람들은 지지리도 복이 없구나……! 글자도 없는 이따위 백지 책을 가져간들 무슨 소용이 있겠으며, 나는 또 무슨 낯으로 당나라 임금님을 뵈올 것이냐? 임금을 속인 죄, 죽어도 마땅치 않을 것이다!"

손행자는 벌써부터 왜 이런 일이 벌어지게 되었는지 알아차리고 있던 터라, 즉시 당나라 스님에게 여쭈었다.

"사부님, 아무 말씀 마십쇼. 이것은 아난과 가섭 두 놈이 우리더러 인사치레로 선물을 가져왔느냐고 물었을 때 없다고 했더니, 일부러 이런 백지 책을 넘겨준 것이 틀림없습니다. 빨리 되돌아가서 여래님 앞에 고해바칩시다. 그놈들이 뇌물을 강요하고 농간 부린 죄를 따져 물어야겠습니다!"

저팔계도 마구 떠들어댔다.

"그렇고말고! 옳은 말씀이오! 우리 그렇게 합시다! 그놈들의 죄상을 고해바치러 당장 갑시다!"

씨근벌떡 부리나케 영취산으로 되돌아가는 삼장 법사 일행, 두 발바닥을 땅에 붙일 겨를도 없이 허둥지둥 뇌음사로 다시 올라갔다.

얼마 안 되어서 산문 밖에 다다르니, 대중(大衆)이 두 손을 모으고 맞아들인다. 그들은 빙그레 웃으면서 당나라 스님에게 물었다.

"성승께서는 경을 바꾸러 오셨습니까?"

삼장은 고개를 끄덕끄덕하며 고맙다는 인사를 했다. 첫번째 산문, 두번째 산문의 사대 금강들도 이번에는 가로막지 않고 일행을 그대로 들여보내주었다.

대웅전 앞에 들이닥친 손행자가 먼저 고래고래 악을 썼다.

"여래부처님! 저희들 스승과 제자, 네 사람은 천만 가지로 우여곡절과 요괴 마귀들의 시련을 겪어가며, 동녘 땅에서 이곳까지 허위단심 여래부처님을 찾아뵙고자 왔습니다. 여래님께서 경을 전해주라 분부하셨으나, 아난과 가섭이 뇌물을 요구하다가 미수에 그치자, 둘이서 작당하여 농간을 부리고 일부러 글자가 없는 백지 책을 내주어서, 저희들더러 가져가게 했습니다. 저희들이 글자 없는 경전을 가져다가 무엇에 쓰겠습니까? 바라옵건대, 여래부처님께서는 분부를 내리시어 저들의 죄를 다스려주십시오!"

여래불조께서 미소를 띠며 이렇게 말씀하셨다.

"떠들지 마라. 그들 둘이서 너희들에게 인사치레로 선물을 요구했다는 사실을 나도 이미 알고 있다. 그러나 불경이란 가벼이 전수해도 안 되며, 또한 빈손으로 받아가서도 안 되는 것이다. 언젠가 여러 비구 성승(比丘聖僧)들이 산을 내려가 사위국(舍衛國) 조장자(趙長者) 댁에서 경을 한차례 외워주고, 그 집안에 살아 있는 사람의 안전과 죽은 이들의 초탈을 위해 경을 한차례 읽어주었는데, 그 댁에서 겨우 쌀 서 말 석 되와 황금 몇 알만 얻어 가지고 돌아온 적이 있었다. 나도 그때 그들의 독경값이 너무 싸서, 후대 자손들이 쓸 돈이 없을 것이라고 말했다. 이제 너희들 역시 빈손으로 찾아와서 달라니까, 아난과 가섭 역시 백지 책을 전해주었을 뿐이다. 하지만 그 백지 책은 바로 '무자진경'으로서, 역시 값어치가 있는 경전이다. 너희 동녘 땅에 사는 중생들이 너무 어리석고 우둔하여 깨닫는 바가 없기에 일부러 그 경전을 전해주었던 것이다."

여래는 즉석에서 다시 두 존자를 불렀다.

"아난, 가섭아. 어서 글자가 있는 '유자진경'을 각 부 중에서 몇 권씩 가려 뽑아주고 돌아와서, 그 숫자를 내게 일러다오."

두 존자는 또다시 네 사람을 데리고 진루 보각에 이르렀다. 그러나 이번에도 여전히 당나라 스님에게 인사치레로 선물을 좀 달라고 요구했다. 삼장 역시 바칠 만한 물건이 없는 터라, 어쩔 수 없이 사화상더러 보따리에 든 자금 발우(紫金鉢盂)를 꺼내게 하여 그것을 두 손으로 받들어 올리며 이렇게 말했다.

"제자는 사실 춥고 배고프게 머나먼 길을 옷 입은 그대로 오느라고 인사를 차릴 만한 물건을 마련해오지 못했습니다. 이 놋쇠 바리때는 당나라 황제께서 친히 내려주신 것으로서, 제자더러 잘 간직하고 도중에 동냥하는 데 쓰라고 당부하신 물건입니다. 이제 특히 이것을 바쳐 약소하나마 성의를 표하고자 하오니, 부디 바라옵건대 존자께서 이를 받아주십시오. 조정에 돌아가 이런 사실을 당나라 황제께 말씀드리면, 반드시 후한 사례가 있으실 줄 아옵니다. 그저 글자가 있는 경전을 하사하시어, 우리 황제 폐하께서 파견하신 뜻과 머나먼 이곳까지 허위단심으로 찾아온 제자의 노고에 너무 섭섭하지 않게 해주시기만 바랄 따름입니다."

아난 존자가 놋쇠 주발을 받아들고 그제야 빙그레 웃었다.

아난이 흐뭇한 미소를 짓고 있으려니, 진루를 지키는 역사(力士)들과 부엌에서 음식 만드는 일을 맡아보던 요리사, 보각을 지키는 존자들이 모두 낯 두꺼운 그의 얼굴을 쓰다듬어주랴, 등을 툭툭 치랴, 손가락으로 퉁겨주랴, 입술을 삐죽거리랴 하면서, 너나 할 것 없이 비웃고 조롱했다.

"염치없네, 아난 존자! 부끄러운 줄도 모르나? 경을 가지러 온 사람을 털어먹다니!"

아난 존자는 부끄러움을 이기지 못해 우거지상을 지으며 얼굴이 벌게졌으나, 놋쇠 바리때만큼은 두 손으로 잔뜩 움켜쥔 채 놓으려 들지 않았다.

가섭 존자가 그제야 보각에 들어가더니 경전을 한권 한권씩 골라 살펴보고 삼장 일행에게 넘겨주기 시작했다.

당나라 스님은 앞서 한 번 골탕을 먹었던 터라, 제자들에게 큰 소리로 당부했다.

"얘들아, 아까처럼 되지 않게 하나하나 똑똑히 살펴보고 받아두어야 한다!"

이리하여 제자 세 사람은 한권 한권 받아드는 대로 펼쳐보고 글자가 적혀 있는 것인지 낱낱이 검사를 했다. 과연 이번의 것은 모두가 '유자진경'이었다. 전수해 받은 숫자는 도합 5천하고도 48권, 바로 일장(一藏)의 수효를 채운 것이었다.

당나라 스님 일행은 전수받은 경전을 단단히 꾸려서 말안장에 얹어 싣고, 나머지는 한 보따리로 묶어서 저팔계가 짊어졌다. 본래 가져왔던 짐짝은 사화상이 떠메게 되었다.

손행자가 말고삐를 끌고 나서니, 당나라 스님은 구환석장을 짚고 비로모를 반듯이 고쳐 쓴 다음, 금란 가사에 묻은 먼지를 훌훌 털어내며 싱글벙글 흡족한 웃음기를 가득 머금은 채 또다시 부처여래 앞에 나아갔다. 그야말로 당나라 삼장 법사 진현장에게 있어 벅찬 감회에 가슴 뿌듯한 순간이 아닐 수 없었다.

대장 진경(大藏眞經)의 참된 맛이 감미롭기 그지없으니, 여래께서 이룩하시는 바가 참으로 정교하고 장엄하구나.
모름지기 현장이 일념으로 산에 오르던 괴로움을 알아야 할 것이니, 돈을 사랑하는 아난의 작태가 가소롭다.
먼젓번에는 알지 못하여 연등고불의 신세를 졌으나, 그뒤에는 진실을 얻게 되어 비로소 마음이 평안해졌다.
이제는 뜻을 이루어 동녘 땅에 전하게 되었으니, 대중이 골고루 단비와 이슬에 젖듯 부처님의 은혜를 입게 되었다.

아난과 가섭이 당나라 스님 일행을 인도하여 여래부처를 뵙게 해주었다. 여래는 연좌에 높이 오르더니, 항룡과 복호 이대 아라한(二大阿羅漢)에게 운경(雲磬)을 치라는 지령을 내려, 삼천 제불, 삼천 게체, 팔금강, 사보살, 오백 존 나한, 팔백 비구승, 대중 우바새, 비구니, 우바이들과 각천 각동(各天各洞), 복지 영산(福地靈山)의 크고작은 존자들과 성승들을 두루두루 초청하여, 자리에 앉을 사람은 보좌에 오르게 하고 서 있어야 할 사람들은 좌우 양편에 갈라서서 시립하게 하였다.

잠시 후, 멀리서 천상 음악이 아련히 들려오고 신선의 음률이 또랑 또랑 맑게 울려 퍼지니, 허공에는 온통 상서로운 광채가 겹겹으로 서리고 서기가 첩첩으로 감돌기 시작했다. 모든 부처 대중이 다 모이자, 일제히 여래부처께 참배의 예를 올렸다.

여래가 제자에게 물었다.

"아난, 가섭아! 저들에게 경전을 얼마나 전해주었느냐? 그 수효를 낱낱이 일러다오."

두 존자는 즉석에서 보고를 올렸다.

"방금 당나라 조정에 전해준 경전은 이러하옵니다……."

『열반경』 400권

『보살경』 360권

『허공장경』 20권

『수릉엄경』 30권

『은의경대집』 40권

『결정경』 40권

『보장경』 20권

『화엄경』 81권

『예진여경』 30권

『대반야경』 600권

『대광명경』 50권

『미증유경』 550권

『유마경』 30권

『삼론별경』 42권

『금강경』 1권

『정법론경』 20권

『불본행경』 116권

『오룡경』 20권

『보살계경』 60권

『대집경』 30권

『마갈경』 140권

『법화경』 10권

『유가경』 30권

『보상경』 170권

『서천론경』 30권

『승기경』 110권

『불국잡경』 1638권

『기신론경』 50권

『대지도경』 90권

『보위경』 140권

『본각경』 56권

『정률문경』 10권

『대공작경』 14권

『유식론경』 10권

『구사론경』 10권

"……소장된 경전의 총 수효는 도합 삼십오 부이며, 각 부 중에서 오천 영 사십팔 권을 가려 뽑아 동녘 땅에서 오신 성승에게 주어 당나라에 길이 전해두도록 하였나이다. 이제 모든 경전을 수습하고 단단히 묶어 말에도 싣고 사람이 짊어진 채, 오로지 여래부처님의 은혜에 사의를 올리고자 대령하고 있나이다."

삼장 법사 일행 네 사람은 말고삐를 매어놓고 짐을 부려놓은 다음, 한결같이 두 손 모아 합장하고 허리 굽혀 보좌를 우러러 예배하였다.

여래부처께서 당나라 스님에게 당부 말씀을 내렸다.

"이 경전의 공덕은 이루 헤아릴 수 없이 크다. 비록 우리 사문의 귀감이라고는 하나, 실상은 삼교(三敎)의 원류가 되는 것이다. 네가 남섬부주에 도착하거든 이 경전을 모든 중생에게 보여주되, 절대로 경솔히 다루어서는 안 된다. 반드시 목욕재계하지 않고는 책을 펼쳐보지 못한다. 보배로 여기고, 귀중하게 다루어야 한다! 무릇 이 경전 내용 가운데에는 신선이 되고 도를 온전히 깨우치는 오묘한 진리가 담겨 있으며, 만물을 변화 생성하게 만드는 기이한 방법이 적혀 있다."

삼장은 머리 조아려 사례하고 그 가르침을 받아 봉행할 것임을 맹세했다. 그리고 전과 같이 불조께 삼잡례를 드린 다음, 경건한 마음가짐으로 작별을 고하였다. 경전을 받아 가지고 그곳을 떠나 삼중 산문을 차례차례 지나치는 동안, 또다시 여러 성자들에게 일일이 감사를 드린 것은 더 말할 나위도 없다.

당나라 스님을 떠나보낸 후, 여래부처는 비로소 경전을 전수하는 모임을 해산했다.

이때였다. 곁에서 또 관세음보살이 선뜻 나서더니 불조에게 합장하고 이렇게 여쭈었다.

"제자가 그해에 법지를 받들고 동녘 땅으로 경을 받으러 올 사람을 찾아 나섰던 일이 이제야 성공하였나이다. 그동안 걸린 시일이 도합 십사 년, 날짜로 따져 오천사십 일이 되는데, 꼭 여드레가 모자라 방금 내려주신 경전의 수효 오천 영 사십팔 권에 부합되지 않사옵니다. 제자에게 내리셨던 법지의 뜻을 온전히 마무리지을 수 있도록 허락하여주심이 어떠하리까?"

여래부처는 크게 기뻐하며 윤허를 내렸다.

"그대의 말이 옳다. 내 법지의 뜻을 온전히 마무리짓도록 하라."

그는 즉시 팔대 금강을 불러들여 분부했다.

"너희들은 속히 신위를 떨쳐 당나라의 성승을 태워 가지고 동녘 땅으로 돌려보내도록 하라. 그리고 진경을 전달한 다음에는 즉시 성승 일행을 데리고 서천으로 돌아오되, 모름지기 여드레 이내에 돌아와야만 일장(一藏)의 수효를 완전히 채울 수 있을 것이니, 절대로 지체함이 없도록 할 것이다."

여래의 분부를 받들고 하늘로 솟구쳐 오른 팔대 금강은 삽시간에 당나라 스님을 따라잡고 크게 소리쳐 불러 세웠다.

"경을 가져가시는 분! 우리를 따라오시오!"

당나라 스님 일행은 갑작스레 몸이 거뜬해지면서 팔대 금강을 따라 구름을 타고 훨훨 날아갈 수 있게 되었다.

이야말로 "자기 심성을 깨쳐 마음이 밝아지니 부처님께 참배드리고, 공을 이루어 수행의 길을 다 채우니 곧바로 비승한다"는 격이다.

과연 이들이 동녘 땅에 돌아가서 경전을 어떻게 전수할 것인지, 다음 회에서 풀어보기로 하자.

제99회 구구의 수효를 다 채우니 마겁이 멸하고, 삼삼의 수행을 마치니 도는 근본으로 돌아가다

팔대 금강이 당나라 스님 일행을 호송하여 귀국길에 오른 얘기는 잠시 접어두기로 하자.

한편 뇌음사 삼중 산문 아래에서는 오방 게체, 사치 공조, 육정 육갑, 호교 가람들이 관세음보살 앞으로 걸어가 이렇게 아뢰고 있었다.

"제자들은 보살님의 법지를 받들고 암암리에 성승을 보호하여 왔습니다만, 오늘날 성승이 수행을 원만히 이루고, 보살님께서 여래불조 어른께 금지를 반납하셨으니, 저희들도 보살님의 법지를 반납해 올리도록 허락해주시기 바라옵니다."

관음보살 역시 매우 기뻐하며 그들의 청을 받아들였다.

"아무렴, 허락하고말고!"

그리고 다시 물었다.

"당나라 스님 일행 네 사람은 여기까지 오는 도중에 그 마음가짐이나 행실이 줄곧 어떠하였더냐?"

여러 신령들이 이구동성으로 아뢴다.

"참으로 성실하고 경건한 마음가짐이었나이다. 보살님께서 통찰하신 바에 한 치의 어긋남이 없었다고 생각되옵니다. 단지 당나라 스님이 받은 고초야말로 이루 형언할 수 없을 정도였나이다. 그 일행이 도중에 겪은 재앙과 환난을, 제자들이 삼가 여기에 기록해두었습니다. 이것이 바로 그가 겪은 재난의 기록부입니다."

보살이 장부를 펼쳐들고 처음부터 죽 훑어내려갔다.
장부에는 이렇게 적혀 있었다.

오방 게체는 귀의(歸依)의 법지를 받자옵고, 삼가 당나라 스님이 겪으신 재난의 수효를 명백히 적어 올리나이다.
금선장로(金蟬長老)가 폄(貶)을 당하여 환생한 것이 제1난.
모태(母胎)에서 나와 거의 죽임을 당할 뻔한 것이 제2난.
태어나자마자 강물에 던져져 버림받은 것이 제3난.
부모를 찾아서 원수를 갚느라 겪은 것이 제4난.
장안성을 떠나 호환(虎患)을 당한 것이 제5난.
구덩이에 빠져 종자(從子)들을 잃어버린 것이 제6난.
쌍차령(雙叉嶺)에서 맹수들에게 포위당한 것이 제7난.
양계산(兩界山) 정상에서 놀라운 일을 당한 것이 제8난.
응수두간(鷹愁陡澗)에서 백마를 바꾸어 타게 되었을 때 겪은 고초가 제9난.
관음선원(觀音禪院)에서 한밤중 불에 타 죽을 뻔하게 되었던 것이 제10난.
흑풍산(黑風山) 괴물에게 금란 가사를 도둑맞은 것이 제11난.
저팔계(豬八戒)를 항복시켜 제자로 받아들였을 때 겪은 고초가 제12난.
황풍령(黃風嶺) 요괴들에게 길을 가로막히고 붙잡혀 겪은 고초가 제13난.
영길보살(靈吉菩薩)에게 구원을 청하느라 헤맨 것이 제14난.
유사하(流沙河)에 이르러 건너가지 못한 어려움이 제15난.
사화상(沙和尙)을 굴복시켜 제자로 받아들였을 때 겪은 고초가 제16난.

　네 분의 거룩한 보살님들이 변장하고 선심(禪心)을 시험한 것이 제17난.

　오장관(五莊觀)에서 진원자(鎭元子)에게 붙잡혀 고초를 겪은 것이 제18난.

　인삼과(人蔘果)나무를 살려내느라 어려움을 겪은 것이 제19난.

　시마(屍魔)에게 농락당해 심원(心猿, 손오공)을 파문시켜 쫓아낸 것이 제20난.

　흑송림(黑松林)에서 제자들을 잃고 흩어져 마왕에게 붙잡힌 것이 제21난.

　백화수(百花羞) 공주의 편지를 보상국(寶象國)에 전하러 가게 된 것이 제22난.

　금란전(金鑾殿)에서 호랑이로 둔갑당해 겪은 괴로움이 제23난.

　평정산(平頂山)에서 마왕 셋과 맞닥뜨려 일행이 모두 붙잡힌 것이 제24난.

　연화동(蓮花洞) 소굴에서 며칠 동안 들보에 높이 매달려 있던 것이 제25난.

　보림사(寶林寺)에서 오계국(烏鷄國) 임금을 구출하게 된 것이 제26난.

　어린애로 둔갑한 요마에게 농락당하여 선심(禪心)이 흐트러진 것이 제27난.

　호산(號山) 고송간(枯松澗)에서 요괴 홍해아(紅孩兒)와 마주친 것이 제28난.

　성승이 회오리바람에 휩쓸려 납치된 것이 제29난.

　심원(心猿) 손행자가 삼매진화(三昧眞火)의 불길에 해를 입은 것이 제30난.

관세음보살을 모셔다가 요괴를 항복시킬 때까지 애를 쓴 것이 제31난.

흑수하(黑水河) 검정빛 강물에 빠져 타룡(鼉龍)에게 붙잡힌 것이 제32난.

차지국(車遲國)에서 강제 노역하던 승려들을 피난시킨 경위가 제33난.

세 요정과 목숨 걸고 승부를 겨룬 것이 제34난.

도교(道敎)의 해악을 물리치고 불교를 일으키느라 겪은 고생이 제35난.

중도에 통천하(通天河) 큰 강물에 가로막힌 것이 제36난.

얼어붙은 통천하를 건너다 빙판이 갈라져 빠진 것이 제37난.

어람관음(魚籃觀音)께서 몸소 나타나 금붕어의 요정을 사로잡은 것이 제38난.

금두산(金兜山)의 요괴 독각시대왕(獨角兕大王)에게 걸려든 것이 제39난.

천궁의 신령들을 다 동원하고도 마왕을 굴복시키기 어려웠던 것이 제40난.

여래부처께 마왕의 근본 내력을 여쭈러 갈 때까지 겪은 고생이 제41난.

자모하(子母河) 강물을 잘못 마셔 잉태하고 겪은 고통이 제42난.

서량국(西梁國) 여왕에게 억류되어 청혼을 받고 시달린 것이 제43난.

비파동(琵琶洞) 암컷 전갈 요정에게 납치되어 유혹당한 것이 제44난.

두번째로 심원(心猿) 손행자를 파문하고 쫓아낸 것이 제45난.

육이미후(六耳獼猴)의 정체를 가려내지 못하고 괴롭힘을 당한 것이 제46난.

화염산(火焰山)에서 길이 막힌 것이 제47난.

파초선(芭蕉扇)을 구하느라 동분서주 고생하던 일이 제48난.

우마왕(牛魔王)을 굴복시켜 잡아 묶을 때까지 악전고투하던 일이 제49난.

제새국(祭賽國) 도성 금광사(金光寺)에서 불탑을 청소하다 겪은 일이 제50난.

도둑맞은 보배 사리자(舍利子)를 되찾고 누명 쓴 승려들을 구해낸 일이 제51난.

형극령(荊棘嶺)에서 요정들에게 홀려 시를 읊은 일이 제52난.

거짓 소뇌음사(小雷音寺)의 함정에 빠져들어 재난을 당한 것이 제53난.

구원병으로 청해온 여러 천신들이 차례차례 곤경에 빠진 일이 제54난.

칠절산(七絶山) 희시동(稀柿衕) 더러운 고갯길에 막혀 고생한 일이 제55난.

주자국(朱紫國) 도성에서 돌팔이 의원 노릇을 한 일이 제56난.

국왕의 삼 년 묵은 체증(滯症)과 우울증을 고쳐주느라 애를 쓴 일이 제57난.

요괴 새태세(賽太歲)를 항복시키고 납치된 황후를 되찾아준 일이 제58난.

일곱 마리 거미 요정에게 홀려 사로잡힌 일이 제59난.

다목괴(多目怪)의 속임수에 걸려 중독당한 일이 제60난.

팔백리 사타령(八百里獅駝嶺)에서 앞길이 가로막혀 태백금성에게 귀띔을 받은 일이 제61난.

요괴들이 세 가지 방법으로 일행을 분산시키고 당승을 사로잡은 일이 제62난.

사타성(獅駝城)으로 끌려가 찜통에 갇혀 횡액을 당할 뻔한 일이 제63난.

여래부처와 보살들을 모셔다가 세 마귀를 차례로 거두어들인 일이 제64난.

비구국(比丘國)에 당도하여 어린아이들을 구해내느라 고생한 일이 제65난.

참된 것과 사악함을 판별하여 어리석은 국왕을 깨우쳐준 일이 제66난.

흑송림에서 손행자의 충고를 물리치고 계집 요괴를 잘못 구해준 일이 제67난.

진해 선림사(鎭海禪林寺) 승방(僧房)에 사흘 간 병들어 누운 일이 제68난.

무저동(無底洞) 여괴에게 납치되어 유혹당하느라 곤욕을 치른 일이 제69난.

멸법국(滅法國)에서 길이 막혀 어려움을 겪은 일이 제70난.

은무산(隱霧山)에서 요괴의 '분판매화계'에 걸려 사로잡힌 일이 제71난.

봉선군(鳳仙郡)에서 단비를 내리게 하여 가뭄을 풀어준 일이 제72난.

옥화현(玉華縣) 왕자들에게 무예를 전수하다 병기를 잃어버린 일이 제73난.

병기를 훔쳐간 황사(黃獅) 요괴의 소굴을 찾아 축하연을 뒤엎은 일이 제74난.

죽절산(竹節山) 구두사자(九頭獅子)에게 붙잡혀 조난을 당한 일이 제75난.

가짜 부처에게 납치되어 현영동(玄英洞)에 끌려가 고통을 받은 일이 제76난.

네 성수(星宿)의 도움으로 코뿔소 요정들을 추격하여 잡아죽인 일이 제77난.

천축국(天竺國) 가짜 공주의 배우자로 청혼을 받아 시달린 일이 제78난.

동대부(銅臺府)에서 무고를 당하고 감옥에 갇혀 곤욕을 치른 일이 제79난.

능운도(凌雲渡) 나루터에서 범태 육골(凡胎肉骨)을 벗어나느라 놀란 일이 제80난.

이렇듯 거쳐온 길이 도합 십만 팔천 리였사오며, 도중에 성승이 겪은 재난은 장부에 분명히 기록되어 있나이다.

관음보살은 재난이 기록된 장부를 한차례 죽 훑어 내리더니, 갑자기 무슨 생각이 들었는지 급히 소리를 질렀다.

"아뿔싸……! 우리 불문(佛門)에서는 '구구(九九) 팔십일(八十一)의 수효'를 다 채워야만 귀진(歸眞)할 수 있다. 그런데 성승은 '팔십 번의 재난'을 겪었을 뿐, 아직도 재난이 한 차례 모자라니, 그 수효를 온전히 채우지 못한 셈이 아니겠느냐?"

그는 즉시 오방 게체들에게 명령을 내렸다.

"어서 빨리 금강을 뒤쫓아가서, 재난을 한 가지 더 일으키도록 하여라!"

 명령을 받은 오방 게체가 선뜻 구름을 휘몰아 타고 동쪽으로 날아가더니, 하루 낮 하룻밤을 치달은 끝에 가까스로 팔대 금강을 따라잡았다. 그들은 당나라 스님 일행이 눈치 못 채게 목소리를 낮추고 귓속말로 관음보살의 분부를 전했다.

 "이러이러하여…… 삼가 보살님의 법지를 받들고 왔으니, 어긋남이 없도록 하십시오."

 팔대 금강은 이 말을 듣자, '쏴아!' 하는 소리와 함께 바람을 아래로 휘몰아쳐서 당나라 스님 일행 네 사람은 물론이요 경전 보따리를 실은 백마까지 한꺼번에 휩쓸어 지상으로 추락시켜버렸다.

 구구 팔십일의 수효를 채워야 진여(眞如)로 돌아갈 수 있다니
 도(道)의 길을 걷기란 참말 어려워, 독실한 뜻을 굳게 지켜야 오묘한 이치의 관문에 들어설 수 있으리.

 모름지기 고되게 단련하여 사악한 마귀를 물리치고, 기필코 수행하여 쌓은 공덕을 지녀야 정법(正法)으로 돌아간다.

 일장(一藏)의 경전이라 손쉽게 얻었다 여기지 말 것을, 성승이 얼마나 숱한 재난을 가지가지로 겪었던가!

 예로부터 「참동계(參同契)」¹의 시의(詩意)에 딱 맞아떨어지려거든, 털끝만한 오차가 있어도 단(丹)을 맺지 못하였다네.

---

1 「참동계」: 불교 용어로 「참동계(參同契)」는 당나라 석두 희천(石頭希遷) 스님이 지은 장편의 고시(古詩). 오언(五言)의 44구(句), 220자로 된 이 선시(禪詩)는 특히 조동종(曹洞宗)에서 중히 여겨, 아침마다 불전에서 독송한다. 그 내용은 현상(現想, 現相)이 곧 실재라는 이치를 기록한 것으로, 선종 학문의 바탕이 된다. '참(參)'은 만법 차별의 현상, '동(同)'은 만법 평등의 본체, '계(契)'는 차별이 곧 평등이요, 평등이 곧 차별인 묘용(妙用)이라는 뜻이다.

한참 공중을 신바람 나게 날아가던 삼장 법사가 새삼 속세의 땅을 딛고 보니 저도 모르게 속이 뜨끔했다. 저팔계는 물정도 모르고 껄껄대며 웃음보를 터뜨렸다.

"아무렴, 이것도 좋겠지! 너무 조급하게 서두르면 도리어 늦어진다, 이 말씀 아닌가!"

사화상도 덩달아 한마디 덧붙인다.

"됐습니다, 됐어요! 우리가 너무 길을 서두르니까 한숨 쉬었다 떠나라는 말씀이겠죠."

손행자 역시 고개를 끄덕끄덕한다.

"옳은 말일세. 속담에도 '한 나루터에서 열흘 버티고 앉았으면, 하루 만에 아흐레치 물길을 내려갈 수 있다' 하지 않았는가!"

삼장이 제자들을 입막음했다.

"너희들, 셋이서 쓸데없는 소리만 지껄이지 말고, 여기가 어디쯤인지 방향이나 잘 알아보아라!"

사화상이 사방을 두리번거리더니 이내 소리쳤다.

"여기가 거깁니다! 거기예요! 사부님, 저 물소리 좀 들어보십쇼!"

손행자가 피식 웃는다.

"물소리가 들린다면, 아마도 자네 조상들이 사는 곳인 모양일세."

저팔계도 한마디 빠뜨리지 않는다.

"저 친구 고향은 유사하인걸!"

두 사형이 이죽대자, 사화상은 고개를 절레절레 내둘렀다.

"아니, 아니오! 여기는 통천하요!"

삼장이 또 분부를 내렸다.

"얘들아, 저편 기슭을 좀더 자세히 살펴보거라."

손행자가 훌쩍 몸을 솟구쳐 허공으로 뛰어오르더니, 손바닥을 이마에 얹고 자세히 둘러본 다음, 지상으로 내려와 여쭙는다.

"사부님, 사화상 말이 맞습니다. 여기는 통천하 서쪽 기슭입니다."

"옳거니! 나도 생각이 나는구나. 동쪽 기슭에는 진가장(陳家莊)이 있었지. 그해에 우리가 여기 도착했을 때 너희들이 수고해서 그 댁의 아들딸을 구해주었고, 진씨 댁 사람들은 우리에게 고맙다면서 배 한 척 만들어 건네주려 했었지? 그런데 다행히도 몸뚱이가 하얀 큰 자라 한 마리가 나타나서 우리를 등에 태우고 건네주었지 않느냐. 이 서쪽 기슭에는 사면팔방 어디에도 인적이 없었다고 기억되는데, 이번에는 어찌하면 좋단 말이냐?"

저팔계가 스승의 물음은 듣지 않고 혼자서 투덜투덜 불평을 늘어놓는다.

"이런 젠장! 보통 사람들만 농간을 부리나 했더니, 부처님 앞에 모시고 있는 금강 녀석들도 장난질을 칠 줄 아는군! 부처님이 우리를 동녘 땅까지 무사히 데려가라고 분부하셨으면 그대로 따를 것이지, 어쩌자고 이런 데다 내동댕이쳐버린담? 이거야말로 진짜 오도 가도 못 하고 진퇴양난이 아닌가! 우리더러 이 큰 강을 어떻게 건너가란 말인지 모르겠네그려!"

"둘째 형님, 원망하실 것 없소. 우리 사부님도 이제 득도하셨고 지난번 능운도에서 범태 육골을 벗어버리셨으니까, 이번에는 물에 빠지지 않으실 거요. 큰형님과 둘째 형님이 나하고 같이 섭법을 써서 사부님을 태워 가지고 훌쩍 건너가도록 합시다."

그러나 손행자는 무슨 생각을 했는지 히죽히죽 웃으면서 절레절레 도리질을 했다.

"섭법으로 사부님을 낚아채가자고? 안 되지, 안 돼! 태워 가지고는 못 건너가네, 못 건너가!"

어째서 스승을 태우고 건너가지 못한다는 말일까? 그는 잘 알고 있었다. 비승의 오묘한 술법을 쓰기만 한다면, 이들 스승과 제자는 통천하가 아니라 1천 군데의 강물이라도 너끈히 건너갈 수 있다. 하지만 당나라 스님이 '구구 팔십일'의 수효를 온전히 채우지 못하고 아직도 재난을 한 가지 더 겪어야 한다는 사실을 분명히 알고 있었기 때문에, 그 사실을 가슴속에만 꼭 묻어둔 채, 스승의 발목을 이 자리에 묶어놓기로 결심한 것이다.

스승과 제자들이 이러쿵저러쿵 입씨름을 벌이며 서성대고 있으려니, 갑자기 강변 기슭에서 이들을 부르는 소리가 들려왔다.

"당나라 성승님들, 여깁니다! 당나라 성승님들, 이리 오십쇼! 이리 오세요!"

네 사람은 소스라치게 놀라 고개를 들고 소리나는 쪽을 바라보았다. 사방에 인적이라곤 하나도 없고 배 한 척 보이지 않는데, 무엇인가 끄덕끄덕 고갯짓을 하고 있는 게 눈에 잡혔다. 커다란 머리통에 몸뚱이와 껍질이 새하얀 자라 한 마리가 강변 물속에서 연신 머리통을 끄덕이며 외쳐 부르고 있는 것이었다.

"노스님, 제가 스님을 몇 해 동안이나 기다리고 있었는데 이제야 돌아오십니다그려."

손행자가 껄껄 웃으면서 반갑게 인사를 건넸다.

"하하! 자라 친구, 몇 해 전에 자네한테 폐를 끼쳤더니, 올해 또 만나게 됐네그려!"

삼장 법사와 저팔계, 사화상도 기뻐서 어쩔 바를 모르는데, 손행자가 다시 자라를 손짓해 불렀다.

"여보게 자라 친구! 자네한테 우리를 대접할 생각이 있거든 이 언덕 위로 올라오게나."

흰 자라는 그 무거운 몸뚱이를 들썩거리며 강물에서 기어나왔다. 손행자는 백마를 끌어다가 등에 올려 태우고 저팔계는 말 꽁무니 쪽에 올라섰다. 당나라 스님은 말 목덜미 왼쪽에 서고, 사화상은 그 반대편 오른쪽에 바싹 붙어 섰다. 손행자는 한 발로 늙은 자라의 덜미를 딛고 다른 한 발로 머리를 밟은 채 소리쳤다.

"자라 친구, 조심해서 찬찬히 가야 하네!"

이윽고 늙은 자라는 네 다리를 쭉 펼치더니 수면 위를 평지 걷듯, 스승과 제자 네 사람, 백마까지 합쳐서 다섯 식구를 등에 싣고 곧바로 동쪽 기슭을 향해 헤엄쳐 나가기 시작했다.

물결에 요동치는 기미도 없이, 그야말로 배를 타기보다 더 평온하고 안전한 물길이었다.

      불이 문중(不二門中)[2]에 법이 오묘하니, 모든 요마들이 싸움에 패퇴하고 나서야 천인(天人)을 알아본다.

      본래의 면목을 이제 겨우 보게 되니, 일체의 원인이 비로소 온전할 수 있게 되었다.

      삼승(三乘)을 받들어 증명하니 마음대로 드나들고, 단(丹)은 구전(九轉)하여 이루어지니 돌고도는 대로 맡긴다.

      보따리 등에 지고 지팡이 날리니 모든 얘기는 그만두자, 이제 다행히 돌아오는 길에 또다시 늙은 자라 만나서 기쁘기만 하다.

---

2 불이문: 불교 용어로 '불이(不二)'는, 두 개의 것이 서로 대립하지 않는 것, 두 개의 평등. 따라서 '불이문'이란 실천적으로 상대적·차별적인 모든 것을 떠나, 상대의 마음이 되어 절대적·평등적인 진리를 구현하는 법문(法門)을 뜻한다.

늙은 자라가 그들을 등에 싣고 물결을 헤치며 반나절 남짓 나갔을 때 어둑어둑 해가 저물기 시작했다. 동쪽 기슭이 손에 잡힐 정도로 가까워졌을 때, 열심히 헤엄쳐 가던 자라가 불쑥 물어왔다.

"스님, 제가 몇 해 전에 스님더러, 서방 세계에 가시거든 우리 여래 부처님께 제 앞날 일에 대해서 한말씀 여쭤보아줍시사고 부탁드린 일이 있었는데, 제 수명이 얼마나 되는지 여쭤어보셨습니까?"

느닷없는 물음에, 당나라 스님은 속으로 찔끔 놀라고 말았다.

"어어, 그거······."

그도 그럴밖에, 이 어수룩한 장로님은 애당초 서천 땅에 도착하면서부터 옥진관에서 목욕재계하랴, 능운도에서 육신의 태(胎)를 벗기랴, 영취산 꼭대기까지 걸어서 올라가랴, 일심전력으로 여래부처께 참배의 예를 올리랴, 또 뇌음사의 모든 부처, 보살, 성승 대중에 두루두루 인사하고 오로지 경전을 전수해 받는 데만 정신이 팔려 있었을 뿐 그 밖의 다른 일은 털끝만큼도 생각해본 적이 없었으니, 늙은 자라의 남은 수명 따위야 여쭤어볼 겨를이 어디 있었겠는가. 그렇다고 거짓말을 꾸며댈 수도 없고 대꾸할 말도 없어서 꿀 먹은 벙어리가 된 채, 우물쭈물 그저 입속으로만 얼버무리고 있었다.

늙은 자라는 당나라 스님이 자기를 위해서 부처님께 여쭤어보지 않았다는 것을 금방 알아차렸다. 철석같이 믿고 믿었던 기대감이 허물어지자, 늙은 자라는 아무 소리도 않고 몸뚱이를 훌쩍 뒤집더니 '철벙!' 하는 물보라 소리와 함께 그대로 물속에 조용히 가라앉았다. 그 바람에 당나라 스님 일행 네 사람과 백마, 그리고 짐보따리 할 것 없이 모조리 물속에 떨어지고 말았다.

"어이쿠! 물에 빠졌다!"

그나마 천만다행인 것은 당나라 스님이 도를 이루고 환골탈태를 했다는 점이었다. 예전 같았으면 돌덩어리처럼 무거운 몸뚱이가 벌써 물 밑바닥에 가라앉아버렸을 테지만, 육신의 껍질을 벗어버린 지금에 와서는 가볍기가 날짐승의 깃털과 같아 그런 낭패를 당하지 않아도 되었던 것이다. 백마 역시 본래가 용신이요, 저팔계와 사화상도 자맥질 솜씨를 타고난 하늘의 장수들이라, 이내 수면 위로 뛰어오를 수 있었다. 손행자 역시 껄껄대며 신통력을 크게 나타내더니, 당나라 스님을 한 손에 덥석 움켜 물 밖으로 들어올린 다음, 맞은편 동쪽 기슭으로 거뜬히 부축해 올라갔다. 그러나 경전 보따리와 옷가지, 말안장은 물에 흠뻑 젖어버리고 말았다.

스승과 제자들이 강변 둔덕으로 올라가 행장을 수습하고 있을 때였다. 갑자기 어디선가 일진광풍이 휘몰아쳐 오더니, 순식간에 하늘빛이 캄캄해지고 번갯불이 번쩍번쩍 떨어지는 가운데 천둥 벼락이 요란하게 귀청을 때리는가 하면, 모진 바람결에 바윗돌이 데굴데굴 구르고 모래먼지가 뽀얗게 일어 온 하늘을 뒤덮는 것이 아닌가!

실로 평생 겪어보지 못한 엄청나게 무서운 광경이었다.

    한바탕 바람이 건곤을 휘몰아치고, 고막을 때리는 천둥 소리가 산천을 통째로 뒤흔들어놓는다.
    번갯불이 구름을 뚫고 내리쳐 화염을 흩날리고, 온 하늘의 안개가 대지를 자욱하게 가려놓았다.
    미치광이 돌개바람의 기세 마주쳐 소리소리 지르고, 뇌성벽력은 치열하게 허공을 휩쓴다.
    번갯불은 붉은 회초리가 되어 사면팔방을 후려 때리고, 자욱하게 퍼진 안개 장막이 별빛과 달빛을 혼미 속에 빠뜨린다.
    세찬 바람결에 흩날리는 모래먼지가 얼굴을 후려치고, 우레 소리에 놀란 호랑이와 표범이 형체를 감춘다.

　번쩍거리는 번갯불에 날짐승떼는 애처롭게 우짖고, 안개에 뒤덮인 나무숲은 온데간데 종적이 없다.

　바람이 통천하를 휘저으니 훌떡 뒤집힌 파도만 용솟음치고, 우레 소리 진동하니 통천하 물 속의 어룡들조차 간담이 서늘해졌다.

　번갯불은 통천하 강물 밑바닥까지 훤하게 들여다보이도록 밝게 비추고, 안개 장막은 통천하 강변 기슭을 처참하도록 뒤덮었다.

　모질기 짝이 없는 바람이다! 산악을 무너뜨리고 바윗돌을 쪼개는가 하면 소나무 대나무 숲을 맥없이 넘어뜨린다.

　무시무시하기 이를 데 없는 우레다! 겨울잠 자던 짐승들을 놀라 깨우고 사람을 다치게 하니 그 위세가 대단하다.

　굉장하기 비할 데 없는 번갯불이다! 하늘을 가로질러 흐르면서 들판을 비추니 마치 황금빛 구렁이가 달아나는 듯하다.

　엄청나게 자욱한 안개 장막이다! 허공은 온통 혼돈 속에 잠겨 버리고 까마득히 높은 하늘마저 가려 보이지 않는다.

　공포에 질린 삼장 법사는 경전 보따리를 잔뜩 움켜잡고, 사화상 역시 경전이 들어 있는 등짐을 찍어 누르고, 저팔계는 백마의 고삐를 단단히 붙잡고, 손행자는 두 손으로 철봉을 정신없이 휘두르며 좌우 양편을 경계하느라 진땀을 뽑았다.

　그렇다, 난데없이 불어닥친 돌개바람과 안개 장막, 뇌성벽력과 번갯불은 다름아닌 음마(陰魔)의 무리가 당나라 스님 일행이 얻어가는 경전을 빼앗으려고 난동을 부린 것이었다. 음마들의 난동은 밤새도록 계속되다가 날이 밝을 때가 되어서야 겨우 잠잠해졌다.

　당나라 장로님은 전신의 옷이 빗물에 흠뻑 젖어 가지고 와들와들 떨면서 제자를 불렀다.

"오공아, 이게 도대체 어찌 된 일이냐?"

손행자도 씨근벌떡 가쁜 숨을 몰아쉬면서 이렇게 대답했다.

"사부님은 그 내막을 모르실 겁니다. 저희들이 사부님을 보호해서 이 경전을 손에 넣게 해드렸다는 사실은 바로 천지 조화(天地造化)의 공덕을 빼앗았다는 얘기가 됩니다. 이로써 우리는 건곤과 함께 길이 존재하고 일월과 같이 밝으며, 수명 또한 영원한 봄을 누리고 불후의 법신을 지닐 수 있게 되었습니다. 그렇기 때문에 천지가 이를 용납하지 않고 귀신들이 꺼리게 되어 남몰래 경전을 빼앗으려고 덤벼들었던 것입니다. 하지만 경전이 물에 흠뻑 젖은데다 사부님께서 올바르고 깨끗한 법신으로 그것을 억누르고 계시니, 뇌성벽력이 제대로 깨뜨리지 못하고 번갯불도 정통으로 비추지 못하였으며 안개 장막으로도 어지럽히지 못한 것입니다. 더구나 이 손선생이 휘두르는 철봉으로 순양지성(純陽之性)을 발휘하여 경전을 보호하고 끝까지 버텨냈을 뿐 아니라, 날이 밝으면서 양기(陽氣)가 성해지니까 순음(純陰)의 마귀들도 더는 난동을 부리지 못하고 결국 경전을 빼앗아가지 못한 채 물러가고 만 것입니다."

삼장 법사와 저팔계, 사화상은 그제야 비로소 사유를 깨닫고 저마다 손행자에게 감사하여 마지않았다.

얼마 안 있어 하늘에 태양이 높이 떠오르자, 네 사람은 경전을 높다란 언덕으로 옮겨다가 보따리를 풀고 햇볕에 쬐어 말리기 시작했다. 다른 얘기지만, 당나라 스님 일행이 물에 젖은 경전을 펼쳐서 말리던 바윗돌이 지금도 그곳에 남아 있다고 전한다.

그들은 또 옷가지와 신발을 벗어 둔덕 곁에 말리면서, 앉아 쉴 사람은 앉아 쉬고 서성거릴 사람은 서성거리고, 뜀박질할 사람은 여기저기 뛰어다니면서 책과 옷가지가 마를 때까지 기다렸다.

일체의 순양(純陽)이 기꺼운 마음으로 햇볕을 지향하니, 음마(陰魔)들은 감히 횡포를 부리지 못한다.

물의 성질을 알고 있으니 진경(眞經)을 살려내고, 바람과 뇌성벽력, 번갯불과 안개의 빛을 두려워하지 않는다.

이로부터 청평하여 정각(正覺)에 돌아가고, 이제부터 안태(安泰)하게 선향(仙鄕)에 이를 것이다.

경전을 말리던 바윗돌 위에 흔적이 남아 있으니, 천고를 두고두고 이 고장에 요사스런 마귀가 오지 못한다네.

이들 네 사람이 경전을 한권 한권씩 훑어가며 햇볕에 말리고 있으려니, 어느 틈에 몰려왔는지 고기잡이 몇 사람이 강변에 나타나 고개를 쳐들고 일행을 바라보기 시작했다. 그중에 또 일행을 알아보는 사람이 있어 큰 소리로 외쳐 불렀다.

"스님! 몇 해 전에 이 강을 건너 서천으로 경을 가지러 가셨던 분들이 아니십니까?"

"바로 그렇소! 당신은 어디 사는 사람인데, 우리를 알아보시오?"

저팔계가 먼저 대답하고 되물었다.

"우리는 진가장 마을 사람들입니다."

"진가장은 여기서 얼마나 머오?"

"여기서 남쪽으로 이십 리쯤 가시면 바로 거기입니다."

저팔계는 이 대답을 듣고 당나라 스님을 돌아보았다.

"사부님, 우리 이 경전 보따리를 진가장으로 옮겨다 놓고 말립시다. 그곳에는 앉아 쉴 집도 있고 먹을 것도 있을 뿐 아니라, 더러워진 옷을 빨아달라고 해서 갈아입으면 좋지 않겠습니까?"

그러나 삼장은 절레절레 도리질을 했다.

"안 가겠다. 예서 다 마르는 대로 행장을 수습해 가지고 길을 찾아서 떠나기로 하자꾸나."

고기잡이 몇 사람이 그들과 헤어져서 남쪽으로 가다가 공교롭게도 진씨 댁 큰어른 진징(陳澄) 영감과 마주쳤다.

그들은 진징을 보자 크게 소리쳐 불러 세웠다.

"큰어르신!³ 몇 해 전에 나으리 댁 아이들을 대신해서 제물 노릇을 해주셨던 스님들이 돌아오셨습니다!"

진징은 이 말을 듣고 반색하며 다급하게 물었다.

"자네들, 어디서 봤나?"

고기잡이가 강변 북쪽을 가리키며 일러주었다.

"모두들 저 바윗돌 위에서 경전을 햇볕에 말리고 계시더군요."

진징은 되는 대로 소작인 몇 사람들을 데리고 그곳으로 달려갔다. 삼장 일행을 발견하자, 그는 삼장 일행 앞으로 뛰어가 털썩 무릎 꿇고 엎드렸다.

"나으리! 드디어 경전을 받아 가지고 돌아오셨군요! 공덕을 이루시고 수행이 다 차셨으면 어째서 저희 집으로 오시지 않고 이런 데서 머뭇거리고 계십니까? 자, 어서 빨리 저희 집으로 가십시다."

손행자가 스승 대신에 먼저 말했다.

"경전이 다 마르거든 영감님하고 같이 가리다."

---

3 큰어르신: 원문에는 명(明)나라 때의 판본을 따라 '둘째 어르신〔二老官〕'으로 되어 있으나, 제47회 본문, 통천하 강변 진가장에서 손행자 일행이 동남동녀를 구하던 대목을 보면, 진씨 댁 두 형제 가운데 맏이는 진징(陳澄), 그리고 둘째가 진청(陳淸)으로 소개된다. 따라서 이 대목에 나타난 진징은 '둘째 어르신'이 아니라 '큰어르신'으로 표현해야 옳겠으므로, 청대(淸代) 황주성(黃周星) 판본 『서유증도서(西遊證道書)』에 의거하여 '큰어르신〔大老官〕'으로 고쳐 썼다.

진징은 그제야 책 보따리와 네 사람의 젖은 몰골을 보고 의아스레 물었다.

"아니 나으리, 불경과 옷은 어쩌다가 물에 적셨습니까?"

이번에는 삼장이 설명해주었다.

"우리 떠나던 해, 흰 자라가 태워준 덕분에 강 건너 서쪽으로 갈 수 있었는데, 올해에도 그 짐승이 나타나 동쪽 기슭으로 건너올 수 있었소. 그런데 강변 기슭까지 거의 다 왔을 때, 자라가 날더러 부처님께 제 수명이 얼마나 남았는지 여쭈어보아달라고 부탁한 일을 묻지 않겠소? 하지만 나는 하도 경황이 없어 미처 그것을 여쭈어보지 못하고 깜빡 잊은 채 되돌아왔소. 자라는 자기 부탁한 것을 물어보지 않았다는 걸 알고 원망스러웠는지, 그만 물속으로 가라앉아 사라지고 말았소. 그래서 우리는 꼼짝없이 물에 빠져 이렇게 젖어버린 거요."

그리고 또 날이 밝을 때까지 밤새도록 일어난 일들까지 한바탕 자세히 들려주었다.

당나라 스님은 진 영감이 하도 간청하자, 할 수 없이 경전을 주섬주섬 보따리에 챙겨넣고 따라나서기로 했다. 그러나 생각지 않게『불본행경(佛本行經)』몇 권이 젖은 채로 바윗돌에 들러붙어, 떨어지지 않고 그만 끝쪽이 찢겨나가고 말았다. 이리하여 오늘날까지도『불본행경』은 온전히 남아나지 못하고, 책을 말리던 바윗돌 위에는 아직도 글자의 흔적이 남아 있게 되었다. 당나라 스님은 책장이 찢어진 것을 보고 몹시 괴로워하며 자신의 경솔함을 뉘우쳤다.

"우리가 경전을 돌보는 데 너무 소홀했구나! 조심해서 지키지 않은 탓이다."

그러자 손행자가 빙그레 웃으면서 이렇게 말씀드렸다.

"그렇지 않습니다! 사부님, 그런 게 아닙니다. 무릇 이 세상에 완전한 것은 없습니다. 이 경전은 본래 완벽한 것이었지만, 여기 이 바윗돌에 들러붙어 찢겨나가게 된 것도 알고 보면 '불완전(不完全)'이란 오묘한 진리에 부응하기 위해 저절로 만들어진 결과입니다. 이런 것을 어떻게 사람의 능력으로 마음대로 바꿀 수 있겠습니까?"

삼장이 듣고 보니 일리가 있는 말씀이라, 후회하던 마음을 돌이키고 행장을 수습한 다음, 진징 영감과 함께 진가장을 바라고 출발했다.

발 없는 말이 천리 간다고, 진가장 마을에는 벌써부터 난리가 났다. 한 사람이 열 사람에게 소문을 전하고 열 사람이 백 사람에게, 백 사람이 천 사람에게 전하여, 마침내 온 동네 사람들이 남녀노소를 막론하고 모두들 당나라 스님 일행을 마중하러 나왔다. 둘째 어른 진청(陳淸) 영감은 이 소식을 전해 듣자, 부랴부랴 향안(香案)을 마련하고 대문 앞에서 맞아들일 채비를 갖추는 한편, 북을 치고 풍악을 잡히도록 준비했다.

얼마 안 있어 당나라 스님 일행이 도착하니, 진청 영감은 황급히 맞아들여 대청으로 모시고, 온 집안 식구들을 거느리고 나와서 큰절로 문안 인사를 드렸다. 그리고 아들딸을 구해준 은혜에 새삼스레 감사를 표한 다음, 서둘러 차를 내다 대접하고 음식상을 마련하라 분부했다.

삼장 법사는 부처님이 계신 곳에서 선품, 선효를 받아 누리고 또 범태를 벗어나 성불한 다음부터는 속세의 음식을 먹고 싶은 생각이 전혀 없었다. 그러나 두 노인이 애써 권하는 터라 어쩔 수 없이 그저 먹는 시늉만 해 보였다. 제천대성 손오공은 애당초 불에 익힌 음식을 입에 대어 본 적이 없는 몸이라 그 역시 좋은 말로 사양했다. 사화상도 별로 먹지 않았다. 어찌 된 노릇인지 저팔계조차 예전과는 달리 식탐을 내지 않고 손에 들었던 밥그릇을 금방 내려놓았다.

"이 미련퉁이 먹보가 웬일인지 모르겠군! 자네도 식욕이 나지 않을 때가 다 있나?"

손행자가 놀려대자, 저팔계 자신도 이상한지 고개를 갸우뚱했다.

"웬일인지, 갑자기 비위가 약해진 모양이오."

이렇게 대충 해서 밥상을 물리고 났더니, 두 노인은 궁금증을 참지 못하고 삼장 일행이 서천에 가서 경을 받아온 경위를 물었다.

삼장은 차근차근 여행담을 늘어놓기 시작했다. 제일 먼저 옥진관에서 목욕재계를 하고 능운도에서 몸이 가벼워지게 된 일, 뇌음사에 올라가 여래부처를 참배하고 진루에서 잔치 대접을 받은 일, 보각에 이르러 경전을 전해 받게 된 일, 처음에는 두 존자가 인사치레로 선물을 요구하다 미수에 그치자 일부러 글자 없는 '무자진경'을 전해주었으나, 나중에 여래께 고해바쳐 비로소 일장(一藏)을 채운 진경을 받아 가지고 돌아오게 된 일, 흰 자라의 등에 실려 통천하 강물을 건너던 도중, 자라가 물속으로 가라앉는 바람에 빠지게 된 일, 음마가 경전을 빼앗으려고 밤새도록 난동을 부린 일에 이르기까지 하나도 빼놓지 않고 낱낱이 얘기해주었던 것이다.

삼장 법사가 이내 작별을 고하고 떠나려 하였으나, 진씨 댁 두 노인과 온 집안 식구들이 그냥 놓아보낼 리 없다.

"지난번 저희 자식들의 목숨을 구해주신 은혜에 보답하지 못하여, 사당을 한 채 세워놓고 '구생사(救生寺)'란 이름을 붙였습니다. 그때부터 오늘날에 이르기까지 향화를 꺼뜨리지 않고 받들어 모셔왔습니다."

이렇게 말한 두 노인은 또 당시 제물이 될 뻔했던 진관보(陳關保)와 일칭금(一秤金)을 불러내어 머리 조아려 사례하고, 사원으로 모셔다 구경을 시켜주었다.

삼장은 그 댁 대청 앞에서 경전 보따리를 풀어, 『보상경(寶常經)』 한 권을 꺼내 읽어주었다. 그러고 나서 사당 안에 들어가보니, 진씨 댁 사람들이 어느 틈에 마련해두었는지 그곳에 음식상을 차려놓고 있었다.

그뿐이 아니었다. 삼장 일행이 미처 자리잡고 앉기도 전에 다른 한 집에서 모셔가려 나타나고, 젓가락을 들기가 무섭게 또 다른 집에서 초청하고, 이렇듯 끊일 새 없이 줄지어 앞다투어가며 일행을 모셔다 대접하는 것이었다. 삼장 법사는 누구 한 사람의 초청도 섣불리 사양하지 못하고 자리를 옮겨가며 적당히 대접받는 시늉이라도 할 수밖에 없었다.

구생사 절간은 과연 규모가 굉장한 사당이었다.

산문에 붉은 분칠을 입히니, 시주들의 공덕에 힘입은 바 크다.
한군데 누대가 이로부터 세워졌고, 양편의 집채도 오늘부터 이룩되었다.
주홍빛 격자 틀에 칠보가 영롱하다.
향기는 구름에 나부껴 모락모락 하늘에 오르고, 해맑은 빛이 태공(太空)에 가득 찼다.
몇 그루 어린 잣나무는 아직도 물을 뿌려 기르고, 몇 그루 교송은 미처 숲을 이루지 못했다.
흐르는 냇물이 앞으로 다가드니, 통천하 강물에는 파도만 출렁거린다.
높은 언덕을 뒤로 의지하니, 산맥이 겹겹으로 지룡(地龍)에 잇닿았다.

한 바퀴 빙 돌아가며 구경을 마친 삼장 법사 일행은 높다란 누각으로 올라갔다. 누각 안에는 네 사람의 모습을 빚어 만든 소상(塑像)이 가지런하게 안치되어 있었다. 그것을 본 저팔계가 손행자를 잡아당기며 속삭였다.

"형님 얼굴이 아주 그럴듯하게 생기셨구려!"

사화상도 한마디 거들었다.

"둘째 형님, 형님의 생김새도 꼭 빼어 닮으셨소. 단지 사부님의 얼굴만은 특별히 준수하게 만든 것 같소."

삼장은 제자들이 떠들지 못하게 입막음을 했다.

"그만하면 됐다! 됐어!"

누각에서 내려오니, 앞채 뒤채 할 것 없이 또 푸짐한 음식상을 차려놓고 손님이 드시기만을 기다리고 있다.

손행자가 진씨 형제에게 물었다.

"예전에 있던 그 괴물, 영감대왕(靈感大王)의 사당은 어찌 되었소?"

"그 사당은 진작 헐어버렸습니다. 나으리, 이 절간을 세운 뒤부터는 해마다 곡식이 잘 익고 풍년이 계속되었습니다. 이 모두가 나으리들께서 비호해주신 덕분이지요."

두 노인의 대꾸에, 손행자는 빙그레 웃으며 도리질했다.

"그것은 모두 하느님께서 내려주신 은덕이지, 우리하고야 무슨 상관이 있겠소? 그러나 이제 우리가 떠난 뒤부터 온 마을에 집집마다 자손이 번창하고, 육축(六畜)이 잘 자라며, 해마다 비바람이 순조롭고 아무런 변고도 없게 될 것임을 내가 보장하리라."

여러 사람들은 머리를 조아려 감사했다.

일행이 앞으로 가나 뒤로 가나, 과일과 음식을 바치는 집이 끝도 없었다. 어지간한 저팔계조차 기가 질렸는지 너털웃음을 지으며 투덜거릴 지경이었다.

"이런 제기랄! 한창 잘 먹고 싶은 때에는 불러다 먹여주는 사람이 없더니만, 이제는 배가 불러 먹지 못하게 되니까, 한 집에서 먹기도 전에 이집 저집 연달아 부르는구나!"

배는 부르고 기분도 좋고, 손가락 한 번 까딱까딱하는 사이에 또 여덟 쟁반 아홉 쟁반의 소찬을 먹어치우고, 뱃속의 밥통이 상할 지경이 되어서도 2, 30개의 만두를 먹어치웠다. 그런데도 또 집집마다 모시러 오는 사람들이 줄을 지었다. 삼장 법사는 마침내 사양을 하고 완곡히 거절하기에 이르렀다.

"여러분, 고맙습니다. 소승이 무슨 덕과 능력이 있다고 여러분의 지극하신 사랑을 일일이 다 받겠습니까! 오늘 저녁에는 이쯤 해두시고 내일 아침에 다시 대접을 받도록 해주시기 바랍니다."

때는 이미 깊은 밤이었다. 삼장 법사는 천신만고 끝에 얻은 진경을 밤새도록 굳게 지키며 잠시도 그 곁을 떠나려 들지 않았다. 일행은 누각 아래 경전 보따리를 지키고 앉은 채, 뜬눈으로 그 밤을 지새웠다. 삼경 무렵이 되었을 때, 당나라 스님은 손행자를 살며시 불러놓고 이렇게 속삭여 말했다.

"오공아, 이 마을 사람들은 우리가 도를 얻고 공을 이룬 것을 알고 있는 모양이다. 자고로 '참된 사람은 남에게 진면목을 드러내지 않고, 낯을 앞세워 드러내는 사람일수록 참된 사람이 아니다(眞人不露相, 露相不眞人)'라고 하지 않더냐. 여기서 너무 오래 안일(安逸)에 빠져 있다가는 대사를 그르칠까 걱정되는구나."

손행자도 선뜻 그 뜻을 알아들었다.

"사부님의 말씀이 이치에 맞습니다. 밤이 깊어 모두들 잠든 틈에, 우리 조용히 여기를 떠나기로 합시다."

저팔계도 눈치를 채고 사화상 역시 묻지 않아도 알 만한 것은 알아차리는 사람이요, 백마도 스님의 뜻을 모르는 미물이 아니었다. 이리하여 세 형제는 소리 안 나게 살그머니 일어나 경전 보따리를 말에 싣고 짐짝을 등에 짊어진 다음, 조심조심 낭하를 빠져나가 산문에 이르렀다. 문짝에는 자물쇠가 채워져 있었으나, 손행자가 해쇄법을 써가지고 둘째

문과 대문까지 모두 열어젖히고 큰길을 찾아 동쪽을 향하여 부지런히 떠나갔다.

대로상에 올랐을 때, 갑자기 반공중에서 팔대 금강이 외쳐 부르는 소리가 들려왔다.

"야반도주하시는 분들! 우리를 따라오시오!"

당나라 장로님이 그 소리를 들었을 때는 벌써 향기로운 바람이 감돌고 어느덧 몸뚱이는 허공에 둥실둥실 떠올라 있었다.

이야말로 "단(丹)을 이루니 본래의 진면목을 알아보고, 건강한 몸은 거뜬해져서 한시 바삐 군주를 뵈러 날아간다"는 격이었다.

과연 삼장 법사가 어떻게 당나라 임금을 만나보게 될 것인지, 다음 회에서 풀어보기로 하자.

제100회 삼장 법사는 곧바로 동녘 땅에 돌아오고, 다섯 성자는 마침내 진여를 이루다

진가장에서 도망치듯 빠져나온 그들 네 사람이 팔대 금강을 따라 구름을 타고 허공으로 솟구쳐 오른 얘기는 잠시 접어두기로 한다.

한편 진가장 구생사 안에서는 날이 밝자 어제와 다름없이 많은 사람들이 과일과 음식상을 마련해 가지고 누각 아래까지 몰려와보니, 당나라 스님 일행은 벌써 어디로 떠났는지 보이지 않았다.

당황한 이들은 이 사람도 물어보고 저 사람도 찾아보고, 모두들 허둥지둥 찾아 헤맸으나 은인들의 행방은 끝내 묘연했다. 찾다 못한 이들은 어쩔 바를 모르고 하늘만 우러러 안타깝게 소리칠 따름이었다.

"모처럼 만나뵌 생불(生佛)을 고스란히 놓쳐버렸구나……!"

할 수 없이 준비해온 음식을 누각 위에 제물 삼아 차려놓고 지전을 살라 축원이나 드릴밖에 딴 도리가 있으랴. 이로부터 진가장 사람들은 해마다 구생사에서 사시장철 큰 제사를 드리고, 이십사절기에 따라 차례(茶禮)를 지냈다. 또 병을 고치려는 사람, 집안에 탈이 없기를 바라는 사람, 좋은 혼처를 만나게 해달라고 비는 사람, 재물을 바라는 사람, 아들 낳기를 바라는 사람들이 시도 때도 없이 찾아와 향불을 사르고 제사 지내 소원을 빌게 되었다.

그야말로 "황금의 향로에는 천년을 두고 향불이 꺼질 날이 없으며, 옥 등잔에는 만년을 두고 등불이 밝혀진다"는 격이 되었으니, 이런 얘기는 이제 그만두기로 한다.

한편 두번째 향기로운 바람을 일으킨 팔대 금강은 그들 네 사람을 하루도 채 못 되는 시간에 동녘 땅으로 호송하여, 마침내 장안 도성이 바라보이는 곳까지 데려갔다.

삼장 일행은 꿈에도 모르고 있었지만, 당나라 태종 이세민은 정관 13년 9월 보름 되기 사흘 전, 당나라 스님을 도성 밖까지 전송하여 떠나보낸 후, 정관 16년이 되던 해 공부(工部) 소속 관원들을 시켜 서안관(西安關) 성문 밖에 '망경루(望經樓)'를 세워놓고 경전 받아들일 준비를 갖추고 있었다. 그리고 해마다 직접 그곳에 나가곤 했는데, 공교롭게도 이날 역시 어가를 타고 망경루에 행차하던 중이었다.

당태종이 누대에 올라 서녘 하늘 가를 바라보고 있을 때였다. 갑자기 상서로운 아지랑이가 온 하늘에 가득 차더니, 서쪽으로부터 향기로운 바람이 한차례 한차례씩 끊임없이 불어오기 시작했다.

팔대 금강은 공중에 멈춰 서서 당나라 스님 일행에게 큰 소리로 지시를 내렸다.

"성승, 여기가 바로 장안성입니다. 우리는 내려가지 않겠습니다. 이곳 사람들은 워낙 영리한 터라, 우리 모습을 알아차릴지도 모르니까요. 손대성과 두 제자 분들께서도 내려가실 것 없이, 성승께서 혼자 경전을 가지고 가셔서 임금님께 전하시고 곧 되돌아오십쇼. 저희들은 하늘에서 기다리고 있다가, 성승과 함께 돌아가 부처님의 뜻에 회보(回報)를 올리도록 하겠습니다."

제천대성이 반대를 하고 나섰다.

"존자의 말씀은 비록 지당하나, 우리 사부님이 혼자서 어떻게 저 많은 경전 보따리를 짊어지실 수 있을 것이며, 또 이 말은 어떻게 끌고 가실 수 있겠소? 아무래도 우리들이 함께 모시고 가야 되겠소. 수고스럽지만 존자들께서는 이 공중에 잠시 기다리고 계시오. 시간을 그르치지는 않으리다."

금강이 고개를 갸우뚱하며 말한다.

"일전에 관음보살이 여래님께 아뢰기를, 왕복하는 데 꼭 여드레 안에 다녀와야만 일장(一藏)의 수효를 채울 수 있다고 하셨소. 오늘까지 벌써 나흘을 넘겼으니, 저팔계가 부귀영화를 탐내어 기한을 어길까 걱정스럽소."

이 말을 듣고 저팔계는 어이가 없는지 껄껄대고 웃었다.

"사부님이 성불하시고 나 또한 부처 되기를 바라는데, 부귀 따위를 탐낼 까닭이 어디 있겠소! 사람 너무 얕잡아보지 마시오! 당신들은 모두 여기서 기다리고 계시구려. 이 경전을 넘겨주고 나서 곧바로 되돌아와, 존자들과 함께 서천으로 돌아가도록 하리다."

이윽고 미련퉁이가 짐보따리를 선뜻 짊어졌다. 그 뒤를 따라서 사화상이 말고삐를 잡아끌고 손행자는 성승을 모시고 다 같이 구름을 낮추어 망경루 가까이 내려섰다.

당태종은 여러 관원들과 함께 이 광경을 보더니, 황급히 누각 아래로 내려와 일행을 맞이하였다.

"어제(御弟)! 그대가 돌아왔는가?"

당나라 스님이 곧 허물어질 듯 그 자리에 엎어지면서 큰절부터 올린다. 당태종은 급히 부여잡아 일으키며 다시 물었다.

"이 세 사람은 누구인가?"

"도중에서 얻은 제자들입니다."

당태종은 크게 기뻐하며 당장 시종관에게 어명을 내렸다.

"짐의 어가를 끌던 말 한 필에 안장을 단단히 얹어라! 어제를 마상에 모셔 태우고 짐과 더불어 궁궐로 돌아갈 것이다."

당나라 스님은 사은하고 마상에 올랐다. 제천대성은 금고봉을 휘두르며 스승 곁에 바짝 따라 섰다. 저팔계와 사화상은 경전 보따리가 실린 말고삐를 끌고 등에 짐을 걸머진 채 어가의 뒤를 따라 장안 도성으로 들어갔다.

이야말로 삼장 법사에게 있어 공덕을 이루고 금의환향하는 감격스러운 순간이 아닐 수 없었다.

떠나던 그해 천하는 맑은 정사에 태평성대 즐기고, 조정에는 문무의 준걸과 영웅들로 가득 찼었다.

수륙도량 한복판에 스님이 설법을 베풀고, 금란전 위에서 군주가 신하를 파견했다.

통관 문첩을 당삼장에게 손수 내려주었으며, 경권(經卷)이 필요한 까닭을 오행에 배합했다.

흉악한 마귀들을 고심참담 단련하여 모조리 섬멸하고, 오늘에야 공덕을 이루어 기꺼운 마음으로 서울에 오게 되었구나.

당나라 스님 일행 네 사람은 어가를 따라 조정에 들어섰다. 도성 안에는 벌써 경을 가지러 떠난 사람이 돌아왔다는 소문이 파다하게 퍼져, 그 사실을 모르는 자가 없었다.

한편 장안 성내에서도 당나라 스님이 옛날 머물러 있던 홍복사(洪福寺)의 크고작은 승려들은 이날 아침 소나무 몇 그루가 한결같이 가지마다 동쪽을 향해 구부러져 있는 것을 발견하고 깜짝 놀라 웅성거렸다.

"괴이한 일이로구나! 정말 이상한 노릇이야! 간밤에는 바람도 불지 않았는데, 어째서 이 나뭇가지 끝이 구부러졌을까?"

그들 중에 삼장 법사의 옛날 제자 한 사람이 있었는데, 그는 스승이 떠날 무렵에 당부하던 말씀을 퍼뜩 떠올리고 후배들을 재촉했다.

"어서 빨리 새 옷을 꺼내다 갈아입어라! 경을 가지러 떠나셨던 사부님께서 돌아오셨다!"

"어떻게 그런 줄 아십니까?"

스님들이 의아스레 물었더니, 그는 이렇게 대답해주었다.

"그해에 사부님이 떠나실 때 이런 말씀을 하신 적이 있다. '내가 떠난 뒤에 삼 년이나 오륙 년 아니면 칠 년쯤 되어서, 저 소나무 가지들이 동쪽으로 향한 것을 보거든, 내가 돌아오는 줄 알아라' 하셨는데, 내 사부님의 말씀이야말로 부처님의 입에서 나온 거룩한 말씀이시니, 그래서 그런 줄 알게 된 것이다."

홍복사 승려들이 부랴부랴 새 옷을 갈아입고 달려나와 서쪽 거리에 이르렀을 때는 벌써 소문이 거기까지 퍼져오고 있었다.

"경전을 가지러 갔던 분들이 방금 도착하셨다! 만세 폐하께서 영접하시어 함께 성내로 들어오셨다!"

여러 스님들이 그 소리를 듣고 헐레벌떡 뛰어오다가 그만 천자 폐하의 거둥 행렬과 딱 마주치고 말았다. 어가를 본 스님들은 감히 그 앞으로 가까이 나서지 못하고 멀찌감치 뒤따라 궁궐 문 밖까지 쫓아갔다.

이윽고 당나라 스님은 말에서 내려 여러 사람들과 함께 궁중으로 들어갔다. 그는 경전 보따리가 실린 용마와 손행자, 저팔계, 사화상을 데리고 옥계(玉階) 아래 공손히 섰다. 당태종은 어제더러 전상(殿上)에 오르라는 명령을 내리고 자리를 내주어 앉혔다.

당나라 스님은 다시 천자에게 사은의 예를 올리고 자리에 앉은 다음, 제자들을 시켜 경전 보따리를 떠메오도록 분부했다. 손행자와 두 제자가 경전을 한권 한권 꺼내는 대로 시종관이 받아서 위에 올려 바쳤다.

태종이 또 물었다.

"경전의 수효가 얼마나 되는고? 어떻게 이 많은 것을 받아 가지고 돌아왔는가?"

삼장은 뇌음사에 도착한 이후 있었던 일들을 차근차근 아뢰었다.

"소신이 영산에 당도하여 불조님을 뵈었더니, 불조께서는 아난과 가섭 두 존자를 시켜 우선 진루로 안내하여 식사를 대접해주신 다음, 보각에 이르러 경을 전수해주도록 하셨나이다. 두 존자가 인사치레로 선물을 요구하였사오나, 준비해가지 못한 탓에 주지 못하였더니, 그들은 할 수 없이 그대로 경전을 건네주었나이다. 불조께 사은하고 동쪽으로 돌아오던 도중 갑자기 요사스런 광풍이 휘몰아쳐 경전 보따리를 빼앗아 갔사오나, 다행히도 제자들이 다소 신통력이 있어 되찾으려고 뒤쫓았더니, 광풍이 보따리를 팽개쳐 산산이 흩어놓았사옵니다. 무심결에 흩어진 경전을 수습하다 펼쳐본즉, 뜻밖에도 모두가 글자 없는 백지 책이었나이다.

소신은 크게 놀라 다시 불조님께 돌아가서 절하여 아뢰고 글자 있는 경전을 간절히 청하였더니, 불조님께서 말씀하시기를, '이 경전이 완성되었을 때 비구 성승이 영산 아래 내려가 사위국 조장자 집에서 한 차례 읽어, 그 집안에 살아 있는 사람의 안전을 보우하고 죽은 사람의 초탈을 빌어주었으나, 그들은 겨우 서 말 석 되의 쌀과 황금 약간을 받아왔을 뿐이라, 이는 소중한 경전을 너무 싼 값에 판 격이 되었으므로, 이후 조장자의 자손들은 쓸 만한 돈이 없는 가난뱅이가 될 것이다'라고 하셨나이다.

소신 일행은 이 말씀을 듣고 두 존자가 선물을 요구한 사실을 불조께서도 익히 알고 계시다는 것을 깨달았나이다. 불조님께서 그런 말씀을 하신 뜻은, 소중한 물건일수록 빈손으로 받아가서는 안 된다는 사실을 소신들에게 일깨워주신 것이었나이다. 그리하여 소신이 폐하께옵서 하사하신 자금 바리때를 꺼내 두 존자에게 예물로 바쳤더니, 그제야 글자가 있는 진경을 내어주었나이다. 이 경전은 총 삼십오 부, 각 부별로 몇 권씩 가려 뽑아 전수한 것인데 도합 오천사십팔 권이오며, 이 권수는 일장의 수효에 합치되는 것이옵니다."

당태종은 더욱 기뻐하며 신하들에게 교지를 내렸다.

"광록시 관원들은 동각에 잔치를 베풀라. 짐이 이들의 노고에 보답하겠다."

그러고 나서야 섬돌 아래 서 있는 제자 세 사람의 용모가 보통 사람들과는 크게 다른 것을 발견하고 어제에게 또 물었다.

"제자 분들은 모두 어느 나라 사람인가?"

장로님은 그 자리에 꿇어 엎드려 아뢰었다.

"맏제자는 성이 손씨이오며, 법명을 오공이라 하옵는데, 소신이 손행자라고도 불러왔나이다. 본래 동승신주 오래국 화과산 수렴동 출신으로, 오백 년 전에 천궁을 크게 소란케 한 죄 값으로 부처님께 사로잡혀 서번 땅에 있는 양계산 돌 궤짝 속에 갇혀 있다가, 관세음보살의 권선하심에 힘입어 불문에 귀의하였나이다. 소신이 그곳을 지나가던 도중 구출하게 되어 문하 제자로 받아들였사옵니다만, 이 제자에게 신세를 많이 졌나이다.

둘째 제자는 성이 저씨요 법명은 오능이오며, 소신이 저팔계라고도 일컬어왔사옵니다. 본래 복릉산 운잔동 출신으로 우쓰장에 있는 고로장에서 행패를 부리고 있던 것을 역시 관세음보살의 권유로 불문에 귀의하였삽고, 손행자의 힘을 빌려 문하 제자로 거두어들였나이다. 서천으로 가는 길 내내 힘들여 짐보따리를 져주었사오며, 특히 물을 건너는 데 큰 공을 세웠나이다.

셋째 제자는 성이 사씨요 법명은 오정이라 하옵는데, 소신이 사화상으로 부르기도 하옵니다. 본래 유사하 깊은 물에서 요괴 노릇을 하던 중 역시 보살님의 권선하심 덕분에 불교를 받들어 사문(沙門)에 들어왔 나이다. 그리고 저 백마는 주군께서 하사하신 말이 아니오니다."

"털빛이 똑같은데 어찌 아니라 하는가?"

태종이 의아스레 물으니, 삼장 법사는 그동안 있었던 일을 말씀드렸다.

"소신이 사반산 응수두간에서 강물을 건너려 하였을 때, 본래 타고 가던 말은 이 백마에게 통째로 잡아먹혔사옵니다. 손행자가 애써준 덕분으로 보살님을 모셔다 이 말의 내력을 여쭈어보았더니, 애당초 서해 용왕의 아들로서 죽을죄를 지은 것을 역시 보살님이 힘써 구해내시어, 신이 타고 가도록 준마로 변하게 해주셨사옵니다. 당시 잡아먹혔던 백마의 모습으로 변신하였기에 털빛마저 똑같아진 것이옵니다. 다행히 이 백마 덕분에 높은 산을 오르고 가파른 고개를 넘어 기구한 험로를 무난히 갈 수 있었나이다. 서천으로 갈 때에는 신이 타고 갔사오며, 돌아올 때에는 경전을 싣고 어렵지 않게 왔사오니, 이 백마의 힘에 의지한 바 또한 컸나이다."

태종은 이 말을 듣고 칭찬하여 마지않았다. 그리고 다시 물었다.

"머나먼 서방 세계까지 갔는데, 그 여정이 얼마나 되었는가?"

"보살님의 말씀대로 기억하옵건대, 십만 팔천 리나 되는 먼 길이었나이다. 도중에 겪은 햇수를 기억하지 못하겠사오나, 추운 겨울철, 무더운 여름철을 열네 차례나 보낸 줄로 아옵니다. 날이면 날마다 산이요 고개였사오며, 깊은 숲을 만나기도 여러 차례 적지 않았사옵고, 강물에 가로막힐 때마다 너르고 깊었나이다. 서천까지 나아가는 도중 몇 나라 국왕을 배알하옵고, 그때마다 통관 문첩에 검인을 받아두었나이다."

그리고 제자들에게 분부했다.

"얘들아, 군주 폐하께 통관 문첩을 반납해 올리도록 하여라."

손행자는 즉시 통관 문첩을 꺼내 바쳤다.

태종이 펼쳐보니, 바로 정관 13년 9월 보름 사흘 전에 발급한 문서였다. 그는 새삼스레 감회가 깊어 웃으며 찬탄을 아끼지 않았다.

"오랫동안 애를 써서 먼 곳까지 다녀왔구나! 지금은 벌써 정관 27년이 되었는데……."

통관 문첩에는 보상국(寶象國)·오계국(烏鷄國)·차지국(車遲國)·서량여국(西梁女國)·제새국(祭賽國)·주자국(朱紫國)·비구국(比丘國)·멸법국(滅法國) 국왕들의 어보(御寶)와 화압(花押)이 차례차례 찍혀 있고, 또 천축국 봉선군(鳳仙郡)의 군수, 옥화주(玉華州) 친왕, 금평부(金平府) 자사의 직인이 찍혀 있었다.

태종은 문서를 다 읽어보고 나서 다시 접어놓았다.

어느덧 당가관이 나타나 연회석으로 자리 옮길 것을 청하자, 태종은 곧 금란전에서 내려서더니, 어제의 손을 부여잡고 걸어가며 다시 묻는다.

"제자 분들이 예의범절을 가릴 줄 아는가?"

삼장은 겸손히 아뢰었다.

"신의 제자들은 하나같이 산촌이나 광야에서 날뛰던 요사스런 몸이라, 중화 대국 성조(聖朝)의 예의범절에 어둡사오니, 폐하께서는 부디 저들의 무례한 죄를 허물하지 마옵소서."

태종이 껄껄껄 통쾌하게 웃어넘긴다.

"나무라지 않으리라! 아무렴, 나무라지 않고말고! 자, 모두들 동각으로 나아가 잔치에 참석하세."

삼장은 다시 한번 사은하고 제자 세 사람을 불러 다 함께 동각 안으로 들어갔다. 연회석을 이리저리 둘러보니 과연 중화 대국의 규모라, 평범한 나라의 국연(國宴)과는 전혀 딴판이었다.

　　문에는 채수(綵繡)가 드리우고, 바닥에는 붉은 융단이 깔렸다.
　　이채로운 향기 무럭무럭 피어오르고, 기이한 물품들이 산뜻한 빛을 쏟아낸다.
　　호박배(琥珀杯), 유리잔(琉璃盞)은 금빛을 아로새기고 비취옥을 박았으며, 황금 쟁반 백옥 그릇은 비단 꽃무늬로 테를 둘렀다.
　　무르도록 삶아낸 순무〔蔓菁〕하며 설탕을 끼얹은 향기로운 토란.
　　마고(蘑菇)버섯은 달콤한 맛이 아름다우며, 다시마 미역 따위 해초 요리는 깔끔한 맛이 진기하다.
　　몇 차례나 생강에 재어 맵게 만든 죽순을 더 담아 내오고, 서너 번 꿀에 조린 아욱〔葵〕요리.
　　국수는 참죽나무 잎사귀에 담아내고, 목이버섯은 두부 껍질에 담아냈다.
　　우뭇가사리는 신선들의 음식이요, 가루에 버무린 고비와 말린 고사리나물.
　　고추로 양념해서 얼큰하게 조린 무〔萊菔〕하며 겨자를 치고 무친 오이채.
　　몇 쟁반 소품으로 만든 음식도 먹음직스럽지만, 가지가지 기이하고 희한한 음식들도 유난히 눈길을 끈다.
　　껍질 벗긴 호두〔核桃〕와 감떡〔柿餠〕, 용안(龍眼)과 여지(荔枝) 열매.
　　선주(宣州) 특산의 견율(繭栗, 밤)에 산동(山東) 특산의 대추가 있으며, 강남 지방 특산물 은행(銀杏)과 토두리(兎頭梨) 배가 있다.

개암나무 열매와 잣, 연밥은 포도 알만큼씩이나 크며, 비자나무 열매와 호박씨의 속살, 마름 열매 속살이 가지런히 놓였다.

감람(橄欖)나무 열매에 능금(林檎)이 있는가 하면, 빈파(蘋婆, 사과의 일종)에 또 다른 종류의 능금(沙果)도 있다.

쇠귀나물(慈菰), 보드라운 연뿌리(嫩藕), 무르녹은 오얏(脆李), 양매(楊梅), 온갖 과일 중에 갖추어지지 않은 것이 없고, 골고루 가지런히 놓이지 않은 것이 없다.

또 보니 소락(酥酪)으로 재서 쪄낸 꿀 음식들이 좋은 안주를 겸해 놓였고, 게다가 맛좋은 술, 향기로운 차가 한결 더욱 이채롭다.

백 가지 맛의 진수성찬이 모두 진짜 극상품들이니, 과연 중화 대국이라 서역 땅 오랑캐 나라의 잔치와는 전혀 다르다.

스승과 제자, 네 사람은 조정의 문무백관들과 더불어 좌우 양편으로 열을 짓고 늘어앉았다. 태종 황제는 한가운데 반듯이 자리잡고 앉았다. 노래와 춤이 어우러지고 풍악이 질탕하게 울려 퍼지는 가운데서도 군신들이 질서정연하게 위엄을 잃지 않고 그날 하루 잔치를 즐기는 것이다.

군왕의 경사스런 모임은 저 옛날 당대(唐代)의 요(堯)임금, 우대(虞代)의 순(舜)임금 시절과도 견줄 만하고, 참된 경전을 얻었으니 그 복됨에 남음이 있다.

천고를 두고두고 널리 유전시키니 천고에 흥성하고, 부처님의 광채는 널리널리 제왕의 거처를 비춘다.

그날 해 저물 녘에야 사은의 잔치는 끝이 났다. 태종은 궁궐로 돌아가고 문무백관들도 제각기 저택으로 돌아갔다. 당나라 스님 일행이 홍복사에 돌아가니, 절간의 승려들은 머리 조아려 맞아들였다. 산문에 들어서기가 무섭게 승려들이 당나라 장로님께 여쭈었다.

"사부님, 저 소나무 가지 끝이 오늘 아침에 갑자기 동쪽으로 향했습니다. 저희들은 사부님의 말씀을 기억해내고 성 밖으로 영접하러 나갔더니, 과연 돌아오셨더군요."

장로님은 기뻐 어쩔 줄 모르며 방장 안으로 들어갔다.

이때쯤 되어서는, 저팔계도 차를 달라, 먹을 것을 내놓으라 떠들지 않았고, 쓸데없이 허튼소리를 지껄이지도 않았다. 손행자와 사화상 역시 한결같이 점잔을 빼고 차분해졌다. 도과(道果)를 완전히 얻었기 때문에 자연 심성이 가라앉은 탓이었다. 이렇듯 일행 네 사람은 그날 밤을 조용히 잠들었다.

이튿날 아침, 당태종은 일찌감치 조정에 나아가 여러 신하들을 대하고 이렇게 말하였다.

"짐이 생각하건대, 어제(御弟)가 이룩한 공덕은 지극히 깊고 원대하여 이에 보답할 길이 없다. 하룻밤을 잠 못 이루며 입으로 몇 구절 속된 말을 외워 감사의 뜻을 표하고자 하나, 아직 문장으로 엮어놓지는 못하였다."

그리고 중서성(中書省) 관원을 불러들여 어명을 내렸다.

"짐이 그대에게 외워 보일 테니, 낱낱이 문장으로 기록하라."

당태종이 읊는 바를 기록해보면 다음과 같았다.

대개 듣건대, 하늘과 땅 이의(二儀)에는 형상(形象)이 있으니, 하늘이 덮어주고 땅이 실어주는 뜻을 명백히하며, 그 안에 살아 있는 것을 포함한다. 사계절에는 형체가 없으나 보이지 않는 추위와 더위로써 사물을 변화시킨다. 이렇게 함으로써 하늘을 우러러보고 땅을 굽어보아, 용렬하고 어리석은 자들도 그 실마리를 모두 알아내게 되며, 음의 도리를 밝히고 양의 도리를 통찰하되, 지혜 깊고 사리에 밝은 이도 그 이치를 철저히 규명하는 자가 드물다.

그러나 천지가 음양에 싸여 있음을 알기 쉬운 까닭은 그것에 형상이 있기 때문이요, 음양이 천지에 처한 그 이치를 규명하기 어려운 까닭은 그것에 형체가 없기 때문이다. 그러므로 형상을 안다 함은 밝히 드러내어 증험할 수 있는 것이니, 아무리 어리석다 할지라도 미혹되지 않으나, 형체가 감추어져 보이지 않으면 제아무리 지혜롭다 할지라도 오히려 미혹당하게 되는 것이다.

하물며 불도(佛道)는 허(虛)를 숭상하되 그윽한 경지를 타고 적멸(寂滅)을 제어한다. 만품(萬品)을 널리 구제하고 시방세계를 의식(儀式)으로 통제하며, 위엄과 신령을 쳐들어 위도 없애고(擧威靈而無上), 신력을 억눌러 아래도 없앤다(抑神力而無下). 이것을 크게 하면 우주에 가득 찰 수 있고, 이것을 잘게 하면 저울 눈금의 호리(毫釐)만한 공간 속에도 용납할 수 있다. 멸도 없고 생도 없어, 천 겁을 지내도록 변치 않으며, 때로는 숨고 때로는 드러나 온갖 복록을 옮겨놓으니 이제까지 길이 전하게 된 것이다. 그 오묘한 도리에 현묘함이 응축되어 있으니, 이것을 지킨다 해도 그 끝 닿는 데를 알 수 없으며, 법류(法流)의 적막함을 간직하여 이것을 잡는다 해도 그 근원을 알아낼 수 없다. 그러므로 우둔하고 어리석은 자, 용렬하고도 비루한 무리가 그 근본 뜻에 몸을 던진다 하더라도 어찌 의혹됨이 없으랴!

이러므로 큰 가르침이 일어나 서역 땅에 터전을 마련했다. 이 가르침이 한(漢)나라에 유전되어 한실 황제의 꿈을 밝히고¹ 동녘 땅을 비추어 자비를 전파하기에 이르렀다. 저 옛날 형체를 나누고 자취를 분간했을 때에는 언어로써 미처 전파되지 않았어도 절로 덕화를 이루었으며, 늘 드러내고 사는 세상이거나 늘 숨어 살아야 하는 세태를 만나서라도 백성들이 덕을 우러러 지킬 줄 알았다. 어두운 그림자가 진(眞)으로 돌아와, 세월이 바뀌고 장소가 옮겨지는 세상에 금신(金身)이 빛을 가리고 삼천지광(三千之光)[2]을 비추지 않으며, 여상(麗像)[3]을 펼쳐도, 사팔지상(四八之相, 부처님의 32가지 변상(變相))은 한낱 단정할 따름이었다.

이리하여 미언(微言)을 널리 퍼뜨려 금수(禽獸)의 무리를 삼도(三途)의 고통[4]에서 건져내고, 유훈(遺訓)을 멀리 선전하여 중생의 무리를 십지(十地)[5]로 인도하였다. 부처에게는 경(經)이 있으니 대승(大乘)과 소승(小乘)으로 나뉘고, 또한 법(法)이 있으니 거짓됨과 그릇됨과 올바른 것을 가려내는 술법을 전하는 것이다.

우리 스님 현장 법사는 법문(法門)의 영수(領袖)이니, 어려서부

---

1 한실 황제의 꿈을 밝히고……: 『후한서(後漢書)』 제2권에, 동한(東漢)의 명제(明帝) 유장(劉莊, 재위 56~75)은 꿈에 금신(金身)을 한 사람이 나타난 것을 보았는데, 그의 머리 위에 해와 달빛이 비추는 것을 보고 감동하여, 사신을 천축(天竺)으로 보내 부처님의 법을 구한 결과, 사문(沙門) 가섭(迦葉)이 경전을 내려주어, 그때부터 불교가 중국에 전파되었다고 한다.
2 금신…… 삼천지광: '금신(金身)'은 곧 부처님의 모습, '삼천지광(三千之光)'은 광명이 삼천 대천세계(三千大千世界), 즉 우주 전체를 두루 비춘다는 뜻. '삼천 대천세계'에 관하여는 제81회 본문과 주 **4** '대천' 참조.
3 여상: 불교 용어로 '여상(如相)', 곧 사물의 있는 그대로의 진실한 모습. 당태종의 「성교서(聖敎序)」 원문에는 '여상(麗像)'으로 표기되었으나, 이는 곧 '여상(麗相)'이다.
4 미언…… 삼도의 고통: '미언(微言)'은 심오하고도 원대한 불법(佛法)의 의미를 서술한 어구. 경문(經文)에 숨겨진 의미. '삼도(三途)'는 생전에 악행을 저지른 사람이 죽은 후 떨어져서 고통을 받아야 하는 지옥(地獄)·아귀(餓鬼)·축생(畜生)의 세계. 제12회 주 **2** '삼도·육도' 및 제36회 주 **13** '삼도업' 참조.
5 십지: 보살이 수행하여야 하는 52단계 중 특히 제41단계부터 제50단계에 해당하는 경지를 가리키며, 보살이 그 경지에 들었을 때 비로소 중생을 널리 제도할 수 있다 한다. 제8회 본문과 주 **2** '십지·삼승' 참조.

터 신중하고 예민한 뜻을 품었으며, 일찍이 삼공(三空)의 공(功)을 깨치고 장성하여서는 신정(神情)의 뜻에 부합되어, 먼저 사인(四忍)⁶의 행실을 닦았다. 솔바람 물에 비친 달빛(松風水月)의 맑고 빛남도 그에 견주기 모자라고, 아침 이슬과 밝은 구슬인들 어찌 그 밝고도 윤택함에 비길 수 있을쏘냐! 그러므로 지혜가 통하되 얽힘이 없고, 신령으로 헤아림에 형체를 남기지 않았으며 육진(六塵)을 초탈하여 멀리 나아갔으니, 천고에 짝할 만한 것이 없다. 내경(內境)으로 마음을 모아 정법(正法)이 쇠퇴함을 슬퍼하고, 생각은 현문(玄門)에 깃들어 심오한 문장의 뜻이 오류됨을 개탄했다. 조리(條理)를 분간하고 이치를 따져 예전에 들은 바를 넓힐 생각을 했으며, 위선을 끊고 참된 것을 이어서 후학을 열고자 하였다.

이리하여 마음을 정토로 치달아 법을 구하고자 서역 땅을 두루 편력하였으니, 위태로움을 무릅쓰고 멀리 매진하였으며 외로운 몸으로 지팡이 짚고 낯선 길에 올랐다. 눈 쌓인 새벽에 떠나 도중에 길을 잃었으며, 모래바람 흩날리는 저녁에 또 길을 떠나 텅 빈 허공 하늘 밖을 헤매고 다녔다. 만리 산천의 연하(煙霞)를 헤쳐가며 한 걸음 한 걸음씩 옮겨 떼었으며, 끝없이 거듭되는 추위와 무더위 속

---

6 삼공·사인: 모두 불교 용어로 **삼공**(三空)은 '아공(我空)' '법공(法空)' '아법구공(我法俱空)'의 세 경지, 또는 이들 삼공·무상(無相)·무원(無願)의 세 해탈문(解脫門)을 일컫기도 한다. 모두 공리(空理)를 명확하게 하는 뜻에서 '삼삼매(三三昧)'와 같으며, 이에 대하여는 제43회 주 **4** 참조. **사인**(四忍)의 '인(忍)'은 끝까지 참는 것, 고(苦)·집(集)·멸(滅)·도(道)의 사체(四諦)의 도리를 받아들여 인정하는 것. 즉 보살의 도리에 안주하여 마음이 움직이지 않는 네 가지 경우를 뜻하는데, ①본질이 고유한 실체는 공적 무생(空寂無生)한 것으로 받아들여 인정하는 '무생법인(無生法忍)', ②무생과 더불어 무멸(無滅)임을 인정하고 받아들이는 무멸인(無滅忍), ③만유(萬有)는 모든 인연이 화합하여 거짓으로 존재하는 것이어서 본질이 고유한 실체란 없음을 인정하고 받아들이는 인연인(因緣忍), ④의지할 곳, 즉 머무름이 없음을 인정하고 마음의 집착이 없으며 다른 생각이 섞이지 않는다는 사실을 받아들이는 무주인(無住忍)이 그것이다.

에 찬 서리 비바람을 디디며 앞으로 나아갔다. 오로지 정성된 마음만을 중히 여기고 수고로움을 가벼이 여기며, 심오한 진리를 구하기만 바랐다.

너르디너른 서방 세계를 떠돌아다닌 지 십 년하고도 사 년 세월, 이방의 나라들을 골고루 거쳐가며 정교(正敎)의 소재(所在)를 묻고 구하였다. 쌍림 팔수(雙林八水),[7] 그 숱한 산악과 숲과 강물에서 풍찬노숙의 어려움을 몸소 맛보고 바람으로 음식 삼아 허기를 면하더니, 녹야원(鹿野苑) 영취봉에서 기이함을 우러르고 바라보았다. 선성(先聖)으로부터 지극한 가르침을 이어받았으며, 상현(上賢)에게서 참된 교리를 전수해 받았다. 묘문(妙門)의 자취를 탐구하고 심오한 업적의 정화를 끝까지 궁구하였다. 삼승 육률(三乘六律)[8]의 도리를 마음밭[心田]에 치닿게 만들고, 일장 백협(一藏百匧)의 경문을 가슴속[海口] 깊이 물결치게 만들었다.

여기 스스로 역방(歷訪)한 나라는 끝이 없으나, 구하여 받아낸 경전에는 수효가 있었다. 모두 얻은 대승(大乘)의 요문(要文)이 무

---

7 쌍림·팔수: 불교 용어로 쌍림(雙林)은 사라쌍수(沙羅雙樹)의 다른 이름. 석가세존이 입적할 때, 누워 계신 침상 네 귀퉁이에서 한 뿌리의 네 쌍 여덟 그루가 돋아나온 가운데 한 쌍에 한 그루씩 시들어 하얗게 빛깔이 바랬다는 교목. 여기서는 곧 산악과 삼림을 뜻함. 팔수(八水)는 불교의 성지 인도에 흐르는 큰 강 여덟 줄기, 곧 항하(恒河, 갠지스)·염마라(閻魔羅)·살라(薩羅)·아이라발제(阿夷羅跋提)·마하(摩河)·신두(辛頭, 인더스)·박차(博叉)·실타(悉陀). 여기서는 곧 무수한 하천을 말함.

8 삼승·육률: 삼승(三乘)은 세 가지 길을 걷는 자, 깨달음에 이르는 세 가지 수단, 실천 방법. 제2회 주 **3** 및 제56회 주 **1** '육적·삼승' 참조. 육률(六律)은 음악의 12율 가운데 양(陽)에 속하는 여섯 음률을 일컬으나, 여기서는 부처와 보살이 열반에 이르기 위해 실천해야 할 여섯 가지 덕목인 **육바라밀**(六波羅蜜). 곧 ① 재물을 베풀고 진리를 가르치며 공포를 없애주는 보시(布施)·② 계율을 지키는 지계(持戒)·③ 고난을 참고 견디는 인욕(忍辱)·④ 참된 도를 게으름 없이 실천하는 정진(精進)·⑤ 정신을 통일하고 안정시키는 선정(禪定)·⑥ 진실한 예지(叡智)를 얻으려 하는 지혜(智慧)를 비유한 말이다.

릇 삼십오 부, 합계가 오천 영 사십팔 권이니, 이를 번역하여 중화에 두루 반포하고 승업(勝業)을 널리 떨치게 할 것이다. 자비의 구름[慈雲]을 서녘 땅 끝[西極]에서 이끌어와, 그 법우(法雨)를 동녘 땅 끝[東陲]까지 쏟아 붓게 할 것이다. 거룩한 가르침의 결함이 또 다시 온전해지고, 창생이 지은 죄도 다시 복으로 돌아오게 된다. 화택(火宅)[9]의 메마른 불꽃을 적셔주어 다 함께 미망의 길에서 빠져나오며, 금수(金水)[10]의 어두운 파도를 맑게 하여 다 같이 피안에 오른다. 이로써 악(惡)이란, 지은 죄로 말미암아 그 업보에 떨어진 것임을 알 수 있고, 선(善)이란, 인연을 쌓은 공덕으로 올라가는 것임을 알 수 있으리라. 착한 인연으로 말미암아 오르거나 악업으로 떨어지거나, 그 첫 실마리[端初]는 오직 사람이 스스로 만들 뿐이다.

이를 비유하건대, 계수나무는 높은 산에서 움터 자라기 때문에, 구름과 이슬이 비로소 그 꽃을 윤택하게 빛내주며, 연꽃은 푸른 물결 속에 싹터 솟아났기 때문에, 나는 티끌 먼지가 그 잎사귀를 더럽히지 못하는 것과 같다. 연꽃의 성품이 스스로 깨끗한 것이거나 계수나무의 본바탕이 곧바른 것이 아니라, 그것들이 의지하는 바가 높은 탓으로 말미암아 미물이 누를 끼치지 못하는 것이며, 의탁하는 바가 정결한 탓으로 말미암아 더러운 부류가 젖어들지 못하는

---

9 화택: 불교 용어 ādīptāgāra의 번역. 생(生)·노(老)·병(病)·사(死)의 번뇌와 고통으로 가득 찬 인간 세상을 불에 타고 있는 집 안에 비유하는 말. 여러 가지 혼돈과 고뇌로 번민하는 이 세상에 살면서도 그 괴로움 자체마저 인식하지 못하면서 방황하는 사람을, 마치 불타는 집 안에 들어앉아 점점 죄어드는 파멸의 운명도 모른 채 즐거워하는 철부지 어린것들에 비유하는 말이다.
10 금수: 불교 용어. 금강계(金剛界)에 있어서 지혜를 물에 비유하는 말. 대일여래(大日如來)가 깨친 지혜와 덕이 견고하여 일체의 번뇌를 깨부수는 데 뛰어난 작용을 하므로 금강(金剛)이라 하였으며, 그 지혜를 물과 같다 하여 '금강계의 물'이라 일컫는다.

것이다.

　대개 초목(草木)은 무지(無知)하나 오히려 선(善)에 바탕을 두어 착한 바를 이룩할 줄 아는데, 하물며 유식(有識)한 인륜(人倫)이 어찌 경사스러움에 인연을 맺어 경사스러움을 추구할 줄 모를 것이랴!

　이제 바라건대, 이 경전을 널리 펼치고 베풀되 일월과 더불어 길이 무궁할 것이며, 경복(景福)을 아득히 멀리 전파시키되 건곤과 함께 영원히 커질지어다!

　기록을 마치니 곧바로 성승을 불러들였다. 이 무렵 장로님은 벌써 궁궐 문 밖에 나와 대령하고 있다가, 들라는 어지를 전해 듣고 부랴부랴 입궐하여 무릎 꿇고 엎드려서 대례(大禮)를 행하였다.

　태종이 전상에 오르라 이르더니, 아무 말 없이 기록한 문서를 삼장법사에게 넘겨주었다. 장로님은 한 글자도 빠뜨리지 않고 끝까지 읽어 내린 다음, 다시 한번 부복하여 사은의 예를 드리고 아뢰었다.

　"주군의 문장이 고아(高雅)하고 예스러우시며 이치가 깊고 미묘하옵니다. 다만 제목을 무엇이라 하시는지 알고자 하나이다."

　태종은 이렇게 대답했다.

　"짐이 간밤에 입으로 뇌워 어제의 뜻에 사의를 표하고자 지은 것인데, 이름하여 '성교서(聖敎序)'[11]라 함이 어떨지 모르겠소."

---

11 성교서: 당태종이 지은 글을 새겨 세운 비석. 현장 법사가 서역에서 구해온 경전을 번역하여 중국에 전파한 경위를 기록하였으며, 끝 부분에 현장이 번역한 밀다심경(蜜多心經)이 첨부되었다. 이 글은 당대의 명필 저수량(褚遂良)이 쓴 것과 왕희지(王羲之)가 쓴 것 두 종류가 있는데, 왕희지의 것은 홍복사(洪福寺)의 승려 회인(懷仁) 스님이 왕희지의 초서(草書)를 집자(集字)하여 칙명으로 돌에 새긴 것이 현재 서안(西安) 학궁(學宮)에 남아 있으며, 저수량의 글은 해서체(楷書體)로 두 판본이 있는데, 하나는 서안 자은사(慈恩寺)에, 다른 하나는 쉬청(俆廳)에 안치되어 있다.

장로님은 머리 조아려 몇 번이고 감사의 말씀을 올렸다.
태종이 다시 말했다.

　　짐의 재주 규장(珪璋)을 대하기 면구스럽고, 언사는 금석(金石) 앞에 부끄럽다.
　　부처님의 가르침〔內典〕에 이르러서는 더구나 아직 들은 바가 없었다.
　　입으로 풀어 문장을 읊조려보았으나, 실로 졸렬하고 서투르다.
　　금간(金簡)에 한묵(翰墨)을 더럽혔으며, 기왓장으로 주림(珠林)에 표적을 남겼을 뿐이다.
　　몸소 행한 바를 되살펴 생각하면, 얼굴과 마음에 부끄러울 따름이다.
　　문장이라 일컫기에 사뭇 흡족하지 못하니, 그대의 노고에 치사하고자 헛되이 애만 썼을 뿐이다.

이때에야 문무백관들도 일제히 하례를 드리더니, 태종이 손수 지은 성교(聖敎) 앞에 큰절 하고 그 문장을 나라 안팎에 널리 전파시켰다.
태종이 다시 말을 이었다.
"어제는 진경을 한번 강론해봄이 어떠한가?"
삼장 법사는 이렇게 아뢰었다.
"주군 폐하, 진경을 강론하려면 모름지기 불지(佛地)를 찾아야 하옵니다. 이 보전(寶殿)은 경을 읽을 만한 곳이 못 되나이다."
태종은 자못 기뻐하면서 즉시 당가관에게 물었다.
"장안 성내의 사찰 가운데 어느 절간이 가장 정결한가?"
그러자 반열 가운데 대학사 소우(蕭瑀)가 선뜻 나서며 아뢰었다.

"도성 내에 안탑사(雁塔寺)란 절간이 가장 정결하옵니다."

이 말을 듣고 태종은 다시 여러 관원들에게 어명을 내렸다.

"진경을 각자 몇 권씩 경건히 받들고 짐과 더불어 안탑사로 가서, 어제에게 강경(講經)을 청할 것이다."

명이 떨어지자, 여러 관원들은 저마다 두 손으로 경전을 받든 채 태종의 어가를 따라 안탑사 절간으로 나아갔다. 어느새 안탑사에는 강대(講臺)가 높이 세워지고 모든 설비도 두루 갖추어져 있었다.

장로님은 제자들에게 분부를 내렸다.

"저팔계와 사화상은 용마를 이끌고 행장을 가다듬어두어라. 그리고 손행자는 내 곁에서 잠시도 떠나지 말고 있거라."

그는 또 태종에게 아뢰었다.

"폐하께서 진경을 온 천하에 널리 전파하고자 하시려거든, 반드시 부본(副本)을 베껴 쓰심이 옳을까 하나이다. 원본(原本)은 역시 진귀한 소장품으로 간직해두시고, 경솔히 내놓아 더럽혀서는 아니되옵니다."

태종은 빙그레 미소를 띠며 그 청을 받아들였다.

"어제의 말씀이 지당하오!"

그는 즉석에서 한림원(翰林院) 학사들과 중서성(中書省) 관원들을 각각 불러들여 진경을 베껴 쓰게 하는 한편, 도성 동쪽에 '등황사(謄黃寺)'라는 이름으로 새로운 사찰을 하나 세우도록 칙명을 내렸다.

이윽고 당나라 장로님이 몇 권의 경전을 떠받들고 강대에 올라가서 이제 막 펼쳐 읽으려 할 때였다. 별안간 하늘에 향기로운 바람이 소용돌이치면서 반공중에 팔대 금강이 모습을 드러내더니 큰 소리로 당나라 장로님을 외쳐 불렀다.

"송경(誦經)하시는 분, 경권을 내려놓으시고 우리를 따라 서천으로 돌아가십시다!"

바로 그 순간, 강대 아래 있던 손행자와 두 아우, 백마까지 모두 넷이 평지에서 벌떡 솟구쳐 올라갔다. 장로님 역시 경전을 내던지고 강대 위에서 곧바로 하늘에 솟아오르더니 순식간에 까마득하게 날아올라 보이지 않았다.

느닷없는 승천 광경에 기겁을 한 당나라 태종 황제와 문무백관들은 그저 허공을 우러러보며 그 자리에 엎드려 예배할 따름이었다.

성승이 경전을 구하려고 무진 애를 쓰니, 너르디너른 서역 땅을 편력(遍歷)하기 무려 십사 년 세월.
고된 역정 가는 길에 환난을 당하고, 산천을 숱하게 지나는 동안 좌절과 망설임에 지칠 대로 지쳤다.
공덕은 팔구(八九) 칠십이(七十二)에 아홉 수를 더 보태고, 수행은 삼천 제법(三千諸法) 다 채우고 대천세계(大千世界)에 미쳤다.
대각(大覺)의 묘문(妙文)이 상국(上國)에 돌아왔으니, 오늘날에 이르기까지 동녘 땅에 길이 남아 전하게 되었구나.

태종은 문무백관들과 더불어 예배를 마친 후, 즉시 고승을 가려 뽑아 안탑사에서 수륙대회를 준비시키고, 대장 진경을 강송하여 유명계에서 신음하고 있는 원혼들을 초탈하게 하였다. 그리고 이후 선정을 널리 베푸는 한편, 등황사 절간에서 베껴 쓰게 한 경전을 온 천하에 두루 전파시킨 것은 더 말할 나위도 없다.

한편, 팔대 금강은 향기로운 바람을 타고 당나라 장로님의 일행 네 사람과 백마까지 합쳐 다섯 식구를 인도하여 다시 영취산으로 돌아왔다. 가고오는 데 걸린 시일은 꼭 여드레 만이었다. 이 무렵 영취산의 제신(諸神)들은 모두 부처님 앞에서 강론을 듣고 있었다.

여덟 금강이 그들 스승과 제자 일행을 데리고 들어가 여래부처께 아뢰었다.

"제자들이 일전에 금지를 받들고 성승 일행을 호송하여 당나라에 이르러 경전을 넘겨주도록 하였사옵고, 이제 돌아와 복명하나이다."

그리고 당나라 스님 일행을 가까이 불러 직분을 받도록 했다.

여래부처가 말했다.

"성승, 그대는 원래 전세에 나의 둘째 제자로서, 이름을 금선자(金蟬子)라고 불렸었다. 그대가 설법을 듣지 않고 나의 큰 가르침을 소홀히 다루었기 때문에, 그대의 진령(眞靈)을 폄하여 동녘 땅에 환생시켰던 것이다. 이제 기쁘게도 귀의하여 다시 나를 받들고 나의 가르침에 따라 진경을 받아 동녘 땅에 전하는 데 자못 큰 공과를 세웠으므로, 대직(大職)에 정과(正果)를 더 올려서 그대를 전단공덕불(旃檀功德佛)로 삼겠다.

손오공, 그대는 천궁에서 큰 소동을 일으킨 탓으로 내가 깊고 큰 법력을 써서 오행산 아래 눌러두었으나, 다행히 천재(天災)의 기한을 다 채우고 석교(釋敎)에 돌아왔다. 그리고 기쁘게도 그대는 악한 성품을 감추고 선한 마음을 드러내어, 서천으로 오는 도중 마귀를 숱하게 단련하고 괴물을 굴복시키는 데 공을 세웠으며, 시종일관 그 뜻을 온전히 지켰으므로, 대직에 정과를 더 보태 그대를 투전승불(鬪戰勝佛)로 삼겠다.

저오능, 그대는 본디 천하(天河)의 수신(水神)으로 천봉원수를 지냈다. 반도연회 석상에서 술에 취하여 주정을 부리고 선아(仙娥)를 희롱하였기 때문에 그 죗값으로 하계에 떨어지고 투태(投胎)를 잘못하여 짐승과 같은 몸이 되었다. 그러나 다행히 그대는 사람의 신분이 그립다는 마음을 버리지 않았으며, 복릉산 운잔동에서 악업을 쌓았으되 기쁘게도 큰 가르침에 귀의하여 우리 사문으로 들어왔으며, 성승을 도중에 줄곧 보호하여 왔으되, 어리석은 마음과 색정을 아직 다 씻어내지는 못하였다. 이제 그대가 짐을 지는 데 공로를 세웠으므로 그대의 본직에 정과를 가승(加陞)하여 정단사자(淨壇使者)로 삼겠다."

저팔계가 이 말씀을 듣고, 입속으로 투덜투덜 불평을 늘어놓았다.

"남들은 모두 성불했는데, 어째서 저 한 사람만 기껏해야 제단이나 청소하는 정단사자 노릇을 시킵니까?"

여래부처가 타일렀다.

"그대는 입심도 세고 몸은 게으르나 식탐이 엄청나게 크다. 무릇 이 천하 사대 부주에는 나의 가르침을 우러러 받드는 사람이 적잖이 많다. 모든 불사(佛事)에 있어 제단(祭壇)을 깨끗이 수습하는 임무를 그대에게 맡겼으니, 역시 얻어먹을 것이 있는 품계가 될 터인데 어째서 좋지 않다는 거냐?

그리고 사오정, 그대는 본디 천상의 권렴대장이었다. 반도연회 석상에서 유리잔을 깨뜨린 죄 값으로 하계에 떨어져 귀양살이를 하게 되었으나, 살생을 저지르고 사람을 잡아먹는 등 몹쓸 짓을 저질러왔다. 이제 다행히도 나의 가르침에 귀의하여 성심으로 내 뜻을 공경하고, 성승을 보호하여 산에 오르고 말을 모는 데 큰 공로를 세웠으므로, 대직에 정과를 더 보태어 금신나한(金身羅漢)으로 삼겠다."

그리고 마지막으로 백마를 불렀다.

"그대는 본디 서양대해 광진 용왕(廣晉龍王)의 아들이었다. 그대가 부친의 명을 거역하고 불효의 죄를 저질러 죽임을 받기에 이르렀으나, 다행스럽게도 법신(法身)을 돌이켜 사문에 귀의하고, 날이면 날마다 성승을 태워 서천으로 오는 데 힘썼으며, 또다시 거룩한 경전을 싣고 동녘 땅으로 돌아가느라 애를 썼기에 역시 공로가 있다 할 것이므로, 이제 그대의 직분에 정과를 얹어서 팔부천룡(八部天龍)으로 삼겠다."

당나라 장로님 일행 네 사람은 다 함께 머리 조아려 그 은혜에 감사했다. 백마 역시 사은의 예를 올렸다. 여래부처는 다시 게체(揭諦)에게 명하여 백마를 끌고 영취산 뒤쪽 낭떠러지 아래로 내려가 화룡지(化龍池)에 밀어넣게 하였다. 물속에 들어간 백마는 삽시간에 털가죽이 벗겨지고 머리에 뿔이 돋치면서 온몸에 금빛 비늘이 돋아났다. 어느새 턱밑에는 은빛 수염이 길게 뻗어나오고 온몸에는 서기가, 그리고 네 발톱에는 서리서리 상운(祥雲)이 감돌았다. 본래의 모습을 되찾은 백마가 훌쩍 날아 화룡지를 뛰쳐나오더니, 산문 안쪽에 세워진 경천화표주(擎天華表柱)¹² 기둥에 몸뚱이를 친친 휘감았다. 이것을 본 여러 부처들이 석가여래의 위대한 법력을 찬양했다.

손행자는 다시 당나라 스님을 바라보고 이렇게 여쭈었다.

"사부님, 저도 이제 사부님과 마찬가지로 성불했으니, 계속 머리통에 금테를 뒤집어쓰고 사부님이 '긴고아주'를 외우실 때마다 혼이 나야 할 까닭이 어디 있습니까? 어서 빨리 '송고주(鬆箍咒)'를 외워서 이 빌어먹을 놈의 금테를 벗겨주시고, 보살님인지 뭔지 하는 분이 이따위 것으로 다른 사람을 두 번 다시 골탕 먹이지 못하게 때려부숴 산산조각으로 만들어버리십시다!"

당나라 스님이 성미 급한 제자를 조용히 타이른다.

"그때에는 너를 다루기가 어려웠기 때문에 그런 술법으로 단속할 수밖에 없었다. 이제 너도 성불했으니 당연히 벗겨져야 할 터, 어디 네

---

12 경천화표주: 경천주(擎天柱)를 직역하면 '하늘을 떠받치는 기둥'이란 뜻. 『초사(楚辭)』 「천문·팔주 하당(天問八柱何當)」의 기록에 따르면, "하늘은 여덟 산을 기둥으로 삼아 떠받들었다" 하였다. 화표(華表)는 일명 '항표(恒表)' 또는 '망주(望柱)'라 하여 제왕이 간언(諫言)을 받아들인다는 뜻으로 큰길 거리나 골목에 세워놓은 말뚝인데, 그 기원은 고대의 성군 요(堯)임금이 비방목(誹謗木)을 설치한 데서 비롯하였다. 후세에 와서 경천화표주란 이름으로 제왕의 무덤 앞, 궁궐 문 밖, 아문과 성곽 출입구에 돌기둥으로 만들어 세워놓게 되었다.

손으로 머리를 만져보려무나. 그것이 아직까지 네 머리에 씌워져 있을 리 있겠느냐?"

손행자가 대뜸 손바닥을 들어 머리통을 더듬어보니, 과연 그 애물 덩어리가 어디로 사라졌는지 벌써 온데간데가 없다.

이리하여 전단공덕불, 투전승불, 정단사자, 금신나한은 다 같이 정과를 얻어 본연의 자리에 오르고, 팔부천룡으로 화한 백마 역시 스스로 귀진(歸眞)하게 되었던 것이다.

이를 증명하는 시가 다음과 같이 있다.

일체의 진여(眞如)가 속세의 티끌 먼지에 굴러떨어졌으니, 사상(四相)과 화합하여 거듭 몸을 닦는다.
오행이 색공(色空)을 논하니 적막으로 돌아가고, 온갖 요괴의 이름 또한 헛된 것이니 다시는 거론하지 말 것을.
정과를 얻은 전단공덕불이 대각(大覺)으로 돌아가니, 완성된 품계와 직분은 드디어 침륜(沈淪)에서 벗어났다.
온 천하에 진경을 두루 전하니 은혜의 빛이 널리 퍼지고, 다섯 성자는 높이 들려 불이문(不二門)에 거처한다.

정과를 얻은 다섯 성자가 본위에 오를 때, 모든 대중과 부처, 보살, 성승, 나한, 게체, 비구, 우바이와 우바새, 여러 산과 여러 동부(洞府)의 신선, 대신(大神), 육정 육갑, 사치 공조, 십팔 가람, 토지신, 그리고 도를 얻은 일체 사선(師仙)들은 때마침 여래의 강경(講經)을 듣기 위해 모여들었으나, 이때가 되어서 일이 다 끝나는 것을 보자, 모두들 제 방위(方位)로 돌아갔다.

그 광경이야말로 장엄하기 이를 데 없었다.

영취산 봉우리에 채색 노을이 모여들고, 극락 세계에는 상운이 뭉게뭉게 감돈다.

금빛 비늘의 용이 평온히 누웠고, 옥같이 흰 호랑이가 천연덕스레 도사렸다.

검정 토끼는 제멋대로 오락가락, 거북과 뱀은 마음 내키는 대로 똬리를 틀고 빙글빙글 맴돈다.

붉은 볏의 봉황과 푸른 깃털의 난새는 상큼한 목소리로 우짖고, 검정빛 원숭이와 흰 사슴은 한껏 즐거워 뛰논다.

여덟 절기를 두고두고 기화요초가 피어나며, 사시장철 선과(仙果)가 무르익는다.

어디를 둘러보나 키 큰 소나무 해묵은 전나무요, 짙푸른 잣나무에 미끈한 대나무 숲이 우거졌다.

다섯 빛깔 매화가 때로 피고 때로 열매 맺으며, 만년 오랜 복숭아는 시절 따라 무르익고 세월 따라 새롭다.

이 세상 온갖 과일 온갖 꽃이 아리따움을 서로 다투고, 하늘에는 온통 상서로운 아지랑이가 모락모락 피어오른다.

모든 대중이 두 손 모아 합장하고 귀의하는 마음으로 염불을 시작한다.

　　　　나무연등상고불(南無燃燈上古佛)
　　　　나무약사유리광왕불(南無藥師琉璃光王佛)
　　　　나무석가모니불(南無釋迦牟尼佛)
　　　　나무과거미래현재불(南無過去未來現在佛)

나무청정희불(南無淸淨喜佛)

나무비로시불(南無毘盧尸佛)

나무보당왕불(南無寶幢王佛)

나무미륵존불(南無彌勒尊佛)

나무아미타불(南無阿彌陀佛)

나무무량수불(南無無量壽佛)

나무접인귀진불(南無接引歸眞佛)

나무금강불괴불(南無金剛不壞佛)

나무보광불(南無寶光佛)

나무용존왕불(南無龍尊王佛)

나무정진선불(南無精進善佛)

나무보월광불(南無寶月光佛)

나무현무우불(南無現無愚佛)

나무바류나불(南無婆留那佛)

나무나라연불(南無那羅延佛)

나무공덕화불(南無功德華佛)

나무재공덕불(南無才功德佛)

나무선유보불(南無善遊步佛)

나무전단광불(南無栴檀光佛)

나무마니당불(南無摩尼幢佛)

나무혜거조불(南無慧炬照佛)

나무해덕광명불(南無海德光明佛)

나무대자광불(南無大慈光佛)

나무자력왕불(南無慈力王佛)

나무현선수불(南無賢善首佛)

나무광장엄불(南無廣莊嚴佛)

나무금화광불(南無金華光佛)

나무재광명불(南無才光明佛)

나무지혜승불(南無智慧勝佛)

나무세정광불(南無世靜光佛)

나무일월광불(南無日月光佛)

나무일월주광불(南無日月珠光佛)

나무혜당승왕불(南無慧幢勝王佛)

나무묘음성불(南無妙音聲佛)

나무상광당불(南無常光幢佛)

나무관세등불(南無觀世燈佛)

나무법승왕불(南無法勝王佛)

나무수미광불(南無須彌光佛)

나무대혜력왕불(南無大慧力王佛)

나무금해광불(南無金海光佛)

나무대통광불(南無大通光佛)

나무재광불(南無才光佛)

나무전단공덕불(南無旃檀功德佛)

나무투전승불(南無鬪戰勝佛)

나무관세음보살(南無觀世音菩薩)

나무대세지보살(南無大勢至菩薩)

나무문수보살(南無文殊菩薩)

나무보현보살(南無普賢菩薩)

나무청정대해중보살(南無淸淨大海衆菩薩)

나무연지해회불보살(南無蓮池海會佛菩薩)

나무서천극락제보살(南無西天極樂諸菩薩)
나무삼천게체대보살(南無三千揭諦大菩薩)
나무오백아라대보살(南無五百阿羅大菩薩)
나무비구이새니보살(南無比丘夷塞尼菩薩)
나무무변무량법보살(南無無邊無量法菩薩)
나무금강대사성보살(南無金剛大士聖菩薩)
나무정단사자보살(南無淨壇使者菩薩)
나무팔보금신나한보살(南無八寶金身羅漢菩薩)
나무팔부천룡광력보살(南無八部天龍廣力菩薩)

이와 같은 일체 세계의 모든 부처들이시여,

바라건대 이 공덕으로써, 부처의 정토를 장엄하게 하소서.
위로는 사중은(四重恩)에 보답하며, 아래로는 삼도(三途)의 괴로움에서 구제하소서.
만약 이를 보고 듣는 자가 있거든, 모두 보리심(菩提心)을 발하게 하소서.
함께 극락의 나라에 태어나 이 한 몸으로써 보답하게 하소서.

시방 삼세(十方三世) 일체불(一切佛), 제존 보살(諸尊菩薩) 마하살(摩訶薩), 마하반야바라밀(摩訶般若波羅密).

서유기를 여기서 끝마친다.

■ 참고 서적

사전류

權相老·張道斌 監修,『故事成語辭典』, (株)學園社, 1961.

吉祥 編,『佛敎大辭典』, 弘法院, 2001(初版).

譚其驤 主編,『中國歷史地圖集』隋·唐·五代時期, 上海地圖出版社, 1982.

繆金正 編,『英漢中外地名詞匯』, 商務印書館(H.K.), 1991.

復旦大學歷史地理硏究所 編,『中國歷史地名辭典』, 江西敎育出版社, 1989

辭海編輯委員會 編,『辭海·歷史地理分冊』, 上海辭書出版社, 1982.

辭海編輯委員會 編,『辭海』上·中·下, 上海辭海辭書出版社, 1980.

吳如嵩 主編,『中華軍事人物大辭典』, 新華出版社, 1989.

耘虛 龍夏 著,『佛敎辭典』, 東國易經院, 1961(初版), 1998(33版).

劉登榮·房立中·皮兆坤 編,『兵器辭典』, 農村讀物出版社, 1988.

李順保 編,『中葯別名速查大辭典』, 學苑出版社(北京), 1997.

張志哲 主編,『道敎文化辭典』, 江蘇古籍出版社, 1994.

諸橋轍次 著,『大漢和辭典』(全10卷), 大修館書店, 昭和 43.

中國大百科全書出版社 編,『中國大百科全書』天文學, 中國大百科全書出版社(北京·上海), 1992.

中國大百科全書出版社 編輯部 編,『中國大百科全書』軍事Ⅰ·Ⅱ, 中國大百科全書出版社, 1989.

中文大辭典編纂委員會 編,『中文大辭典』(全10卷), 中華學術院 印行, 民國 69.

何滿子·李時人 編,『明淸小說鑒賞辭典』, 浙江古籍出版社, 1994.

湖北大學語言研究室 編纂,『漢語成語大詞典』, 河南人民出版社, 1989.

단행본

『大明律直解』, 奎章閣所藏 複寫本, 1991.

葛兆光 著, 周谷城 主編,『道教與中國文化』, 上海人民出版社, 1996(5版).

關紹箕 著,『戰略西遊記 吳承恩的兵法世界』, 遠流出版公司, 1994.

菅原 篤 著, 楊氣峯 譯,『西遊記의 발자취를 따라서』, 圖書出版 寶林社, 1987.

金達鎭 譯,『莊子』, 玄岩社, 1965.

老庵 選編,『〈經典叢話〉西遊故事』, 江西教育出版社, 1999.

薩孟武 著,『西遊記與中國古代政治』, 三民書局(臺灣), 1993(9版).

于民雄 著,『道教文化槪論』, 貴州人民出版社, 1992.

袁珂 校註,『山海經校註』, 巴蜀書社出版, 1993.

袁珂 著,『中國神話傳說』上·下, 中國民間文藝出版社(北京), 1984.

袁珂 著, 鄭錫元 譯,『中國의 古代神話』, 文藝出版社, 1987.

劉耿大,『西遊記迷境探幽』, 學林出版社(上海), 1998.

李安綱 著,『苦海與極樂 西遊記奧義』, 東方出版社(北京), 1995.

李養正·朱越利 共編,『道教手冊』, 中洲古籍出版社(鄭州市), 1993.

任弘彬·成百曉 共譯,『武經七書』, 國防部戰史編纂委員會, 1987.

張錦池,『西遊記考論』, 黑龍江教育出版社(哈爾濱), 1997.

鄭在書 譯註,『山海經』, 民音社, 1993(改訂版).

趙立綱 主編,『歷代名道傳』, 山東人民出版社, 1996.

趙杏根 著,『八仙故事源流考』, 宗教文化出版社(北京), 2002.

周文志,『看破西遊記』西遊記與中醫易道學 上·下, 雲南人民出版社, 1999.

中國社會科學院 世界宗教所 道教研究室,『道教文化面面觀』, 齊魯書社, 1996.

許保林,『中國兵書通覽』, 解放軍出版社, 1990.

許仲琳, 『封神演義』, 廣智書局(H.K.)版 ; 岳麓書社, 1988版 ; 上海古籍 1991版.

慧豊學會, 〈漢文大系〉 第13卷 『列子・七書』, 第16卷 『周易』, 第17卷 『禮記』, 新文風出版公司, 民國 67.

작품 해설

『서유기』의 탄생과 변천 과정
─그리고 주인공들의 이야기

차례

I. 서유기라는 신마 소설(神魔小說)의 개념 · 329
   1. 『삼국연의』『수호전』과 구별되는 『서유기』· 329
   2. 신마 소설의 허구성 · 332

II. 『서유기』의 탄생 · 334
   1. 『서유기』가 탄생하게 된 시대적 배경 · 334
   2. 저자 오승은의 개인적 요인 · 336
   3. 역사 속의 현장 법사 · 338

III. 변천 과정 · 341
   1. 장터 이야기꾼의 대본(11세기) · 341
   2. 희곡·산문체 소설의 출현(12~13세기) · 342
   3. 축약본 『서유기』와 1백회 완본 『서유기』(16세기) · 346
   4. 재구성되는 서유기(17~18세기) · 349

IV. 작품의 구성과 문학성 · 353
   1. 작품의 구성 · 353
   2. 낭만주의 문학성 · 357
   3. 신화 속의 『서유기』· 380

V. 주인공들 · 394
   1. 삼장 법사 · 394
   2. 손오공 · 402
   3. 저팔계 · 421
   4. 사오정 · 439
   5. 관세음보살 · 453

VI. 원저자 문제 · 461
   1. 오승은 설과 새로운 쟁점들 · 462
   2. 왕실 문객들의 합작품이라는 설 · 464
   3. 집단 누적형 소설이라는 학설의 근거 · 465
   4. 양치화·주정신의 축약본과 세덕당 본의 연원 관계 · 469
   5. 진원지란 인물의 미스터리 · 473
   6. 오승은, 그 생애 · 478

부록 · 483

일러두기

1920년대 백화 문학(白話文學, 5·4운동)이 대두되던 시기를 기점으로, 그 이전의 인명·지명은 한자음으로, 그 이후는 현대 중국어 발음으로 적었습니다.

■ 작품 해설

『서유기』의 탄생과 변천 과정
— 그리고 주인공들의 이야기

임 홍 빈

I. 서유기라는 신마 소설(神魔小說)의 개념

1. 『삼국연의』『수호전』과 구별되는 『서유기』

중국 명나라 시대 사람들이 '사대 기서(四大奇書)'로 일컫는 고전 명작 소설 가운데, 조금 뒤늦게 나온 『금병매사화(金甁梅詞話)』를 제외하고 그 나머지 『삼국연의(三國演義)』『수호전(水滸傳)』『서유기(西遊記)』 등 세 소설은 각각 동일한 주제를 바탕으로 삼아 여러 형태의 사회 역사 전통이 쌓이고 쌓여 마지막으로 어느 한 작가의 손에 이루어진 이른바 '집단 누적형(集團累積型)' 소설로서, 민간 예술인으로 손꼽히는 직업적 이야기꾼과 문학인, 설화(說話)와 연극 등 여러 창작 과정을 거쳐 반복적으로 가공되면서 내용이 충실히 쌓이고 나서야 비로소 마지막 스토리가 확정되어 책으로 씌어진 것들이다.

그리고 이 세 가지 소설 가운데 『서유기』만이 집단으로 창작한 흔적을 드러내지 않고, 당나라 스님 일행이 불경을 가지러 여행하는 스토리에 관해 전대(前代)의 사람들이 제공해준 온갖 예술적 자료들 가운데 저자 자신의 풍격을 완전히 융해시켜 그 소설의 내용이나 형식면에서 완전히 독창적이고도 개인적인 작품을 이루어내는 데 성공한 작품이다.

또한 이 세 소설은 중국 장편소설 발전사상 3단계의 과정을 대변하고 있다. 중국 장편소설의 기원은 대략 11세기 송(宋)나라 때 설화 예술(說話藝術), 즉 장터의 직업적인 이야기꾼들에게서 비롯되었다. 그리고 이 장편들은 역사 소설로서 유일할 뿐만 아니라, 역사 소설 이후에도 중국 장편소설의 체계를 이끌어 나가는 대종(大宗)이 되어왔다.

역사 소설이란 곧 역사적 사실을 바탕으로 여기에 예술적인 픽션을 가미시켜 다채롭고도 풍부한 내용으로 만들어낸 것이라 하겠다. 그런 면에서 본다면, 『삼국연의』는 왕조의 흥망성쇠와 그 패권을 다투는 역사적 사실을 연출한 가장 오래고도 표준적인 작품이 된다. 그리고 『수호전』은 양산박 영웅들의 이야기를 그 줄거리로 삼고 또 역사적 사실을 배경으로 넣은 '설경(說經)' 또는 '강사(講史)' 유형의 소설이기는 해도, 그 주제의 중심은 역시 밀도(密度)가 더 높은 사회 생활상을 묘사하는 면에 치중하였으므로, 본질적 의미에서 볼 때 역사 소설의 종지(宗旨)에서 갈라져 나온, 역사 소설과 비역사 소설 사이의 과도기적 성격을 띤 작품이라고 말할 수 있다.

이에 비해, 『서유기』의 경우는 그 두 종류와 전혀 다르다.

당나라 스님 현장 법사(玄奘法師)가 불경을 가지러 천축(天竺)으로 여행하였다는 사실(史實)은 다만 하나의 기인점(起因點)이 되었을 뿐, 역사 소설의 테두리에서 완전히 벗어나 '신괴(神怪)' 또는 '신마(神魔)' 소설이라는 독창적이고도 새로운 작품을 만들어낸 것이다. 그리고 이것은 중국 장편소설의 발전사상 이정표로 일컬을 만한 '새 장르의 개척'이라는 중대한 의미를 지니고 있다고 보아야 할 것이다.

또 한 가지, 『삼국연의』는 천하에 뜻을 둔 영웅들의 서사시(敍事詩)

로, 그 형상 체계의 내적 구성이 2원적(二元的)이며 '충신과 간신의 대립'을 모델로 삼고 있어서, 하나는 영웅 각자가 그 주인을 위한 충신 의사(忠臣義士)라면, 다른 한편은 주인을 배반하는 난신 적자(亂臣賊子)로 구성되었다는 점이다. 그리고 『수호전』은 '난세 충의(亂世忠義)'를 읊은 비가(悲歌)로서, 그 형상 체계의 내적 구성 역시 그런 점을 강조하여, 조정 안의 현신 양장(賢臣良將)으로 장숙야(張宿夜)와 같은 인물을, 산림(山林)에서는 송강(宋江)과 같은 인의(仁義)의 영웅들을, 조정 내부의 간신 도배들은 고구(高俅)와 같은 탐관오리들을, 초야(草野)에서는 방랍(方臘)과 같은 '반적 난민(反賊亂民)'들을 설정하였다. 이러한 2원적 모델이 중국 서사 문학의 형상 체계 내부를 구성하는 전통적 양식으로 자리잡고 있는 데 비해, 『서유기』는 중국 장편소설 발전사상 처음으로 이런 종류의 '충신과 간신의 대립'이라는 2원적 형식을 돌파한 첫번째 모델로서, 그 이미지 체계의 내부 구성이 3원적(三元的)이란 사실이다.

그 3원적 구성의 특징은, 손오공을 대표로 하는 사회 중·하류 계층의 진보 세력으로서 모두가 진체(眞諦)를 추구하며 뭇 생령과 국가 사직의 복록을 추구하는 일방, 그리고 신불(神佛)을 대표로 하는 전통적인 봉건 세력으로서 인간 세속의 주도자와 종교적 통치자들이 결성한 카테고리의 일방, 또 하나는 요괴나 마귀들을 대표로 하는 탐관오리, 토호 악패(土豪惡霸)와 같은 사회적 반동 세력, 이렇게 3원적인 사회 세력 간의 모순과 상호 의존, 그리고 갈등과 대립의 전개로 구성되었다는 점이다.

2. 신마 소설의 허구성

　신마 소설의 줄거리에는 한마디로 중국인들의 유구한 창작 전통과 풍부한 예술 경험이 축적되어 있다. 그리고 외래적인 요인으로 인도 불교 문학의 정서가 여기에 물들어 있다. 신귀(神鬼)의 혼령이 고대 원시 종교의 산물이라는 점을 제외하고, 신선과 요괴의 개념은 멀리는 진(秦)-한(漢) 이래 소위 방술가(方術家)와 도사(道士)들이, 그리고 후에 와서 문학 예술가들이 지어낸 허구(虛構), 즉 픽션이다. 부처와 보살, 마귀의 존재는 인도 불교 경전을 통해 들어온 다음, 중국의 초인간적인 세상 이야기 속에 뒤섞여 녹아들었다.
　이렇듯 토박이와 외래의 초인간적 상상의 결합은 육조(六朝) 이래 '지괴 소설(志怪小說)'이 태어났을 때부터 점차 뒤섞여오다가 마침내는 빈틈없이 하나로 결합되었으며, 이에 상응하여 종교적으로 대립하던 도교와 불교 역시 상호 교리에 스며들다가 피차 종지(宗旨)를 수용한 끝에, 도교의 신령과 불교의 신령들이 일반 대중 속에서 고정된 관념으로부터 풍습에 이르기까지 그 독특한 색채를 분간할 수 없는 일종의 모호한 통일체를 형성하여 오늘날 민간에까지 이어져오고 말았다.
　신마 소설『서유기』의 예술적 허구성은 바로 이러한 전통적 예술 경험과 뒤죽박죽 섞여버린 사회 종교적 관념과 풍습의 기틀 위에서 만들어졌다고 할 것이다. 그러나 이 소설의 저자는 전통적 예술 경험을 융화시켜 얻은 독창성으로 그러한 사회 종교적 통념에 호된 비판을 가하고 조롱하면서 심지어 놀림감으로 만들어버리기까지 하였다. 이것이 곧 초인간적인 스토리로 꾸며진 신마 소설『서유기』에 있어서 가장 특출한 점이요, 이질적이면서도 가장 우수한 작품, 예술적 가치와 매력을 두루 갖춘 작품이 되는 요인이다.

　종교적 관념과 사회의식 가운데, 신(神)과 마(魔)의 개념은 일반적으로 정(正)과 사(邪), 시(是)와 비(非), 순(順)과 역(逆), 선(善)과 악(惡), 그리고 흔히 광명(光明)과 암흑(暗黑)의 상징으로 표현된다. 전자가 긍정적이라면 후자는 부정적이다. 그러나 『서유기』는 이러한 종교적 통념과 사회의식에 동의하지 않는다. 저자는 작품 속에서 신과 마 그 어느 쪽이나 차별 없이 대했으며, 따라서 도교 최고의 신 옥황상제와 으뜸가는 스승인 태상노군, 그리고 서방 불교의 지고무상(至高無上)한 부처 석가여래조차 모조리 야유당하고 조롱을 받고 농락당하는 대상으로 만들어버렸다.

　이와 반대로, 적지 않은 요정과 마귀들은 오히려 친근하고 사랑스러운 존재로 부각시켜, 인정미도 갖추고 사람의 동정심을 유발하는 대상으로 삼았다.

　그 두드러진 사례의 하나가 곧 원숭이 요정 손오공이다. 손오공의 매력은 그가 요사스런 기질을 지녔다는 데 있었지, 잘못을 뉘우치고 올바른 길에 들어섰다는 데 있지 않았으며, 자기 멋대로 구는 호방한 개성에 있었지, 점잖은 이성의 속박을 받는 데 있지 않았다. 그래서 독자들은 그가 억울하게 긴고주(緊箍咒)의 고통을 받는 사실에 공분을 느끼고 이따금씩 터뜨리는 요사스런 성깔에 기뻐한다. 서천으로 가는 도중에 부닥치는 그 숱한 마귀 두목과 부하 요괴들의 그 천진스러움과 교활함, 그리고 좌충우돌하는 익살스러움 역시 독자들의 사랑과 즐거움을 자아낸다. 마귀 두목이나 요정 가운데 적지 않은 숫자가 하늘의 신선 아니면 서천의 부처 보살들과 한통속이요, 저마다 내력이 있는 한 집안 식구들이다. 그러므로 신과 마의 한계는 여기서 철저히 부정되고 저자로부터 평등한 대우를 받는다.

이리하여 그 당시 통념상으로 떠받들리던 종교의 가치관은 내던져지고 초월당하고, 심지어는 종교적 허구성마저 철두철미하게 폭로당한다. 왜냐하면 천국과 지옥, 신선과 요괴 마귀, 이런 따위의 초인간적 환상들은 모조리 작가의 의지에 따라 그 통념적 가치가 전도(顚倒)되어 픽션의 산물이 되었기 때문이다. 이러한 작가의 의도는 당시 사회에 가치 평등을 부여함으로써 인간 내면의 잠재의식 속에 웅크려 있던 반항적 천성을 적나라하게 표출시키는 데 있었다고 보아야 할 것이다.

II. 『서유기』의 탄생

1. 『서유기』가 탄생하게 된 시대적 배경

이러한 반항적 신마 소설이 탄생한 시기는 근세 명나라 중엽 이후, 곧 중국의 봉건 사회가 극성기에서 쇠퇴해가는 역사적 전환기요, 일대 격동과 변혁의 정신으로 가득 찬 중요한 과도기로서, 봉건 사회의 모든 진부하고 낡아빠진 사회성이 모조리 폭로되는 시점이었다.

1500년대 초기, 명나라는 극단적인 전제 군주 제도 아래 정치는 부패할 대로 부패하고 봉건적인 통치 계층이 갈수록 타락하던 시기였다. 제11대 황제 무종(武宗)은 황음무도한 폭군이었으며, 제12대 세종(世宗)은 도교 신앙에 미혹되어 1년 내내 조정 회의를 열지 않았다. 환관(宦官)들과 권세 있는 간신들이 조정의 권력을 독점하고 창(廠)·위(衛)와 같은 특수 정보 기관이 횡행하여 백성들의 불신을 조장하고 해악을 끼쳤으며, 황실과 지주들은 토지를 수탈하고 부세(賦稅)와 요역(徭役)은 날이 갈수록 무거워져 사회 계층 간의 갈등이 날로 첨예하게 대립된 끝에 거의 명나라 황실을 전복시킬 지경으로 대규모적인 농민 폭동이 잇따라 발생하기에 이르렀다.

이러한 정치사회적 격동기에 즈음하여 또 상품 경제가 발전하면서 자본주의가 싹트고, 이처럼 새로운 요인이 가져온 새 역사의 특징 또한 기존 사회의 갈등과 모순을 한층 더 복잡하게 만들었다. 신흥 시민 계층이 점차 발전하여 그 세력이 무시 못 할 강대한 사회 역량으로 자라나면서, 종래 상공업을 억압하고 박해하던 봉건적 통치자에 대하여 도시 상공업의 자유로운 발전을 요구하기에 이르렀으며, 불평 불만을 지닌 서민들의 폭동이 여러 차례 일어나 봉건 통치 사회 구조에 효과적으로 타격을 입히는 실정이었다.

사회의 대격변은 필연적으로 사상의 해방을 가져왔다. 명나라 중엽 이후 싹튼 사회 사상의 조류가 유사 이래 활약을 보이는 새로운 국면이 나타났다. 이에 따라 신흥 시민 계층 세력이 끊임없이 증가하면서 일종의 민주 평등과 개성 해방을 요구하는 사상적 의식 또한 날로 대두되고 여기에 호응하여 사상계에 파란만장한 해방 조류가 일기 시작했다.

이러한 시대 조류의 전면에 나선 중심 인물이 만명(晚明) 시대 양명학(陽明學) 좌파(左派)를 대표하던 사상가 이지(李贄)였다. 그는 유가(儒家)의 예교(禮敎)를 반대하고 이른바 '동심(童心)'을 제창하여, 당시 '이단(異端)의 수괴(首魁)'로 지목받았으나, 실제적으로 시대가 요구하는 일종의 개성 해방에 순응하는 사상을 반영한 인물이었다. 이지의 사상은 당대 문학계에도 막중한 영향을 끼쳤다. 그는 "문학이란 모름지기 진심(眞心)에서 우러나오는 것이어야 한다"고 주장했다.

이러한 사상계의 기맥이 통하면서, 문학계에는 괄목할 만한 낭만적 사조가 형성되었으며, 그뒤를 이어 호북(湖北) 공안학파(公安學派)에 속하는 원굉도(袁宏道) · 종도(宗道) · 중도(中道) 3형제가 "고풍(古風)의 반대, 격식에 얽매이지 않는 영성(靈性)을 부여한 서정적인 문학"을 제창하여 유가 사상의 속박에 대한 돌파를 시도함으로써, 그 이후 서위(徐渭)의 잡극(雜劇)이 봉건적 예교를 통렬히 공박하는 등, 기존 문학에 대한 반역 정신이 난무하기에 이르렀다.

『서유기』라는 낭만주의 걸작이 명대 중엽 이후 이러한 역사적 전환기에 나타난 것은 결코 우연이 아니었다. 그것은 당대 사상 해방이라는 사회 시류(時流)의 필연적인 산물이었다. 저자 오승은(吳承恩)은 그러한 시대 변혁 정신을 흡수하여 신마 소설『서유기』를 당시 낭만주의 문학 조류에 과감히 던져넣었던 것이다.

2. 저자 오승은의 개인적 요인

시대적 원인 이외에도 낭만주의 문학과 저자의 개인적 요인 역시 불가분의 관계가 있었다.

오승은은 이른바 '서향 세가(書香世家)'의 몰락한 소상인 가정에서 태어나 유학(儒學) 교육을 받고 자랐다. 성격이 예민하고 지혜로운 그는 소년 시절부터 회안(淮安) 지방에 문명(文名)을 떨치고 청년기에는 벌써 재화(才華)가 넘쳐흘렀으며, 뭇 서적을 두루 섭렵하여 학식을 넓히고 젊은 나이에 과거(科擧) 길에 발을 내디뎠다. 벼슬에 올라 공명을 추구하고 재능을 널리 펼쳐 자신의 포부를 실현해볼 야망에서였다.

그러나 불합리한 과거 제도 아래 번번이 낙방하고 수재(秀才)에 급제한 중년기가 되어서야 겨우 세공생(歲貢生)의 보직을 받았으며, 거의 만년에 이르러 8품직 지방관 장흥현승(長興縣丞)이 되었으나 미처 2년도 못 되어 "상관에게 아부할 줄 모르고 비굴하게 허리 굽혀 사는 것이 치욕스러워" 소매를 떨치고 벼슬에서 물러났다. 그후 형왕부(荊王府)의 한직 기선(紀善)으로 한때를 보내다가 곧 낙향하여 만년을 떠돌아다니며 시문과 술잔으로 시름을 달래던 끝에 적막하고도 처량하게 늙어 죽고 말았다.

그는 평생을 두고 남에게 연민의 정을 받기 싫어했으며 아무리 어려운 역경에 처해서도 언제나 껄껄 웃으며 비탄의 노래를 읊을 만큼 오연(傲然)한 기백의 소유자였다. 평생토록 불운에 부닥쳐 시대를 업신여기고 세태를 무시하면서 남에게 속박받지 않는 자유분방한 기질이었다. 공명에 좌절하고 여러 차례 과거에 낙방하는 불운 속에서, 그는 "세태의 쓴맛을 골고루 맛보았으며" 세상 사람들에게 조소와 매도를 당하고 사회적으로 백안시당했다.

그러나 이러한 염량세태(炎凉世態)는 오히려 그를 단련시켜 오만하고도 강직한 성격을 길러내게 만들었다. 그는 자신을 "회해(淮海)의 수사(竪士), 봉문(蓬門)의 낭사(浪士)"라 일컬으며 이러한 멸시를 영예로 받아들이고, "찬 바람 앞에 시를 읊조리니 장한 뜻은 아직 잿더미가 되지 않았다"는 심경으로 "하찮은 동네 개에게도 먹을 만한 보릿겨 석 되가 있고, 말 같은 미물도 다소나마 용의 근성을 지녔는데, 하물며 사내대장부랴!" "엄동(嚴冬)의 눈서리를 모두 겪어보았으니, 어디 이제는 한매(寒梅)가 꽃을 피우는지 못 피우는지 더듬어보아야 하지 않겠는가?" 하고 자신을 채찍질하였다.

엄동의 눈서리, 어두운 현실 세계를 깨뜨려 부수고, 한매가 꽃을 활짝 피우는 인생의 숭고한 이상을 추구한 결과, 그는 세속에 대한 미움과 울분을 반드시 외부에 쏟아내야 할 필요가 있었다. 이리하여 신마 소설

『서유기』의 창작을 통해 현실에 대한 울분과 불평, 세속의 추악한 군상(群像)에 대한 미움을 남김없이 발산하게 되었던 것이다.

3. 역사 속의 현장 법사

앞서 밝힌 것처럼, 소설『서유기』가 탄생하게 된 기인점은 당나라 스님 현장 법사가 불경을 얻으러 천축으로 여행하였다는 역사적 사실이다.

뒤에 부록에서 자세한 내력을 설명하겠지만, 진현장(陳玄奘)은 중국 역사상 매우 위대한 인물 가운데 한 사람으로서, 인도에 가서 불경을 구하기로 뜻을 세우고 당태종 정관(貞觀) 3년(629)에 26세의 젊은 나이로 국가의 금령(禁令)을 어기고 국경을 벗어나, 도중에 온갖 곤난과 역경을 겪으면서 역사상 '실크 로드 Silk Road'라 부르는 '하서회랑(河西回廊)'과 서역(西域) 일대를 거쳐 지금의 우즈베키스탄 남부-아프가니스탄-파키스탄-인도에 해당하는 천축으로 들어가 무려 17년 동안 50여 나라를 두루 순방하면서 불교의 교리를 터득하고 경전 657부를 구해 가지고 돌아왔다.

이 장거(壯擧)는 당시 장안 도성을 크게 진동시키고 이에 감동한 태종 이세민의 적극적인 비호를 받아 역경(譯經) 사업에 착수할 수 있게 되었는데, 그는 세상을 떠날 때까지 19년(645~663)간 중요한 경론(經論) 73부, 도합 1330권을 번역하는 데 성공했다.

그는 생전에 자신이 구술(口述)하고 그 제자들이 문장으로 엮은 『대당 서역기(大唐西域記)』12권을 남겼는데, 이는 그가 여행하였던 서역 제국(諸國)의 역사 지리와 풍토를 서술한 지리서에 지나지 않았다.

물론 그 내용 가운데 각처에서 보고 들은 전설과 신기한 이야기가 수록되어 있기는 하지만, 그 역시 귀동냥으로 전해 듣고 본 내용이었을 뿐, 현장 법사 자신과는 아무런 관계도 없거니와 소설 『서유기』의 줄거리에 보탬이 될 만한 자료로서도 별로 상관이 없는 것들이었다.

그 직후, 또다시 문하 제자인 혜립(慧立)과 언종(彦悰) 두 사람이 스승을 위해 전기(傳記)를 썼는데—물론 그 대부분이 현장 법사 자신의 기록과 구술에 바탕을 둔 것이겠지만—중국 전기 문학사상 가장 위대한 서적이 된 『대당 자은사 삼장 법사전(大唐慈恩寺三藏法師傳)』10권이 바로 그것이다. 이 전기에는 현장 법사의 가계(家系)와 출신 내력, 그리고 불경을 가지러 떠나게 된 동기가 자세히 기록되었으며, 이러한 구도행(求道行)의 목적과 아울러 그 행적을 미화시킬 의도에서 간난고초로 점철된 여행길 몇 군데를 종교적인 이적(異蹟)과 기괴한 전설로 채색한 것이었다. 물론 이러한 덧칠은 고승 대덕(高僧大德)의 전기라면 어디서나 흔히 볼 수 있는 현상이지만, 현장 법사 자신이 겪었던 온갖 어려움과 고초는 바로 소설 『서유기』에 있어서 하나의 선택된 소재로 기여한 것은 사실이었다.

국경 지대 옥문관(玉門關)의 제1관문인 첫번째 봉수대(烽燧臺)에서 네번째 봉수대를 무난히 빠져나가, 이른바 유사하(流沙河)로 표현되는 사막 여행을 계속하던 과정, 사막 지대를 벗어나 이오(伊吾)에 도달한 과정, 특히 코쵸국 왕(高昌國王) 국문태(麴文泰)의 융숭한 영접을 받고 한동안 거의 연금 상태로 체류하던 과정, 그 나라 국왕과 의형제를 맺어 '코쵸 왕의 아우' 신분으로 각국을 계속 여행하게 된 경위는, 소설 『서유기』 중에 당태종이 현장 법사와 의형제를 맺고, 현장은 '당어제(唐御弟)'의 자격으로 서천 여행을 계속하였다는 내용의 씨앗이 되었음을 사실적으로 보여주고 있다.

이렇듯, 진현장이 불경을 가지러 여행한 고사는 당나라 시대뿐만 아니라, 중국 불교사상 극히 위대한 사건으로 손꼽히게 되었으며, 또 그렇기 때문에 이 고사의 전파는 모든 고사들이 그렇듯이 점차 상세한 사실적 스토리는 차츰 잃어버리고 '신화(神話)'로 변질되는 과정을 겪게 되었다. 하물며 현장 법사 자신이 위대한 종교가요, 여행기 자체가 매우 많은 에피소드를 담고 있다는 사실, 이를테면 사막의 신기루나 도깨비불 같은 것이기는 해도 현장 법사 자신과 다른 신도들의 눈으로 본다면 자연스럽게 모든 것이 "신령스럽고도 기이한 것"이었고, "신불(神佛)의 기적(奇蹟)"으로밖에 표현할 길이 없었을 것이다.

결국 『대당 서역기』와 『대당 자은사 삼장 법사전』은 사원(寺院)에서 판각(板刻)되어 승려와 신도들을 교육하는 강창체(講唱體)의 '설경(說經)' 또는 '속강(俗講)'의 형태로 후대에 전해 내려오게 되었으며, 이후 속세로 내려온 승려의 손에 의해 민간에 전파되면서부터 차츰 지엽(枝葉)을 갖다 붙이게 되었고, 사람의 가슴을 설레게 만드는 기이한 신화가 일상적인 평범한 사실과 자리바꿈한 끝에 머지않아 완전한 신화 전설로 변모하게 되었다. 『대당 자은사 삼장 법사전』에 묘사된 진현장의 종교적·심리적 경험은 마침내 송나라 초년(978)에 이루어진 『태평광기(太平廣記)』 본문 가운데 「독이지(獨異志)」「당신어(唐新語)」를 통하여 급속히 신마화(神魔化)되어, 현장 법사가 세상을 떠난 지 2백 년도 못 되는 사이에 이 신화 전설이 벽화(壁畵)의 소재로까지 쓰이게 되었던 것이다.

III. 변천 과정

그러나 이 역사적 사실이 명나라 중엽에 와서 중국 문학사상 찬란한 장편 신마 소설 『서유기』로 완성되어 이 세상에 나오기까지는 그로부터 무려 7백여 년이라는 장구한 세월에 걸쳐 민간에서의 연마와 첨가 발전 과정을 거쳐야 했다. 그 과정은 크게 다음과 같이 네 단계로 나누어볼 수 있다.

1. 장터 이야기꾼의 대본(11세기)

첫째 단계는 이른바 '이야기꾼의 대본', 즉 화본(話本) 형식의 출현이다.

'화본'이란 한마디로 송나라 때부터 유행하기 시작한 직업적 이야기꾼들이 쓰던 대본(臺本)이다. 진현장의 여행기를 주제로 한 설경(說經) 대본으로 현재 남아 있는 것은 『대당 삼장 취경시화(大唐三藏取經詩話)』와 『대당 삼장 법사 취경기(大唐三藏法師取經記)』(잔여본) 두 종류가 있는데, 이 두 대본은 모두 세 권으로 나뉘었지만 문장이 기본적으로 똑같은 것으로 보아 실제적인 면에서는 동일한 대본을 다르게 판각한 것임을 알 수 있다. 현재 일본 오쿠라 문화재단(大倉文化財團)과 세이키도 문고(成簣堂文庫)에 각각 한 종류씩 소장되어 있는 것을, 중국 학자 뤄전위(羅振玉)와 왕궈웨이(王國維)가 찾아내어 1916년에 발문(跋文)을 붙여 영인본으로 출판했다.

이『대당 삼장 취경시화』는, 중국 하얼빈 사범대학 장진츠(張錦池) 교수의 고증에 따르면, 그 저술 시기는 최소한 북송(北宋) 인종(仁宗) 때(1023~1063)부터 남송 고종(高宗) 연간(1127~1162), 그리고 간행된 시기는 남송 말기(1276~1279)로 추정된다. 이 화본의 특징은 소설『서유기』의 원형을 이루었으나 그 주인공은 현장 법사이며 손오공의 이미지는 조연급으로서 흰 옷 입은 선비 후행자(猴行者)로 나타나고, 사화상의 초기 형태인 심사신(深沙神)의 모습은 보이되 저팔계는 아예 그림자도 비치지 않았다는 점이다.

그리고 또 한 가지, 후행자에게 금환장(金鐶杖)이란 병기와 형체를 감추는 모자인 은형모(隱形帽)를 선사한 천왕(天王)은 북방 비사문(北方毗沙門)의 대범천왕(大梵天王), 곧 '탁탑천왕(托塔天王)'의 전신으로서, 산스크리트어로는 Vai'sravna가 된다. 그러나 이 화본은 내용면에서 그 묘사가 졸렬하고 재난의 횟수도 적은 점으로 보아, 서왕모지(西王母池)에 잠입하여 반도원의 복숭아 훔치기와 진원도관(鎭元道觀)에서 인삼과를 훔쳐먹는 내력을 제외하고는 1백회본『서유기』와 전혀 상통하는 점이 없으나, 당나라 스님이 경을 가지러 떠나던 역사적 사실이 신마 소설로 바뀌는 결정적인 첫걸음이 된 것만은 틀림없다.

2. 희곡-산문체 소설의 출현(12~13세기)

둘째 단계는『대당 삼장 취경시화』이후 1백회본『서유기』가 나타나기 전까지, 다시 말해서 원(元)나라 중엽부터 명나라 전기에 이르기까지 약 2백여 년의 시기에 희곡(戲曲)이 이 테마에 주목하기 시작했다는 점이다.

원나라 사람 도종의(陶宗儀)가 지은 『철경록(輟耕錄)』에는 금나라 시대의 원본(院本), 즉 연극 대본인 「당삼장(唐三藏)」, 그리고 본문 내용은 남아 있지 않으나 그 테마와 연관 있는 「반도회(蟠桃會)」「정병아(淨瓶兒)」 등의 서목(書目)이 수록되었고, 근대 사람 전남양(錢南陽)이 펴낸 『송원희문집일(宋元戲文輯佚)』에는 당나라 스님의 출신 내력을 서술한 「진광예와 강류 화상(陳光蕊江流和尚)」의 잔여곡 가운데 상당수가 수록되어 있으며, 특히 원나라 말엽의 잡극으로 오창령(吳昌齡)이 엮은 「당삼장 서천취경(唐三藏西天取經)」, 그리고 전기체(傳奇體) 작품인 「귀자모 게발기(鬼子母揭鉢記)」가 있었다.

이 밖에도 원나라 때 희곡으로 『고본 원명잡극(古本元明雜劇)』에 수록된 무명씨의 「이랑신이 제천대성을 잡아 가두다(二郞神鎖齊天大聖)」, 그리고 우마왕·나타태자 등 여러 등장인물과 관련이 있는 무명씨 작 「이랑신 취사쇄마경 잡극(二郞神醉射鎖魔鏡雜劇)」이 수수삼(隋樹森)의 『원곡선 외편(元曲選外編)』에 실려 있는데, 이들 희곡본은 그 등장인물이나 줄거리 면에서 모두 단편적이나마 소설 『서유기』를 구성하는 내용을 풍부하게 담고 있다.

그리고 현존하는 희곡 대본으로 유일한 『서유기 잡극(西遊記雜劇)』은 명나라 초기의 인물 양섬(楊暹, 자는 경현〔景賢〕)이 지은 대본으로서, 명나라 신종(神宗) 만력(萬曆) 42년(1614)에 판각된 『양동래 평본(楊東來評本)』이 한 벌 남아 있는데, 이 대본은 그 줄거리의 시말(始末)이 무려 스물네 마당이나 되는 대희곡으로서, 비록 등장인물의 성격이 소설 『서유기』와 아주 똑같다고는 할 수 없으나, 소설 가운데 기본 인물과 스토리는 모두 갖춘 작품이다.

희곡 창작과 보조를 맞추어 처음으로 서사 산문체(敍事散文體) 형식의 『서유기 평화(西遊記評話)』도 원나라 시대에 나타났는데, 그것은 책으로서가 아니라 1930년대 초기 자료 조사 과정에서 『영락대전(永樂大典)』 가운데 잔편(殘片)으로 발견되었다. 『영락대전』으로 말하자면 명나라 제3대 황제 성조(成祖) 영락 연간(1403~1424)에 칙명으로 편찬된 방대한 규모의 자전인데, 그 자전 제13139권, '보낼 송(送)'자 운(韻)의 '꿈 몽(夢)'자 표제로 "꿈에 경하 용왕을 참하다(夢斬涇河龍)"의 인용 서목으로 처음 '서유기'라는 책명을 밝혀놓았던 것이다.

이 표제의 해설은 도합 1천 2백여 자로서 절반은 문어체(文語體), 절반은 백화체(白話體)로 서술되어 있으며, 이는 '설경(說經)'과 '화본(話本)' 단계 이후 1백회본이 나타나기 전, 즉 『영락대전』이 편찬되기 이전인 원나라 중엽 또는 후기나 명나라 초기에 이미 과도기적인 성격의 산문 소설체 『서유기』가 만들어져 있었다는 증거라고 할 수 있다.

그러나 『영락대전』 가운데 내용이 1백회본의 줄거리와 어떻게 같고 다른지 판명된 것은 우리나라 근세 조선 시대의 통역관용 교본 『박통사 언해(朴通事諺解)』 가운데 새로운 자료가 발견되고 나서야 해결되었다. 『박통사 언해』는 조선조에 간행된 중국어 통역 교과서로서, 성종(成宗) 때의 학자 최세진(崔世珍, 1473?~1542)이 지은 『박통사』와 『노박집람(老朴輯覽)』을 참고, 수정하여 권대운(權大運)·변섬(邊暹)·박세화(朴世華) 등 12명이 숙종(肅宗) 3년(1677)에 간행한 것이다.

『박통사 언해』에는 『서유기』의 주요 내용을 밝혀줄 만한 두 대목이 수록되어 있는데, 그중 한 대목은 다음과 같다.

"나는 바깥에 나가서 책 두 권을 사와야겠네."
(我兩個部前買文書去來)
"무슨 책을 사러 가나?"

(買甚麼文書去)

"『조태조 비룡기』와 『당삼장 서유기』일세."

(趙太祖飛龍記, 唐三藏西遊記)

"책을 살 때는 '사서'를 사야지, '육경'도 좋고 말이야. 공자님의 책을 읽었으면 주공의 예법에 통달해야지, 무엇 하러 그런 평범한 이야기 책을 보려 하는가?"

(買時買四書, 六經也好, 旣讀孔聖之書, 必達周公之禮, 要怎麼那一等評話)

"『서유기』는 재미있네. 심심할 때 읽으면 좋지."

(西遊記熱, 悶時節好看)

    이 대화 내용을 통해서, 『박통사』와 『노박집람』이 편찬되었던 시기를 근거로 하여, 원나라 후기 또는 명나라 초엽 당시에도 이미 산문체 소설 『서유기 평화』가 무척 유행하고 있음을 입증할 수 있었다.

    더구나 이 교과서에는 차지국 왕(車遲國王)이 백안(伯顏)이라는 도사로 둔갑한 괴물의 말을 믿고 불교를 멸하려다가, 손행자가 백안 도사와 그 제자 녹피(鹿皮) 등과 도술을 겨룬 끝에 끓는 기름 가마에 삶아 죽이고 목베기 내기로 죽여 없애는 등, 1백회본 『서유기』의 제46·47·48회와 같은 내용을 수록했을 뿐 아니라, 7행짜리 소주(小注)에는 관음보살이 당나라 스님을 시켜 서천으로 불경을 가지러 떠나보낸다는 내용과 제천대성이 천궁에서 대소동을 일으키다가 이랑신군(二郞神君)에게 사로잡혀 화과산 바위틈에 억눌렸다는 대목, 그리고 당나라 스님이 서천으로 가는 길에 그를 구출하여 "제자로 삼고 손오공(孫悟空)이라는 법명을 내렸으며, 별명을 손행자로 고쳐 불렀다. 그리하여 사화상과 검정 돼지 요정 주팔계(朱八戒)와 함께 동행하게 되었는데, 〔……〕 자세한 것은 『서유기』를 보라"는 설명까지 친절하게 덧붙여 있었다.

따라서 『영락대전』과 『박통사 언해』에 수록된 내용을 근거로 보건 대, 원말(元末)-명초(明初)에 서사 산문체 소설 『서유기 평화』가 존재 하였으며 그 당시 이미 일반 대중에 널리 판매 보급되고 있었다는 점, 또 그후에 나온 1백회본의 내용과 아주 흡사하다는 점, 그리고 1백회본 은 단지 그것을 바탕으로 삼아 새롭게 가다듬고 충실하게 가공하여 고 쳐 쓴 것일 따름이라는 사실이 밝혀진 것이다.

3. 축약본 『서유기』와 1백회 완본 『서유기』(16세기)

세번째 단계는 명나라 가정(嘉靖) 전기(1540년대)부터 명나라 말기 (1660)까지 1백여 년의 시점에 나타난, 이른바 명나라 1백회본 소설 『서유기』가 유행하던 시점이다. 이 시기에는 출간된 판본이 매우 많으 므로, 그 상호 관계를 명확히하려면 두 갈래 단서로 나누어 정리될 필요 가 있다.

두 갈래 단서란, 내용이 압축 요약된 초본(抄本)과 1백회짜리 완본 (完本) 문제다.

먼저 만력(萬曆) 연간(1573~1615)에 판각된 초본, 즉 축약본으로 두 종류가 있는데, 그 하나는 제운(齊雲) 출신의 양지화(陽至和)가 펴낸 40회짜리 『신계 삼장출신전전(新鍥三藏出身全傳)』인데 그 유일본은 현재 영국 옥스퍼드에 소장되어 있으며, 청나라 도광(道光) 10년(1830)에 간 행된 『사유기 전서(四遊記全書)』 판본에는 그 제목이 '수상 서유기(繡像 西遊記)'로 바뀌고 엮은이도 '양지화'가 아니라 양치화(楊致和)로 고쳐 썼 는데, 1984년 중국 인민문학출판사에서 방점(傍點)을 찍어 영인본으로 출판하였다. 학자들은 이를 통칭 '양치화 본'이라고 부른다.

또 한 가지는 양성(陽城) 출신의 주정신(朱鼎臣)이 엮은 『정계전상 당삼장 서유전(鼎鍥全相唐三藏西遊傳)』 10권, 67회본이다. 또 이 초본은 책머리 또는 말미에 '당삼장 서유석액전(唐三藏西遊釋厄傳)'이란 부제(副題)가 붙어 있어 주로 이 명칭으로 불리며, 현재 그 원본은 일본 지칸도(慈眼堂)와 중국 베이징 도서관에 각각 한 벌씩 소장되어 있다. 인민문학출판사는 양치화 판본과 한 권으로 합쳐 영인본으로 출간했는데, 학자들은 이를 '주정신 본'이라고 부른다.

양치화 본은 원문 글자 수가 7만 4천여 자, 주정신 본은 약 13만여 자에 불과하여, 도합 86만여 자에 달하는 명나라 1백회짜리 완본(完本)과 비교했을 때 그 내용이나 볼륨이 너무 간략하다 하여 초본 또는 '간본(簡本)'이라 부르게 된 것이다.

중국 학계에서는 최근까지도 주정신·양치화의 초본들과 세덕당의 1백회 완본 중 어느 것이 먼저 간행되었는지 논란을 거듭해왔다. 그러나 장진츠(張錦池) 교수가 1996년 발표한 『서유기 고론(西遊記考論)』을 통해서 "양치화 본은 세덕당 본의 초기 조본(祖本)을 압축, 요약하여 개작한 축약판이며, 주정신 본은 양치화의 축약판보다 뒤늦게 나온, 즉 세덕당 본과 『영락대전』 계통의 또 다른 평화본(評話本), 그리고 양치화 본의 내용들을 각각 따서 재편집한 이른바 '삼철본(三綴本)'"이라는 연구 결과를 내놓음으로써 일단 그 논란에 종지부를 찍어놓은 상태다.

또 한 갈래 단서는 1백회짜리 완본이다. 현존하는 명나라 판각 1백회 완본 가운데, 비교적 중요한 것으로 네 종류가 있다.

첫번째 것은 만력 15년(1587)을 전후해서 화양동천 주인(華陽洞天主人)이 교열하고 금릉(金陵) 세덕당(世德堂)에서 출판한 『신각출상 관판대자 서유기(新刻出像官板大字西遊記)』로서, 화양동천 주인으로 추정되는 진원지(陳元之)의 서문이 붙어 있으며, 총 20권 1백회로서, 현재 완질 네 부가 베이징 도서관과 일본의 지칸도(慈眼堂)·텐리다이(天理大) 도서관·아사노(淺野) 도서관에 각각 한 벌씩 나뉘어 소장되어 있다.

두번째 것은 천계(天啓)-숭정(崇禎) 연간(1621~1644)에 이탁오(李卓吾) 선생이 평점(評點)을 붙여 판각한 『비평 서유기(批評西遊記)』인데, 중국에서 전질 2부가 발견되고 일본의 내각문고(內閣文庫) 및 오쿠노 신타로(奧野信太郎)가 원본을 한 벌씩 소장하고 있으며, 이와 별도로 다나카 겐지(田中謙二)와 아사노 도서관에 복각판이 소장되어 있다.

세번째 것은 융경(隆慶) 전후(1567~1572)에 판각된 『당승 서유기(唐僧西遊記)』전 20권 1백회본으로, 세덕당 본과 똑같이 화양동천 주인 교감(校勘), 진원지의 서문이 붙어 있으며, 일본 국회 도서관과 에이산 문고(叡山文庫), 그리고 지칸도 소장본이 남아 있다.

네번째 것은 만력(萬曆) 31년(1603)에 간행된 청백당(淸白堂) 양민재(楊閩齋) 판본 『정휴 경본 전상 서유기(鼎鐫京本全像西遊記)』전 20권 1백회본인데, 역시 화양동천 주인 교감이라고 명기되어 있으며 현재 일본 내각문고에 소장되어 있다.

이 밖에, 중국 학자 황융니엔(黃永年) 교수는 1990년에 발간된 『서유증도서(西遊證道書)』의 서문을 통하여 소설 『서유기』의 원저자를 고증하는 과정에서 "가정(嘉靖) 초년(1522~1524)에 노왕부(魯王府)의 문객들이 지은 초판 원본이 존재하며, 가정 11년(1532)에 진원지의 서문을 붙인 최초 판각본이 세상에 나왔으나 모두 실전(失傳)되었다"고 주장하고 있다. 그러나 이 주장은 소설 『서유기』의 원저자 또는 판권의 주인을 가려내는 문제와 결부되어 아직도 중국 학계에서 논란의 대상이 되어 있다.

4. 재구성되는 서유기(17~18세기)

청나라 시대에 들어서서 판각된 1백회짜리 완본『서유기』는 명나라 1백회본과 비교해볼 때 그 문장의 질이나 구성면에서 더욱 새롭고 월등하며, 그 판본 종류도 굉장히 많을뿐더러 또 제각기 평설을 붙였다는 점이 다르다. 가장 대표적인 것을 꼽아본다면 대략 다음과 같다.

제일 먼저, 강희(康熙) 3~4년(1664~1665)에 황주성(黃周星)이 주해(註解)를 붙여 새로 편집한『서유증도서(西遊證道書)』가 있다. 그 다음이 강희 35년(1696)에 초판이 간행된 이래 여러 차례 번각(飜刻)하고 석판(石版) 인쇄본까지 나와 당시에 가장 널리 유포된 진사빈(陳士斌)의『서유진전(西遊眞詮)』, 그리고 가경(嘉慶) 15년(1810)에 초판이 나오고 24년(1819)에 중간(重刊)된 유일명(劉一明)의『서유원지(西遊原旨)』와, 도광(道光) 19년(1839)에 판각된 장함장(張含章)의『서유정지(西遊正旨)』및 광서(光緒) 17년(1891)에 간행된 함정자(含晶子)의『서유기 평주(西遊記評注)』등이 있으나, 이들 판본은 비평이나 주해가 저마다 다르다는 점만 빼놓고 그 본문 자체는 모두가 기본적으로『서유증도서』를 답습하고 있다.

다만 건륭(乾隆) 14년(1749)에 초판을 찍어낸 후 여러 차례 석판으로 인쇄되어 널리 알려진 장서신(張書紳)의『신설 서유기 도상(新說西遊記圖像)』한 종류만이 문체면에서나 내용면에서 명대(明代)의 세덕당 본과 이탁오 평본을 닮고 있다는 점이 다를 뿐이다.

청나라 때 판본의 가장 큰 특징은 제9회 당나라 스님 현장 법사의 출신 내력을 풍부한 내용으로 보완하였다는 점이다.

과거 명나라 1백회본은 세덕당 본을 비롯하여 이 스토리가 제11회에 간략하게 서술되고 있을 뿐이다. 그리고 제99·14·37·49·64·93·94회에도 간간이 현장 법사의 출신 내력을 몇 마디로 간단히 언급하여 넘겼다. 그렇다고 저자가 이 내용을 모르고 있었던 것은 아닐 것이다. 왜냐하면 당나라 스님 진현장의 기구한 운명이 담긴 이야기는 아주 오래전부터 민간 사회에 널리 유포되어 있었기 때문이다. 송·원대 희곡 중「진광예와 강류 화상」이란 희곡 잔편 38수(首)가 전남양의 『송원희문집일』에 수록되어 지금도 전해오고 있는데, 그 내용을 보면 바로 청나라 1백회본에 서술된 것과 대체로 똑같다.

그렇다면 어째서 명나라 1백회본의 저자는 이 내용을 크게 늘려 쓰지 않았을까? 그 이유는 소설의 실제 주역을 손오공으로 잡았기 때문에 주인공의 출신 내력을 장장 일곱 회에 걸쳐 대서특필로 부각시키고, 조연급인 저팔계와 사오정, 용마(龍馬)와 당나라 스님 진현장에 대해서는 그 내력을 간략한 서술만으로 채워넣었으리라고 본다. 왜냐하면 『서유기』는 그 줄거리가 모두 장쾌한 신마 소설이거나 적어도 신화적인 색채를 짙게 띠고 있는 만큼, 그 사이에 기본적으로 속된 인간 세상 이야기에 속하는 내용을, 그것도 송·원대 당시 이야기꾼들 사이에 널리 유행되던 '화본(話本)'의 내용과 비슷한 이야기를 또 집어넣는다는 것이 너무 어울리지 않는다고 생각했을 수도 있다. 그렇기 때문에, 청나라 때 첫번째 판본인 『서유증도서』의 저자 황주성도 그 서문에서 "어렸을 때 읽었던 판본에 이 대목의 상세한 내력 설명이 없어, 마치 화과산의 돌알을 대하듯이 요령부득이었으나, 훗날에 『당삼장 서유석액전』을 얻어보고 나서야 속이 탁 트여 유감이 없었다"고 밝혔을 정도였다.

황주성이 술회한 것처럼, 소설 『서유기』에 당나라 스님의 출신 내력을 상세히 적어넣기 시작한 판본은 주정신의 다이제스트 초본 『서유석액전』이 처음이다. 그는 거의 한 권분에 달하는 기나긴 문장으로 그 줄거리를 엮어 자기 판본의 10분의 1을 채워넣었다. 그리고 희곡 「진광예와 강류 화상」이나 명나라 1백회본에 언급된 내용과 다르게 그 나름대로 지어 만든 대목이 많았다.

예컨대 당나라 스님 진현장을 강물에서 건져내어 길러준 노화상의 이름이 명나라 판본에서는 '천안 화상(遷安和尚)'으로 되어 있으나, 이것을 청대 판본에 와서 '법명 화상(法明和尚)'으로 고쳐 썼고, 진광예의 부임지 역시 '홍주(洪州)'에서 '강주(江州)'로 고쳐 쓴 것 등이 그런 사례다. 아마도 이는 당시 전해오던 이야기의 출처나 여기저기 떠돌아다니는 소문의 근거가 구구각색 달랐던 탓일 것이다.

여하튼 황주성은 이것을 명나라 판본의 가장 큰 맹점으로 여기고 스스로 자료를 수집하여 고증한 끝에, 강류 화상 진현장의 가문 내력과 기구한 운명을 1회분 줄거리로 엮어 전체 내용의 조화를 이루는 데 성공했다. 그것이 곧 제9회 "진광예는 부임 도중에 횡액을 당하고, 그 아들 강류승은 아비의 원수를 갚고 근본을 되찾다(陳光蕊赴任逢災, 江流僧復仇報本)"이며, 아울러 명나라 판본의 제9·10·11회의 내용을 고쳐서 제10·11회 두 회분으로 압축해 만들고 그 앞에 자신이 새로 쓴 제9회를 채워넣었던 것이다.

결국 그는 주정신 판본의 『서유석액전』을 바탕 삼아, 여기에 다른 문헌 자료를 참조하여 이 새로운 제9회를 만들면서 '천안 화상→법명 화상, 홍주→강주'라는 인명, 지명까지 주정신 본을 그대로 모방한 자취를 남겼다. 물론 제12회에서 현장 법사를 찬양하는 시문(詩文) 가운데 "바다섬 금산사와 깊은 인연 있어, 천안 화상이 건져다가 길러주도다(海島金山有大緣, 遷安和尚將他養)"의 한 대목에서만큼은 미처 세덕당본의 '천안 화상'을 '법명 화상'으로 고쳐 옮기지 못한 결함이 있기는 하다. 그리고 장서신의 『신설 서유기 도상』 한 종류를 제외하고, 청나라 때 모든 판본이 황주성의 『서유증도서』를 답습하여 저마다 주해만 다르게 붙였을 뿐 동일한 내용, 동일한 결함을 지닌 책을 간행하기에 이르렀던 것이다.

아이러니컬한 일은, 1955년에 중국 인민출판사가 명나라 1백회짜리 세덕당 본을 중판(重版)하면서, 황주성이 엮은 이 새로운 제9회를 명나라 판본 제9회와 10회 사이에 「부록(附錄)」이란 회목(回目)으로 억지로 끼워넣어, 세덕당 본의 결함을 메웠다는 사실이다. 따라서 명나라 판본을 간행한 다른 판본들 역시 이 「부록」이란 회차(回次)를 그대로 모방하여 현재까지 출판하고 있다.

그러나 『서유증도서』를 비롯한 청대(淸代) 판본들도 중대한 하자(瑕疵)를 지니고 있었다. 황주성은 명나라 때 판본의 내용이 중복 설명되거나 너무 장황하고 시문(詩文)이 조잡하고 격식에 어긋났다는 이유를 들어, 본문을 대폭 삭제하고 수식어를 윤색하여 소설 『서유기』 본래의 아기자기한 참된 맛을 임의로 손상한 것이다. 그 결과 『신설 서유기 도상』을 제외한 다른 판본들은 모두가 무려 86만여 자에 달하던 명나라 세덕당 본의 볼륨을 평균 62만 4천여 자로 압축하여, 그저 스토리를 전개해 나가는 데에만 급급하였다는 비판을 면할 수 없게 되었던 것이다.

따라서 필자는 소설 『서유기』를 우리말로 옮기는 과정에서 판본을 취사 선택하여, 줄거리는 크게 명나라 때의 세덕당 본을 중심으로 번역하고, 제9회부터 제11회까지의 본문은 청나라 때의 판본 『신설 서유기 도상』과 『서유증도서』의 장점을 살려 번역하지 않을 수 없었음을 밝혀 둔다.

Ⅳ. 작품의 구성과 문학성

1. 작품의 구성

　1920년대 초기 후스(胡適) 박사의 『서유기 고증(西遊記考證)』과 최근 자료로 1996년에 장진츠 교수가 저술한 『서유기 고론(西遊記考論)』을 근거로, 『서유기』의 작품 구성과 그 바탕이 되는 자료는 대략 다음과 같이 나누어 살펴볼 수 있다.

　무엇보다 먼저, 『서유기』의 중심 스토리는 비록 현장 법사가 불경을 얻으러 가는 사실적 과정이긴 하나, 저자의 상상력 또한 실로 적지 않다는 점이다. 그는 진현장의 고사(故事)가 주는 암시를 받고 금(金) - 원대(元代) 희곡에서 재료를 취한데다 여기에 또다시 자신의 상상력을 보태 마침내 엄청나게 큰 신화를 빚어내기에 이르렀다.

　이 소설의 구조는 중국 고대 소설 가운데 가장 정밀한 것으로서, 다음과 같은 세 부분으로 나누어진다.

　첫째 부분은 제천대성 손오공의 출신 내력과 천궁에서의 대소동으로, 제1회부터 제7회까지 수록되어 있다.

　둘째 부분은 현장 법사가 불경을 얻으러 떠나게 된 사유와 인연, 그리고 경을 가지러 가는 일행의 출신 내력으로, 제8회부터 제12회까지다.

　셋째 부분은 서천으로 가는 도중, 여든한 가지 재난에 부닥쳐 극복해 나가는 과정으로, 제13회부터 제100회까지다.

이 세 가지 큰 부분을 연계시켰을 때, 소설은 하나의 유기적(有機的) 총합체가 되면서 또 각자 상대적인 독립성을 구비하게 되어 있다. 즉 이 세 가지 큰 부분은 또다시 작은 스토리들로 쪼개져 구성되었으며, 그 작은 스토리들도 저마다 상대적으로 독립성을 지니고 있다는 점이다. 특히 서천으로 불경을 가지러 가는 세번째 과정이 주된 줄거리를 형성하고 여기에 포함된 41개의 작은 스토리가 저마다 길게는 3, 4회, 짧게는 1, 2회씩으로 구성되어, 제각기 기승전결(起承轉結)을 취하고 그 나름대로 짜임새와 격식을 갖추었다는 점이 특색이다.

첫째 부분으로 말하자면, 이 세상에서 가장 값있는 한 편의 신화 문학이다. 전반적으로 원숭이 임금의 고사는 비록 그 내력이 인도에서 전래한 것이라 하더라도, 그 일곱 회의 대부분은 역시 저자가 창조해낸 것이라 할 수 있다. 물론 제2회에서 수보리 조사가 손오공에게 심법(心法)을 전수해주는 대목은 불교 선종(禪宗)의 '육조전법(六祖傳法)' 고사에서 탈바꿈되어 나온 것이기는 하다.

둘째 부분, 즉 불경을 얻으러 떠나게 된 사연과 경을 가지러 가는 일행에 대한 스토리는 역사적 사실과 부합되지 않는 대목이 숱하게 많다. 이를테면『삼장 법사 전기』나『대당 서역기』에는 국가의 금령으로 허락되지 않는 여행을 진현장 개인이 국법을 어기고 불경을 가지러 떠나는 것으로 기술되었으나, 소설『서유기』에서는 당태종이 불경을 얻으러 떠날 사람을 구하자, 진현장이 자원하고 나선다는 대목 같은 것이 그러하다.

진현장의 출신 내력과 가계(家系)도 서로 다르다. 진현장의 어머니 은소저가 치욕을 참은 끝에 복수하는 대목은『태평광기(太平廣記)』제122권 진의랑(陳義郞)의 고사에서 따온 것이지만, 역시 진현장이 속세를 떠나는 이유가 된다. 승상 위징이 경하 용왕을 베어 죽이는 대목은 『태평광기』 제418권 「속현괴록(續玄怪錄)」에서 이정(李靖)이 용왕을 대신해서 비를 내리다가 24척의 강우량을 잘못 내려 용왕 모자(母子)가 모두 천벌을 받는다는 내용을 빌려 쓴 것이고, 당태종이 저승 세계를 떠돌아다니는 대목 역시 당나라 사람 장작(張鷟)이 쓴 『조야첨재(朝野僉載)』의 한 부분이며, 근대 영국의 고고학자 스타인 Stein이 돈황(敦煌) 유적에서 발견한 당나라 때의 백화 소설(白話小說) 잔여본 가운데에도 당태종이 저승 세계 염라대왕 앞에서 최판관을 만나는 내용이 수록되어 있다. 여기에 판관의 이름이 최자옥(崔子玉)이라고 구체적으로 명시되었다는 사실을 보건대, 최판관과 당태종의 고사는 11세기 송나라 시절부터 이미 널리 유행되던 것으로 굉장히 오래된 고사인 모양이다.

그리고 원천강이 강우량과 시각을 족집게처럼 알아맞히는 이야기 역시 『태평광기』 제76권과 제221권에 나온 고사를 참고한 것이요, 진숙보와 울지경덕이 당태종의 침실 앞에서 문신(門神) 노릇을 하는 대목 또한 당나라 사람의 소설에 보이는 이야기이다.

따라서 둘째 부분의 내용은 그 고사의 유래가 거의 모두 오래된 것으로서, 저자 오승은이 새로 꾸며넣은 것은 아닐 것이다.

다음은 세번째 부분, 즉 여든한 가지 재난에 부닥친다는 기록이다. 『서유기』 자체의 이 부분은 다시 네 가지 자료로 나뉜다.

제일 먼저 들 것은, 물론 진현장의 본전(本傳)에 수록된 내용으로서, 이미 소설 『서유기』로 읽힌 내용 가운데 가장 가슴 설레게 만드는 대목, 숱하게 부닥치는 재난에 관한 것이지만, 그것은 모두 사실이었고 또 종교적 심리 작용이 다소 영향을 끼치기도 한 것들이다.

불경을 구하러 가는 일행은 사막에서 광선이 굴절되어 이루어지는 신기루(蜃氣樓) 현상과 환영(幻影)을 차츰 진짜 요사스런 마귀 괴물로 인식하게 되었고, 사막의 모래바람 역시 점차 "황풍대왕의 괴상한 바람이나 나찰녀의 파초선 바람"이 될 수밖에 없었으며, 사막에서 나흘 낮 닷새 밤을 지내는 동안 메마르고 뜨거운 태양과 불기둥처럼 치솟는 돌개바람의 모래 언덕은 어느덧 "둘레 8백 리의 화염산"이 될 수밖에 없었고 이글이글 타오르는 햇볕 아래 끊임없이 숨막히게 휘몰아치며 움직여가는 모래 폭풍이야말로 "거위 깃털조차 떠오르지 못하는 8백 리 유사하"로 변할 수밖에 없었을 것이다. 코쵸국 왕 국문태는 차츰 당나라 황제 이세민으로 바뀌고, 코쵸국의 왕비와 후궁들도 탁탑천왕의 수양딸이나 천축국의 요사스런 공주로 탈바꿈하게 되었을 것이다.

이런 변화는 스토리가 세월의 흐름에 따라 바뀔 수밖에 없는 자연적인 운명이요, 그 어느 것도 이 운명에서 벗어날 수 없었을 것인데, 하물며 이 고사 자체가 종교적인 내용을 담고 있는 바에야 더 말할 나위가 없을 것이다.

두번째 자료는, 남송 말엽에 간행된 『대당 삼장 취경시화(大唐三藏取經詩話)』와 원나라 때 희곡 가운데 나타나는 『당삼장 서천취경(唐三藏西天取經)』의 맥락이다.

오창령의 『서유기 잡극』이 비록 원나라 시대에 가장 긴 여섯 막짜리 희곡이라고는 하지만, 그 여섯 막은 기껏해야 스물네 마당, 여기에 프롤로그를 도입부로 더 집어넣는다 하더라도 서른 마당을 넘지 못했을 것이다. 따라서 이 희곡만으로 여든한 가지나 되는 재난을 서술해 나간다는 것 자체가 불가능하다. 그러므로 이들 자료는 기껏해야 극히 작은 부분의 소재만 제공했을 것이 틀림없다.

세번째 자료는 가장 오래된 것, 즉 불교 경전 『화엄경(華嚴經)』의 가장 큰 마지막 부분, 「입법계품(立法界品)」 중에서도 「진역(晉譯)」 제34

품, 「당역(唐譯)」제39품이다. 이 품(品)은 『화엄경』 전체 분량의 4분의 1을 차지하고 있다. 이를테면 선재동자가 경건한 신심으로 구도행에 나서서 용맹스럽게 정진하여 110개 성지를 두루 편력하면서 110명의 선지식(善知識)을 방문한 끝에 마침내 정과를 얻을 수 있었다는 스토리가 그것이다. 이「입법계품」이 바로 소설『서유기』세번째 부분의 실루엣이라고 말할 수 있으며, 110개 성지를 두루 거치는 과정이야말로 여든한 가지 재난의 자료에 해당한다고 말할 수 있는 것이다.

네번째 자료는 물론 저자의 상상력과 독창력이다. 위에 언급된 세 가지 자료만으로는 실제 여든한 가지 재난의 소재를 모두 제공할 수 없었을 테고 기껏해야 숱한 암시를 제공하거나 극히 부분적인 소재를 제공하는 데 지나지 않았을 것이다.

따라서 소설『서유기』에 나타난 여든한 가지 재난의 대부분은 저자의 상상력에서 나온 것이라고 말할 수 있다. 숱한 요괴들의 재앙을 생각해내고 여기에 한 무더기의 신화를 보탠다는 것은 그리 어려운 일이 아니라고 보는 것이다.

2. 낭만주의 문학성

소설『서유기』의 문학성을 살펴본다면, 한마디로 낭만주의 문학의 결정판이라 말할 수 있을 것이다. 중국 상하이 사회과학원(上海社會科學院) 리우겅따(劉耿大) 교수가 1998년에 저술한『서유기의 미스터리 탐색(西遊記迷境探幽)』을 토대로, 그 낭만주의 문학성을 개괄해보면 다음과 같다.

1) 극도로 변형시킨 과장법과 상상력의 결합

첫째, 그 기법상으로 범속(凡俗)을 초월한 상상력을 들 수 있다.

무엇보다 먼저 신화적 환경 묘사가 그 주류를 이루었다는 점이다. 동승신주 바다 밖 화과산, 천국의 선경, 옥황상제가 사는 영소보전, 만수산의 오장관, 관세음보살이 계신 남해 보타락가산의 진풍경, 봉래·방장·영주의 세 신선도(神仙島), 여래부처가 계신 성스러운 영취산의 별유천지 등등, 소설 전편에 걸쳐 아름답고도 상상력이 풍부한 환경을 꾸며냈다.

또한 서천으로 가는 도중 온갖 험산악수(險山惡水), 기괴망측한 신비경, 깃털도 떠오르지 못하는 유사하, 먹물처럼 시커먼 흑수하, 울창한 가시밭의 고갯길 형극령, 온통 썩은 감의 구린내로 뒤덮인 희시동, 기암괴석으로 둘러싸인 소뇌음사, 그리고 불길이 활활 타오르며 길을 가로막는 8백 리 화염산은 제천대성 손오공이 태상노군의 팔괘로를 걷어차는 바람에 뜨거운 벽돌 몇 장이 인간 세상에 떨어져 불기운이 남은 것이라는 등, 이런 신화적 환경 속에 등장하는 인물들은 모두가 시간과 공간의 한계를 돌파하고, 특히 손오공은 시간상으로도 영겁(永劫)이요, 공간상으로도 절대 자유를 누리며 근두운을 타고 사해 천산(四海千山), 천국과 용궁, 지옥은 물론이요, 고금과 천지간을 홀로 넘나드는 '자유신(自由神)'의 상징이 된다.

신불(神佛)과 요괴 마귀들 역시 공간의 제한을 받지 않고 시간상으로 영원을 누리는 존재들이다. 손오공이 곤두박질 한 번에 10만 8천 리를 날아간다 해도 석가여래 부처님의 손바닥에서 빠져나가지 못하고, 거대한 붕마금시조는 날갯짓 한 번에 9만 리를 날아 손오공의 근두운을 따라잡는 등 도저히 꿈꾸지 못할 상상력이 도처에 펼쳐진다. 옥황상제가 고심참담 수련한 세월이 1천 7백50겁(劫), 1겁을 12만 9천 6백 년으로 환산하면 도합 2억 2천 6백80만 년이라는 무서울 정도의 천문학적인 수련 기간을 보낸 셈으로, 이것이 소설 『서유기』의 스토리가 펼쳐지는 신화적 환경의 전형이다.

둘째는, 내용에서부터 형식 전반에 걸쳐 신비성과 기발함을 극대화시킨 과장법(誇張法)이다.

이는 곧 일상생활의 이론적 한계를 돌파하고 아울러 신격화와 결합시켜, 일종의 격식의 틀을 벗겨내는 기기묘묘한 초자연적인 과장법이라 할 수 있을 것이다.

손오공의 이미지가 곧 이러한 과장법의 극치를 이룬다. 외형적으로 능소능대(能小能大)한 육신을 지녀, 크게는 하늘에 닿을 정도로 거대한 법천상지(法天象地)를 자랑하고, 작게는 두 치 남짓한 소인으로 변신하여 나뭇가지 잎새에서 잠을 자거나, 겨자씨만하게 줄어들어 송곳 구멍에 쪼그려 앉을 수도 있다. 무시무시한 여의금고봉 또한 원숭이의 기질을 닮아 신축성이 자유자재, 수놓는 바늘만큼 줄어들어 귓밥 속에 틀어넣을 수도 있고, 열 되들이 됫박만한 굵기에 그 길이가 순식간에 위로는 삼십삼천(三十三天)에 닿고, 아래로는 십팔층 지옥에까지 뻗어나갈 수 있다.

저팔계의 겉모습과 병기도 마음대로 바뀌어 형극령·희시동 고갯길에서 기지개 한 번 켰을 때에는 2백 척 크기의 몸뚱이로 둔갑하고, 아홉 이빨 달린 쇠스랑도 삽시간에 3백 척 길이로 둔갑하여 형극령 1천 리 가시밭길을 헤쳐나가는가 하면, 먹성 또한 놀랄 만큼 엄청나게 커서 7, 8섬이나 되는 밥을 주섬주섬 거두는 대로 먹어치운다.

요괴 마귀들의 형상도 신기한 색채로 과장되어, 사타령 첫째 마귀의 아가리는 성문이나 다를 바 없어 10만 천병을 한입에 삼킬 수 있는가 하면, 칠절산의 이무기는 몸통의 굵기가 이쪽 끝에서 저쪽 끝이 안 보일 지경이요, 길게 뻗으면 산등성이 남북에 가로 걸쳐 누울 수 있다. 철선공주 나찰녀의 파초선은 또 어떤가? 작을 때는 살구 잎사귀만해져서 입속에 감출 수 있는가 하면 커졌을 때는 12척 길이로 어깨에 떠멜 정도요, 그 풍력 또한 대단하여 부채질 한 번에 사람을 8만 4천 리 바깥으로 날려보내고 화염산의 불길을 잡기도 한다. 황미대왕의 무명 자루는 손오공과 이십팔수 별자리, 오방 게체 신령들을 몽땅 휩쓸어 담는가 하면, 관세음보살의 정병(淨甁)은 삼강 오호(三江五湖)의 강물과 사해의 바닷물을 몰아 담을 수 있다.

저자는 또한 신화적 환경 묘사에 고전적인 시사(詩詞)와 운문(韻文)을 대량으로 인용하여, 은무산의 안개, 황풍령의 까마득한 봉우리와 아찔한 계곡, 무서운 황풍이 휘몰아치는 장면, 통천하의 눈보라와 얼음, 흑수하의 도도한 탁류 등등, 처음부터 끝까지 곳곳마다 신비로운 환경 묘사를 과장했다.

이러한 과장법은 당나라 스님 일행이 서천으로 가는 도중 81난을 차례차례 겪어나가는 위험까지도 상상하기 어려울 정도로 묘사하는 데 적용되었다.

당나라 스님은 십세 수행한 금선자(金蟬子)의 화신이다. 황풍령의 황풍노괴, 평정산의 금각·은각 대왕, 8백 리 찬두호산의 홍해아, 흑수하의 타룡과 통천하의 괴물, 사타산의 마귀 두목 세 마리, 흑송림의 백골시마 등등, 무수한 요괴 마귀들이 불로장생하는 그의 고기를 먹으려고 군침을 흘리는가 하면, 또 독적산 비파동의 전갈 요정, 함공산 무저동의 금빛 코에 흰 털을 지닌 쥐와 같은 아리따운 여괴들은 그의 동정(童貞)을 빼앗아 파계시키려고 끊임없이 나타나 납치하고 유혹하는 등, 서천 여행길에서 부닥치는 재앙과 시련 역시 불가사의할 정도로 예사롭지 않은 과장 수법들이다.

셋째는, 황당무계한 변형(變形) 기법이다.

『서유기』의 등장인물에게는 예외 없이 두드러진 형상 변화를 거쳐 황당무계한 이미지를 심어놓고 있다. 이러한 인물의 변형 처리는 주로 낭만주의 초현실적 표상(表象)의 분해·결합이라는 방식을 써서, 현실과 자연 속에 서로 닮지 않은 표상에 대하여 분해·결합을 시도함으로써, 동물성(動物性)과 인성(人性), 신성(神性)의 3자를 고루 부여하고 융화시키는 결과를 빚어냈다.

그 가운데 가장 돋보이는 전형이 바로 손오공이다. 그는 원숭이이면서도 인간, 그리고 신령으로서 괴팍스럽고도 미적 감각이 풍부한 이미지를 형성했다. 원숭이로서의 그는 "털북숭이 얼굴에 뇌공(雷公)의 주둥이, 구부러진 안짱다리에 갈지자 걸음걸이, 제아무리 신통한 변신 술법을 써도 결국은 꼬리 하나와 빨간 두 볼기짝을 남겨놓을 수밖에 없는" 전형적인 원숭이, 잠시도 가만히 있지 못하고 꼼지락거리는 천성, 팔짝팔짝 뛰는 습성, 곤두박질치기와 물구나무서기 등 장난질마저 몸에 밴 짐승이다.

또한 사람으로서의 그는 인간성을 터득하고 사람의 말을 할 줄 알며, 예의범절을 몸에 익히고 인간처럼 희로애락의 모든 감정을 갖추었을 뿐 아니라, 복잡다단한 인간 성격의 특징과 사회적 특성을 구비했다. 그리고 또 신령으로서의 그는 변화 술법과 신통력이 너르고 커서 "하늘을 걷어차고 지옥까지 뚫고 들어가며, 바다를 휘젓고 강물을 뒤집어놓는가 하면, 산악을 떼메고 달을 쫓으며 별자리를 바꿔 옮길 수 있는" 등등 못 하는 것이 없는 법력의 소유자로서 하다못해 "목을 베고 배를 갈라 오장 육부를 끄집어내고도 천연덕스레 살아 있는" 능력을 지닌 "혼원(混元)의 상선(上仙)"이기도 하다.

등장인물의 동물성, 인성과 신성, 이 세 가지 품성 가운데 신성은 그 황당한 변형 특징을 구성하는 데 가장 돌출한 요소가 되었다. 손오공의 지살수(地煞數) 72종 변화 술법, 저팔계의 36종 천강 술법(天罡術法)들은 변형된 모습을 거듭 변모시키는 다채로움과 신비로움의 극치로서, 인간과 동식물, 무생물, 신마 등 모든 대상을 포함하여 인류와 생물, 무생물에서 초생물(超生物)에 이르기까지 그 사이의 한계를 완전히 타파하고 있다.

신화적 환경 또한 특이한 변형을 거쳐 농도 짙은 황당무계한 색채를 띠게 만들었다. 이를테면 세속의 통념으로 가장 무서운 저승 세계의 묘사라든가, 자모하와 여인국, 그리고 조태천과 낙태천의 기형적인 설정으로 희극성마저 띠게 만들고, 네 보살이 당나라 스님의 선심(禪心)을 시험하려 설정한 무대, 형극령의 목선암과 같은 환상적인 변화가 종잡을 수 없이 나타나는 기이한 환경들이 곧 그것이다.

스토리의 구성에 있어서도, "인조관 위징이 꿈에 경하 용왕의 목을 베었다"라든가, 세상을 살기 싫어한 유전이 호박을 머리에 얹고 죽어 저승의 염라대왕을 만나는 대목, 그리고 시신이 썩어 없어진 이취련의 혼령을 저승사자가 남의 생목숨을 거두어들이고 그 육신에 집어넣는 따위의 황당무계한 변형 또한 극치를 이루었다 할 것이다.

2) 낭만주의적 특징

다음으로, 『서유기』의 낭만주의적 특징을 꼽는다면, 다음과 같은 네 가지를 들 수 있을 것이다.

첫째는 스토리의 생명력이 시대정신의 본질적 진실감을 반영했다는 점이다.

그것은 곧 인간 삶의 일면을 무의식적으로 간접 표현하면서도, 생활 전반에 착안하고 생활의 총체적인 추세와 특성을 장악하여, 사회 역사의 본질과 규율을 깊이 있게 반영함으로써, 명나라 중엽 이후 서민들의 저항과 투쟁을 뚜렷이 명시하지 않으면서도 당시의 세태를 연상하지 않을 수 없도록 돌이켜보게 만드는 일종의 매력을 지녔다는 점이다. 용궁으로 쳐들어가고 지옥의 위계 질서를 어지럽히며, 천국에서 대소동을 벌이고 요괴 마귀를 휩쓸어버리는, 그렇듯 하늘도 땅도 귀신조차도 두려워하지 않는 저항 정신과 반역적 정서, 그 웅장한 담략과 거대한 역량이야말로 당시 광활한 시대적 배경과 날카로운 계급 투쟁 의식을 떠나서는 불가사의한 일이었으며, 그 시대의 현실에 불만을 품고 현실에 저항하며 현실의 개혁을 요구하는 백성들의 정서와 소망과 요구를 반영한 것이라고 할 수 있다.

둘째는 사회 역사의 진실성을 반영했다는 점이다.

『서유기』는 생활의 본면목에 비춰 실제 생활을 반영하지 않았다. 이는 사회 생활 속의 역사적 의미와 전혀 무관하다는 뜻이 아니라, 오히려 양자가 내재적으로 긴밀히 연계되어 있다는 뜻이다.

특히 서천으로 가는 도중에서의 신마 세계, 각양각색의 요괴 마귀들과 아홉 군데 인간들의 국가 체제는 당시 사회의 부패상, 추악한 현실상과 뚜렷한 연계를 맺음으로써 그 사회 현상에 대한 여러 가지 연상을 불러일으키고 있는 것이다. 그것은 곧 명나라 중엽 사회 일방에 할거한 기존 봉건 세력의 보루를 연상시키고, 그 시대 사회 생활의 역사적 면모를 특수한 각도에서 반영하고 있다는 뜻이다.

온갖 종류의 패도적 요마들이 곳곳마다 횡행하면서 유린과 수탈을 자행하고 잔혹스럽고도 악랄한 행위를 저지른 사례는 무수히 등장한다. 홍해아는 호산 화운동 일대의 토지신과 산신령에 대하여 갖은 능멸과 수탈을 가하고, 통천하의 영감대왕은 동남동녀를 제물로 받아들이는가 하면, 또 청룡산의 코뿔소 요정들은 불상을 가장하여 금평부의 지방 관민을 핍박, 해마다 막대한 금액의 소합향유를 공양받는다.

이러한 사례들은 곧 명나라 중엽 봉건 통치자들이 백성에게 가한 빈번하고도 무거운 부세(賦稅)와 요역(徭役)을 뜻하며, 토호 악패들이 향리에 횡행하면서 농민들을 가혹하게 착취하는 행태를 연상시키는 것이다.

인간들이 다스리는 몇몇 나라에서, 국왕은 도교를 공경하고 불교의 승려들을 탄압하는 데 집착한다. 멸법국 왕이 승려 1만 명을 죽이겠다고 발원(發願)하거나 도교의 광신자 차지국 왕이 전국 사찰을 철거하고 승려를 박해하며 '삼선(三仙)'의 도사들에게 무엄할 정도로 큰 특권을 부여한 사례, 비구국 왕이 1만여 명이나 되는 어린아이들의 간을 뽑아 보약으로 달여 먹으려 하는 등 요망한 도사들이 득세하여 조야를 뒤죽박죽 난장판으로 만들어놓는 세태야말로 가정조(嘉靖朝)의 이른바 '영도멸불(佞道滅佛)' 정책을 그대로 옮겨다 놓은 것이며, 도사들의 권력 농단과 조정 대신들의 부패 혼란상을 여실히 반영한 것이다.

『서유기』의 저자 오승은이 생존하던 가정조, 즉 명세종(明世宗) 주후총(朱厚熜)은 즉위 직후부터 도교를 숭상하고 전통적인 불교를 억압했다. 궁중의 불상과 도성 내의 사찰을 모조리 헐어 없애고 그 대신 황궁 서원(西苑)과 전국 각처에 도교의 뇌단(雷壇)을 설치하여 세월이 가는 줄 모르게 날마다 초재(醮齋)를 받들었으며, 이른바 '진인(眞人)' 소원절(邵元節)·도중문(陶仲文)과 같은 도사들에게 예부상서(禮部尙書) 겸 소사(少師)·소부(少傅)·소보(少保)라는 막중한 권력과 명예로운 벼슬을 내렸는가 하면, 환관 최문(崔文), 그리고 중국 5천 년 역사상 3대 간신의 하나로 손꼽히는 엄숭(嚴嵩) 일파와 한통속이 되어 나라를 쇠망의 길로 이끌었다.

천국 옥황상제의 측근 장수 천리안과 순풍이가 수행하는 특수한 역할, 즉 천지 우주간의 일체 '이단(異端)'에 관한 정보를 수집, 보고하는 영민한 '이목(耳目)'과, 제새국의 금의위(錦衣衛), 주자국의 금의교위(錦衣校尉), 차지국의 전국 승려 체포령 따위는 모두 명나라 중엽에 횡행하던 탄압 조직 '창위(廠衛)'를 연상시킨다. 명태조 주원장(朱元璋)이 건국 초 혼란기에 도적떼와 간악한 무리들을 색출, 정탐, 체포하느라 설치한 금의위 제도와 제3대 명성조(明成祖) 영락(永樂) 연간에 설치한 특수 정보 기관 '동창(東廠)'은 곧 황제의 이목으로 심복 태감통령(太監統領)이 조정 신하들의 역모 색출과 유언비어를 단속하는 임무를 수행하였으며, 제9대 헌종(憲宗) 성화(成化) 연간에 설치된 '서창(西廠)'은 그 요원을 두 배나 증가시켜 정탐 범위를 확장하였으며 정보 요원과 체포조를 사면팔방으로 출동시켜 전국의 도로가 공황(恐慌)에 빠질 지경이었다고 한다. 이것이 곧 『서유기』의 배경 모델이 되었던 것이다.

셋째로는, 세밀한 정황 묘사의 실감을 들 수 있다.

단숨에 10만 8천 리를 날아가는 근두운의 통쾌함, 주자국 시장 거리에 늘어놓는 점포와 양념 종류, 물가 등의 구체적 서술이며, 도처에 등장하는 신마들의 형상을 저마다 동물 원형의 생리적 특징을 교묘하게 결부시켜 신기함과 함께 박진감을 느끼게 만들었다.

손오공이 곧잘 써먹는 제승전술(制勝戰術)로 적의 뱃속에 들어갔을 때 발길로 걷어차기, 오장 육부로 그네타기, 물구나무서기, 곤두박질치기, 공중제비돌기 따위는 잠시도 쉴새없이 움직이며 장난질치는 원숭이의 습성과 완벽하게 부합될 뿐만 아니라, 사람들의 눈에 익숙하고 이해할 수 있는 행동이었으며, 저팔계 역시 변화 술법을 쓸 줄 알지만 거칠고 둔탁한 사물, 즉 산이나 바윗돌, 나무, 흙더미, 코끼리, 물소, 낙타, 뚱뚱보 따위로밖에 둔갑할 수 없었던 것은 곧 돼지의 비대하고도 둔중한 몸집, 미련하고도 바보스러운 습성과 밀접하게 연계되는 것이다. 그

외에도 사람을 휘말아 감는 코끼리 요정의 코, 함공산 무저동 금빛 코를 지닌 쥐의 지하 땅굴, 반사동에서 배꼽으로 밧줄을 꾸역꾸역 뽑아내어 천백 겹 두터운 장막을 치는 거미 요괴, 그리고 손오공이 이랑신·우마왕과 벌이던 두 차례의 변화 술법 대결은 곧 쌍방간에 천적(天敵)으로 변신하여 경쟁하는 등등, 그야말로 다채롭고도 정교하기 이를 데 없는 대목이라 아니할 수 없을 것이다.

넷째로, 인물 성격의 박진감을 들 수 있다.

불경을 구하러 가는 일행 넷 가운데 제자 세 사람은 『이각 박안경기(二刻拍案驚奇)』의 서문을 쓴 수향 거사(睡鄕居士)가 언급한 바와 같이, "각자 하나의 개성, 하나의 일관된 행동거지"를 보유하고 있다.

손오공의 용감함과 확고부동한 의지, 재치와 기지, 유머, 그리고 명분을 좋아하는 조급함이 그렇고, 저팔계처럼 사소한 이익을 탐내되 대의를 저버리지 않는 성격, 동요되기 쉬우면서도 끝까지 버티는 심성, 꾀를 부리고 게으르면서도 부지런할 때 부지런하게 일하는 근면함, 교활하면서도 무던한 성실함이 그러하며, 사화상처럼 충직하고도 온후하며 단정한 태도, 언제나 본분을 잃지 않되 어느 면에서는 너무 단조롭고도 평범할 정도로 회색적인 성격, 모든 상황을 분명히 가려내고 얼버무리지 않는 판별력, 이런 주인공들의 장단점과 성격들은 현실 생활 가운데 어느 누구에게서나 볼 수 있는 품성을 반영한 것이라고 할 수 있다.

요컨대 낭만주의 신화 소설로서 『서유기』가 현실 생활의 진실성을 반영하였다는 사실은 의심받을 여지가 없다. 그러나 그것이 일종의 독립적인 창작 방식으로 현실 생활의 지름길과 방식에 접근하고 그 형태를 반영하였다는 점에서 전혀 색다른 독창성을 찾아볼 수 있을 것이다.

이렇듯 현실을 반영한 환상적 형식으로는 주로 가공(架空)의 인물,

허구적(虛構的) 환경, 가설적(假設的) 스토리 전개를 포함하고 있다.

가공의 비현실적 인물로는 손오공·저팔계·사화상·나타태자·이랑신 및 우마왕·홍해아·백골시마·사자 요괴·대붕금시조 등 요정과 괴물, 그리고 호력·녹력·양력 대선과 같은 요망한 도사들, 허구적 환경으로는 천궁·지옥과 용궁, 영취산과 화과산, 오장관·보타락가산 및 은무산·화염산·함공산·반사동·통천하·흑수하·자모하 등을 꼽을 수 있으며, 가설적 스토리로 크게는 천국에서의 대소동과 여든한 차례의 재난, 작은 규모로는 이랑신과의 결전, 꿈속에서 용왕의 목을 베기, 죽어서 호박을 가지고 저승에 들어가기, 인삼과(人蔘果) 훔쳐먹기, 평정산에서의 하늘을 호리병 속에 집어넣기, 차지국에서의 세 가지 술법 겨루기, 소뇌음사에 잘못 뛰어들기, 반사동 거미 요정의 소굴을 거쳐가기, 사타령에서 길 막히기 등등, 이루 거론할 수 없을 정도로 많다.

청나라 때 우향(雨鄕)이 『서유기 서언(西遊記敍言)』에서, "어느 구절 하나 참되지 않은 것이 없고, 어느 구절 하나 거짓되지 않은 것이 없다. 거짓은 거짓답게, 참된 것은 참다워, 그 천연덕스러움이야말로 거짓이든 진실이든 손에 잡히는 대로 모두가 고개를 끄덕이게 만든다"고 하였듯이, 『서유기』는 진위(眞僞)가 하나로 결합되어 거짓 중에 진실이 담겨 있으며, 상상 가운데 진실을 드러내 보이는 특징을 지녔다. 이 '환중견진(幻中見眞)'이야말로 곧 낭만주의 기본 예술의 특성을 적합하게 구현하는 요소로서, 현실주의 문학 예술과 더불어 논할 수 없는 것이라 하겠다.

3) 풍자미

그러나 무엇보다 소설 『서유기』의 가장 큰 특성은 여러 형식의 희극적(喜劇的) 풍격(風格)에 있다고 보아야 할 것이다.

제일 먼저 들 것은 풍자미(諷刺美)다.

저자는 소설 전편에 걸쳐 세련되고도 과장된 필치로 도교의 선경과 불교의 성지를 풍자적으로 묘사했다. 옥황상제는 천국의 지존이요 위엄 있는 최고 통치자라는 외형과 달리, 극도로 용렬하고 나약한 존재로 부각시켰으며 그 어리석고도 무능한 추태를 심도 있게 폭로하고 신랄한 조롱을 퍼부음으로써, 천국을 인간 사회의 프리즘으로 투영하였다. 또한 염라대왕은 종교적 의미에서 지옥의 수장(首長)이요 집법자(執法者)로서 인정에 구애됨 없이 냉혹하고도 공평무사(公平無私)하게 죄를 다스리는 존재이나, 저승 판관 최각을 통해 이승의 청탁을 받아 은밀히 당 태종의 수명을 연장시켜주는 등 작폐를 저지른다.

저자는 이렇듯 세련되고도 과장된 필치로 종교적 후광을 덮어쓴 지옥의 이미지에 막심한 경멸과 모독을 가함으로써, 인간 세계에서 뇌물을 받아먹고 법을 어기는 관부(官府)의 실태를 날카롭게 풍자, 고발하고 있다.

현장 법사 일행의 궁극적인 지상 목표, 서천 불지(西天佛地)에 대한 기본적 태도는 일단 긍정적이었다. 그러나 찬불가(讚佛歌) 속에서 어느 정도 야유의 맛을 곁들인 것도 사실이다. 특히 부처님의 수제자 아난과 가섭의 "인사치레로 뇌물을 요구하는" 장면이라든가, 여래부처님이 두 제자의 행위를 변호하는 등, 일단의 과장을 삽입시킨 의도는, 마치 대대로 물려받은 재산을 지키려는 탐욕스럽고도 인색한 자본가를 연상시켜, 당시의 독자들로 하여금 음미해볼 만한 가치를 부여했다. 다시 말해서, "장엄하고도 성결한" 부처님의 땅에서도 공공연히 뇌물을 주어야 성사된다는 세태를 지적함으로써, 이른바 '사대 개공(四大皆空)'을 제창하는 불교 역시 남다를 바 없다는 속성(俗性)에 절묘한 풍자를 가한 것이다.

추악한 세태에 대한 풍자도 빠뜨리지 않았다. 현실 생활 가운데 온갖 추접스러운 인정세태를 방고측격(旁鼓側擊) 형식으로 말을 에둘러서 익살스러운 풍자를 가하여 꾸짖는 경우가 그것이다.

제26회에서 저팔계가 원로 해상 삼성(海上三星)을 상대로, "감투 쓰고 벼슬 자리에 나간 집안에는 수명을 늘여주고 복을 더해주고 재물을 보태주니, 자네들이야말로 진짜 남의 집 머슴 아닌가!"라고 익살과 농담을 섞어 일갈한 것은, 당시 부귀와 수복(壽福)에 심취하고 공명과 이록(利祿)을 좇는 부류들의 시폐를 정면으로 기롱(譏弄)한 것이요, 또한 제44회에서 거룩한 도교의 삼청 성상을 변소간에 빠뜨린 처사야말로 풍자의 극치라 아니할 수 없을 것이다.

등장인물에 대한 풍자도 날카롭기 이를 데 없다. 당나라 스님 현장 법사는 불경을 구하러 가는 일행의 정신적 지도자였다. 그는 굳센 의지로 여색과 권세, 부귀영화의 유혹에 흔들리지 않았으며 선량하고도 너그러운, 동정심이 풍부한 인물이었다. 그러나 자비 사상과 인애의 관념을 너무 앞세워 선악의 대상을 가리지 않고 선행을 베푸는 무원칙성을 남발하고 충성스러운 제자에 대하여 무고한 질책과 잔혹한 타격을 가하기 일쑤였다.

이러한 당나라 스님에 대하여, 저자는 냉담하고 준엄한 풍자를 가하였다. 어쩌면 당나라 스님의 이미지는 명나라 중엽 이후 "유교와 불교가 합류되던" 역사적 현실과 사상 경향의 전형적 인물로 부각되었는지도 모른다. "덕행과 선심(禪心)을 지닌 성승(聖僧)"은 당시 맹목적으로 봉건 예교(封建禮敎)를 준수하는 오활한 선비의 표상이요, 불교도로서 경건한 색채를 띠면서도 봉건적 지식분자의 진부하고도 용렬하며 나약한 기질의 표준으로 등장한다. 명나라 때 이탁오(李卓吾) 선생이 『비평 서유기(批評西遊記)』 제56회에서, "이 화상은 참으로 밉살스럽구나!

어쩌자고 승려가 오활한 샌님 기질을 띠었단 말인가? 썩어빠졌구나! 썩어 문드러졌어!"라고 탄식한 것도 그런 연유에서이리라.

손오공과 현장 법사는 사제지간이면서도 성격면에서나 사상적으로 극명하게 대비된다.

당나라 스님은 "선을 행하여라. 출가인은 자비를 으뜸으로 삼아야 한다. 빗자루로 마당을 쓸 때에도 개미의 목숨을 다칠까 조심해야 하고, 초롱불에 달려드는 불나방의 목숨을 아낄 줄 알아야 한다"고 주장하는 데 반해, 손오공은 "싸워야 합니다. 모름지기 악을 송두리째 없애버려야 합니다. 그 알량한 자비심일랑 잠시 거두어두십쇼. 그저 착한 일만 하려 들었다가는 사부님의 목숨은 끝장나고 맙니다. 요정은 사람을 해치는 괴물입니다. 그런 요괴들의 목숨을 애석하게 여기시다니, 어쩌려고 그러십니까!"라고 반박한다.

이렇듯 극명한 성격적 대비와 그로 말미암은 당나라 스님에 대한 풍자는 두 차례에 걸친 손오공의 파문 과정에서 충분히 나타나고 있다. 손오공이 때려죽인 노상 강도에게 약을 주려 하고, 무덤을 만들어 조문하는 과정에서 보여준 터무니없는 선행, 피아를 뒤바꾸어 배려하는 당나라 스님의 완고함, 그 황당함과 미움에 대한 날카로운 조롱, 해학, 풍자는 전편에 걸쳐 계속 발전되고 있는 것이다. 또 이렇듯 중복된 발전과 변화는 손오공에 대한 파문과 징벌의 정도가 심화됨에 따라서 당나라 스님에 대한 풍자 역시 점차 강화되어 나가고 있다.

요마에 대한 손오공과 당나라 스님 간의 논쟁은, 언제나 진실 검증으로 확인되고 마무리된다.

투쟁 대상에 대한 시비곡직을 사실적으로 따져본다면 손오공의 판단이 항상 정확했고, 당나라 스님은 완전히 판단 착오였다. 한마디로 요괴 마귀에게 선행을 베풀 때마다 스님은 번번이 심각하게 나쁜 결과를 빚어내어 스스로를 위기에 빠뜨렸으며 재앙을 초래했다. 그리고 최후에는 파문, 축출당한 손오공의 활약으로 위험한 국면을 만회하곤 했다.

이는 곧 당나라 스님의 무분별한 '자비와 선심'이 얼마나 황당하고 어리석은 일인지 반박할 여지가 없는 조롱이라고 할 수 있다. 평정산의 은각대왕, 호산 화운동의 홍해아, 특히 흑송림의 황포 노괴에게 사로잡혔다가 구출되었을 때, 손오공은 "사부님, 당신은 착하고 훌륭하신 스님이신데, 어찌하여 이토록 흉악한 몰골을 하고 계십니까? 사부님은 절더러 흉악한 짓을 저지른다고 책망하시면서 쫓아내셨고, 당신은 한마음 한뜻으로 선(善)을 지향하시더니, 어쩌자고 하루아침에 이런 꼬락서니를 보이고 계십니까?" 하고 정문일침(頂門一鍼) 격으로 날카로운 조소를 던지고 있다.

몰리에르는 이런 말을 남겼다.

"올바르고 단호한 교훈은 그것이 아무리 날카로운 것이라 하더라도, 경우에 따라서는 그 효과가 한마디 풍자에 미치지 못할 때가 있다. 악습은 사람들의 웃음거리가 되어, 곧바로 악습에 대한 중대하고도 치명적인 타격이 될 수 있다."

당나라 스님의 습관적인 '과실(過失)'에 대한 묘사를 통하여, "악습이 사람들의 웃음거리가 된다"는 크고 강한 풍자의 힘을 얻게 만든 것이다.

4) 유머

다음은 유머의 미학이다.

풍자가 희극 가운데 차지하는 비중은 비록 크기는 하지만, 고골리가「희극론」에서 밝힌 것처럼 "풍자는 영원히 유머와 대체될 수 없는 것"이다.

그리고 천후이(陳慧)는 그의 「유머론」에서, "유머는 미(美)와 추(醜)의 대비(對比)를 거쳐 의미 깊은 웃음을 이끌어내어 미로써 추를 압도하는 일종의 희극 형식"이라고 지적했다.

본문에서 본 것처럼, 『서유기』에는 강렬한 풍자 요소를 제외하고도 전편에 걸쳐 농도 짙은 유머의 정서가 흐르고 있다.

첫번째 사례로, 제68·69회 주자국에서 의학을 모르는 손오공이 국왕의 난치병을 고쳐주기 위해 현사 진맥 할 때의 긴장감, 이어서 8백 여덟 가지나 되는 약재를 쌓아놓고 '비방(秘方)'으로 조제할 때의 호기심, 그리고 조마조마한 우려 끝에 반전될 때까지 다음 대목을 보고 싶어하는 조급증이 그것이다.

또한 제84회 멸법국에서 기상천외한 변화 술법으로 하룻밤 새 어리석은 임금 이하 모든 신하들을 대머리 까까중으로 만들어놓는 돌발 사태…… 이러한 사례들이 모두 음미해볼 값어치가 있는 유머러스한 정경이다.

둘째는 대부분 간단명료한 문장이나 기발한 말 한마디, 대꾸 한마디에 암시적인 은유(隱喩), 쌍관어(雙關語) 등의 수사 기법(修辭技法)을 써서 돌발적이고도 신속하게 어떤 특정한 분위기를 조성하여 상대방의 의표를 찌르면서 정리(情理)에도 부합시키는 교묘한 특징을 갖추고 마무리짓는다는 점이다.

그 사례로 제21회에서 손오공이 노인에게 "우리가 비록 신선은 아니지만, 신선이 바로 우리의 후배 격이다"라고 말한다거나, 제76회에서 저팔계가 쇠스랑으로 요괴를 후려 찍으려 할 때 손오공이 "안 되지, 안 돼! 그 쇠스랑 이빨은 날카로워 자칫 잘못해서 가죽을 찢어 피라도 나오게 했다가는, 사부님이 보시고서 또 우리더러 살생을 했다고 꾸지람하실 게 아닌가. 그러니 역시 쇠스랑 자루로 때리기만 하게"라고 말린 것도 역시 기발한 말장난으로, 요괴를 흠씬 두들겨 패는 짓이 나쁘다는 게 아니라, 본디 속에 없는 말로 은연중 살생을 꺼리는 스승을 조롱한 것이요, 제14회에서 "당나라 사람〔唐人〕"과 "설탕으로 빚어 만든 사람〔糖人〕"을 들먹이는 해음쌍관어(諧音雙關語)의 절묘한 응용, 그리고 "설탕〔糖〕"과 "꿀〔蜜〕"을 동류선상(同類線上)에 연장시켜, 상대방의 관심을 아예 다른 곳으로 끌어가는 기발함, 제44회에서도 "장수(長壽)"와 "장수(長受)"의 같은 음을 교묘히 바꿔치고 여기에 '죄(罪)'한 자를 덧붙이는 재치로 가혹한 정치하에 무진 고통을 받는 승려들의 심정을 표현한 사례, 그리고 제40회에서 "누가 부르는 소리〔人叫〕"와 "가마〔人轎〕"의 동음이어로 당나라 스님의 주의력을 엉뚱한 데로 이끌어가는 기지와 민첩성 또한 운치 있는 분위기를 송두리째 드러낸 농도 짙은 유머라고 할 수 있다.

이상 두 가지 형태의 유머러스한 분위기 조성은 정취와 조롱, 의도적인 성격이 복합적으로 융화된 것이라 하겠다. 여기서 정취는 일반적인 분위기의 재미뿐만 아니라, 홀가분함, 유쾌하고 즐거운 맛이 가득 찬 일종의 독특한 정서요, 조롱은 저자가 미와 추의 대비를 거쳐 함축시키거나 토로한 일종의 추(醜)에 대한 조소요 희롱의 개념이다.

주자국 임금에게 말 오줌을 섞어 만든 환약을 먹인 의도는 용렬하고 나약한 혼군에 대한 조롱이요, 하룻밤 새 멸법국의 군신들을 까까중으로 만든 의도는 불교를 말살하려는 폭거에 대한 조롱이며, 요괴를 호되게 때리면서 "안 되지, 안 돼!"라고 외친 의도는 살생 금지의 계율을 고지식하게 지킬 줄만 아는 당나라 스님에 대한 조롱이었다. 이러한 사례가 곧 미추(美醜)의 대비에 바탕을 둔 저자의 추(醜)에 대한 조소와 희롱 개념이라 할 것이다.

천궁의 지존과 신령들을 경멸하는 미소, 깔끔하고도 태연자약한 태도로 가볍게 조롱하는 말투, 스승인 당나라 스님 앞에서도 거칠 것 없이 자신을 '손선생'이라고 일컫는 대담성, 요괴 마귀들을 상대로 "손씨 할아버지, 어르신"이라 자칭하고 상대방을 "내 아들아, 조카야!" 하고 부르는 태도, 이는 특히 강자 앞에서 지혜와 도덕적인 면에서 우월감을 잃지 않으며 "인격을 갖춘 정신적 가치"를 유지하고, 위에서 아래를 굽어보는 자세로 상대방을 멸시하고 농락하는 손오공의 여유로움이라 할 것이요, 이것이 곧 강하고 사악한 세력을 압도하는 손오공의 거대한 정신적 우세라고 할 것이다.

또한 소설 전편에 걸쳐, 저팔계의 여러 가지 결점과 약점을 간파하여, 비록 짓궂고 밉살스럽기는 하지만 이따금씩 골탕 먹이거나 꼼짝없이 추태를 드러내게 만들되 그 흠집을 감추지 않고 여실히 드러내게 만든 의도는, 역시 호의적으로 권선적(勸善的) 의미를 지닌 것이라 할 수 있다.

손오공의 유머 속에는 언제나 지혜의 빛, 다시 말해서 기지(機智)가 번뜩인다. 그것은 곧 '교지(巧智)'였으며 '급지(急智)'이기도 하다.

교지의 '교(巧)'란 교묘함과 기발함이란 뜻으로, 사물의 갈등과 모순, 또는 상대방의 약점을 기상천외한 방법으로 장악하여 이기는 데 능통하다는 뜻이다. 이를테면 제33회, 손오공이 평정산 연화동 앞에서 금각·은각 대왕의 부하 영리충과 정세귀를 속여 '자금 홍호로'와 '양지옥 정병'을 사기 쳐서 빼앗는 대목이라든가, 제45회 차지국에서 "물건 알아맞히기" 방법으로 녹력대선을 이기는 등, 포복절도할 대목은 곧 상대방의 의표를 찔러 승리하는 '교지'의 전형이다.

'급지'란 뜻밖의 갈등이나 모순이 돌발했을 때, 그 주인공이 조금도 머뭇거릴 틈 없이 적시에 해결하는 재치다. 예컨대 주자국 연회석상에서 주책없는 저팔계가 "그 단약 속에는 말(오줌이 섞여 있다)……" 하고 폭로하는 순간, 손오공이 다급한 가운데 "허기를 보하고 가래를 삭여 편안하게 해주는 마두령이 들어 있습니다……" 하고 둘러쳐서 얼버무리는 미봉책이야말로 천의무봉(天衣無縫)한 '급지'의 전형이라 할 수 있을 것이다.

낙천주의와 낙관주의는 유머의 정신적 기둥이다.

손오공의 낙관주의 정신은 바로 천국의 대소동에서 선명하게 구현되고 있다. 특히 서천으로 불경을 구하러 간다는 정의로운 사업에 있어서 그 유머는 더욱 충만한 신심, 자신을 믿는 굳센 신념으로 화하여 사악한 세력을 압도하는 우월성으로 바뀐다. 그런 점에서 손오공의 유머 감각은 항상 마지막 대적 투쟁(對敵鬪爭)에 있어 주도권을 장악하는 방편이 되었으며 생기를 쏟아 붓는 수단이 되었다고 할 것이다.

생기발랄한 정신력과 적극적이며 진취적인 자세로 희극성 짙은 돌진을 감행할 때마다 그는 항상 공세적 지위를 선점(先占)하고, 주도권을 완벽하게 장악하여 지배적 위치를 차지한다.

다시 말해서 그의 대적 투쟁은 언제나 "적이 강하고 내가 약한" 조건 아래 진행되기 일쑤였으므로, 항상 불리한 여건, 피동적인 역경, 심지어는 요괴 마귀들이 지닌 '보배'의 위력과 흉악함에 대처하기 어려운 경우, 심지어는 손오공 자신이 크게 골탕을 먹고 막다른 골목에 처하여 이러지도 저러지도 못하는 궁지에 몰릴 때가 많았다. 그때마다 그는 무진 애를 써서 위험한 국면을 만회하고 탁월한 솜씨로 원상을 회복시켜 피동의 역경에서 주도권을 되찾으며, 그 결과 비극적 처지를 희극적 경지로 되돌려왔던 것이다. 이것이 곧 그의 주도적 성격과 생기발랄한 기백이 선명하게 표출되는 유머라고 할 수 있다.

5) 골계

마지막으로 골계(滑稽)의 미학이다.

전통적 희극 이론에서 골계의 본질은 추(醜), 곧 익살맞고 못난 이미지이다. 뒤집어 말하자면, "추란 골계의 근원이요 본질"이며, "골계는 존재 근거의 필요성을 잃어버린 추를 대상으로 한다. 내용상으로는 공허한 것, 형식상으로도 왜곡된 것이지만, 결과적으로 터무니없이 도리에 어긋난다는 황당한 특징을 지니고 있다".(왕차오원〔王朝聞〕의 『미학 개론』에서)

저팔계는 복잡한 이미지의 소유자다. 소설 전반적으로 평가해볼 때, 그는 중대한 결함과 약점을 숱하게 지닌 골계의 전형적 인물이다.

주광치엔(朱光潛)의 독자적 견해에 따르자면, "진선진미(盡善盡美)한 인물은 골계의 대상이 될 수 없다. 또 궁흉극악(窮凶極惡)한 인물 역시 골계의 대상이 될 수 없다. 골계를 유발하는 것의 대다수는 이들 양자간에 있으며, 다소간의 결함을 지녔으되 그 결함이 심각한 혐오감, 통렬한 증오감에 이르지 않는 것이어야 한다".

여기에 또 한 가지, 저팔계는 '진선진미'와 '궁흉극악'의 양자간에 우스꽝스런 일면도 지니고 있을 뿐만 아니라, 사랑스러운 인간미를 지녔다는 점도 덧붙여야 할 것이다.

저팔계는 연극적인 우스꽝스런 몸짓과 대사를 즐긴다.

익살스러운 면에서 본다면, 『서유기』는 「당참군희(唐參軍戲)」와 송-원대 잡극의 전통을 계승하였다고 할 수 있다. 특히 교활한 참군(參軍)과 어리석은 보라매, 즉 창골(蒼鶻)의 두 주인공이 서로 문답하는 형식으로 익살스럽게 연기하는 이미지가, 지혜로운 손오공과 미련한 저팔계라는 두 주역으로 발전하였다고 볼 수 있다.

특히 손오공을 상대로 어수룩한 척하고 바보 미련퉁이 노릇을 하는 저팔계의 역할은 전혀 과장된 것이 아니다.

예를 들어보자. 제21회에서 손오공이 황풍괴의 독한 바람에 쐬어 고생하고 있을 때 저팔계와 주고받은 대화, "여보, 장님! 지팡이를 찾으쇼?" "이 보릿겨나 처먹고 사는 미련퉁이 곰 녀석아! 날 아예 소경 취급을 할 작정이냐?" 하고 대화하는 장면이라든가, 제34회 평정산 연화동에서 두 사람이 차례로 요마에게 붙잡혀 하나는 대들보에 매달리고 하나는 신통력을 써서 탈출하려 했을 때, 저팔계가 "안 된다! 안 돼! 기둥 뿌리에 묶인 것은 가짜고, 대들보에 매달린 것이 진짜다!" "살살 좀 때려주시오. 호되게 때리면 나도 악을 써서 산통을 깨뜨려버릴 테요! 내가 형님을 못 알아볼 줄 알고? 〔……〕 형님, 얼굴은 바꾸었어도 엉덩이는 안 바꿨지 않소? 뒤 좀 돌아다보시구려. 두 볼기짝이 빨간 게 안 보이시오? 그래서 형님을 알아본 거요"라고 빈정거린 대목이 바로 그렇다.

저팔계의 익살 중에 우화적(寓話的)인 의미를 지닌 것도 골계라고 할 수 있다.

제93회, 급고포금사에서 저녁 대접을 받을 때, "점잖게만 있으라니! 뱃속이 텅텅 비었단 말이오!"라고 악을 쓰는 대목은 명나라 당시 헛된 명성만을 내세우는 문인 학사들에 대한 저자 오승은의 신랄한 조롱과 해학이요, 제26회 오장관에서 수(壽)·복(福)·녹(祿) 세 원로들더러 "감투 쓰고 벼슬 자리나 탐내는 머슴들!"이라고 호통친 대목이나, 제44회에서 도교 천존(天尊)들의 삼청 성상을 "오곡이 윤회하는 곳"에 풍덩 빠뜨려 넣고 "……삼청님들은 그 자리에 오래 앉아 계셨으니, 잠시 동안 이 지저분한 뒷간에 들어가 계시구려. 당신들은 여느 때도 집에서 궁색한 것 하나 없이 잘 잡숫고 청정 도사 노릇을 해오셨으니, 오늘은 다소 더러운 제물을 자셔야 하는 운수를 면치 못하시고, 냄새 지독한 원시 천존, 영보도군, 태상노군 노릇도 한번쯤 해보시구려!"라고 비웃은 것도 우화적 교훈이라 하겠다.

손오공과 마찬가지로, 저팔계 역시 동물과 인간, 신령의 세 가지 형상이 교묘하게 융합된 인물이다. 그중에서도 손오공보다 더 인간적인 요소를 주체로 삼아 우스꽝스런 골계미를 가장 두드러지게 표현했다.

돼지의 특징은, 외형적으로 추레한 생김새와 비곗살이 찐 장대한 몸집, 시커먼 얼굴에 짧은 터럭, 비죽 내민 주둥이에 커다란 두 귀, 굼뜨고 우둔한 동작, 그리고 내면적인 습성으로 식탐을 즐기는 잠꾸러기의 특성을 지녔다. 남에게 조소를 받는 바보스러움과 아둔하고 굼뜬 동작에다 스스로 영리한 척, 용감한 척하는 특성을 연출함으로써 웃음거리가 되는 자신과 성격의 불협화음이 주제를 이룬다. 그의 신변에서 주로 내재적 성격과 외재적 표현의 부조화, 형식과 내용, 목적과 수단, 동기와 효과, 언행과 주변 환경, 현상과 본질 등 여러 면에서 연출되는 불협화가 곧 그의 골계미를 이루고 있는 것이다.

하나씩 예를 들어보자.

제23회에서 네 보살이 일행의 선심(禪心)을 시험했을 때 드러낸 잡아떼기와 추태는 저팔계 자신의 결점과 약점을 덮어 숨기려는 과정에서 조성된 내재적 성격과 외재적 표현의 불협화였으며, 제40회 호산 화운동에서 홍해아와 싸우는 손오공이 승리를 목전에 두었을 때 자신의 공로가 없어질 것을 우려하여 뛰어드는 무모함이라든가, 제70회 주자국에서 손오공이 죽여서 끌고 온 졸개 요괴 유래유거의 시체를 쇠스랑으로 한 번 찍고 "잡았다! 첫 공로는 내 것이다! 형님 날 따돌릴 생각 마시오! 여기 증거가 있소. 저 시체에 쇠스랑 이빨 자국 아홉 개가 안 보이시오?"라고 억지 떼를 쓰는 장면은 거짓된 형식으로 진실된 내용을 은

근슬쩍 바꿔치기하려는 형식과 내용의 불협화 사례요, 제72회 반사동에서 거미 요정들의 내력과 술법을 모른 채 섬멸하려고 덤벙대다가 거미줄의 장막에 갇혀 골탕 먹는 대목은 정당한 목적에 대하여 부적절한 수단을 채택한 결과 그 목적이 허사로 돌아가고 심지어 정반대의 결과를 빚게 된 목적과 수단의 부조화 사례다.

또한 제88회 옥화왕부에서 제 딴에는 인사치레를 하였다는 것이 오히려 스승에게, "이 미련한 것아! 주둥이만 꾹 다물고 있으면 그만일 텐데, 어째 그리 거칠고 무뚝뚝하게 구는 게냐? 말 한마디가 태산이라도 들이받아서 무너뜨리고도 남겠다!"고 책망을 들은 것처럼, 동기는 비록 좋으나 오히려 일을 망치는 역효과를 낸 것은 동기와 효과가 부조화를 이룬 사례다.

그리고 제54회 서량여국에서 당나라 스님이 여왕과 결혼하게 되었다는 소식을 듣고 축하주가 없다면서 설쳐대는 장면이나, 제69회 주자국 임금의 잔치 자리에서 심통을 부리고 '오금단'의 비밀을 폭로할 뻔했던 대목은 공개적인 장소에서 너무 흥분하여 본래의 목적을 잊고 언행이 체통을 크게 잃은 경우로서, 언행과 주변 환경의 불협화 사례이며, 평정산에서 적정(敵情)을 탐색하던 도중 낮잠이나 늘어지게 자고 나서 번쩍 떠오른 '영감(靈感)'으로 거짓말을 꾸며내는 대목은 곧 현상과 본질의 불협화로서 "내재적 공허와 무의식이 실질적 내용과 현실적 의미를 가장(假裝)하여 자신을 엄폐하는"(차르니셰프스키의 「생활과 미학」에서) 경우라 할 것이다.

이러한 여러 가지 불협화, 부조화들은 저팔계 자신의 성격 중에 내포된 결함과 약점, 모순과 갈등을 반영한 것으로서, 이른바 '추(醜)'의 개념이 황당무계함과 자체적인 모순성을 띠었을 때 비로소 우스꽝스런 골계미를 느끼게 만드는 것이라고 할 수 있다.

저팔계의 성격적 특징에 대하여는 다음 'V. 주인공들'의 분석에서 다시 언급하기로 하겠다.

3. 신화 속의 『서유기』

1) 원시 신화의 개념

다음은 『서유기』의 신화적 성격에 대해 말해보기로 한다.

앞서 지적한 대로, 소설 『서유기』는 '신마 소설', 어떤 면에서는 '신화 소설' 또는 '신괴 소설'이라 불릴 수 있다. 실제적으로 『서유기』와 중국 고대 신화는 일부 질적인 차이가 있다는 전제 아래 양자간에 내재적 연계가 있으며, 실제로 『서유기』-고대 신화는 원시 신화와 어떤 점에서 연계선상에 놓여 있다고도 볼 수 있다.

원시 신화의 개념은 한마디로 원시인을 지배하던 종교의식(宗敎意識)에서 비롯된 것이다. 그 의식은 "만물에 영혼이 있다"는 개념, 즉 상상 가운데 우주 만물을 모두 생명을 지닌, 영혼이 있는 인격화된 신으로 보고, 그러한 초자연력을 숭배하는 의식에서 연유한 것이다.

K. 마르크스는 그의 「정치경제학 비판 서론」에서, "신화는 원시 인류에서 생성되었으며, 상상력을 쓰고 상상력을 빌려 자연력을 정복하고 지배하는 과정에서 자연력을 형상화한 것"이라고 설파했다. 즉 원시 사회 말기에 계급의 분화와 지배 계층의 통제가 나타나면서, 그 신화에 통치신과 반항신과 같은 사회적 역량이 나타나고, 이러한 상상 중에 자연과 사회에 대하여 자각하지 못하는 동안 무의식적인 예술적 가공이 발전하게 되었다는 것이다.

그러나 『서유기』처럼 중국 봉건 사회 후기, 즉 명나라 중엽 이후에 생성된 후세의 신화 소설은 당연히 원시 신화와 동등한 관념으로 일괄해서 논할 수는 없다. 『서유기』의 저자는 자각적으로 신화 형식을 빌려서 예술적 창작을 수행하고, 상상 가운데 자연과 사회에 대한 어떤 자각적(自覺的) 가공(架空)을 통하여 자신의 창작에 대해 명확한 인식을 보유하고 있었던 것이다.

남의 말을 빌려 표현한다면 "책 속에 담긴 이치는 모두 저자가 깨친 도리요, 책 속의 언어는 모두 저자가 토로하고 싶은 말이다. 두드러지게 나타낼 수 없어 은연중에 드러내고, 직언으로 말할 수 없어 우회적으로 나타내 보였을 뿐이다".(무명씨의 「독서유보잡기(讀西遊補雜記)」에서 인용)

저자의 창작은 신괴(神怪) 형식을 빌려 세태의 변화를 투영하고 사회 현실에 대한 인식 및 그 사상적 소망을 부각시켰다. 따라서 저자는 초현실적 상상력을 대폭 운용하였으나, 그 상상력의 주요 내용이 현실을 프리즘으로 반영함과 아울러 현실에 대한 자각적 인식 및 그 상상력의 소망을 표현하는 수단으로 썼다는 점에서 원시 신화와 다른 것이다.

그 다음, 저자가 상상한 초현실성도 자각적 인식에서 이루어졌다는 점이다. 그는 자신의 상상력을 객관적인 세계에 대해 정확히 두드러지게 반영하지 않았으며, 그것을 객관적 사물의 본래 면모에 부합시키려 했을 따름이다. 그가 만들어낸 옥황상제 · 태백금성 · 손오공 · 저팔계 · 우마왕 · 백골시마와 같은 신마의 형상 및 천국과 지부(地府), 용궁, 영산과 같은 신화적 경지는 그의 마음 속에서 현실을 살아가는 가운데 존재할 수도 있는 신마적 인물, 신화적 경지로 인식하지는 않았던 것이다.

이상의 관점에서 본다면, 『서유기』와 원시 신화 사이에 초현실적 상상력으로 진행된 가공이 과연 자각적 · 의식적인 것이냐 아니냐 여부는 두드러지게 질적인 차이가 있다.

문제의 하나는 『서유기』와 원시 신화 사이에 복잡다단하지만 사유 방식(思惟方式) 면에서 어떤 동질성이 개재하고 있다는 점이다.

신화란 신화적 사유, 즉 원시 사유(原始思惟)의 산물이다. "원시인의 사유는 현대인의 논리적 사유와 완전히 다른 특수한 사유, 곧 '원논리적(原論理的)' 사유"(레비 브륄 Levy-Bruhl의 「원시 사유」에서)이며, 논리적 사유가 계속 진보, 발전하는 현대에 와서도 그것은 '원논리적 사유'를 완전히 배제하지 못하고 있다는 사실이다. 왜냐하면 현대인의 지력 활동(智力活動)은 이성적이면서도 비이성적인 것이기 때문이다. 그 이면에는 "원논리의 신비한 요소와 논리적 요소가 공존"(레비 브륄)하고 있으며, 현대 논리적 사유에는 여전히 인멸될 수 없는 원시 사유의 흔적이 남아 있다. 따라서 『서유기』 속에도 원시 사유의 흔적이 필연적으로 존재한다는 것이다.

그 다음 문제는, 『서유기』와 원시 신화 사이에 그 자체 및 등급상 어떤 동질성이 존재하고 있다는 점이다. 『서유기』와 같은 자각적 창작이 후세 신화 소설로 자리매김하기 위하여는 그 자체가 언어 예술 또는 문학이어야 한다는 사실이다.

원시인은 생산과 지식 수준의 한계로 말미암아 그저 감성적 직관으로 객관적 사물을 놓고 혼연일체의 사물로 인식하였다. 이것은 원시 사회의 유일한 인식 형태로서, 당시 철학·종교·도덕, 과학과 예술 등등 여러 분야를 포함한 다학문적(多學問的)인 복합 통일체가 된다는 사실을 증명한다.

따라서 언어 예술 또는 문학적인 측면에서 이들 『서유기』와 원시 신화 자체의 동질성은 그것들 사이에 서로 융통하고 제공하는 전제 조건, 곧 진일보된 예술적 품급상의 공통성, 신화 예술이 지니는 독특하고도 고유한 낭만주의적 성격을 의미하는 것이다.

2) 중국 고대 신화와 『서유기』의 연원 관계

『서유기』와 중국 고대 신화 소재(素材)의 연원(淵源) 관계를 크게 일별해보면 대략 다음과 같다.

첫째, 신마의 형상과 이미지에 관한 문헌 기록이다.

돌 원숭이의 탄생과 그 이미지는 『한서 · 무제기(漢書 · 武帝記)』, 안사고(顔師古)의 주(注)를 인용한 일문(佚文), 그리고 『강사(絳史)』 권12, 주 「수소자(隋巢子)」의 기록, 그 다음 변천 과정은 『국어(國語)』 가운데 「노어(魯語)」와, 『태평광기』 제467권 '이탕(李湯)'조의 「융막한담(戎幕閑談)」, 곧 당나라 이공좌(李公佐)의 「고악독경(古岳瀆經)」과 같은 문헌 기록이 그 근거가 된다.

서왕모의 신화는 주로 『산해경(山海經)』과 『목천자전(穆天子傳)』 『한무제 내전(漢武帝內傳)』, 그리고 『회남자(淮南子)』 가운데 「남명훈(覽冥訓)」 등 문헌 기록에 바탕을 두고 변화, 발전한 것이며, 옥황상제는 『전국책(戰國策)』 가운데 「초책(楚策)」 1권, 및 『산해경』 전반에 걸쳐서, 그리고 『신이경(神異經)』 「동황경(東荒經)」에 나타난 천제(天帝)의 개념과 동왕공(東王公)의 내력을 뒤섞어 변화시킨 것이다.

그리고 여러 용왕들의 연원과 비를 내리게 하는 능력은 『산해경』의 「대황북경(大荒北經)」 및 『태평광기』 제418권의 '진택동(震澤洞)'조에 인용된 「양사공기(梁四公記)」의 신화 전설을 변형시킨 것이며, 바람의 신령은 『산해경』 「대황북경」과 『회남자』 「본경훈(本經訓)」에서, 강물의 신령은 『산해경』 「해외동경(海外東經)」과 「해내북경(海內北經)」, 그리고 『초사(楚辭)』 「구가 · 하백(九歌 · 河伯)」의 기록 및 『포박자(抱朴子)』 가운데 「석귀(釋鬼)」에서, 불의 신령은 『산해경』의 「해외남경」, 『좌전(左傳)』 「소공(召公)」 29년조, 그리고 『회남자』 「시칙훈(時則訓)」에서, 뇌신

은 주로 『산해경』「해내동경」과「대황동경」, 『운선잡기(雲仙雜記)』의
「천고(天鼓)」, 그리고 왕충(王充)의 『논형(論衡)』「뇌허(雷虛)」와 같은
문헌 기록을 발전시킨 것들이다.

그 밖에 구두부마의 원형인 구두조(九頭鳥), 칠절산의 장사괴(長蛇
怪), 사타산 대붕마의 유래 역시 『산해경』이나 『제동야어(齊東野語)』,
『회남자』의 「본경훈」, 그리고 『장자(莊子)』의 「소요유(逍遙游)」와 같은
문헌 기록들에서 비롯된 것이다.

둘째는 지리적 연원, 곧 이역 환경(異域環境)에 관한 기록이다.

천궁에 대한 개념은 『황람(皇覽)』「총묘기(冢墓記)」 가운데 "황제
(黃帝)가 용을 타고 구름에 떠받들려 조하(朝霞)를 딛고 열궐(列闕)에
이르러 천궁을 지났다"는 기록에서 비롯되어 그 윤곽이 애매하고 소략
한 초기 형태로 등장한 것이, 도교의 교리가 발전함에 따라 『서유기』에
서처럼 이른바 구중천(九重天)·삼십삼천(三十三天) 등등, 그 규모가 방
대하고 다양한 색채의 환상적 경지로 변천된 것이다.

용궁은 신룡(神龍)의 거처로서, 고대 초(楚)나라 때 민속 신을 모시
는 제례악의 원시적 자료인 『초사』「구가·하백」에서 그 초기 형태를
드러내고, 이후 『태평어람』 제803권에 인용된 「양사공기」의 기록을 변
화 발전시킨 것이다.

그 밖의 무저동은 『열자(列子)』「탕문(湯問)」편의 귀허(歸墟)에서,
십주(十洲)와 삼선도(三仙島)의 개념 역시 『열자』「탕문」과 『사기(史
記)』「진시황 본기(秦始皇本紀)」 및 『십주기(十洲記)』에 바탕을 두고 있
으며, 화염산의 유래는 『산해경』「대황서경」과 『신이경』의 「남황경(南
荒經)」에서, 그리고 약수와 유사하에 대한 근거는 『초사』의 「초혼(招
魂)」편과 『산해경』의 「대황서경」, 그리고 『현중기(玄中記)』 등 문헌 기

록에 바탕한 것이다.

서량여국의 전설은 『산해경』「해외서경」, 『삼국지(三國志)』의 「위지(魏志)」와 『양서(梁書)』의 「동이전(東夷傳)」, 그리고 『북사(北史)』「서역전(西域傳)」 등에 나타난 여인국(女人國)의 기록을 변형, 발전시킨 것이다. 특히 '서량(西梁)'이란 어휘는 『양서』의 '부상(扶桑)', 즉 동쪽 개념을 취하지 않고 서천행(西天行)과 부합되게 『북사』의 기록인 "여자의 나라가 총령(葱嶺) 이남(현 파미르 고원 일대)에 있는데, 그 나라는 대대로 여자를 임금으로 삼는다"는 내용에서 방향을 잡았으리라 본다.

이 밖에도 진귀한 보배 따위 사물의 연원이라든가, 술법의 변화도 모두 그 나름대로 근거가 있다.

이를테면 반도 복숭아는 『회남자』「남명훈」과 『한무제 내전』 및 『한무고사(漢武故事)』의 불사약과 서왕모 전설에서 유래한 것이고, 관음보살의 감로수는 『산해경』「해내서경」과 『십주기』에서, 그리고 인삼과는 『산해경』「대황남경」과 『신이경(神異經)』, 『술이기(述異記)』 상권에 그 원형을 드러내고, 요괴 마귀의 정체를 비추어 꼼짝 못 하게 만드는 거울 조요경은 『동명기(東溟記)』 제1권의 '금경(金鏡)'이 시초인데, 이 소설 이외에 『봉신연의(封神演義)』에도 등장한다.

손오공과 나타태자가 부리던 머리 셋 팔뚝 여섯 개 달린 '삼두육비(三頭六臂)'의 변화 술법은 『산해경』「해내서경」 및 「해외서경」, 그리고 『회남자』「추형훈(墜形訓)」에 기록된 '일신삼수(一身三首)'와 '일두삼신(一頭三身)'을 접목시켜 재창출한 술법이며, 목을 베어도 다시 돋아나오는 '작두재생(斫頭再生)'의 기묘한 술법은 『산해경』「해내경」에 기록된 '식양(息壤)'과 '시육(視肉)'의 신화 전설을 융화시켜 쓰임새 있게 개조한 것이다.

저팔계의 천강수 36종 변화 술법이나 손오공의 지살수 72종 변화 술법은 『강사』 제1권 가운데 「오운역년기(五運歷年記)」에 수록된, 이른바 천지개벽의 신 반고(盤古)의 화신(化身)이 천지 만물로 변하였다는 신화, 그리고 같은 책에 수록된 「수소자」의 도산씨(涂山氏) 전설과 『산해경』 「북차삼경」에 수록된 여왜(女媧)의 전설, 그리고 「해외북경」에 소개된 과보(夸父)의 전설 등이 제공한 소재를 저자가 고도의 상상력으로 변형 발전시킨 것이다.

손오공이 이랑진군·홍해아·독각시대왕 및 우마왕과 술법으로 겨루는 신마 대결 장면은 『산해경』 「대황북경」과 오임신(吳任臣)이 편찬한 『산해경 광주(山海經廣注)』, 「광성자전(廣成子傳)」에 수록된 상고 시대 황제(黃帝)와 치우(蚩尤)의 전쟁을 소재로 택하고, 그 변화 술법에 관해서는 『광박물지(廣博物志)』 제9권에 인용된 「현녀법(玄女法)」과 『태평어람』 제15권에 인용된 「지림(志林)」, 그리고 『통전(通典)』 가운데 「악전(樂典)」에 기록된바, 황제-치우 사이에 천태만상으로 다양하게 전개되었다는 술법을 옮겨다가 절묘하게 부합시킨 것들이다.

3) 신화 주제와의 연원 관계

신화의 주제 내용은 곧 자연 투쟁과 사회 투쟁, 이 두 가지 면을 반영하는 것이라고 볼 수 있다. 자연을 정복, 지배하겠다는 강렬한 소망과 대자연을 상대로 투쟁하는 굳센 정신력, 강한 의지는 곧 신화의 낭만주의 정신으로 발현된다.

예를 들자면, 원시인의 상상 가운데 "두 손으로 물고기를 한 마리씩 잡고 싶다"는 소망이 『산해경』 「해외남경」의 "팔뚝 긴 나라 사람" 장비국인(長臂國人)으로 나타나고, 「해외서경」에는 "긴 다리를 가진 사람" 장고국인(長股國人)으로 나타나며, 「해외남경」에서는 "날개를 가지고 새의 부리를 지닌" 형태로 고기 잡는 물개의 기능을 갖춘 환두국인(讙頭

國人)과 「해외서경」의 "비차(飛車)를 만들어 타고 바람결 따라 멀리 날아가는" 기굉국인(奇肱國人)을 창조하였다. 이런 기형적 인물들은 실제로 인간의 팔다리와 기관(器官)을 길게 늘이거나 수효를 늘려, 나무 위의 과일을 쉽게 딸 수 있고 바다 속에 들어가 마음대로 물고기와 게를 잡으며, 날짐승·길짐승을 뒤쫓아 잡을 수 있도록 주행 속도를 증가시키려는 소망 때문에 만들어진 것이다.

또 한 가지 예로, 「해외북경」에서 과보가 태양을 추격하는 경우가 그렇다. 과보는 해와 경주하던 끝에 힘이 모자라 결국 도중에서 목말라 죽었으나, 이렇듯 죽음에 이르기까지 태양과 경쟁하겠다는 불굴의 정신력은 바로 자연과 싸워 이기려는 원시인들의 완강한 의지, 굳센 신념을 반영한 것이다.

그리고 「북차삼경」에서, 염제(炎帝)의 딸이 바다에 빠져 죽어 작은 새가 되어서도, 바다를 원망한 그녀는 지칠 줄 모르고 한낱 보잘것없는 새의 힘으로 망망대해를 메워보겠다는 비장한 집념과 의지로 나뭇가지를 물어다가 창해(滄海)에 던져넣기를 오늘날까지도 계속하고 있다는 정위조(精衛鳥)의 신화 전설이야말로, 바다와 작은 새 한 마리의 힘이라는 현격한 대비가 곧 자연의 정복을 목표로 하는 원시인들의 결심과 용기를 반영한 것이라고 할 수 있다.

이러한 소망과 신념, 의지와 용기는 『서유기』에서도 계승 발전되고 있다.

서천으로 가는 노상에는 사악한 사회 세력으로 상징되는 대상뿐만 아니라, 위험한 대자연의 파괴력을 상징하는 대상도 있었다. 흑풍산의 검정 곰 요괴, 은무산의 표범 정령과 같은 사나운 야수의 해악, 황풍령에서 입으로 누런 독풍을 뿜어내는 황풍괴와 같은 모래바람의 재해가 있는가 하면, 8백 리 유사하 그리고 약수 3천 리, 일망무제의 통천하·

흑수하와 같은 사나운 강물에 가로막히고, 8백 리 화염산, 형극령의 가시밭길, 희시동과 같은 험산준령의 장애들이 곧 그것이다.

통치 계급의 압박과 전제 군주에 반항하는 불요불굴의 사회 투쟁 정신도 낭만적 신화 속에서 달리 표출된다.

예컨대 『국어』「주어(周語)」하권 및 『회남자』「천문훈(天文訓)」에서 "삼황 오제의 하나인 전욱(顓頊)의 횡포에 불만을 터뜨린 물의 신령 공공(共工)이 반란을 일으켜 전욱과 싸우고, 분노한 나머지 하늘을 떠받치고 있던 기둥을 들이받아 부러뜨려, 결국 하늘을 무너뜨리고 대지를 함몰시킴으로써 전욱이 통치하던 낡아빠진 우주를 파괴하고 일월성신(日月星辰)의 운행을 바꿔놓았으며, 온갖 하천이 바다로 흘러들게 하는 새로운 세계를 창조하였다"라는 신화가 그것이다.

또한 『산해경』「해외서경」을 근거로 도연명(陶淵明)이 지은 「독산해경(讀山海經)」에 "반역의 신 형천(刑天)이 목을 끊기고 사지가 온전히 남아나지 못하는 기형의 몸이 되어서도 끊임없이 천제(天帝)와 신위(神威)를 다투었다"는 고사, 그리고 『산해경』「해내경」에 "황제(黃帝)의 손자 곤(鯀)이 인간 세상의 홍수를 안타깝게 여겨 흙더미가 저절로 불어나는 식양(息壤)을 훔치다가 홍수를 메워 막아준 끝에 황제의 노염을 사서 잔혹한 죽음을 당했다"는 신화는, 프로메테우스가 올림푸스 산의 불씨를 훔쳐 인간에게 주었다가 코카서스 산에 결박된 채 끊임없이 독수리에게 심장을 쪼아 먹히는 형벌을 받는 그리스 신화를 연상시킨다. 그러나 죽음을 당한 곤은 다시 살아나 우(禹)임금이 되고, 끝내 홍수를 다스려 구주(九州)의 땅을 안정시켰다는 결말은 곧 죽음의 비장감에 이어서 새로운 세대를 이어나가려는 중국인의 불굴의 정신력을 상징하는 것이라고 볼 수 있다.

이러한 공공·형천·곤의 반역 정신은 『서유기』에서 손오공이 천궁을 상대로 일대 소동을 일으키는 반역 정신으로 이어져 일맥상통하고 있다.

　옥황상제를 처음 대면했을 때의 불경스런 태도, 미관말직 필마온의 벼슬을 박차고 뛰쳐나와 제천대성의 기치를 내거는 기백, 실속 없는 형식적인 직함에 분노하여 대소동을 일으킨 끝에 사로잡혀 팔괘로의 단련을 받고도 다시 탈출하여 공개적으로 도전하면서, "힘센 자가 존귀한 자리에 오르는 것이 당연하거늘, 옥좌를 내게 양보함이 옳으리로다. 그래서 이 영웅은 그 자리를 탐하여 다투는 중이라네.〔……〕황제 노릇은 돌려가며 하는 법, 명년에는 내 차례가 되리라.〔……〕옥황상제더러 딴 데로 옮겨가고 천궁일랑 내게 넘겨달라 하시오. 그럼 그만 아니겠소? 만약 내게 양도하지 않는다면, 내 기필코 이 천궁을 송두리째 뒤엎어서 영영 태평할 날이 없게 만들어놓고야 말겠소!"라고 한 반역 선언, 그 뚜렷한 태도 표명과 웅대한 기백은 공공이나 형천, 곤에 비해 오히려 능가할 만한 것이라고 할 수 있다.

　백성을 위해 해악을 제거하는 고상한 품덕, 강인하고도 과감한 기백은 중국 신화의 낭만주의적 정신을 표출하는 것이기도 하다.

　『회남자』「본경훈」에 "요(堯)임금으로 바뀔 무렵, 하늘에는 열 개의 태양이 한꺼번에 떠올라 농작물을 태우고 초목을 말라 죽게 만들어 백성들이 먹고 살 것이 없어졌다. 게다가 설유(猰貐)와 착치(鑿齒), 구영(九嬰)·대풍(大風)·봉희(封豨)·수사(修蛇)와 같은 괴물들이 나타나 백성에게 해악을 끼쳤다. 요임금은 신궁 후예(后羿)를 시켜 주화(疇華)의 벌판에서 착치를 죽이고 흉수(凶水)의 강물 위에서 구영을 죽였으며, 청구(靑丘)의 늪에서 대풍을 맞아 죽이고, 위로는 하늘의 태양 열 개를 쏘아 떨어뜨리는 한편 아래로는 설유를 잡아 죽였다. 그리고 동정호(洞庭湖)에서 수사를 토막냈으며 상림(桑林)에서는 봉희를 잡아 없앴다"고 하였는데, 『산해경』「해외동경」에 곽박(郭璞)은 그 주에서 "후예는 위로 열 개의 태양을 쏘아 그중 아홉 개를 명중시켰다. 〔……〕 '설유'는 사람의 얼굴에 말발굽을 지닌, 소처럼 생긴 괴물로서 사람을 잡아먹는 괴물이요, '착치'는 송곳처럼 생긴 이빨을 지닌 사납고도 흉악한 괴물, '구영'은 입으로 물과 흙과 불을 토하면서 제멋대로 재앙을 내리는 머리 아홉 달린 괴물이요, '대풍'은 흉악하기 비할 데 없으며 사람과 가축을 해치는 거대한 새, 그리고 '수사'는 코끼리를 삼킬 만한 아가리를 지녔으며 풍랑을 일으키는 거대한 구렁이요, '봉희'는 황소보다 더 큰 힘을 지니고 인민을 잔혹하게 해치는 멧돼지"라고 해석하였다.

이런 괴물들은 모두 대지 위에서 인간에게 해악을 끼치는 흉악한 맹수들을 과장법으로 형상화한 것으로서, 손오공 역시 서천으로 불경을 구하러 가는 길 내내 그와 같은 요괴 마귀의 무리들을 가차없이 때려죽였을 뿐 아니라, 제새국이나 타라장에서처럼 인간 세상에 억울하고 원통한 일을 보는 대로 통쾌하게 풀어주었다.

손오공의 그러한 고상한 품덕, 강인하고도 과감한 기백은 고대 신화의 영웅 후예(后羿)와 일맥상통하는 것이라 할 수 있으며, 막중한 대업을 완수하기 위해 견인불발(堅忍不拔)의 정신으로 앞길의 모든 장애를 제거하며 용약전진하는 과정이야말로, 『열자』의 '우공이산(愚公移山)'에 나타난 강인한 의지와 군세고 끈질긴 역량을 계승, 발전시킨 것이라 할 것이다.

앞서 언급한 바처럼, 원시인들은 "만물에 영혼이 있다"는 관념의 지배를 받아 상상 가운데 자연현상을 인격화시켰으며, 신화 속에서 의인화(擬人化) · 신령화(神靈化)하여, 모든 신비로운 자연현상을, 영성(靈

性)을 갖추고 사람의 형태를 지닌 신령의 소행으로 간주하였다.

천둥 벼락과 번갯불에서 뇌신(雷神)의 이미지를 연상하고, 밤과 낮, 여름과 겨울의 교체에서 촉룡(燭龍, 또는 촉음〔燭陰〕)이란 신령의 뜨고 감는 두 눈과 호흡하는 숨결이 곧 주야(晝夜)와 사계절의 변화를 조성한다는 의인화의 기발하고도 신비로운 발상을 내놓았다.

『서유기』의 의인화 수법 역시 일종의 신령화로서, 특정한 신마의 이미지를 거쳐 자연력을 상징적으로 묘사하였다. 그 사례를 보면 황풍괴는 모래바람의 화신이요, 형극령 목선암의 네 노인과 적신귀사, 살구나무 선녀 따위는 모두 나무숲의 화신이며, 화덕성군과 수덕성군은 긴급 재난을 구해주는 불과 물의 화신이고, 등천군·장천군·풍파파·전모·추운동자 역시 뇌성벽력과 천둥 벼락, 구름과 바람, 번갯불의 화신이다.

사람과 동물의 서로 다른 형체를 접목시킨 '인수동체(人獸同體)'나, 짐승의 머리에 사람의 몸뚱이를 지닌 '수수인신(獸首人身)', 또는 사람의 머리에 짐승의 몸뚱이를 지닌 '인수수신(人首獸身)'과 같은 황당무계한 형상도 등장한다.

고대 신화에서 천지개벽의 신령 반고는 "개의 머리에 사람의 몸뚱이를 지녔으며, 염제(炎帝) 신농씨(神農氏)는 쇠머리에 사람의 몸뚱이를, 제준(帝俊)은 새의 머리에 사람의 몸뚱이를, 물의 신령 천호(天昊)는 사람의 머리에 호랑이의 몸뚱이를, 바다의 신 우강(禺强)은 사람의 얼굴에 새의 몸뚱이, 뇌신과 주야·사계절의 신 촉룡은 사람의 머리에 용의 몸뚱이, 황제와 싸운 수신 공공 그리고 늪지대의 신령 상류(相柳)는 사람의 얼굴에 뱀의 몸뚱이, 동산과 나무숲의 신 영초(英招)는 사람의 얼굴에 말의 몸뚱이, 그리고 새의 날개를 지닌 형상이다.

『서유기』에서는 천연으로 태어난 돌 원숭이 손오공, 저팔계·우마왕, 사타령의 마귀 두목 사자·코끼리·큰 독수리 등등, 하나같이 동물의 형체와 고유한 특성을 인적 요소와 교묘하게 배합시킨 것들이다. 이렇듯 희한하고도 기괴한 변형은 모두 고대 신화에서 연원되고 다시 전혀 새로운 면모로 발전시킨 형태라 할 것이다.

이상, 고대 신화와의 연원 관계에 대한 구체적 사례는 본문 역주에서 표제별로 상세하게 설명하였으므로, 여기서는 생략하기로 한다.

고대 신화가 구현한 초기 인류의 순진, 소박, 성실한 자연적 천성은 바로 그 신화 자체에 영구불변한 예술적 매력을 갖추게 한 요소였다.

해와 달의 운행, 별자리의 이동, 해일(海溢)이나 하천의 범람과 같은 자연현상을 원시인들은 아득한 저 옛날 공공이 분노하여 하늘의 기둥 불주산(不周山)을 들이받아 부러뜨리고 대지를 함몰시킨 결과, 하늘이 서북쪽으로 기울고 일월성신이 자리를 옮겼으며, 대지는 동남쪽을 다 채우지 못한 까닭에 하천의 흐름이 모두 동쪽으로 흐르게 만든 것으로 인식하였다. 또한 아침 해와 저녁 해가 하늘 가를 붉게 물들이며 눈부신 노을빛을 발하는 것이, "여왜가 오색 바윗돌을 구워서 창천(蒼天)을 메운 까닭"으로 알았으며, 우주 또한 생명과 의지를 지닌 것으로 파악하여 천지 만물은 곧 반고(盤古)가 빈사(瀕死) 직전에 변화한 화신(化身)으로 인식하였다.

이렇듯 소박하고도 자연스러우며 구속됨이 없는 의인화는 바로 천진난만한 '동심(童心)'에 부합되는 것이며, 염제 신농씨의 "쇠머리에 사람의 몸뚱이" 곧 우수인신(牛首人身)은 염제가 인류에게 농사짓는 법을 가르쳐 의식(衣食)을 풍족하게 만든 데서 기인하여, 힘들고 부지런히 경작하는 황소의 머리를 상징하게 된 것이다.

이와 마찬가지로, 『서유기』에 묘사된 동승신주 화과산은 "신선들이 살고 있다는 십주(十洲)의 원줄기요, 삼도(三島) 가운데서도 으뜸가는 산으로서, 하늘과 땅의 청탁(淸濁)이 가려졌을 때부터 솟아나고 혼돈 (混沌)이 분별된 이후에 이루어진 산이었다. 〔……〕온갖 시내가 흘러 드는 곳에 하늘을 떠받드는 기둥이요, 천만 년 세월을 두고 움직임이 없는 대지의 뿌리다. 〔……〕숲속에는 목이 긴 사슴, 앙큼스런 여우떼가 놀고, 나무 위에는 영특한 날짐승, 검정 두루미가 깃들었다. 기화요초는 시들 때가 없으며, 푸르른 소나무 잣나무는 사시사철 늘봄이다." 또 수렴동은 "한줄기 흰 무지개 뻗쳐오나니, 천 길 물보라가 눈사태처럼 흩날리는 곳"이며, 만수산 오장관은 "혼돈이 처음으로 나뉘고 홍몽(鴻濛)이 비로소 판별되어 천지가 아직 열리지 않았을 무렵, 영근(靈根) 인삼과를 잉태하고 길러낸 곳"으로, 이 역시 초기 원시 인류와 같은 사랑스럽고 천진난만한 대자연을 묘사한 것이며, 또한 인물의 이미지에도 선명한 동심의 색채를 부여하고 있는 것이다.

이러한 모든 점에서 미루어, 『서유기』는 신화 소설이라기보다 신화적인 성격, 신화적인 요소와 색채가 짙기는 하나, 역시 신마 소설의 범주에 넣는 것이 타당하다고 생각한다.

신마 소설 『서유기』는 리씨판(李希凡)이 「서유기와 사회 현실」에서 지적한 바처럼 "십분 치밀하고도 과학적인 것"이며, 허만즈(何滿子) 교수가 자신의 논문 「서유기 연구에 있어서의 불협화음」에서 단정한 것처럼 "서유기라는 명칭과 내용이 유일하게 부합(符合)되는 것"이기 때문이다.

V. 주인공들

다음은 소설『서유기』에 등장하는 주인공들의 출신 내력과 그 이미지, 성격과 역할의 변천 과정을, 소설의 모태가 되어온 자료 문헌 즉 7세기『대당 자은사 삼장 법사전』(이하『전기』로 약칭), 그리고 10~11세기 송나라 때 '속강(俗講)'의 화본(話本) 형태인『대당 삼장 취경시화』(『취경시화』로 약칭), 12세기 원나라 때의 극본으로 나타난『서유기 잡극』(이하『잡극』), 또한 초기 소설 형태였던 13세기 원말(元末)-명초(明初)의『서유기 평화』(이하『평화』), 마지막으로 16세기 명나라 때의 대표적인 1백회짜리 세덕당 완본『서유기』(이하 '세덕당 본')를 토대로 한 사람씩 살펴보기로 한다.

1. 삼장 법사

1) 실존 인물과 그 행적의 변천 과정

제일 먼저, 당나라 스님 진현장이다.『전기』속의 실제 인물인 현장 법사는 속성과 이름이 진위(陳褘), 출신은 구씨(緱氏), 아버지 진혜(陳慧)는 수(隋)나라 말엽 혼란기에 은둔한 선비요, 둘째 형 진장첩(陳長捷)은 청년 시절부터 불교에 심취한 학승(學僧)이어서, 이들 부자가 현장의 정신 세계에 학문적 영향을 끼쳤다고 한다.

그는 8세 때부터 좋은 기억력으로 유(儒)·불(佛)·도(道) 3교(三敎)를 두루 익히고 통달한 지혜로 불교에 귀의할 뜻을 세운 천재였으며,

13세 때에 둘째 형이 낙양(洛陽) 정토사에 출가하자, 형을 따라 도량(道場)에 나아가 송경(誦經)을 배우고 익혔으며 출가 후의 포부와 뜻을 실행에 옮기려는 굳센 의지를 보이고, 약관 23세의 나이로 전국 남북을 두루 운유한 끝에 서역 천축으로 구도의 여행길에 올랐다.

그리고 히말라야의 험산준령과 뜨거운 모래바람이 휘몰아치는 사막 지대를 거치면서 배화교를 비롯한 외도의 무리와 비적떼를 만나 죽을 고비를 무수히 넘겨가며 17년간 27개국을 직접 답사, 불교의 성지 유적을 탐방하고 훌륭한 스승을 만나 가르침을 구했으며, 기약한 대로 목적을 달성하자 다시 설산과 망망한 유사하를 거쳐서 정관(貞觀) 19년(645) 정월에 도성 장안(長安)으로 귀환하였다.

『전기』에는 그가 태어날 무렵 어머니의 꿈에 흰 옷을 입고 서쪽으로 떠나는 스님의 모습으로 나타나 천축 구도행의 징조를 보이고 예언하였다고 하는데, 이것이 소설 『서유기』에 석가여래의 제자 '금선자(金蟬子) 환생'의 유래가 되었을 것이며, 또 여행 도중 극가하(殑伽河)에서 비적떼에 사로잡혀 혈제(血祭)의 희생물이 되려는 순간 모래바람, 풍랑과 같은 천재지변이 돌발하여 비적들을 감화시키고 죽음을 모면하였다는 대목은 후세 『서유기』에서 "요마들이 당나라 스님의 고기를 먹으려 하였으나, 당나라 스님은 암암리에 천신들의 보우를 받았다"는 스토리의 기원이 되었을 것으로 보인다. 또 진현장이 죽은 지 3, 4년 후, 즉 당 고종(唐高宗) 건봉(乾封) 연간(666~668)에 도선 율사(道宣律師)가 꿈에 성스럽게 나타난 현장 법사의 모습을 보고 기록한 내용은, 곧 후세에 "당나라 스님이 정과를 얻어 서천 극락에 성불하였다"는 전설의 발단이 되었으리라 본다.

이렇듯 현장 법사가 초범입성(超凡入聖)하였다는 『전기』의 기록은 주로 정신적인 측면에서일 뿐, 실제로 그 편찬자들은 비록 신비스런 이적(異蹟)을 거론하면서도 결코 '신승(神僧)'이라 서술하지 않고 "승려 중의 성자(聖者)"로만 묘사하였다는 점이 이채롭다.

그러나 『취경시화』에서의 진현장은 신격화된 일면과 세속화된 일면을 겸비하여, "전생에 두 차례 경을 구하러 떠나고 두 차례 모두 사화상의 전신(前身)인 심사신(深沙神)에게 잡아먹혀 죽음을 당했다가 환생하는" 범속한 인간으로 묘사된다. 『잡극』에서는 그 전생을 나한의 한 사람인 비로가존자(毘盧伽尊者)의 화신으로, 그리고 세덕당 본에서는 "여래불의 둘째 제자 금선자의 화신"으로 묘사하기에 이르렀다.

그의 탄생도 『전기』의 "어려서부터 총명하고 지혜로운 소년"이었을 뿐 신령한 이적이 별로 없었으나, 『잡극』과 『평화』를 거쳐 세덕당 본에 이르러서는 "그 아버지가 부임 도중 강도를 만나다, 협박을 받은 어머니가 아기를 강물에 던져버리다, 강류승이 부모의 원통함을 알아보고 원수를 갚다"는 등등 전반적인 소설 제9회의 줄거리가 형성되어왔다. 그러나 이 비극적 조난 기록은 사실상 유월(兪樾)의 『다향실 총초(茶香室叢鈔)』 제17권에 수록된 주밀(周密) 저 『제동야언(齊東野言)』 가운데 "칠합에 아기를 담아 강물에 띄우다(漆盒盛兒浮江中)"의 고사를, 주인공들과 장소만 다를 뿐 거의 그대로 옮겨 인용한 것이다.

불경을 구하러 가는 유래에 대하여, 『전기』에 나타난 진현장은 순수한 개인적 의지로 국법을 어겨가면서 뜻을 관철시켰다. 송-원대의 『취경시화』는 공교롭게도 그 부분이 실전되어 탄생, 조난의 내력과 더불어 알 길이 없다. 그러나 『잡극』에 와서는 관음보살이 "비로가존자를 중국 해주 홍농현 진광예의 아들로 환생시켜, 장성하면 출가하여 서천 땅으로 불경을 구하러 오게 만들겠다"는 뜻을 밝히고, 진현장 자신도 "소승의 목숨은 부처님의 보우로 얻은 것이며, 오늘날 아버지의 원수를 갚고 부모님 영예를 현달(顯達)하게 된 것은 모두 스승(천안 화상→법명 화상)의 덕분이니, 목숨을 던져서라도 경을 구하여 그 은혜에 보답하는 것이 평생의 소원이라"고 밝혔다. 『평화』의 논지도 대체로 이와 같으며, 『박통사 언해』의 주를 통해 그 과정이 더욱 구체적으로 발전되어, 현재 소설 『서유기』 제12회의 내용을 구성하고 있다.

불경을 구하러 가는 과정에서 개인 역할의 변천 과정은 대략 이러하다.

소설 마지막 회에 수록된 바처럼, 역사상 현존하는 당태종 이세민의 「대당 삼장 성교서(大唐三藏聖敎序)」에는 "……마음을 정토로 치달아 법을 구하고자 서역 땅을 두루 편력하였으니, 위태로움을 무릅쓰고 멀리 매진하였으며 외로운 몸으로 지팡이 짚고 낯선 길에 올랐다. 눈 쌓인 새벽에 떠나 도중에 길을 잃었으며, 모래바람 흩날리는 저녁에 또 길을 떠나 텅 빈 허공 하늘 밖을 헤매고 다녔다.〔……〕끝없이 거듭되는 추위와 무더위 속에 찬 서리 비바람을 디디며 앞으로 나아갔다.〔……〕너르디너른 서방 세계를 떠돌아다닌 지 십 년하고도 칠 년 세월,〔……〕그 숱한 사찰과 강물에서 풍찬노숙의 어려움을 몸소 맛보고 바람으로 음식 삼아 허기를 면하더니, 녹야원 영취봉에서 기이함을 우러르고 바라보았다. 선성(先聖)으로부터 지극한 가르침을 이어받았으며, 상현(上賢)에게서 참된 교리를 전수해 받았다……"라고 하여, 그가 혈혈단신으로 이룩한 업적을 칭송하였으며, 『전기』 중에도 그가 위난에 부닥칠 때마다 "관세음보살을 염두에 두고 『반야심경』을 외워 두려울 바가 없었다"고 하여, 그의 신앙적 집념이 정신력으로 승화되었음을 알 수 있다.

그러나 『취경시화』에 와서는 현장 법사의 역할이 대범천왕(大梵天王)·관음보살과 같은 두 신령의 보우와, 제자로 받아들인 요선(妖仙)

후행자(猴行者)의 호위, 그리고 심사신이라는 흉신악살의 도움을 받아 성공하는 것으로 표현되기 시작하였으며, 『잡극』에 이르러서는 호위하는 제자가 넷으로 늘어나고 수호신도 열 명으로 늘어나, 결국 "경을 얻지 못하면 서천 노상에서 죽을지언정 내 어찌 살아서 동녘 땅으로 돌아가겠는가!" 하던 노력과 분발하는 정신을 종교적 후광 속에 스러지게 만들었다. 세덕당 본은 전혀 새로운 국면을 독창적으로 열었으므로 그런 격식에 있어서 지엽적인 것을 이어받았다고는 하지만, 대국적인 측면에서는 그 핵심 사상을 완전히 포기하였다고 볼 수 있을 것이다.

현장 법사의 귀숙(歸宿) 문제가 변천한 과정은 또 이러하다.

『전기』에는 법사가 경을 얻어 가지고 동녘 땅에 돌아온 후, 당고종 인덕(麟德) 원년(664), 옥화궁(玉華宮) 경내 사찰에서 원적(圓寂)하였다고 기록되었다. 그리고 "선업(善業)에 힘쓴 까닭으로 다시는 인간의 몸으로 태어나지 않았다"고 하였을 뿐, 그가 성불(成佛)하였다고는 언급하지 않았다.

『취경시화』와 『잡극』에서는 모두 '원적'으로 묘사하지 않고 그 귀숙 형태를 도교의 '우화등선(羽化登仙)'과 비슷하게 묘사하여, "당명황이 그를 삼장 법사로 책봉하니, 7월 15일 오시에 천궁에서 채봉선(采蓬船)을 내려보냈으므로, 그 배를 타고 서쪽으로 허공에 올라 상선(上仙)이 되어 떠나갔다"고 기록하였다. 일설에는 "경을 구하여 동녘 땅에 돌아온 후, 묘법을 크게 흥성시킨 다음 서천으로 되돌아가 비로소 정과를 이루었다"라고도 하였으나, 그것은 '성불'이 아니라 나한(羅漢)의 신분이었을 것으로 본다. 그리고 세덕당 본에서부터 "당나라 스님이 서천 영산에 당도하자, 능운도에서 범태 육골을 벗고 그 진신(眞身)은 경을 얻어 동녘 땅에 전하고 다시 정토(淨土)에 돌아가니 여래불이 전단공덕불(旃檀功德佛)에 봉하였다"는 내용으로 귀착되었던 것이다.

2) 이미지의 변천 과정

현장 법사의 이미지 변천은 세덕당 본에서 또다시 바뀌었다.

그 원인은 명대 중엽 이후 나타난 자본주의의 싹이 개성 해방의 사조(思潮)를 일으키고 인간 관념의 변화를 격발시킨 가운데 당나라 스님의 이미지는 전통적 봉건 사상을 대표하는 인물로 자리매김을 하였다는 점, 송-원대 불경을 구하러 가는 고사의 취지가 불법(佛法)을 널리 선양하고 '3교 합일(三敎合一)'의 융화 사상을 고취하는 것으로서 그 주인공이 당나라 스님이요 손오공은 이를 돋보이게 하는 조역에 불과하였던 반면, 세덕당 본에 이르러서는 그 취지가 신마를 빌려 인간 행태를 묘사하는 데 두고 손오공은 그 주인공, 당나라 스님은 그를 돋보이게 하는 조역으로 바뀌게 되었다는 점에 있다.

다시 말해서, 송-원대 『취경시화』의 저자는 그 주체 사상을 주로 당나라 스님의 신변에 구현시키고 승려이면서 유교적인 주인공의 판단 기준을 놓고 시비를 따졌으나, 세덕당 본의 저자는 그 주체 사상을 손오공의 신변에 구현시키고 '동심'을 갖추었으면서도 '참된 인간'의 신분을 지닌 손오공의 판단 기준에 따라 시비 선악을 따짐으로써, 당나라 스님 타입의 판단 능력에 풍자와 야유를 가하게 만들었다. 따라서 세덕당 본에 이르러 당나라 스님의 이미지는 초범입성한 존재가 아니라, 범태 육안(凡胎肉眼)을 지닌 보통 인간으로 바뀌지 않을 수 없게 되었던 것이다.

현장 법사의 유교적 이미지는 '충군 사상(忠君思想)'을 기본 품격으로 소설 전반에 걸쳐 일관되어왔다. 『잡극』에서는 골계적인 의미가 다소 내포되었으나 『전기』 이래 충성심의 강조는 여전했다. 세덕당 본에서도 전 과정을 통하여 당태종의 '성은(聖恩)'에 오매불망 감격하고, "견마지로(犬馬之勞)를 다 바쳐서 폐하를 위하여 진경을 얻어다가, 우리 임금의 천하 강산이 영원토록 견고해지기를 기원하겠나이다"라고 맹세하는 태도야말로 "임금에 대한 충성이 곧 애국"이라는 봉건적 유교 사상에 "선비는 자신을 알아주는 이를 위하여 목숨을 바친다"는 세속적·윤리적 선비 정신을 얹어 대표한 것이라 할 수 있다.

그러나 인간적인 측면에서, 진현장은 한마디로 식견이 천박하고 비루한 위선자의 전형이었다. 게다가 담보가 작고 겁이 많아 사단(事端)이 일어나는 것을 두려워하며 나약한데다 무능하기까지 하여 독자들에게 혐오감을 주는 인물이었다.

높고 험준한 산악, 망망한 강물에 가로막힐 때마다 비상할 정도로 두려움을 품고 얼굴빛이 질리는가 하면, 요괴 마귀들에게 붙잡힐 때마다 비굴하게 무릎 꿇고 애걸하는 등 속세의 인간들에게 나타나는 온갖 결함을 특징적으로 지닌 인물이었다.

편파적인 성격, 어리석고 나약한 가장(家長)으로서 그는 저자에게 조롱당하고 야유를 받는 풍자의 대상이 되었으며, 일행 가운데 "선악을 가리지 못하고 사물의 진상을 분명히 내다볼 줄 모르는" 갈등과 모순의 원인 제공자로서, 봉건적 가부장식의 편견으로 저팔계를 감싸는 데만 집착하고, 비록 '원숭이의 기질'은 있으나 지혜와 용기를 겸비하여 대국을 내다볼 줄 아는 성실한 손오공을 가혹하게 징벌하는 위인이 곧 현장법사였다.

이러한 태도는 우연한 것이 아니라, 그의 인생 철학 곧 "착한 일은 아무리 해도 부족하고, 악한 일은 한 번만 저질러도 늘 남는다"는 유교적 관념이 작용한 탓이요, 무조건적인 '자비'와 '인의'를 내세움으로써 사사건건 손오공과 충돌을 야기하는 요인이 되었던 것이다.

그러나 또 다른 측면에서 더욱 중요한 문제는, 세덕당 본에 이르러 현장 법사의 그런 사상과 인생 철학이 점차 발전적으로 개선되어간다는 점이다. 손오공과의 사상적 충돌은 재난을 겪는 횟수가 늘어남에 따라 반비례로 감소하고, "줄곧 선연(善緣)에만 미혹되어 흑백을 살피지 못하던" 인물이 끝내는 시비곡직을 명백히 가려내고 손오공이 철두철미 실천해온 "악을 뿌리뽑는 행위"가 바로 '선연'을 쌓는 길임을 인식하게 되는 것이다.

이렇듯 숱한 결함의 소유자이면서도 당나라 스님은 역시 경을 가지러 가는 집단의 영도자로서 경건한 불교 신도라는 특장(特長)을 지녔다. 온갖 죽음의 위험을 무릅쓰면서도 물러서지 않는 굳센 믿음, 결연하고도 명확한 목적성, "진경을 얻지 못한다면, 죽는 한이 있어도 귀국하지 않고 영원히 벌받는 지옥에 떨어지겠다"는 맹세로 털끝만큼도 동요하지 않는 신념, 불교의 계율을 엄격히 지키는 승려로서 진정코 "눈으로는 악한 빛을 보지 않고, 귀로는 음탕한 소리를 듣지 않으며, 부귀영화나 색욕의 유혹에도 충정과 신념을 바꾸지 않는" 그러한 모범적 사표(師表), 사납고도 난폭스러우며 고집 센 제자들로 하여금 끊임없이 배반심을 극복하여 신념을 굳게 지키도록 만들고, 이런 못난 제자들을 데리고 온갖 험난함과 장애를 싸워 이긴 끝에 마침내 장거(壯擧)를 완수한 것이다.

저자가 어째서 이토록 훌륭한 고승에게 여러 가지 성격적 결함을 부여하고 농도 짙은 야유와 풍자를 퍼부었을까? 여기에는 분명 이유가 없는 것이 아니었다.

저자는 의식적으로 당나라 스님의 경건한 신심, 원대한 서원(誓願), 17년간에 걸친 멀고도 고통스러운 여행길에서 보여준 고매한 정신력을, 그렇듯 시비 흑백을 가리지 못하고 인간과 요괴의 정체성을 뒤섞는 등등 여러 가지 성격적 결함과 더불어 대비시켜가며 묘사함으로써, 그 목적과 효과가 당나라 스님으로 하여금 '목우식(木偶式)'의 종교적 관념으로 단순화된 화신(化身)의 한계를 완전히 초월하게 만들고 함축된 의미가 풍부한, 그리고 성격이 뚜렷한 예술적 이미지를 부여하려는 데 있었던 것이다.

2. 손오공

1) 출신 내력, 그 혈통 문제

다음은 손오공의 출신 내력과 그 이미지의 변천 과정이다.

손오공의 출신 내력에 관해서 처음 견해를 보인 사람은 근대 중국학자 저우위차이(周豫才)였다. 그는 『납서영곡보(納書楹曲譜)』「보유편(補遺編)」제1권에 '서유기'가 네 군데 나오는 것을 집어내고, 또 그중에서 '무지지(巫枝祇)'와 '무지기(无支祁)'란 어휘가 두 차례나 언급된다는 사실을 밝혀냈다. 그리고 『정심(定心)』이란 서적에는 "손행자가 여산노모(驪山老母)의 친동생이며, 무지기는 그의 누이동생"이라는 해설이 있었다. 따라서 저우위차이는 소설 『서유기』의 저자가 무지기의 고사에서 영향을 받았으리라고 추단했다.

그렇다면 이 '무지기(巫枝祇) 또는 무지기(无支祁)·무지지(巫枝祇)'란 무엇일까? 『태평광기』제467권, 이탕조 아래 「고악독경(古岳瀆經)」제8권을 보면, "무지기는 원숭이의 모습을 닮았으며 납작코에 불쑥 튀어나온 이마, 푸른 몸뚱이에 흰 머리통, 금빛 눈에 눈처럼 하얀 이빨을 지니고, 목은 1백 척이나 길게 뻗으며 그 힘은 코끼리 아홉 마리보다 더 세고, 드잡이질과 주먹질, 도약과 달리기를 잘하는 회수(淮水)의 신령"으로 묘사되어 있다.

저우위차이는 또다시 주희(朱熹)의 『초사변증천문(楚辭辨證天文)』 하편을 근거로 삼아, 송나라 때 민간에 "승가(僧伽)가 무지기를 항복시켰다"는 내용의 전설이 유포되었다고 지적했다. 『송고승전(宋高僧傳)』에 보면, 승가는 당나라 시대의 유명한 고승으로, 중종(中宗) 경룡(景龍) 4년(710)에 죽었다. 그는 사주(泗州)에서 가장 오래 살았는데, 회수-사수 일대에서 그에 관한 전설이 많이 나왔다고 한다.(위의 책 제18권, 「신승전〔神僧傳〕」 제7) 그러니까 무지기를 항복시켰다는 전설은 대략 회수-사수 유역에 전파된 승가 신화 중의 하나로서, 남송 시대까지 민간에 유행되었을 것이 분명하다.(후스〔胡適〕의 「중국 장회〔章回〕 소설: 서유기 고증」에서 인용)

1922년 루쉰(魯迅)은 "무지기는 손오공과 확실히 비슷하며 손오공은 무지기의 고사를 모방한 것이 분명하다"고 단정을 내렸다.

그리고 또 다른 학자 리우위첸(劉毓忱)은 "중국 신화의 네 가지 유형, 즉 하(夏)나라 때 계(啓)가 신령한 돌에서 태어났다는 『회남자』의 신화 전설, 둘째는 「고악독경」의 무지기와 「보강총백원전(補江總白猿傳)」에 나오는 흰 원숭이의 고사에서 유래하였을 것이라는 점, 셋째로 '구리 머리통에 무쇠 이마(銅頭鐵額)'의 특징이 황제(黃帝)와 패권 쟁탈전을 벌인 치우(蚩尤) 형제에게서 발견된다는 점, 넷째는 옥황상제의 자리를 놓고 싸운 전투적 정신이 형천(刑天)의 신화에서 비롯되었을 것이라는 점이 『서유기』의 저자 오승은에게 계시를 주었다"고 밝혔다.(「손오공의 변천〔孫悟空的演化〕」에서)

이보다 더 발전적인 이론을 제시한 사람은 후스 박사였다.

당초 그는 무지기가 남성이든 여성이든 처음부터 끝까지 회수-사수 유역을 떠난 적이 없는 요괴였다는 점과, 소설 『서유기』의 저자 오승은이 회안(淮安) 출신이라는 점, 둘째로 "승가는 관음보살의 화신이며 그에게 혜안(慧岸)·혜엄(慧儼)·목차(木叉)란 제자 셋이 있다는 점, 셋째로 무지기가 우(禹)임금에게 사로잡혀 구산(龜山) 아래 감금되었으나 후에 빠져나와 요괴 노릇을 하다가, 또다시 관음보살의 화신인 승가에게 항복하였다는 『송고승전』의 전설을 근거로 삼아, 손오공이 중국의 신화 전설에서 진화되었을 것이라고 일단 추정했었다.

그러나 여기에서 보다 한 걸음 더 나아가 「고악독경」이나 송-원대의 승가 전설이 그리 신빙성이 없다는 점을 들어, 그처럼 신통력이 광대한 원숭이가 혹시 인도에서 흘러들어온 전설이나 신화 속의 인물은 아닐까, 심지어는 무지기의 신화 역시 처음부터 인도의 영향을 받아 모방된 것은 아닐까 의심했다.

그 결과, 그는 홀스타인 A. von Stael Holstein 박사의 지도에 따라 인도 최고(最古)의 서사시 「라마야나 Rāmāyana」(중국명, 羅摩衍那)에서 손오공의 모델이 될 만한 하누만 Hanumān(哈奴曼)의 고사를 찾아내는 데 성공했다.

대략 2천 5백 년 전의 작품인 「라마야나」에 나타난 하누만은, 고대 인도 원숭이 나라의 대장으로서 신통력이 놀라워 공중을 날아다닐 수도 있고, 한 번 도약에 인도에서 실론까지 뛰어갈 수 있으며 히말라야 산을 뽑아 등에 지고 달리는가 하면, 한번은 늙은 모괴(母怪)의 뱃속에 삼켜졌으나 그 속에서 늘어났다 줄어들었다 하는 변화 술법을 쓴 후, 늙은 마귀의 오른쪽 귓구멍을 뚫고 빠져나왔다는 등등 여러 가지 사례 기록을 통하여 소설 『서유기』의 주인공 제천대성 손오공의 행적을 연상할 수 있었던 것이다.

따라서 그는 「라마야나」를 제외하고도 10세기와 11세기 중간 시대, 즉 당나라 말엽에서 송나라 초엽에 이르는 시기에 하누만의 기적을 희곡(戱曲)으로 꾸민 「하누만 전기 Hanumān Nataka」가 출현하여 민간에 유포되었다는 점, 그리고 인도와 중국이 1천여 년에 걸쳐 문화적으로 밀접한 교류를 해왔고 또 중국에 드나든 인도 사람 역시 그 수를 헤아릴 수 없이 많았던 만큼 '위대한 하누만'의 고사가 중국에 전래되지 않았을 리 없다고 보고, 하누만을 손오공의 초기 형태로 『취경시화』에 등장하던 후행자(猴行者)의 근본 모델로 가정했던 것이다.

후스 박사의 가설에 이어서, 또 다른 학자들이 문헌 고증을 통하여 손오공의 '인도 전래설' 내지 '혼혈설(混血說)'을 보완하고 나섰다. 정전뚸(鄭振鐸)는 논문 「서유기의 진화」에서 "손오공의 본신은 바로 인도 원숭이의 강자 하누만"이라 주장하고, 첸인커(陳寅恪)는 "손오공의 천궁 대소동은 불교 경전 『현우경(賢愚經)』 가운데 '정생왕(頂生王)의 승선인연(昇仙因緣)' 고사와 「라마야나」의 원숭이 신령 하누만의 고사에서 비롯된 것"이라고 주장하였으며(「서유기 현장 제자 고사의 변천」에서), 지시엔린(季羨林)은 "손오공은 하누만의 중국 화신이며 〔……〕 그 인물의 형상은 기본적으로 인도 「라마야나」에서 차용한 것이 무지기의 전설과 혼합되어, 어느 정도 무지기의 색채에 물든 것"(「인도 서사시 라마야나 초보 탐색: 1978」에서), 그리고 꾸즈씬(顧子欣)은 "문학사 자료에 근거해보건대, 우리 원숭이 임금은 먼저 중국에서 인도로 건너간 것이 아니라, 오히려 머나먼 인도에서 전래된 것"(「손오공과 인도 서사시」에서)이라고 주장하였다.

특히 샤오뼁(蕭兵)은 손오공의 전래설과 국내 탄생설의 자료를 집대성한 결과물로 1982년에 발표한 「무지기-하누만-손오공 통고(通考)」에서 하누만과 손오공의 이미지를 전면적으로 비교 분석하고, 두 형상 간의 계승 관계를 설명하는 한편, 무지기 신화 고사의 변천 과정을 상세히 고찰하여 그것이 손오공의 이미지 형성에 끼친 영향을 밝혀냈으며, 아울러 중국 고대 여러 종류의 원숭이 전설을 인용, 씨족 사회 원숭이 토템 신앙으로 거슬러 올라간 끝에, 그것이 손오공의 형상을 이룬 기초였음을 증명해냈다.

그러나 최근(1997)에 와서 하얼빈 사범대학 장진츠(張錦池) 교수는 다음과 같은 여러 가지 논거를 들어 손오공의 이미지가 인도 서사시나 불교 경전 고사에서 전래되었다는 종래의 학설을 부정하고, 어떤 사상적 조류, 즉 중국의 전통적인 도교 원숭이 고사 및 신선 고사에서 잉태되고 그 변천에 따라 성장, 발전한 끝에 정형화되었을 것이라는 이른바 '국내 자생설(自生說)'을 제기하였다.

그 근거로, 첫째 중국에 도교 사상이 낙인(烙印)된 원숭이 고사, 특히 "금단(金丹) 묘결(妙訣)을 수련하여 정령이 된 원숭이"의 사례가 많다는 점, 둘째로 도교 고사에 나타난 원숭이들의 생태적 특성이 사람을 잡아먹는 정령, 음탕한 성격, 신선들의 단약이나 술 같은 물품을 곧잘 훔치는 버릇이 있다는 점에서 손오공의 원형을 찾아볼 수 있으며, 또한 당나라 스님이 불경을 구하러 가는 고사가 독립적으로 먼저 있고 나서 『취경시화』의 후행자라든가, 「이랑신이 제천대성을 잡아 가두다」의 제천대성, 그리고 『잡극』에서처럼 '미후왕의 악행'을 주제로 삼은 손오공의 고사가 별도로 존재하였다가 그 두 고사가 합쳐져서 결국은 "손오공이 당나라 스님을 보호하여 서천으로 경을 구하러 가는" 고사로 재탄생하였을 것이라는 점을 들었다.

2) 성격 형성의 바탕
혈통 문제야 어찌 되었든 간에, 이러한 손오공의 이미지는 불교와 도교 사상의 패권 다툼에서 변질되고 발전해 나갔다.

중국 봉건 사회의 통치 기반은 주로 유가 사상(儒家思想)에 뿌리를 두고 있었다. 당나라 시대 이후 이른바 '3교 합일'이 강구된 것도 유가 사상을 주체로 한 것이었으며, 불교와 도가 사상은 그 좌우익에 지나지 않았을 뿐이었다. 손오공의 이미지가 비록 도교 원숭이 고사에서 잉태되고 성장한 응집체이긴 하지만, 그 발전 상황의 배경은 대략 다음과 같다고 할 수 있다.

첫째, 중국 원숭이 고사 중에 금단을 수련한 원숭이 즉 '수련원(修煉猿)'이 많은 까닭은 도가가 이를 빌려 '금단 묘결'을 선양하려 하였을 뿐만 아니라, 그것으로 자기네 법력의 비범성을 과시하려 했기 때문이다. 따라서 도교 계통의 원숭이 고사에 속한 모든 원숭이 정령들, 특히 신통력이 광대한 원숭이들은 '하늘의 뜻', 즉 천의(天意)가 사람의 손을 빌려 멸한 것이 아니면 직접 선인(仙人)이나 도사에게 잡힌 바 되었으며, 다소 요사스런 법력을 갖추었을 뿐인 원숭이는 선인과 도사들이 직접 나서지 않고 방사(方士)나 술사(術士)의 손에 제거되는 것이 기본 규칙이요 계율이었던 것이다. 이러한 원칙과 계율은 무의식적으로 원숭이 정령과 그를 제압하는 자들을 모두 신통력의 소유자로 처리하게 만들었다.

둘째, 도교가 원숭이 고사를 빌려 자기네 법력을 선양하고 아울러 자신들의 세계관에 맞춰 원숭이의 이미지를 구현하려 하였다면, 불교 역시 경쟁적으로 원숭이의 전설을 빌려 자기네 법력을 선양하고 아울러 자신들의 세계관에 비추어 원숭이의 이미지를 구현하려 하였다.

따라서 어떤 '수련원'의 이미지가 사회적 영향력을 획득한 이후, 불교 사상의 전파자는 자연스럽게 그 효과를 노려 무슨 방법으로든 그 원숭이의 정령을 제압한 자를 도교의 신선이나 방술가가 아니라 불교의 보살이나 고승이었다는 점을 강조하고, 실제로 그 점을 빌려 불교가 도교보다 우위에 있다는 사실을 증명하려 하였다. '무지기 고사'의 변천 과정이 그러했으며, 손오공 고사의 변화 발전 역시 그러했던 것이다.

'무지기'의 '무(無)'와 '무(巫)' '모(母)'는 기본적으로 고대 한어(漢語)에서 동음(同音)에 속한다. 그러므로 구전(口傳)이 여러 차례 거듭됨에 따라 무지기는 곧 '무지기(無[巫]枝祁)' '모지기(母枝祁)'로, 다시 모지기는 구산(龜山)의 수모(水母)나 사주(泗州)의 수모가 되고 또한 요사스런 작폐를 저지르는 요괴로 변신하게 된 것이다. 송-원-명대에 이르기까지 무지기의 요사스런 전설은 민간에 광범위하게 퍼져 있었으며, 또 그 내용 역시 한 가지가 아니었다는 사실이 이를 증명한다.

그러나 공통적인 특징은 모든 무지기의 고사가 태생적인 도교의 신분을 버리고 모두 불교로 변신하는 이른바 '유도입석(由道入釋)' 또는 '기도종석(棄道從釋)'이라는 불교 사상의 낙인이 찍혔다는 점이다. 예컨대 「고악독경」에서 무지기를 굴복시킨 우임금의 존재는 점차 승가 또는 석가여래(釋迦如來)로 바뀌었으며, 그 승가의 출신 내력도 "관세음보살의 화신"이었다는 점에 주목할 필요가 있는 것이다.

손오공의 고사가 변화 발전하는 과정 역시 무지기의 경우와 매우 흡사하다.

『취경시화』 가운데 "팔만사천 동두철액(八萬四千銅頭鐵額)" 후행자(猴行者)는 곧 치우 형제의 특징이요, 그 이미지의 본바탕은 악행을 저지르는 요마였다. 『잡극』의 손행자 역시 "악한 짓이라면 못 하는 일이 없는" 흉악한 마귀였다. 이랑신은 탁탑천왕 부자의 도움으로 간신히 손행자를 사로잡았으나, 관음보살은 단 한 개의 철계고(鐵戒箍)로 가볍게 그 범심(凡心)을 진압하였으며, 경을 구하러 가는 도중에 그 범심이 꿈틀거릴 때마다 철계고가 망상을 단념하게 만들었다는 사실은, 결국 도가(道家)의 법력보다 불법(佛法)이 한 수 높다는 사실을 증명한다. 무지기의 경우처럼 손오공의 이미지가 똑같이 도교에서 불교로 바뀌었다는 사상적 궤적이 한 틀에서 나오게 된 것은 우연의 일치가 아니라, 무지기의 이미지 변천 과정이 손오공의 이미지 변화 발전에 강력한 영향을 끼쳤기 때문이다.

그보다 더 중요한 사실은, 양자의 이미지가 모두 불교-도교의 패권 쟁탈이라는 동일한 사상적 조류를 타고 발전하였다는 점이다. 따라서 민중에 대한 불교 사상의 영향력은 도교의 그것이 견주지 못할 만큼 막강하였으며, 결과적으로 도교의 법력은 한계성을 지니게 되고 "불법(佛法)은 무변(無邊)한 것"이 되어, 요괴를 수습하고 마귀를 굴복시킬 수 있는 참된 힘은 오로지 불법이며 도가의 법력이 아니라는 점이 강조되었던 것이다.

이러한 배경에서 당-송 이래 불교-도교 쟁패의 사조로 말미암아 인구에 회자하던 '수련원'의 고사가 날로 유가화(瑜伽化)되었거니와, 사람들이 즐겨 듣던 불경을 구하러 가는 진현장의 고사 또한 세월이 흐름에 따라서 신마화(神魔化)되었던 것이다.

그 계기를 이룬 것은 불교 밀종(密宗)의 호법신 가운데 원숭이 신장(神將), 이를테면 『대집경(大集經)』 제35에 나오는 '신신(申神)'이, 현장법사의 고사가 날로 변화 발전하는 추세를 격발시킨 이상형으로 자리매김하고, 『전기』 가운데 실제로 진현장의 제자 역할을 맡아 옥문관을 탈출시켰던 '호승(胡僧) 석반타(石槃陀)'의 '오랑캐 호(胡)'자가 '원숭이 호(猢)'자와 동음이며, '승려 승(僧)'자가 '원숭이 손(猻)'자와 유사음으로 영향을 끼쳐, 결국 "진현장이 경을 구하러 가는 길에 호승(胡僧)=호손(猢猻)이 보호했다"는 전설을 파생시키고, 양자가 하나로 결합되면서

"도교를 버리고 불교에 입문하는" 원숭이 행자(猴行者)의 이미지가 끝내 도교 원숭이 고사의 틀에서 벗어나 당나라 스님을 보좌하여 경을 구하러 간다는 불교 고사로 자연스럽게 재탄생하게 되었던 것이다.

참고로 말하지만, 『전기』에 등장한 호승 석반타는 진현장이 안내자 하나 없이 외로운 처지로 서행하던 중, 양주(涼州) 방첩관문(防牒關門)에 가로막혔을 때 나타나 수계(受戒)하고 제자가 되기를 자청하여, 스승 진현장이 다섯 관문을 무사히 통과할 수 있게 해주겠다고 약속한 인물로서, 고대 페르시아(이란) 계통에 속하는 소그드(粟特)인이었으므로, '오랑캐 승려'라고 부르게 되었으며, 수계할 때 삭발하지 않은 재가 행자(在家行者)의 신분을 유지하여, 그 영향이 소설 속 손오공의 행자 역할에까지 미친 인물이었다.

행자 손오공의 출신 내력은 『평화』에서 밝혀진 것처럼 "늙은 원숭이 요정"이다.

그러나 그 형상은 주로 「이랑신이 제천대성을 잡아 가두다」 잡극의 제천대성, 「진순검이 매령에서 아내를 잃어버리다(陳巡檢梅嶺失妻)」에 등장하는 원숭이 요괴 신양공(申陽公), 「보강총백원전」의 흰 원숭이, 「설방증조(薛放曾祖)」의 원숭이 괴물(猿怪), 「용제산 들원숭이가 불경을 훔쳐 듣다(龍濟山野猿聽經)」 잡극에 나오는 야생 원숭이 등등의 영향을 받아 변화 발전하면서, 『취경시화』 가운데 후행자와는 뿌리가 같으면서도 족속이 다른 하나의 악마 개념으로 성장했다.

『취경시화』에서 그가 불문(佛門)에 귀의한 것이 자발적이 아닌 까닭은, 비록 당나라 스님을 보호하면서도 그 열악한 근성이 여전하였기 때문이며, 심지어 당나라 스님을 잡아먹으려 하고 철선공주를 간음하려 했던 점에서 나타나는 현상이 바로 그것이었다. 만약 그의 본능이 철계고의 속박에서 벗어났더라면, 또다시 선단(仙丹)·선도(仙桃)를 훔치고 옥황상제의 어주(御酒)를 도둑질하며 여인을 겁간하고 인육을 먹기 위해 달아났을 터, 따라서 철계고는 '불법 무변(佛法無邊)'의 상징이었다고 할 것이다.

불법이 도교의 법력보다 높고, 도법(道法)이 마법(魔法)보다 높다는 것은 당시의 사상적 조류였다. 그러므로 금단을 수련한 원숭이가 도교의 신분을 버리고 불문에 귀의한 것 역시 이러한 사조에 의해 결정된 것이다.

『취경시화』에서 후행자는 작은 소동을 벌여 서왕모에게 화과산으로 유폐당하는 정도로 그쳤으나, 「이랑신이 제천대성을 잡아 가두다」 잡극의 제천대성은 좀더 큰 소동을 벌인 끝에 옥황상제의 칙명으로 구사원주(驅邪院主) 손에 붙잡혀 유배당하는 신세로 발전하였으며, 『잡극』과 『평화』 속의 손행자는 그보다 더 큰 소동을 일으켜 옥황상제를 놀라게 만들어 탁탑천왕이 토벌군을 이끌고 출동하며, 아울러 이랑신과 미산칠성(眉山七聖)까지 초빙한 끝에 겨우 생포하였으나, 관음보살은 철계고 하나만으로 그의 범심을 거뜬히 제압, 당나라 스님을 모시고 서천으로 경을 구하러 가는 일을 보장하게 만들었다.

그리고 소설 『서유기』에 이르러 그 소동의 규모는 용궁과 지옥, 그리고 다시 지옥과 천국에 이를 만큼 상당한 것으로 비약하게 되었으며, 그 진압자 또한 세덕당 본에 이르러 저자의 절묘한 솜씨를 거쳐 비로소 형태가 정착될 수 있었던 것은, 곧 명대 중엽 이후 사회적 배경과 여러 조건 아래 "오로지 상상 속에서만 가능한 연상(聯想)"을 독자에게 부여하려는 저자의 깊은 뜻이 담겨 있다고 할 것이다.

3) 이미지의 변천 과정

앞서 언급한 바와 같이, 명나라 중엽은 개성 해방의 사상적 조류가 폭발적으로 일어난 시기였다. 따라서 손오공의 이미지 역시 그러한 사조에서 정형화되었다.

명나라 중엽 이전의 손오공은 그 혈관 속에 흐르는 피가 '3교 합일'을 이루고 불교와 도교 사상이 융화된 특질을 지녔으나, 만력 연간(1573~1620)에 이르자 여러 갈래로 나뉘었던 당나라 스님의 고사들이 한곳으로 흘러들어 세덕당 본 『서유기』를 구성하는 기초 자료를 제공하였으며, 새롭게 솟아난 개성 해방 사조 역시 손오공의 이미지에 신선한 특질을 부여하여 결국 그 정형화 추세를 필연적인 것으로 만들기에 이르렀던 것이다.

원숭이 임금 손오공이 어떻게 해서 원나라 당시 종교적 전설 중의 악마로부터 세덕당 본에 이르러서는 영웅적인 존재로 탈바꿈하게 되었을까 하는 데는 몇 가지 짚어볼 문제가 있다.

첫째는 손오공의 출신 문제다.

『취경시화』에서 후행자의 신화적 원형은 "초산(楚山)의 원숭이 정령이 모산군(茅山君)의 술을 훔쳐 마시고 취한 끝에 사로잡혀 화석(化石)이 되었다"는 전설이고, 여기에 진현장의 제자 오랑캐 승려 석반타를 대입시켜 현실적 모델로 삼은 것이다.

원나라 때 사람들은 후행자의 이미지를 종교적인 측면으로 발전시켜 온갖 행패를 일삼는 악마로 묘사했다. 그 결과, 소설 『서유기』 제27회 가운데 손오공이 스승에게 지난날 수렴동에서 요괴 노릇을 할 당시 사람을 어떻게 잡아먹어왔는지 그 정경을 말해준 것은 바로 그 원초적 행태를 미처 지워버리지 못하고 남겨둔 흔적이라고 할 수 있다.

이와 반대로, 소설 『서유기』의 저자는 그 이미지를 신화적인 측면으로 발전시켜 온갖 아름다운 품격을 부여하고 그로부터 손오공을 개세(蓋世)의 영웅으로 묘사하였으며, 심지어는 "계(啓)가 돌에서 태어났다"는 신화 전설을 직접 손오공의 출신 내력을 묘사하는 데 차용하여, "저절로 태어난 돌 원숭이"로 만들고, 미후왕을 전설 가운데 "늙은 원숭이 정령"과 판연히 구별시켜 본질적으로 다른 순수한 대자연의 아들, 하나의 살아 움직이는 자연인의 형상으로 빚어내는 데 성공했다. 이는 곧 신화나 종교적인 외형 속에 잠복해 있던 인간의 총명과 재지(才智)를 무소불능(無所不能)의 경지로까지 승화시킨 것이며, 또한 이것은 중세기 말엽 개성 해방이라는 사상적 조류의 두드러진 특징 가운데 하나가 되었다.

따라서 손오공으로 하여금 한때의 환락적인 자유자재의 생활에 불만과 한계를 느끼게 만들고 염라대왕의 속박을 벗어나기 위하여 불로장생의 도를 가르쳐줄 스승을 찾아 망망대해를 건너게 한 것은, 어느 정도 굴곡시킨 점은 있으나 당시 봉건 세력의 속박을 타파하려는 신흥 시민 사회 세력의 갈망과 새로운 천지를 탐색하여 자유로운 발전을 획득하려는 진취적 욕구를 대변한 것이라고 할 수 있다.

둘째로, 손오공이 지옥을 뒤엎은 원인 문제다.

『잡극』에는 손오공이 금정국(金鼎國) 여인을 납치하여 압채부인으로 삼기 위해 지부(地府)를 뒤엎었다는 대목이 나온다. 소설『서유기』의 손오공은 여색을 탐내거나 정욕에 미혹되는 등 원숭이의 음탕한 특성이 없다. 그러나 제27회에서 그는 화과산 요괴 노릇을 하던 시절 "어여쁜 계집으로 변신해서 그 바보 같은 놈을 동굴 속에 끌어들여 내 마음 내키는 대로 실컷 잡아먹었다"는 사실을 숨김없이 밝힌 대목이라든가, 제42회에서 관음보살이 손오공더러 "너한테 선재용녀를 딸려보냈으면 한다만, 선재용녀는 용모와 자태가 아리따운데다 정병 또한 보물이다. 그런

데 네가 만약 사기 쳐서 모두 빼앗아가버린다면, 내 어느 세월에 어디 가서 너를 찾아낼 수 있겠느냐?"라고 말한 점으로 보아, 세덕당 본 이전의 손오공 역시 음탕한 원숭이의 천성을 지니고 있었음이 분명하다.

그러나 소설『서유기』는 손오공이 저승사자에게 붙잡혀 유명계(幽冥界)로 끌려가던 끝에 급기야 "삼라전이 들썩거릴 정도로 대소동을 일으키고 생사부에 적힌 이름을 강제로 지워 없앤 다음, 철봉 한 자루로 유명계를 때려부수고 빠져나왔다"는 대목을 강조했다. 그리하여 "항상 염라대왕의 재난이 두려워 움츠리던" 그는 여기서 "하늘과 수명을 함께 누리는 참된 공과(功果), 불로장생의 대법문(大法門)"을 얻을 수 있는 계기를 마련하고, 최후에는 "신통력을 써서 저승사자를 때려잡고 내친 김에 위력으로 십대 염왕(閻王)들을 놀라 자빠지게" 만들었다. 따라서 "삼라전이 들썩거릴 정도로 대소동을 일으키고, 생사부의 이름을 강제로 뭉개버린" 그 의지와 정신력은 곧 개인의 심령 해방이라는 기틀 위에 전형적인 이미지를 구축해놓기에 이르렀던 것이다.

셋째로, 천궁에서 대소란을 일으키게 된 사유 문제다.

『잡극』등에 묘사된 '천궁에서의 대소동'은 그 원인이 반도원의 복숭아나 금단·어주를 훔쳐먹기 위한 것이 아니라, 천궁의 삼엄한 위계 질서, 유능한 자를 업신여기고 인재를 쓸 줄 모르는 옥황상제의 처사, 그리고 남에게 머리 숙이기를 바라지 않는 손오공 자신의 오만한 성격 등에 있다고 보아야 할 것이다. 요컨대 손오공의 자유 평등 관념이 천궁의 삼엄한 위계 질서를 용납할 수 없었던 것이다. 그 결과 태상노군의 팔괘로에 갇혀 문무진화(文武眞火)의 단련을 받고도, "강자가 지존이 되는 법이니, 옥좌를 내게 양보하라"는 대역 행위를 자행하게 되었으며, 다시 석가여래의 계략에 걸려 오행산 아래 짓눌리는 시련을 겪게 되었던 것이다.

석가여래는 불교의 교주(敎主)요, 태상노군은 도교의 교주였으며, 옥황상제는 유교와 도교 개념이 혼합된 존재로서 도교에서 신봉하는 천제(天帝)요, 염라대왕은 불교와 도교가 혼합된 존재로서 두 종교 모두 신봉하는 명부(冥府)의 군주이며, 용왕은 유교-도교가 혼합된 존재로서 특히 도교가 신봉하는 수부(水府)의 군주들이다. 그러나 세덕당 본의 저자는 '천궁에서의 대소동'을 통하여 손오공으로 하여금 이러한 권위적 신명(神明)들에게 야유를 보내게 만들고, 과거 "군신(君臣) 간의 윤리"라든가 "신령과 짐승 간의 지엄한 분별"이라는 기존 사회 심리의 타파를 시도하였던 것이다.

문제의 관건은, 불문에 귀의한 후 과연 손오공이 자유 평등을 요구하던 천성을 잃어버렸을까의 여부다.

양치화의 『서유기전』과 주정신의 『당삼장 서유석액전』은 잃어버린 쪽으로 처리했으나, 세덕당 본은 손오공의 그러한 천성을 더욱 두드러지게 묘사하고, 서천 노상의 인간관계 여러 면에서 줄곧 심화시켰다.

우선 당나라 스님 일행 네 사람이 경을 구하러 가는 목적에 있어서, 송대 『취경시화』에서는 불교 계통의 "중생 제도(衆生濟度), 고해 이탈(苦海離脫)"이 그 목적이었으나, 유교 문화로 형성된 사회 심리는 '보국안민(輔國安民)'을 그 목적의 하나로 규정하였다. 『잡극』이 당나라 스님을 당연한 주인공으로 설정한 반면, 세덕당 본 이후는 "당나라 황실의 영원한 공고(鞏固)"를 목표로 정하였을 뿐만 아니라 상징적 의미까지 부여하여, 원래 종교적인 성격의 주제를 우화(寓話)와 같은 사회적인 성격의 주제로 개조하고, 애당초 경을 구하러 가는 사업의 보조적 역할에 불과하던 손오공을 일약 작품의 주역으로 승화시켰다.

그 다음, 손오공이 요사스런 원숭이 미후왕(美猴王)에서 제천대성

(齊天大聖)으로, 그리고 행자(行者) 신분에서 투전승불(鬪戰勝佛)에 오르기까지, 전체 과정을 통하여 신불(神佛)들과의 사이에 맺어진 관계다.

『취경시화』의 후행자(猴行者)는 신불의 면전에서 자기 뜻을 밝히지 못했으며, 오로지 서왕모에 대한 경외심과 대범천왕에 대한 굴복으로 일관했다. 잡극「이랑신이 제천대성을 잡아 가두다」의 제천대성은 이랑신에게 사로잡혀 애걸복걸 빈 끝에 옥황상제에게 무릎 꿇고 삼청(三淸)을 참배하는 것으로 귀착시켰다.『잡극』의 손행자는 비록 자신의 의지가 있었으나, 철계고의 속박으로 말미암아 신불의 면전에서 무조건 순종하고 있다.

이에 비해 세덕당 본의 손오공은 긴고주의 속박을 받으면서도 자신의 독립적 의지와 인격을 갖추고 아울러 그것을 내세우는 것을 일종의 선(善)으로 인식하고 있다. 그리하여 관음보살더러 "인간의 향화(香火)를 받으면서 흑곰 요정을 이웃으로 삼았다"고 질책하는가 하면, 미륵불과 태상노군에게는 "문하 제자를 함부로 아래 세상에 내려보내 악행을 저지르게 한 죄"를 문책하여, 사과를 받아내거나 변명하게 만들기도 하고 심지어 석가여래를 악마 대붕금시조의 '외조카뻘'이라고 비웃기까지 하였으며, 옥황상제를 알현할 때에도 오만불손하게 예를 갖추지 않으면서도 그에게서 온갖 필요한 지원을 받아내는 등, 결국 손오공이 신불의 뜻에 순종하였다기보다 차라리 신불이 그의 의지에 순응하였다고 말할 수 있게 된 것이다.

그 다음으로, 손오공과 요마들의 관계다.

『취경시화』의 후행자는 불문에 귀의한 요정의 신분으로 불문에 귀의하기를 원치 않는 요괴를 때려잡아 굴복시킨 경우로서, 그는 이미 경건한 불교도가 되어 좀처럼 살생을 저지르지 않는 인격의 소유자가 되어 있다.『잡극』의 손행자는 철계고의 구속을 받아 어쩔 수 없이 불문에 굴종하게 된 요정의 신분으로서, 철계고의 속박을 받지 않는 요마를 때려잡는 경우다. 하지만 손행자와 맞닥뜨린 적수들은 후행자의 경우보다 훨씬 악독한 요괴들이어서, 관음보살이나 석가여래에게 달려가 지원을 요청하여 굴복시키는 역할이 그의 주된 공덕이었다.

그러나 세덕당 본 내용부터 손오공은 신불의 부용적(附庸的) 신분에서 과감히 벗어나, 독립적 의지와 인격을 갖춘 전투 영웅으로 일변하여 그 지혜와 용맹성, 선전분투하는 기질을 구현하고 아울러 "악을 원수처럼 미워하는" 정신을 유감없이 발휘하고 있다.

그렇다면 신불과 요괴 마귀들의 관계는 어떠했을까?

『취경시화』에 등장하는 정령이나 요괴들은 지리상 부처님의 나라에 가까운 관계로 모두 '불성(佛性)'을 지녀, 사람을 만나도 해치지 않거나 불성을 지니지 않은 요괴는 대범천왕이 내려준 세 가지 법보(法寶)에 굴복당하고 있다. 『잡극』에서는 손행자가 귀자모(鬼子母)를 굴복시키는 데 관음보살이나 석가여래의 도움을 받는 내용이 있을 뿐, 역시 요괴 마귀들이 신불과 친척이 되거나 또는 천상의 정령이 속세를 그리워하여 하계로 내려와 악행을 저지른다는 스토리는 없다.

그러나 「쇄석진공보권(鎖釋眞空寶卷)」부터는 다르다. "우마왕, 거미 요정이 당나라 스님을 동굴로 납치하다. 남해의 관세음보살이 당나라 스님을 구출하다"라는 내용은 분명히 우마왕과 거미 요정들을 제압하는 당사자로 관세음보살을 명시했으며, 그 밖에도 "화염산·흑송림·나찰녀·유사하·홍해아·지용부인, 그리고 승려와 도사의 겨룸, 관세동(觀世洞)·여아국(女兒國)"의 존재가 등장한다. 『박통사 언해』, 즉 『평화』에는 그 이전에 언급되지 않았던 스토리로 검정 곰 요괴·황풍괴·사자 요괴·다목괴, 그리고 형극령의 전신인 극구동(棘鉤洞)과 칠절산 희시동에 해당하는 박시동(薄屎洞)이 등장한다.

이로 미루어, 원나라 말엽부터 명나라 초기의 고사에는 "천상에서 내려온 정령"이 있기는 해도 극소수였으며, 절대다수의 요괴들은 모두 손행자의 보고를 받고 출동한 신불들이 직접 나서서 굴복시킨 경우들이었음을 알 수 있다. 따라서 손행자는 단지 신불의 부용(附庸)이었으며, 구현된 정의도 일방적으로 신불에 속하는 것들이었다.

이에 비해 세덕당 본의 경우는 신불이 당나라 스님 일행의 신념과 의지를 시험하기 위해 고의적으로 풀어놓거나 부주의로 놓쳐보낸 "천상에서 내려온 정령"들이 대다수를 이루고, 지상에서 태어나 신불과 갈등을 빚은 토박이 정령들 역시 적지 않았다. 신불은 "천상에서 내려온 정령"이나 토착으로 생장한 흉마 악귀들을 상계(上界)로 거두어 돌아가려 했으나, 손오공은 이러한 요괴들을 단매에 때려죽이려는 의지로 일관했다.

신불과 손오공, 양자간의 이러한 미묘한 갈등과 대립적 모순은, 소설『서유기』의 저자가 독특한 장인 정신(匠人精神)으로 주인공에게 이미 독립적인 역량과 역할을 부여하고, 구현된 정의 또한 일방적으로 손오공에게 귀속시킨 데서 비롯된 것이라 할 수 있다.

그 다음, 손오공과 당나라 스님의 관계다.

현존하는 고사 가운데 당나라 스님의 이미지는 이미 역사상 실존하던 현장 법사가 아니라, 존엄성을 갖추었으면서도 무능한, 승려이면서도 선비인 '성승(聖僧)'의 이미지였다.『취경시화』속의 후행자는 자원해서 당나라 스님을 보호하고 함께 서천 계족산(鷄足山)으로 떠났으므로 철계고 따위를 씌울 필요 없이 당나라 스님과 원만한 관계를 유지하고 있다. 반면,『잡극』속의 손행자는 공공연히 구명의 은사 당나라 스님을 잡아먹으려 하였던 만큼 철계고를 씌워주지 않으면 안 되었다. 손행자는 이 지독스러운 속박의 맛을 보고서야 가는 길 내내 당나라 스님에게 고분고분 순종하였으므로 당나라 스님 또한 긴고주 따위를 외울 필요가 없어, 두 사람의 관계는 역시 조화를 이루었다고 할 수 있다.

그러나 세덕당 본의 당나라 스님은 불문의 장로이면서 엄연한 봉건 가장의 신분을 보유하였다. 제자 넷을 거느린 가부장으로서 그는 제자들 중 가장 어리석고 우둔하기 짝이 없는 저팔계를 편애한 반면, 손오공과는 어딘지 모르게 불목하는 관계를 유지했다. 요마들이 당나라 스님을 잡아먹으려 했다면, 손오공은 스승을 보호하여 서천으로 경을 구하러 가는 목적을 완수하려 했다.

이러한 관계는 손오공과 요마 사이에 갈등을 형성하고, 그 갈등은 스토리 전반에 걸쳐 일관되게 전개되었다. 손오공이 요괴 마귀를 소탕함으로써 스승을 보호하려 했다면, 당나라 스님은 그러한 손오공의 행위를 "천성이 흉악한 탓"으로 인식하여 이루 헤아릴 수 없을 만큼 긴고주를 외워 고통을 주었으며, 이런 모순적인 대립 관계가 손오공과 당나라 스님 간에 갈등을 조성하게 되었던 것이다.

이렇듯 두 가닥의 대립적 모순과 갈등의 실마리는 한결같이 손오공의 독립적 인격 역량과 전투적 정신력을 과시하게 만들었고, 또한 유교와 불교의 종지(宗旨)를 한사코 고수하는 '성승'의 맹목적인 어리석음을 유감없이 드러내 보이게 만들었으며, 속박의 도구가 된 긴고주는 소설 전반에 걸쳐 불법(佛法)과 교의(敎義)에 대한 통렬하고도 절묘한 야유의 상징물이 되었던 것이다.

거시적인 안목으로 현장 법사의 고사를 조감해볼 때, 일행의 인간 관계 변화 발전에 몇 가지 결론에 도달할 수 있을 것이다.

그 하나는 『잡극』 등에 나타난 이미지 체계의 내적 구성이 2원화되었다는 사실, 즉 신불과 요괴 마귀를 각각 일방(一方)으로 하고, 손오공의 이미지는 단지 신불에 부용된 조역에 속한다는 점, 그러나 세덕당 본에 나타난 이미지 체계의 내적 구성은 3원화, 즉 손오공을 일방으로 하고, 요마와 신불을 각각 다른 일방으로 획정한다는 점이다.

손오공과 요괴 마귀들의 관계는 정(正)과 사(邪), 즉 세불양립(世不兩立)의 적대적 관계를 유지했으며, 요괴 마귀들과 신불의 관계는 모순과 갈등의 일면을 지니고 있거니와 조화를 이루는 일면도 있다는 점, 그리고 손오공과 신불의 관계는 합작하는 일면도 있거니와 갈등과 모순의 일면도 지니고 있다는 점이다. 따라서 이들 인간관계의 구심점은 신불이 아니라 손오공이라는 사실이 명백해진다.

세덕당 본에 나타난 손오공의 사상과 성격적 발전 및 그에 대한 저자의 태도를 조감해보았을 때, 다음과 같은 몇 가지 결론을 내릴 수 있다.

첫째, 화과산 미후왕의 입장에서 신불에 대한 태도는 투쟁 가운데 타협을 모색했다는 점, 둘째로 서천 노상의 손행자 입장에서 본 신불에 대한 태도는 타협 가운데 투쟁을 지속한다는 점이다.

이상과 같은 관점에서, 손오공의 이미지는 개성 해방의 사상적 조류가 돌출함에 따라 정형화되었으며, 그 혈관에 주입된 피는 명나라 중엽 이후 자본주의의 맹아가 싹틈에 따라 생성된 개성 해방 조류의 혈액이요, 이러한 피는 손오공의 혈관 속에서 이미 유·불·도(儒佛道) 3교의 사상적 혈액과 대립하여 새롭게 태어난 혈액형이라는 사실을 인식할 수 있을 것이다. 그러한 이미지는 저자와 거의 동시대의 인물 이지(李贄)가 설파한 바와 같이 하나의 '동심(童心)'을 갖춘 '진인(眞人)', 곧 참된 인간 타입이었다. 그러나 당시에는 그저 한낱 '원숭이'의 형태와 그런 이미지로밖에 표현할 수 없었던 것이 저자의 고충이요 한계였던 것이다.

3. 저팔계

다음은 저팔계의 출신 내력과 이미지의 변화 발전 과정이다.

낭만주의 소설『서유기』를 구성하는 예술적 품격, 즉 해학과 풍자, 골계와 유머의 대표적 인물은 당나라 스님의 둘째 제자 저팔계였다. 앞서 언급한 바처럼, 골계의 본질은 추(醜)함, 곧 익살맞고 못난 이미지이다. 소설을 전반적으로 평가해볼 때, 저팔계는 결점과 약점을 두드러지게, 그리고 숱하게 지닌 전형적 인물로서 하나의 복잡한 이미지의 소유자라고 할 수 있다. 연극적인 우스꽝스런 몸짓과 대사, 익살 가운데 드러내는 우화적(寓話的) 의미, 성격이나 형식, 언행과 습관 등 여러 면에서 표출되는 불협화, 부조화의 골계미가 그의 일신상에서 구체적으로 전개될 뿐만 아니라, 외형적인 모습 또한 그 희극성에 의미를 부여하고 있다.

손오공의 경우처럼, 저팔계 역시 동물·인간·신령의 세 가지 형상이 교묘하게 융합된 인물이다. 동물로서의 외형적 형상은 돼지의 특징을 그대로 답습했다. 비곗살이 찐 장대한 몸집, 시꺼먼 얼굴에 짧은 터럭, 커다란 두 귀에 비죽 나온 주둥이, 굼뜨고 우둔한 동작, 내면적인 습성으로는 식탐과 잠꾸러기의 특성, 남에게 조소를 받는 바보스러움과 둔탁한 동작에 스스로 영리한 척 용감한 척, 허세를 부리는 특질이야말로 돼지의 추레함을 연상시킨다.

이러한 저팔계의 이미지가『서유기』와 관련된 문헌 자료 가운데 어떻게 형성되었으며, 그 원초적 형태는 어디서부터 연유된 것인지 장진츠 교수의『서유기 고론(西遊記考論)』을 바탕으로 그 대략을 살펴보기로 한다.

1) 출신 내력, 그 혈통 문제

우선 소설의 기인점이 되는 『취경시화』에는 저팔계의 모습이 전혀 보이지 않는다. 그 이미지가 최초로 나타난 것은 『평화』를 인용한 『박통사 언해』에 "검정 돼지 요정〔黑猪精〕 주팔계(朱八戒)", 그리고 『잡극』에서는 '주팔계'를 '저팔계(豬八戒)'로, '검정 돼지 요정'의 모습 역시 '금빛 돼지〔金色猪〕'로 탈바꿈시키고, 그 내력은 "보살의 금방울을 훔치고 하계로 도망쳐 나와 요괴 노릇을 하게 된 마리지천(摩利支天)Mnarici 보살 휘하의 어거장군(御車將軍)" 출신으로 묘사하였다.

그러나 명나라 때에 접어들면서 세덕당 본을 기점으로 모든 소설 『서유기』는 『잡극』 속의 저팔계를 이어받되 그 출신 내력을 바꾸어, 술에 취해 월궁 항아를 희롱한 죄로 속세에 떨어졌으나 암퇘지의 태중에 잘못 들어가 돼지의 모습으로 태어나게 된 "천하(天河)의 수군 총독 천봉원수(天蓬元帥)" 출신으로 묘사하기 시작했다.

그렇다면 저팔계의 이미지가 현대 용어로 "은하수를 다스리는 수군 제독 천봉원수"로 변화 발전하게 된 문화적 배경은 어떠한 것일까? 아마도 그 혈통은 중국의 돼지 문화에 관한 전설에서 찾아볼 수 있을 것이다.

제일 먼저, 중국 전설 가운데 돼지 신령에게 부여된 최고 직능은 도랑과 하수도를 주관하였다는 점이다.

문헌상 최초 기록은 『역경(易經)』 「설괘(說卦)」에 수록된 "감(坎)을 시(豕)로 삼는다"는 대목이다. 즉 "감괘(坎卦)의 성질은 아래로 내려가는 것이어서, 돼지〔豕〕는 그 머리를 숙일 수 있고 또 비천하고 더러운 것을 좋아하므로 물에 속하는 가축"이라, 집 안의 시궁창에서 뒹굴고, 하늘에서도 수로(水路) 개척과 도랑을 주관하는 별자리, 즉 규성(奎星)

을 '봉시(封豕)'라고 했다.

또 왕가(王嘉)의 『습유기(拾遺記)』에는 "상고 시대 우임금이 용문산 바위를 깨뜨리고 황하의 수로를 굴착할 때, 돼지와 같은 짐승이 야명주를 입에 물고 어두운 밤길을 촛불처럼 밝혀주었는데, 날이 밝자 검정 옷을 입은 사람의 모습으로 변하였다" 하여, 훗날 돼지가 황하의 수신(水神) 하백(河伯)으로 발전하는 단서를 처음 제공해주고, 또 이는 곧 황하와 낙수(洛水) 일대의 선주민, 즉 하백족(河伯族)이 숭상하던 돼지 토템 신앙의 대상으로까지 발전하였다.

야생 돼지는 상고 시대 중국의 대강(大江) 남북에 두루 퍼져 있던 들짐승이었다. 『회남자』 「본경훈」에 서술된 "봉희(封豨)와 수사(修蛇)가 모두 백성에게 해를 끼쳤다"는 기록이 바로 그것에 대한 선주민들의 공포심을 상징하는 것으로서, 이로부터 수사, 즉 거대한 뱀을 숭상하는 '용신(龍神) 토템'과 아울러 야생 돼지를 숭상하는 '시신(豕神) 토템'이 생겨나게 되었다고 한다.

따라서 하백은 봉희를 토템으로 하는 토착 부족으로서 황하-낙수 일대에 거주하는 동안 자연스럽게 치수(治水)에 대해서도 그들만의 어떤 경험을 지니게 되었을 것이며, 여기서 "돼지와 하천 수로"를 연결하는 여러 가지 신화와 전설이 생겨나게 된 것이다.

둘째로, 여색(女色)에 대한 탐욕은 중국 돼지 문화와 관련된 전설 가운데 돼지 신령이 타고난 성벽(性癖)이라는 점이다.

'규성 봉시'와 '황하의 수신 하백'이 한 뿌리에서 갈라져 나온 개체로서, 하백은 봉시의 천성, 특히 여색에 대한 탐욕을 으뜸으로 삼게 되었다. 『사기(史記)』 「골계열전(滑稽列傳)」과 그 「정의(正義)」에 "하백은 화음(華陰) 동향인(潼鄕人)으로서 그 이름은 풍이(馮夷)이며, 황하에서 목욕하다가 빠져 죽어 마침내 하백이 되었다"고 하였는데, '풍이'는 곧 돼지의 신령인 '봉시' 또는 '봉희'의 발음이 전화(轉化)된 것이라고 하였다.

『사기』「육국표·진령공(六國表·秦靈公)」 8년조(條)와 『초사』「구가·하백」에 관한 「초사교보(楚辭校補)」의 기록을 보면, 하백의 음탕한 성격은 춘추 전국 시대부터 천하에 명성을 떨치고 있었음이 분명하다. 그 까닭은 돼지의 천성이 "음탕한 가축"이요, 하백 역시 천상의 규성 봉시에 해당하므로 당시 사람들의 눈에 "음탕한 신령"으로 비칠 수밖에 없었던 것이다.

따라서 후세의 전설 고사 중에도 적지 않은 돼지 신령들의 음탕한 성격을 그 주된 특징으로 부각시키기에 이르렀으며, 이는 곧 돼지의 생식 능력이 왕성하기 때문에 선주민들이 그 능력을 빌려 다산(多産)하기를 기원하는 토템 신앙에서 비롯된 것이라 할 수 있다.

셋째로, 중국 돼지와 관련된 전설 가운데 돼지 신령의 피부 빛깔은 모두 검정빛[玄黑]을 특징으로 지녔다는 점이다.

앞서 언급한 『습유기』에, 우임금의 황하 굴착을 도와준 돼지가 사람으로 변신하였을 때 입었다는 '검정 옷'은 곧 그 피부색을 의미하는 것이요, 『춘추좌전(春秋左傳)』「소공(召公)」 28년조에 "잉씨(仍氏)의 딸 현처(玄妻)는 몸뚱이가 검정빛으로 거울처럼 빛나는 미녀인데, 후기(后夔)의 아내가 되어 봉시(封豕)를 낳았으나, 돼지의 심사를 지녀 탐욕스럽기 그지없고 사납기 짝이 없어 마침내 신궁 후예(后羿)의 활에 맞아 죽었다"고 하였는데, '현처'란 곧 "검정 빛깔의 여인"이란 뜻으로서, 백성들에게 해악을 끼치던 사나운 야생 돼지의 어미 역시 검정빛 몸뚱이를 지닌 암돼지였음을 의미한다.

이로부터 돼지와 관련된 모든 전설은 살갗이 검거나 검정 옷을 입었다는 것이 특징 중 하나가 되었으니, 간보(干寶)의 『수신기(搜神記)』

「안양정 삼경(安陽亭三經)」에 나오는 "북사의 암퇘지〔北舍母猪〕"가 검정 빛 홑옷을 입은 미녀로 둔갑하는가 하면, 『태평광기』「광이기(廣異記)」에서 여주 자사(汝州刺史) 최일용(崔日用)이 한밤중에 목격한 수십 명의 "검정 옷을 입은 사람〔烏衣人〕"들은 모두 전생의 돼지로, 인간의 몸을 지니고 다시 태어나 각처 사원에 흩어져 추앙받는 '장생저(長生猪)'들이었으며, 같은 책 「집이기(集異記)」에 등장한 미녀는 암퇘지의 화신으로, 인간 세계의 극치를 이룬 절색이면서도 "입술은 검정빛"이었다든가, 『현괴록(玄怪錄)』 중의 돼지 정령은 지방에 따라서 '오장군(烏將軍)'으로 불린다는 점 등이 그런 사례다.

넷째로, 인간이면서 짐승이라는 점이다.

"사람의 머리통에 돼지 몸뚱이〔人首猪身〕" 또는 "돼지 머리에 사람의 몸뚱이〔猪首人身〕" 형태는 주로 『산해경』에 많이 나타났다. 「북산경」의 14신(神)은 모두 "돼지의 몸뚱이〔彘身〕"를 지녔으며, 「동산경」의 "돼지 형상에 사람의 얼굴을 지닌 짐승〔彘而人面〕"과 「중산경」의 "돼지 몸뚱이에 사람의 머리를 지닌 신령〔彘身人首〕", 그리고 「해내경」에는 "전욱(顓頊)의 아버지 한류(韓流)가 사람의 얼굴에 돼지 주둥이〔人面豕喙〕를 지녔다"고 하였다.

『신이경(神異經)』「서황경(西荒經)」에 "해외 36국의 한 종족으로 돼지의 주둥이를 지닌 시훼민(豕喙民)이 있다"는 기록이나, 『태평광기』「통유기·동암사승(通幽記·東岩寺僧)」에 나오는 성자(聖者) 역시 "돼지 머리에 사람의 몸뚱이"를 지닌 괴물인 점, 그리고 『초사』「대초(大招)」 편에 묘사된바 상고 시대 형벌과 살육의 신령 욕수(蓐收)의 생김새 역시 "돼지 머리에 안목이 날카로운〔豕首縱目〕" 괴물의 모습으로 그려진 것으로 보아, 돼지이면서도 인간의 모습을 닮은 저팔계의 형상은 그 유래가 오래였음을 알 수 있다.

2) 이미지의 변천 과정

저팔계의 이미지가 변화, 발전한 원형은 결론적으로 다음과 같이 네 가지 형태로 압축된다.

즉『평화』를 인용한『박통사 언해』에 묘사된 것처럼 "검정 돼지 요정"이라는 점, 원나라 때 도자기로 구워 만든 베개〔瓷枕〕에 부각된 저팔계의 모습이 "돼지 머리에 사람의 몸뚱이"를 지닌 범 같은 사내라는 사실, 그리고 "여색에 대한 탐욕심"은『잡극』에서 그가 민간 부녀 배해당(裵海棠)을 강제로 끌어다 압채부인을 삼았으며, 여인국을 지날 때 남몰래 궁녀를 유혹하여 간통했다는 대목, 또 그 성씨와 이름이『박통사 언해』에서 '주팔계(朱八戒)'로 표현되었다는 점 등이다.

명나라 무종(武宗) 정덕(正德) 4년(1509)에 간행된 나조(羅祖)의 「외외부동 태산심근 결과경(巍外不動太山深根結果經)」 판본에는 '주팔계(朱八界)'로 서술하였으나, 이 역시 같은 이름이다.

저팔계의 성씨가 원나라 이래의 '주씨(朱氏)'에서 갑자기 '저씨(豬氏)'로, 그리고 그 형체가 "검정 돼지 요정"에서 "금빛 돼지"로 바뀌게 된 사유는,『잡극』이 쓰여진 시대의 복잡한 과정에서부터 비롯되었다. 성씨가 바뀌게 된 가장 큰 이유는 명나라 건국 태조 주원장(朱元璋) 때부터 시작하여 역대 황제의 성이 모두 '주씨'였기 때문이다. 또 중국어로 '붉을 주(朱)'자와 '돼지 저(猪)'자는 발음이 똑같은 '주Zhu'로, 즉 동음이어(同音異語)에 속하기도 한다.

『잡극』의 저자 또는 각색 연출자로 알려진 양섬(楊暹), 즉 양경현(楊景賢)은 공교롭게도 명나라 제3대 황제 성조(成祖)의 신하로서, 당시 천자의 언론 통제를 담당한 이른바 '어금(語禁)' 고문 직분을 맡고 있었다.『잡극』이 비록 양경현의 작품이기는 하나, 미가 제자(彌伽弟子)가 교열하고 정정(訂定)을 가한 시기는 만력 41년(1614)이다. 그동안 저자였든 각색 연출자였든 혹은 정리자였든, 누구나 추레하고 미천한 "검정 돼지 요정 주팔계"와 "천하의 지존 황제의 성이 주씨"라는 사실 관계를 의식하지 않았을 리 없을 터이고, 따라서 이 잡극이 상연되었을 때 대역 불경죄로 초래할 멸문지화(滅門之禍)를 모면하려면, 가장 간편한 처리 방법으로 그 성씨를 '주팔계'에서 '저팔계'로 바꾸지 않을 수 없었을 것이요, 또한 그 내력도 사람들에게 천대받는 "검정 돼지 요정"으로부터 모든 사람들에게 추앙받는 "마리지천 보살 휘하의 어거장군인 금빛 돼지"의 존귀한 신분으로 탈바꿈시키지 않을 수 없었을 것이며, 또 그 이미지의 조형(造型)에 있어서도 우스꽝스런 "돼지 머리에 사람의 몸뚱이"에서 용모가 우람하고 튼튼한 검정빛 살갗의 장한(壯漢)으로 변신시켜야 했을 것이다.

실제로 명나라 황실에서도 천자의 성씨와 같은 이름으로 불리는 돼지에 대하여 엄격한 조치를 취하여, 전국에 돼지를 판매하거나 도살을 금지하는 칙령을 내리고 이를 위반하였을 때는 일가족이 변방 극한 지대로 유배당하여 평생토록 국경 수비대 군졸로 복무하게 만들었다. 이리하여 금령(禁令)에 속박당한 '주팔계'는 그로부터 43년이 지난 가정(嘉靖) 41년(1562)에 간행된 무명씨 작「청원묘도 현성진군 일료진인 호국우민충효 이랑보권(淸源妙道顯聖眞君一了眞人護國佑民忠孝二郎寶卷)」에 '저팔계'의 명칭으로 등장하기 시작했으며, 그로부터 30여 년이 지난 세덕당 본에 이르러서야 그 명칭과 더불어 또다시 "검정 돼지 정령"으로서 본연의 빛깔과 이미지를 확정짓게 되었던 것이다.

3) 위상과 역할의 변화

저팔계의 이미지는 한마디로 손오공의 형상이 변천함에 따라 발전된 것이다.

『박통사 언해』가 인용한『평화』속에 언급된 손오공이 "늙은 원숭이 요정"이었다면, "검정 돼지 요정 주팔계" 역시 지상(地上)의 요괴였을 터, 하나는 '원숭이 요정'으로부터 "하늘의 정기를 받아 저절로 태어난 돌 원숭이"로 변화 발전하고, 하나는 "검정 돼지 요정"에서 '천봉원수'의 환생으로 변화 발전되었던 것이다.

두 주인공의 이미지를 비교해볼 때, 하나는 돼지의 정령이요 하나는 원숭이 정령, 그 형태나 성격은 모두 완전히 상반된다. 하나는 거칠고 뚱뚱한 미련퉁이 돼지요, 하나는 비쩍 바르고 왜소한 체구에 눈치 빠르고 민첩한 원숭이로서, 더할 나위 없이 천부적인 콤비를 이루고 있다.

그것은 불경을 구하러 가는 스토리가 손오공의 개인적 영웅 전기(傳奇)로 나날이 발전함에 따라, 그에 상응하여 저팔계는 손오공의 중요한 보조적 수단이요 파트너로서 그가 연출할 기회 또한 날로 증가하고, 일행 가운데 그의 위상과 역할 또한 나날이 중요성을 더해갈 수밖에 없도록 만들었던 것이다. 이에 반하여, 사화상의 역할은 날로 약화되고 그 이미지가 창백해져갔다.

여기서 특기할 만한 사항은, 동료 제자 세 사람의 역할이 변화 발전함에 따라서 그 서열(序列)에도 변동이 있었다는 점이다. 즉 원나라 때 여러 취경 고사(取經故事)에서 주팔계는 당나라 스님의 셋째 제자였다는 사실이다.

그 고사가 신마화로 진일보한『취경시화』에는 사화상의 모델이 되는 심사신이 시종(侍從) 역할을 맡아, 성승 현장 법사와 향도 역할을 담당한 후행자와 함께 세 사람이 불경을 구하러 가는 일행의 기본 골격을 구성하고 있었다. 그러나 이후 색다른 민간 전설이 취경 고사에 흘러드는 과정에서 주팔계가 자연스럽게 합류하여 당승 일행에 가담하고, 서열상 그 개인적인 석차(席次)는 손오공·사화상의 뒷전에 따라붙어 셋째 제자 노릇을 하게 되었던 것이다.

이리하여 『잡극』에는 앞장서서 난관을 헤쳐나가는 선봉 손오공과 당나라 스님의 측근 심복으로서 시자(侍者) 노릇을 맡은 사화상이 모두 필수불가결한 요원(要員)들인 데 비해, 주팔계는 손오공이 바쁠 때 거들어주거나 사화상의 시중일을 도와주기는 했어도 역시 제외시켜놓아도 좋을 인물, 즉 속된 표현으로 날품팔이 성격의 임시공 역할에 불과했다.

그러나 명나라 중엽에 접어들면서, 세덕당 본을 비롯한 모든 소설 『서유기』에서 저팔계는 사화상을 제쳐놓고 당나라 스님의 둘째 제자로 승격, 등장하기 시작한다. 이러한 저팔계의 위상 변화 발전은 역시 우연한 것이 아니었다.

저팔계가 일행에 끼어들게 된 첫째 이유는, 뿌리깊은 중국의 오행 사상(五行思想) 관념이 당나라 스님과 손오공, 사화상, 그리고 용마(龍馬)로 구성된 넷 가운데 마지막으로 한 사람을 더 끌어들여 5인 1조(組)의 소가족을 형성함으로써 그 숫자를 원만히 충족시켰다는 데 있다.

둘째는 저팔계와 사화상의 이미지를 비교해볼 때, 하나는 '검정 돼지 요정'의 민간 설화를 스토리에 끌어들인 만큼, 그 이미지 자체가 보다 선명한 색채를 띠고 풍부한 돼지 문화 전설이 재창작에 참고 자료를 제공할 수 있었던 반면, 하나는 취경 고사 자체가 잉태하고 길러낸 인물인 만큼 그 이미지 또한 비교적 창백할뿐더러, 심사신이 보유한 사상이나 생활 자료 따위는 재창작에 원천적으로 별다른 보탬이 되지 않았다는 점이다.

여기에 또 손오공이란 원숭이 요정과 돼지 요정이라는 내적·외적 이미지의 대비가 두드러진 콤비를 이루고 또 자연스럽게 천부적인 파트너로 자리매김하면서 그 지위와 역할이 중요성을 더해갈 수밖에 없었던 것이다.

이에 관하여는 '사화상의 출신 내력과 이미지의 변천 과정'에서 비교 설명을 덧붙이기로 하고 일단 접어두겠다.

여하튼 저팔계가 둘째 제자로 승격한 뒤에도, 과거 막내로서의 원형은 여전히 소설『서유기』전반에 걸쳐 그 특징이 곳곳에 온전히 남아 있는 상태다.

소설 가운데 그가 걸핏하면 입 밖에 내는 속담, 즉 "셋이서 집을 나서면 제일 막내가 고생을 도맡는다"라든가, "먼 길에 가벼운 짐이 없는 법"이라고 했듯이, 서천으로 가는 길 내내 어깨뼈가 짓눌리도록 무거운 짐보따리는 으레 저팔계의 몫이었다. 손오공은 길을 트고 적을 제압하는 고정된 신분으로서, 그 밖의 일은 기분 내키면 하고 언짢으면 하지 않는 기질이었고, 사화상 역시 스승의 측근 호위라는 고정된 역할을 맡아, 그 밖의 일은 형편이 어떤지 보아서 하든 안 하든 스스로 결정할 뿐이었다.

그러나 저팔계의 처지는 그렇지 못했다. 요괴가 없을 때는 짐꾼 노릇을 도맡고, 요괴가 길을 가로막을 때에는 손오공을 거들어 소탕하고, 투숙할 때에는 사화상을 도와 시중꾼 노릇을 해왔다. 이렇듯 날품팔이 역할에서 벗어나지 못한 결과 서천에 도착하여 정과(正果)에 올랐을 때, 당나라 스님은 전단공덕불, 손오공은 투전승불, 사화상은 금신나한에 올랐으나, 저팔계 자신은 정단사자에 불과하였다. 나한(羅漢)이라 하면 곧 상좌부(上座部), 이른바 불교에서 말하는 이상적인 최고의 과위(果位)로 그 품위의 존귀함이란 정단사자 따위와 견줄 바가 아니다. 결국 그는 소설 『서유기』에 이르러서도 여전히 『평화』 속에서 셋째 제자 노릇을 하던 때의 지위밖에 얻지 못하였다는 사실이 바로 그 증거다.

4) 생태적 특성에 대한 변명

저팔계의 생태적 원형을 분석해보자면, 루쉰(魯迅)이 쓴 『아큐정전(阿Q正傳)』의 주인공 아큐(阿Q)와 비견되기도 한다. 생태적 원형이라면 그 "기다란 주둥이와 큰 귀"만큼이나 느긋한 천성, 우직하면서도 미련한 성격을 먼저 들 수 있을 것이다.

손오공이 각박하게 몰아세울 때마다, 저팔계가 심리적 형평(衡平)을 얻는 방법에는 세 가지가 있다.

첫째는 상대방이 안 듣게 악담과 욕설을 퍼붓는 방법, 제46회에서 손오공이 양력대선과 "끓는 기름으로 목욕하기"를 겨루다가 일부러 가라앉았을 때 퍼붓던 욕설이 그 증거다. 그가 필마온더러 '무지'하다고 욕한 것은 당연히 자신의 고명함을 내세우기 위한 것이었다.

둘째는 거짓말 꾸며대기, 제32회 평정산을 순찰할 때 게으름을 부리고 늘어지게 낮잠을 잔 끝에 꾸며대는 거짓말이 그 증거다. 자신은 만에 하나라도 실수가 없는 것으로 생각했으나 각다귀로 둔갑한 손오공에게 발각당할 줄은 몰랐다.

셋째로는 당나라 스님이 긴고주를 외도록 충동질하는 방법이다. 제38회에서 팔각 유리정 우물에 빠진 오계국 왕의 시체를 건져내느라 골탕 먹은 후 앙갚음을 하려고 스승더러 긴고주를 외게 한 다음, 손오공에게 던진 야유, "형님, 형님만 날 골탕 먹일 줄 아신 모양이지만, 나도 형님을 골탕 먹일 때가 있다는 건 모르셨을 거요!"라고 빈정댄 것이 그 증거다. 결국 악담을 퍼붓고 교활하게 거짓말을 꾸며댈수록 자신이 바보 멍텅구리가 아님을 증명하는 것으로 여긴 그 우직함과 미련스러움은 우스팡스러운 언동을 보일수록 더 사랑스런 모습이라 할 것이다.

    요괴나 마귀 앞에 직면해서 보잘것없는 총명을 과시한 경우도 여러 차례 있다.

    그 표현 방식은 대략 세 가지, 첫째는 자신도 손오공 못지않게 기민하고 임기응변에 능통한 것으로 여기고 요괴 마귀를 바보 멍텅구리로 만드는 방식이다.

    붕마왕에게 붙잡혀 끌려갔을 때 사타왕이 "쓸모없는 놈을 잡아왔다"고 핀잔을 주자, 그는 탈출할 기회를 잡았다고 여기고 "대왕님, 쓸모없는 놈은 내보내버리고 다시 쓸모 있는 녀석을 잡아오시지요" 하고 넉살 좋게 대꾸하는 대목이 그것이다. 결과는 사지 팔다리를 한 덩어리로 꽁꽁 묶인 채 떠메다가 연못에 내던져 잠기는 신세가 되었지만…….

    그 다음은 강적과 맞닥뜨렸을 때는 동료를 내버려둔 채 삼십육계 줄행랑을 놓고도, 자신이 시무(時務)에 밝은 사람으로 여기고 으스대는 방식이다. 손오공이 홍해아와 맞서 고전할 때 뺑소니를 친 경우나, 보상국 왕의 부탁으로 황포괴를 잡으러 갔다가 승산이 없자 사화상에게 핑계를 대고 빠져나가 쑥덤불 속에 머리를 처박고 낮잠이나 즐기던 사례가 그것이다.

    또 그런가 하면 손오공이 때려잡은 요괴를 보기만 하면 뒤늦게 신바람이 나서 한 대 먹여놓고 "이 세상에 나말고 영웅호걸이 어디 또 있느냐!" 하고 자랑하는 방식도 있다.

    이렇듯 스스로 총명함과 우둔함을 동시에 드러내는 이율배반적 행동이야말로 저팔계의 신변에 그림자처럼 수반되는 형태이지만, 그 일관된 점은 곧 약자의 구생 수단(求生手段)이요 허영 심리로서, 무던하고도 단순한 인간에게 언제나 있을 수 있는 행동으로 보아넘겨야 할 것이다.

그러나 저팔계의 식견에도 손오공이나 현장 법사, 사화상이 미치지 못한 점이 있다. 제39회에서 당나라 스님이 진짜와 가짜 손오공을 가리지 못할 때 긴고주를 외도록 충고하는 대목이나, 제47회 통천하에 가로막혔을 때 강물의 깊이를 알아내는 방법, 제48회에서 얼음의 두께를 알아내고 물에 빠졌을 때 기다란 물건으로 버티는 방법 따위는 바로 일상생활 속에 축적된 경험으로서 시골의 농민들이 경험에 의존하여 얻어낸 지혜의 산물이며, 그런 면에서 저팔계는 곧 농민의 전형이라고 할 수 있을 것이다.

저팔계의 생태적 원형으로, 그 다음은 식탐과 잠꾸러기 기질을 들 수 있다.

먹성 좋은 잠꾸러기 돼지는 농민들이 좋아하는 동물의 습성이다. 언제나 포식으로 배를 채울 수 있다는 것은 저팔계에게 곧바로 인생 목표가 되었다. 어디서나 배불리 먹을 수만 있다면 그곳이 곧 서천 땅이요 부처님의 나라였다. 그것이야말로 일상생활 속에서 늘 굶주림을 참고 견뎌야 하는 노동자 고유의 심성이다. 또 잠꾸러기 기질이 저팔계의 생태적 원형이 된 까닭은 그가 잠자리를 가리지 않고 눕는다는 데서 비롯되었다고 할 수 있다. 잠이란 그에게 있어 먹는 것보다 더 중요한 일이었다.

그렇다면 그 잠꾸러기 습성이 과연 천생 게으름을 타고난 데서 비롯된 것일까? 아니다. 하루 온종일 고통스럽게 노동하면서 마땅히 취해야 할 휴식을 바라는 사람을 이해하지 못한다면, 그런 사람은 "먼 길에 가벼운 짐이 없는 법"이란 생활 체험을 겪어보지 못한 사람이요, "팔다리를 부지런히 놀리지 않으면, 오곡의 소중함을 모른다"는 격언의 대상이 될 수밖에 없는 것이다. 따라서 저자가 희극적 형식으로 묘사한 저팔계의 잠꾸러기 습성은, 날마다 하루 종일 수고롭게 노동하며 잠잘 때를 목마르게 기다리는 노동자 농민들의 심리를 동정으로 가득 찬 심사로 그려낸 것이라 할 수 있다.

물론 "하늘처럼 큰 색심(色心)"과 동료들의 눈을 속이고 딴 주머니를 찰 만큼 재물에 대한 욕심도 큰 것이 저팔계의 생태적 원형 가운데 하나이다.

미(美)와 추(醜), 나이의 많고적음을 가리지 않고 여자만 보면 앞뒤를 분간하지 못하고 설쳐대게 만든 색심은 곧 암퇘지의 태중에서 가져온 자연 속성이었다. 복릉산 운잔동의 묘이저(卯二姐)도 좋고, 세 딸을 둔 규중의 과부(실상은 관음보살 일행의 화신이었으나)도 좋다는 행태였다.

고로장에서 장인 영감에게 쫓겨날 때는 몰랐으나, 서천 가는 도중에 생각하면 할수록 사랑스러운 아내 고취란, 밭 갈고 씨 뿌리던 농토가 늘 그리웠던 저팔계였다. 따라서 고로장은 그의 마음 속에 몰아내지 못할 실락원(失樂園)과 같은 존재였다. 그것이 바로 그의 이상향(理想鄕)으로서, "두어 마지기의 논밭과 소 한 마리, 처자식과 함께 뒹굴 수 있는 뜨끈뜨끈한 잠자리"였을 따름이다.

이렇듯 잃어버린 낙원이야말로 소농(小農)의 가치관이었으며, 서천으로 가는 길 내내 그로 하여금 이 두 가지 욕념(欲念), 즉 출가승으로서 금기시해야 할 평범한 인간의 '색욕(色慾)'과 '물욕(物慾)'을 표출하게 만들었던 것이다.

사실 저팔계에게 이런 희한한 결점이 있기는 해도, 그것은 시종 하나의 본능이요, 하나의 무의식적 상념을 표현한 것에 지나지 않는 것들이었다. 아울러 그것은 저팔계의 천성이 소박하고 무던하기 때문이었을 것이다.

하지만 그의 이런 이중적 성격은 다음의 두 가지 문제점으로 보아 오히려 보다 엄숙하고 책임성 있는 것으로 비쳐질 수도 있다. 첫째, 『잡극』에서 위기를 틈타 남의 처자를 도둑질하거나 여인국에서 궁녀를 유혹하여 남몰래 사통(私通)하였던 것과는 달리, 소설 『서유기』 중의 저팔계는 두 번씩이나 데릴사위 노릇을 하고 세번째 '데릴사위'를 시도하다 실패하였던 것처럼, 여색에 대한 탐욕심은 처음부터 끝까지 없애지 못하였으면서도 시종 '색계(色戒)'를 깨뜨린 적이 없었다는 점이다. 그가 보살의 화신인 과부에게 구혼한 것은 『아큐정전』에서 아큐가 우마(吳媽)에게 무릎 꿇었던 일종의 아큐 방식의 집념이요, 가장 못된 장난질로서 메기의 정령으로 둔갑하여 거미 요정들의 사타구니 사이로 들락거린 행위 역시 젊은 비구니에게 재미 좀 보려다가 봉변을 당하던 아큐적 의식(意識)의 일종으로 보아야 할 것이며, 백골시마가 둔갑한 묘령의 여인에게 욕심이 동한 것 또한 중생들 가운데 늘 볼 수 있는 그런 은근한 정을 바친 것이었을 따름이었다. 하물며 상대방이 요괴라는 사실을 알았을 때에는 그러한 집념과 욕심을 모조리 없애버렸다는 사실을 기억해야 할 것이다.

둘째로, 중대한 난관에 부닥칠 때마다 저팔계는 사화상더러 유사하에 돌아가 옛날처럼 사람을 잡아먹으며 살고, 자신은 고로장에 돌아가 화로 끼고 사위 노릇이나 하며 살겠노라고 떠들어댔다.

그러나 그것은 단지 일종의 무의식적인 상념, 즉 당나라 스님이 죽어버리고 손오공이 망했다거나, 아니면 당나라 스님이 여자 요괴와 이미 부부 관계를 맺은 뒤끝이라 경을 구하러 가는 목표 자체가 수포로 돌아갔다는 가정(假定) 아래 발출된, 일종의 어떻게 할 수 없는 정서의 표현이었을 뿐이요, 그 질박하고 무던한 천성과 극도로 현실적인 사고방식에서 저도 모르게 입 밖에 낸 헛소리였을 뿐, 실제로 경을 구하러 가겠다는 의지 하나만큼은 자못 굳세고 확고부동했다는 사실을 기억해야 할 것이다.

5) 저팔계의 사회적 속성

결론적으로, 저팔계의 이러한 이미지에는 다음과 같은 네 가지의 사회적인 속성이 내포되어 있다.

첫째, 교활하면서도 솔직 무던함, 게으르면서도 부지런함, 호색하면서도 진정함, 난관을 두려워하면서도 굳세고 확고부동한 의지, 이기적이고 사리사욕을 탐내면서도 대의를 잃지 않는 등의 이율배반성이다.

그 교활성은 소농의 보잘것없는 교활함이요 무지할 정도로 커다란 어리석음이었으며, 그 식탐과 잠꾸러기 습성은 극도로 피로가 누적된 머슴이 무거운 짐을 내려놓은 후에 느끼는 나른함이었으며, 그 호색성은 홀아비와 과부 특유의 병폐, 그 두려움은 지나친 무실역행(務實力行)에 종지부가 찍히기를 바라는 마음의 표현이었다. 이기적이고 사리사욕을 앞세우는 심리는 소생산자(小生産者) 나름의 재물을 아껴 살아보려는 심리적 발원이요, 그 인생 목표는 부지런하게 일생을 살아가면서 굶주림을 참고 견디는 산야 촌부(山野村夫)의 소박한 인생 목표와도 같은 것이라 할 수 있다.

둘째, 그에게 있어 결점이 외형적으로 두드러진 성격 요소인 반면, 장점은 내재적으로 은폐된 성격 요소라고 할 수 있다. 그 온갖 외재적 결점들이 내재적인 모든 장점을 가렸다고도 할 수 있으나, 실제로 이러한 엄폐는 거의 대응적인 것들이었으며, 양자의 상반된 차이가 비록 크다고는 하지만 상호 보완성을 띠고 있다는 사실, 이것이 곧 저팔계라는 인물의 이미지를 구성하고 있는 것이다.

"완전무결한 인물 묘사는 쉬워도, 장점이라곤 하나도 없는, 즉 완벽한 결점투성이의 인물 묘사는 거의 불가능하다"는 점에서, 이러한 저팔계의 이미지 묘사야말로 소설『서유기』이전의 중국 소설사에서 보이지 않았던 서술 기법이다.

셋째, 그 결점은 인간 세계 중생들의 약점을 반영한 것이요, 그 우수한 점 역시 중생들이 인간으로서 지니고 있지는 못하면서도 바랄 만한 장점이라는 사실이다.

따라서 사람들이 저팔계의 결점을 비웃을 때 마음속으로는 자기 영혼 깊숙한 곳에 감춰져 있는 사사로운 비밀을 비웃게 되고, 속물적 인간들의 열악한 근성을 비웃으며 한 시대적 인성(人性)의 약점을 비웃게 되는 것이다. 이런 점에서 독자들은 진정 소설『서유기』속의 저팔계라는 형상이 지닌 미적 가치와 저자가 심혈을 기울여 쌓아올린 고도의 경지를 들여다볼 수 있을 것이다.

넷째, 그러나 더욱 주목해야 할 점은, 저팔계의 사상적 성격이 주로 그에 대한 손오공의 농락 및 손오공에 대한 그의 반작용으로 현시(顯示)되어 이루어진 것들이라는 사실과, 이 두 사람의 성격이 완전히 상반된 것이면서도 천부적으로 이루어진 가장 훌륭한 콤비요 최상의 파트너라는 점이다.

하나는 왜소하고 수척한 체구인 반면 하나는 거칠고 비대한 체구, 하나는 이상을 품고 있는 반면 하나는 현실적인 세속에 빠져 있다는 점, 하나는 매사에 담력과 식견으로 임하는 반면 하나는 주로 경험에 의존한다는 점, 하나는 용약전진하는 성격인 반면 하나는 앞과 뒤를 두루 고려하여 임한다는 점, 하나는 명분을 중요시하고 이익을 도모하지 않는 반면 하나는 실리를 도모하고 명예를 숭상하지 않는다는 점, 하나는 여색을 초개(草芥)처럼 여기는 반면 하나는 정욕이 바다처럼 물결친다는 점, 하나는 바람만 마셔도 시장한 줄 모르는 반면 하나는 먹성이 엄청나게 크다는 점, 하나는 눈치 빠르고 재치 있는 기민성의 소유자인 반면 하나는 순박하고 무던한 성격의 소유자라는 점, 하나는 각박하고 도량이 좁은 반면 하나는 교활한 꾀를 곧잘 부린다는 점, 하나는 말솜씨가 뛰어나고 입 빠른 반면 하나는 어눌하고 말재주가 없다는 점, 하나는 더럽고 번거로운 일을 귀찮게 여기고 스스로 청고(淸高)한 인품을 내세우는 반면 하나는 논밭갈이에 능숙하고 참을성을 으뜸으로 내세운다는 점, 하나는 도시민의 정신을 드러내는 반면 하나는 소농의 심리를 반영한다는 점 등이 곧 그것이다.

결론적으로, 저팔계가 지닌 품격의 긍정적 핵심은 성실한 본색이다. 거짓말을 늘어놓고 싶어도 할 줄 모르거니와, 오히려 내심의 비밀을 상대방 앞에 적나라하게 송두리째 드러내는 성격이야말로 거의 미련하고 치졸하다 할 만큼 솔직하면서도 순박한 기질이요, 어린애처럼 천진무구한 천성이라 할 것이다.

그 이미지 속에 내포된 미적 가치는, 먼저 부정적인 면에서 외적인 형체와 동작, 습성의 부조화, 특히 그 자신의 성격적 불협화가 자아내는 조소이며, 긍정적인 면에서는 본질의 선명성이라 할 수 있다. 문제는 이 긍정적 요소와 부정적 요소를 어떻게 상호 연결시켜, 그 심미적 가치를 종합적으로 파악해낼 수 있느냐 하는 점이다.

인물의 외적 형상과 내면 세계를 결부시켜놓고 보았을 때, 저팔계의 이미지는 '외추내미(外醜內美)'이며 그 본질 역시 아름답다는 사실, 여기서 "추(醜)가 미화(美化)된다"는 진실을 이해할 수 있을 것이다. '외추'와 '내미'는 대립적 통일체로서, 그중 '내미'가 주도적 지위를 차지하고 '외추'는 부수적 지위에 처한다면, 저팔계의 이미지에 있어서

'내미'는 갈수록 깊은 인상을 주는 데 비해, '외추'는 갈수록 중요성과 관련이 없다는 사실이 드러나면서 무의식중에 등한시하고 따지지 않게 되기 때문이다.

4. 사오정

1) 출신 내력

다음에는, 사화상의 출신 내력과 그 이미지의 변화 발전 과정이다.

소설 『서유기』 속의 사화상, 즉 사오정(沙悟淨)은 그 이미지나 형상이 창백할 정도로 희미한 만큼, 학자들 간에 별로 연구할 만한 대상이 아닌 것으로 인식되어왔다.

실제로 그 이미지는 손오공이나 저팔계처럼 뚜렷하고 활동적인 것이 아니다. 두 동료와 비교해볼 때, 사화상은 불경을 구하러 가는 일행 가운데 한낱 조연급에 지나지 않는다고 말할 수 있다. 작품 가운데서도 그에 대한 서술이나 묘사는 실제로 그리 많지 않은 것도 사실이다.

따라서 독자들에게는 두 사형(師兄)만큼 그렇게 깊은 인상을 새겨주지 못한 것이 사실이며, 평론가들에게 줄곧 푸대접을 받고 그 이미지 역시 동떨어지게 썰렁하여 주목을 끌지 못하는 인물인 것도 사실이다.

그러나 사화상이란 인물을 면밀히 분석해보았을 때, 그 역시 일정한 개성을 갖추고 그 나름대로 선명한 개성적 특징을 지닌 채 경을 구하러 가는 과정에 적지 않은 역할을 발휘하고 있다는 사실을 발견할 수 있을 것이다.

사화상이란 인물의 구체적 형상은 비록 『취경시화』에서 배태(胚胎)된 것이기는 해도, 실상 그 이미지는 현장 법사의 제자 혜립·언종이 편찬한『전기』에서 싹튼 것이다.

진현장이 "사하(沙河) 한복판에 이르러 여러 악귀들과 맞부딪쳤다"고 한 기록은 사막의 신기루 현상이 종교 신자의 심리에 반응을 일으킨 것이었다. 고대 중국은 봉건 질서를 엄격히 지켜온 나라였으며 또한 다신론(多神論) 국가였다. 따라서 산에는 산신령, 하천에는 수신(水神)이 존재한다고 믿어왔다. 이런 문화 심리적 배경 속에 신앙심을 품은 사람이면 당연히 그 '사하'를 주재하는 신령으로서 흉신악살의 존재를 쉽사리 상상해낼 수 있었을 것이다.

여기서 '사하'란 즉 "거리가 8백여 리에 이르는 막하연적(莫賀延磧)", 바로 지금의 서부 고비 사막에 해당된다. 따라서 그 '사하'의 신령이 『취경시화』 중에 등장한 심사신 이미지의 유래가 되었던 것이다.

『취경시화』는 11세기 중엽 북송 연간에 씌어진 작품이다. 여기서 심사신의 형상은 제8칙(則)에 보이나, 원제목이 없어지고 본문 역시 잔행(殘行) 상태로 남아 있을 뿐이다. 그 가운데 "뜨거운 불길과 사나운 모래 폭풍이 꾸역꾸역 휘몰아치는 속에 키가 30척이나 되는 심사신이 뇌성을 터뜨리며 나타나, 현장 법사 일행 일곱 명에게 금빛 다리〔金橋〕를 놓아주고 그 양편에 은빛 난간〔銀線〕을 걸쳐 건너가게 해주었다"고 서술했다.

이 "사나운 모래 폭풍"이 곧 끝없이 흐르는 '약수(弱水)'가 되고 '심사신'은 바로 이 '심사하(深沙河)'의 수괴(水怪)가 되는 셈인데, 이 역시 일망무제로 눈앞에 아득히 펼쳐진 사막의 표현이요, 심사신은 바로 이 '심사하'로 표현된 사막의 흉신악살임에 분명했다. 따라서 현장 법사 일행이 건너간 '사하'는 결코 '약수'가 아니라, 망망대해처럼 전개된 사막 지대로서, 평생 모래 바다를 본 적 없이 그저 강물의 흐름만 보아온 그로서는 이 놀라운 정경을 목격하고 사막을 연상하지 못한 채 그저 하천의 흐름으로 인식할 수밖에 없었을 것이요, 훗날 취경 고사를 주제로 하는 작품들 역시 이 "모래의 강"을 무의식중에 약수로 묘사하고, 사화상을 "강물의 요괴"로 묘사하는 선례를 남기게 되었던 것이다.

『취경시화』 이후 13세기 원나라 말엽-명나라 초기 양경현의 『잡극』 중에 등장한 사화상은 "회회인(回回人) 하리사(河里沙)"로 묘사된다. 학자들은 '하리사'를 '아리사(阿里沙)'의 오전(誤傳)일 수도 있다고 인식했다. '아리사'는 회족(回族) 출신 승려의 실제 명칭으로서, 『전기』에 진현장이 도중에 받아들인 두 제자의 법명이 "대(大) 아리사, 소(小) 아리사"였다는 기록을 보아, 사화상의 이미지는 그 두 가지 모티브를 원형으로 삼았을 가능성도 있다고 보았다.

2) 이미지의 변화 발전 과정

여하튼 심사신은 사화상의 초기 형태를 이루고 있다. 『취경시화』의 심사신은 두 번씩이나 경을 구하러 가던 현장 법사의 전신(前身)을 잡아먹은 악마로서, 죄를 짓고 사막에 떨어져 귀양살이하는 천장(天將) 출신이었으며, 『잡극』에 이어 세덕당 본의 사화상 역시 아홉 차례나 경을 구하러 가던 스님을 잡아먹고 속죄하는 천장으로 발전하고 있다.

그리고 세덕당 본에서 당나라 스님 일행을 건너가게 해준 "아홉 개의 해골 법선"은 『취경시화』 중에 나타난 금교(金橋)·은선(銀線)이 변화 발전한 것이라고 말할 수 있으며, 따라서 심사하와 『잡극』 및 세덕당 본에 나타난 '사하'와 '유사하'가 약수로 변모되었다는 사실에 미루어, 취경 고사가 최초로 널리 퍼진 발원지 역시 물이 부족하고 모래가 많은 대서북 지대(大西北地帶)가 아니면 황하-낙수 일대 및 그 이남 지역이 되어야 마땅할 것으로 보는 학자도 있다.

『취경시화』에서 심사신을 제압한 것은 당나라 스님이었고, 『잡극』

에서 사화상을 제압한 것은 손오공이었으며, 세덕당 본에서 사화상을 제압한 것은 관세음보살로 되어 있다. 이러한 사실들은 불경을 구하러 가는 고사가 변화 발전하는 과정에서 당나라 스님의 역할이 날로 감소 약화되는 반면, 손오공의 역할은 날로 증가 강화되었으며, 관음보살은 일반적인 호법자(護法者) 역할에서 경을 구하러 가는 일행을 직접 조직한 당사자, 진정한 영도자로 변화 발전해가는 과정임을 설명해주고 있다.

따라서 손오공과 관음보살은 세덕당 본 중의 여러 주인공들 가운데 가장 중요한 인물이 되어, 손오공이 없는 상황에서 당나라 스님은 서천에 도달하지 못하고, 관음보살이 없는 상황에서 손오공은 그 기능을 다하지 못하게 설정함으로써, 양자가 상호 보완적인 역할을 맡도록 변화 발전했음을 보여준 것이다.

심사신이든 사화상이든 그 공통점은 모두 일반적인 요마가 아니라 한결같이 하늘에서 옥황상제에게 좌천당하여 하계로 쫓겨 내려온 천장 출신이라는 점이다.

앞서 말한 바와 같이, 『취경시화』의 심사신은 경을 구하러 가는 승려를 두 차례나 잡아먹은 악마로서, "깊은 모래 바다에 떨어져 5백 년 세월을 보내고, 온 집안 식구가 재앙을 입었다"는 대목으로 보아, 그가 하늘에서 죄를 짓고 유배당한 천장임을 설명하고, 『잡극』에서 사화상이 "요괴 노릇도 하고 신령 노릇도 했다"는 대목과 "나는 본디 요괴가 아니라 옥황상제 앞의 권렴대장군(捲簾大將軍)으로서, 술 취한 김에 속세를 그리워한 벌로 이 강물에 떨어져 모래 언덕을 밀며 죗값을 치른다"는 대목, 그리고 세덕당 본에서 사화상이 "영소보전 아래 옥황상제의 난여(鸞輿)를 시중들던 권렴대장이었으나, 반도회 잔치 자리에서 실수로 유리잔을 깨뜨렸으므로 옥황상제가 곤장 8백 대를 치고 하계로 귀양을 보내, 지금 이런 모습으로 변하고 말았다"는 대목이 곧 그것이다.

권렴대장이란 직함의 유래는 멀리 당나라 때 도교 신전에서 이미 보이고 있다. 즉 유월(俞樾)이 지은 『다향실 삼초(茶香室三鈔)』 제19권에, "국조(國朝)에 단송령(段松苓)이 지은 『익도금석기(益都金石記)』를 보면, 당나라 때 동악묘(東岳廟)에 세워둔 존승경당(尊勝經幢) 기폭에 제신(諸神)의 명칭을 써놓았는데, 그 가운데 '남문(南門) 권렴대장'이란 직함이 있다. 그렇다면 「서유기 연의(西遊記衍義)」의 권렴대장이란 명칭도 전혀 근본이 없는 것은 아니다"라고 서술한 것이 그 증거다. 따라서 사화상의 주요 직분은 옥황상제의 시중을 들던 권렴대장에서 당나라 스님의 측근 시자(侍者) 노릇을 하는, 서로 어울리는 역할로 변모된 셈이다.

3) 저팔계와 서열이 바뀌게 된 까닭

송-원대에 유행하던 취경 고사 중의 사화상은 본디 당나라 스님의 둘째 제자였으나, 여러 과정을 거쳐 명대 작품 속에는 이미 셋째 제자로 바뀌어 있었다. 『박통사 언해』가 인용한 『평화』와 『잡극』에서도 당나라 스님의 둘째 제자는 여전히 사화상이었다. 그러나 사화상의 지위가 어째서 세덕당 본에 이르러 저팔계와 자리바꿈을 하게 되었는지, 그 내력은 전문 학자들의 주목을 끌지 못한 실정이다.

『잡극』의 구성은 도합 6막 24장으로 엮어져 있다. 당나라 스님이 손오공을 제자로 받아들인 대목이 제10장, 사화상은 제11장, 그리고 저팔계를 받아들인 것은 제16장이다. 북영(北嬰)이 지은 『곡해총목제요보편(曲海總目提要補編)』중에 수록된 원나라 때 무명씨 작품으로 알려진「북서유(北西遊)」극본에도, 당나라 스님이 제자를 받아들인 순서가 먼저 손오공, 그 다음이 사화상, 그리고 마지막이 저팔계였다.

그러나 훗날 책으로 간행된 『잡극』 제17장 "여왕이 억지로 배필이 될 것을 요구하다"와 제22장 "부처님을 참배하고 경전을 구하다"의 대목에서는 그 서열이 "손(孫)·저(豬)·사(沙)"로 뒤바뀌어 나온다. 그 까닭은 『잡극』이 원말(元末)-명초(明初)에 이루어져 비록 세덕당 본보다 1백여 년 앞서 상연된 것이기는 하나, 실제로 그것을 판각한 시기는 만력 갑인년(甲寅年, 1614)으로, 세덕당 본보다 12년 뒤늦게 출간되었기 때문일 것이다.

이 희곡본을 판각, 인쇄할 당시 미가 제자(彌伽弟子)가 그 내용을 "고심참담하게 수정하였다"는 기록으로 미루어보건대, 미가 제자는 이미 그 당시 유행되던 고사에 영향을 받아 두 제자의 서열을 바꿔치기했을 가능성이 있다. 왜냐하면 가정(嘉靖) 41년(1562), 즉 세덕당 본보다 30년 이전에 발간된 무명씨 작 「청원묘도 현성진군 일료진인 호국우민 충효 이랑보권」 제14장 '낙도가(樂道歌)'에는 이미 손오공-저팔계-백마-사화상의 순서로 매겨져 일반에 널리 알려진 상태였기 때문이다. 따라서 원말-명초는 사화상의 지위가 결국 셋째 제자로 뒤바뀌는 전환기가 되었으며, 그로부터 이 서열은 변함없이 『서유기』의 정설로 받아들여져왔다.

그런데 흥미로운 것은, 사화상이 당나라 스님의 둘째 제자로서 역할하던 때의 여러 가지 특징을 그대로 보유하고 있다는 점이다.

그 특징은 세덕당 본에서 이미 셋째 제자가 된 사화상의 신변에도 여전히 나타나고 있다. 손오공과 사화상의 직분은 앞길을 트는 개로 선봉(開路先鋒)과 측근 시위(側近侍衛)로서의 역할을 지속하고 있었으나, 둘째 제자가 된 저팔계의 직분은 양자간에 끼여, 만약 제외시켜야 할 필요가 있으면 당연히 저팔계가 물러나게 될 입장이었다. 이를테면 저팔계 스스로 "세 사람이 문밖을 나서면 막내가 제일 고생한다"든가, "먼

길에 가벼운 짐이란 없다"고 투덜대는 대목에서도 나타나는 현상이다. 또 서천에서 정과를 이루고 당나라 스님과 손오공이 전단공덕불·투전승불이라는 부처의 경지에 오르고, 저팔계는 정단사자에, 사화상은 금신나한으로 봉직(封職)되었다는 사실도 이를 증명한다.

앞서 '저팔계의 출신 내력과 이미지의 변천 과정'에서도 언급한 바와 같이, 나한은 소승 불교에서 불제자가 부처님과 구별되어 오를 수 있는 이상적인 최고의 계위(階位)로서, 모든 탐욕과 노여움, 치정 따위의 번뇌를 잊고 열반에 들어간 최고 단계를 말한다. 더 이상 수행할 것이 없기 때문에 '무학(無學)'이라 일컫기도 하며, 생사 윤회(生死輪回)의 구속을 받지 않고 마땅히 인간 세상과 하늘의 공봉(供奉)을 받는 수행자의 극치를 말한다. 따라서 그 품위의 존귀함이란 정단사자 따위와는 견줄 바가 못 된다는 사실이 증명하고 있다.

그렇다면 사화상이 무슨 까닭으로 둘째 제자에서 셋째 제자로 자리바꿈을 당하게 되었느냐 하는 점이다. 여기에는 세 가지 문제점이 있다.

첫째, 뿌리깊은 오행 사상 관념이 취경 고사 중에 심사신으로부터 사화상으로 변모하게 만든 결정적 요인으로 작용하고, 아울러 '검정 돼지 요정'을 스토리에 가담시켰다는 사실이다. 그리고 별도의 '검정 돼지 요정' 고사에서 끌어들였기 때문에 주팔계 또는 저팔계의 형상과 이미지가 보다 선명하고 생동감 있는 반면, 사화상은 취경 고사 자체에서 잉태되고 자라난 인물이기 때문에, 그 형상과 이미지가 비교적 창백하다는 사실이다.

둘째, 손오공은 원숭이의 정령이요 저팔계는 돼지의 정령으로서, 그 형태와 성정(性情)이 모두 상반되기 때문에 그들 두 인물은 천부적인 파트너요 명콤비로 만들 수 있었다는 점이다. 손오공과 저팔계 사이의 관계 변천은 곧 농민에 대한 시민의 농락(籠絡), 그리고 그 반작용으로 시민에 대한 농민의 농락이 대결 형식으로 영향을 끼쳤다는 사실도 하나의 동기가 되었다.

셋째, 취경 고사가 날이 갈수록 손오공 개인의 영웅적 전기로 변화 발전함에 따라, 저팔계는 손오공이 요괴 마귀를 섬멸하는 과정에서 중요한 파트너가 되었다는 점이다. 따라서 그 연출 기회 역시 날로 늘어나게 되었으며, 일행 가운데 그 지위 또한 날로 상승되어가는 반면, 사화상은 당나라 스님의 '시자(侍者)' 역할로서 그 비중이 고정되어 있는 만큼, 그 연출 기회가 날로 축소되고 일행 가운데 위상도 날로 저하될 수밖에 없었다는 점이다.

이로써, 취경 고사가 변화 발전함에 따라 사화상의 비중과 역할은 점차 당나라 스님의 둘째 제자에서 셋째 제자로 변모하게 되었으며, 이는 필연적인 결과로 어떤 개인적 의지 때문에 뒤바뀐 것이 아니라는 사실이 입증되었다.

4) 사오정의 특성

소설을 전반적으로 보았을 때, 사화상의 이미지는 한마디로 품위가 그리 높지 않은 순리(循吏), 즉 규정된 원칙을 잘 지키며 열심히 근무하는 관리에 비견할 수 있을 것이다. 이를 몇 가지로 나누어보면 대략 다음과 같다.

첫째로, 사화상은 '유법시구(唯法是求)', 즉 불법(佛法)만을 추구하는 고행승(苦行僧)이란 점이다.

세덕당 본에서 저팔계는 중대한 난관에 봉착할 때마다 사화상더러 유사하로 돌아가 옛날처럼 사람을 잡아먹고, 그 자신은 고로장으로 돌아가 "따뜻한 화로 끼고 사위 노릇이나 하겠다"고 떠들었다. 손오공 역시 실제로는 화과산에 돌아갈 생각이 없었던 것은 아니었다. 다만 머리에 긴고아 테두리가 여전히 씌워져 있고, 수렴동에 돌아가서 부하 요괴들에게 비웃음을 당하면 어쩌나 하는 두려움 때문에 돌아가지 않았던 것뿐이다.

당나라 스님은 비록 중도 포기할 의사는 없었다 하더라도, 항상 고향을 그리워하는 마음을 품고 여정(旅程)이 멀어질수록 감상적인 정서가 날로 심해졌다. 이렇듯 속세에 얽매인 심정들은 실로 '육근 청정(六根淸淨)'을 이루지 못하였다는 사실을 반영한 것이다. 그러나 한눈을 팔지 않는 마음으로 독실하게 초지일관(初志一貫), 서천 구도행의 뜻을 잃지 않았던 사람은 오직 사화상 하나뿐이었다.

손오공이 요괴 마귀를 제압한 의도는 다분히 명예를 도모하기 위해서였을 뿐 이익을 헤아리지 않았던 반면, 저팔계는 명분보다 실리에 집착했다. 성승 당삼장은 그 의도가 분명 서천 구도행에 있었으나, 자신의 입을 통해 "임금의 은총을 받았으니, 충성을 다하여 나라에 보답하지 않을 수 없다"는 뜻을 밝혔다. 이러한 심리들은 모두 명리(名利)에 이끌린 것으로서, 역시 '육근'을 없애지 못하였다는 사실을 반영한 것이다. 그러나 명예나 이익을 위해서도 아니고 두 마음을 품지도 않았으며 "오로지 주어진 직분에 충실하고 담박청정한 심경으로 오로지 서천에서의 정과를 추구한" 사람은 역시 사화상 하나뿐이었다.

손오공은 의연히 과거 "손선생의 위엄과 기세"를 버리지 못하고 심지어는 지난날 천궁에서 대소동을 일으켰던 행적을 과시하는 등 자만심이 대단했으며, 저팔계는 비록 사문(沙門)에 들어와 성승을 보호하면서도 완악한 심리를 지니고 색정을 버리지 못하여 온갖 추태를 일삼았다. 성승 당삼장은 고국을 그리워하는 마음으로 틈만 나면 감상적인 향수에 휩싸이기 일쑤였으며, 서천행의 목표를 온전히 "생령(生靈)과 사직(社

稷)'에 복록을 가져다 주는 데 두고 노력하면서 자신을 희생하려 하였다. 그렇다면 이들의 서천 구도행은 그 행위 자체가 비록 자신의 '속죄(贖罪)'에 있다고는 하지만, 사상적 측면에서 본다면 자기 속죄의 의미는 미미하다고 할 것이었다.

그러나 사화상은 지극히 경건한 신도만이 지닐 수 있는 강렬한 속죄의식을 지니고 있었으며, 바로 이런 속죄의식, 곧 도덕적 측면에서의 자아 완성(自我完成)이 그로 하여금 태연자약하게 81차례의 재난 앞에 떳떳이 직면할 수 있게 만들었던 것이다.

둘째로, 사화상은 '유사시존(唯師是尊)', 즉 오로지 스승의 뜻만을 충실히 받드는 제자였다.

손오공은 "악을 뿌리뽑는 일"을 선행의 덕목으로 삼았기 때문에, 요괴나 들도적을 만날 때마다 때려잡고 살생을 저질렀으며, 저팔계는 위풍을 뽐내기만 좋아하고 제 능력을 과시하는 데 집착하여 아무리 하찮은 졸개 요괴라도 보기가 무섭게 쇠스랑으로 후려 찍었을 뿐, 자비심 따위는 염두에 두지 않았다.

그러나 사화상은 사문의 법도를 지켜 좀처럼 살생하려 들지 않았으며, 소설 전편에 걸쳐 그가 단독으로 죽인 요괴는 화과산에서 자신의 모습으로 둔갑한 원숭이 요정 한 마리뿐이었다. 심지어 손오공이 낙태천에서 여의진선을 때려죽이려 했을 때도 "그를 용서해주시구려! 살려주시오!" 하고 고함쳐 제지할 정도였다.

그는 사상적인 측면에서 비록 손오공의 "악을 뿌리뽑는 것이 곧 선행"이라는 원칙에 반대하지 않았으나, 행동적인 측면에서는 불문의 가르침과 당나라 스님의 일깨움을 잊지 않았다. 따라서 노기가 불타올랐을 때에도 결코 '살계(殺戒)'를 깨뜨리지 않은 채, 자신의 무예 수준이 저팔계와 필적하는 수준임에도 불구하고 그저 "요괴의 무리를 때려 쫓아버리는" 것만으로 끝내기 일쑤였다.

당나라 스님이 손오공의 살상 행위를 "너무나 흉악한 짓"이라 질책하고 두 차례에 걸쳐 파문, 축출하였을 때, 사화상은 곁에서 지켜보기만 했을 뿐 함구무언(緘口無言)으로 일관했다.

그 이유는 첫째 백골시마가 요괴라 하더라도 쫓아버리면 그만이요, 들도적떼가 불량한 악당이라 해도 역시 인두겁을 쓴 사람의 몸인 만큼 때려죽여서는 안 될 것이라고 인식했을뿐더러, 손오공은 워낙 자만심이 지나친데다 말투 또한 각박한 인물이었으므로, 그에 대한 질투 비슷한 반발심을 품지 않을 수 없었던 것이다. 또 한 가지, 당나라 스님은 워낙 귀가 여린 인물인 줄 깊이 아는데다, 격노한 상태에서 저팔계마저 불난 집에 부채질하는 것을 보고, 시세를 헤아릴 줄 아는 사화상은 말해보았자 아무 소용이 없을뿐더러 자신은 말참견할 입장이 못 된다는 사실을 익히 아는 터라, 차라리 어수룩한 척하고 '명철보신(明哲保身)'했다는 점이다. 따라서 스승이 그더러 보따리를 끌러 '파문장(破門狀)'을 쓸 지필묵(紙筆墨)을 꺼내라고 분부했을 때에도, 그는 묵묵히 시키는 대로 어김없이 행하였던 것이다.

이런 행태는 그의 면약(面弱)한 평범성을 반영한 것일 뿐만 아니라, 그의 밝은 지혜와 침착성을 반영하는 것이기도 하다. 또한 사려가 주도면밀하면서도 손오공에 대한 진정한 인식이 결핍되었음을 반영한 것이기도 하려니와, 오로지 "스승의 뜻만을 받들고 불법(佛法)만을 추구하는" 또 다른 표현 방식의 하나였음을 반영하는 것이기도 하다.

그러나 반발심이나 질투심이란 일종의 의식 형태(意識形態)로서 인성(人性)의 약점이며 영혼을 좀먹는 해악인 만큼, 인간 세상에 사는 중생으로서 그 반발심과 질투의 속성을 벗어날 사람은 거의 없다고 해야 옳을 것이다. 사화상은 비록 손오공에게 "질투와 반발심"을 품었다고는 해도, 그 다음 순간에 신속히 자아를 극복함으로써 손오공의 행위를 시종 방해하지 않았을 뿐 아니라 오히려 전심전력으로 그를 도와 성사시켰던 것이다.

셋째로, 사화상은 '유화시존(唯和是尊)', 즉 화목을 최고의 덕목으로 삼은 고행승이었다. 동료들 가운데 당나라 스님을 가장 잘 이해하고 알뜰히 보살필 줄 아는 사람은 역시 사화상이었다. 고집 센 스승의 뜻을 아무도 꺾지 못한다는 사실을 익히 아는 터라, 그는 자연스럽게 순종하는 것을 최고의 덕목으로 삼았던 것이다.

제72회 반사동에서 스승이 동냥을 얻으러 나서겠다고 고집을 부리고 두 사형이 만류했을 때, 그는 "형님들, 여러 말씀 하실 것 없소. 사부님의 성미가 어떠신지 잘 알고 있지 않소. 이렇게 가보시겠다는데 굳이 못 하시게 할 것까지는 없소. 만약에 사부님의 마음을 편치 않게 해드려서 역정이라도 내시는 날이면, 우리가 동냥을 해도 잡숫지 않으실 거요" 하고 동료들을 단념시킨 대목이 그 사례다.

또한 손오공의 입장을 누구보다 이해하고 존중하며 아껴준 사람 역시 사화상이었다. 스승이 격노한 상태에서 긴고주를 외웠을 때, 그는 극구 만류하고 권유하여 그치게 만들었으며, 두 사형 간에 갈등이 일어났을 때 시종 개입하지 않고 필요할 때마다 적절히 화해를 붙이곤 했다. 손오공의 지혜와 신용(神勇)에 감복하면서도, 그의 조급성과 난폭성에 대해서도 언제나 부드러움으로 강한 것을 누르는, 이른바 '이유극강(以柔克剛)'을 베풀어 가라앉히곤 했다.

그 다음, 저팔계의 성격을 누구보다 깊이 이해하고 처지를 알아준 사람 역시 사화상이었다. 저팔계가 걸핏하면 "헤어지자"고 떠들어댈 때마다, 그는 아예 찬동하지 않았을 뿐만 아니라, 손오공처럼 듣자마자 성을 내고 욕설을 퍼붓는 것이 아니라, 저팔계의 미련한 성격, 우직스러운 천성, 강한 자존심과 같은 특성을 파악하여 그 자신도 함께 휩쓸려 들어가는 듯하면서도 부드럽고 따뜻한 언동으로 권유하곤 하였던 것이다.

결국 동반자들 가운데 오직 사화상 하나만 "단결이 곧 힘"이라는 진리를 터득하고 실천에 옮겼다고 할 수 있다. 한마디로 각 사람의 특징을 요약할 경우, 당나라 스님은 지시(指示), 손오공은 추진력(推進力), 저팔계는 원심력(遠心力)으로 대표할 수 있다면, 사화상은 구심력(求心力)을 대변한다고 할 수 있을 것이요, 그만큼 그는 이 소집단 체계 안에서 화해와 결합을 통하여 고도의 단결 정신을 나타내고 있었던 것이다.

넷째로, 사화상은 '유정시상(唯正是尙)', 즉 올바른 길만을 숭상하는 고행승이었다.

'올바름'이란 추상적인 것이 아니다. 세덕당 본에서 그는 그 구체적인 표준으로 "행동거지(行動擧止)가 진경(眞經)을 구하러 가는 사업 목적에 유익한 것인가의 여부, 또 공통적 이익과 전통적인 미덕에 부합되는가의 여부"를 제시하였다.

손오공과 스승의 충돌에 직면하면, 그는 대체적으로 "존중하는 분의 뜻에 따르는 것(唯尊是從)"으로 일관하였다. 손오공에게는 "형님이 당나라 스님을 데려가지 않는데, 어느 부처님이 형님한테 경을 전수해 주려고 하실 거요!"라는 일관된 의지로 대하고, 당나라 스님에게 있어서는 그가 긴고주를 외지 않도록 극력 권유하여 손오공의 고통을 모면해주려는 데 진력하였다. 따라서 그의 이러한 '유존시종'은 올바르지 못하다고 말할 것이 아니요, 그 정견(正見)은 결코 속되거나 평범한 것이 아니라는 사실을 알 수 있다.

그의 강직성과 정의감은 황포 노괴에게 사로잡혀 백화수 공주와 대질 심문을 당할 때 보여준 언동(言動)이 증명하고 있다. 평소 매사를 우물쭈물 넘기던 사화상이 그토록 장렬하고도 격한 의협심을 드러낸 경우가 언제 있었는지 모를 지경이다.

또 제58회에서 가짜 손행자 육이미후가 당나라 스님을 때려눕히고 짐보따리를 빼앗아간 후, 남해로 구원을 요청하러 갔다가 관음보살 곁에 서 있는 손행자를 발견하고, 의분에 못 이겨 다짜고짜 항요보장을 거머쥐고 손행자의 면상을 후려치는 대목, 그리고 손행자와 함께 화과산 현장으로 날아가면서 손행자가 한 걸음 먼저 가려 하자, 그를 부여잡고 "큰형님, 그렇게 머리통은 감추고 꼬리만 내놓으려고? 그런 수작일랑 마시구려! 한발 앞서 가서 미리 안배할 생각은 걷어치우시고, 이 아우하고 함께 갑시다!" 하고 은근하면서도 세심한 주의력을 발휘하는 장면들은, 평소 면약하고 존중하는 분의 뜻에만 따르던 사화상에게 있어 이른바 철면무사(鐵面無私)한 공정성과 진정한 대의멸친(大義滅親)의 정신을 여실히 대변하는 사례라 할 수 있을 것이다.

결론적으로 취경 고사가 어떤 과정으로 변화 발전해왔든 간에, 사화상은 명분이 아니라 당나라 스님의 실질적인 둘째 제자로서 그 원형을 잃지 않았다는 사실이다.

세덕당 본에서 그의 처신은 "오로지 불법만을 추구하고, 오로지 스승의 뜻만을 존중하며, 화목을 최고의 덕목으로 삼고 올바른 길만을 숭상하는 고행승"의 그것이었다. 그의 사람됨은 말을 아끼고 과묵하며 사려가 주도면밀했으며, 그의 처사는 신중하면서도 외유내강(外柔內剛)하고 조용한 가운데 담백한 기질이면서도 견인불발(堅忍不拔)의 굳센 정신력으로 일관하였다. 탐욕과 감정, 번뇌가 없으면서도 애증(愛憎)을 고루 갖춘 인간성, 기꺼운 마음으로 아랫자리에 있으면서도 흉중(胸中)에 대국(大局)을 품은 도량의 소유자가 곧 사화상이었다.

소설 『서유기』의 저자가 오행(五行) 가운데 그를 의식적으로 토성(土性)에 속하게 만든 것은 "얼굴빛이 시꺼먼 검둥이 화상"의 겉모습만을 묘사하려 한 것이 아니라, 그의 성정이 흙처럼 중화(中和)를 지키고 대지의 기운처럼 온화함을 토해내면서도 묵묵히 헌신하는 역할을 맡겨야 했기 때문일 것이다. 자신의 지혜와 능력으로 당나라 스님을 보호하여 서천 구도행의 목표를 달성하려 애쓸 뿐만 아니라, 일편단심으로 일행의 내부 단결을 유지하는 일종의 정신적 대들보로서의 역할이야말로, "군마(群魔)를 통쾌하게 휩쓸어 소탕하는" 손오공의 활약에 필적할 만하다 할 것이다.

5. 관세음보살

마지막으로, 관세음보살의 내력과 그 이미지의 변천, 그리고 손오공과의 관계를 대략 살펴보기로 하겠다.

1) 출신 내력

관세음(觀世音)은 'Avalokitesvara'의 음역으로, 세속의 중생들이 구원을 요청하면 그 소리를 들어 곧바로 구제해준다는 보살이다. 또 다른 이름으로 관자재보살(觀自在菩薩)Avalokitesvarabodhisattva이라고도 부르는데, 이 '관자재'란 명칭은 현장 법사가 처음 번역해 붙인 것이다. 『법화경』에 따르면, 부처·보살의 자비행(慈悲行)을 인격화한 것이 관음보살로 표현되었다고 하는데, 일반적으로 '대비(大悲)'를 강조할 때에는 관자재, 그리고 '지혜(智慧)'를 강조할 때에는 관세음이라 쓴다. 그의 거처는 남방 인도 마라바르 지방에 있는 마뢰야(摩賴耶)Malaya 산중의 보타락(補陀落)Potalaka이라고 한다.

중국에서는 또 다른 전설이 전해 내려오고 있다. 즉 북송 휘종(徽宗) 때의 태사(太師)를 지낸 명필가 채경(蔡京, 1047~1126)이 지은「대비관음득도증과사화(大悲觀音得道證果史話)」가 그의 고향인 하남성 보풍현(寶豊縣) 향산사(香山寺)에 지금도 소장되어 있다 하는데, 그 기록에 따르면, "묘선(妙善)이란 처녀가 아버지의 명을 어기고 부처님의 가르침을 배우며 수행하던 끝에 그 아버지인 초장왕(楚莊王)에게 죽임을 당하였다. 옥황상제는 염라왕을 시켜 향산사 자죽림(紫竹林)에 다시 살려냈는데, 묘선은 환생한 후 오로지 보살도(菩薩道)를 닦고 보살행(菩薩行)을 실천하여, 마침내 정과를 얻고 관음보살이 되었다"는 내용이다. 『취경시화』중에 나오는 관음도량(觀音道場)이 바로 '향산'이며, 그 소재지가 『화엄경』에서 일컫는 '보타락가산'이 아닌 것으로 보건대, 이 도량이 "묘선이 득도하여 관음보살이 되었다"는 고사와 오래전부터 관련되었음을 알 수 있다.

2) 수호신으로서의 위상과 역할 변화 과정

여하튼 남북송 이래 당승(唐僧)의 취경 고사가 발전함에 따라, 손오공과 관세음보살의 관계와 지위도 날이 갈수록 중요해진 것은 사실이다. 관음보살은 날로 인격화되었으며 당나라 스님 일행, 특히 손오공과의 관계 역시 갈수록 친밀해졌다. 그 변천 과정을 더듬어보면 대략 다음과 같다.

우선 『취경시화』에서 당나라 스님 일행의 호법신(護法神)은 대범천왕(大梵天王)이 주를 이루고 그 다음이 관음보살이었다.

대범천왕으로 말하자면, 본디 바라문교·힌두교의 창조신 브라마나brahmanah로서, 시바·비슈누와 함께 바라문교·힌두교의 3대 신이었다. 불교가 생성된 후에는 불교의 호법신으로 흡수, 석가모니의 우협시(右脇侍)가 되고 특히 불교와 범교(梵敎)가 합쳐진 밀종(密宗)에서 숭상을 받는 신불(神佛)이 되었다. 밀종이라면 불교 종파 가운데 도교에 가장 근접한 종파로서, 당나라 중엽부터 말엽까지 극성기를 이루다가 북송 때까지 영향을 끼쳤으며, 그 영향력은 민간에 두루 퍼져 마침내 모든 사람들이 그를 "악을 징벌하고 마귀를 소탕하는 거신(巨神)"으로 인식하기에 이르렀던 것이다.

따라서 현장 법사를 수호함에 있어 주로 요괴 마귀에 대한 '징악(懲惡)' 곧 '살생'을 구현한 것은 대범천왕이었고, 관음보살은 주로 요괴 정령에 대한 '권선(勸善)', 즉 '불살생(不殺生)'을 구현하게 되었다.

이들 두 호법신의 성격 변천은 다시 두 갈래로 나뉘게 된다.

우선 『화엄경』을 비롯한 불경 속의 "용맹스러운 대장부 관자재보살"은 송대(宋代)에 들어선 이후 점차 '관음낭랑(觀音娘娘)'의 모습으로 바뀌고, 그 출신 내력도 변화를 가져온다. 즉 명나라 때 호응린(胡應麟)이 지은 「소실산방필총(少室山房筆叢)」에는 "여자 모습의 관음보살상(像)은 남북조(南北朝) 시대(420~570)에 빚어지기 시작했다" 하였으나, 당나라 때에 이르러 오히려 그 사례가 줄어들었으며, 남송 견룡우(甄龍友)가 지은 관음보살 찬시(讚詩)에 "웃는 듯 마는 듯 어여쁜 모습이여, 아리따운 눈매의 그리움이여! 저 아름다운 여인이여, 서방 세계의 미인이여!"라고 묘사한 것으로 보아, 인도 계통의 여자 관음상은 이미 당시에 늘 볼 수 있는 조형(造型)이었다. 그러나 원나라 때 시인 조맹부(趙孟頫)의 아내 관씨(管氏)가 심혈을 기울여 지었다는 「관음보살전략(觀音菩薩傳略)」을 살펴보면, 이때의 관음보살은 이미 가냘프고도 어여쁜 한족(漢族) 여성의 모습으로 탈바꿈되어 있었다. 그리고 그 역할도 '구고구난(救苦救難)' 이외에 차츰 인간에게 자녀를 점지해주는 등 민심에 직접 영향을 끼치는 사회적 역량이 날로 증대되어갔다.

대범천왕 역시 북송 제3대 황제 진종(眞宗) 연간(998~1022)에 유교·도교의 혼합체인 옥황상제가 출현하게 됨에 따라서 날로 유교화·도교화되어, 마침내 "탁탑천왕(托塔天王) 이정(李靖)"으로 환생하였으며 옥황상제 휘하의 천장(天將)으로 변모하기에 이르렀다. 탁탑 이천왕에 대하여는 제83회 본문 및 해당 역주에 상세히 설명되었으므로 여기서는 생략하기로 한다.

그러나 『잡극』에 와서는 이들 두 호법신이 열 명으로 늘어나고 대범천왕을 앞질러 관음보살이 그중 으뜸을 차지하게 된다. 즉 천국의 옥황상제는 당나라 스님 일행을 보호할 신령, 즉 '십대 보관(十大保官)'을 파견하였는데, 그 명칭과 서열을 보면 제1보관이 관세음보살, 제2보관이 탁탑 이천왕, 제3은 나타 삼태자(哪吒三太子), 제4는 관구이랑신(灌口二郎神), 제5는 구요성관(九曜星官), 제6은 화광천왕(火光天王), 제7은 목차행자(木叉行者), 제8은 위타천존(韋陀天尊), 제9는 화룡태자(火龍太子), 제10은 야차(夜叉) 출신의 하나인 회래대권 수리보살(回來大權修利菩薩)이었다. 따라서 관음보살은 불경을 구하러 가는 일행을 조직한 당사자로 발전하였으며, 세덕당 본에 와서는 각 방위 호법 신령의 주재자로서 당나라 스님 일행의 액난(厄難)을 풀어주는 주요 협조자가 됨에 따라, 완전히 인격화되어 손오공과 '담소자약(談笑自若)'하는 지음(知音)으로까지 발전하기에 이르렀던 것이다.

3) 손오공과의 관계

관음보살이 손오공을 대한 네 가지 방식은 다음과 같았다.

첫째, 아끼고 선용(善用)하였다는 점이다.

이러한 태도는 소설 전반에 걸쳐, 그리고 손오공뿐만 아니라 그 동료와 백룡(白龍)에게까지 골고루 베푼 태도였다. 이를테면 유사하에 떨어져 굶주림과 추위에 못 이겨 사람을 잡아먹으면서도 7일에 한 번 1백여 차례씩 비검(飛劍)에 옆구리를 찔려 고통받는 사화상, 월궁 항아를 취중에 희롱한 죄로 철퇴 2천 대를 맞고 암퇘지의 태중에 흉측한 괴물로 태어난 저팔계, 야명주를 태워먹은 죄로 고발당해 극형을 눈앞에 둔 서해 용왕 오윤의 아들, 그리고 천국에서 대소동을 일으킨 끝에 석가여래의 손에 붙잡혀 5백 년 동안 오행산 밑에 눌려 있던 당돌한 원숭이 임금의 처지를 대할 때마다, 관음보살은 모두 탄식해 마지아니하고 자비심을 베풀어 하나도 버리지 않고 권면하여 착한 길에 들어서게 하였을 뿐 아니라, 그들의 결점을 눈감아주며 난관에 봉착할 때마다 도움을 주어 마침내 공덕을 이루도록 이끌었던 것이다.

둘째, 속박(束縛)을 가하고 교화(敎化)시켰다는 점이다.

『취경시화』에서 대법천왕이 후행자에게 선사한 형체를 감추는 모자 '은형모(隱形帽)'는 『잡극』에 이르러 쇠로 만든 철계고(鐵戒箍)로 일변(一變)하고, 세덕당 본에서 다시 긴고아(緊箍兒)로 재차 변모했다. 은형모는 후행자가 당나라 스님을 도와 요괴 마귀를 제압하는 수단으로 쓰였으나, 철계고와 긴고아는 관음보살이 당승을 도와 손오공을 속박하는 도구로 쓰였다. 『잡극』에서 손행자는 당승을 잡아먹으려 하였기 때문에 속박했으나, 세덕당 본에서의 손오공은 사람을 잡아먹지도, 호색하지도 않은 "의리 있는 원숭이 임금"으로 변모했다. 그럼에도 불구하고 중생의 고난을 구제하는 보살이 그에게 긴고아를 씌운 까닭은, 그 천성이 사납고 흉악하여 "한 점의 자비심도, 선행을 베풀려는 마음도 없기 때문"이었다.

예컨대 제15회 사반산 응수두간에서 손오공이 관음보살을 향해 "석가여래보다 먼저 이 세상에 나왔다는 칠불(七佛)의 스승이요, 자비의 구주(救主)라는 당신께서, 어찌하여 그런 혹독한 술법으로 나를 죽이려 하시는 거요?" 하고 힐문했을 때, 보살의 대답은 "이 고약한 원숭이 녀석! 〔……〕 네놈은 스승의 교훈도 분부도 받들지 않았고, 정과를 안 받아들였지 않느냐? 그런 네놈을 속박하지 않고 제멋대로 날뛰게 내버려두었다가는, 또다시 천국에서처럼 함부로 소동을 부릴지 누가 알겠느냐? 그런 화근을 내버려두었다가 나중에 가서 어떻게 수습할 것이며 또 누가 그 고생을 해서 네놈을 잡아 묶을 수 있단 말이냐? 네놈은 그런 무서운 시련을 받아야만 비로소 우리 유가(瑜伽) 문중의 길에 올바로 들어설 수 있을 것이다!"라고 호통쳐 일깨우던 대목이 그 사실을 증명한다.

그리고 제8회에서 여래가 관음보살을 동녘 땅으로 떠나보내면서, "만약 도중에 신통력이 뛰어난 요괴 마귀와 마주치게 되거든, 우선 좋은 말로 권하여 감화시켜서 경전을 가지러 오는 사람의 제자가 되게 하여라. 허나 그 요마가 권유대로 따르지 않을 경우에는 이 테를 머리에 씌워주어라. 그리하면 이 테는 저절로 그 머리 속에 뿌리를 박을 것이다. 〔……〕 그때 잘 가르쳐서 우리 불문에 귀의시키도록 하여라" 하고 당부하는 대목이 곧 그것이다.

석가여래의 이러한 법지(法旨)는 '혜안(慧眼)'을 빙자하여 실리적인 수요에 따른 것으로, 결국 손오공의 지위를 돋보임과 아울러 관음보살의 역할을 두드러지게 할 필요성에 의한 것이라 할 수 있다.

셋째, 권면(勸勉)하면서 도움을 주었다는 점이다.

천상천하에 두려울 것이 없는 강인한 정신력의 소유자 손오공도 긴고아를 씌운 직후 난관에 직면하자 공포를 느끼고 관음보살을 부여잡고 애걸했다.

"나는 안 가겠습니다! 안 가요! 서방 세계 가는 길이 이토록 기구한데 저토록 어리석고 범속한 스님을 보호하여 어느 세월에 당도할 수 있단 말입니까? 이처럼 우여곡절이 많은 길에서 이 손선생의 목숨조차 온전히 부지하기 어려운데, 무슨 놈의 공과(功果)를 어떻게 이룩할 수 있단 말입니까!"

이에 보살은 "네가 당년에 인도(人道)를 이루지 못하였을 때에도 마음을 다하여 수행하고 깨달음을 얻었는데, 오늘날 하늘의 재앙에서 벗어나서는 어찌 또 게으름을 부린단 말이냐? 네가 만약 몸을 다치고 고통스러운 지경에 처하게 될 때에는 네가 하늘을 부르면 천신(天神)이 응하게 할 것이요, 땅을 부르면 지령(地靈)이 응하게 할 것이며, 그보다 더 빠져나오지 못할 난관에 부딪칠 때에는 내가 직접 와서 널 구해주마"라고 다짐을 두어 그를 격려한 대목이 곧 그것이다.

넷째, 손오공의 처지와 심리를 십분 이해하고 받아들였다는 점이다. 이는 곧 포용하는 덕성(德性)이야말로 곧 어른 된 이의 너그러움이요, '무욕(無慾)'의 의미가 바로 굳셈이라는 사실을 말해준다.

실제로 손오공이 없었다면 당나라 스님은 서천에 이르지 못하였을 것이요, 관음보살이 없었다면 손오공은 그 기량(器量)과 능력을 최대한으로 발휘하지 못하였을 것이다.

손오공은 그 천성이 제 강함만을 믿고 남을 칭찬해본 적이 없는 기질이었다. 관음보살이나 석가여래에 대하여서도 방자할 정도로 무례한 태도를 보였다. 관음보살에게는 "한평생 남편 하나 얻지 못할 여인"이라고 악담을 퍼붓는가 하면, 여래에게는 "요정의 외조카"라고 비아냥거릴 정도로 오만하게 굴었다.

그러나 관음보살은 역시 그런 기질과 천성을 충분히 이해하고 받아들이는 포용력을 발휘했다. 제42회의 대화 장면을 예로 들어보자.

"오공아, 내 이 물병 속에 들어 있는 감로수는 〔……〕 요괴의 삼매진화를 끌 수 있는 물이다. 이것을 네게 주어 보내고 싶다만, 너는 들어올리지도 못하니 어쩔 수가 없구나. 그래서 선재용녀를 딸려보냈으면 한다만, 너는 평소에도 앙큼스러운 심보로 사람을 곧잘 속이려 드는 놈이 아니냐? 선재용녀는 용모와 자태가 아리따운데다 정병 또한 보물이다. 그런데 네가 만약 사기 쳐서 모두 빼앗아가버린다면, 내 어느 세월에 어디서 너를 찾아낼 수 있겠느냐? 그러니 너도 그 대신에 무엇인가 담보물로 남겨두고 가야만 할 것이다."

이에 손오공은 "원 보살님도! 섭섭하게 그다지도 의심이 많으십니까. 이 제자는 일단 사문(沙門)에 발을 들여놓은 이래 그따위 속임수나 사기를 쳐본 적이 한 번도 없었습니다. 그런데 무슨 담보물을 맡겨두고 가란 말씀입니까? 제 몸에 걸친 이 무명 직철은 보살님께서 주신 것이요, 아랫도리를 가리고 있는 이 호랑이 가죽 치마래야 동전 몇 푼어치나 되겠습니까? 이 철봉은 호신용으로 아침부터 저녁까지 늘 지니고 다녀야 합니다. 그 대신 이 머리에 씌운 테두리는 금으로 만든 것이니까 값어치가 나갈 것입니다. 보살님께서 꼼수를 부려 제 머리뼈 속까지 뿌리를 박았기 때문에 제 손으로는 벗길 도리가 없습니다. 이제 보살님은 담보물을 맡기라 하셨으니, 차라리 이 금테두리를 맡겨드렸으면 좋겠습니다. '송고주(鬆箍咒)'를 외우셔서 당장 벗겨가십쇼. 그렇지 않고서야 달리 잡혀둘 만한 물건이 뭐 있겠습니까?" 하고 응수했다.

이 대목은 관음보살이 홍해아를 제압하러 떠날 때 손오공과 서로 주고받는 우스갯소리로서, 두 사람의 인간적 관계가 얼마나 밀접한 것인지 단적으로 설명해주는 사례라 할 수 있을 것이다.

한마디로, 관세음보살은 '항심(恒心)'을 갖춘 '보통 사람'의 전형, 즉 개화된 기성 세대를 대표하는 인물이요, 손오공은 이지(李贄)가 표현한바 '동심(童心)'을 갖춘 '참신한 인간'의 전형으로서, 이들 두 사람이 상호 보완하여 이루어진 것이 바로 세덕당 본의 교정자 화양동천 주인(華陽洞天主人) 진원지(陳元之)가 이른바, "상상 가운데 지기(知己)를 찾는 것, 다시 말해서 손오공이 부르면 그 즉시 환상 가운데 관음보살이 나타나고, 관음보살이 부르면 곧 환상 가운데 손오공이 나타나는" 그런 이상적인 관계가 설정되었다고나 할 것이다.

VI. 원저자 문제

보통 작품과는 달리, 소설 『서유기』에는 그 어느 시대, 어느 판본(板本)을 막론하고 모두 원저자가 명기되어 있지 않다. 따라서 근대에 이르기까지 저자의 실체가 명확하게 밝혀지지 않고 오늘날에도 많은 논란이 제기되고 있는 실정이다.

세덕당 본을 비롯한 명나라 때의 1백회 판본에는 다만 교열·수정을 가하거나 서문을 붙인 사람의 이름만 수록되어 있을 뿐, 누가 지었는지 알 수 없다고 실토하고 있다.

청나라 때에 와서는 처음 『서유기』를 판각할 당시 원대(元代) 우도원(虞道園)의「장춘진인 서유기서(長春眞人西遊記序)」를 근거로 삼아, 세간에서 『서유기』의 편찬자를 모두 도교의 '전진칠자(全眞七子)' 가운데 한 사람인 장춘진인 구처기(丘處機)로 잘못 인식하게 만들었다. 그러나

『장춘진인 서유기』는 그 제자 이지상(李志常)이 편찬한 것으로, 구처기가 몽골 황제 칭기즈 칸(成吉思汗)의 초빙을 받아 1221년부터 1224년에 이르기까지 산동(山東) 내양(萊陽)에서 지금의 아프가니스탄 힌두쿠시 북영(北營)에 있던 칭기즈 칸을 찾아가 만나보고 돌아온 사적(史蹟)을 서술한 여행기에 지나지 않았다.

1. 오승은 설과 새로운 쟁점들

최초로 의문을 제기한 사람은 청나라 건륭(乾隆) 말엽(1790)의 대학자 전대흔(錢大昕)으로서, 그는 『잠연당문집(潛研堂文集)』에서 「장춘진인 서유기 발문(跋文)」을 통해 그것을 별도의 책으로 제쳐두고, "『서유연의(西遊演義)』는 명나라 때의 작품"이라고 주장하였다.

그뒤를 이어, 같은 시대의 학자 기윤(紀昀)은 『열미초당필기(閱微草堂筆記)』「여시아문(如是我聞)」을 통하여, "소설 가운데 묘사된 제새국의 금의위(錦衣衛), 주자국의 사례감(司禮監), 멸법국의 동성병마사(東城兵馬使), 당태종 휘하의 대학사(大學士)·한림원(翰林院)·중서과(中書科) 따위는 모두 명나라 시대의 제도와 같으므로, 『서유기』는 의심할 나위 없이 명대(明代) 사람의 작품"이라고 단정하였다.

또한 그보다 앞서 강희(康熙) 연간(1662~1722)의 오옥진(吳玉搢)은 『산양지유(山陽志遺)』 제4권에서 명나라 천계(天啓) 연간(1621~1627)에 편찬된 『회안부지(淮安府志)』를 근거로 『서유기』의 저자를 오승은(吳承恩)이라고 주장하였으며, 정안(丁晏)의 『석정기사속편(石亭記事續編)』「회음좌록자서(淮陰脞錄自序)」와 완규생(阮葵生)의 『다여객화(茶餘客話)』 제21권「오승은 서유기」 등 문헌들 역시 같은 근거로 같은 주장을 내세웠다.

소설『서유기』의 원저자, 아니 정확히 말해서 편찬자의 실체에 관한 연구가 본격적으로 시작된 것은, 1920년대 중국 문학사상 과거 봉건적인 문어체(文語體)를 버리고 서민의 통속적인 백화문(白話文)이 보급되는 이른바 '5·4운동(五四運動)'이 그 시발점이었다.

제일 먼저 중국 백화 문학의 선구자인 루쉰(魯迅)이『중국 소설 사략(中國小說史略)』에서 역시『천계 회안부지』에 수록된 두 부분, 즉「예문지(藝文志)·회현문목(淮賢文目)」에 명시된바 "오승은의 저술로「사양집(射陽集)」4책과「춘추열전서(春秋列傳序)」, 그리고「서유통속연의(西遊通俗演義)」가 있다"고 한 대목과「인물지(人物志)·근대문원(近代文苑)」에 "오승은은 천성이 예민하고 지혜가 많으며, 박학군서(博學群書)하여 붓을 잡으면 시문(詩文)을 이루었으니, 그 문장이 청아하고도 유려하였다. 〔……〕 더구나 해학극에 정통하여, 그가 지은 잡기(雜記) 몇 종만으로 한 시대에 명성을 떨쳤다"는 기록을 근거로 삼아, 오승은을 소설『서유기』의 저자로 단정하였다.

이어서 저명한 고증학자 후스(胡適) 박사도 처음에는『서유기』를 "명나라 중엽 무명씨의 작품"으로 설명했으나, 곧이어『소설 고증(小說考證)』제2권을 통해 "명나라 가정 연간(1522~1566)에 세공생(歲貢生)을 지낸 회안(淮安) 출신 오승은의 작품"이라고 단정하기에 이르렀다.

이 학설이 후스의 뒤를 이은 저우위차이(周豫才)가 수집한 많은 문헌 자료를 바탕으로 계속 보완되어, 그후 30년 이래 중국 대륙 학자들은 거의 모두 오승은을 1백회본『서유기』의 저자로 인정하는 데 이의를 제기하지 않게 되었던 것이다.

그러나 1980년대 초엽에 들어서면서부터 학계의 상황이 일변하기 시작했다.

먼저 장페이헝(張培恒) 교수는 『사회과학전선(社會科學戰線)』 제4기(期)(1983)를 통해 발표한 논문 「1백회본 서유기가 과연 오승은의 작품인지의 여부」에서, 청나라 초기 학자 우직(虞稷)이 편찬한 『천경당서목(千頃堂書目)』 가운데 오승은의 『서유기』가 제8권 사부(史部) 지리류(地理類)에 수록되어 있음을 지적하고, "오승은의 『서유기』는 단순한 지리학상의 여행기일 뿐, 몇 장(章) 몇 회(回)의 격식을 갖춘 소설이 결코 아니다"라고 단언했다.

이어서 1985년에는 쑤씽(蘇興) 교수가 「1백회본 『서유기』가 오승은의 작품인지의 여부를 다시 말한다」라는 논문을 발표했다. 장페이헝 교수가 오승은의 저자 가능성에 대해 부정적인 반면, 쑤씽 교수는 긍정적인 견해를 밝혀, 양자가 백중세(伯仲勢)의 논전(論戰)을 펼쳤으나, 이는 곧 『서유기』의 원저자 문제를 다시 한번 고려하는 계기가 되었던 것이다.

그렇다면 소설 『서유기』, 정확히 말해서 명나라 때 1백회본 『서유기』의 진정한 저자는 과연 누구였을까? 이에 대하여 최근 10년 이래 두 사람의 학설이 또다시 쟁점을 이루고 있다.

2. 왕실 문객들의 합작품이라는 설

그중 한 사람은 1990년 『서유증도서(西遊證道書)』의 서문을 쓴 황융니엔(黃永年) 교수로서, 그는 주로 세덕당 본에 대한 서지학적 분석을 통해 다음과 같은 결론을 내렸다.

첫째, 세덕당 본을 목판으로 새긴 판식과 글씨체, 그리고 교정자 진원지의 서문에 명기된 간지(干支)를 근거로, 이 책이 가정(嘉靖) 초년 (1522~1530?)에 인쇄 출판된 것이므로, 당시 나이가 불과 20~30대였을 청년 오승은의 작품이 될 수 없다는 점을 들어 '오승은 설'을 부정했다.

그 대안으로, 황 교수는 진원지의 서문 내용 가운데 "『서유기』 한 책을 누가 지었는지 모르겠다. 어떤 이는 천황(天潢)의 어느 후왕(侯王)의 나라에서 나왔다 하고, 어떤 이는 팔공(八公)의 문도(門徒)에서 나왔다 하며, 또 어떤 이는 번왕(藩王)이 손수 지었다고 한다"는 대목을 근거로 삼아, 1백회짜리 완본『서유기』가 명나라 세종(世宗) 초엽, 산동(山東) 등주부(登州府) 일대에 영지를 소유하고 있던 노왕(魯王) 주이탄(朱頤坦)의 문객(門客)들이 공동으로 저술하여 주군에게 바친 것이라고 단정했다.

그리고 그후 이 원본이 민간에 유출되어 진원지의 서문이 붙은 판본으로 여러 차례 인쇄, 보급되고, 만력 15년(1587)에 오늘날까지 현존하는 '금릉 세덕당의 판본'이 출판되었으며, 그것을 바탕으로 삼아 이후 천계(天啓)-숭정(崇禎) 연간(1621~1644)에 '이탁오 평본(李卓吾評本)'과 만력 31년(1603)에 또 다른 수정판인 '양민재 판본(楊閩齋板本)'이 나오게 되었다는 것이 황 교수의 주장이다.

3. 집단 누적형 소설이라는 학설의 근거

또 한 사람은 장진츠(張錦池) 교수인데, 그는 장장 10여 년에 걸쳐『서유기』를 집중 연구한 학자로서 1991년『북방논총(北方論叢)』제1기 및 제2기에「서유기의 저작권 문제를 논한다(論西遊記著作權的問題)」를 연속 발표하고, 그 논문에서 진원지의 서문과 소설 본문 내용을 주로 분석하여 다음과 같은 몇 가지 결론을 내놓았다.

그는 무엇보다 먼저 『서유기』가 당나라 스님의 취경 고사를 주제로 삼아, 당대(唐代) 사원의 '속강(俗講)' 형태에서 직업적 이야기꾼의 원나라 때 '화본(話本)', 그리고 원말(元末) - 명초(明初)의 연극 대본인 '잡극(雜劇)'과 산문체 소설 형태인 '평화(評話)' 등, 약 6백여 년에 걸쳐 무수한 사람들의 손으로 내용이 보완되고 변화 발전을 거듭한 집단 누적형(集團累積型) 작품으로서, 어느 한 개인이 독창적으로 저술한 것이 아니라 그 누적된 내용을 수정, 집대성하여 마지막으로 1백회짜리 소설 형태로 완성한 만큼, "최후의 개정자" 또는 "저작권의 소유자"라고 불러야 한다는 점을 전제하였다.

그 다음으로, 세덕당 본을 황 교수의 주장과는 달리, 명나라 만력 20년(1592)에 인쇄되어 오늘날 볼 수 있는 『서유기』의 가장 오래된 판각본이요, 현존하는 판본 중에서 숭정 연간(1628~1644)에 간행된 『이탁오 비평 서유기』가 세덕당 본의 내용에 가까운 좀더 이른 조간본(早刊本)이며, 청나라 때의 여러 가지 판각본이 모두 세덕당 계열에 속한다는 전제 아래, "명대(明代) 금릉(金陵, 현재 난징〔南京〕)의 서적상 당광록(唐光祿)이 조본(祖本)을 구입하여 자신의 출판서점 세덕당(世德堂)에서 재편집, 인쇄하였을 것"이라는 전제 아래, 세덕당 본 『서유기』를 집중 분석하여 원저자의 실체를 밝혀내는 데 주력하였다.

그가 접근한 방식은, 먼저 세덕당 본의 내용에서 발견된 결함과 옛 판본, 즉 '조본'과의 관계, 그 다음이 사회사상적인 측면에서 양치화(楊致和)·주정신(朱鼎臣)의 다이제스트 판본 및 오승은의 시문집 『사양선생 존고(射陽先生存稿)』에 나타난 문학사상적 풍격과의 비교 대조, 그리고 마지막으로 거의 모든 1백회본 『서유기』에 부록된 진원지의 서문 내용 분석 등이었다.

첫째, 본문 내용에서 발견되는 전후 문맥상의 모순점과 결함이 '조본'과 어떻게 연관되어 변화 발전해온 것인가 하는 문제였다.

즉 세덕당 본은 예술적 구도에 있어 완벽한 유기체를 이루고 있으나, 세밀히 살펴보면 몇 가지 중대한 결함을 드러내고 있는데, 그 하나는 손오공이 의형제를 맺은 일곱 마왕 가운데 우마왕 하나를 제외하고 나머지 다섯 마왕들의 흔적이 보이지 않는다는 사실, 아울러 본문 중간중간에 손오공이 싸운 육이미후(즉 제4회의 통풍대성 미후왕)·사타왕(이산대성)·붕마왕(혼천대성) 등은 대부분 신불(神佛)과 친분 관계를 맺고 있으면서 손오공과는 하나도 옛정을 토로하지 않고 있다는 점, 그 다음은 진광예가 부임 도중 재난을 당하고 강류승이 복수하는 등 중요한 재난 내용을 세덕당 본은 제11회에서만 소략하게 언급하고 넘어갔다는 사실, 그리고 손오공이 백골시마에게 농락당하는 스승을 보고 충고하는 대목에서 과거 사람 잡아먹었던 경험을 솔직히 털어놓았으나, 실제로 세덕당 본 전체를 뒤져보아도 그가 사람을 잡아먹었던 악행의 흔적은 전혀 찾아볼 수 없다는 점 등이 그것이다.

이러한 의문점들에 대하여, 장진츠 교수는 세덕당 본이 어떤 옛 판본을 바탕으로 다시 개정한 작품으로서, 어느 한 개인이 독자적으로 창작한 작품이 아니며, 그 개정자는 옛 판본을 고쳐 만들 때 무의식적으로 그 저본(底本)의 자취를 어렴풋이 남겨놓음으로써 그 흔적이 위와 같은 결함을 형성했을 것이라고 추정하였다.

즉 옛 판본에 묘사된 손오공은 분명히 사람을 잡아먹는 마왕이었으나, 개정자가 이 부분을 고쳐 쓸 때 손오공의 이미지를 정화시키기로 마음먹고, 이 종교적 고사 속의 악마를 영웅적 인물로 탈바꿈시켰을 것이며, 옛 판본에는 분명히 수록되어 있었을 '진광예와 강류승'의 재난 역시 손오공을 영웅적 인물로 부각시키기 위해 당나라 스님의 지위를 낮출 필요에서 그 대목을 송두리째 말소해버렸을 가능성, 그리고 손오공이 서천 여행 도중에 주로 섬멸한 대상은 과거 의형제를 맺었던 마왕들이었으나, 개정자가 그 부분을 고쳐 쓸 때 손오공과의 의형제 관계를 단호히 끊어버리고 신불과 인척 관계가 있는 것으로 묘사한 의도는 세태에 대한 야유와 풍자 및 손오공의 정신력과 인격적 역량을 돋보이는 데 두기 위해서였을 것이라고 추리하였다.

다시 말해서, 이러한 개정 작업은 손오공의 과거 이미지를 근본적으로 일신하고, 손오공-신불-요마의 3자 간에 이어지는 맥락을 바꿔치기함으로써, 작품의 주제와 사상적인 성격까지 일변시키는 효과를 가져오게 되었을 것이라고 본 것이다.

그렇다면 옛 판본을 마지막으로 개정하여 세덕당 본으로 만든 사람이 결국 누구였느냐 하는 점이다.

장 교수는 그 사람이야말로 일찍이 원말-명초부터 유전되어오고 또 그 이후 숱한 사람들의 가공을 거쳐 만들어졌을지도 모를 사화본(詞話本)을, 독특한 장인(匠人)의 심혈을 기울여 마지막으로 개정하여 오늘날의 소설『서유기』로 완성한 당사자일 것이라고 단정하였다.

그러나 그 최후의 개정자가 과연 오승은일 가능성에 대하여는 또 다른 의문을 제기하였다. 즉 그 마지막 개정 작업이 실제로 세덕당 본이 출판될 시기(1592)에 행해졌다면, 그때는 오승은이 이미 세상을 떠난 지(1582) 10년 가까이 되었을 터이므로, 최후의 개정자가 오승은일 가능성은 없으며, 그 최후의 개정 작업 시기가 세덕당 본의 옛 판본이 출간될 시기에 행해졌다면, 그때에는 오승은이 건재하였을 때이므로 어쩌면 최후의 개정자가 그였을 가능성도 있다고 보았다. 이 문제에 대하여, 그는 세덕당 본을 동시대의 다른 판본과 대조하여, 그 저변에 어떤 사회

사상적 조류가 반영되었는지 살펴보고, 아울러 오승은의 사상적 성향과 비교하여 하나의 결론을 이끌어내기로 했다.

4. 양치화·주정신의 축약본과 세덕당 본의 연원 관계

앞서 언급한 바와 같이, 완본 세덕당 본과 축약본 양치화 본, 주정신 본은 모두 명대 만력 연간에 간행된 것이다. 이들 세 판본이 각각 사상과 내용면에서 어떻게 다른지 살펴볼 필요가 있다.

첫째 세 판본의 저자들이 저마다 자기 작품 속에서 과연 누구의 이미지를 돋보이려 했느냐 하는 점이다.

먼저 세덕당 본은 도합 1백회 가운데 천국에서의 대소동이 7회분, 불경을 가지러 가게 된 연유에 관한 내용이 5회분, 그리고 나머지 88회분이 모두 서천 여행 과정에 쓰여지고 있다. 그중 손오공의 이름이 나타난 것은 46회분, 당나라 스님의 이름은 겨우 21회분, 특히 '나찰녀와 우마왕의 파초선 사건' 묘사에는 무려 3회분을 할애하고 있다. 이로 미루어 저자가 작품 속에 돋보이고 싶었던 것은 손오공의 이미지요, 손오공을 등장시킬 때에는 필묵을 아끼지 않았다는 사실이다.

그 다음, 양치화 본은 도합 40회, 그중 천국에서의 대소동이 7회분, 불경을 가지러 가게 된 사연이 5회분, 서천으로의 여행 과정이 28회분, 그중 당나라 스님의 이름은 도합 17회분에서 보이고, 손오공은 고작 7회분에만 나타난다. 따라서 저자는 손오공의 활약에는 필묵을 금쪽같이 아낀 반면, 당나라 스님의 이미지 부각에만 심혈을 기울였음을 알 수 있다. '파초선 사건'에 모두 합쳐서 겨우 145자의 어휘만을 사용한 예가 그 증거다.

주정신 본은 도합 67회 가운데 천국에서의 대소동이 16회분, 경을 구하러 가게 된 사연이 23회분, 그중에서도 1권 8회분을 통째로 '진광예와 강류승'에 관한 내력을 상세히 서술하는 데 할애하고, 서천 여행 과정에 대해서는 28회분을 사용하였다. 특히 '파초선 사건'에 관해서는 겨우 138자의 어휘밖에 쓰지 않았다는 점으로 미루어, 저자가 일심전력으로 부각시키려 했던 것이 누구의 이미지였는지 명약관화(明若觀火)할 뿐만 아니라, 손오공의 활약에 극히 인색하였다는 점에서 양치화 본과 난형난제(難兄難弟)라 할 수 있다.

따라서 양치화 본과 주정신 본의 저자가 그 주역을 당나라 스님으로 인식한 반면, 세덕당 본의 저자는 소설의 진정한 주인공을 당나라 스님이 아니라 손오공으로 인식했음을 알 수 있으며, 그 결과 누구를 주인공으로 삼았느냐 하는 그 분기점이 실제로 저자의 창작 사상의 다른 점을 반영했다고 볼 수 있다는 것이다.

이렇듯 세 판본 간의 차이점은 당나라 스님이 서천으로 출발하는 대목, 그리고 손오공이 신불과 당나라 스님을 대하는 태도에서도 극명한 대비를 이루고 있는데, 이는 곧 양치화·주정신 두 저자의 의도가 '3교 합일'의 교리를 선양하는 데 두고 성승이면서도 선비인 당나라 스님의 지위와 역할을 드높이고 손오공의 신변에서 풍겨나오는 이단적 사상을 마멸시키는 데 진력한 반면, 세덕당 본은 비록 그 주제가 지닌 고유한 '3교 합일' 사상의 영향에서 완전히 벗어날 수는 없었다 하더라도 그 자체 내부에 이미 '유(儒)·불(佛)·도(道)'의 교리에 대한 비판과 야유, 조롱을 통하여 전혀 새로운 사상을 배태시키고, 따라서 저자는 불경을 구하러 가는 목적 사업의 성패를 결정할 이상적 인재로서 손오공을 당연한 주역으로 부각시켰을 뿐 아니라, 시종 변함없이 자유 평등을 요구하는 천성을 보유하게 만들었다는 것이다.

장진츠 교수가 특별히 지적한 점은, 세덕당 본이 자유 평등을 요구하는 손오공의 천성을 대사업을 이룩하는 이상적 인물의 성격으로 규정한 반면, 신불이나 당나라 스님과 같은 전통적 기존 세력들에 대한 야유, 조롱을 다분히 긍정적인 태도로 묘사한 것은 중국 문학사상 대서특필할 만한 거사였다는 점이다.

왜냐하면 세덕당 본의 저자는 송-원대 이래 사람들이 취경 고사를 '불법 선양'이나 '3교 합일'의 교리를 선전하는 데 이용하던 전통적 문화 심리와 그 묘사 기법을 과감히 타파하고, 또다시 '인의예지(仁義禮智)'를 '항심(恒心)'으로 표현하고 성현과 호걸의 이미지를 "상도(常道)를 준수하여 흔들림이 없는 인물"로 묘사하여, 작품의 주인공들을 한 덩어리로 뭉쳐서 "미풍양속에 교화된 인물"로 만들기를 요구하던 전통적 심미관과 서술 기법을 깨뜨렸으며, 그리고 종교적 규범 속에 위계 질서 관념으로 잠복해 있는 자각을 현명하고 능력 있는 것으로 여기던 전래의 동양 사상적 심리 구조와 서술 기법마저 과감히 깨뜨려 부쉈기 때문이다.

그렇다면 과연 오승은의 시문집 『사양선생 존고』에 나타난 그의 사상적 풍격이 세덕당 본의 그것과 부합되는 것이며 또 손오공이 과연 그가 기대하는 영웅적 타입이냐 하는 문제를 살펴볼 필요가 있을 것이다.

1957년 리우슈예(劉修業)가 『사양선생 존고』에 교정을 가해 '오승은 시문집'이란 제목으로 출판하자, 서루어(設若)는 이 시문집을 세덕당 본의 내용과 비교 연구한 결과, 두 문헌에 서로 나타난 사상과 풍격에 현저한 차이점이 있음을 발견했다.

첫째, 시문집은 민생의 질고(疾苦)를 정면으로 묘사한 작품은 아니라 해도, 몇 편의 문장을 통해 현실의 인식을 일깨우는 일면을 드러냈으며, 오승은이 현실에 직면해서 제기한 시폐(時弊)의 보완 방식은 '청관 정치(淸官政治)'의 실행, '예교 통치(禮敎統治)'의 강화, 그리고 "인의(仁義)로 천하를 다스리는 방략"을 제시했다는 점이다.

그러나 이러한 인정 관념(仁政觀念)을 상상적 형식으로 표출한 것이 어쩌면 『서유기』속에 인의를 표방한 천국 옥황상제의 왕도 정치를 야유한 것과는 비견될 수 있을지 모르지만, 『서유기』가 극찬한 "오곡이 풍성하게 생산되는" 옥화국 타입의 왕도 정치와는 거리가 한참 멀다는 사실이다.

둘째로, 오승은의 시문집에서 강조된 정치 이상은 고대 '당우 삼대(唐虞三代)'의 이상향이요, 그가 흠모한 정치가 역시 이상화된 주문왕(周文王)·무왕(武王)이나 주공(周公)·강태공(姜太公)과 같은 고답적 인물이었으며, 그의 이런 인재관은 정주(程朱) 이학(理學)의 사상 체계에 속하는 것으로서 그 어떤 이단적인 색채를 띠지 않았다는 점이다.

만약 이런 인재관을 상상적 형식으로 표출했다면, 아마도 『서유기』 속에 야유와 조롱의 대상이 된 태백금성 이장경을 칭송하였을 것이지, 결코 '동심'을 갖춘 진정한 인간으로서의 손오공을 찬양하지는 않았을 것이라는 점이다.

셋째, 오승은은 진정한 유학(儒學) 선비로서 그의 신변에는 손오공과 같은 반역 정신을 찾아볼 수 없다는 점과, 독실한 불교 신도로서 『서유기』 곳곳에 보이는 것처럼 석가여래나 관음보살과 같은 신불을 면전에서 조롱하고 비웃는 등 '이단적 풍모'를 한껏 드러내는 그런 손오공으로 묘사하지 않았으리라는 점이다.

넷째로, 리우따지에(劉大傑)를 비롯한 몇몇 문학사가(文學史家)들은 『서유기』를 오승은의 만년기 작품으로 인식하고, 오국영(吳國榮)의 「사양선생 존고 발문」역시 "여충(汝忠, 오승은의 자)이 벼슬을 사직하고 귀향하더니, 더욱 시와 문장을 지어 스스로 즐기며 10여 년을 보낸 끝에 수(壽)를 마쳤다"고 기록하였다는 점, 다시 말해서 오승은이 벼슬을 버리고 귀향한 것은 이미 60여 세의 노년으로, 인간 세상만사를 많이 겪어보았을 터이므로 그 감회를 창작 소설로 묘사할 수도 있었을 것이나, 백발이 성성한 유학 선비가 과연 그토록 방자하기 이를 데 없는 해학과 각박한 조소로 일관하는 소설을 써낼 수 있었을까 하는 의문점이 그것이다.

결론적으로, 그의 시문집이 증명하는바 오승은은 비록 문학 천재일수는 있어도, 그와 같은 고도의 사상적 수준을 갖추지는 못하였으리라는 것이다.

5. 진원지란 인물의 미스터리

마지막으로, 명대 1백회짜리 세덕당 본의 거의 모든 판본에 부록된 서문 내용을 분석한 결과다.

제일 먼저, 장진츠 교수는 장페이헝의 부정적 견해에 동의하면서도 진원지(陳元之)가 써 붙인 서문 내용을 근거로, "화양동천 주인이 세덕당 본의 교정자이며, 아울러 마지막 개정자일 가능성이 극히 크다"고 결론을 내렸다. 그리고 이 학설이 성립된다면 "1백회본『서유기』의 저작권은 바로 화양동천 주인에게 귀속되어야 할 것"이라고 주장했다. 그 이유는 대략 다음과 같다.

『천계 회안부지』가 편찬된 시기는 1626년, 즉 오승은이 세상을 떠난 지 약 44년 후, 『사양선생 존고』4권이 판각된 지 37년 후, 그리고 『세덕당 본 서유기』가 이 세상에 나온 지 34년 후의 일로서, 그 34년 동안『청백당 양민재 본(淸白堂楊閩齋本)』과『이탁오 비평본(李卓吾批評

本)』이 연속 출판, 간행되었으며, 이것이 곧 세덕당 본 계열의 1백회본 『서유기』가 되어야 옳다는 것이다.

그리고 언어학적 측면에서 주로 '하강관화(下江官話)', 곧 안휘성(安徽省) 일대의 표준어와 소주(蘇州) 일대의 사투리가 혼합되어 있는데, 오승은은 교통이 비교적 폐쇄된 회안(淮安) 지방에서 생활하였으며, 비록 항주(杭州) 일대를 두루 떠돌아다니고 2년간 장흥현승(長興縣丞)을 지냈다고는 하나, 실제로 오어(吳語) 방언을 자신의 붓끝에 익숙하게 구사하였을 가능성이 매우 희박하다는 점, 그리고 소설 본문에 정경과 사물, 전투 장면 묘사, 인물의 출신 내력 서술, 종교 교리의 설명 등에 대폭 쓰인 운문시(韻文詩)와 등장인물의 대화 속에 되는 대로 나오는 사투리 등이 모두 일종의 창법(唱法)과 같은 특징을 갖추었다는 사실은, 저자가 어깨너머로 통속 문학을 익힌 문인 학사가 아니라 세상 물정에 박학다식한 전문적인 통속 문학 예술의 종사자였다는 사실을 증명하고 있다는 점이다.

또 한 가지, 전체적인 풍격과 부분적인 격조가 연계되는 측면에서 볼 때, 전체 풍격은 기본적으로 일치하고 크게 세 부분으로 이루어진 스토리 역시 저마다 그 풍격이 대체로 동일하지만, 서천으로 경을 구하러 가는 대목에 속하는 41개의 작은 스토리들 간에 그 짜임새와 격식이 두드러지게 차이를 보이고 있다는 점이다.

이는 세덕당 본이 어느 한 개인의 독자적인 능력으로 이루어진 창작이 아니라, 누군가의 짜깁기와 같은 획기적인 방식에 의해 마지막으로 개정하여 완성되었다는 사실을 증명한다는 것이다. 따라서 이 최후의 개정 작업이 오승은처럼 도학군자적인 기질을 띤 일개 서생의 손으로 이루어질 수 없으며, 반드시 "방탕할 정도로 개방적인 기질을 지닌 사람" 곧 '척이지사(跅弛之士)'여야만 가능하다는 것이다.

이런 점에서 장진츠 교수는 화양동천 주인 진원지의 서문 가운데 크게 두 가지 부분에 대하여 착안하고 분석하여 다음과 같은 결론을 내렸다.

첫째, 서문 중에 "『서유기』가 누구의 손으로 씌어진 작품인지 모른다. 어떤 이는 천황(天潢)의 (번병(藩屛)을 지키는) 어느 후왕(侯王)의 나라에서 나왔다 하고, 어떤 이는 팔공(八公)의 문도(門徒)가 지어낸 것이라고도 하며, 혹은 번왕(藩王) 자신이 지은 것이라고도 한다. [……] 내가 옛 판본의 서문을 읽어보았는데, 역시 그 저자의 성명이 밝혀지지 않았다"고 한 대목은 대략 두 가지 가능성을 지니고 있다. 그 하나는 과연 그런 사실이 있어서, 노왕(魯王) 주이탄(朱頤坦)이 손수 지었거나 그 왕실 부중의 여덟 참모들이 합작해서 만들었을 가능성, 따라서 노왕부(魯王府) 판본 『서유기』가 실제로 존재하였으며 그것이 무명씨의 이름으로 민간에 흘러나와 세덕당 주인 당광록이 사들여 재차 판각하게 된 '조본(祖本)'이거나 '옛 판본'일 수도 있다는 점, 또는 진원지 자신이 소중하게 여기는 세덕당 본의 희귀성을 최대한 부각시키기 위해 고의적으로 모호하게 연막을 피우고 저자의 이름을 신비스럽게 숨겼을 수도 있다는 점이다.

또 한 가지 가능성은, 명나라 때 소설 작가들이 서문을 붙인 관례가 굳이 본명을 쓰지 않고 필명이나 별호를 애용했다는 점에서, 진원지 자신도 체통을 잃지 않기 위해 그렇게 얼버무렸을 수도 있다는 점이다.

둘째로, 서문의 다른 부분을 다시 한번 인용해보자.

"이 책을 기이하게 여긴 호사가(好事家)가 교정을 가하여 도합 20권 수십여 만 자로 엮어 상재(上梓)하였으므로, 내가 서문을 덧붙였다. [……] 사람들은 이런 황당한 야담(野談)은 군자 된 이로서 뜻할 바가 아니라고 한다. 또 이것을 역사라고 하기엔 믿을 만한 것이 못 되고, 성현들의 글이라고 하기에는 윤리적인 것이 못 되며, 도를 논한 것이라고 하기에는 황당하게 날조된 거짓말이라고 한다. 그러나 나는 단호히 아니라고 말할 수 있다. 그대는 정사(正史)라고 다 믿을 만한 것이며 성현의 글이라고 다 윤리적인 것으로 생각하는가? 이 책은 솔직하게 우화(寓話)를 엮은 것이다. 웃음을 참지 못하게 만드는 해학 속에 오묘한 도리를 드러내고, 황당무계한 내용 가운데 도리를 감추고 있는 것이다."

이 대목에서 진원지는 자신이 왜 세덕당 본의 서문을 짓게 되었는지 그 내력을 진술하면서, 단호한 태도와 뚜렷한 관점, 날카로운 언사로 영탄(詠嘆)을 거듭하고 장자(莊子)의 시비관까지 인용해가며 이른바 '경사자집(經史子集)'의 틀에 박힌 당시의 세태를 대담하게 비판하고 폄하시키는 데 단 한 점도 애매모호한 구석을 보이지 않았다. 이러한 대담성은 곧 진원지가 "방탕할 정도로 개방적인 기질을 지닌 광사(狂士)", 곧 '척이지사'라는 사실을 여실히 보여주고 있다는 것이다.

앞에서 『서유기』의 탄생과 변천 과정을 설명하는 가운데 명나라 1백회본을 소개하면서, '금릉 당씨 세덕당 『신각출상 관판대자 서유기』, 즉 세덕당 본을 교열한 이가 '화양동천 주인'이며 그 서문을 '진원지'가 지었다고 밝힌 바 있다.

장진츠 교수는 서문을 근거로 "세덕당 본을 교열한 '호사가'는 물론 화양동천 주인이지만, 그 화양동천 주인은 진원지의 가까운 지기(知己), 아니 더 나아가서 진원지 자신일 수도 있다"는 가능성을 제시했다. 다시 말해서 진원지가 세덕당 본의 교정자일 뿐만 아니라, 세덕당 본의 마지막 개정자였을 수도 있다는 것이다.

왜냐하면 책의 서문에 본명(本名)을 쓰고 교정에 별호(別號)를 기재하는 등, 필자의 신분을 모호하게 감추는 행태야말로 저 옛날 문인 학사들이 습관적으로 애용하던 방식이기 때문이다.

'화양동천(華陽洞天)'은 도교의 성지(聖地) 모산(茅山)을 가리키며, 그 동굴은 진원지의 출신지인 말릉(秣陵) 곧 금릉(金陵), 지금의 난징(南京) 부근에 소재한다. 따라서 세덕당 본의 교정자 진원지가 '화양동천 주인'을 자신의 별호로 삼은 의도는, 도교 성자의 하나인 모산군(茅山君)처럼 신통력을 갖추고 마음대로 조화를 부리면서 속된 세태를 우롱하며 살아가고 싶다는 일종의 "세상을 너르게 내다보고 세속을 눈 아래 내려다볼 줄 아는" 그런 오연(傲然)한 기백(氣魄)의 소유자였기 때문이라고 볼 수 있다는 것이다.

장진츠 교수는 결론적으로 화양동천 주인 진원지를 명대 1백회 완본 소설 『서유기』의 마지막 개정자로 인식하고, 그 저작권을 진원지에게 돌려야 할 것이라고 주장하였다.

그러나 "노왕 주이탄 또는 그 문중의 막료들"이 원저자일 것이라고 막연히 추정한 황융니엔 교수처럼, 장 교수 역시 하나의 가설(假說)을 바탕으로 추리한 것이었을 뿐 명확하게 '그 사람'이라고 꼭 집어서 단정을 내린 것은 아니다. 따라서 그 역시 논문의 끄트머리에 "물론 이 문제가 분명히 밝혀지기 전까지는 오승은을 잠정적으로 1백회본 『서유기』의 저자로 대칭(代稱)한다고 해서 안 될 것도 없다"라고 솔직히 토로하였던 것이다.

그렇다면 앞으로 이 논란이 어떤 과정으로 진행되고 그 결과가 언제 어떻게 나오든지 간에 기다려볼 수밖에 없고, 현재로서는 오승은을 소설 『서유기』의 원저자로 인정할 수밖에 없을 것이다.

6. 오승은, 그 생애

오승은(吳承恩)의 자는 여충(汝忠), 호가 사양산인(射陽山人)이다. 원래 본적은 지금의 장쑤 성(江蘇省) 북부 신화이허(新淮河) 북안에 해당하는 연수현(漣水縣) 출신이었으나, 후에 산양현(山陽縣), 지금의 장쑤성 화이안 현(淮安縣)으로 이주했다.

태어난 시기는 학자들의 견해에 따라 조금씩 다르지만 명나라 효종(孝宗) 홍치(弘治) 13년(1500) 또는 17년(1504), 세상을 떠난 해는 대략 신종(神宗) 만력(萬曆) 10년(1582)으로 추정하고 있다.

「선군부 묘지명(先君父墓地銘)」에 따르면, 그의 가문은 증조부 오명(吳銘)이 절강(浙江) 지방 여요현(餘姚縣)에서 훈도(訓導) 노릇을 하고, 조부 오정(吳貞)은 인화현(仁和縣)에서 교유(敎諭) 직분을 맡았던 선비 집안이었다. 그러나 부친 오예(吳銳)는 가세가 몰락하여 서씨(徐氏) 문중에 데릴사위로 들어가면서 비단 점포를 경영하는 상인이 되었다고 한다.

오승은은 세종(世宗) 즉위 23년째 되는 가정(嘉靖) 23년(1544)에 중년의 나이로 성시(省試)에 급제하여 세공생(歲貢生)이 되었고, 목종(穆宗) 융경(隆慶) 원년(1567)에 이르러서야 60여 세의 고령으로 겨우 절강성 장흥현승(長興縣丞)으로 부임하였다. 현승이라면 8품계에 해당하는 미관말직으로, 지방군을 양성하기 위한 군량(軍糧)과 마필(馬匹)을 관리하고 조달하면서 치안 유지를 담당하는 순포직(巡捕職) 관원이었다.

그러나 부임 2년 후, 그는 권세 높은 귀족들이나 상관들을 영접하고 전송하는 데 세월을 다 보내고 그들에게 허리 굽히기에 모멸감을 느

낀 나머지, 벼슬을 내던지고 낙향하였다. 일설에는 그의 강직한 성격에 불만을 품은 상관이 때마침 일어난 징세 담당관의 뇌물 사건에 연루시켜 처벌하려 하였으나, 무죄가 입증되어 면직 조치만을 받고 물러나 고향으로 돌아가게 되었다고도 한다.

벼슬에서 물러난 후, 그는 다시 형왕부(荊王府)의 초빙을 받아 기선(紀善)직에 임명되어 한때를 보내기도 하였다. 형왕(荊王)은 황실 종친으로서 지금의 호북성(湖北省) 기춘(蘄春) 일대에 해당하는 번병(藩屛)의 제후(諸侯)였으며, 기선이란 직분은 왕부(王府)의 빈객으로서 왕족들에게 올바른 예법을 완곡하게 일깨워주는 한직(閒職)에 지나지 않았다.

그가 형왕부에서 얼마나 오래 그 직분을 지키고 있었는지는 밝혀진 바 없으나, 후손 하나 두지 않고 불우한 만년을 보낸 끝에 세상을 떠난 것은 분명하다.

소설 『서유기』 이외에도 그가 남긴 작품으로 시문집(詩文集) 한 권이 현재 남아 있는데, 그 안에 수록된 장편시 「이랑수산도가(二郞搜山圖歌)」와 「우정지 서(禹鼎志序)」만 보더라도 그것들이 소설 『서유기』의 줄거리와 어떤 관계로 얽혀 있는지 알 만할 것이다.

「우정지 서」에는 이런 글이 있다.

"내가 책 이름을 '지괴(志怪)'라 붙였으나, 귀신의 이야기를 밝혔다고 하기보다는 속된 인간 세상의 변이(變異)를 기록하여, 미력하나마 거울 삼아 경계한다는 뜻에서 차라리 '우화(寓話)'라고 부르는 것이 옳겠다……."

지난 1981년, 중국 정부 당국이 화이안(淮安) 지역에서 오승은의 무덤을 발굴 조사한 적이 있었는데, 관 뚜껑에 '형(왕)부 기선(荊〔王〕府紀善)'이란 글자가 적혀 있는 것으로 보아, 그것이 마지막 벼슬이었음을 알게 해주었다. 그때 두개골도 하나 발견되어, 중국과학원 소속 고대인류연구소의 감정을 거친 후, 그것을 바탕 삼아 오승은의 상반신 입체 소상(立體塑像)을 빚어 세웠는데, 이것이야말로 오늘날 중국 고대 문학자 가운데 유일하게 과학적 자료에 근거하여 만든 조각상으로, "소설『서유기』를 저술한 저자로서 오승은의 실체"가 공인받기에 이르렀다고 할 것이다.

■ 작품 해설―참고 문헌

단행본

葛兆光 著, 周谷城 主編,『道敎與中國文化』, 上海人民出版社, 1996(5版).

于民雄 著,『道敎文化槪論』, 貴州人民出版社, 1992.

袁珂 校註,『山海經校註』, 巴蜀書社出版社, 1993.

袁珂 著,『中國神話傳說』上·下, 中國民間文藝出版社(北京), 1984.

劉耿大 著,『西遊記迷境探幽』, 學林出版社(上海), 1998.

張錦池 著,『西遊記考論』, 黑龍江敎育出版社(哈爾濱), 1997.

鄭在書 譯,『山海經』, 民音社, 1993(改訂版).

何滿子·李時人 編,『明淸小說鑒賞辭典』, pp. 285~358, 浙江古籍出版社, 1994.

자료

郭豫才,「前言」(1983, 再修正),『西遊記』, 北京人民文學出版社, 1997 發行本 收錄.

張書紳,「總評」, 乾隆 14年(1749), 張書紳 註解本『新說西遊記圖像』, 新華書店(北京) 影印, 1985.

何滿子,「前言」(1987),『西遊記』, 岳麓書社(長沙), 1997 發行本 收錄.

胡適(1921),「西遊記考證」, 吉林文史出版社, 1995 發行『西遊記』收錄.

黃永年,「前言」(1990), 黃周星 註解本『西遊證道書』, 北京中華書局, 1993 發行本 收錄.

현장법사 천축 여행 개념도—천축 순방로와 귀국로

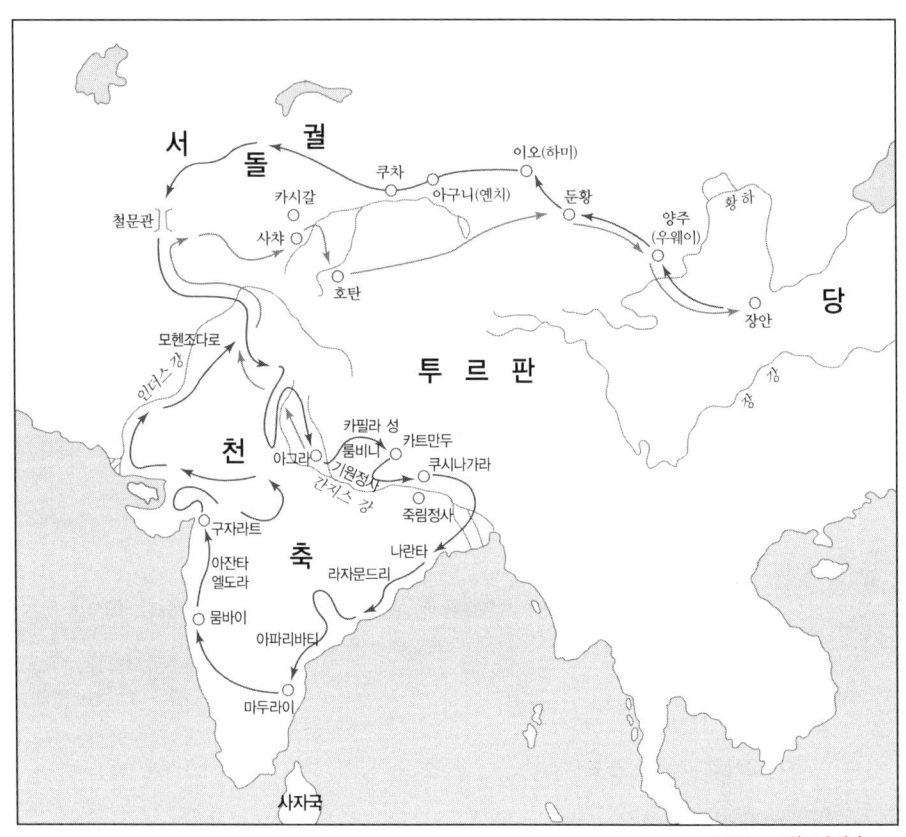

■ 부록

역사 속의 현장 법사
―『서유기』의 발자취를 따라서

 이 자료는 소설『서유기』의 역사적 사실의 토대가 되는『대당 자은사 삼장 법사전(大唐慈恩寺三藏法師傳)』(이하『전기』)을 바탕으로 일본의 역사학자 스가와라 아츠시(菅原 篤) 교수가 1980년대 초에 현장 법사의 여행로(旅行路)를 직접 답사하고 쓴『서유기의 발자취를 따라서』(양기봉〔楊氣峯〕옮김, 보림사 발행, 1987)를 옮긴이의 양해를 얻어 발췌 요약한 것으로서, 일부 자료를 보태 재구성하여 참고 지도와 함께 대산문화재단에 제출한 것이다. (옮긴이)

1. 탄생과 성장

 진현장(陳玄奘)은 통칭 삼장 법사, 당나라 때의 고승이며 불교 학자, 위대한 여행가로서, 인도 출신의 쿠마라지바(鳩摩羅什, 343~413) · 파라마르타(眞諦)와 더불어 중국 불교의 3대 번역가 중 하나요, 유식종(唯識宗)을 창시한 사람이다. 속명은 진위(陳褘), 수(隋)나라 문제(文帝) 인수(仁壽) 2년(602), 지금의 허난 성(河南省) 옌스 현(偃師縣)에 해당하는 진류현(陳留縣) 구씨진(緱氏鎭)에서 태어났다.

훗날 제자들이 지은 『전기』에 따르면, 그의 모습은 키가 7척 남짓(2미터)에 살갗은 희고 조금 불그스레하며, 눈썹은 짙지 않으나 표정이 명랑했다. 그 차분한 태도는 마치 조각상을 대하는 듯한데, 목소리는 누구에게나 호감을 주었다고 했다. 그의 아버지 진혜(陳慧)는 "성품이 우아하고 고결한 지조(志操)를 지닌 선비로서, 젊은 나이 때부터 경전과 학술에 달통하였으면서도 소박한 은둔자의 삶을 즐겨 벼슬길에 영달할 뜻을 두지 않았으며, 당시 수나라 정치가 날로 쇠미(衰微)해지는 것을 보고 끝내 마음을 가라앉혀 학업에 몰두하였다"고 한다. 그의 둘째 형 진장첩(陳長捷) 역시 내성적인 기질로 학문을 즐겼는데, 청년 시절에 일찍 불문(佛門)에 투신하여 승려가 되었다. 그는 특히 『섭대승론(攝大乘論)』, 『열반경(涅槃經)』, 『아비담(阿毗曇)』에 정통하였을 뿐만 아니라, 유교의 경전을 두루 익히고 더구나 노장 사상(老莊思想)에 통달하여 3교(三敎)를 원만히 융화시킬 만큼 수준 높은 학승(學僧)이었다. 이러한 명문 세가의 가풍이 어릴 적부터 진현장의 정신 세계에 학문적 영향을 끼쳤던 것이다.

『전기』에 따르면, 그가 천축 구도행에 뜻을 둔 것은 태어날 때부터 이미 다음과 같이 예언된 조짐으로 나타나고 있었다. 즉 진현장이 태어날 무렵, 그의 어머니가 꿈을 꾸었는데, 그가 흰 옷을 입고 서쪽으로 떠나가기에, "너는 내 아들인데 지금 어디로 가느냐?" 하고 물었더니, 그의 대답이 "부처님의 법을 구하러 떠나는 길입니다" 하였다는 것이다. 이것이 곧 서천 구도행의 예언이 되었으며, 훗날 소설 『서유기』 중에서 "부처님의 둘째 제자 금선자(金蟬子)의 화신"이 된 유래로 자리매김을 하게 되었던 것이다.

여하튼 그는 8세 때 아버지에게서 처음 『효경(孝經)』을 배우고, 11세 되던 해에 둘째 형인 출가승 진장첩을 따라 낙양(洛陽)으로 가서 『법화경(法華經)』과 『유마경(維摩經)』의 묘리를 터득했다. 낙양은 그가 탄생한 옌스 현에서 황하 지류인 낙수(洛水)의 뱃길로 40킬로미터 떨어진 곳에 있는 도시로, 오래전부터 인도의 학자와 고승·의사·천문학자, 그리고 중앙 아시아와 인도 북방에서 많은 상인들이 진출하여, 학문과 경제의 중심지로 손꼽히던 국제 도시였다. 한나라 때의 명의 화타(華陀)도 낙양 출신이며, 남북조 시대에는 삼론학(三論學)을 꽃피운 고구려의 승랑(僧郎)이, 수나라 때에는 신라의 원광(圓光)·지명(智明)·담육(曇育)과 같은 여러 고승들이 유학하던 곳이기도 하다.

　진현장은 12세가 되자, 낙양으로부터 서쪽 360킬로미터 떨어진 장안(長安)으로 옮겨가 장엄사(莊嚴寺)에서 수행을 계속하였다. 당시 장안은 서경(西京)이라 불리던 도시로 서기 618년 당나라 건국 직후에 수도가 된 곳이며, 북쪽에 위수(渭水), 남쪽에 진령산맥(秦嶺山脈)을 낀 요충지였다. 시가지의 규모는 동서 9.7킬로미터, 남북 8.2킬로미터나 되는데, 장엄사는 그중에서도 국제 무역의 중심지가 되는 서시(西市) 부근에 자리잡고 있어서, '호인(胡人)'이라고 불리던 페르시아(이란) 계통의 소그드(粟特)Sogdian 상인과 몽골 계통의 유목민, 인도와 카슈미르 출신의 승려들이 왕래하던 곳이었다. 그리고 신라에서 건너온 무상(無相)·도증(道證)·승장(勝莊)·명랑(明朗)·자장(慈藏)·승전(勝詮)·도의(道義)·범일(梵日)과 같은 수많은 고승들과 대문호 최치원(崔致遠)이 유학하던 곳이기도 하다.

　진씨 두 형제는 진령산맥 너머 한중(漢中)을 거쳐 5백 킬로미터 떨어진 옛날 촉(蜀)나라 수도였던 성도(成都)에 가서, 당시 북인도 건타라(犍陀羅)Gandhara에서 온 고승 세친(世親)Vasubandhu의 유식학(唯識學)을 배우고, 그곳에서 20세가 된 진현장은 계율을 받는 의식을 행한 다음 다시 장안으로 돌아왔다. 그리고 진체(眞諦, 파라마르타)를 통해 세친의 『섭대승론』을 통달하더니, 국내의 저명한 스승을 찾아 묘법의 진리를 터득하려 전국 남북 일대를 두루 헤맸으나, 학설이 분분하게 갈라져 정론(定論)을 구하기 어렵다는 것을 깨닫고, 27세 되던 해에 마침내 천축(天竺) 구도행(求道行)을 결심하기에 이르렀다.

2. 인도를 향하여 출발하다

지금으로부터 1천 3백여 년 전, 장거리 여행을 하는 승려들의 차림새는 어떠했을까? 소설 『서유기』에서는 저팔계와 사화상이 지고 가는 모습을 이해하기 쉽게 '짐보따리'로 번역했으나, 당시 중국 승려들이 흔히 사용하던 것은 책상지게 타입의 여행용 짐 상자였다. 위쪽은 기름종이와 댓가지로 엮어 만들어 비와 햇볕을 막는 삿갓 구실을 하도록 구부정하게 꺾인 형태의 지게에 휴대 물품을 얹어서 묶은 장비가 그것이었다.

승려들의 여행용 물품과 화폐는 대략 이러했다. 무명으로 지은 평상복과 승복, 가죽신, 말려서 뭉친 주먹밥과 보릿가루, 말린 과일, 소금 따위의 휴대용 식품, 표주박에 담은 물, 불씨를 일으킬 부싯돌과 약쑥, 기름에 절인 종이[油紙]로 두껍게 만든 비옷, 무명 수건, 비상약으로 복통에 쓸 환약, 두루마리 경전, 향과 염주, 붓과 종이 등 필기 도구, 그림 지도와 소개장, 여비로 쓸 돈으로는 당시 화폐로 통용되던 은덩이나 동전은 무게가 나가기 때문에, 가벼운 명주실이나 명주 천과 같은 비단으로 대용했다.

여하튼 당태종 정관(貞觀) 3년(629), 일설에는 정관 원년(626)이라고도 하는 그해 음력 추8월, 진현장은 때마침 진주(秦州) 고향으로 돌아가는 승려 효달(孝達)과 함께 장안 도성을 출발하여, 위수 건너 함양(咸陽)에 도착한 후, 단신으로 진주 남쪽 45킬로미터 지점에 있는 맥적산(麥積山) 석굴사(石窟寺)를 거쳐, 위수 북방 이른바 '하서회랑(河西回廊)'의 시발점이 되는 난주(蘭州)를 향하여 떠나갔다. 난주로 말하자면 백탑산(白塔山) 일대를 중심으로 당시에 닝샤 성(寧夏省) 서북부의 이슬람교도 회족(回族)들이 주로 거주하던 중심지였다. 난주로 길을 잡으려면 황하를 건너야 했다. 진현장은 일단 황하를 건넌 다음, 병령산(炳靈山) 석굴을 거쳐 드디어 '하서회랑'에 접어들었다.

병령산 석굴에는 5세기부터 11세기에 이르기까지 세워진 사원만도 190개소가 있었다. 제7호 석굴 암벽에서는 진현장보다 230년 넘게 앞서 인도에 다녀왔던 법현(法顯)의 필적이 발견되기도 하였다. '하서회랑'이라면 황하 서쪽으로 너비 1백 킬로미터의 폭이 좁고 길이는 1천 2백 킬로미터나 길게 뻗어나간 풍요로운 지대였다. 그 남쪽은 다시 산악 지대로, 만년설을 산머리에 인 정상에서 무려 3천여 줄기나 되는 빙하가 흘러내리는 기련산맥(祁連山脈)이 치닫는가 하면, 그 북쪽에는 퉁구리 사막과 반당기리 사막이 모래 바다를 이루고 있었다. 표고 5천 미터 이상 되는 고산 지대에서 흘러내린 빙하의 지하수가 사막 곳곳마다 오아시스를 이루고, 동서 무역의 코스로 알려진 '실크로드 Silk road', 즉 19세기 독일의 지리학자 리히트호펜이 처음으로 이름 붙인 '비단길'은 바로 이렇게 점철된 오아시스 선상에 연결되어 있었다.

그는 난주를 거쳐 당시 중국 서부 지역 방어를 전담하던 하서절도사(河西節度使)의 거점 양주(涼州)에 도착하여, 소그드 상인에게 서역 지방의 여행로와 풍물에 관한 지식을 습득하기 시작했다. 양주는 지금의 우웨이 현(武威縣)에 해당하는 지역으로, 한무제(漢武帝) 때의 명장 곽거병(霍去病)이 기원전 123년에 흉노족(匈奴族)을 격파하고 당시 대완마

(大宛馬)로 불리던 페르가나종과 우루쑨(烏孫)종을 교배시켜 명마를 길러낸 저명한 산지로서, 그중 '산단(山丹)'의 방목장은 그로부터 2천 년이 지난 오늘날까지도 경영되는 유서 깊은 목장이다.

진현장이 도착할 무렵의 양주는 매우 번창한 상업 도시로서, 중국 본토 상인들뿐만 아니라 멀리 티베트나 서방의 여러 나라에서 상인들이 끊임없이 몰려들어 대성황을 이루고 있었다. 그중에서도 양주 서쪽 3천 5백여 킬로미터 떨어진, 현재 우즈베키스탄 공화국에 속하는 사마르칸트 일대의 소그드 상인들이 이주해와서 향료와 유리 제품, 양탄자, 보석 공예품과 같은 고가품의 무역 시장을 독점하여 주인 노릇을 하고 있었다. 소그드인은 상업뿐만 아니라 서역 일대 유목민 왕국의 정치 고문 역할과 조로아스터의 배화교(拜火敎), 불교의 저명한 종교가를 다수 배출한 종족이기도 하였다.

이 무렵 당나라 조정에서는 진현장이 당국의 금령(禁令)을 어기고 천축 여행길에 올랐다는 소식을 듣자, 하서 지역 일대에 출국 금지령을 하달하고 그의 탈출을 저지하도록 엄명을 내려놓은 상태였다. 이 소식을 전해 들은 진현장은 그 일대의 명망 높은 승려 혜위 법사(惠威法師)의 도움을 받아 혜림(惠琳)과 도정(道整) 두 안내자를 얻어 양주를 무난히 탈출할 수 있었다.

양주성을 벗어난 이들 세 사람은 표고 5254미터에 달하는 냉룡령(冷龍嶺)을 넘어선 다음, 기온이 무려 섭씨 30도나 되는 혹서를 무릅쓰고 반사막 지대를 서진(西進)한 끝에 감주(甘州, 지금의 장예〔張掖〕)를 거쳐 마침내 '하서회랑'의 종착지 숙주(肅州)에 도착했다. 숙주는 지금의 간쑤 성(甘肅省) 쥬취엔 현(酒泉縣)에 해당하는 지역인데, 난주로부터 약 8백 킬로미터 떨어진 곳에 자리잡고 있다. 성내에 들어서면 북을 매단 고루(鼓樓)에 "북으로는 사막에 통하고, 남으로는 기련산맥에 통하며, 동쪽으로는 화악(華岳)을 마주하고, 서쪽으로는 이오국(伊吾國)에 달한다"는 현판이 내걸려 있고, 오늘날 조성된 공원 연못가에는 기원전 1세기 서한(西漢)의 명장 이광리(李廣利)가 주천 전투에서 대승을 거둔 사적(史蹟)을 새긴 전적비(戰績碑)가 세워져 있다.

숙주 곧 쥬취엔을 떠나 서쪽으로 향한 진현장 일행은 북쪽 사막에서 흘러오는 북대하(北大河)를 건너 그 상류인 에치나 강을 20킬로미터쯤 더 나아간 다음, 만리장성(萬里長城)의 서쪽 끝 관문인 가욕관(嘉峪關)을 통과하여 과주(瓜州)에 도착했다. '참외의 고장'이란 뜻의 과주는 당나라 때 여러 변방 종족들을 통할하던 안서도호부(安西都護府) 경내에 속하는데, 그 북쪽으로 50리(20킬로미터)쯤 되는 곳에 코로 강(疏勒河)이 흐르고 있었다. 그러나 이 강 하류는 폭이 너르고 물살이 급류이므로, 현장 일행은 상류 쪽 옥문관(玉門關)으로 나아갔다. 옥문관이라면, 당나라 영토의 서쪽 끝에 해당하는 지역으로, 국경 수비군의 봉수대(烽燧臺) 다섯 군데가 1백 리 간격으로 세워지고 그 사이에는 물과 풀이 전혀 없는 황무지였으며, 봉수대 다섯 군데의 서쪽 전방이 바로 공포의 대사막 지대인 막하연적(莫賀延磧), 그리고 그 사막이 곧 이오국으로 진입하는 통로였던 것이다. 다시 말해서, 과주 서쪽은 고비 사막(戈壁灘)의 돌자갈밭 지대로서, 큰 바람목이란 뜻의 노풍구(老風口)가 37개소, 그리고 가욕관 서쪽에서 코쵸국(高昌國)의 무더위, 이오국(哈密, 하미)의 추위와 더불어 '삼절(三絶)'의 하나로 이름난 과주의 뜨거운 모래 폭풍이 휘몰아치는 지역이었다.

막하연적, 즉 고비 사막을 눈앞에 두고 진현장은 난관에 봉착했다. 양주에서부터 몰고 오던 말이 주저앉은데다, 동행하던 안내자 도정 스님이 갑자기 사주(沙州, 둔황)에 가야 할 일이 생겼다면서 도망치듯 떠나버리고, 게다가 남아 있던 혜림 스님마저 덜컥 병들어 쓰러져버린 것이다. 더구나 급박한 것은, 양주에서 과주로 보내는 공문을 지니고 현장의 뒤를 쫓아온 관리가 있었는데, 그 공문에는 "현장이란 승려가 지금 천축으로 가는 중인데, 출국이 금지되어 있으므로 엄중한 감시를 바란다"는 내용이었던 것이다. 그러나 진현장은 독실한 불교 신도였던 과주의 주장관(州長官) 이창(李昌)이 묵인해준 덕분으로, 말을 한 필 사서 끌고 무난히 과주를 벗어날 수 있게 되었다.

뜨겁게 달아오른 돌자갈밭, 눈도 못 뜨고 숨도 막힐 듯이 모래 폭풍이 휘몰아치는 사막에 안내자 하나 없이 홀몸으로 들어서려는 그에게 뜻밖의 구원자가 한 사람 나타났다. 과주를 떠나기 전날, 석반타(石槃陀)라는 이국 사내가 찾아와서 제자가 될 것을 자청하고 함께 떠나기로 약속한 것이다. 그는 이란 혈통의 소그드인 출신으로, '석(石)'이란 성씨도 그들의 고향인 타슈켄트 '샤슈'의 지명을 중국어로 발음한 것이었다. 진현장은 그를 부처님의 인연으로 만나게 되었음을 생각하고, 수계(受戒)를 베풀어주고 제자로 받아들였다. 제자가 된 석반타는 스승에게 "옥문관과 다섯 봉수대를 무사히 통과할 수 있게 해주겠노라"고 장담했다. 이윽고 두 사람은 코로 강변 옥문관 성벽 밑을 빠져나간 다음, 석반타가 오동나무 숲에서 나무를 베어다 코로 강에 다리를 걸쳐놓고 마필과 함께 수월하게 건너갔다.

그러나 든든한 동반자를 얻었다는 기쁨도 한때였을 뿐, 너르디너른 사막 지대에 들어선 진현장은 제자와 함께 모래 바닥에 지친 몸을 나란히 뉘고 노숙하던 중, 잠결에 석반타가 칼을 뽑아들고 일어나서 자기를 죽이려는 낌새를 챘다. 두려움에 질려 비몽사몽간에 '나무아미타불'을 외자, 석반타는 무슨 생각에서였는지 살의(殺意)를 거두고 다시 잠자리로 돌아갔다. 이튿날 먼동이 틀 무렵, 아침식사를 마치고 났을 때, 석반타는 스승에게 "이제부터 앞길은 험난하고 물 한 방울, 풀 한 포기도 없다, 물이라곤 다섯 봉수대 밑에만 있을 뿐이므로 수비대 병사들의 눈을 피해 물을 길어올 자신이 없다. 그러니 생각을 바꾸어 되돌아가는 것이 좋겠다"고 애원했다. 진현장은 그 요구를 못 들은 척하고 계속 전진했다. 거친 자갈 반사막 지대를 2킬로미터쯤 나아갔을 때, 석반타는 드디어 본색을 드러내고 전진을 거부했다. 이리하여 진현장은 모처럼 얻은 제자 석반타와 헤어져 혈혈단신으로 사막 여행을 계속하게 되었던 것이다.

    혼자 몸으로 외톨이가 되어 말 한 필 끌고 막하연적에 들어선 그는 무더위와 모래 폭풍을 무릅쓰고 계속 서쪽을 바라고 나아갔다. 구름 한 점 없이 맑게 갠 하늘을 바라보고 있노라면 순식간에 칠흑 같은 어둠이 밀어닥치고, 눈코 뜰 새 없이 사납게 불어대는 열풍(熱風)의 울음소리가 귀청을 찢었다. 사막 천지에는 이따금씩 모래 바닥에 나뒹구는 말똥이나 낙타의 죽은 뼈다귀가 길을 암시해줄 따름이요, 아득한 지평선 일대에 가물가물 불꽃이 타오르면서 흔들거리는가 하면, 수백 명의 기병들이 말발굽 소리도 요란하게 행진하는 모습도 나타났다. 손에손에 붉은 깃발, 금빛 창칼을 번뜩이면서 모여들었다가는 흩어지고, 나타났다가는 사라지면서 진현장의 주변까지 달려들어 기괴한 함성을 지르는가 하면 이내 꿈결같이 사라지곤 했다. 그는 사막의 도적떼가 아니면 요괴나 마귀들이라고 생각했다. 적막과 외로움 속에 모든 감각이 마비되고 차츰 환각에 빠져들게 되자, 그는 자기도 모르는 사이에 합장하고 「반야심경」을 외쳐 부르기 시작했다. 그럴 때마다 허공에서 "현장아, 두려워하지 말라! 두려워하지 말라!"는 소리가 들려왔다. 진현장은 그 소리를 관세음보살이 격려해주는 말씀으로 알아들었다.

    이렇듯 밤낮으로 신기루(蜃氣樓)와 환상(幻想)에 시달리고 「반야심경」을 외는 일이 거듭되는 가운데 40킬로미터쯤 나아가자, 드디어 제1

봉수대 부근에 도착할 수 있었다. 한나라 때부터 설치된 봉수대는 에치나 강변에서 발생한 사건을 1천 7백 킬로미터 떨어진 도성 장안까지 불과 이틀 반 만에 통보할 수 있는 효과적인 통신 제도였다. 파발마(擺撥馬)를 타고 치닫는다 해도 최소한 엿새가 걸리는 거리를, 낮에는 연기로, 밤에는 불꽃으로 연결해 그처럼 신속하게 국경 소식을 전달할 수 있었던 것이다. 봉수대에는 한곳마다 보통 네 명에서 많게는 열 명의 수비대 병사가 주둔해 있으면서 국경 밖 외부 종족의 침입과 내국인 탈출을 감시하였는데, 봉수대 주변의 모래 바닥을 고르게 정지(整地)해두어 거기에 찍힌 발자국으로 야간에 출몰하는 사람의 수와 신원을 탐색하기도 했다. 이런 시설을 '천전(天田)'이라고 불렀다.

진현장은 봉수대 바로 곁 오아시스 샘물에서 식수를 담으려다 발각되어 수비대에 끌려들어갔으나, 사람 좋은 지휘관의 호의로 풀려났을 뿐 아니라, 음료수와 볶은 보릿가루마저 얻어 가지고 떠날 수 있었다. 제1봉수대 지휘(指揮) 왕상(王祥)은 4킬로미터나 되는 거리를 호위 전송해주면서, 곧장 **제4봉수대**로 갈 길을 일러주기까지 했다. 제4봉수대에 도착하자, 그는 또다시 수비병에게 사로잡혀 제4봉수대 지휘관 앞에 끌려갔으나, 그곳의 지휘 왕백롱(王伯隴) 역시 왕상의 친척으로 진현장에게 호의를 베풀어 석방하고 물과 말 먹이를 주면서 경계가 삼엄한 제5봉수대를 멀리 돌아가도록 조언해주었다.

이리하여 진현장은 제5봉수대를 피해 멀리 서북쪽으로 망망한 사막 지대에 접어들었다. 돌자갈밭투성이의 지면은 차츰 모래 바닥으로 바뀌고 다시 보드라운 모래 지대가 시작되면서, 바람이 불어닥칠 때마다 휘말려 오른 모래가 지면 위로 흘러가는 현상이 나타났다. 그것이 곧 '모래의 강' 유사하(流沙河)의 시작이었다. 그리고 이 유사하는 이오국에 이르기까지 8백 리(약 3백20킬로미터)나 계속되었던 것이다. 진현장은 이처럼 모래가 흘러 이동하는 대지를 바라보면서 한동안 넋을 잃었다. 그는 이렇게 기록하였다.

"공중에 나는 새도 없고, 지상에는 뛰는 짐승도 없다. 물도 풀도 없고, 있는 것이라곤 오직 하나, 외로운 내 그림자뿐이다······."

제4봉수대 왕지휘가 말해준 샘을 찾아보았으나, 있을 성싶은 풀밭도 보이지 않았다. 말안장에 걸쳐두었던 가죽 자루를 꺼내어 물을 마시려다가 그만 손길이 삐끗 미끄러지면서 모래 바닥에 떨어뜨리고 말았다. 쏟아져 나온 물은 삽시간에 모래 바닥 속으로 빨려들어가고, 그는 우두커니 서서 촉촉하게 젖은 모래나 바라볼 수밖에 없었다. 목숨줄로 여겼던 물이 없어졌구나 생각하니, 마음은 걷잡을 수 없이 흔들리고 초조감이 엄습하면서, 그는 절망에 빠져든 채 마음을 가누지 못하고 그 자리에 털썩 주저앉고 말았다. 머리가 띵하고 아프기 시작하더니 곧이어 수십 개의 바늘로 푹푹 찌르는 듯한 통증이 일어났다. 안장에 올라탈 기력조차 없어 고삐를 잡은 채 사막을 빙빙 돌기만 했다. 밤이 되자, 여기저기서 흰빛 푸른빛이 요사스럽게 타오르면서 이따금씩 유성처럼 이리저리 난무했다. 모두가 환각이었다.

다시 해가 떠오르자 이번에는 전보다 더 맹렬한 모래 폭풍이 엄습해왔다. 불길처럼 뜨거운 열풍에 섞여 모래알이 온 몸뚱이를 후려쳤다. 현장과 붉은 말은 모래 바닥에 엎드려서 담요를 뒤집어쓴 채 숨도 제대로 내쉬지 못했다. 진현장보다 230년 앞서 이곳을 거쳐간 법현 스님도 이런 기록을 남겨두었다.

"······열풍이 휘몰아쳐왔다. 사람도 말도 정신이 없었다. 마치 병자처럼 비실비실해졌다. 귓전에서 노랫소리 같기도 하고 부르짖는 비명과도 같은 소리가 들렸다. 그만 어디 와 있는지조차 모르게 되었다. 점점 몸이 수척해졌다. 아마도 사막에 사는 악귀가 그렇게 만들었을 것이다……."

『전기』의 기록을 요약하면, 그 정경은 이렇게 묘사할 수 있을 것이다.

　미친 듯이 날뛰던 바람은 지나갔다. 휘청거리며 일어섰으나 목은 칼칼하게 메말라붙고 입을 벌릴 수조차 없을 정도로 지쳐버렸다. 쏟아지는 강렬한 햇빛과 달아오른 철판 위를 내딛는 듯한 뜨거운 모래의 반사열 때문에, 이젠 한 발짝도 내디딜 수 없게 되었다. 남아 있는 것이라곤 정신적 기력뿐이었다. 이렇듯 나흘 밤과 닷새 낮을 물 한 방울도 구경하지 못했다. 호흡이 거칠어지고 두 눈이 흐려졌다. 모래에 발목을 파묻혀 모래 바닥에 쓰러졌다. "관세음보살……! 관세음보살……!" 헛소리인지 잠꼬대인지 수도 없이 외쳐 부르면서 기원을 드렸다. 이 여행은 명예로운 지위나 돈벌이, 또는 이름을 드날리기 위해서가 아닙니다. 오로지 세상에서 고통에 빠져 헤매는 불쌍한 중생에게 부처님의 가르침을 전해주어, 편안한 마음이 될 수 있게 해주기 위해서입니다! 부디 이 고난에서 구해주십시오……! 이렇듯 마지막 소원을 빌고 나면 의식이 또 조금씩 회복되기도 하였다.

　꼬박 닷새째 되던 날 밤중이었다. 갑자기 시원한 바람이 불어와 온몸을 감싸주더니, 꿈결인 듯 생시인 듯 눈앞에 키가 크고 창을 짚은 신장(神將) 하나가 나타났다. "자, 일어나 어서 가거라!" 하는 목소리가 들려오기도 했다. 가까스로 고삐에 매달리자, 말은 터벅터벅 걷기 시작하고, 그는 말에게 이끌려가는 자세로 모래 위를 걸어 나아갔다. 얼마쯤 나아갔을까, 이제까지 맡아보지 못하던 싱그러운 풀냄새가 밤바람결에 실려왔다. 별빛에 자세히 살펴보니 작은 초원 지대가 펼쳐져 있고 그 한복판에 희끄무레하게 비치는 수면(水面)이 나타났다. 오아시스였다. 그

현장법사 여행로 1 — 장안에서 이오국까지

는 앞으로 넘어지듯 허우적허우적 다가가서 물속에 손을 담갔다. "관세음보살!"을 외치면서 정신없이 얼굴에 물을 끼얹었고, 입에 물이 들어가기 시작하니 끝이 없었다…….

진현장은 그 풀밭에서 하루 온종일 쉰 다음, 다시 서북쪽으로 길을 잡아 출발했다. 이틀쯤 더 나아갔더니 사막의 모래는 자갈로 바뀌기 시작하고, 조금 더 갔더니 저 멀리 파란 오아시스 풍경이 나타났다. 신기루 현상이 아니었다. 거기서부터 이미 이오국(伊吾國) 경내에 들어서는 것이다.

3. 서역 땅에 들어서다

이오국은 일명 이주(伊州), 지금의 신장 위구르 자치구(新疆維吾爾自治區) 하미 시(哈密市) 동남방 약 60킬로미터 밖 사막 지대에 있던 도성의 유적지로 추정된다. 현지 위구르인들은 그 폐허를 지금도 '라크차루크', 즉 "네 개의 감시대가 있는 고성(孤城)"이라고 부른다.

성내에 들어간 진현장은 곧바로 사원을 찾아 투숙했다. 피로에 지친 몸을 회복시키고 있는 동안, 그 소문이 퍼지면서 소그드인과 티베트인 승려들이 찾아와 가르침을 청하였다. 설법 내용이 일찍이 이오국에서는 듣지 못한 것이었기 때문에, 진현장은 마침내 왕궁의 초청을 받게 되었다.

때마침 왕궁에는 서쪽 이웃 나라 코쵸국(高昌國) 사절단 일행이 와 있어서 자연스럽게 그들을 만날 수 있었다. 코쵸국 사신은 진현장의 고상한 모습을 보고 자기 나라로 초청했다. 현장은 당초 코쵸국을 거치지 않고 북부 초원 지대를 거쳐 서쪽으로 인도에 들어갈 계획이었으므로 그 초청을 거절하였으나, 사신은 급히 귀국하여 국왕에게 보고하고, 코쵸국 임금은 천마(天馬)와 같은 최고의 명마 수십 필을 붙인 사절단을 파견하여 정식으로 초청하였으므로, 그 역시 거절하지 못하고 받아들여 사절단을 따라 이오국을 떠났다.

사절단 일행은 돌투성이의 사막 남적(南磧)으로 들어섰다. 잿빛 일색의 돌자갈밭 길이 계속되었다. 그 일대는 5월부터 9월 중순까지 한낮 오후 3시 무렵이면 치열한 광풍이 휘몰아치는 '풍고비(風戈壁)', 즉 '바람의 사막'을 만나게 되어, 일행은 날마다 두 시간씩 행군을 중단하지 않을 수 없었다. 그리고 6일째 되는 날에야 코쵸의 접경 오아시스 백력성(白力城), 곧 지금의 피잔(鬪展)Pizhan에 도착할 수 있었다.

그로부터 다시 끝이 없을 것만 같은 지루한 내리막길을 따라 하염없이 가다 보니, 이윽고 바위산에 둘러싸인 광활한 분지에 코쵸국 도성이 나타났다. 성문이 활짝 열리고 화톳불이 좌우로 환하게 밝혀진 가운데 금빛 찬란한 당나라풍의 옷을 입은 국왕이 손을 내밀고 기다리고 있었다. 코쵸국 왕 국문태(麴文泰)였다. 그는 현장 법사의 이름을 듣고부터 침식(寢食)을 잊은 채 왕비와 함께 경전(經典)을 읊으며 기다렸노라고 하며 정중히 맞아들였다. 왕비 화용공주(華容公主)는 본디 중국의 왕족으로서 장안 출신이었다. 이리하여 진현장은 국왕 내외의 극진한 대접을 받으며 한동안 코쵸국 왕궁에 머무르게 되었다.

코쵸국(高昌國)은 5세기 초엽 중국 난주(蘭州)의 호족(豪族) 세력이 투르판(吐魯番) 분지(盆地)로 옮겨가 건국한 나라였다. 6세기 무렵에 코쵸국은 서돌궐(西突厥), 즉 서부 투르키스탄 왕국과 인척 관계를 맺고, 당나라 관제(官制)를 도입하였으면서도 그 풍속은 서역 제국(諸國)의 관습을 따르고 있었다. 투르판 분지는 현재 신장성 위구르 자치구 투르판 현에 해당하는 지역으로, 면적이 동서 120킬로미터, 남북 60킬로미터, 약 7천 2백 제곱킬로미터쯤 되는 타원형 분지인데, 둘레가 표고 2천미터 전후의 암벽 산악 지대로 구성되었다. 아이딘 호수 주변은 해수면(海水面)보다 154미터나 낮은 곳에 위치하며, 연간 강우량은 지금도 평균 20~30밀리미터, 기온은 섭씨 45도, 습도 11퍼센트, 바람은 1, 지면 온도가 섭씨 60도 이상으로, 예부터 '화주(火州)'라고 일컫는 불같이 무더운 고장이었다.

소설 『서유기』에 나오는 화염산(火燄山)이 바로 투르판 분지 북방, 표고 8백 미터가량 되는 붉은 바위산으로서, 절벽 표면이 무서운 모래폭풍과 불길처럼 뜨거운 열풍에 침식(侵蝕)당해 이루어진 암벽인데, 마치 거대한 촛불이 수평으로 퍼져나가는 듯한 형태를 보이고 있었다. 불볕 무더운 한나절에 돌자갈밭 사막이 달아올라 피어오르는 아지랑이를 통해 붉은 불꽃 형태의 산허리를 바라보면, 거대한 불바다가 산악 전체를 감싸고 타오르는 듯한 인상을 주었다.

투르판의 명산물은 솜털이 긴 목화(木花)와 꿀참외, 씨 없는 포도 17종이다. 위구르인은 바로 이 투르판에 거주하는 대표적 주민으로서 원래 터키 혈통의 유목민이었다. 이들을 중국어로 '회골인(回鶻人)'이라 부르게 된 것은 "매처럼 빠른 족속"이란 뜻에서였다. 이슬람교를 '회교(回敎)' 또는 '회회교(回回敎)'라고 부르는 연유도 이 '회골'에서 따온 말이다. 1천 2백 년 전의 코쵸국 귀족 무덤에서 말린 매실, 건포도, 말린 멜론, 검정콩, 보리, 그리고 둥글넓적한 빵 종류인 '난'과 중국식 만두의 일종인 '완탄(混沌)'과 교자(餃子), 꽃무늬 비스킷과 같은 건조 식품이 유물로 발견되었는데, 이것들은 모두가 그 당시 진현장도 먹고 휴대하였을 법한 식품 종류들이었다.

진현장은 코쵸국 왕국에서 융숭한 대접을 받으며 편안히 휴식을 취할 수 있었다. 이렇듯 열흘쯤 지나서 그는 다시 천축으로 떠날 마음에 국왕에게 하직 인사를 올렸다. 그러자 국왕은 여행을 단념하도록 권유하면서 그를 감금하다시피 억류한 상태에서 더 한층 극진히 대접했다. 심지어는 진현장의 밥상을 손수 가져다 바치고 시중을 들 정도였다. 그러나 천축 구도행의 뜻을 굽히지 않는 진현장도 단식으로 맞섰다. 이렇듯 사흘 밤낮을 물 한 모금 마시지 않고 버티자, 국왕은 할 수 없이 눈물을 흘리며 고집을 꺾었다. 그리고 여행 준비를 할 동안에 『인왕반야경』을 강론해줄 것을 간청했다. 그 정성에 감복한 진현장은 그 요구마저 거절할 수 없어 출발을 1개월간 늦추기로 약속했다. 국왕은 궁전 광장에 3천 명을 수용할 만한 큰 천막에 법단을 설치하게 하고, 진현장을 법단에 모실 때 국왕 스스로 두 손과 무릎을 땅에 짚고 꿇어 엎드려 진현장이 자신의 등을 딛고 오르게 하였다. 그것은 『본생경(本生經)』에 나오는 고사, 즉 과거세의 석가여래가 수메다(善慧)라는 소년 시절, 부처님이 진흙 땅을 지나갈 때 옷과 머리털을 땅바닥에 깔아서 밟고 걸어가게 해드린 고사를 그대로 실천해 보인 것이다. 그리고 코쵸국 왕 국문태는 진현장과 의형제를 맺었다.

이렇게 해서 약속한 출발 날짜가 다가오는 동안, 그는 진현장에게 어마어마한 선물을 준비해놓았다. 소사미(少沙彌) 4명, 시종 25명, 천축 왕복 여행비로 황금 1백 냥과 은화 3만 냥, 비단 5백 필, 법복 30벌, 모래와 얼기를 막는 마스크용 면사포, 방한용 장갑, 신발과 양말 종류, 말 30필, 그리고 통과할 24개국 임금에게 보내는 소개장과 예물, 특히 국왕의 인척 되는 서돌궐(서부 투르키스탄) 국왕에게 보내는 예물로 비단 5백 필과 특산물 과일 두 수레 분량이 그것들이었다. 소개장에는 이런 내용이 적혀 있었다.

"현장 법사는 내 아우입니다. 지금 부처님을 찾아뵈오려 바라문국(인도)에 가는 길입니다. 대왕이시여, 부디 나를 대하듯이 현장 법사를 대해주시기 바랍니다."

진현장이 떠나는 날, 코쵸국 도성은 배웅 나온 인파로 들끓었다. 국왕은 스스로 일행보다 앞장서서 20여 킬로미터나 전송을 나갔다. 진현장은 그 정성에 가슴 벅찬 감동을 받으면서 국왕과 아쉬운 작별을 나누고 발길을 돌렸다.

4. 서쪽으로 천산남로(天山南路)를 넘어가다

도성을 벗어나면 또다시 돌자갈밭 사막 지대, 군데군데 목화밭과 살구나무 과수원, 포플러나무 숲이 겹겹으로 둘러싸서 바람과 모래, 무더위를 막아주었으나, 워낙 바람이 강하게 불어 주먹보다 더 큰 돌을 날려보내는 '센 바람 길목〔老風口〕' '바람 창고〔風庫〕'가 곳곳마다 도사리고 있었다.

투르판 분지를 벗어나자, 서북 방면으로 만년설에 뒤덮인 천산산맥(天山山脈)이 나타났다. 진현장 일행은 은산(銀山)의 어느 산중에서 도적떼를 만나기도 했으나 무사히 아구니국(언기국〔焉耆國〕)에 들어설 수 있었다. 이 나라는 진현장이 오기보다 6백 년이나 앞섰던 옛날, 한나라 군대가 침입하여 둔전병(屯田兵)으로 머물면서 수수와 보리를 심고 살았다 하는데, 지금의 옌치 회족(焉耆回族) 자치현에 해당하는 곳이다.

아구니 국왕은 이란 혈통의 종족 출신이므로, 이웃한 중국 출신의 코쵸국 왕과 늘 감정적 마찰이 끊이지 않았다. 그래서 진현장 일행은 아구니국에서 하룻밤밖에 묵지 않고 그대로 통과했다. 그들은 오른쪽으로 만년설을 머리에 인 천산산맥을 바라보면서 평탄한 길을 따라 서쪽으로 나아갔다. 천산산맥은 동쪽 이리(伊犁) 근처로부터 서쪽 파미르 고원에 이르기까지 장장 1천 7백여 킬로미터에 달하는 대산맥이다.

일행은 도중에 샘물이나 지하수가 풍성한 오아시스를 여러 군데 거쳐갔다. 오아시스에는 어디에나 작은 도시가 형성되어 길거리 양편에 진흙과 찰흙으로 지은 점포가 늘어서 있었다. 점포는 찻집과 같은 대상(隊商)들의 휴게소, 마구(馬具) 수리점, 밀가루로 만든 납작 과자 종류의 떡집, 건포도 · 건살구와 껍질이 굳은 견과류(堅果類) 등 말린 과일을 파는 가게, 그리고 연장과 무기, 찻잎과 소금, 향신료와 같은 양념, 의류와 직물을 거래하는 가게들이 즐비했다. 말하자면 소설『서유기』에서 손행자와 저팔계가 양념거리를 사러 헤매던 주자국 도성 내의 장터 거리를 연상하기에 알맞은 곳이었다.

잿빛 돌자갈 사막, 달걀빛 모래 사막, 백색 소금 사막을 거쳐서, 진현장 일행은 코쇼국에서 약 8백 킬로미터 떨어진 쿠차(龜玆)Kucha 왕국에 들어섰다. 갈색 성벽 위에 울긋불긋한 깃발이 나부끼고 활짝 열린 성문 양편에 거대한 불상이 세워진 가운데, 너른 광장 커다란 천막 안에는 갈색과 황색 승복을 걸친 승려 1천여 명이 종과 북을 치며 일행을 맞아들였다. 천막 한복판에는 바퀴가 달린 기단(基壇) 위에 부처님의 입상(立像)이 서 있고, 그 앞에 금실로 수놓은 정장 차림의 국왕과 대승정(大僧正) 모크샤 굽타가 기다리고 있었다. 쿠차는 전통적으로 유서 깊은 불교 왕국이었다. 진현장이 본국에서 학업을 닦을 때 제일 먼저 알았던 학자 이름이 쿠마라지바(Kumarajiva), 우리말로는 구마라습(鳩摩羅什)이 바로 쿠차 왕국 출신이다. 그는 위대한 대사상가로서 현장이 태어나기 2백여 년 전에 중국에 들어가 수많은 산스크리트어 경전을 쿠차어로 번역하고 그것을 다시 한문으로 처음 번역했다. 그가 번역한 『아미타경』과 같은 경전들은 참으로 향기로운 극락정토의 바람이 불어오는 듯 감명을 주어, 당시의 진현장은 물론 오늘날 한국과 일본의 문화인들도 그 번역에 큰 영향을 받을 만큼 뛰어난 필치의 소유자요 대학자였다고 한다.

진현장은 일행과 함께 모크샤 굽타 승정이 거처하는 아쉬차리 사원, 즉 기특사(奇特寺)에서 60일간 머물면서, 쿠차 도성 일대에 산재한 불교 유적을 탐사했다. 그중 하나가 '쿰 트라' 석굴 사원, 쿠차의 옛 성터에서 서쪽으로 약 30킬로미터 떨어진 바위산에 있다. '쿰'은 모래, '투라'는 봉수대를 뜻하며, 2세기 무렵 무자루트 강(사천[蛇川])을 끼고 그 강 건너 세워진 106군데의 석굴 유적이 곧 저 유명한 '천불동(千佛洞)'으로서, 현지어로는 '밍 위'(1천 채의 집)라고 부른다. 진현장이 쿠차를 떠난 지 약 1백 년 후, 신라의 고승 혜초(慧超)가 인도에서 돌아오는 길에 쿰 트라 천불동 석굴에 들렀다는 필적이 남아 있기도 하다. 그리고 또 하나, 무자루트 상류 쪽 염수(鹽水) 골짜기 너머 '키질 쿰'이 본래의 '천불동'으로, 그 석굴 수는 무려 236개소, 돈황(敦煌) 석굴 492개소에 이어 두번째 규모가 되는 유적지가 따로 있었다.

쿠차에서 환대를 받고 두 달 후 다시 출발한 진현장 일행이 천산남로 사막 지대를 거쳐 하루카 성에 근접할 무렵, 표고 6995미터나 되는 '칸 텡그리', 키르기스어로 '정령(精靈)의 대왕'이란 뜻을 지닌 거대한 산악이 나타나 주변 일대를 위압하기 시작했다. 또 그 서쪽에 이따금씩 안개 속에 출몰하는 암벽이 7439미터의 최고봉 '픽 포베다'였다. 그 능선을 따라 현재 중국과 러시아 연방 키르기스스탄의 국경선이 그어져 있다.

하루카 성의 임금은 쿠차국 세력 판도에 들어 있었으므로, 진현장 일행을 후히 대접해주었다. 이제부터 천산산맥을 넘어가야 하므로, 그들은 하루카 성에서 충분한 준비를 갖춘 다음 눈이 녹기 시작할 5월 하순 이른 봄까지 기다려서야 출발했다. 서쪽으로 약 80킬로미터 떨어진 우치투르판 계곡을 거쳐 픽 포베다 고개를 향하여, 일행은 고산 지대에 들어섰다. 해발 2천 미터에 올라서면서부터는 천산(天山)의 삼나무와 '투하'라는 녹색의 침엽수가 우거지고, 다케캄바나무와 눈잣나무 숲이 양탄자처럼 산악 지대 표면을 뒤덮고 있었다. 그러나 3천 미터를 넘어서자 발걸음이 무거워지고 호흡도 거칠어지기 시작했다. 진현장은 그 실상을 다음과 같이 기록했다.

"천산의 산들은 매우 험악하고 하늘까지 닿을 것처럼 높다. 봉우리마다 쌓인 눈은 봄을 지나 여름까지 가도 녹을 줄 모르고, 우러러보면 대빙하(大氷河)가 되어 하늘과 맞닿아 있다. 이것이 무너져 내리면서 산길 양쪽에 1백 척이나 되는 빙벽을 이룬다. 그 때문에 길 없는 길은 울퉁불퉁하고 큰 바위와 눈덩이가 가로막는다. 고개를 몇이나 넘었는지 모른다. 마치 끝없이 큰 파도를 넘는 것 같다. 눈바람은 미친 듯이 불고, 가죽신과 모피 외투를 몇 겹이나 껴입어도 부들부들 떨리기만 한다. 지칠 대로 지쳐 졸음이 와도 잠잘 곳이 없다. 배가 고파도 식사를 할 만큼 마르고 평탄한 장소마저 없다. 이렇게 혹독한 찬 바람이 휘몰아칠 때에는 포악한 용을 만날 수도 있다. 그것을 피하기 위해서는 절대로 붉은 윗도리를 입거나, 표주박을 꺼내거나, 큰 소리로 외치면 안 된다는 말이 있다. 만약 그중 하나라도 어긴다면, 폭풍은 더욱 휘몰아치고 모래와 돌이 비 오듯이 날아온다. 그래서 끝내 절벽 가에서 골짜기 바닥으로 굴러떨어지게 된다고도 한다……"

일행은 4천 미터를 넘어서면서부터 산소 부족으로 말미암아 두통과 구토증에 시달리고, 눈부신 햇볕에 눈이 충혈되기 시작했다. 이윽고 4284미터의 픽 포베다 고개를 넘어선 일행은 쓰러질 듯 비틀거리며 내리막길에 접어들었다. 마침내 장장 1백 킬로미터나 되는 고갯길을 꼬박 7일 만에 넘어선 것이다. 그사이에 얼어죽은 이가 3, 4명, 짐을 실은 야크와 마필은 무수하게 죽어갔다. 다케캄바나무가 우거진 숲을 지나서 내려온 길은 지금의 자루가랑 계곡에 면한 '충구친' 보루, 즉 '붉은 계곡의 성' 근처였던 것으로 추정된다. 그곳은 우루쑨족(烏孫族) 유목민들이 구축한 '여름 성채'로, 말을 놓아기르는 방목장의 일종이었다.

천산산맥을 넘어서 진현장의 눈에 제일 먼저 들어온 풍경은 고원 지대를 질주하는 말떼였다. 일찍이 서돌궐 왕국이 전쟁에 강하고 어느 나라보다 부유한 국가라는 소문을 들었지만, 이제 눈앞에 치닫는 굉장히 크고 씩씩한 말떼를 보는 순간 기마 부대의 강국 서돌궐, 즉 서부 투르키스탄 접경 지대에 들어섰음을 실감할 수 있었던 것이다.

중국 한나라 무제(기원전 140∼88)는 우루쑨 왕국에서 준마 1천 필을 조공으로 바쳐오자, 그 서부 지역 대완국(大宛國, 지금의 러시아 연방 남부 페르가나 일대)에 더 훌륭한 명마가 산출된다는 소식을 전해 듣고, 대장군 이사(貳師)의 부대를 파견, 대완국을 공격 점령하고 이른바 '한혈마(汗血馬)'를 수집하여 중국에 들여오기 시작했다. 이때부터 군세고 훤칠한 대완마를 '천마(天馬)', 우루쑨마를 '서극(西極)'으로 나누어 부르게 되었다고 한다.

진현장 일행은 '붉은 계곡의 성(충구친)'을 지나 삼림 지대 사이 해발 1609미터 지점에 자리잡은 '열해(熱海)', 즉 이시크 쿨 호숫가에 도달하였다. '이시크 쿨Issig-qul' 호수는 평균 수온이 섭씨 8도, 키르기스스탄 현지어로 겨울에도 얼지 않는 '따뜻한 물'을 의미한다. 호수 서쪽에 거대한 바위산의 협곡을 타고 나가면 자줏빛 암벽의 보암 계곡이 나타나는데, 내리막길을 따라서 전진하는 동안 빠른 물살이 가파른 암벽을 집어삼킬 듯 사납게 달려들다가 하얀 물보라로 산산조각 흩어지곤 했다. 이곳이 바로 추우 강(吹河)의 상류 지역으로, 진현장 일행은 내리막길을 따라 추우 분지에 들어섰다.

완만한 경사로를 따라 산등성이를 내려서자, 초여름 햇살 아래 패랭이꽃, 유채꽃, 엉겅퀴, 박하, 자운영(紫雲英)이 흐드러지게 핀 초원 지대가 나타나고, 멀리서 이들을 발견한 돌궐족 기병대가 말을 치달아 다가왔다. 서돌궐 왕국, 서부 투르키스탄의 지배자 야브구 카간Yabgu qaghan이 영접하러 보낸 호위병들이었다. 야브구 카간은 중국 역사서에는 '예후카한(護葉可汗), 바로 중앙 아시아 동부 스텝 지대를 다스리던 왕자(王者)였다. 이 서돌궐 왕국은 대대로 배화교(拜火敎)를 신봉하였으나, 진현장이 국왕에게 『인왕반야경』을 설법하고 열 가지 선행을 닦을 것을 권유하자, 국왕은 크게 감동하여 부처님을 믿겠다고 약속했다. 그러나 현장 일행이 떠난 지 몇 달 후, 야브구 카간은 북방에서 침입한 카를루크Quarluqs 종족과의 영토 분쟁으로 암살당하고, 이후 서부 투르크 왕국은 분열되면서 국력이 쇠약해지던 끝에 당나라 군과 추우 분지에서 결전 끝에 멸망하고 말았다. 추우 분지는 현재 러시아 키르기스스탄 공화국에 속하는데, 천산산맥을 넘어섰다고 해도 키르기스스탄 면적의 73퍼센트는 산악 지대로 채워지고 그중 3분의 1은 여전히 3천 미터 이상 고산 지대로서, 현재 수도 비슈케크로부터 그 동쪽 50킬로미터 지점에 토크마크 시가 자리잡고 있다. 이 토크마크 시가 바로 옛날의 쉬엽 성(素葉城), 당나라 스님 진현장이 향하고 있는 도시였다.

쉬엽 성은 동서 문물의 교역 요충지였다. 그곳에 도착한 진현장은 이렇게 기록하였다.

"성곽의 둘레는 6, 7리, 여러 나라 상호(商胡)들이 서로 뒤섞여 살

현장법사 여행로 2 — 이오국에서 쉬엄 성까지

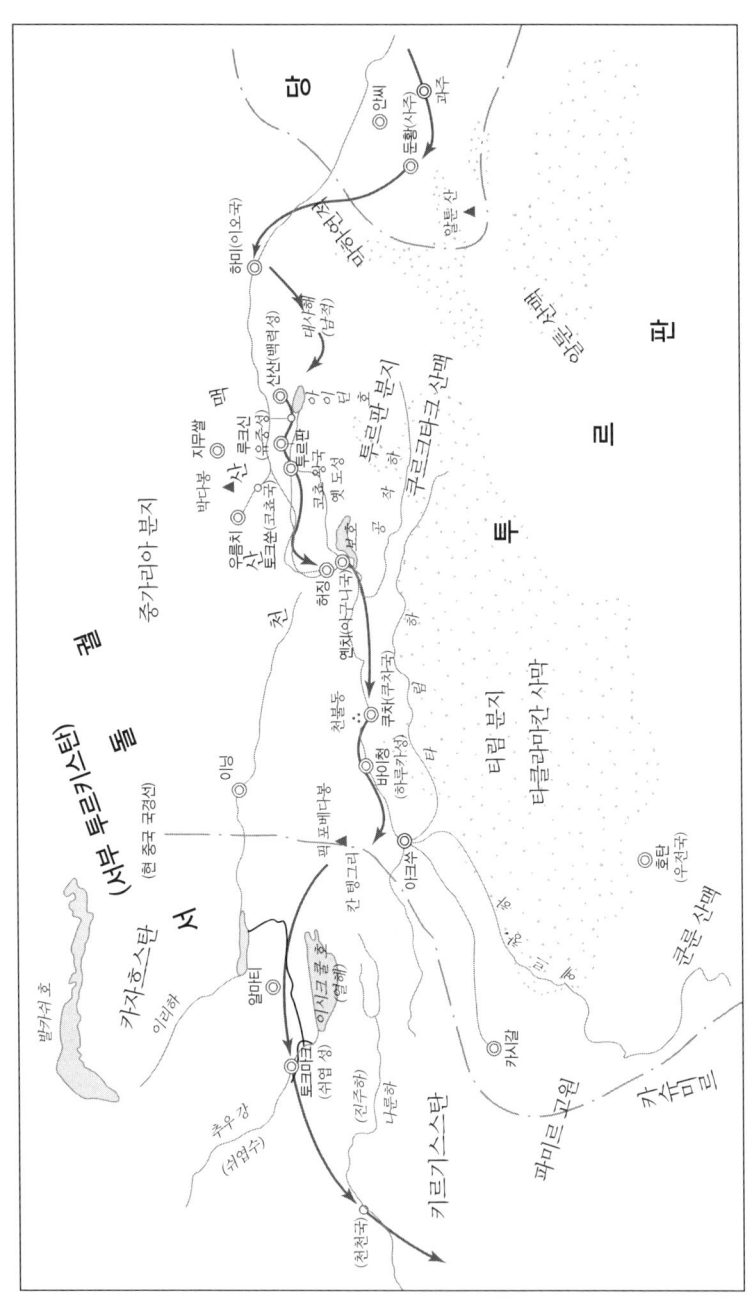

고 있다. 토질은 수수와 보리, 포도 농작이 알맞고, 숲은 드문 편이며 기후는 춥다. 주민들은 섬세하거나 조악한 모직물 옷을 입고 산다……."

'상호(商胡)'란, 글자 그대로 상업에 종사하는 호인(胡人)들을 말한다. 주로 지금의 우즈베키스탄 공화국 사마르칸트Samarqand와 아프가니스탄의 부카라Bukhara 지역에 거주하던 소그드Sogdians 족속, 4세기 무렵 중앙 아시아–유럽 일대를 석권하던 훈족Hun(흉노족(匈奴族))의 후예로 추정되는 사람들이었다. 중국 고대 문헌에 따르면, 그들은 몸집이 크고 움푹 들어간 푸른 눈, 높은 코에 자줏빛 머리털을 지니고 있었다고 했다. 진현장이 갔던 시기에도 이들 소그드인은 추우 분지 일대에 열여덟 군데나 되는 교역 성채(城砦)를 세워놓고 있었다. 현장은 그들의 성격을 이렇게 묘사했다.

"소그드인(粟特人)은 몸통이 크지만 비겁한 성격이다. 풍습도 경박하고 거짓말과 허세가 버젓이 통하는 족속이다. 오로지 재산이 많은 자만을 존경하고 신분의 고하를 가리지 않는다. 설령 큰 부자라도 의식(衣食)은 변변치 못하며, 전체 인구는 농민과 상인이 절반씩이다……."

진현장 일행은 홀가분한 심정으로 쉬엽 성을 떠났다. 야브구 카간이 제공한 여행 보증서와 유능한 통역 덕분에 거침없이 여행을 계속할 수 있었다. 이윽고 수많은 샘이 솟는 초원의 나라, '천천국(千泉國)'을 거쳐 서쪽으로 3일쯤 더 나아간 끝에 탈라스Talas 성에 도달했다. 남녘 산줄기에서 솟아나는 샘물이 작은 시내를 이루고 성내를 관통하여 그 북쪽 초원 지대로 그물처럼 사면팔방으로 갈라져 흘러가는 도시였다.

현장 일행이 지나간 지 1백 년 후, 당나라 현종(玄宗) 때(751) 고구려 출신의 장군 고선지(高仙芝)가 이끄는 원정군이 천산산맥을 넘어 타슈켄트를 점령하고 이어서 탈라스를 공략하였다. 돌궐 세력이 무너진

후 그 지역을 장악하고 있던 카를루크족은 아랍 쿠라산Khurassan 왕조의 군주 압바시드 칼리프Abbasid Caliphate와 동맹군을 결성, 그들에게 중요한 상업 요충지 추우 분지를 탈환하기 위하여 이곳에서 고선지군과 대격전을 전개하였다. 동서 양대 세력이 격돌하면서 7월의 닷새 동안 초원과 성내에서 치열한 전투가 계속되어 탈라스 강을 피로 물들였다는 기록이 남아 있다. 결국 고선지군은 외인 용병 부대의 배신으로 붕괴하여 북방으로 패주하였으나, 아랍군은 당나라 포로 가운데 많은 기술자를 찾아낼 수 있었다. 그리하여 견직물(絹織物) 기술자는 이라크 수도 쿠파로, 제지(製紙) 기술자는 소그드 왕국의 수도 사마르칸트로 이송되어, 제지 작업장을 만들어 종이를 만드는 데 종사했다. 이때부터 서방 세계에 비단과 종이가 생산, 전파되기 시작했던 것이다.

현장 일행은 탈라스 성 서남쪽 산악 지대로 들어가, 소그드인의 교역 성채 몇 군데를 거쳐서 샤쉬국(赭時國)에 도착하였다.

샤쉬국은 당나라 시대에 '석국(石國)'이라 불렸는데, 현재 우즈베키스탄의 수도 타슈켄트가 그곳이다. 타슈켄트란 명칭도 터키어로 '돌성의 도시'란 뜻이다. 도성에는 '바자르' 장터에 찻집과 채소 과일점, 소금 판매소, 대장간, 가죽 점포, 그리고 대상(隊商)들의 숙소 '카라반세라이'가 여러 군데 성황을 이루고 있었다. 이런 정경들에서 아마도 소설 『서유기』 속의 멸법국 도성 객점을 연상할 수 있을 것이다.

샤쉬국에서 한 걸음만 더 나아가면 '붉은 모래 바다'란 뜻의 거대한 사막에 접어든다. 진현장 일행은 꼬박 사흘이 지난 4일째 되는 날에야 모래 언덕 앞에 초록빛 점을 하나 발견할 수 있었다. 그곳이 사마르칸트였다.

사마르칸트는 '사람이 많고 풍족한 나라'라는 뜻이다. 도시 남쪽에 흐르는 제라프샨 강도 '황금을 뿌리는 강'이란 뜻을 지녔다. 오랜 옛날부터 그 강 하류에서 사금을 채취하고 중앙 아시아에서 가장 비옥한 토지를 보유하였기 때문에 붙여진 이름들이다. 최근 고고학 연구 결과로 기원전 3천 년경에 이미 촌락을 형성하고 있었음이 확인되었고, 기원전 6세기경 페르시아의 키루스 왕이 침공했을 때에도 이미 훌륭한 도시를 형성하고 있었으며, 기원전 4세기 알렉산더 대왕 역시 이 도시를 침공한 후, "……가까스로 점령했다. 이 도시의 아름다움에 관해 내가 듣고 있던 사실은 모두가 진실이었다. 그나마 이 도시는 내가 사랑하던 것보다도 더 아름답다"고 찬탄했다고 한다. 후세 시인들이 "필다우스 모덴트"(천국과 같은), 또는 "사이카릴리 자민"(대지의 얼굴의 광명), 또는 "동방의 진주빛, 대지의 보조개…… 지구의 초점"이라는 어휘로 극찬할 정도로 아름다운 도시였다.

타고난 성격이 냉정한 진현장도 이 도시의 면모를 다음과 같이 상세히 기록하였다.

"이 지방은 토양이 기름지고, 나무는 울창하게 자라며 꽃과 과일도 풍성하여, 마치 그림 같은 풍경이다. 성을 견고하게 구축하여 그 둘레가 20여 리나 된다. 성문에 들어서면서부터 각국 물산이 거리에 넘쳐나고, 살갗이 희고 눈이 푸른 호인(胡人)이 대부분으로서 온통 호인들의 중심지다……"

실상 진현장이 들렀던 그 성터는 지금의 사마르칸트 시가 아니라 교외 북쪽으로 이어진 아후라샤브 구릉 지대에 속한다. 그 폐허 지하에는 두 개의 사마르칸트가 매몰되어 있는데, 그 하나는 고대로부터 8세기까지 이슬람교가 서방에서 침입하기 이전의 도시로, 이슬람교도들은 소그드인들이 신봉하던 배화교와 불교를 철저히 파괴하고 그 터전에 이슬람교 중심의 사마르칸트를 건설했다. 그러나 이 이슬람 도시는 13세기 초엽 동방에서 침입한 칭기즈 칸에 의해 이른바 '세성(洗城) 작전'으로 초토화되어, 글자 그대로 완전히 죽음의 도시로 바뀌고 말았다. 그로부터 150년 후, 남쪽 케츠Kech 시에서 탄생한 티무르Timur-i-leng 대제(大帝)가 이 구릉 도시를 버리고 그 남쪽에 새로운 도시를 건설한 것이 지금까지 존속해온 사마르칸트 시다.

사마르칸트에서 진현장의 기록은 계속되었다.

"국왕이고 주민이고 모두 불교를 믿지 않고 불을 숭배하고 있다. 성내에 두 사찰이 있었으나 지키는 승려가 없고, 제자 두 사람이 접근하자 근처에 있던 사람이 불을 들고 와서 쫓아버린다. 그뒤에 국왕을 만나 야브구 카간의 서찰을 전했다. 국왕은 처음에는 꽤 위엄을 부리다가, 인사 뒤에 부처님의 가르침을 일부 말해주자, 매우 만족하여 바른길을 걷기 위한 불교 의식을 순순히 받아들였다. 그러나 조금 전에 있었던 두 제자에 대한 박해 이야기를 들은 국왕은 불을 들고 위협했던 폭도를 잡아다가 그 손목을 자르는 형벌을 언도했다. 이에 나는 '폭도의 행위는 한때의 실수이며, 부모에게서 이어받은 소중한 신체 일부를 잘라내는 것은 부처님의 뜻에 어긋납니다'라는 말로 국왕의 마음을 돌이켜, 그를 구해주었다. 〔……〕 그로부터 귀족도 평민들도 부처님의 가르침이 너르고 깊음에 숙연히 감동하여 불교를 숭상하게 되었다……"

바로 이 기록 내용이 훗날 소설 『서유기』 속에서 손행자가 멸법국 군신(君臣)들을 감화시켰던 대목으로 바뀐 것으로 보고 있다.

사마르칸트 성에서 여름을 보낸 후, 진현장 일행은 소그드 왕국을 떠나 남쪽으로 향했다. 자줏빛 산색이 점차 거무죽죽한 바위산으로 모습을 바꾸었다. 오후에는 다시 모래 폭풍이 휘몰아쳐왔다. 해일처럼 밀어 덮치는 모래를 막기 위해 농민들이 사막의 나무 '사쿠사우르'를 몇 겹이나 심어놓았다. 바위산 협곡에 들어서니, 길폭은 사람이 서로 비켜 갈 정도로 비좁아지고, 양편으로 치솟은 절벽이 마치 철판처럼 시커먼 빛깔로 번들거렸다.

통칭 '염소의 집'이라 불리는 이 부즈가라 하라 협곡의 길이는 약 3킬로미터, 예로부터 소그드 왕국과 인도를 잇는 가장 가깝고 통과하기 좋은 길목으로, 가장 깊은 안쪽에 '철문(鐵門)'이라는 험준한 관문이 설치되어 있었다. 좌우 양편이 담벼락처럼 솟아 있는 그 절벽은 철광석으로 이루어졌고, 철로 만든 문짝이 위압감을 주었다. 대문에 쇠방울도 많이 달려 있기 때문에, '**철문관**'이란 명칭으로 부르는 것이다. 진현장은 시커먼 절벽 관문을 통과한 뒤에 이런 기록을 남겼다.

"한낮에도 어두컴컴한 골짜기 바닥에 관문 초소가 있다. 거기를 가로막는 철제 대문과 문짝에 매달린 쇠방울, 기다리고 있는 것은 창을 든 텁석부리 병사들이다. 통행세 이외에도 상당한 분량의 '소매 속'(뇌물)을 바치지 않으면 일을 망칠지도 모른다……."

어쩌면 이야말로 『서유기』 중에 나오는 흑풍산 흑풍동 괴물을 상대하는 기분이었을지도 모른다.

일행은 철문관을 무사히 통과했다. 이제부터 남쪽으로 내려가면 소그드 왕국에서 **토카라 왕국**Tokharistan으로 접어드는 길이 나온다.

6. 아무다리야 강 유역에서

평야를 가로질러 약 1백 킬로미터를 강행군한 끝에, 일행은 사흘 만에 테르메즈 성에 도착했다. 그곳은 현재 러시아 남부 우즈베키스탄 공화국에 속하는 스루한다린 분지로, 여름철에는 남쪽에서 '아프간 바람'이란 맹렬한 열풍이 불어오지만, 러시아에서 유일한 아열대 기후 지역으로, 1년 내내 맑은 날씨가 평균 202일 동안 계속되는 곳이다. 분지 한복판에 자리잡은 도시가 데나우Denau 시, 곧 옛날 토카라 왕국의 수도 테르메즈 성이다.

토카라 왕국 중심 지역에 서쪽으로 흐르는 아무다리야Amu-darya 강, 한자어로는 박추하(縛芻河)가 있다. 진현장은 강변에서 이런 기록을 남겼다.

"최근 수백 년 이래 이 나라에는 왕의 후계자가 없어 실력자들이 서로 힘을 겨루어 마음대로 왕을 세웠다. 그들은 아무다리야 강을 거점으로, 또는 산악을 근거지로 삼아 분립하여 현재 27개국으로 쪼개져 있다……."

현장이 묵었던 아이르담 촌락에서 약 90킬로미터쯤 상류로 거슬러 올라가 아무다리야 강의 지류인 바크슈(縛芻) 강이 내려다보이는 언덕에 불교 사원의 폐허가 있는데, 현지 사람들은 그 언덕을 아지나 테페, 곧 '악마의 언덕'이라 부르며 접근을 기피한다. 1955년에 발굴된 사원 유적지에서 불상과 벽화 사리탑의 흔적이 남아 있고 높이 12미터나 되는 거대한 와불(臥佛) 석상도 함께 발견되었다고 한다.

아무다리야 강은 파미르 고원 지대에서 눈이 녹아내리는 물이 대호수 아랄 해로 흘러드는 길이 2천 5백 킬로미터에 달하는 대하천이다. 테르메즈 시는 그 중류 지역에 자리잡아 예부터 그 연안 일대에 관개 수로(灌漑水路)가 발달하여 농업이 크게 번창하였으며, 동서 교역의 나루터 역할을 해왔다. 남쪽에서는 인도의 상아와 보석, 향료가 들어가고, 테르메즈 남방으로는 직물과 유리 제품, 그리고 사마르칸트의 종이도 반출되었던 것이다. 물자 교류와 더불어 불교 역시 전파되어, 1세기경 테르메즈 성내에는 사원이 여러 군데 세워지고 인도에서 들여온 산스크리트어 경전을 토카라어 · 소그드어 · 그리스어 등으로 번역하는 작업이 진행되었다. 그리고 젊은 승려들이 경전을 들고 멀리 소그드 또는 쿠차·중국까지 여행하여 불교를 전파하였다. 이를테면 진현장이 천축(인도)에 들어가는 것과 정반대 현상이었던 것이다. 4세기 초엽, 중국에서 경전을 번역하였던 학자들의 출신지를 살펴보면, 중국인이 7명, 인도인이 6명, 그리고 중앙 아시아인이 무려 16명이나 되는데, 그중에서도 토카라인과 비슷한 이름도 6명이나 된다고 전해지고 있다.

테르메즈 성은 항상 역사의 소용돌이 속에 휘말려온 강변 도시였다. 가장 오래된 예로는 기원전 329년경, 알렉산더 대왕의 군대가 강변 남쪽에서 양가죽 부대에 짚을 넣어 만든 뗏목 배를 타고 건너가 침공했고, 가장 가까운 예로는 1979년 소련군이 수륙 양용 전차를 앞세우고 북쪽 강변 테르메즈 시에서 도하 작전을 벌여 아프가니스탄으로 침공해 들어갔다. 1330년대 북아프리카 출신의 대여행가 이븐 바투타 Ivn Battula가 쓴 여행기에 이런 기록이 있다.

"테르메즈 성은 훌륭한 도시로서, 과수원이 많아 품질이 우수한 포도와 마르멜로 나무, 그리고 육류와 젖 등의 산물이 많다. 이 고장 사람들은 목욕할 때 찰흙 대신 젖으로 머리를 감는다……."

아무다리야 강을 남쪽으로 건너면 머지않아 인도에 들어갈 수 있으니, 진현장은 테르메즈 성내 사찰을 두루 순방하고 나서 멀리 돌아 인도로 향했다. 떠나기 전에 그는 사원을 방문한 소감을 이렇게 남겼다.

"이곳에 절은 10여 군데, 스님은 1천 여 명이나 된다. 많은 불탑과 불상은 신기한 일이 수없이 일어나고 영험 또한 두드러지게 나타난다……."

테르메즈 성을 떠난 진현장 일행은 '악마의 언덕' 아지나 테페를 지나쳐서 아무다리야 강을 건넜다. 목적지는 서부 투르키스탄 야브구 카간의 장남이 다스리는 활국(活國)이었다. 그들이 자갈밭투성이의 황무지를 통과하는 동안, 주변 경관은 설산(雪山)의 거대한 산맥으로 바뀌어갔다. 이윽고 일행은 활국에 도착했다.

    활국은 현재 북부 아프가니스탄의 중심지로서 목화와 과일의 집산지로 유명한 쿤두즈 시 일대에 해당한다. 고대 페르시아어로 '쿠나디즈'라고 불리는 견고한 보루(堡壘) 폐허가 남아 있는데, 그 옛 성터가 지금의 '바라히사르'다.

    현장은 활국의 인상기를 이렇게 적었다.

    "이곳은 토카라 왕국의 옛 고장이다. 성벽 둘레는 20여 리(약 5킬로미터)가 된다. 이 나라를 통일한 군주는 없으며 돌궐에 종속해 있다. 〔……〕 꽃과 과일이 풍성하게 열리고, 기후는 온화하며 풍속은 순박하지만, 사람들의 기질이 격렬하며 그들의 옷차림은 필트 천과 모직물이다. 〔……〕 이곳 왕은 철문관 이남의 작은 나라들을 관할하며, 사람들은 철새처럼 각처로 옮겨 다니므로 주거지가 일정하지 않다……"

    진현장은 활국 임금이 충고한 대로 박트라국을 거쳐 인도에 들어가는 지름길을 선택했다. 그러나 박트라까지의 약 150킬로미터 길은 숱한 고개와 '다슈트(황무지)'를 거쳐야 했다. 샘과 우물은 있으나 여름철에는 맹렬한 무더위와 아프간 특유의 열풍이 엄습했다. 나무 그늘도 없어 봄·가을철에만 통과해야 할 지역이었다. 일행은 1백 킬로미터가량 행군하여 작은 오아시스 호르무(현재 타슈쿠르간) 보루에 도착했다. 그러고 나서 황무지를 벗어나 목초 지대를 거쳐 박트라Bactra 성, 한문으로 박갈국(縛喝國)에 도착할 수 있었다.

    박트라는 일명 발호Balkh, 서돌궐의 야브구(제2인자란 뜻) 카간이 다스리던 박트리아Bactria 왕국으로, 기원전 6세기에 배화교의 창시자 조로아스터Zoroaster가 세상을 떠난 곳이다. 기원전 329년경, 알렉산더 대왕이 이 도시를 공략하여 그 왕녀 로크자나와 결혼하자, 그 예하 장군들도 이 나라 여성들과 결합하여, 그 이후 그리스의 식민지가 되었으며,

그리스 계통의 영주(領主)들 가운데 인도에서 전래된 불교를 신봉하는 이가 많이 생겨났다. 그로부터 1백 년 후 인도의 아쇼카 대왕이 불교를 널리 전파하기 위해 박트라국에 대사원을 건립하고, 그곳을 거점으로 삼아 멀리 지중해 연안 각국에까지 포교 사절단을 파견하여 동서 문화와 교역의 중계지 역할을 맡으면서부터, 금은보화는 물론 학자와 예술가들의 집결지로 유명해지기 시작했다.

진현장 일행은 박트라 성내 사원에서 1개월 이상 체류한 다음, 인도 순례승 푸라쥐냐카라의 귀국 일행에 가담하여 인도로 출발했다. 그리고 험준한 설산(雪山)을 넘어 악전고투 끝에 지금의 아프가니스탄 중앙부 바미안국에 도달할 수 있었다.

현장 일행이 도착한 설산 계곡은 현재 힌두쿠시 산맥 서부 지역으로, 그 한복판에 동서 15킬로미터, 남북 3킬로미터 정도의 작은 분지가 곧 해발 2천 5백 미터에 달하는 바미안이다. 골짜기 북쪽으로 이어지는 높이 약 80미터, 길이 2킬로미터짜리 절벽에 거대한 불상(佛像) 2기가 세워지고 승려들이 수행하는 석실(石室)이 2만 개나 되는데, 지금은 탈레반 정권의 손에 무참히 파괴되어 제 모습을 잃었으나, 동쪽 대불(大佛)의 높이는 35미터, 서쪽 대불의 높이는 57미터나 된다.

진현장은 이 대불에 대하여 이런 기록을 남겼다.

"왕성 서북쪽에 높이 150자나 되는 석불 입상이 있는데, 금빛으로 빛나며 보석 장식이 번쩍거린다. 동쪽에 있는 절은 선왕(先王)이 세웠다 하며, 다시 그 동쪽에 구리를 녹여 부어 만든 동상이 있는데 석가부처님의 입상(立像)이다. 높이는 1백 자(약 30미터) 남짓 된다……."

진현장 일행은 바미안국에서 보름가량 머문 다음, 동쪽으로 시바르 고개를 향해 출발했다. 시바르 고개는 해발 3285미터, 눈더미 속을 고생하며 넘어서 현재의 고르반두 강을 따라 내려가 마침내 광활한 고원

현장법사 여행로 3 — 쉬염 성에서 카피사국까지

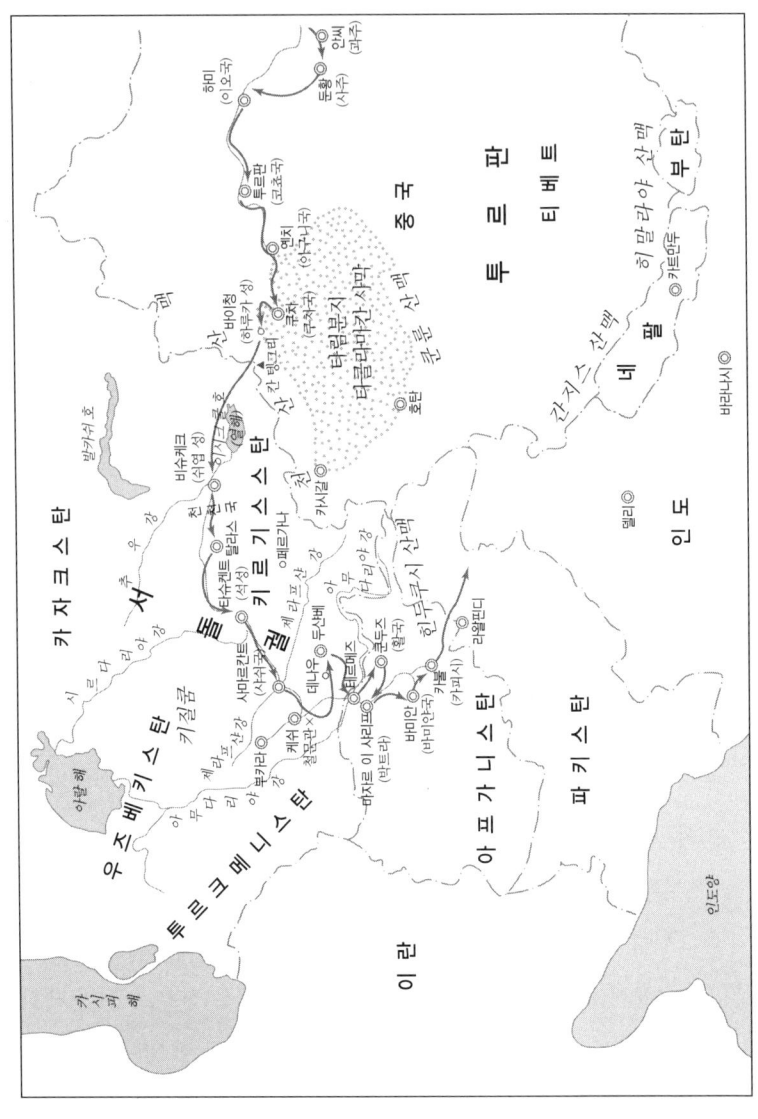

지대에 이르렀다. 그리고 옛날 인도 카니슈카 왕국의 임금들이 피서지로 삼았던 카피시국에 도착하였다.

그로부터 진현장은 10여 년에 걸쳐 인도의 각 지역 사원을 두루 순방하며 10여 개 나라의 어학과 불교 학문에 몰두하기 시작했다. 그가 섭렵한 길은 대략 유서 깊은 곡녀성(哭女城)Kanyakubja, 그리고 네팔의 카트만두, 마갈타(摩竭陀)국의 왕사성(王舍城)과 그 북방에 자리잡은 나란타(那爛陀)의 시무염사(施無厭寺), 인도 남동부의 건지보라(建志補羅, 현재 마드라스＝첸나이), 다시 서북쪽으로 올라가 지금의 뭄바이(봄베이)-구자라트를 두루 거친 다음, 왔던 길을 되돌아 바미안-토카라-철문관을 지나 해발 5천 미터의 파미르 고원을 넘어섰다. 그리고 지금의 케쉬(略什) 남쪽 편성주(遍城州)를 거쳐 우전국(于闐國, 화전〔和闐〕＝호탄)에 도착한 뒤 다시 동북방으로 타클라마칸 사막 지대를 횡단하여 둔황(敦煌)-양주(凉州, 곧 우웨이) 통로를 따라 마침내 정관 19년(645) 1월에 고국의 도성 장안에 돌아왔다.

실로 17년 만의 감격스러운 귀국, 필생의 심원(心願)을 달성한 금의환향이었다. 지금으로 따지자면 중국→중앙 아시아(러시아 연방의 여러 나라)→아프가니스탄→파키스탄→방글라데시→네팔→인도 등 그 당시 숱한 대소 왕국들을 순방하면서 구한 부처님의 사리 150과(顆), 불상 8구(軀), 대승(大乘)과 소승(小乘)의 경(經)·율(律)·논(論) '삼장(三藏)' 경전 520질, 657부, 그리고 여러 나라에서 받은 진귀한 물품을 520개나 되는 보따리에 담아, 22필의 말에 싣고 돌아온 것이다.

부처님의 가르침을 적은 경서(經書)와 그 가르침을 지키기 위한 계율인 율서(律書), 그리고 가르침을 이론적으로 넓게 해석한 논서(論書)들은 모두 인도 산스크리트어로 씌어져 있었다. 그것들은 소설 『서유기』제98회에서 석가여래 부처님이 삼장 법사 일행에게 말해준 것처럼, 인도에서 발달한 정치와 문화, 천문학과 달력, 전설과 희곡, 의약(醫藥) 과 음악 등, 그 당시 세계 최고 수준에 있던 인도 문화의 슬기로 이루어 진 정화(精華)가 고스란히 담긴 것들이었다. 당태종은 어명으로 장안성 남쪽에 대자은사(大慈恩寺)를 세우고 그 안에 역경원(譯經院)을 설치한 다음, 현장 법사로 하여금 수십 명의 전문 학자들을 지휘하여 경전 번역 사업을 추진시켰다.

진현장, 곧 삼장 법사는 당고종 인덕(麟德) 1년(664) 69세를 일기로 세상을 떠날 때까지 무려 18년 9개월간 전문 학자와 학승(學僧)들을 총 동원하여 필수(筆受, 받아쓰기)와 증의(證義, 번역 원고 교열 작업)를 거듭하면서 그 생애 마지막 사업에 전념하였다. 그가 번역한 양은 인도 에서 가져온 경전의 절반 정도에 이르는 75종 1330여 권밖에 못 미쳤으 나, 그것만으로도 기독교 라틴어 성서 번역자 히에로니무스보다 수십 배에 달하는, 세계 역사상 유례가 없을 만큼 위대한 번역량이 되었다.

참고 지도 및 자료

1. 지도

譚其驤 編, 『中國歷史地圖集』 제5권, 隋 · 唐時期, 地圖出版社(上海), 1982.

許美瑜 編, 『中華人民共和國 分省地圖集』, 地圖出版社(上海), 1987.

Collins ASIA, Harper Collins Publisher(英國), 2001.

THE WORLD ATLAS, JI WOO SA(서울), 2001.

2. 자료

上海辭書出版社 編, 辭海〈歷史地理分冊〉, 上海辭書出版社, 1982.

復旦大學歷史地理研究所 編, 中國歷史地名辭典, 江西教育出版社, 1989.

■ 서유기—총 목차

제1권 제1회~제10회

옮긴이 머리말

제1회 신령한 돌 뿌리를 잉태하니 수렴동 근원이 드러나고, 돌 원숭이는 심령을 닦아 큰 도를 깨치다 · 31

제2회 스승의 참된 묘리를 철저히 깨치고 근본에 돌아가, 마도(魔道)를 끊고 마침내 원신(元神)을 이룩하다 · 63

제3회 사해 바다 용왕들과 산천이 두 손 모아 굴복하고, 저승의 생사부에서 원숭이 족속의 이름을 모조리 지우다 · 94

제4회 필마온의 벼슬이 어찌 그 욕심에 흡족하랴, 이름은 제천대성에 올랐어도 마음은 편치 못하다 · 125

제5회 제천대성이 반도대회를 어지럽히고 금단을 훔쳐 먹으니, 제신(諸神)들이 천궁을 뒤엎어놓은 요괴를 사로잡다 · 155

제6회 반도연에 오신 관음보살 난장판이 벌어진 연유를 묻고, 소성(小聖) 이랑진군, 위세 떨쳐 손대성을 굴복시키다 · 185

제7회 제천대성은 팔괘로 속에서 도망쳐 나오고, 여래는 오행산 밑에 심원(心猿)을 가두다 · 215

제8회 부처님은 경전을 지어 극락 세계에 전하고, 관음보살 법지를 받들어 장안성 가는 길에 오르다 · 243

제9회 진광예(陳光蕊)는 부임 도중에 횡액을 당하고, 그 아들 강류승(江流僧)은 아비의 원수를 갚고 근본을 되찾다 · 276

제10회 어리석은 경하 용왕 치졸한 계략으로 천조(天曹)를 어기고, 승상 위징은 서찰을 보내어 저승의 관리에게 청탁을 하다 · 308

제2권 제11회~제20회

제11회 저승 세계를 두루 유람하던 태종의 혼백이 돌아오고, 염라대왕에게 호박을 바치러 죽어간 유전(劉全)은 새로운 배필을 얻다 · 17

제12회 태종이 정성으로 수륙대회 베풀어 불도를 선양하니, 관세음보살이 현성(顯聖)하여 금선 장로를 깨우치다 · 53

제13회 호랑이 굴에 빠진 삼장 법사, 태백금성이 액운을 풀어주고, 쌍차령에서 유백흠이 삼장 법사 가는 길을 만류하다 · 98

제14회 심성을 가라앉힌 원숭이 정도(正道)에 귀의하니, 마음을 가리던 육적(六賊)도 흔적 없이 스러지다 · 127

제15회 신령들은 사반산에서 남모르게 삼장을 보호하고, 응수간의 용마는 소원 이뤄 재갈을 물리다 · 164

제16회 관음선원의 승려들 보배를 탐내어 음모를 꾸미고, 흑풍산의 요괴가 그 틈에 금란가사를 도둑질하다 · 196

제17회 손행자는 흑풍산에서 일대 소동을 일으키고, 관음보살은 흑곰의 요괴 굴복시켜 거두다 · 231

제18회 당나라 스님은 관음선원의 재난에서 벗어나고, 손대성은 고로장(高老莊)에서 요마를 없애러 나서다 · 270

제19회 운잔동에서 오공은 팔계를 굴복시켜 받아들이고, 삼장 법사는 부도산에서 『심경(心經)』을 받다 · 295

제20회 황풍령(黃風嶺)에서 당나라 스님은 재난에 봉착하고, 저팔계는 산허리에서 사형과 첫 공로를 앞다투다 · 327

제3권 제21회~제30회

제21회 호법 가람은 술법으로 집 지어 손대성을 묶게 하고, 수미산의 영길보살(靈吉菩薩)은 황풍괴를 제압하다 · 17

제22회 저팔계는 유사하(流沙河)에서 일대 격전을 벌이고, 목차 행자는 법지를 받들어 사오정을 거두어들이다 · 47

제23회 삼장은 부귀영화, 여색의 시련에 본분을 잊지 않고, 네 분의 성신(聖神)은 일행의 선심(禪心)을 시험해보다 · 77

제24회 만수산의 진원 대선은 옛 친구 삼장을 머물게 하고, 손행자는 오장관에서 인삼과(人蔘果)를 훔쳐먹다 · 111

제25회 진원 대선은 경을 가지러 가는 스님을 뒤쫓아 잡고, 손행자는 오장관을 뒤엎어 난장판으로 만들다 · 142

제26회 손오공은 인삼과 처방을 구하러 삼도(三島)를 헤매고, 관세음보살은 감로(甘露)의 샘물로 나무를 살려내다 · 175

제27회 시마(屍魔)는 당나라 삼장을 세 차례나 농락하고, 성승(聖僧)은 미후왕의 처사를 미워하여 쫓아내다 · 207

제28회 화과산의 요괴들이 다시 모여 세력을 규합하고, 삼장 일행은 흑송림(黑松林)에서 마귀와 부닥치다 · 239

제29회 강류승은 재난에서 벗어나 보상국으로 달아나고, 저팔계는 사오정을 희생시켜 숲속으로 뺑소니치다 · 269

제30회 사악한 마도(魔道)는 정법(正法)을 침범하고, 심성을 지닌 백마는 원숭이 임금을 그리워하다 · 297

제4권 제31회~제40회

제31회 저팔계는 의리를 내세워 미후왕을 격분시키고, 손행자는 지혜로써 요괴의 항복을 받아내다 · 17

제32회 평정산에서 일치 공조(日値功曹)는 소식을 전해주고, 미련한 저팔계는 연화동(蓮花洞)에서 봉변을 당하다 · 56

제33회 외도(外道)는 진성(眞性)을 미혹하고, 원신(元神)은 본심(本心)을 도와주다 · 92

제34회 마왕은 교묘한 계략으로 원숭이 임금을 곤경에 빠뜨리고, 제천대성은 사기 쳐서 상대편의 보배를 가로채 달아나다 · 128

제35회 외도(外道)는 위세 부려 올바른 심성을 업신여기고, 심원(心猿)은 보배 얻어 사악한 마귀를 굴복시키다 · 162

제36회 영악한 원숭이는 고집스런 승려들을 굴복시키고, 좌도 방문을 깨뜨려 견성명월(見性明月)에 잠기다 · 193

제37회 임금은 귀신이 되어 한밤중에 당 삼장을 만나뵙고, 손오공은 입제화로 변신하여 젊은 태자를 유인하다 · 226

제38회 젊은 태자는 모친에게 물어 정(正)과 사(邪)를 알아내고, 두 제자는 우물 용왕을 만나보고 진위(眞僞)를 가려내다 · 263

제39회 천상에서 한 알의 단사(丹砂)를 얻어 내려오고, 죽은 지 3년 만에 임금은 이승에 다시 살아나다 · 296

제40회 어린것에게 농락당하여 선심(禪心)이 흐트러지니, 세 형제는 각오를 새롭게 다지고 분발 노력하다 · 331

제5권 제41회~제50회

제41회 손행자는 삼매진화(三昧眞火)에 참패를 당하고, 저팔계는 구원을 청하려다 마왕에게 사로잡히다 · 17

제42회 제천대성은 정성을 다하여 남해 관음을 찾아뵙고, 관세음보살은 자비를 베풀어 홍해아를 잡아 묶다 · 52

제43회 흑수하(黑水河)의 요얼(妖孽)이 당나라 스님을 잡아가고, 서해 용왕의 마앙 태자는 타룡(鼉龍)을 사로잡아 돌아가다 · 88

제44회 삼장 일행이 강제 노역을 하는 승려들과 마주치고, 심성 바른 손행자, 요망한 도사의 정체를 간파하다 · 124

제45회 손대성은 삼청관 도사들에게 이름을 남겨두고, 원숭이 임금은 차지국 왕 앞에서 법력을 과시하다 · 159

제46회 외도(外道)가 강한 술법으로 농간 부려 정법(正法)을 업신여기니, 심원(心猿)은 성스러운 법력으로 사악한 도사들을 파멸시키다 · 193

제47회 성승(聖僧)의 밤길이 통천하(通天河) 강물에 가로막히고, 손행자와 저팔계는 자비심을 베풀어 동남동녀를 구하다 · 229

제48회 마귀가 찬 바람으로 농간 부리니 폭설이 나부끼는데, 스님은 서방 부처 뵈올 마음에 층층 얼음길 내딛다 · 263

제49회 삼장 법사 재난을 만나 통천하 수택(水宅)에 잠기고, 구고구난(救苦救難) 관음보살 어람(魚籃)을 드러내다 · 296

제50회 성정(性情)이 흐트러짐은 탐욕(貪慾)에서 비롯되며, 심신(心神)이 동요를 일으키니 마두(魔頭)와 만나다 · 331

제6권 제51회~제60회

제51회 심원(心猿)이 온갖 계책을 다 썼으나 모두가 헛수고요, 수공(水攻) 화공(火攻)으로도 마귀를 제압하지 못하다 · 17

제52회 손오공은 금두동에 들어가 한바탕 뒤집어엎고, 석가여래는 마왕의 주인을 넌지시 일러주다 · 52

제53회 삼장은 자모하(子母河) 강물을 잘못 마셔 잉태하고, 사화상은 낙태천의 샘물 떠다가 태기(胎氣)를 풀다 · 85

제54회 서쪽으로 들어선 삼장 법사는 여인국에 봉착하고, 심원(心猿)은 계략을 세워 여난(女難)에서 벗어나다 · 121

제55회 색마는 음탕한 수단으로 당나라 삼장 법사를 농락하고, 삼장은 성정(性情)을 지켜 원양(元陽)을 깨뜨리지 않다 · 153

제56회 손행자는 미쳐 날뛰어 산적떼를 때려죽이고, 삼장 법사는 미혹에 빠져 심원(心猿)을 추방하다 · 188

제57회 진짜 손행자는 낙가산의 관음보살에게 하소연하고, 가짜 원숭이 임금은 수렴동에서 또 가짜를 찍어내다 · 223

제58회 마음이 둘로 갈리니 건곤(乾坤)을 크게 어지럽히고, 한 몸으로는 참된 적멸(寂滅)을 수행하기 어렵다 · 252

제59회 당나라 삼장은 화염산(火焰山)에 이르러 길이 막히고, 손행자는 속임수를 써서 파초선을 처음 빼앗다 · 282

제60회 우마왕(牛魔王)은 싸우다 말고 잔치판에 달려가고, 손행자는 두번째로 사기 쳐서 파초선을 손에 넣다 · 316

제7권 제61회~제70회

제61회 저팔계가 힘을 도와 우마왕을 패배시키고, 손행자는 세번째로 파초선을 손에 넣다 · 17

제62회 육신의 때를 벗기고 마음 씻어 보탑을 깨끗이 쓸어내고, 요마를 결박지어 주인에게 돌리니 이것이 수신(修身)이다 · 54

제63회 손행자와 저팔계가 두 괴물을 앞세워 용궁을 뒤엎으니, 이랑현성 일행이 도와 요괴들을 없애고 보배를 되찾다 · 85

제64회 형극령(荊棘嶺) 8백 리 길에 저오능이 애를 쓰고, 목선암(木仙庵) 에서 삼장 법사는 시(詩)를 논하다 · 118

제65회 사악한 요마는 가짜 소뇌음사(小雷音寺)를 세워놓고, 스승과 제자 네 사람은 모두 큰 횡액(橫厄)에 걸려들다 · 157

제66회 제신(諸神)들은 잇따라 독수(毒手)에 벌어지고, 미륵보살(彌勒菩 薩)은 요마(妖魔)를 결박하다 · 191

제67회 타라장(駝羅莊)을 구원하니 선성(禪性)이 평온해지고, 더러운 장 애물에서 벗어나니 도심(道心)이 맑아지다 · 224

제68회 당나라 스님은 주자국(朱紫國)에서 전생(前生)을 논하고, 손행자 는 삼절굉(三折肱)의 진맥 수법으로 의술을 베풀다 · 257

제69회 심보 고약한 원숭이는 한밤중에 약을 몰래 만들고, 국왕은 연회석 상에서 사악한 요마 얘기를 털어놓다 · 290

제70회 요마의 보배는 연기, 모래, 불을 뿜어내고, 손오공은 계략을 써서 자금령(紫金鈴)을 훔쳐내다 · 323

제8권 제71회~제80회

제71회 손행자는 거짓 이름으로 늑대 괴물을 굴복시키고, 관세음보살이 현 성하여 마왕을 제압하다 · 17

제72회 반사동(盤絲洞) 일곱 요정이 근본을 미혹시키니, 탁구천(濯垢泉) 샘터에서 저팔계가 체통을 잃다 · 55

제73회 원한에 사무친 요괴들은 극독으로 해를 끼치고, 손행자는 요행으로 마귀의 금빛 광채를 깨뜨리다 · 93

제74회 태백장경(太白長庚)은 마귀 두목의 사나움을 귀띔해주고, 손행자 는 변화술법을 베풀어 사타동(獅駝洞)에 잠입하다 · 132

제75회 심원(心猿)은 음양 이기병(陰陽二氣瓶)에 구멍을 뚫고, 마왕은 뉘 우쳐서 대도(大道)의 진(眞)으로 돌아가다 · 167

제76회 손행자는 뱃속에서 늙은 마귀의 심성을 돌이켜놓고, 저팔계와 더불 어 요괴를 항복시켜 정체를 드러내게 하다 · 206

제77회 마귀 떼는 삼장 일행의 본성(本性)을 업신여기고, 손행자는 홀몸으 로 석가여래의 진신(眞身)을 뵙다 · 243

제78회 손행자는 비구국 아이들을 불쌍히 여겨 신령을 보내주고, 삼장은 금란전에서 요마를 알아보고 함께 도덕을 따지다 · 281

제79회 청화동(淸華洞)을 찾아서 요괴를 잡으려다 남극수성(南極壽星)을 만나고, 조정에 들어가 군주를 올바로 각성시키고 어린것들의 목숨을 살려내다 · 314

제80회 아리따운 색녀는 원양(元陽)을 기르고자 배필을 구하려 하고, 손행자는 스승을 보호하려 사악한 요물의 정체를 간파하다 · 345

제9권 제81회~제90회

제81회 진해 선림사에서 손행자는 요괴의 정체를 알아보고, 세 형제는 흑송림(黑松林)에서 스승을 찾아 헤매다 · 17

제82회 아리따운 요녀는 삼장에게서 양기를 얻으려 하고, 당나라 스님의 원신(元神)은 끝내 도(道)를 지키다 · 55

제83회 손행자는 여괴(女怪)의 근본 내력을 알아내고, 아리따운 색녀(姹女)는 드디어 본성으로 돌아가다 · 92

제84회 가지(伽持)는 멸하기 어려우니 큰 깨우침을 원만히 이루고, 삭발 당한 멸법국왕, 승려의 몸이 되어 본연으로 돌아가다 · 126

제85회 앙큼한 손행자는 저팔계를 시샘하여 골탕먹이고, 마왕은 계략 써서 당나라 스님을 손아귀에 넣다 · 159

제86회 저팔계는 위력으로 도와 괴물을 굴복시키고, 제천대성은 법력을 베풀어 요괴를 섬멸하다 · 194

제87회 하늘을 모독한 죄로 봉선군(鳳仙郡)에 가뭄이 들고, 손대성은 착한 행실 권유하여 단비를 내리게 하다 · 230

제88회 선승(禪僧)은 옥화현(玉華縣)에 이르러 법회를 베풀고, 손행자와 저팔계, 사화상은 첫 문하 제자를 받아들이다 · 261

제89회 황사(黃獅) 요괴는 훔쳐 온 병기 놓고 축하연을 베풀고, 손행자와 저팔계, 사화상은 계략으로 표두산을 뒤엎다 · 292

제90회 스승은 죽절산의 사자 소굴로, 사자 요괴들은 옥화성으로 각각 붙잡혀 가고, 도(道)를 훔치려다 선(禪)에 얽매인 구령원성은 끝내 주인에게 굴복하다 · 319

서유기—총 목차 525

제10권 제91회~제100회

제91회 금평부(金平府)에서 정월 대보름 연등 행사를 구경하고, 당나라 스님은 현영동(玄英洞)에서 신분을 털어놓다 · 17

제92회 세 형제 스님이 청룡산에서 한바탕 크게 싸우고, 네 별자리는 코뿔소 요괴들을 포위하여 사로잡다 · 48

제93회 급고원(給孤園) 옛터에서 인과(因果)를 담론하고, 천축국 임금을 뵙는 자리에서 배필감을 만나다 · 79

제94회 네 스님은 어화원(御花園)에서 잔치를 즐기는데, 한 마리 요괴는 헛된 정욕을 품고 홀로 기뻐하다 · 108

제95회 거짓 몸으로 참된 형체와 합치려다 옥토끼는 사로잡히고, 진음(眞陰)은 바른길로 돌아가 영원(靈元)과 다시 만나다 · 139

제96회 구원외(寇員外)는 고승을 받아들여 환대하나, 당나라 스님은 부귀영화를 탐내지 아니하다 · 169

제97회 손행자는 은혜 갚으려 악독한 도적들과 마주치고, 신령으로 꿈에 나타나 저승의 원혼을 구원해주다 · 197

제98회 속된 심성이 길들여지니 비로소 껍질에서 벗어나고, 공을 이루고 수행을 채우니 진여(眞如)를 뵙게 되다 · 235

제99회 구구(九九)의 수효를 다 채우니 마겁(魔劫)이 멸하고, 삼삼(三三)의 수행을 마치니 도는 근본으로 돌아가다 · 269

제100회 삼장 법사는 곧바로 동녘 땅에 돌아오고, 다섯 성자는 마침내 진여(眞如)를 이루다 · 294

작품 해설 · 329
부록 · 483

■ 기획의 말

'대산세계문학총서'를 펴내며

　근대 문학 100년을 넘어 새로운 세기가 펼쳐지고 있지만, 이 땅의 '세계 문학'은 아직 너무도 초라하다. 몇몇 의미있었던 시도에도 불구하고, 전체적으로는 나태하고 편협한 지적 풍토와 빈곤한 번역 소개 여건 및 출판 역량으로 인해, 늘 읽어온 '간판' 작품들이 쓸데없이 중간되거나 천박한 '상업주의적' 작품들만이 신간되는 등, 세계 문학의 수용이 답보 상태에 머물러 있었음을 부인하기 힘들다. 분명한 자각과 사명감이 절실한 단계에 이른 것이다.

　세계 문학의 수용 문제는, 그 올바른 이해와 향유 없이, 다시 말해 세계 문학과의 참다운 교류 없이 한국 문학의 세계 시민화가 불가능하다는 의미에서, 보다 근본적으로, 우리의 문화적 시야 및 터전의 확대와 그 질적 성숙에 관련되어 있다. 요컨대 이것은, 후미에 갇힌 우리의 좁은 인식론적 전망의 틀을 깨고 세계 전체를 통찰하는 눈으로 진정한 '문화적 이종 교배'의 토양을 가꾸는 작업이며, 그럼으로써 인간 그 자체를 더 깊게 탐색하기 위해 '미로의 실타래'를 풀며 존재의 심연으로 침잠하는 작업이라 할 수 있다.

　우리의 현실을 둘러볼 때, 그 실천을 위한 인문학적 토대는 어느 정도 갖추어진 듯이 보인다. 다양한 언어권의 다양한 영역에서 문학 전공자들이 고루 등장하여 굳은 전통이나 헛된 유행에 기대지 않고 나름의 가치있는 작가와 작품을 파고들고 있으며, 독자들 또한 진부한 도식을 벗어나 풍요로운 문학적 체험을 원하고 있다. 새롭게 변화한 한국어의 질감 속에서 그 체험이 이루어지기를 바라는 요청 역시 크다. 그러므로 필요한 것은 어쩌면 물적 토대뿐일지도 모른다는 판단이 우리를 안타깝게 해왔다.

이러한 시점에서, 대산문화재단의 과감한 지원 사업과 문학과지성사의 신뢰성 높은 출판을 통해 그 현실화의 첫발을 내딛게 된 것은 우리 문화계의 큰 즐거움이 아닐 수 없다. 오늘의 문학적 지성에 주어진 이 과제가 충실한 결실을 맺을 수 있도록, 우리는 모든 성실을 기울일 것이다.

'대산세계문학총서' 기획위원회